【东方文化集成】

《东方文化集成》为季羡林教授所倡导，由北京大学东方学研究院《东方文化集成》编委会组织撰写出版。

这是一项迎接二十一世纪东方文化复兴和再创辉煌的世界性文化工程。

撒哈拉以南非洲文学

魏丽明 等著

东方文化集成

东方文化综合编

撒哈拉以南非洲文学

魏丽明等‖著

国家出版基金项目
NATIONAL PUBLICATION FOUNDATION

线装书局

图书在版编目（CIP）数据

撒哈拉以南非洲文学 / 魏丽明等著 . -- 北京 : 线装书局 , 2022.5
（东方文化集成 / 季羡林主编 . 东方文化综合编）
ISBN 978-7-5120-4985-7

Ⅰ . ①撒… Ⅱ . ①魏… Ⅲ . ①文学研究－非洲－文集 Ⅳ .
① I400.6-53

中国版本图书馆 CIP 数据核字 (2022) 第 082651 号

东方文化集成

东方文化综合编

撒哈拉以南非洲文学

魏丽明　等著

出 品 人：王利明
项目主持：李　媛
责任编辑：李春艳
出版发行：线装书局
地　址：北京市丰台区方庄日月天地大厦 B 座 17 层（100078）
电　话：010-58077126（发行部）010-58076938（总编室）
网　址：www.zgxzsj.com
经　销：新华书店
印　制：河北清静堂印刷有限公司
开　本：850mm × 1168mm　1/32
印　张：16.25
字　数：365 千字
版　次：2022 年 5 月第 1 版第 1 次印刷

线装书局官方微信

定　价：65.00 元

《东方文化集成》编辑委员会

编委会声明

为铭记季羡林等多位已故前辈对《东方文化集成》的历史贡献，为表达对他们的怀念，编委会特决定，在编委和顾问名单中保留他们的名字，不做变动。

《东方文化集成》总序

季 羡 林

我们正处在一个新的"世纪末"中。所谓"世纪"和"世纪末"，本来是人为地创造出来的。非若大自然中的春、夏、秋、冬，秩序井然，不可更易，而且每岁皆然，决不失信。"世纪"则不同，没有耶稣，何来"世纪"？没有"世纪"，何来"世纪末"？道理极明白易懂。然而一旦创造了出来，它就产生了影响，就有了威力。上一个"世纪末"，19世纪的"世纪末"，在西方文学艺术等意识形态领域中就出现过许多怪异现象，甚至有了"世纪末病"这样的名词，这是众所周知的事实，无待辩论与争论。

当前这一个"世纪末"怎样呢？

我看也不例外。世界上许多国家和地区都出现了政治方面天翻地覆的变化，不能不令人感到吃惊。就是在意识形态领域内，也不平静。文化或文明的辩论或争论就很突出。平常时候，人们非不关心文化问题，只是时机似乎没到，争论不算激烈。而今一到世纪之末，人们非常敏感起来，似乎是憬然醒悟，于是东西各国的文人学士讨论文化的兴趣突然浓烈起来，写的文章和开的会议突然多了起来。许多不同的意见，如悬河泄水，滔滔不绝，五光十色，纷然杂陈。这样就形成了所谓"文化热"。

在这一股难以抗御的"文化热"中，我以孤陋寡闻的"野狐"之身，虽无意随喜，却实已被卷入其中。我是一个有话不说辄如骨鲠在喉的人，在许多会议上，在许多文章中，大放厥词，多次谈到我对文化，特别是东方文化与西方文化的联系，以及东方文化在未来的新世纪中所起的作用和所占的地位等等的看法，颇引起了一些不同的反响。

为说明问题计，现无妨把我个人对文化和与文化有关的一些问题的看法简要加以阐述。我认为，在过去若干千年的人类历史上，民族和国家，不论大小久暂，几乎都在广义的文化方面做出了自己的贡献。这些贡献大小不同，性质不同，内容不同，影响不同，深浅不同，长短不同：但其为贡献则一也。人类的文化宝库是众多的民族或国家共同建造成的。使用一个文绉绉的术语，就是“文化多元主义”。主张世界上只有一个民族创造了文化，是法西斯分子的话，为我们所不能取。

文化有一个很突出的特点，就是，文化一旦产生，立即向外扩散，也就是我们常说的“文化交流”。文化决不独占山头，进行割据，从而称王称霸，自以为“老子天下第一”，世袭珍藏，把自己孤立起来。文化是“天下为公”的。不管肤色，不择远近，传播扩散。人类到了今天，之所以能随时进步，对大自然，对社会，对自己内心认识得越来越深入细致，为自己谋的福利越来越大，重要原因之一就是文化交流。

文化虽然千差万殊，各有各的特点，但却又能形成体系。特点相同、相似或相近的文化，组成了一个体系。据我个人的分法，纷纭复杂的文化，根据其共同之点，共可分为四个体系：中国文化体系，印度文化体系，阿拉伯伊斯兰文化体系，自古希腊、罗马一直到今天欧美的文化体系。再扩而大之，全人类文化又可以分为两大文化体系：前三者共同组成东方文化体系，后一者为西方文化体系。人类并没有创造出第三个大文化体系。

东西两大文化体系有其共同点，也有不同之处。既然同为文化，当然有其共同点，兹不具论。其不同之处则亦颇显著。其最基本的差异的根源，我认为就在于思维方式之不同。东方主综合，西方主分析，倘若仔细推究，这种差异在在有所表现，不论是在人文社会科学中，还是在理工学科中。我这个观点曾招致不少的争论。赞成者有之，否定者有之，想同我商榷者有之，持保留意见者亦有之。我总觉得，许多人（包括我自己在内）对东西方文化了解研究得都还不够深透，有的人连我的想法了解得也还不够全面，不够实事求是，却唯争论是尚，所以我一概置之不答。

有人也许认为，我和我们这种对文化和东西文化差异的看法，是当代或近代的产物。我自己过去就有过这种看法。实则不然。法国伊朗学者阿里·玛扎海里所著《丝绸之路》这一部巨著中有许多关于中国古代发明创造的论述，大多数为我们所不知。我在这里不详细介绍。我只引几段古代波斯人和阿拉伯人论述中国文化和希腊文化的话：

由扎希兹转载的一种萨珊王朝（226—Ca. 640 年）的说法是："希腊人除了理论之外从未创造过任何东西。他们未传授过任何艺术。中国人则相反。他们确实传授了所有的工艺，但他们确实没有任何科学理论。"（329 页）

羡林按：最后一句话不符合事实，中国也是有理论的。这就等于黑格尔说：中国没有哲学。完全是隔膜的外行话。

书中还说：在萨珊王朝之后，费尔多西、赛利比和比鲁尼等人都把丝绸织物、钢、砂浆、泥浆的发现一股脑儿地归于耶摩和耶摩赛德。但我们对于丝织物和钢刀的中国起源论坚信不疑。对于诸如泥浆——水泥等其余问题，它们有 99%的可能性也是起源于中国。我们这样一来就可以理解安息——萨珊——阿拉伯——土库曼语中一句话的重大意义："希腊人只有一只眼睛，唯有中国人才有两只眼睛。"约萨法·巴尔巴罗于 1471 年和 1474 年在波斯就曾听到过这样的说法。他同时还听说过这样一句学问深奥的表达形式："希腊人仅懂得理论，唯有中国人才拥有技术。"（376 页）

关于一只眼睛和两只眼睛的说法，我还要补充一点：其他人同样也介绍了另外一种说法，它无疑是起源于摩尼教：

"除了以他们的两只眼睛观察一切的中国人和仅以一只眼睛观察的希腊人之外，其他的所有民族都是瞎子。"（329 页）

我之所以这样不厌其烦地引这许多话，绝不是因为外国人夸中国人有两只眼睛而沾沾自喜，睥睨一切。令我感兴趣的是，在这样漫长的时间以前，在波斯和阿拉伯地区就有了这样的说法。我们今天不能不佩服他们观察的细致与深刻，一下子就说到点子上。除了说中国没有理论我不能同意之外，别的意见我是完全同意的。在当时的世界上，确实只是中国和希腊有显著、突出、辉煌的文化。现在中国那一小撮言必称希腊的学者们或什么“者们”，可以憬然醒悟了。

但是这也还不是令我最感兴趣的问题。我最浓烈的兴奋点在于，正如我在上面所说的那样，畅谈东西文化之分，极富于近现代的摩登色彩。波斯和阿拉伯传说都证明：东西文化之分的说法，古已有之，于今为烈而已。其次，令我感到欣慰的是，文化的东西二分法，我并非始作俑者，古代的“老外”已先我言之矣。令我更感到欣慰的是我讲的东西方思维方式是东西文化的基础。波斯和阿拉伯古代的说法，我认为完全证实了我的看法。分析出理论，综合出技术，难道不是这样子吗？

时至今日，古希腊连那一只眼睛也早已闭上，欧洲国家继承并发扬了古希腊辉煌的文化，使欧洲文化光照寰宇。工业革命以后，技术也跟了上来，普天之下，莫非欧风。欧美人昏昏然陶醉于自己的胜利之中，以“天之骄子”自命，好像有了两三只眼睛。但他们完全忘记了历史，忽视了当前的危机。而中国呢，则在长时期内，由于内因和外因的缘故，似乎把两只眼睛都已闭上。古代灿烂文化不绝如缕。初则骄横自大，如清初诸帝那样，继则震于西方的船坚炮利，同样昏昏然拜倒在西方的什么裙下，一直到了今天，微有苏醒之意，正在奋发图强中。

从上面谈到的历史事实中，我得出了一个结论：上下五千年，纵横十万里，东西文化的变迁是“三十年河东，三十年河西”。这本来是两句老生常谈，是老百姓的话，并不是我的发明创造。我提出来说明东西文化的关系，国内外都有赞成者，国内外也有反对者，甚至激烈反对者。我窃以为这两句话只说明了一个事实。中国古代哲学讲变易，佛家讲无常，连辩证法也讲事物时时都在变化中。大自然、人类社会和人类内心，无不证明这两句话的正确。我不过捡来利用而已。《三国演义》开宗明义就说：“话说天下大势，分久必合，合久必分。”说的不也就是这个浅显的道理吗？

可是东西方都有人昧于这个浅显的道理。特别是在西方，颇有人在有意识或无意识中，觉得自己的辉煌文化会万岁千秋地辉煌下去的。中国追随者也大有人在。他们根本没有意识到，文化也像世间的万事万物一样，不会永驻的，也是有一个诞生、发展、成长、衰竭、消逝的过程的。

但是，中国有一句俗话：是非自在人心。人是能够辨是非，明事理的。以自己的文化自傲的西方人也不例外。在第一次世界大战以前，西方这种人简直如凤毛麟角。一战爆发，惊醒了某一些有识之士。事实上在一战爆发前，就有人有了预感。德国学者奥斯瓦尔德·斯宾格尔（Oswald Spengler）在1911年就预感到世界大战迫在眉睫。后来大战果然爆发。从1917年起，斯宾格尔就开始写《西方的没落》。书一出版，立即洛阳纸贵。他的基本想法是：文化都可以分为四个阶段：一，青春；二，生长；三，成熟；四，衰败。尽管他的推论方法，收集资料，还难免有主观唯心的色彩。但是，他毕竟有这一份勇气，有这一份睿智，敢预言当时如日中天的，他认为在世界历史上八个文化中唯一还有活力的文化也会“没落”。我们不能不对他表示敬意。美中不足的是，他还没有认识到东方文化和西方文化的存在和交流关系。（参阅齐世荣等译《西方的没落》上下册，商务印书馆，1995年）

在西方，继斯宾格尔而起的是英国历史学家汤因比（Arnold J. Toynbee，1889—1975年）。他自称是受到了前者的影响。二人同样反对“欧洲中心主义”，是他们有先见卓识之处。汤因比继承了斯宾格尔的意见，认为文化——他称之为“文明”——都有生长一直到灭亡的过程。他把人类历史上的文明分为21种，有时又分为26种。这些意见都表述在他的巨著《历史研究》中（1934—1961年），共12卷。他比斯宾格尔高明之处，是引入东方文化的讨论。到了70年代，他同日本社会活动家池田大作对话时，更进一步加以发挥，寄希望于东方文化。（参阅《展望二十一世纪》，国际文化出版公司，1985年）

我并不认为，斯宾格尔和汤因比——继他们之后欧美一些国家还有一批哲学家和历史学家、社会学家，赞成他们的意见，我在这里不具引——等的看法都百分之百正确。但在举世昏昏，特别是欧美人昏昏的情况下，唯独他们闪耀出一点灵光，是十分难能可贵的。他们的看法从大体上来看，我认为是正确的。如果借用上面提到的古代波斯和阿拉伯人的说法，我就想说：希腊人及其后代的那一只眼睛，后来逐渐变成了两只眼睛；可物极必反，现在快要闭上了。中国人的两只眼睛，闭上了一阵，现在又要睁开了。

闭上眼睛的欧美人士，绝大多数一点也不了解东方，而且压根儿也没有了解的愿望。我最近多次听人说到，西方至今还有人认为中国人还缠小脚，拖辫子，抽大烟，养小老婆。甚至连文人学士还有不知道鲁迅为何许人者。在这样地球越变越小，信息爆炸的时代，西方之“文明人”竟还如此昏瞶，真不能不令人大为惊异。反观我们中国，情况恰恰相反。欧美的一切，我们几乎都加以崇拜。汉堡包、肯德基、比萨饼，甚至莫须有的加州牛肉面，只要加一个洋字，立即产生大魅力，群众趋之若鹜。连起名字，有的都带有点洋味。个人名字与店铺名字，莫不皆然。至于化妆品，外国进口的本来就多。中国自造的也多冠以洋名，以广招徕。爱国之士，无不痛心疾首，谴责这种崇洋媚外的风气和行为。然而，从一分为二的观点上来看，也有其有利的一面。孙子说：“知己知彼，百战不殆。”专就东西而论，现在的情况是，我们对西方几乎是了若指掌，而西方对东方则如上面所说的那样，是一团漆黑。将来一旦有事，哪一方面占有利条件和地位，昭如日月矣。

对西方的文化，鲁迅先生曾主张“拿来主义”。这个主义至今也没有过时。过去我们拿来，今天我们仍然拿来，只要拿得不过头，不把西方文化的糟粕和垃圾一并拿来，就是好事，就会对我们国家的建设有利。但是，根据我上面讲的情况，我觉得，今天，在拿来主义的同时，我们应该提倡“送去主义”，而且应该定为重点。为了全体人类的福利，为了全体人类的未来，我们有义务要送去的，但我们决不会把糟粕和垃圾送给西方。不管他们接受，还是不接受，我们总是要送的。《诗经·大雅》说：“投我以桃，报之以李。”西方文化给人类带来了一些好处。我们中国人，我们东方人，是懂得感恩图报的民族。我们决不会白吃白拿。

那么，报些什么东西呢？送去些什么东西呢？送去的一定是我们东方文化中的精华。送去要有针对性，针对的就是我在上面提到的那一个西方文化产生的“危机”。光说“危机”，过于抽象。具体地说，应该说是“弊端”。近几百年以来，西方文化产生的弊端颇多，举其大者，如环境污染、大气污染、臭氧层破坏、生态平衡破坏、物种灭绝、人口爆炸、新疾病丛生、淡水资源匮乏，等等。此等弊端，如不纠正，则人类前途岌岌可危。弊端产生的根源，与西方文化的分析的思维方式有紧密联系。西方对为人类提供生存所需的大自然分析不息，穷追不息，提出了“征服自然”的口号。“天何言哉!”然而“天”——大自然却是能惩罚的，惩罚的结果就产生了上述诸种弊端。

拯救之方，我认为是有的，这就是“改弦更张”、“改恶向善”，而这一点只有东方文化能做到。东方文化的基本思维方式是综合，表现在哲学上就是“天人合一”，张载的《西铭》是一篇表现“天人合一”思想最精辟的文章:“乾称父，坤称母，予兹藐焉，乃混然中处。故天地之塞吾其体，天地之帅吾其性。民吾同胞，物吾与也。”（下略）印度哲学中的“梵我一如”，也表达了同样的思想。总之，东方文化主张人与大自然是朋友，不是敌人，不能讲什么“征服”。只有在了解大自然，热爱大自然的条件下，才能伸手向大自然索取人类衣、食、住、行所需要的一切。也只有这样，人类的前途才有保障。

我们要送给西方的就是这种我们文化中的精华。这就是我们“送去主义”的重要内容。

我们的“李”送了出去，接受不接受呢?实际上，我们还没有正式地送，大规模地送。连我们东方人自己，其中当然包括中国人，还不知道，还不承认自己的这种宝贝，我们盲目追随西方，也同样向自然界开过战，我们也同样有那一些弊端，立即要求西方接受，不也太过分了吗?不过，倘若稍稍留意，人们就会发现，现在世界各国，不管出于什么动机，也不管是根据什么哲学，注意到上述弊端而又力求改变的人越来越多了。今年《日本经济新闻》刊载了高木韧生的文章，说21世纪科研重点将是“人类生存战略”。

这的确是见道之言。我体会，这里所说的“科研”包括文理两个方面。作者把科研提高到“人类生存”这个高度来看，不能不谓之有先见之明，应该受到我们大家的最高的赞扬。至于惊呼人口爆炸的文章，慨叹新疾病产生的议论，让人警惕环境污染、臭氧层破坏、生态平衡的破坏、淡水资源的匮乏等等的号召，几乎天天可见。人类变得聪明起来了，人类前途不是漆黑一片了。我想，世界各国每一个有心人，无不为之欢欣鼓舞。我这一个望九之年的耄耋老人，也为之手舞足蹈了。

我在上面刺刺不休说了那么多话，画龙点睛，不出一点：我曾在一次国际学术讨论会上说过一篇短话，题目叫做“只有东方文化能够拯救人类”。我在上面说的千言万语，其核心就是这一句短短的话。至于已经来到我们门前的21世纪究竟是什么样子？西方文化究竟如何演变？东方文化究竟能起什么具体的不是空洞的作用？人类的前途究竟何去何从？所有这一切问题，都有待于历史发展的进程来加以证明。从前我读过一个近视眼猜匾的笑话。现在新的一个世纪还没有来临，匾还没有挂出来，上面有什么字，我们还不能知道。不管自诩眼睛多么好，看得多么远，在这一块尚未挂出来的匾前，我们都是近视眼。

在这样的情况下，我认为，我们最重要的任务就是学习，就是了解。我们责怪西方不了解东方文化，不了解东方，不了解中国，难道我们自己就了解吗？如果是一个诚实的人，他就应该坦率地承认，我们中国人自己也并不全了解中国，并不全了解东方，并不全了解东方文化。实在说，这是一出无声的悲剧。

了解的唯一途径就是学习，而学习首先必须有资料。对我们知识分子来说，学习资料首先是文字，也就是书籍。环顾当今世界，在“欧洲中心论”还有市场的情况下，在西方某一些人还昏昏然没有睁开眼睛的时候，有关东方的书籍，极少极少。有之，亦多有偏见，不能客观。西方如此，东方也不例外。即使我们有学习的愿望，也是欲学无书。当然，东方各国的情况不尽相同，各国刊出书籍的多寡也不尽相同。但总之是很少的。有的小一点的国家，简直形同空白。有个别东方国家几乎毫无人知，它们的存在在一团迷雾中，若明若暗，似有似无。这也是一出无声的悲剧。

就是为了这个缘故，我们这一批人不自量力——或者更明确地说是认真“量”过了自己的“力”，倡议编纂这一套巨大空前的《东方文化集成》。虽然，我们目前的队伍，由于历史造成的原因，还不是太大；我们的基础还不是太雄厚；但是，我们相信主观能动性。我们想“挽狂澜于既倒”，我们决非徒托空言。世界人民、东方人民、中国人民的需要，是我们的动力。东方人民和西方人民的相互了解，是我们的愿望。东方人民和西方人民越来越变得聪明，是我们的追求。我们老、中、青三结合，而对著作的要求则是高水平的。我们希望，能通过这个活动，既提高了中国对东方文化的研究水平，又能培养出一批学有专长的人才，收得一举两得之效。

我们既反对“欧洲中心主义”，我们反对民族歧视。但我们也并不张扬“东方中心主义”。如果说到或者想到，在21世纪东方文化将首领风骚的话，那也是出于我们对历史发展的观察与预见，并不出于什么“主义”。本着这种精神，我们对东方几十个国家一视同仁。国家不论大小，人口不论多寡，历史不论久暂，地位不论轻重，我们都平等对待，决不抬高与贬低，拜倒与歧视。每一个东方国家都在我们丛书中占有地位。但国家毕竟不同，资料毕竟多寡悬殊，我们也无法强求统一。有的国家占的篇幅多一点，有的少一点，这是实事求是，与歧视毫无关联。我们虔诚希望，在即将来临的21世纪中，中国的两只眼睛都能睁开，而且睁得大大的，明亮而睿智。西方的一只眼睛能变成两只，也同样睁开，而且睁得大大的，明亮而且睿智。世界上各个民族也都有了两只眼睛，都要睁得大大的，明亮而且睿智。我们共同学习，努力互相了解。我们坚决相信，只要能做到这一步，人类会越来越能相互了解，世界和平越来越成为可能，人类的日子会越来越好过，不管还需要多么长的时间，人类有朝一日总会共同进入太平盛世，共同进入大同之域。

1996年3月20日

目 录

附录

绪论

『非洲文学是新兴学科？』——东方文学、亚非语言文学、非洲文学学科探源

一、“撒哈拉以南非洲文学”概念辨析

什么是非洲文学？什么是撒哈拉以南非洲文学？非洲文学是新兴学科？……

从人类发展史来看非洲这片辽阔的大陆，它既是人类的起源地，也是拥有最多生物多样性，至今仍然是与大自然保持着最密切的天然联系的大地。非洲大陆各民族文化呈现着个性鲜明、内容丰富的特征。当代的非洲，面临发展的各种难题，这些难题对于人类自身未来的发展与理论创新有着休戚相关的特殊意义。

非洲大陆文明在其最初萌发阶段并没有被撒哈拉大沙漠阻隔。大约公元前3000年前，作为一个整体的非洲大陆，在人类文化的早期石器阶段，这片土地曾经是当时人类文明最为发达的地区。公元前3000万年左右，撒哈拉大沙漠逐渐形成，北非与南部非洲的联系越来越少，古埃及、马格里布北非文明和地中海地区、欧洲、中东地区的联系日趋密切，而撒哈拉沙漠随着时间的流逝，慢慢扩展到北非地中海沿岸，直达今天的阿尔及利亚和利比亚地区，延伸到地中海沿岸。北非地区，相对于整个非洲，尤其是南部非洲地区而言，变成了地中海南岸一条十分狭窄的地带。撒哈拉地区沙漠化的过程中，学界也逐渐确认了这一地理和历史文化概念——“撒哈拉以南非洲”。

在国内外国语言文学一级学科建制下，有二级学科阿拉伯语言文学和亚非语言文学。但遗憾的是，北京大学这两个和

非洲有关的学科直至 2009 年，并没有开展“撒哈拉以南非洲”语言文学的学科建设和人才培养。2009 年，北京大学外国语学院亚非语言文学系创立，在二级学科亚非语言文学学科下开启“撒哈拉以南非洲”本土语言教学、人才培养和学术研究的学科建设。

基于对“撒哈拉以南非洲”概念的理解和二级学科亚非语言文学学科建设的语境，本书写作的动因集中于思考如何在中国推进“撒哈拉以南非洲”语言文学的学科建设和知识共享，试图从宏观到微观，力图由点到面，从“撒哈拉以南非洲”语言文学发展史到“撒哈拉以南非洲”作家作品个案研究，努力呈现并辨析撒哈拉以南非洲语言文学的基本形态与历史进程。

时光闪回到 1958 年，这一年是我国东方文学学科建设创始之年。北京大学东语系作为国内第一个东方语言文学系，在我国东方文学学科建设过程中起到了至关重要的作用。梳理我国东方文学学科史的不同历史阶段的学科建设，有利于我们弄清楚学科建设的一些疑点和盲点，以求进一步了解学科建设的整体资源和发展趋势。在这一学术史梳理过程中，希望能深入了解撒哈拉以南非洲文学学科建设和作为外国语言文学二级学科的亚非语言文学学科之间的血脉联系，为起着沟通国内外学术界桥梁作用的东方文学学科注入新的生命力，并进而了解撒哈拉以南非洲文学学科的学理性和必要性。

2015 年 6 月 6 日至 8 日，由北京大学东方学研究院和新加坡炎黄国际文化协会主办，北京大学外国语学院、北京大学东方文学研究中心、新加坡儒学会协办，北京大学召开了“21 世纪东方文化论坛首届国际学术会议”（Forum of Eastern Cultures in the 21st Century the 1st International Symposium）。此次会议的主题发言和各分论坛发言涉及东方文化、文明、文学、艺术各个方面，有东方整体研究，也有文化交流研究，以及国别和个案研究。与会人员来自世界各地，除了占主体的亚洲和北非的东方学研究者，还有欧美研究东方问题的专家，以及撒哈拉以南非洲的两位学者[①]。

与会的大陆学者，基本上也都参加了2014年5月15日至17日在北京大学召开的“对话·视野·方法：东方学研究方法论国际会议”（Approaching the East: International Conference on Eastern Studies Methodologies），该会议的组织方是北京大学外国语学院于2012年4月成立的“东方学研究工作室”。此次会议设有八场研讨会，涉及四个论题：东方学研究方法论范式、文学作品中的东方、东方的历史与遗产、跨学科研究中的东方，并在最后的总结会上组织学者讨论，展望东方学。

其中，“文学作品中的东方”的第二场会议是撒哈拉以南非洲文学的专场。北京大学外国语学院亚非语言文学系主任魏丽明教授介绍了北大亚非系东方文学方向硕士在非洲文学研究与实践中的成绩，以及建设非洲语言文学学科的重要性。北京大学亚非系的海外讲席教授，尼日利亚知名剧作家、学者费米·奥索菲桑教授（Femi Osofisan）作了《阿契贝和索因卡之后的尼日利亚现代文学》的发言。在总结会上，时任中国社会科学院外国文学研究所东方文学教研室主任穆宏燕研究员指出，这是国内东方学会议第一次设立撒哈拉以南非洲文学讨论专场，第一次邀请撒哈拉以南非洲的学者发言，撒哈拉以南

① 尼日利亚拉各斯大学行政副校长、拉各斯大学孔子学院院长Duro Oni博士，以及南非约翰内斯堡大学美术系Karen Von Veh教授。Duro Oni博士的发言题目是*Global Diffusion of Chinese Culture: The Case of Confucius Institute in Africa（Nigeria）*，介绍拉格斯大学的孔子学院概况。Karen Von Veh教授的发言题目是*Picturing Language: The Work of Willem Boshoff*，介绍南非当代艺术家的艺术语言。

非洲应该属于我国东方学的研究范围。全国东方文学学会[①]副会长、天津师范大学文学院黎跃进教授总结道，我国东方学研究的各方面条件都已经成熟，是时候建立中国东方学了。但在提问环节，北京大学外国语学院西亚语言文化系的拱玉书教授[②]提出是否亚非等同于东方，以及非洲学者是否认同东方身份的问题。建立中国东方学的议题似乎并没得到集体的响应，中国东方学研究的研究对象范围的问题也似乎没有达成共识。[③]

但值得一提的是，会议前北京大学就出版了一本论文集——《认识"东方学"》。[④]"东方学研究工作室"成员、工作室研究项目"东方学研究方法论"指导教授刘曙雄教授[⑤]在此论文集绪论中阐述了该研究项目的研究内容和研究成果，定义了东方学以及建构中国的东方学话语体系的意义和方法。文集中第一篇即北京大学东方文学研究中心学术委员、中国东方文学研究会会长王向远教授题为《中国"东方学"：概念与方法》的论文，这是王向远在该项目组举办的"专家讲坛"上的演讲稿。

而此次东方学研究方法论会议结束不久，2014年6月

---

① 全称是"中国外国文学研究会东方文学分会"，前身是1983年成立的"全国高等学校东方文学研究会"，该研究会是我国第一个东方文学学术团体。

② 拱玉书老师是亚述学专家，从楔形文字直接翻译了苏美尔史诗《恩美卡与阿拉塔之王》，是北大东方文学研究中心教授，北大古代东方文明研究所所长，德国东方学会会员。

③ 笔者担任费米·奥索菲桑教授的翻译并负责接待Duro Oni教授，全程参加了这两次会议。

④ 曾琼、曾庆盈编：《认识"东方学"》，北京大学出版社2014年版。

⑤ 刘曙雄老师是北京大学外国语学院教授、国家重点学科印度语言文学专业博士生指导教师，任教育部高等学校外语专业教学指导委员会副主任委员兼非通用语种类专业教学指导分委员会主任委员、中国南亚学会副会长和中国印度文学研究会副会长。曾任北京大学东方学系副主任(1987—1994)、北京大学研究生院副院长(1996—1999)、北京大学外国语学院副院长(1999—2008)。

13 日至 15 日，在天津外国语大学[①]就召开了"'东方学'视野下的东方文学研究全国研讨会暨中国东方文学研究会第十四届年会"。会议上，刘曙雄教授的发言题目很值得关注，其《从东方语文到东方学——重温季羡林先生关于"东方学"的谈话》[②]一题，展示了北大东语系命名的变化过程，似乎打通了东方文学学科和东方学学科的历史联系和学理联系。

本届年会设三个分论坛："东方文学文化综合研究""东方文学跨文化研究""东方文学区域研究"，[③]这一设置也非常值得注意，东方文学文化显示了东方学的研究范围和内容，东方文学跨文化研究表明了东方学研究的研究方法和特点，东方文学区域研究说明区域研究是东方学研究的组成部分，总体研究不排斥区域研究，总体上显示了在"东方学"视野下东方文学研究从研究内容到方法的突围。"会场讨论认为，随着全球化与跨学科研究的发展，东方文学的研究重点将从单一的文学学科领域延伸到历史学、地理学，甚至经济学的领域，这对每一位东方学研究者来说都是一次巨大的挑战。艰巨的历史使命要求每一位学者扩大学科关注度，从而深化东方文学的系统研究。"[④]

还应提及的是此次年会吸纳了非洲文学研究成果，而自 2001 年出版《东方各国文学在中国——译介与研究史论述》以来，身为东方文学研究会会长的王向远教授在论证东方文

① 天津外国语大学比较文学研究所为承办单位。

② 《"'东方学'视野下的东方文学研究全国研讨会暨中国东方文学研究会第十四届年会"综述》，载《国外文学》2015 年第 2 期，第 153 页。

③ 《"'东方学'视野下的东方文学研究全国研讨会暨中国东方文学研究会第十四届年会"综述》，载《国外文学》2015 年第 2 期，第 154 页。

④ 《"'东方学'视野下的东方文学研究全国研讨会暨中国东方文学研究会第十四届年会"综述》，载《国外文学》2015 年第 2 期，第 154 页。

学总体研究与学科合理性时，主张将“撒哈拉以南非洲”[1] 文学剔除出东方文学体系，并在再版其热销文学史著作《东方文学史通论》时，删除了之前的“撒哈拉以南非洲”章节。

早在2006年10月20日至22日，在北京大学还有过一次重要的有关东方的会议——“东方文学学科发展史”学术研讨会。此会议由北京大学东方文学研究中心、北京大学外国语学院、中国外国文学研究会东方文学分会[2] 联合主办，北京大学东方文学研究中心承办。会后《东方文学研究通讯》[3] 印发了“东方文学学科发展史”学术研讨会专号，收录了与会人员的部分发言全稿和摘要。2007年10月，由北岳文艺出版社出版的《东方文学学科：建设与发展》，[4] 作为北京大学东方文学研究中心出版的文丛《东方文学研究集刊》第三辑，收录了此次会议上发表的重要论文以及围绕此主题征集的稿件。此次年会在东方文学学科史的认识上应该较之2006年的会议有了很大的推进，至少在东方的概念上，应该是有新的更具学科合理性的阐释。会议综述的总结和评价应该是中肯的：“本次会议的研究成果从整体上充分展现了我国目前东方文学研究的水平，并显示出我国东方文学研究者越来越显著的主体意识。这种主体意识的集中体现就是对‘东方学’的思考以及对建立中国‘东方学’的学科意义的自觉思考。”“此次会议是中国东方文学研究会有史以来规模最大、学术氛围最浓厚、学术成果最显著的一次会议。”“在中国的东方文学研究史上，本次会议

① 现在国家明文规定不允许使用“黑非洲”这一指称，认为带有种族主义色彩。在我国学术界，“黑非洲”约定俗成等同于“撒哈拉以南非洲”。

② 东方文学研究会的前身是1983年8月成立的全国高等学校东方文学研究会，这是我国第一个东方文学学术团体。

③ 北京大学东方文学研究中心内部发行的季刊。

④ 王邦维主编：《东方文学学科：建设与发展》，北岳文艺出版社2007年版。

将留下成果丰硕的一笔；在中国‘东方学’学科史上，本次会议具有继往开来的重要意义。”[①]

考察这三个国内召开的与东方相关的会议，以及北京大学东语系建系60周年时举办的东方文学学科史会议，可以勾勒出我国东方文学学科和东方学学科的研究脉络：毋庸置疑，北京大学是我国东方文学乃至东方学研究的中心，北京大学东方研究院、东方文学研究中心、东方学研究工作室，以及北京大学外国语学院跟东方语言文学文化相关的亚非系、西亚系、南亚系、东南亚系、日语系、朝韩系、阿语系，都在我国东方文学乃至东方学研究中起到至关重要的作用；中国社会科学院外国文学研究所东方文学研究室作用也非同小可。因为东方语种中有很多是非通用语种，教育部有很多特殊要求；东方文学应该是东方学的一部分；但东方文学研究涉及跨学科、跨文化和跨语言，跟比较文学和世界文学学科有着密切联系，同时从事东方文学研究的学者本身，很多就是身兼多职，研究领域跨学科；就“东方”的概念和范围国内学界还存在一定的争议，“东方”是否等同于“亚非”，“撒哈拉以南非洲”是否属于东方；我国的东方文学研究有较强的学科史意识，努力建构中国的东方学概念和学术话语，并且有学术团队意识，自发建立了东方文学学会，有《东方文学研究通讯》《东方文学研究集刊》《东方丛刊》等交流学术观点和成果的媒介及平台，有着各种可以交流的学术会议；我国的东方文学学科和东方学学科，从一开始就是从国际交流的角度出发的，但是因为强调中国特性，同国外的学术体系和学术话语可能并不能很好地对接。

公认的我国东方文学学科史的发端是1958年，其主要标

① 《“‘东方学’视野下的东方文学研究全国研讨会暨中国东方文学研究会第十四届年会”综述》，载于《国外文学》2015年第2期，第155页。

志是"东方文学作为一个整体,在教学领域中进行讲授,在学术领域中加以研究"。[①] 东方文学这一独立的新兴学科是在"整合亚非各国国别文学的基础上"[②] 创立的。卢铁澎教授指出:"东方文学知识生产具有悠久的历史,但这并不意味着有一个完善学科建立的历史。""两千多年中,这种知识的生产处于一种非自觉的状态","没有形成独特的学科组织结构和相关的规训制度和方法"。按照现代学科标准来看,中国东方文学学科建立的标志是:"大学里纷纷建立了东方文学的教学研究组织结构,全国性或区域性的专业性学会的成立,定期或不定期的专业性刊物的连续或持续出版,以及相关的有组织的教学与学术研究活动的频繁进行。"[③]

1. 北京大学东方语言文学系建系和发展:1946 年、1949 年、1952 年

我国第一个东方语言文学系成立于北京大学。1946 年季羡林先生回国,到北京大学文学院任教,在北大红楼入住一周后,时任院长的汤用彤先生破格提升季羡林先生为正教授并让其担任东方语言文学系系主任(东语系)。1949 年春夏之交,"由于形势顿变,中国外交和外贸方面人才的需求陡然增加,因此国家需要大量的研究东方问题、通晓东方语文的人才,为了重点培养通晓东方国家语言的人才,想把南京东方语言专科学校、中央大学边政系的一部分以及边疆学院的一部分,从南

---

① 张朝柯:《全国领先 功绩卓著——追忆 50 年前北大东语系创建东方文学学科的杰出贡献》,载于王邦维主编《东方文学学科:建设与发展》,北岳文艺出版社 2007 年版,第 69 页。

② 张朝柯:《全国领先 功绩卓著——追忆 50 年前北大东语系创建东方文学学科的杰出贡献》,载于王邦维主编《东方文学学科:建设与发展》,北岳文艺出版社 2007 年版,第 68 页。

③ 卢铁澎:《中国东方文学学科的历史性建构》,载于王邦维主编《东方文学学科:建设与发展》,北岳文艺出版社 2007 年版,第 32-33 页。

京迁到北京,并入北京大学东语系”。[①] 这是北大东语系的第一次扩大。东语系办公室也由红楼搬到沙滩北楼。“到 1952 年院系调整之前,东语系教师的人数增加了,学生的人数增加了,语种的数目增加了,成为当时全国唯一的一所培养东方语言人才的最高教学机构。”[②]

1952 年中央教育部在全国范围内进行了高等学校的院系调整工作,高等学校教育体制全面向苏联看齐。东语系原来属于国内少数民族的语言,通通划归中央民族学院(现在的中央民族大学),东语系只保留外国语言。国内外均有的民族和语言,同中央民族学院分工,东语系负责外国部分,中央民族学院负责国内部分。此时,东语系也随着院校合并,搬到原燕京大学校址上的外文楼。[③] 这一阶段北京大学东语系平稳发展,增设了很多东方语种。但也因为强调培养翻译人才的国家任务,渐渐地人们在说东方语言文学系的时候去掉了文学两个字。季羡林先生对此一开始没有意见,但后来觉得既然外院的西语和俄语都叫语言文学系,东语系去掉文学两字似乎暗示着东方语言的文学创作和研究不能与西方语言文学、俄罗斯语言文学相比肩,要求加回“文学”二字。

2. 东方语文范围内的学术研究设想:1954 年

1954 年,季羡林先生在《科学通报》1954 年第 5 期上发表了一篇题为《东方语文范围内的科学研究问题》的文章,[④] 针对北京大学东语系师生没有开展学术研究的缘由进行了说明。这篇文章的写作语境是,一年前中国科学院访苏代表团

① 蔡德贵:《季羡林传》,陕西师范大学出版社 2009 年版,第 318 页。

② 蔡德贵:《季羡林传》,陕西师范大学出版社 2009 年版,第 319 页。

③ 现在北大西门附近的外文楼外还挂着老东方学系的牌子。

④ 此文标注的作者单位就是“北京大学东方语言学系”,没有了“文学”二字。

回国，中央高等教育部召开综合大学会议，明确规定高等学校要结合中国与世界情况进行科学研究工作，而北京大学东语系却一直没能开展真正的学术研究。季羡林先生参加了1951年的中国代表团访问印度活动，清楚研究东方各国语言、文学、历史、地理、政治、经济各种问题的重要性，而苏联学界也表示希望中国学界在亚洲史方面应该多用一些力量。在这样的历史语境里，季羡林先生认为确实应该展开对东方语文范围内的学科研究的工作，也就是真正建设东方语言文学学科。但是，当时确实不太具备开展学术活动的条件，首先是因为长期忽视东方语言文学，掌握东方语言的人凤毛麟角，有些东方语种全国也就几个人懂，而且水平有限，更不要说研究资料，连各东方语种的词典都没有，工具书、教科书，更是无处寻觅。1949年政府决定扩大东语系的时候，给东语系的任务就是培养翻译干部，所以本来教员就少的东语系只好集中力量编纂字典、语法书和读本，编写语言教材。

虽然有这些现实问题，但在接下来的论述中，季羡林先生却对北京大学东语系学术研究进行了规划，这不仅是因为有苏联国立大学东方语文学教学计划可以参考，有苏联东方学传统研究体系可以参考，更是因为季羡林先生在清华和德国哥廷根大学有过十几年的学术训练，回国前就已经在国际梵巴语言学界享有名声，是一位顶尖的学者。东语系的金克木先生、马坚先生等教员，本身也都是学富五车、很有学术素养的学者，一旦时机成熟，开展学术研究工作应该是必然的，而且也能够直接和国际接轨并且很有建树的。季羡林先生和系里的其他教员，有着建立东方语言文学学科的构想。他指出："现在全国还没有一个机构能够组织和领导东方语文方面的研究工作。”“这不由得又让我们想起了中国科学院。”[1]由此可见，季羡林先生很清楚要建立一个学科需要什么。而从季羡林先生之后发表的文章和进行的学术建设来看，他一直在自主而努力地构建着中国的东方文学学科。

3. 东方文学学科的初步开展：1958—1966 年

1958 年，“大跃进”发展到教育界，外国文学教学研究领域要求改变以西方文学取代外国文学的现状，要建立东方文学体系，形成西方文学和东方文学共同组成外国文学的新体系。[2]北京师范大学中文系也有部分外国文学研究生、进修生和本科毕业生组建东方文学研究小组，用两三个月时间编出教学大纲、讲义和参考资料，其中参考资料作为七卷本《外国文学参考资料（东方部分）》的一卷，由高等教育出版社于 1959 年正式出版发行。[3]东北师范大学、辽宁大学和哈尔滨师范学院的中文系，由学校印刷本校教师编写的东方文学教学大纲、讲义和作品选。上述几所大学纷纷开设东方文学课程，作为外国文学课程的一部分。为解决各大学中文系东方文学教学研究队伍势单力薄的问题，东北和华北几所大学教师还召开了两次联合编写东方文学教材的会议，并于 1966 年前后将教材定稿，但因为“文革”的开始没能问世。[4]这时，东方文学不再是以国别文学的形式进行教学和研究了，而是开始以总体文

---

① 季羡林：《东方语文范围内的科学研究问题》，载于《科学通报》1954 年第 5 期，第 14 页。

② 何乃英：《东方文学研究会与东方文学学科建设》，载于王邦维主编《东方文学学科：建设与发展》，北岳文艺出版社 2007 年版，第 4 页。

③ 何乃英：《1958—1966：东方文学学科之起步》，中国社会科学出版社 2018 年版。

④ 何乃英：《东方文学研究会与东方文学学科建设》，载于王邦维主编《东方文学学科：建设与发展》，北岳文艺出版社 2007 年版，第 5 页。

学——东方文学的姿态出现。[1]

对于这时北京大学东语系的活动，何乃英先生认为主要是加强了对东方国别文学的研究，主要精力还是在国别文学上，虽然也在雄厚的国别文学研究基础上逐渐开始了东方文学的整体研究工作，并且开设东方文学课程。[2]1959年，季羡林和刘振瀛两位先生撰写了《五四运动后四十年来中国关于亚非各国文学的介绍和研究》，刊发在1959年第2期《北京大学学报》（哲学社会科学版）上。张朝柯先生在《全国领先 功绩卓著——追忆50年前北大东语系创建东方文学学科的杰出贡献》一文中公允地评价了1959年的这篇论文，并且分析道："这篇论文虽然发表于1959年，但其准备工作可能在1958年已经开始了。因而，不难推断：东语系对东方文学的整体研究和学科建设，在全国高校中是开始得最早的，处于领先地位。"[3] 本书作者当时负责向张朝柯先生约稿，并和北京师范大学相关老师做了多次访谈，也十分认可他的观点并备受鼓舞。"我国东方文学学科建设的历史，即把东方文学作为一个整体学科进行教学和研究的历史，始于1958年。据我所知，在此之前，作为我国东方文学研究中心的北京大学东方语言文学系，早已经在东方国别文学教学和研究方面取得了可观的成

---

① 何乃英：《东方文学研究会与东方文学学科建设》，载于王邦维主编《东方文学学科：建设与发展》，北岳文艺出版社2007年版，第4页。

② 何乃英：《东方文学研究会与东方文学学科建设》，载于王邦维主编《东方文学学科：建设与发展》，北岳文艺出版社2007年版，第5页。笔者没有找到关于北大最早开设东方文学课程的资料，希望能够挖掘到更多的文献资料。因为也不能看到1958年及1966年编成的其他各个学校的东方文学教材，笔者不能就北大和其他各院校的东方文学课程设置进行比较。

③ 张朝柯：《全国领先 功绩卓著——追忆50年前北大东语系创建东方文学学科的杰出贡献》，载于王邦维主编《东方文学学科：建设与发展》，北岳文艺出版社2007年版，第73-74页。

绩。”[①] 从东方文学学界不同时期的从业者的交流访谈中，许多人都认可北京大学东语系应该是我国东方文学学科建设最早开始的地方。

首先，当时没有比北京大学更了解东方语言文学的学校了。何乃英先生是北京师范大学中文系编写东方文学教材的东方文学研究小组的成员，他指出当时他们“关于东方文学的知识几乎等于零”，[②] 他们“不知道东方文学史是什么东西，东方文学包括哪些作家，包括哪些作品”。[③] 在这样的情况下他们坚持到北京大学东语系听课，整理笔记，他们的总体东方文学学科蓝图的建构源自北京大学的旁听课程以及和北京大学东语系老师们的求学历程。同时，因为他们是中文系的，不懂东方语言，“关于东方文学的资料严重匮乏”，[④] 只能使用国内已经翻译的东方语言的资料，以及译自苏联的评论文章，在这点上，他们搜集的资料不可能比北大东语系资料丰富，也难以深入自主研究。不过，《我国东方文学研究史上的特殊年代——以 1959 年版〈外国文学参考资料(东方部分)〉为中心》一文中有学者认为：“关于‘东方文学’这一学科概念，在《资料》之前，一直未能成为一个确定的学科称谓与学科概念。虽然早在 20 世纪初新文化运动时期，我国的学界就有了‘东方文化’这样的概念，但作为学科概念的‘东方文学’，一直到 20 世纪 50 年代也缺乏普遍与自觉的运用，而普遍使用的是‘亚非文学’这

---

① 何乃英：《1958—1966：东方文学学科之起步》后记，中国社会科学出版社 2018 年版。

② 何乃英：《东方文学研究会与东方文学学科建设》，载于王邦维主编《东方文学学科：建设与发展》，北岳文艺出版社 2007 年版，第 4 页。

③ 何乃英：《东方文学研究会与东方文学学科建设》，载于王邦维主编《东方文学学科：建设与发展》，北岳文艺出版社 2007 年版，第 4 页。

④ 何乃英：《东方文学研究会与东方文学学科建设》，载于王邦维主编《东方文学学科：建设与发展》，北岳文艺出版社 2007 年版，第 4 页。

一地域性概念，或‘亚非拉文学’这个带有明显政治色彩的概念，《资料》首次明确提出了与当时的‘西方文学’‘欧美文学’相提并论的‘东方文学’的学科概念，显示了编者的‘东方文学’的学科意识的自觉。”[①] 本书作者对这一论述有些质疑。

1959年，季羡林和刘振瀛两位先生共同撰写的《五四运动后四十年来中国关于亚非各国文学的介绍和研究》，分为两个部分，前大半部是“以国家为单位，逐国谈一谈介绍和研究的情况”。[②] 在这一部分中，各个国家是以东北亚、东亚、东南亚、南亚、西亚、北非、撒哈拉以南非洲的顺序排列的，已经显示出日后东方文学史按区域划分的格局，表明季羡林先生在依据文学实际情况寻找某种学科逻辑，而不是像《我国东方文学研究史上的特殊年代——以1959年版〈外国文学参考资料·东方部分〉为中心》那样以朝鲜、越南、蒙古国、印度、阿拉伯、印度尼西亚、日本、土耳其这样杂乱无序地排列。《五四运动后四十年来中国关于亚非各国文学的介绍和研究》一文中严格统计、介绍并分析了我国对亚非26个国家文学的译介和研究状况（《我国东方文学研究史上的特殊年代——以1959年版〈外国文学参考资料（东方部分）〉为中心》只介绍了8个国家），充分体现了北京大学东语系研究文学的老师们群策群力的合作实力和梳理文献的能力，在日本、印度等学力丰厚并且确实译介较多的国别文学方面，篇幅较长且分析具体和深入。但是也出现了一些错误，其中埃塞俄比亚部分列举的亚伯拉罕·姆

① 张朝柯：《全国领先 功绩卓著——追忆50年前北大东语系创建东方文学学科的杰出贡献》，载于王邦维主编《东方文学学科：建设与发展》，北岳文艺出版社2007年版，第80页。

② 季羡林、刘振瀛：《五四运动后四十年来中国关于亚非各国文学的介绍和研究》载于《北京大学学报》（哲学社会科学版）1959年第2期，第151页。

斯的《怒吼》[①]其实应该列入南非联邦。这篇论文的日本部分是刘振瀛先生撰写，其余部分以及全文结构和问题的提法都是季羡林先生负责的，而《怒吼》的序言里就明确写到了“南非联邦”，[②]这也说明季羡林先生百忙之中，写这篇综述性文章时也许并没有通读合作者收集的所有文献。不过通读所有文献本来就不是一人以一己之力能完成的任务。在这篇论文后记里列了到北京图书馆抄录资料并做出初步统计的梁毅、杨济安等老师的名字，以及写作过程中提供帮忙的东语系教师的名字。

再查看《我国东方文学研究史上的特殊年代——以1959年版〈外国文学参考资料（东方部分）〉为中心》的第一篇《绪言》里的11篇文章，其中2篇马克思、4篇列宁、1篇斯大林论述反殖民斗争的翻译文字，以及4篇来自亚非会议以及亚非作家会议的文章，除了列宁提到《论东方各族人民的觉醒》，[③]根本没有关于东方文学的论述。就这11篇绪论看，《我国东方文学研究史上的特殊年代——以1959年版〈外国文学参考资料（东方部分）〉为中心》的东方概念就是亚非。还有就是国内一直是把“亚非”和“欧美”相对，“东方”和“西方”相对，不存在“东方”和“欧美”相对而提的状况，这篇论文作者的论述本

① 这本书在20世纪80年代以不同的名字重译了两版。我国翻译出版的最早的埃塞俄比亚文学作品是格尔马秋·特克勒著，江有梁翻译的《阿拉亚》，1962年由作家出版社出版。

② [坦桑尼亚]亚伯拉罕·姆斯著:《怒吼》，王仲年译，平明出版社1952年版。

③ 因为不懂俄文，不知道“东方”具体用的是哪个词。要真正理解列宁这里说的“东方”各民族，可能需要上溯到马克思关于东方的论述，甚至俄国的东方学传统。就笔者对毛泽东三个世界理论的简单认识，觉得列宁在这篇文章中说的“东方”就是第三世界的概念，列宁这里说的东方是不包括苏联的“一切被帝国主义所压迫的殖民地和国家、一切附属国反对国际帝国主义者”。关于俄罗斯的东方学，现在哈佛大学比较文学系读博的前北大外院世界文学所学生马筱璐（本科俄语专业）在《外国文学研究》2012年第2期上发表过一篇《俄罗斯“东方文学”研究概述》，应该是国内目前为止最详细的俄罗斯“东方文学”研究介绍，纠正了之前国内学界关于国际“东方文学”学科起源的误解。

身就是不准确的。作者也没有提及《我国东方文学研究史上的特殊年代——以1959年版〈外国文学参考资料(东方部分)〉为中心》的主编陈惇、陶德臻、何乃英，1958年末其实正在北京大学东语系作为进修教师旁听东方文学的相关课程，只不过他们三位未办任何手续，戏称编外的进修教师。[①] 当时正式被接纳为北京大学东语系进修教师的张朝柯先生记录了那段历史："1958年，北京大学东语系在全国最早地接受和培养了东方文学的进修教师，开创了培训东方文学师资的先河。""最初，是我国北方的高等院校开始意识到中文系的外国文学必须改革，应该清除欧洲中心论的影响"，"辽宁大学是1958年刚刚建立的，缺乏师资"，"那个时代是不能强调个人志向的，只能听从组织分配。系里告诉我：送你到北大东语系进修东方文学，时间是两年，任务是只学文学，不学语言。两年后，返校上课，讲东方文学"。张朝柯成为东语系第一个东方文学进修教师，他旁听了当时东语系开设的各个国别的文学史课程。他和陈惇先生、何乃英先生于1958年末相识于北京师范大学中文系，"第一次见面后，陈惇和乃英便提出想到东语系学习。此后，凡是东语系的活动，不管是文学史课，还是学术讨论会，我都打电话通知他们。因为他们也在教学改革，刚刚筹建东方文学学科"。[②]

虽然从时间上看，应该是北方各高校先展开教学改革，先开始编写教材，但是不论是从教材的编选材料还是课程的构想，应该或多或少都受到过北京大学东语系相关课程老师们的影响。至少关于东方语言学科的设想，季羡林先生在前文提

① 张朝柯：《全国领先 功绩卓著——追忆50年前北大东语系创建东方文学学科的杰出贡献》，载于王邦维主编《东方文学学科：建设与发展》，北岳文艺出版社2007年版，第75页。

② 张朝柯：《全国领先 功绩卓著——追忆50年前北大东语系创建东方文学学科的杰出贡献》，载于王邦维主编《东方文学学科：建设与发展》，北岳文艺出版社2007年版，第74页。

到的1959年发表的文章中已经提出来了。之后，北京大学东语系的建立，要想在中文系的外国文学课程中自然生发出东方文学学科，是无法想象的。张朝柯先生还注意到一个问题，那就是北京大学中文系和其他高校中文系不同的是：北京大学中文系一直以来都没有外国文学教研室，中文系的同学们和东语系学生一起上东方文学课。北京大学外国语学院开设的东方文学系列课程一直以来面向全校开课，也是中文系文学专业同学的限制性选修课。

《五四运动后四十年来中国关于亚非各国文学的介绍和研究》一文的第二部分是对整体亚非国家文学介绍和研究状况的归纳、分析与评述，并指出其中的一些规律。这可以算得上是真正的由我国学者依据我国对亚非国家作家作品的认知和现有的研究状况，通过归纳总结而非演绎或者挪用其他国家的理论，将亚非文学作为整体进行研究。① 季羡林先生写道："到现在，专门研究亚非文化的机构正在筹建中。"② "一批年轻的研究工作者正在培养和成长。亚非文学作品的出版量一天天增加，译文的质量也一天天提高。研究工作可以说是已经开始，即使我们目前力量还不够大，条件还不够好，还有很多急需弥补的薄弱环节和空白点。"③ 本书作者认为北京大学东语系之所以在发表论文上表现得有些滞后和迟疑，其实是出于对学术的敬畏，出于季羡林先生等一代老学者对学术的敬畏，有

---

① 当然，在以后的进一步研究中，笔者应该会尽可能地查找1958年各北方高校自己印刷出版的东方文学教材，或进行口述史采访，考察当时其他院校对东方的定义，找寻我国东方文学以及东方学之"东方"的最初的含义。

② 这一机构可能是中国社科院外国文学研究所的东方文学教研室，有待考证。中国社科院外研所东方文学教研室"文革"前就已经组建了专门从事东方文学研究的部门，当时叫"东方组"。

③ 季羡林、刘振瀛：《五四运动后四十年来中国关于亚非各国文学的介绍和研究》，载于《北京大学学报》（哲学社会科学版）1959年第2期，第171页。

着认真严谨的态度。在各方面积累都不够的时候，季羡林先生等东语系学者，一直坚持踏踏实实地从事自己的国别文学和东方语言教学和研究。到改革开放后的20世纪80年代，我国东方文学相关研究条件成熟的时候，季羡林先生自己对东方文学的思考也成熟了，于是他给《简明东方文史》写了近三万字的序言，第一次明晰地阐述了东方文学这一学科的研究对象、范围和方法。随后，在各种东方文学史相关著述的编写中，季羡林先生也继续充实他的东方文学概念，在文化和文学审美性等方面，寻找东方文学的内部互通性、整体性。只不过在这一寻找东方特性的过程中，他不自觉地又将东方概念泛化了，从而为20世纪90年代关于撒哈拉以南非洲属不属于东方的争论提供了辩驳空间，也为中国的东方学等学术话语打开了自圆其说的阐释空间。

在1959年这篇距今60余年的论文的倒数第二段，季羡林先生说了一句非常关键的话："作为亚非文学的组成部分之一，苏联各民族文学中的东方部分，是必须包括进来的。"[①] 在这句话中，"亚非""东方"同时出现，作者很明显地表明苏联各民族文学中的东方部分是亚非文学的组成部分。至于这里的"东方"是指苏联的亚洲部分，还是指抽象意义上的"东方性"就不得而知了。在考量1958年东方文学学科热的时代背景时，不能不考虑1955年的亚非会议、1956年的亚洲作家会议、1958年10月在塔什干举行的亚非作家会议。此外，季羡林先生从不避言东方文学学科创立之初的政治性。

塔什干会议后周扬先生有一个总结："以反对帝国主义和反对殖民主义为共同基础的塔什干会议的精神"，"中国、印

① 季羡林、刘振瀛：《五四运动后四十年来中国关于亚非各国文学的介绍和研究》，载于《北京大学学报》(哲学社会科学版)1959年第2期，第171页。

度、阿拉伯及其他东方各民族的文化有着丰富的、悠久的传统。可是这些文化的发展因帝国主义侵略而在一个相当长的时期内陷入停顿”。[①] 也就是说，周扬先生所代表的中国官方意识形态中的东方，首先是历史上有着悠久的文化，其次是近代受到帝国主义和殖民主义的双重压迫。周扬先生进一步说：“随着东方国家争取民族独立运动的高涨，和社会主义在一些亚洲国家的胜利，出现了一种新的民族文化，这种文化和民族解放斗争密切地联系着，把人类最先进的思想同本民族过去的优良传统结合起来。”“现在东方正面临着一个新的文艺复兴的时代。”[②] 就本书作者所阅读到的有关亚非作家会议的文献和研究资料而言，周扬先生的这篇《共同的目标》影响很大，这里提出的“东方文艺复兴”的口号，影响了这之后的国内文学风向，尤其是推进了亚非文学作品的翻译进程。

4. 东方文学学科体系基本确立：1983 年、1987 年、1995 年

20 世纪 60 年代（主要是“文革”前）虽然有不少亚非国家的作品翻译出版，[③] 但实际上亚非总体文学研究、东方文学研究并没有太大的推进。[④] “文革”一开始，所有的学术研究就彻底中断了，季羡林先生被打入牛棚。70 年代稍微放宽一些的时候，他开始翻译印度史诗《罗摩衍那》，这只能算作季羡林先生自己的学术耕耘，与时政无关，也不代表学科的普遍状况。真正确立我国东方文学学科体系的学术成果，应该从 1983 年我国正式出版的第一部东方文学教材算起，一系列东方文学

① 周扬：《共同的目标》，载于世界文学社编《塔什干精神万岁——中国作家论亚非作家会议》，作家出版社 1959 年版，第 99 页。

② 周扬：《共同的目标》，载于世界文学社编《塔什干精神万岁——中国作家论亚非作家会议》，作家出版社 1959 年版，第 99-100 页。

③ 其中亚非作家会议上各国商讨的一些有关建构亚非文学流通共同体的设想，在这些亚非作品的中译过程中起了怎样的作用，笔者仍需进一步研究。

④ 也有可能是文献欠缺，不知道当时有些什么发展。

史著作和教材面世。1983年，[①] 由朱维之先生主编、中国人民大学出版社出版的《外国文学简编（亚非部分）》由北京大学东语系和其他大学中文系教授合作编写，执笔者名单中能看到刘振瀛、刘安武、张鸿年、李谋、陶德臻、何乃英等老东语系的教授和进修教师。1987年，北京大学出版社出版了季羡林先生主编的《简明东方文学史》，其撰写的万言绪论，清晰明了地阐述了"东方文学的范围"和"东方文学的特点——内容和发展规律"。[②] 季羡林先生先是梳理了"东方"由单纯的地理概念转变为政治概念的过程。论述转变为政治概念的"东方"时，季羡林先生引用了列宁在《在东部各民族共产党组织第二次代表大会上的报告》的文字，总结道："在这里，东方人民明显地有了政治涵义，他们是被压迫的、不独立的、没有平等权利的帝国主义的剥削对象。"[③] 他进而指出，在列宁的其他文章及斯大林的部分文章里，东方都是这个含义。不难推断，"文革"之前国内的东方文学的东方，应该都是这个意思，尤其是前文提及的1959年出版的《外国文学参考资料（东方部分）》绪论部分即收录了列宁的《论东方各族人民的觉醒》。

季羡林先生梳理东方的概念在中国的变化，厘清东方文学学科的研究对象和范围，认为"东方的概念有一个历史发展的过程，绝不是一成不变的。今天我们讲的东方文学史就是指

---

① 1983年8月，国内第一个东方文学学术团体——"全国高等学校东方文学研究会"成立。研究会认为"东方文学在我国既是一门十分古老的学科，又是一门年轻的学科。东方文学工作者的任务，就是要努力探索东方文学的发展规律，正确评价东方文学的地位，建立我国的东方文学学科体系，其目的在于发展我国的社会主义文化"。季羡林先生被选为名誉会长，朱维之先生被选为顾问。这一时期参与到各种东方文学史编撰过程的学者，几乎都是研究会成员。不过早在1981年，东方文学作为世界文学的一个重要组成部分被写进国家教育部颁发的高等院校教授外国文学的教学大纲，1982年暑假北师大应教育部委托在承德举办全国高校东方文学讲习班，国内的东方文学教研团队有了很好的沟通和合作。

② 季羡林等编：《简明东方文学史》，北京大学出版社1987年版，第1页。

③ 季羡林等编：《简明东方文学史》，北京大学出版社1987年版，第3页。

这个历史发展的结果的东方概念。其中既有地理概念,也有政治概念,二者不能偏废"。[①] 既然说明了历史上东方的概念,分析了以往东方概念的历史局限性,其实季羡林先生大可彻底抛开历史的东方的说法,给研究对象起一个新的名字,但是季羡林先生没有这么做,他接下来用文学生成的机制来分析东方文学研究的合理性,让"东方"回归文学、文化。在这里,他提出了著名的且充满争议的四个文化体系的理论。从此亚洲和北非、中国文化体系、印度文化体系和波斯、阿拉伯伊斯兰文化体系[②] 就成了东方的范围,撒哈拉以南非洲的东、西归属问题就成了焦点。

1995 年 12 月,吉林教育出版社出版了季羡林先生主编的《东方文学史》,可谓《外国文学简编(亚非部分)》[③] 以来,经过《简明东方文学史》确立和普及的东方(亚非)文学体例的集大成者,在资料的丰富上史无前例,目前依旧是后无来者。总而言之,"文革"之后,80 年代开始,国内学者对东方文学学科的建设,带有更强的自主性,在国别研究的基础上,努力寻找东方文学的"东方性"。

5. 东方语言文学系到东方学系的创立:20 世纪 90 年代

随着东方语言学习者的增加,东方区域研究的加强,东方文学学科的建设者们自己的研究开始溢出单纯的文学研究。这同西方文学研究中文化研究转向背景不太一样,东方文学研究的外溢是一直存在的,掌握东方语言的东方语言文学从

---

① 季羡林等编:《简明东方文学史》,北京大学出版社 1987 年版,第 3 页。

② 1987 年提出"四个文化体系"后引起了很大的反响,在听取各方意见后,季老做出了修订。张晖撰有《季羡林"四大文化体系"理论的提出和发展》一文专门思考这"四大文化体系"。

③ 1998 年、2004 年、2010 年又有三个修订版。文学史的总的体例没有太大变化,主要是因为入选标准的改变,增易了一些作家,并且增加了一些从前不知道的东方文学史的内容。

业者往往在文化、历史等研究中也很有建树，同时要总体把握东方的概念，东方各国间的交通史也十分重要，东方文学学科建设要求研究者跨学科研究。因此，季羡林先生从 1987 年《简明东方文学史》的序言写作开始，便引导同行们注意东方文学背后的东方文化研究，东方文学研究本身也突破单纯国别文学研究阶段进入东方文学比较和总体研究的阶段。1992 年 10 月 9 日，北京大学校领导终于批准了改名的建议，东语系更名为"东方学系"。"东方语言文学"到"东方语言"再到"东方语言文学"，最后更名"东方学系"，足见季羡林先生等一批老学者对我国东方文学学科和东方学学科的规划与用心。

1998 年，我国教育部对研究学科的设置进行大幅度削减和整合，外国文学和比较文学合并为中国语言文学下的二级学科"比较文学与世界文学"。这为东方文学研究注入了新的研究方法和视域。1999 年，北京大学进行院系整合，在原有的四个外语系的基础上建立了外国语学院，原东方学系分为东方语言文化、日本语言文化和阿拉伯语言文化三个系，并同时成立北京大学东方学研究院。东方文学研究院前身是东语系创办的东方文化研究所，东方学研究院建立以来多次主办各类学术会议，出版大型学术丛书《东方文化集成》，在国外学术界也有一定影响，一些学术成果水平居于学术研究的前沿。本文开篇提到的 2015 年 6 月 6 日至 8 日的"21 世纪东方文化论坛"，即东方学研究院积极推进的国内外学术机构开展学术交流的平台。2015 年是第一届，该论坛每年举办一次，轮流在中国和中国以外的国家举办，以期在国际东方学界获得更大的影响。[①]

---

① http://oriental.pku.edu.cn/intro.htm.

2000年初，北京大学又决定“在原北大东方学系暨东方文化研究所及其后成立的北京大学东方学研究院的基础上，重新调整研究力量，组建一个实体性的，专门从事东方文学研究的机构，即北京大学东方文学研究中心”。[①] 该中心是我国国内研究东方文学的唯一基地。“中心的成立不仅为北京大学与其他单位从事东方文学研究的学者提供了一个合作的平台，也赋予了北京大学进一步发展东方文学学科的更高使命。”[②] 中心不仅在课题研究的基础上召开全国性学术会议，而且组织面向全国研究生和青年教师的东方文学暑期学校，并定期出版《东方文学研究通讯》季刊（内部发行）和《东方文学研究集刊》。

以北京大学东语系的建立和演变为线索，梳理我国东方文学学科及东方学学科的学科史，能够清晰地看到，我国东方文学学科是在对抗和学习国际学术界，尤其是欧美以及苏联的东方学学界的过程中产生的。虽然北京大学东语系1949年和1952年的两次人员扩充带有明显的应国家政治之需的色彩，1958年东方文学学科的开展跟亚非会议、亚非作家会议有着千丝万缕的联系，但是确实与苏联学界以及广大亚非国家学界进行了对话，翻译和介绍了一些亚非国家的重要研究成果。我国东方文学学科的领军人物季羡林先生本人，在德国的十年，接受的就是正统的德国东方学的语言学的训练，季先生是很清楚西方东方学的含义和研究方法的，同时季先生自己的印度研究，以及比较文学、文化的研究，也是一直跟国际学界

① 杨建：《东方文学学科的东方学渊源初探》，载于北京大学东方文学研究中心主办《东方文学研究通讯》，东方文学学科发展史学术研讨会专号2006年第4期，第78页。

② 李谋：《季羡林先生与北京大学的东方文学研究》，载于北京大学东方文学研究中心主办《东方文学研究通讯》，东方文学学科发展史学术研讨会专号2006年第4期，第31页。

接轨的。

中国的东方文学学科的建立是为了改变国内外国文学只讲西方文学的状况，所以建立之初东方其实是因袭了西方以自己为中心二元区分出来的作为"他者"的东方的概念。在其他被定义为东方的国家，就本书作者的了解，并没有提出他们的"东方学"。东方首先是地理概念，西方东方学的起点也是研究在其地理位置东边的异质文明，至于对待东方这一他者的态度，就不只是殖民的问题，还涉及心理层面的不安全感，这些萨义德在《东方学》一书中都有阐释。中国传统上一直有自己的东西观念，被西方称为东方的印度，在中国传统文化中是我们的西方。也就是说，我国的东方学或东方文学等涉及东方的学科，其实是一直没有把自己摆在中心的位置，而是沿用西方的东方概念。

我们现在强调建立中国的东方学，建立中国的东方学派，但在进行国际学术交流的时候，其实很容易引起误解。首先原先被贴上静止、野蛮、愚昧等标签的前殖民地国家，看到东方这个词的时候[①]很容易产生反感，勾起不愉快的殖民记忆，会认为这是解殖不彻底的表现，就像部分非洲本土居民对"部落"（tribe）的反感。本书作者在向非洲学者介绍我国的非洲文学研究状况时，往往被质疑，因为我们国内目前没有非洲文学专业，对非洲语言文学方向研究型的学生的培养需要借助东方文学学科的平台。非洲学者并不用东方一词指称自己，在尼日利亚著名作家、非洲大陆第一位诺贝尔文学奖得主索因卡的自传《在阿凯的童年时光》中，印度，神秘的亚洲，是他眼中的东方，[②]他们很好奇我们会将自己称作东方。

① 不论是 Oriental 还是少些意识形态性的 Eastern。

② 索因卡接受的是西式教育，东方观念可能是在学校里和欧美书籍中接触到的。

国内学界，因为要论证东方文学学科的合理性，就要努力从现有的关于东方的知识中，总结概括出相似互通之处，之后还要努力论证这种相似性跟所谓“西方”的区别。在这样一个自我本质化的过程中，有些学者渐渐发现东方各国之间共性确实存在，但是很难论证其绝对的“非西性”；还有些学者渐渐发现东西方文化很多实在的文化联系和影响，于是发现东西的区分不那么泾渭分明；还有些学者发现传统意义上的东方诸国，其实内部存在非常难以化一的异质性，但为了保护东方学的合法性，将但凡不符合预设的国家和地区剔出东方，于是东方的范围越来越小。

虽然国内东方文学和东方学界的研究者以及研究中心能够组织国际性东方学会议，邀请来自世界各地的研究我们定义的东方地区的学者来中国开会，但是这些会议通常都要分为多个论坛，其实大多时候，每个学者只知道自己专业领域的研究内容，并不能很好地互动和交流。而且这些会议的语言是中文和英文，而国内从事东方总体文学研究的学者不少是学习东方小语种的，即便懂英语，也不能够自如地进行学术交流。

国内主张建立中国东方学，建立中国东方学派的学者，自然有自己的考虑，不少学者都会追溯到20世纪50年代亚非会议、亚非作家会议等一系列亚非文学、文化、艺术交流畅通，和美一家亲的状态；而亚非（北非、东非）历史上，确实有很多实际的商贸、文化往来，国内从事东方民间文学研究学者的研究中有很多关于一个母题、一个故事类型在亚非甚至欧洲各地各民族间流传的实例；加之近现代历史遭遇的相似，被划归为东方的各个国家间似乎有着天然的不同于所谓“西方”的特质，吸引着人们努力维护着“东方”的概念。

确实在现代的学科划分下，如果没有当初的东方语文学科的建设，没有国家和政府的全局调控，很难想象东方语言文学是否能够在中国占有重要的文化和学术席位。即便特殊时期使用了强制性人员调配的手段，我国迄今为止从事东方语言文学研究的学者依旧很少，招生情况也不容乐观。如果不是从事东方文学方向的学习和研究，是很难想象拥有 14 亿人口的国家，有很多重要的东方（亚非）语言，依旧没有纳入高校的学科建设，也没有人学习和研究。

季羡林先生强调重视东方的文艺理论，尤其是中国和印度的文艺理论体系，这是曾经和西方文艺理论比肩的文艺理论体系。但是我们不难发现，真正自觉使用中印文艺理论研究文学现象的人非常少，黄宝生先生曾经使用印度《舞论》的诗学体系品读中国文学，钱锺书先生也尝试过，但总的来说，并没有很大的影响力和借鉴意义。目前充斥图书市场，被列为文学经典的文本，几乎依旧都是西方文学作品。虽然我们不能评价文学趣味，但是大众对西方文艺理论和评价体系的熟悉，不能不说深受以西方为中心的世界文学的经典化作品的影响。

未来国内东方文学学科和东方学学科无论走向如何，跨学科是这两个学科的内在要求。不论东方研究是否会由区域研究、文化圈研究、文化板块研究取代，属于传统“东方文学”“东方学”研究领域的研究对象，还有很多有待学者们勘探和挖掘的。对“东方”认知多一些，我们就对世界理解得多一些。

二、“非洲文学是新兴学科”？

2009 年，为了坚守季羡林先生和刘振瀛先生“创建亚非文学即东方文学新学科的观点审视亚非文学的全貌”学科建设的理念，传承季先生创建东方文学学科之初将东方（亚非）文学划分为亚洲和非洲两大板块的学科建构理念，北京大学外国语学院亚非系创立。12年后，亚非系有了国内第一个非洲语言文学的硕士点和非洲文化的博士点。国内学界对亚非系的学科建设也有所期待，"国内对非洲文学的翻译与研究，长期以来一直进展不大……最近几年，情况逐渐改变，翻译作品与研究者有所增加，也出现了相对集中的研究团队，如北京大学亚非系"。[①] 但也有外国文学学界的领军学者对国内非洲文学学科建设不太了解的遗憾，"非洲文学是新兴学科，我国绝大多数大学的外国语言文学院（系）还没有建立这一学科的课程，学术研究力量也相对薄弱"。[②]

在外国语言文学一级学科的视域里，在二级学科亚非语言文学语境中建设非洲语言文学学科，本书的非洲语言文学学科建设特指撒哈拉以南非洲大陆文学，近代以前，非洲大陆居民的主体是尼格罗人种，非洲文学总体上也称为尼格罗人种文化。近代之后，非洲大陆成为西方侵略者征服的对象，非洲的人种也随之发生巨大变化，但学者们认为，一直到今天，"撒哈拉以南非洲大陆，黑色人种依然还是居民的主体"。[③] 本书力图从外国语言文学一级学科视野出发，在二级学科亚非语言文学的学科建设的语境下梳理撒哈拉以南非洲各国文学概貌，集中呈现国内有关撒哈拉以南非洲各国文学研究的相关研究成果，试图弥补目前国内东方（亚非）文学学科亚非文学研究比例严重失衡的现状，并希望引起学界关注如何将撒哈拉以南非洲文学纳入"东方文学史"著述视野的问题。

① 鲍秀文、汪琳主编：《20世纪非洲名家名著导论》，浙江人民出版社2016年版，第3页。

② ［尼日利亚］秦居莫拉·奥拉尼央、［加纳］阿托·奎森主编：《非洲文学批评史稿》，姚峰等译，华东师范大学出版社2020年版，第6页。

③ 刘鸿武：《非洲文化与当代发展》，人民出版社2014年版，第6页。

目前已有100多个国家和国际组织参与我国的“一带一路”合作，我国已和30多个沿线国家签署了共建“一带一路”的合作协议，“非洲是当前世界政治经济格局中的重要一极，也是我们建设‘一带一路’的重要方向和落脚点”。[①]国际上“南南合作”，特别是“中非合作”，是未来一段时间内最重要的发展趋势之一，国家层面的战略合作需要研究者提供社会文化和人文思想层面的支持。过去很长一段时间，作为北京大学外国语学院二级学科的亚非语言文学学科严重缺少非洲语言文学文化方向的教学和研究，为了响应国家发展规划纲要的号召，填补中非语言文学文化层面的交流和相关互动领域的学科建设空白，北京大学外国语学院亚非系于2009年开始策划并启动了非洲语言文学文化学科建设的计划，并在亚非语言文学二级学科东方文学三级方向名义下培养非洲语言文学硕士博士。自2009年招生以来，在学院、学校和学界的大力支持下，亚非系致力于非洲语言文学文化学科建设，12年来累计招收非洲语言文学文化方向硕士博士生近20人次，已毕业硕士10余人。

非洲是中国向西推进“一带一路”建设的重要方向和落脚点，作为国家“一带一路”倡议的重要区域，非洲的语言文学和社会文化在当代所引起的关注程度胜过任何一个历史时期，但目前来看，国内非洲文学与文化学科长期以来的缺失导致专门人才匮乏，掌握非洲本土语言和深入了解非洲文化的学者不多，因此该领域也成为国内亟待建设的学术研究领域之一。

亚非系下设创办于1978年的东方文学教研室，第一任教研室主任为季羡林先生。1946年季羡林先生回国，创办了北

① http://www.fmprc.gov.cn/ce/ceke/chn/zfgx/t1399623.htm.

京大学东语系。1949年暑假前后,前国立东方语文专科学校、前国立边疆专科学校、前国立边疆学校师范专科和前中央大学边政系的部分教师合并到北大东语系,东语系一跃成为北大文科中的第一大系。1952年暑假院系调整,原在东语系的藏语、维吾尔语以及西南少数民族语言等调整到民族学院。[①]之后,东语系在风风雨雨中走过,她的全名也从"东方语文学系""东方语言系""东方语言文学系""东方学系"到"东方语言文化系"。[②]仅从东语系系名的变化中我们就可以深切感受到东语系学术研究方向的发展变迁过程:创系之初,在艰苦的条件下,东语系为新中国培养了第一代外交人才和研究人才;随着社会环境的变化和教育理念的更新,东语系的教学目标从单纯培养精通外语的对外交流人才转变成培养以外语为基础的复合型人才,研究领域也从东方语言文学逐步扩展到东方社会各个领域。

略微考察东语系的学科建设和发展过程,我们不难发现,东方(亚非)文学的研究和教学一直是东语系学术研究和教学实践中最可圈可点的一个亮点。其领军人物正是季羡林先生。自从1946年担任东语系主任以来,季先生不断引领东语系老师们从事东方各国语言和文学的教学与研究工作。东方文学的研究在中国起步很晚,有学者认为把东方文学作为一门独立的学科予以研究,开始于1958年。[③]但查阅资料,我们发现直至1997年,"东方文学"才被纳入国家教育委员会社会科学司编写的学科目录中,并与"日本文学""印度文学"和"东

① 《北京大学东方语言文学系建系四十周年纪念专刊》(一九四六——一九八六)(内部资料),第2页。

② 参阅王邦维:《从东方语文学到东方学》,载于《季羡林与二十世纪中国学术》,北京大学出版社2001年版,第9页。

③ 陶德臻主编:《东方文学简史》,北京出版社1985年版,后记。

方文学其他学科”并列于“文学”学科之下。[①] 目前作为一级学科的外国语言文学(0502)下有英语语言文学、俄语语言文学、法语语言文学、德语语言文学、日语语言文学、印度语言文学、西班牙语言文学、阿拉伯语言文学、欧洲语言文学、亚非语言文学、外国语言学、应用语言学及区域国别研究 12 个二级学科。其中日语、印度、阿拉伯和亚非 4 个二级学科属于东方文学。国内有学者认为,“20 世纪初俄国学者图拉耶夫的《东方文学论文集》等著作的问世,标志着东方文学已经成为一个独立学科”,[②] 但据有关材料分析,图拉耶夫的研究并不属于东方文学学科的研究范畴,他也并不是提出东方文学概念的第一人。[③]

---

① 国家教育委员会社会科学司编:《全国普通高等学校人文社会科学研究管理系统手册》,沈阳出版社 1997 年版,第 109 页。

② 王向远:《东方文学史通论》,上海文艺出版社 2005 年版,第 6 页。

③ 俄罗斯早期的东方学研究主要集中在考古学、历史学和民族学方面。而在“东方文学”起源说中被我国学界屡次提及的图拉耶夫(Б. А. Тураев)则是 19 世纪末 20 世纪初俄罗斯著名的东方历史学专家,主要进行埃及及其周边地区的历史和考古方面的研究,而并非文学方面的专家。综观其著作,大多为史学性作品,偶有提及文学,也主要集中在古埃及文学方面,可见文学并非其所长。另外,《东方文学论文集》的说法亦有所偏误。本文作者委托北京大学世界文学所研究生马筱璐同学在哈佛大学找到了这本阿甫基耶夫在《古代东方史》附录中的参考书目部分提及的书。此书实际上是二卷本《世界文学》(*Всемирная литература*)中的第二卷,名为《东方文学》(*Литература Востока*)。该书的作者也并非图拉耶夫一人,而是由阿列克谢耶夫(В. Алексеев)撰写的《中国文学》(*Китайская литература*)、叶里谢耶夫(С. Елисеев)撰写的《日本文学》(*Японская литература*)、弗拉基米尔措夫(*Б. Владимирцов*)撰写的《蒙古文学》(*Могольская литература*)、郭特维奇(Вл. Котвич)撰写的《满洲文学》(*Манджурская литература*),以及图拉耶夫撰写的《埃及文学》(*Егибеская литература*)、《科普特文学》(*Котпская литература*)、《阿比西尼亚文学》(*Абиссинская литература*)、《腓尼基文学》(*Финикийская литература*)共同组成的。图拉耶夫独自撰写四章,但他并非此书的编者。而且此书并非论文集,而是古代东方文学介绍。这本书似为图拉耶夫最后的作品,但在书出版之前,他就已经过世。所以在书的最后,还另辟一段,专门纪念了图拉耶夫在“东方学”方面的伟大贡献。即使是在这篇文章中,也丝毫没有提及图拉耶夫首创“东方文学”的说法。另外,阿甫基耶夫在《古代东方史》中对图拉耶夫著作的引用并不只这一处,在那本书中还引用了图拉耶夫许多其他历史考古学方面的成果。应该说,阿甫基耶夫对图拉耶夫的成就是十分清楚的,在他的书中,似乎也没有提到图拉耶夫创建“东方文学”这一结论。所以,所谓图拉耶夫是提出“东方文学”第一人的说法是站不住脚的。——本注释由马筱璐同学提供资料并翻译,特此致谢。

梳理东方文学学科在中国的发展史，我们发现，从“五四”到中华人民共和国成立初期，东方文学这一概念在学界和相关文献中并不存在。虽然20世纪初，学界经常使用“东方文化”“东方哲学”等概念，但查阅这一时期的相关文献，却找不到一篇有关“东方文学”总体研究的文章。可见，当时东方文学的研究还未进入总体研究的阶段，对东方文学的研究还不够全面，东方文学的学科独立意识也尚未形成，“东方文学”似乎还归属于“东方文化”的大概念中。中华人民共和国成立前，各大学的外国文学课程只讲欧美文学或西方文学。中华人民共和国成立后，由于苏联的影响，部分中文系开设的外国文学课程增加了俄罗斯、苏联文学。外语院系的文学课程，大多只讲国别文学。直至1958年，北大东语系第一次把东方文学作为一个整体加以讲授并加以研究，率先在北大东语系和中文系开设“东方文学”课程，东语系“全系的文学教师在季先生的带动下正在突破国别文学教学和研究的传统模式，开始探索创建东方文学新学科的途径”。[①]1959年，季羡林先生和刘振瀛先生合作在《北京大学学报》发表了长文《五四运动以来四十年来中国关于亚非各国文学的介绍和研究》，该论文详细概述了亚非两大洲26个国家文学在中国的介绍和研究情况，在中国第一次提出亚非文学的概念，认为亚非这一概念是就亚洲和非洲的全部文学而言的，并提出“作为亚洲文学的组成部分之一，苏联各民族文学中的东方部分是必须包括进来的”。可见亚非这一概念是特指地理概念。作者认为，在整合亚非各国文学的基础上，应该把亚非文学作为一个整体、一门新兴的学问、独立的学科加以研究并开展教学的设想和目标。

① 张朝柯：《全国领先 功绩卓著——追忆50年前北大东语系创建东方文学学科的杰出贡献》，载于王邦维主编《东方文学学科：建设与发展》，北岳文艺出版社1997年版，第69页。

这篇论文在附记中写道：

> 本文日本部分由刘振瀛执笔，其余部分以及全文的结构和问题的提法都由季羡林负责……在写作过程中，曾得到东语系金克木、黄敏中、韦旭昇、赵福顺、黄秉美、赛西雅拉图、卞立强、梁立基、龚云宝等同志的支持与帮助。李铮同志帮助核对资料抄录全文。①

从这篇论文全文和附记可以看出，这篇论文绝不是一蹴而就的急就章，而是经过长期的资料汇集、认真的整理归纳、经过理论提升后才写成的，它凝聚着东语系从事文学研究教师们的心血和希望，反映了他们当时达成的共识——把东方文学作为一个整体加以研究并开始进行学科建设的努力和目标。

20 世纪 60 年代初，东语系从事文学教学的老师们兢兢业业，所有专业，即日本、阿拉伯、印度、梵巴、乌尔都、朝鲜、越南、蒙古国、泰国、缅甸、印度尼西亚、波斯 12 个专业都写出了为本科生开设国别文学史课程的讲义，可惜的是，只有金克木先生的《梵语文学史》得以正式出版。② 更让人扼腕的是，急风暴雨的“文化大革命”中断了东语系老师们开展东方文学教学和研究的良好势头，他们编写的讲义也流散各处，命运各异，80 年代后才得以陆续出版。③

“文化大革命”后，北大东语系的东方文学教学和科研又恢复正常。1978 年东语系成立东方文学教研室，季羡林先生

---

① 季羡林、刘振瀛：《五四运动以来四十年来中国关于亚非各国文学的介绍和研究》，载于《北京大学学报》1959 年第 2 期。

② 金克木：《梵语文学史》，人民文学出版社 1964 年版。

③ 可参见李谋：《季羡林先生与北京大学的东方文学研究》，载于王邦维主编《东方文学学科：建设与发展》，北岳文艺出版社 1997 年版，第 168-185 页。

任第一届教研室主任。1978年国务院决定编辑出版《中国大百科全书》,季先生负责东方文学的总编辑工作。东语系搞文学的教师大多参加并成为东方文学各分编委的主力和骨干。1979年,东语系编辑出版了学术性年刊《东方研究》(文学专号),季先生为此撰写前言,把这本杂志视为"一只报春的燕子",并对东语系从事文学研究的队伍充满信心:

> 解放后的30年中,我们东语系研究文学的队伍,由弱到强,做过一些有益的工作。
>
> 研究文学的教员,尽管也有这样那样的困难,工作中遇到这样那样的问题,但是精神面貌是好的。他们都在勤勤恳恳地工作。
>
> 搞文学的同志,队伍是比较大的,力量是比较强的。他们是有潜力的。[①]

1983年,在《必须加强东方文学的研究》一文中,季先生提出:"研究任何一门学科,都要找出它的规律性。研究东方文学也是如此……东方文学在我国还是一门年轻的学科,要掌握其规律还需要有一个探索的过程……只有找出它的规律性,东方文学才能真正成为一门具有独立体系的新的学科。"[②]

1986年,在季羡林先生的积极支持和倡导下,北京大学召开了东方比较文学研讨会,全国科研机构和高校百余名从事东方比较文学教学与研究的专家学者会集北大,深入探讨东方比较文学研究的实质、意义和规律。会后论文集结集出版,

① 季羡林:《季羡林文集》(第十三卷),江西教育出版社1996年版,第11-12页。

② 季羡林:《〈必须加强对东方文学的研究〉代序》,载于陶德臻主编《东方文学简史》,北京出版社1985年版,第6页。

在国内外比较文学界产生了较大的影响，季羡林先生特别发表《正确评价和深入研究东方文学》一文为会议论文集作序，并谆谆告诫道：

> 在评价东西方文学时，都要实事求是，既不能说东方什么都是第一，也不能妄自菲薄，更不能容忍欧洲中心主义者对东方文学的歪曲。①

提出东方比较文学理论建构之余，季先生身体力行，率先从民俗学和民间文学入手从事东方比较文学的研究，发表了一系列相关的研究成果，并明确指出：“最近，许多国家的学者大声疾呼，说进行比较文学研究，必须把东方文学纳入，否则，比较文学的道路是很难走下去的。这种见解是十分高明的。”②季羡林先生的呼吁和研究为比较文学学科在中国的建立提供了重要的理论建构和实践基础。③

1987年，东语系的老师们在季羡林先生的主持和领导下，出版了高等学校文科教材《简明东方文学史》。季羡林先生为此写了长达两万余字的绪论，他在绪论中呼吁道：“中国应该对东方文学有湛深的研究，应该有一支庞大的研究队伍，应该有众多的研究机构，人民群众，特别是文学研究者，应该对东方文学有了解，能欣赏。”在多年从事东方比较文学研究实践的基础上，季羡林先生不仅强调东方文学研究的重要性，并提出了东西方文学比较对于世界文学的意义：“特别是从世界文学的

---

① 卢蔚秋编：《东方比较文学论文集》，湖南文艺出版社1987年版，代序。

② 季羡林主编：《简明东方文学史》，北京大学出版社1987年版，序言。

③ 孟昭毅：《季羡林东方比较文学比较文化学术思想探微》，载于《季羡林与二十世纪中国学术》，北京大学出版社2001年版，第73页。

角度看，从比较文学的角度看，在我国，东方文学的研究刻不容缓……东方文学同西方文学的比较，其意义就更为重要。在这种比较研究中，我们可以探讨出世界文学，也就是人类整体文学的发展规律。这大大有助于世界各民族之间的了解，有助于世界文学的发展。”①

有学者指出，季羡林先生“学富五车，造诣极高，而且德行致厚，智虑致明，是我国研究东方文化文学的学术带头人。季先生在东语系执教六十年以来，培养了一批东方文学的教学研究人才”。② 季先生无疑是中国东方（亚非）文学学科的开拓者和奠基人。如果我们说，正是中国学界率先把东方（亚非）文学真正作为一门学科加以教学和研究，季羡林先生则是中国提倡东方（亚非）文学学科建设的第一人，也是东方比较文学理论的构建者和实践者。

季先生在他的多篇文章中对东方的概念加以界定，认为东方概念的语义绝不是一成不变的，这个概念的内涵和外延有一个发展演变的过程。它有地理概念和政治概念的双层含义。从地理概念而论，1840 年以前，东西方的概念以中国为基点，如印度在中国人眼里是“西天”；明朝以文莱为标准，界定南亚和东南亚为“西洋”和“东洋”；欧洲被称为“大西洋”，印度等被称为“小西洋”。近代鸦片战争以后，随着西方殖民主义的入侵，“所谓东方和西方就不再是以中国为基点，而是以欧洲为基点，成了‘欧洲中心论’了。到了这时候，不但中国、日本和朝鲜等国算是东方，连以前我们中国人认为是西方的

① 季羡林主编：《简明东方文学史》，北京大学出版社 1987 年版，序言，第 1 页。

② 梁立基：《季羡林与东方文学》，载于王邦维主编《东方文学学科：建设与发展》，北岳文艺出版社 1997 年版，第 153 页。

印度、阿拉伯国家，包括非洲在内，都成为东方了”。[①] 他进一步指出：“我们使用的‘东方文学’这个名称主要是一个地理概念，是亚洲和非洲文学的总称。”[②] 可见，在季先生眼里东方概念是包括亚非两大洲的区域概念，东方文学也就是亚非文学的区域文学总称，东方文学和亚非文学在季先生的眼里是同一个概念。这一观点被后来的学者们认可，并成为国内东方文学界的普遍共识。[③]

《简明东方文学史》介绍除我国之外的亚非各国文学概况。读者从中可以看到东方文化的一个重要侧面，了解东方文学在世界文学宝库中的重要地位，也可以了解东西方文学的关系渊源。[④]

季羡林主编的《东方文学辞典》中所指的东方，包括亚洲和非洲。[⑤]

此外，季羡林先生主编的《东方文学史》包括亚洲和非洲。由于我们对非洲文学的了解，确切地说是对北非以外的非洲其他地区文学的了解不如亚洲，所以非洲文学反映不充分。随着我们掌握资料的不断丰富和扩大，研究水平的不断提高，在以后再版或出增订版时再加以补充。[⑥]

以上文献用“东方”指代“亚非”，东方文学等同于亚非各

---

① 季羡林：《从宏观上看中国文化》，载于《高校社会科学》1989 年第 2 期。

② 季羡林：《〈必须加强东方文学的研究〉代序》，载于陶德臻主编《东方文学简史》，北京出版社 1985 年版，第 2 页。

③ 1995 年出版的由季羡林任主编、刘安武任第一副主编的《东方文学史》被誉为中国东方文学界的“空前巨著”，该书认为“这部《东方文学史》包括的地域是亚洲和非洲”；又如最新出版的原中国外国文学学会东方文学分会会长，北京师范大学文学院何乃英教授编著的《新编简明东方文学》（中国人民大学出版社 2007 年版）中认为：“东方文学（又称亚非文学）是指亚洲和非洲的文学。”（详见该书第 1 页）

④ 季羡林主编：《简明东方文学史》，北京大学出版社 1987 年版。

⑤ 季羡林主编、刘安武副主编：《东方文学辞典》，吉林教育出版社 1992 年版。

⑥ 季羡林主编、刘安武第一副主编：《东方文学史》，吉林教育出版社 1995 年版，第 1686 页。

国文学,或用“东方文学”指代“亚非文学”的事实表明在东方文学学科建立之初,这两个概念的通用性。[1]在《五四运动后四十年来中国关于亚非各国文学的介绍和研究》一文的附记中作者特别提及支持和帮助写就此文的人员名单,他们分别是来自《北京大学学报》和原东语系的老师,其中有名有姓者就多达12人。

季羡林先生之后,刘安武教授、潘金生教授任第二届和第三届东方文学教研室主任。自成立以来,东方文学教研室相关教师坚持面向全校开设“东方文学”系列课程,组织编写《简明东方文学史》《东方文学史》《东方文学辞典》等。1986年,东方文学教研室开始招收东方文学方向研究生,1998年开始招收亚非语言文学专业博士研究生。2009年东方文学教研室开设的“东方文学系列课程”曾获得“北京大学教学成果奖校级一等奖”。

通过以上资料的梳理可以发现,季羡林先生创办东语系东方文学教研室之际的学科建设目标包括非洲语言文学学科建设的理想。

东方文学教研室现有成员是教育部人文社科重点研究基地东方文学研究中心和北京大学非洲研究中心的重要成员。北京大学外国语学院亚非系非洲文学与文化方向旨在培养综合素质过硬的区域研究人才,该硕士培养方向不仅讲授非洲文学与文化等方面的综合背景知识,也训练学生扎实的学术研究能力,培养方向上具有跨学科的特点,鼓励学生求学期间接受社会学、国际政治、人类学等学科研究方法的综合训练。

---

① 张朝柯:《全国领先 功绩卓著——追忆50年前北大东语系创建东方文学学科的杰出贡献》,载于王邦维主编《东方文学学科:建设与发展》,北岳文艺出版社2007年版,第68–78页。

非洲文学与文化研究能够促进国际文化交流与互动，为“一带一路”新型国际合作框架道路的建设提供重要的现实和文化观照。值得注意的是，对非洲文化与文学的研究不仅仅是为政治、经济领域服务，更是了解世界和了解中国自身的需要。进一步加强对非洲文化研究和中非文化交流，逐渐提升国人对非洲文化的赏析能力，对夯实中非合作的人文基础、促进中非关系可持续发展具有重要意义。当今世界正处于前所未有的激烈变化之中，中非友好关系目前进入了新的历史时期，中国和非洲在政治、经济、文化领域的交流日趋繁荣。在愈加复杂的全球化语境中日益繁荣与发展的非洲文学，正在成为国际学界重点关注的研究对象之一。非洲文学真正蜚声国际是在 20 世纪五六十年代。特别是 80 年代至今的 40 余年间，有 4 位非洲作家获得诺贝尔文学奖的桂冠：1986 年尼日利亚的沃莱 • 索因卡（Wole Soyinka）、1988 年埃及的纳吉布 • 马哈福兹（Naguib Mahfouz）、1991 年南非的纳丁 • 戈迪默（Nadine Gordimer）和 2003 年南非的库切（J. M. Coetzee）。这从一个侧面表明，非洲文学已经不能再被看作边缘化的文学。20 世纪中期以来，非洲文学的价值逐渐为世界所认同，国外已建立起颇为丰富和完善的教学机构与研究体系，令人十分遗憾的是，我国非洲语言和文学的学科建设明显落后于国外知名大学。

当前，国内高校相关学科的非洲语言文学文化专业以培养实用型语言人才为主，非洲语言文学文化的专门研究型人才比较匮乏。北京大学外国语学院亚非系在综合型人才的培养上，一直在进行努力而艰苦的探索，如通过招收有志于从事非洲语言文学文化研究、来自不同学科训练背景的研究生，利用北京大学的综合资源加以培养，再将优质生源输送到国外国内高校学习，为国内培养从事非洲语言文学文化的高端研究型人才。

长期以来,北京大学外国语学院国家重点培育学科亚非语言文学学科非洲文学方向的教学和研究一直未得到应有的开展,是急需建设的学科方向。“亚非语言文学学科?非洲在哪里?”这一直是国内外亚非语言文学学界对北京大学外国语学院亚非语言文学学科的普遍质疑,并直接影响到北京大学外国语学院学科建设的布局和发展。北京大学外国语学院亚非系于 2009 年创办,亚非系开创了非洲语言文学学科在北京大学的学科建设的历史,并在二级学科亚非语言文学东方文学方向下开始招收第一届非洲语言文学方向研究生。亚非系 2012 届非洲语言文学方向毕业生程莹和 2018 届毕业生李金剑分别获得国家留学基金管理委员会奖学金,赴英国伦敦大学亚非学院非洲语言文化系攻读非洲语言文学方向博士学位。亚非系与南非罗德斯大学非洲艺术研究项目展开合作,2017 届毕业生张丽方获全额资助在南非留学,目前在攻读非洲艺术方向博士学位,是南非罗德斯大学艺术系“非洲与南南艺术”研究团队成员。2018 年程莹取得博士学位并正式入职亚非系,她的英文博士学位论文 *Is Theatre Dying in Nigeria? Recycling Popular Theatre in Metropolitan Lagos* 获得国际拉各斯研究协会 2018 最佳博士学位论文奖(LSA BEST DOCTORAL THESIS IN LAGOS STUDIES AWARD)。2018 年 6 月 23 日,拉各斯研究协会负责人为其颁奖。2021 年,亚非系非洲语言文学与文化方向研究生金茜毕业并申请到全额奖学金到美国威斯康星大学攻读非洲文学方向博士。2021 年亚非系录取两位研究生,本科分别毕业于豪萨语专业和葡萄牙语专业。

自 2009 年成立伊始,亚非系就一直坚持聘请国内外知名学者为亚非系非洲语言文学方向的硕士生开设相关课程。他们开设的课程为同学们提供了国际的学术视野，使得亚非系非洲语言文学方向在建设伊始就能与国际学术界接轨。亚非系开设的相关课程也为北京大学研究生院非洲研究课程证书提供学术和语言支持。亚非系非洲语言文学方向从2009年学科建设起步阶段到现在的稳步发展阶段，依然希望坚持聘请海外讲席教授和国内外非洲本土语言的相关语言教师，加盟亚非系的学科建设和人才培养计划。

2010年开始，亚非系聘请哈佛大学著名学者Biodun Jeyifo教授和尼日利亚伊巴丹大学前戏剧系主任Femi Osofisan教授任亚非系的海外讲席教授，为非洲文学方向的研究生开设了与非洲文学相关的课程。2014年亚非系聘请尼日利亚阿瓦洛瓦大学英语系主任Chima Anyadike副教授开设非洲小说专题研究、非洲英语文学专题研究、非洲历史与文化、非洲文学与哲学、阿契贝专题研究等相关课程，并为非洲语言文学方向学生开设必修的非洲本土语言课程，如斯瓦希里语、阿姆哈拉语、祖鲁语、伊博语、约鲁巴语。

亚非系所传承的季羡林先生创办的东方文学教研室从1978年至今已有40多年的历程，亚非系自2009年开启的非洲语言文学学科建设，截至2021年，已经历了12年的风雨。2018年二级学科亚非语言文学非洲文学与文化方向开始正式招收硕士生。亚非系非洲文学与文化方向是在北京大学东方语言文学研究传统优势基础上，借助外国语学院英语、法语、阿拉伯语、葡萄牙语等学科优势，配合“一带一路”倡议的形势与机遇，开拓新的学术重点而设立的新的专业方向。招生对象为主修斯瓦希里语、英语、法语、德语、葡语、中文等专业，具有第三世界文化与社会关怀，尤其是对撒哈拉以南地区的文化、文学与社会等领域具有研究兴趣的本科生。非洲文学与文化方向主要培养从事撒哈拉以南地区的非洲文化、非洲文学、非洲影视与表演艺术、比较文学、民间文学、非洲历史与社会等的教学、研究、出版编辑等方面的专业人才，以及将来从事各种对非洲相关领域工作的文化交流人才。

该方向拓展学生的世界文化视野，重点培养学生独立的学术研究能力，为培养高校非洲学科的专业学术研究者和工作者储备人才。利用北京大学外国语学院的非通用语种的教学优势，要求学生熟练掌握一种或几种相关的非洲本土语言，具有较坚实的非洲语言文学基础理论和较系统的专业知识，了解本学科的当前状况和发展趋势；具有严谨、求实的学风和独立从事科学研究工作的能力，学位论文应有新的见解；熟悉非洲的文化与社会，并能在非洲文学与文化的某一专题做出较深入的创新性研究。本系硕士研究生毕业后可在高等院校从事基础教学和开展科研工作，在国家科研部门、外交、经贸、文化机构、出版系统、涉外单位从事科研或文化交流方面的工作。

在国内外学者和各界领导的支持下，亚非系培养了国内第一批非洲语言文学文化专业的硕士生，十余年来，他们在国内主流学术刊物及媒体上发表论文、读书笔记以及报道数篇。亚非系有志于非洲语言文学文化研究的师生特意把近年阅读非洲文学的习作汇编成《仪式之舞——从索因卡到奥索菲桑》《仪式之舞——从阿契贝到富加德》，以表达对非洲文学的特别敬意。该资料集收录了亚非系师生研读非洲文学，尤其是非洲戏剧文学的论文和非洲经典作品的译作。亚非系非洲语言文学专业硕士研究生获得包括国家奖学金、北京大学“五四”奖学金、章文晋奖学金及汪勤梅奖学金在内的多项奖学金。

亚非系和北京大学外国戏剧与电影研究所合作，上演由费米·奥索菲桑教授指导，约瑟夫·格雷夫斯先生导演的沃莱·索因卡先生的戏剧作品《狮子和宝石》。亚非系师生积极参与南非国宝级戏剧家富加德剧本在上海和北京演出的全程策划，在校硕士生王上任文学顾问。亚非系邀请富加德演出团队于2015年11月9日参加亚非系组织的“南非戏剧家富加德创作研讨会”。

亚非系非洲文学文化方向学生积极参加北京大学“国际文化节”、非洲研究中心及外国语学院新年联欢会等活动，受邀参加由尼日利亚文化、旅游与国家指导部和尼驻华使馆联合主办的“尼日利亚文化周”系列活动。

为了和国内外学界建立联系，2014年5月2日至4日，中国首届“非洲语言文学教学与研究”（African Languages and Literatures: Teaching and Research）国际学术研讨会在北京大学隆重召开。北京大学副校长李岩松教授出席大会开幕式并致辞，他希望这次会议有助于中非友好关系的进一步巩固。出席开幕式并致辞的还有尼日利亚驻华大使Sola Onadipe先生的特派代表，全国人大常委会办公厅外事局原副局长、国内非洲斯瓦希里语文学知名翻译家蔡临祥先生，教育部高校外语专业教指委副主任委员兼非通用语专业分指委主任委员刘曙雄教授，中国社会科学院外国文学研究所东方文学研究室主任穆宏燕研究员。5月2日下午，本次会议分为4个平行论坛，学者们就阿契贝专题、非洲文学总论专题、非洲语言文化专题、斯瓦希里语专题等主题展开讨论。各位嘉宾分别就中国开展非洲语言文学教学和研究的重要性、学理性和必要性发表了精彩的观点。

本次会议开幕式由北京大学外国语学院副院长刘树森教授主持。国外学者分别来自英国、尼日利亚、坦桑尼亚、肯尼亚、埃塞俄比亚、刚果(金)、加纳等国;国内学者分别来自中国社会科学院、北京大学、北京外国语大学、中国传媒大学、中国国际广播电台、天津外国语大学、中国地质大学、福建华侨大学、浙江湖州师院、山东德州学院、广东惠州师院、南海出版公司等相关高校和出版研究机构,与会者近百人,提交了近60篇论文。

本次会议由北京大学外国语学院亚非系主办,北京大学非洲研究中心协办,大会得到北京大学国家非通用语种本科生人才培养基地和北京大学教育部重点培育学科亚非语言文学学科的大力支持。

三、本书导读

本书从亚非语言文学学科建设视野出发,简述季羡林先生有关东方(亚非)文学学科建设的理论建构和学术实践,回顾了非洲语言文学学科在北大的建设和实践历程。本书作者认为非洲语言文学归属亚非语言文学二级学科。本书收入的论文是国内撒哈拉以南非洲文学的相关代表性论文,作者多为有世界文学和比较文学视野,又有志于撒哈拉以南非洲文学事业的非洲语言文学从业者。希望可以体现国内撒哈拉以南文学建设至今的概貌,希望此书有助于学界对东方(亚非)文学学界东方(亚非)文学学科人才培养和拓展学科发展空间的理解和定位。

截至2021年,12年间,北京大学亚非系非洲语言文学学科的建设和发展,从步履蹒跚的婴儿,到不惧风雨的少年,也是"相识一纪"。[①] 想起亚非系第一届非洲文学方向的硕士生学生

① 十二年为一纪,语出《三国演义》第一百三回《上方谷司马受困　五丈原诸葛禳星》孔明曰:"……若七日内主灯不灭,吾寿可增一纪;如灯灭,吾必死矣。"

毕业时的感慨："为了这一刻，等待了许多年"；2018 年国内第一个非洲文学与文化方向开始招收研究生，第一届非洲文学与文化方向研究生毕业，继续攻读博士学位；2021 年后，国内第一个非洲文化方向博士招生方向也开始招生。回望往事，感慨万千，初心依旧，温暖如初。

2021 年，特别感谢东方文化集成约稿，有机会把目前亚非系师生为主的论文汇编成书，原有每年出版一本《撒哈拉以南非洲文学》的计划，但负责老师说，未来不可预期，建议用合著的形式署名。所以，我们商量后还是以专著的形式出版这本书。我们一直在路上，还会继续努力，争取以后还有机会系列呈现撒哈拉以南非洲文学的丰富多彩，为中非文化交流对话与世界文明互动做出我们应有的绵薄贡献。

需要特别加以说明的是，本书也是一个亚非系师生集体合作和学科建设的结晶。本书的主要作者为魏丽明（北京大学外国语学院）、阎鼓润（新华社）、钟娟（香港大学英文学院）、李金剑（伦敦大学亚非学院）、代学田（天津外国语大学）、陈健（北京大学）、沈玉婵（唐山学院）、王上（北京电影学院）、杨梦斌（北京大学外国语学院）、毛凤麟（北京大学外国语学院）、吴琳（北京大学外国语学院）等。本书第一作者负责组稿、编辑、统稿、修改、增删、润色和总体框架设计。

感谢北京大学外国语学院程莹老师、王渊老师，北京大学出版社赵聪老师，外交学院刘天南老师同意收入他们的论文，使得撒哈拉以南非洲文学的历史和现实得以衔接并贯通。感谢北京外国语大学非洲学院三位年轻老师马秀杰老师、李春光老师和张春改老师的加盟，弥补了我们非洲本土语言文学学科建设不足的现实。亚非系刚刚入学的研究生毛凤麟和吴琳同学，她俩本科毕业于葡萄牙语、豪萨语专业，她们提交的论文，读来也很有新意。收入她们的论文，也是一个纪念，她们的论文也意味着亚非系撒哈拉以南非洲文学学科建设进入一个新的时期：我们的第一批学生多数来自中文系，只有两位本科毕业于阿拉伯语专业，一位毕业于斯瓦希语专业。我们的学科建设一如既往地期待来自非洲本土语言专业的同学，也继续期待毕业于英语、法语、德语、葡语、中文等专业背景的同学。

此时此刻，最想感谢的人是亚非系聘请的海外讲席教授们：哈佛大学著名学者 Biodun Jeyifo 教授、尼日利亚伊巴丹大学前戏剧系主任 Femi Osofisan 教授、尼日利亚阿瓦洛瓦大学英语系主任 Chima Anyadike 教授。感谢他们不辞辛苦，不在乎薪酬，长途跋涉，来到了燕园，为了在中国开创非洲文学学科付出无尽的心血，直至今日还时时关心他们的中国同事和学生。当年邀请 Biodun Jeyifo 教授来北京大学讲学时，我们说希望他成为北京大学非洲文学学科的开创者，他笑得如沐春风，欣然接受，现在终于可以告诉他了，始于非洲的非洲文学学科在中国也落地生根了，正如他说过的："非洲文学研究成为一个真正的学科，能授予学位，并施行专业分工，这始于非洲，而非欧洲或美国。"[①] 我们也在坚守他最喜欢的一位伟大的非洲人泰伦斯的一句话："我属于人类，因而与人类有关的一切于我而言都不陌生。" 这段话最好地诠释了跨文化的世界性对话的重要性。如果没有撒哈拉以南非洲，地球怎么完整？如果没有撒哈拉以南非洲文学，亚非语言文学如何成立？世界文学如何圆满？

感谢所有朋友、老师和同学们的鼎力支持和友情相助，你们的鼓励和支持丰富了我们这本书的厚度和深度，也将激励

① ［尼日利亚］秦居莫拉·奥拉尼央、［加纳］阿托·奎森主编:《非洲文学批评史稿》，华东师范大学出版社 2020 年版，第 569 页。

我们继续坚守。

绪论（魏丽明 王上）

阿姆哈拉语文学发展史（张春改）

斯瓦希里语文学发展史（阎鼓润）

豪萨语文学发展史（李春光）

南非“多语制”语言政策及语言现状（马秀杰）

非洲葡萄牙语文学发展史（王渊）

非洲法语文学发展史（刘天南）

西非阿拉伯语文学的思想与文学特征（阎鼓润）

非洲科幻文学（阎鼓润）

撒哈拉以南文学批评的现代主义梳理（毛凤麟）

传统作为介入现实的方式：理解非洲现代书写与艺术实践中的“复魅”（程莹）

文化冲突与政治关怀：论费米·奥索菲桑戏剧创作的文化品格（赵聪）

富加德《岛》的“封闭空间”和“开放空间”（赵聪）

《不安状态》中混杂文化身份的语言选择与文化认同（阎鼓润）

阿拉伯－伊斯兰文明对夏班·罗伯特寓言小说的影响（阎鼓润）

贝尔纳·达迪耶《托戈－格尼尼先生》的戏剧风格（沈玉婵）

试论非洲本土语言文学的书面性、当下性和国际性

——以斯瓦希里语小说《苦力》为例（李金剑）

恩古吉的自我建构与殖民历史反写

——以《战时诸梦》为案例（代学田）

惩罚与救赎：《身体会告诉你》中的身体叙事动力研究（吴琳）

附录

上篇　撒哈拉以南非洲文学发展史

阿姆哈拉语文学发展史

一、阿姆哈拉语文学的起源与发展

阿姆哈拉语是埃塞俄比亚的官方语言。阿姆哈拉语文学的出现与阿姆哈拉语语言本身的发展密切相关，据现有可考证的文献记载，阿姆哈拉语文学最早可能出现在十四五世纪，以歌颂帝王的诗歌为主要文学形式。随着阿姆哈拉语通用化程度的加深，以及语言地位的上升，以阿姆哈拉语为书写语言的文学作品不断出现。20世纪以前的阿姆哈拉语文学作品无论是从形式还是从内容上都非常单一，主要用于宗教典籍书写和与皇室相关文书书写。20世纪是阿姆哈拉语文学真正的发展和繁荣时期，各种题材和主题的文学作品不断涌现。本文将以20世纪作为分界点，分别介绍阿姆哈拉语文学在20世纪前的起源发展阶段和20世纪以来的繁荣发展阶段。

1. 阿姆哈拉语文学的起源和初步发展阶段（14—19世纪）

（1）起源时期（14—15世纪）

目前发现最早的阿姆哈拉语文学作品完成于14—15世纪，Amda Seyon（ዓምደ ፡ ጽዮን）和Yeshaq（ይሥሓቅ）时期的阿姆哈拉语诗歌作品。这一期间的阿姆哈拉语诗歌，以歌颂帝王的英勇和荣耀为主题。但是，这些诗歌所用语言兼有格厄兹语和阿姆哈拉语的语法特点，词汇也是双语混合。正如 Joanna Mantel-Niecko 所说，这些文字可能是阿姆哈拉语书写形式的最初形态，但不能称之为阿姆哈拉语，因为这种文字目前已经不存在了。① 基于这些诗歌语言具备了一定的阿姆哈拉语的特征，很多学者依然将这些诗歌作为阿姆哈拉语最早的文学作品，从这一点来讲，这一时期可以被视为阿姆哈拉语文学的起源时期。这些早期文学作品的诞生与 14 世纪以来阿姆哈拉语逐渐作为通用语被广泛使用有关。②

（2）耶稣传教士时期（16—19 世纪中叶）

艾哈迈德·格兰③ 领导的伊斯兰教势力在 16 世纪崛起，并与埃塞俄比亚东正教之间产生了持续的战争和冲突，这一时期很多阿姆哈拉语书籍在冲突中被焚毁。为了赢得对抗伊斯兰教势力军事的胜利，埃塞俄比亚请求葡萄牙派兵支持。1593 年葡萄牙军队抵达埃塞俄比亚，与军队同来的还有葡萄牙耶稣传教士。

这些来自葡萄牙的耶稣传教士，开始使用在民间通用的阿姆哈拉语讲道和书写福音册，以促进其教义的传播。埃塞俄比亚境内的东正教（科普特教）教士一直以来都坚持用格厄兹语书写宗教典籍，认为只有格厄兹语才是正统的神圣的宗教语言。但是迫于外来的传教士的竞争压力，埃塞俄比亚东正教也开始使用阿姆哈拉语传播教义，书写宗教典籍。在这一时期大量的阿姆哈拉语宗教书籍出现，这打破了以前格厄兹语作

① Joanna Mantel-Niecko, "Ethiopian Literature in Amharic", in Literatures in African Languages Theoretical Issues and Sample Surveys, ed. B.W. Andrzejewski S.Pilaszewicz W. Tyloch,（Cambridge University Press,1985）, pp.301-327.

② Taye Assefa and Shiferaw Bekele, "The Study of Amhàric Literature: An Overview", Journal of Ethiopian Studies, Vol. 33, No. 2（2000）, pp. 27-73.

③ Ahmad Gran（约 1496—1543），是索马里穆斯林运动领袖。

为唯一的宗教用语的垄断地位，也进一步促进了阿姆哈拉语的普及。该时期具有代表性的阿姆哈拉语宗教文学作品如下：《德国宗教》（የጀርመን ሃይማኖት）、《神秘的晚餐与复活》（ምስጢረ ቁርባንና ምስጢረ ትንሳኤ ሙታን）、《圣经》（መጽሐፍ ቅዱስ）、《约翰福音》（የዮሐንስ ወንጌል）等。

但是，Ase Fassil（አፄ ፋሲል，1624—1660）称帝后，于1625年将埃塞俄比亚境内的耶稣传教士赶出了埃塞俄比亚。这一历史事件被描述为“Fassil 称王，正统宗教回归”（ፋሲል ይንገሥ፡ ሃይማኖት ይመለስ）。耶稣传教士被驱逐出埃塞俄比亚后，东正教又恢复了以格厄兹语为唯一的宗教书写语言的传统。阿姆哈拉语的书写地位又受到限制，一直到特沃德罗斯二世皇帝时期（1855—1868），阿姆哈拉语的书写地位才得到恢复。

（3）特沃德罗斯二世皇帝时期（ዓፄ ቴዎድሮስ，1855—1868）

特沃德罗斯二世皇帝执政时期是阿姆哈拉语官方语言地位的实际确立时期，也是阿姆哈拉语作为文学书写语言的确立时期。皇室内部的官方文件和国际信函来往所用语言都为阿姆哈拉语，特沃德罗斯二世皇帝当时写给英国维多利亚女王的信就是用阿姆哈拉语书写的。另一个推动阿姆哈拉语使用的实例，就是国王用阿姆哈拉语书写自己的传记，这时候的阿姆哈拉语的文学性已经很浓了。大量用阿姆哈拉语书写和翻译的宗教书籍在这一时期出版发行并在国内流通。

2. 阿姆哈拉语文学的发展和繁荣时期（20世纪至今）

20世纪是阿姆哈拉语文学发展最关键的一个世纪，这个世纪见证了阿姆哈拉语文学从兴起到繁荣再到迷茫的过程。20世纪阿姆哈拉语文学的发展深受国内外波诡云谲的政治环境影响。20世纪以来，埃塞俄比亚文学发展主要分为四个时期，即孟尼利克二世时期、海尔塞拉西一世时期、德格军政府时期和联邦民主共和国时期。

（1）孟尼利克二世皇帝时期（19 世纪末 20 世纪初，1889—1913）

孟尼利克二世皇帝在位期间为了形成统一的国家认同，大力推广阿姆哈拉语；为了促进国家的现代化，积极学习和引进西方现代化的技术；为了促成人才培养，积极发展教育，并派出一些年轻人到欧洲学习。这些措施为阿姆哈拉语文学的发展提供了语言、技术和人才的支持。

1908 年埃塞俄比亚第一本阿姆哈拉语小说问世，书名为《小说故事》（*ልቦወለድ ታሪክ*），阿姆哈拉语中“小说”（ልቦወለድ）一词就源于该小说。该书由留学意大利的埃塞俄比亚人 Afawark Gabra Iyasus（አፈ ወርቅ ገብረ ኢየሱስ，1868—1947）在意大利完成并在罗马首次出版，很久之后才在埃塞俄比亚出版。埃塞俄比亚第一本话剧小说《动物寓言》（*የአውሬዎች ተረት*）也在此期间问世，由 ተክለሐዋርያት ተክለማርያም 书写。埃塞俄比亚第二本小说《我的知心朋友》（*ወዳጄ ልቤ*，1915）由阿姆哈拉语文学之父 Hiruy Walde Selassi（ኅሩይ ወልደሥላሴ，1878—1938）创作。其他的阿姆哈拉语作品如《三位一体的奥秘》（*ሚስጥር ሰላሴ*）在古典格厄兹文学作品的基础上书写。

总体来讲，这一时期文学作品无论是内容上还是形式上都更加多样化，改变了之前以历史和宗教为主要题材的创造，增加了更加现代的小说、话剧和新诗歌体裁。

（2）海尔塞拉西一世皇帝时期（1916—1974）

海尔塞拉西一世皇帝统治时期是埃塞俄比亚封建君主制历史上最为动荡和困惑的时代，国际上受意大利法西斯势力的入侵，国内由于各阶层对统治阶层的日益不满遭遇军事政变，最终封建君主制被革命派推翻。纷繁复杂的国内外环境为文学作品的创作提供了丰厚的思想土壤。

a. 意大利入侵前（1916—1936）

该时期的阿姆哈拉语文学得到进一步发展，题材更加广泛。很多文学作品反映了传统和现代（西方影响）之间的矛盾。很多作家是海外留学回国的知识分子，他们担负起促进埃塞俄比亚现代化的使命，在作品中批判愚昧、迷信和政治上的腐败。在意大利入侵的前几年，爱国主题的作品也涌现出来。

该时期的代表人物为阿姆哈拉语文学之父 Hiruy Walde Selassi（ኅሩይ ወልደሥላሴ，1878—1938）。[①] 他曾担任埃塞俄比亚外教部部长，特别擅长寓言故事编写。他的代表作《新世界》（አዲስ አለም, 1924），描述了一个年轻人在欧洲受教育回到埃塞俄比亚之后经历了埃塞俄比亚传统与现代（所受的西方教育）之间的冲突。

意大利入侵的临近，激发了一些爱国主题的文学作品的创作，如 1935 年出版的长篇诗集《自尊男儿为国牺牲》（የወንድ ልጅ ኩራት ስለ ሃገር መሞት），呼吁埃塞俄比亚人为国家独立而战。1936 年另一部诗集《勇敢的人们与敌人誓死斗争》（ጀግና ሰው ተጋዳይ ለጣላቱ አልሞት ባይ）号召基督徒和穆斯林摈弃宗教差异，团结一致保卫国家。

总体来讲，意大利入侵前的头 30 年是阿姆哈拉语文学（埃塞俄比亚近代文学）的奠基时期。这个时期的作品具有埃塞俄比亚文学自身的独特性，这种独特性以对宗教、埃塞俄比亚的社会文化和封建君主制的肯定为特点。这个时期的大部分作者都曾在国外留学，他们的文学作品体例深受西方文学的影响，但是坚持用埃塞俄比亚本土语言去创作。另外一个特点

① Simon Gikand, The Routledge Encyclopedia of African Literature（Routledge Taylor & Francis Group, 2012）, p.177.

就是在尊崇传统的基础上寻求改变,他们通过文学作品表达出了需要改变某些落后的社会文化的愿望。例如,他们批评腐败、早婚和损害妇女权利的社会行为。这一时期的文学作品还具有宣扬民族团结、爱国主义的特点,具有道德和世俗上的说教性。

b. 意大利入侵期间(1936—1941)

意大利入侵期间,阿姆哈拉语文学发展基本处于停滞的状态,但战争并没有阻碍文学的创新,这一段的黑暗历史为之后的文学作品提供了众多的题材。

c. 打败意大利,重获独立(1941—1960)

在重获独立后,阿姆哈拉语文学发展势头高涨。埃塞俄比亚获得独立后境内出版的第一本书籍是由众多年轻作家著成的150页的文集,叫作《颂扬新时期的独立》(*ያዲስ ዘመን መዝሙር ስለ ነጻነት ክብር*,1941),文集包含50首赞诗。这一时期诞生了很多的文学大家,如Mekonnin Indalkachew,代表作为《大卫三世》(*ዳዊት ሥልሳዊ*,1949—1950)、《流血时代》(*የደም ዘመን*,1954—1955)。同时期著名作家还包括Kebede Mikael(ከበደ ሚካሌል),他的作品强调基督价值,抨击物质主义。Girmachew Tekle Hawaryat(ግርማቸው ተክለ ሃዋርያት)的小说《阿拉亚·德布布》(*አራያ ጠበበ*,1948—1949)是这一时期的代表作。该小说探究了传统与现代的冲突,讲述了主人公阿拉亚,一个出身贫寒的年轻小伙去欧洲接受教育,最后陷入继续留在当地还是回非洲的困难抉择中。

这一时期文学作品产出较多,主题和形式也更加多样化,文学作品的主题集中于人类和上帝之间的关系,宣扬谦逊与接受的重要性,痛斥战争,歌颂独立自由。这一时期话剧和小说在写作风格方面受西方影响很大。

d. 军事政变失败至海尔塞拉西政权倒台（1960—1974）

这一时期是当代埃塞俄比亚历史的重要组成部分。这是一个社会动荡、阶层矛盾爆发的年代，也是众多经典文学作品集中产出的年代。很多作品充满了戏剧性和荒谬性，并多以悲剧告终。如家喻户晓的《爱到坟墓》（ፍቅር እስከመቃብር）、《特沃德罗斯皇帝的眼泪》（የቴዎድሮስ እንባ）、《跨越地平线》（ከአድማስ ባሻገር）等。这些小说受到当时盛行的时代观念（混乱、矛盾、分裂、无政府主义和虚无主义精神）的高度影响。

除了阿姆哈拉语原创作品外，这一时期很多从英语翻译成阿姆哈拉语的小说、戏剧和诗歌等也得到出版，如 Kebede Mikael 翻译的莎士比亚名著《罗密欧与朱丽叶》就是代表作之一。在封建君主制度风雨飘摇的最后几年，一些革命文学作品问世，如 1970 年由 Abe Gubegna（አቤ ጉበኛ）写的小说《我不生养》（አልወለድም）。

（3）德格军政府时期（社会主义时期，1974—1991）

德格军政府时期文学发展环境不太乐观。在政治高压和严格的审查制度下，文学形式和内容上都很单一，这一时期的文学作品为了迎合政治宣传目的，歌颂革命积极的一面，具有美学和创造性的作品极其罕见，马克思列宁主义思想支配着精英群体。[①] 这导致了埃塞俄比亚文学传统的断层。早期的埃塞俄比亚作家习惯用传统的建议式的方式批判社会现实问题，但是对传统和宗教持肯定和尊崇态度，而这一时期文学作品的特点是对社会传统风俗的直接贬低和羞辱。这一时期文学作品的主题围绕社会主义和传统社会的差距与失调展开。

---

① Sara Marzagora & Ayele Kebede, “Literary Networks in the Horn of Africa, Oromo and Amharic Intellectual Histories”, in Routledge Handbook of African Literature, ed。Adejunmobi, Moradewun and Coetzee, Carlipp（London, UK: Taylor & Francis, 2019）, p.438.

总的来说，在这个时期，我们看到的文学作品在形式和内容上大多是革命性、宣传性的。虽然 1974 年革命之后的十年间，监察和限制更加严格，埃塞俄比亚市场出现了大量的前所未有的便宜的小说文学作品。书籍第一次可以被更多的受众阅读。

（4）联邦民主共和国时期（1991 年联邦民主共和国成立至今）

1991 年埃塞俄比亚联邦民主共和国成立，新政权下虽然新的阿姆哈拉语文学作品不少，但是受到埃塞俄比亚本地人认可和欢迎的文学经典作品比较少。这一时期的政治经济体系和之前任何历史时期都不同，全新的体系既给这个国家带来希望的源泉，也在使这个国家备感困惑。正如 Yesmaeke Worku（ይስማዕከ ወርቁ）在他 2010 年出版的阿姆哈拉语小说 *Ramatohara*（*ራማቶሓራ*）前言部分所讲述的“当今的埃塞俄比亚是最好的时代，也是最坏的时代，这是智慧的时代，也是愚蠢的时代，这是令人怀疑的时代，也是光明的时代”，该国政治、经济和社会文化实践中一系列矛盾的结果使文学发展遭受了创伤。

这一时期的作品一部分由上一代具有革命主义情怀的作家创作，这些老一代作家大多接受了埃塞俄比亚传统教会学校教育，并具有海外留学经历。因为军政府时期的高压和严格的审查制度，他们的很多作品保留到新时期才得以出版，因此这类作品严格意义上讲不属于该时期的作品。另一部分作品是新一代作家创作，这些作家很多既没有受过传统教会学校的教育，也没有太多的留学经历。如 Demeke Tassew Dires 表述的那样，这些新一代的“民主”作家的作品也是非常的“民主”，[①]言外之意就是这一时代的作品随意性较强，并没有统领性的特征。德格军政府时期导致的文学上的断层，使得新生代作家没有很好地学习到老一代作家创建的文学传统。新生代作家接触更多的是从英语翻译来的西方的文学作品。

这一时期文学作品总体特征是与埃塞俄比亚传统故事叙事脱节，Demeke Tassew Dires[②]将这一时期的文学特点总结为色情和破坏性、对宗教和语言不忠、自我中心主义、欧洲中心主义的特点。埃塞俄比亚文学未来走向如何，是要继承上一辈作家创建的文学传统，填补文学创造的断层，还是在全球化的冲击下失去自己独特的文学特性？这一问题只能交由新生代的作家，通过他们的代表作品来给出答案。

二、阿姆哈拉语文学发展的推动要素

1. 阿姆哈拉语的发展

语言是文学的创作媒介，因此语言的起源、使用情况、地位对文学的发展会产生重要的影响。阿姆哈拉语文学的发展与阿姆哈拉语语言自身的发展一脉相承，密不可分。

在阿姆哈拉语形成之前，格厄兹语是埃塞俄比亚主要的通用语言，并一直是官方文书和宗教典籍的唯一使用语言。阿姆哈拉语从格厄兹语演变发展而来，在4世纪的时候才逐渐作为一种口语化的语言使用。十二三世纪拉利贝拉王朝时期，格

① Demeke Tassew Dires, “(Re)defining Ethiopian Literature: A Quest for Identity in the Age of Globalization ”, Global Scientific Journals,GSJ: Volume 8, Issue 9 (2020) Online: ISSN 2320-9186 www.globalscientificjournal.com.

② Demeke Tassew Dires, “The Effect of Globalization on Ethiopian Modern Literature”, International Journal of Comparative Literature & Translation Studies, Online: ISSN: 2202-9451 www.ijclts.aiac.org.au.

厄兹语的民间通用语地位逐渐有被阿姆哈拉语替代的趋势。十四五世纪最早的阿姆哈拉语字样的诗歌书写文本出现。16世纪初，埃塞俄比亚东正教教士（科普特教）和耶稣传教士为了促进各自教派的传播，赢得更多的信徒，开始使用阿姆哈拉语讲道和书写福音册。这些行为既推动了阿姆哈拉语的普及，也促进了阿姆哈拉语宗教文学的发展。特沃德罗斯二世皇帝时期（1855—1868），阿姆哈拉语确立了其文学语言地位。[①]在这一时期，阿姆哈拉语也成为实际意义上的皇室官方用语，自此除了在教堂，无论是在民间还是在皇室，阿姆哈拉语都作为主要的语言使用。

2. 埃塞俄比亚的语言政策

语言政策影响文学发展，对文学发展甚至可以产生决定性的影响。[②]自特沃德罗斯二世皇帝之后，孟尼利克二世皇帝、海尔塞拉西一世皇帝、德格军政府统治时期都将阿姆哈拉语视为埃塞俄比亚的官方语言。[③]阿姆哈拉语官方语言地位的确立，促进了阿姆哈拉语文学的发展。

孟尼利克二世皇帝在占领了埃塞俄比亚高原（传统帝国时期的中心领土）东部、西部和南部后，统治精英阶层为了更好地巩固政权，完成民族融合统一，实行集权主义统治理念。文化的多样性被视为国家统一的威胁。为了巩固统治，提高社会凝聚力，南部低地非基督教徒必须被基督教化，同时必须学习阿姆哈拉语。这些精英贵族也认为阿姆哈拉文化比新并入

① Elizabeth Ann Wynne Gunner, Literatures in African Languages. https://www.britannica.com/art/African-literature/The-influence-of-oral-traditions-on-modern-writers#ref519585.

② Sara Marzagora & Ayele Kebede, "Literary Networks in the Horn of Africa, Oromo and Amharic Intellectual Histories", in Routledge Handbook of African Literature, ed. Adejunmobi, Moradewun and Coetzee, Carlipp（London, UK: Taylor & Francis, 2019）, p.431.

③ Getachew Anteneh, "Language Policy in Ethiopia: History and Current Trends", Ethiopian Journal of Education and Science. Vol. 2 No. 1（2006）.

领土的民族的文化更加尊贵。①

海尔塞拉西一世皇帝在位时期，特别是意大利被赶出埃塞俄比亚之后，埃塞俄比亚的语言政策变得更加的单语化。1942年政府甚至规定在公共机构中禁止使用阿姆哈拉语以外的语言。1944年出台的一部法律规定传教士必须学习阿姆哈拉语，并将其作为教会学校唯一使用的语言。1955年宪法第9章第125条正式规定阿姆哈拉语作为埃塞俄比亚的官方语言。20世纪50—60年代，一系列的课程改革，也使得阿姆哈拉语作为公立小学学校唯一的教学语言。②这样的语言政策巩固了阿姆哈拉语的主导地位，也决定了阿姆哈拉语文学的主导地位。

德格军政府执政时期沿用了海尔塞拉西时期的语言政策，1987年出台的宪法第17章第116条规定，埃塞俄比亚人民民主共和国的国家工作语言为阿姆哈拉语。在全国扫盲行动中，军政府虽然开展包括阿姆哈拉语在内的15种民族语言的推广，但是军政府要求所有的语言都要用格厄兹字母书写，这无疑隐性地表明阿姆哈拉语的重要性（阿姆哈拉语就是用格厄兹字母书写）。另外，负责扫盲的老师大部分都说阿姆哈拉语。正如Getachew所说："扫盲运动虽然是通过民族语言媒介开展，但实际也使得更多的人接触到官方语言阿姆哈拉语。"③

---

① Sara Marzagora & Ayele Kebede, "Literary Networks in the Horn of Africa, Oromo and Amharic Intellectual Histories", in Routledge Handbook of African Literature, ed. Adejunmobi, Moradewun and Coetzee, Carlipp (London, UK: Taylor & Francis, 2019), p.432.

② Sara Marzagora & Ayele Kebede, "Literary Networks in the Horn of Africa, Oromo and Amharic Intellectual Histories", in Routledge Handbook of African Literature, ed. Adejunmobi, Moradewun and Coetzee, Carlipp (London, UK: Taylor & Francis, 2019), p.435.

③ Getachew Anteneh, "Language Policy in Ethiopia: History and Current Trends", Ethiopian Journal of Education and Science. Vol. 2 No. 1 (2006).

埃塞俄比亚民主联邦共和国 1994 年出台的宪法第 5 条规定,阿姆哈拉语为联邦工作语言。目前埃塞俄比亚依然使用 1994 年的宪法,因此从宪法层面来看,阿姆哈拉语依然是埃塞俄比亚境内唯一的官方语言。

3. 媒体印刷业的发展

19 世纪末传教士将第一台印刷机引进阿斯马拉(厄立特里亚),[①] 之后德雷达瓦和亚的斯亚贝巴也都引进了印刷机,主要印刷宗教书籍,印刷机的引进为阿姆哈拉语文学作品的出版,增添了新的动力。

1901 年埃塞俄比亚第一家国有报纸《头脑报》(ኣእምሮ)成立,该报纸每周发行,发行语言为阿姆哈拉语,由一名会说阿姆哈拉语的希腊商人担任编辑。[②] 海尔塞拉西皇帝在担任摄政王时期(当时他叫作 ተፈሪ),于 1923 年建立了他自己的印刷机构,命名为"尊贵的 ተፈሪ- 埃塞俄比亚王室继承人的印刷机构",并在 1925 年后开始发行报纸,该机构也印刷宗教书籍、小说和一些课本。阿姆哈拉语报纸也会刊登一些翻译自欧洲的文学作品,比如著名的 John Bunyan 写的《朝圣者的进步》(*The Pilgrim's Progress*),由 Gabra Giyorgis Terfe 翻译成了阿姆哈拉语,并在报纸发表。阿姆哈拉语文学的先锋 Hiruy Walde Selassi(ኅሩይ ወልደሥላሴ,1878—1938)就活跃在报刊中。

1941 年埃塞俄比亚获得独立后,新的公共印刷机构相继成立,一些新的杂志和报纸也投入运行,包括现在还在发行的阿姆哈拉语报纸《新时代报》(አዲስ ዘመን),这些为阿姆哈拉语

---

① 此时厄立特里亚仍属于埃塞俄比亚的一部分。

② Sara Marzagora, "In Ethiopian Political Thought: The First Three Generation Of 20th Century Amharic-Language Intellectuals", Center for Cultural, Literary and Post-colonial Studies SOAS, University of London(2015), p.31.

文学作品的出版提供了平台。同时期创办的还有每周发行的《今日埃塞俄比亚》(የዛሬይቱ ኢትዮጵያ,1952—1996 使用阿姆哈拉语和法语发行),《埃塞俄比亚之声》(የኢትዮጵያ ድምጽ,1955—1975 使用阿姆哈拉语和英语发行),等等。

年轻的阿姆哈拉语文学伴随着印刷技术的引进、报刊机构的创立而发展,这为早期阿姆哈拉语文学的传播和发展提供了必要的技术和平台支持。

4. 高校机构、剧院的建立

孟尼利克皇帝 1908 年建立了埃塞俄比亚第一个公立学校,孟尼利克二世小学,阿姆哈拉语是其中一门科目。①19 世纪末 20 世纪初,埃塞俄比亚年轻人得到资助去欧洲学习, Afawark Gabra Iyasus(አፈ ወርቅ ገብረ ኢየሱስ)就是其中的一位,1908 年他在意大利发表了第一篇阿姆哈拉语小说。1930 年第一所为女孩开办的公立学校成立,此后在首都以外的各省份也都有学校成立。

“二战”后,为了提高民众文化知识水平,众多教育机构设立。其中埃塞俄比亚第一家中学在 1943 年成立,名为海尔塞拉西一世中学。第一所高等教育机构亚的斯亚贝巴大学(University College of Addis Ababa)于 1950 年开设。20 世纪 50 年代,高校纷纷成立,并于 1961 年合并为海尔塞拉西一世大学,即现在的亚的斯亚贝巴大学。伴随着国民阅读能力的提升,阿姆哈拉语文学得到了更广泛的发展。1972 年海尔塞拉西一世皇帝建立了国家阿姆哈拉语语言学院(National Academy of the Amharic Language),进一步推动了阿姆哈拉语的传播发展,巩

① Sara Marzagora, “In Ethiopian Political Thought: The First Three Generation Of 20th Century Amharic-Language Intellectuals”, Center for Cultural, Literary and Post-colonial Studies SOAS, University of London (2015), p.32.

固了阿姆哈拉语的地位，彰显了其实施单语语言政策的决心。

海尔塞拉西皇帝鼓励阿姆哈拉语文学创作，很多话剧在这个时期问世。1955 年海尔塞拉西一世剧院的建立，以及随后亚的斯亚贝巴市政剧院大厅的建立（爱国剧院）促进了埃塞俄比亚话剧的发展，这些话剧很多以历史为题材，特别是以意大利战争为题材。亚的斯亚贝巴和各省的公立和私立学校经常定期组织戏剧表演活动。

1963 年设立了海尔塞拉西仪式奖杯，每年为两部优秀的文学艺术作品颁奖，文学奖杯的设立进一步促进了阿姆哈拉语文学的进一步发展。

结语

阿姆哈拉语文学是埃塞俄比亚近现代文学的代名词，20 世纪是阿姆哈拉语文学兴起、发展和繁荣的世纪。在一个世纪内，这个古老的文明国家经历了封建君主制被社会主义制度推翻、社会主义制度最终又被现在的联邦民主共和制取代的重大政体转变。在国际国内波诡云谲的政治大背景下，积极思考国家未来走向的知识分子，也通过各种形式的文学作品表达自己对国家的热爱和期盼，这一时期阿姆哈拉语文学得到了空前的发展。除了国内外复杂的社会政治环境为阿姆哈拉语文学提供的思想厚土外，阿姆哈拉语官方语言地位的确立、现代教育机构的设立、新印刷术的引进、政策指引等多方面的因素，也都为阿姆哈拉语文学的发展提供了必要的政策、人才和技术支持。

斯瓦希里语文学发展史

斯瓦希里语是东非的通用语，属班图语族，是非洲语言当中使用人口最多的一种。19世纪，斯瓦希里语基本定型。该语言采用斯瓦希里海岸北部方言作为标准语。

从世界文化史的角度来看，东非沿海的斯瓦希里文明是古代印度洋贸易所带来的一种混合式的海洋文明。它的发展受到来自阿拉伯、印度、波斯、东南亚乃至中国等国家和地区的影响，最终形成的混合文明。这种混合的特质在文学中也可见一斑。

斯瓦希里文学是非洲文学的重要组成部分。斯瓦希里文学的主要源流来自三个方面：本地传统、伊斯兰传统和西方影响。本地传统既包括口头传统，也包括书面写作。其中，口头传统对书面写作有着潜移默化的影响，所以二者之间的界限并不明晰。在伊斯兰教逐渐传入东非地区后，对阿拉伯－伊斯兰文化的尊崇使得伊斯兰文学和本地文学之间产生分化，其中伊斯兰文学被视为上品。班图口头传统与伊斯兰元素相融合，一定程度上使斯瓦希里文学失去了本地的特性。

一、古代斯语文学

13世纪,来自阿拉伯地区的穆斯林在东非地区的地位不断提升,斯瓦希里诗歌伊斯兰化的倾向越来越明显,渐渐丧失本地特色。随着阿拉伯移民逐渐入住东非城邦,并在当地通婚、传教,最终融入了本地社区,成为本地文化的一部分。但是阿拉伯－伊斯兰的影响仍然体现在很多方面:很多诗人都是穆斯林,他们的作品中也都融合了伊斯兰科学、意识和审美价值。在非洲土著与阿拉伯人的接触中,真正意义上运用斯瓦希里语阿贾米[①]写作逐渐展开,阿贾米成为本地与阿拉伯地区之间的中介。

直到17世纪之前,东非地区文学创作的主要体裁是诗歌。诗歌的种类比较单一,主要是赞美伊斯兰教使者穆罕默德的哈姆齐亚[②]宗教诗歌和长篇叙事诗。诗歌的内容包括先知穆罕默德的生平以及斯瓦希里地区与其他地区之间的战争等。斯语诗歌在发展的过程中始终未能脱离长篇叙事诗的框架。当时的诗歌创作对韵律有着严格的规定,诗韵也在阿拉伯诗歌的影响下有了一定发展。"诗王"利云戈·富莫(Fumo Liyongo)是东非地区古代的传奇诗人,他的诗歌中大量使用10—13世纪的口述资料,其作品结合了古代诗歌传统与当时的社会状况,文风清丽。他的诗歌宗教色彩较少,所以后世对其信仰有一些讨论。他本人经历传奇,也常常成为后世诗歌所描写的对象。斯瓦希里古代诗歌中女诗人的贡献也不可小觑,她们创作的赞扬诗和劝诫诗影响也很大。女诗人中最有名的是穆

① 阿贾米(Ajami)是指用阿拉伯语字母拼写的非洲本土语言,在这里就是阿拉伯语字母拼写的斯瓦希里语。

② 哈姆齐亚(Hamziya)是阿拉伯语诗体的最后一行的一个韵脚。

娃娜·库珀娜·宾提·穆夏姆(Mwana Kupona Binti Mshamu),其妇女劝诫诗被誉为大师之作。

除了诗歌外,编年史也是斯瓦希里古代文学的一个重要形式。其中,如帕特(Pate)、基尔瓦(Kilwa)等地的编年史,描写了本地的历史,祈祷永久的和平。从内容上来看,无论是诗歌还是编年史,更多都是为统治阶级服务的。

二、现当代斯语文学

欧洲人自16世纪陆续来到斯瓦希里地区。早期的葡萄牙人只关注贸易,对本地语言、文化的影响较小。19—20世纪,英国人和德国人相继殖民东非海岸,诗歌中开始出现新的内容,但是本地传统的影响一直存在,主要包括写作主题、形式和语气等。斯瓦希里语文学是当地文化的载体,不了解当地社会很难了解当地的诗歌和文化。本地传统甚至影响了后殖民时期的文学,现代社会的很多问题都通过诗歌形式表达出来的。

现当代的斯瓦希里诗人大多不是独立的创作个体,而是服务于某个党派或团体。譬如,以政治诗著称的肯尼亚现代诗人阿布迪拉提夫·阿布达拉(Abdilatif Abdalla)支持肯尼亚反对党,还因此获刑入狱。值得注意的是,用传统格律创作的诗人并不像用欧洲语言创作的诗人那样需要寻找身份认同,他们没有被欧洲文化洗脑。传统的伊斯兰经堂教育逐渐接受了罗马字母,将其与阿拉伯字母并用,所以用罗马化的斯瓦希里语进行创作的诗人接受的仍然是伊斯兰教育,受西方影响较小。

受殖民政府的影响,东非地区开始出版斯瓦希里语报纸,这标志着宫廷文学或者说贵族文学向世俗文学的转化。斯语报纸上辟有诗歌专栏，这批在报纸上刊登诗歌的诗人影响了社会上对斯瓦希里语的使用。这些诗人组成专门的委员会评定诗歌的优劣，力图推广斯语。德国人还在坦噶尼喀创办了斯语周刊，短篇小说这种文学形式就是在周刊上发展起来的。

斯语文学与斯语的发展密不可分。殖民者到来前，斯瓦希里语已经成为东非沿海地区的通用语。作为贸易用语，这种语言最初只在斯瓦希里人当中使用，但是1885年德国占领坦噶尼喀，1895年英国占领肯尼亚、乌干达和桑给巴尔后，开始向沿海各民族推广斯语。德国人率先将斯语作为低级行政机构的官方语言，英国人也在肯尼亚部分地区推广，并将其作为初级学习教学用语，同时开始编写斯语教材。东非语言委员会成立后，将桑给巴尔音规定为斯瓦希里语标准音，同时进一步推广拉丁化斯语，阿贾米书写遭到边缘化。欧洲人在其殖民统治的前50年制定了斯瓦希里语书写的新形式。为满足学校阅读需要，英国人于19世纪20—40年代翻译了一批欧洲文学经典。圣经系列书籍也在不断更新，其中包括圣经译本、赞美诗、祈祷词和圣行录等。随着欧洲人影响的不断加深，斯瓦希里语去伊斯兰化的现象越发明显。

1948年，东非文学联合会正式成立。斯瓦希里文学新形式的产生源于非洲与欧洲交往的不断深入，小说、戏剧等都伴随着殖民统治而发端。第一部斯语小说《奴隶的自由》充满了殖民主义的风格、内容、审美趣味与意识形态，但是从中可以看出获得西方新知的人们对传统的阿拉伯—伊斯兰元素持敌视态度。

斯语文学的大家夏班·罗伯特（Shaaban Robert）是诗人、小说家，为现代斯瓦希里文学的发展作出了非常重要的贡献。夏班·罗伯特的很多作品曾在东非风行一时，并被西方文学界广泛关注，一部分作品被列为东非乃至西方一些国家大专院校的必修课程。其中，小说《想象国》《实信国》《农民乌吐波拉》等已被译成汉语、英语及其他语言，自传《我的青年时代》曾获东非文学奖和玛格丽特文学奖。东非文学界称誉他为才华横溢的“桂冠”诗人、现代斯瓦希里语文学的奠基人和斯瓦希里语艺术大师。他为斯瓦希里语文库留下了一批璀璨夺目的珍品——20多部中篇小说与长诗和近750篇诗歌、论文与随笔，这些著作是研究现代斯瓦希里语文学的最为宝贵的资料。因此，夏班·罗伯特被誉为“东非的莎士比亚”。

夏班·罗伯特的作品是本土文化、阿拉伯伊斯兰文化和西方文化共同作用的结果，早期作品深受阿拉伯伊斯兰文化影响，充满了瑰丽的幻想，而后期作品则更向西方现实主义小说靠拢，幻想成分减弱，思想深度加强，时空转换多样。他的作品语言丰富多彩，并且在斯瓦希里人和东非其他族群之间架起沟通的桥梁。从他开始，斯语文学逐渐去种族化，斯语也发展为东非公用语。夏班·罗伯特是将坦桑尼亚文化与斯瓦希里文化相对等的先锋，最终使得今天我们在提到坦桑尼亚或者斯瓦希里时会将二者联系起来。

凯齐拉哈比（Kezilahabi）也是斯语文学创作的大师，他对社会、政治话题很感兴趣，其作品被称为心理小说，他被誉为坦桑尼亚最杰出的小说家，超越了所有受西方影响的人。赛义德·艾哈迈德·穆罕默德（Said Ahmed Mohamed，被誉为斯语文学界的恩古吉）、穆罕默德·苏莱曼·穆罕默德（Mohamed Suleiman Mohamed）等也是斯语文学大师，在戏剧、诗歌、小说等领域都有建树。

斯瓦希里语小说分类主要包括：心理类、社会类、历史类、政治类、自传、乌托邦和人种史等。流行小说受到现实主义和口头遗产的共同作用。

值得一提的是在斯瓦希里文学界独树一帜的短篇小说。殖民刊物首先推广这种文体,独立后的各国仍然延续了这种传统。BBC 斯语广播在 1967 年也开始了斯语短篇小说的广播。著名的几个小说家几乎都在 BBC 举办的短篇小说比赛中获过奖。他们的作品针砭时弊,具有很大的社会影响。这些短篇小说或者短故事刊登于报纸、杂志,或者结集出版。笔者认为,短故事的流行有几个方面的原因,包括殖民政府鼓励这种文体的创作、报纸等承载媒介的容量有限、短故事的爆发力更强、社会生活缺乏写作长文本的故事性、受众的接受能力有限以及斯瓦希里语本身词汇较少等。

除小说外,戏剧这种文学体裁也开始流行。这也是殖民时期学校教育的结果。戏剧大家易卜拉欣·侯赛因(Ibrahim Hussein)的创作遵循亚里士多德的《诗学》,以幕和光来标记场次,喜欢多幕剧的表现手法。除此之外,很多独立剧作家也遵循亚里士多德和布莱希特(Bertolt Brecht)的戏剧理论,将西方剧场和本土传统文化结合在一起,其戏剧中融合了歌曲、舞蹈、仪式等非洲戏剧元素。著名戏剧家包括女作家帕尼娜·穆汉多(Penina Muhando)和深受贝克特荒诞派戏剧影响的赛义德·艾哈迈德·穆罕默德。

在独立的各国有一种趋势,认为后殖民等于文化民族主义等于独立非洲的审美标准,这种认识也影响到独立后的斯语戏剧和其他文学体裁。例如,新一代的诗人开始打破程式,从阿拉伯 - 伊斯兰的诗歌中解脱出来,改变“曲高和寡”“自说自话”的现象,向日常民谣发展。自由体诗歌开始盛行。坦桑尼亚的国父尼雷尔翻译莎士比亚戏剧时也采用了自由体,一定程度上影响到文坛。独立以来的斯瓦希里语散文和戏剧都着力表现特定几方面的冲突：城乡冲突、传统与现代之争、男女爱情分歧、性与婚姻的困惑、非洲与西方的斗争、基督教与本地宗教的矛盾、西方教育与本地教育的差异等。接受高等教育的阶层受西方自由意志与政治意识的影响，作品中也大量表现个人和社会的冲突、现代民族国家中的非洲人与传统社会的矛盾、私产和社会主义的冲突以及社会主义与资本主义的矛盾等。

古典作品中的经典诗歌、史诗多来自肯尼亚，而且作家多集中在沿海地区，内陆地区文学水平相应较低。但是坦桑尼亚对斯语文学的主要贡献在于丰富的原始资料和 20 世纪后半期不断涌现的杰作。坦桑尼亚的斯瓦希里文化更丰富，语言、习俗、政治、文学文化都更非洲，用英文写作者相应较少，诗人、小说家都将认同自己是“发展中的”国家的作家身份。

豪萨语文学发展史[①]

语言和文字是文学表达的重要途径,豪萨语等非洲本土文学的发展离不开语言、文字的发展及变革。豪萨语的最初使用者为豪萨地区[②]的豪萨民族。伴随着不同民族之间的语言接触,豪萨语中开始吸收大量周边民族词汇,逐渐成为西非地区通行用语。豪萨地区也随着豪萨人的迁徙而不断扩大,豪萨民族也在政治、商业、通婚等因素的影响下与富拉尼族等周边民族不断融合。

豪萨语的使用者及使用范围不断扩大,使得该语言成为不同语言使用者之间沟通交流、商业往来、身份建构、自我表达的一种方式,承载着政治、经济、文化的重要内涵,展现出如阿里·马兹鲁伊(Ali Mazrui)所言的世界性语言的特征。而豪萨语文学也在不同文字书写、文化交流、文明交汇的影响下,呈现出多样化的特征。在豪萨语中,文学被定义为“adabi”,该词源自阿拉伯语的“بدأ”(adab),其字面意思为“道德、艺术及知识”。尽管豪萨语中文学一词借鉴了阿拉伯语中文学的概念,但豪萨语文学起源却并不起始于阿贾米字体书写的豪萨语文

① 本文系国家社科基金重大项目“新世纪东方区域文学年谱整理与研究 2000—2020”(项目编号:17ZDA280)及北京外国语大学校级青年科研项目“新世纪中国对尼日利亚文化外交面临的挑战与应对”(项目编号:2018JJ017)的阶段性成果。

② 豪萨地区原为尼日利亚的北部及尼日尔的南部。

学。早在伊斯兰教传入豪萨地区前,豪萨语中就形成了丰富的口头文学传统。口语和文字可以被看作两个媒介,共同记录了豪萨人对客观世界及主观世界的认知。按不同媒介及文字书写,豪萨语文学可分为口头文学、阿贾米化书面文学、拉丁化书面文学。

一、月光下的文学遗产——豪萨语口头文学

豪萨语口头文学分为故事、诗歌及“智慧型语言”三类。故事主要包括民间故事(labari)、神话传说(tatsuniya)、寓言童话(almara)、口头叙事(hikaya)、史诗(tarihi)等;诗歌则包含了民歌(waƙe-waƙe)、民乐(kiɗe-kiɗe)、民谣(bushe-bushe);而“智慧型语言”则涵盖了谚语(karin magana)、谜语(kacici-kacici)、隐喻(zaurance)等。

在豪萨语中,口头文学主要通过口头方式、表演艺术、音乐语境等方式进行传承。月光下,长辈们通过赋予祖先、宇宙、世间一切万物以生命和灵性,将豪萨地区的历史民俗、社会文化、生存技能、文化价值观,通过谈话(hira)、故事(labari)、神话传说(tatsuniya)等形式讲述给孩子们。在社会中,豪萨地区的乞丐(maroƙi)等口头艺人则会通过拨动琴弦,击打鼓点将豪萨地区的家族、社会历史、传说,以歌曲或表演的形式进行讲述。

口头文学促进了豪萨地区社会文化的记录,塑造了豪萨人的共同行为准则、文化价值,并呈现教育性、传承性、群体性等特点。寓言故事中狡猾的土狼、骄傲的狮子、多头的怪物不仅萦绕在孩子们的耳边,更通过动物、精灵等拟人化的形象和符号,教育儿童在成长的过程中,汲取群体的经验,增进自我与群体成员的包容与团结;神话中巴亚吉达(Bayajidda)王子的

故事，史诗中巴戈达（Bagauda）酋长的记录，传说中扎里亚女王阿米娜（Amina）的记忆，将大量的历史文化传递给青年一代；丰富的谚语、习语等富有哲理的“智慧型话语”，则把豪萨人在农耕、冶炼、捕鱼等生产生活中的实践及感悟，以文学记忆的形式保留在群体的“脑文本”中。

月光下的文学遗产，不仅为当今豪萨语文学创作提供了源源不断的灵感及创作来源，更对豪萨地区的语言文学、民俗学、人类学、社会学及文化研究具有重要的价值。

二、最早的书面文学——阿贾米化豪萨语文学

13世纪至14世纪，伴随着阿拉伯商人、传教士将伊斯兰教传入豪萨地区，豪萨语吸收了阿拉伯语书写系统，并形成了阿贾米书字体。豪萨人开始利用阿贾米字体接受教育，开展文学创作。阿贾米字体书写的诗歌是豪萨语中最早的书面文学形式，这一时期的代表作主要有：《二十首赞美诗》（*Ishiriniya*）、《祝福》（*Dala'ilu*）等，至今仍在豪萨地区流传。

16世纪，瓦利·丹·马萨尼（Wali Ɗan Masani）等学者创作了大量的宗教诗歌作品，尽管大部分作品因疏于记录而失传，但这一时期的《白德尔战役之歌》（*Waƙar yaƙin Badar*）等诗歌却一直流传至今。18世纪至19世纪，伴随着索科托哈里发帝国的建立，富拉尼宗教领袖谢赫·奥斯曼·丹·福迪奥（Shaihu Usman dan Fodio）和他的弟弟阿卜杜拉欣·丹·福迪奥（Abdullahi dan Fodio）及子女穆哈默德·贝洛（Muhammed Bello）、娜娜·阿斯玛乌（Nana Asma'u）开始沿用口头诗歌的形式，开展律法诗（Fiƙihu）、劝诫诗（Wa'azi）、感念称颂诗（Bege da Yabo）、苏非主义诗（Sufanci）及宗教知识诗歌（Ilmi）创作，

旨在通过著书立说，宣传伊斯兰教思想。在传教的过程中，阿贾米化的诗歌创作起到了关键作用。这一时期的诗歌保持着严肃的语气、说教的意味和浓厚的伊斯兰文化，塑造了豪萨文学之中的文学伦理基础。主要作品包括娜娜·阿斯玛乌创作及翻译的《旅程》（*Wakar Gewaye*）、《真理之路》（*Godaben Gaskiya*）、《寻觅圣水》（*Rokon ruwa*）、《谢赫·奥斯曼·丹·福迪奥的奇迹》（*Karamomin Shehu Usman Dan Hodiyo*）等。此外，娜娜·阿斯玛乌还通过培训"女性教师"（jajis）群体，带领宗教教师团体深入乡村，以"女性群体"（'yan taru）的形式开展诗歌诵读等活动，帮助更多的民众了解神秘的苏非主义思想及卡迪里教团活动。同一时期，除宫廷创作外，民间也开展了大量的诗歌创作。尽管大部分作品并不为人所知，但在尼日利亚伊巴丹大学及卡杜纳州北方之家（Arewa House）等收藏馆中，依旧保留着这一时期大量的阿贾米手稿，印证了当时阿贾米化豪萨语文学创作的繁荣。

20世纪至今，尽管拉丁化书面文学开始逐渐进入人们的视野，但阿贾米字体书写的文学作品并未因此消失。尼日利亚前总统谢赫·沙加里（Shehu Shagari）、前扎里亚酋长萨金·扎若·阿鲁·丹·西迪（Sarkin Zazzau Alu Dan-Sidi）、诗人哈吉·阿利尤·纳曼吉（Alhaji Aliyu Na-Mangi）、阿基鲁·阿利尤（Akilu Aliyu）、哈吉·穆迪·斯皮金（Alhaji Mudi Sipikin）、萨杜·宗古尔（Sa' adu Zungur）都曾使用阿贾米文字创作诗歌。他们先后创作了《尼日利亚之歌》（*Wakar Nijeriya*）、《卡诺之歌》（*Wakar Kano*）、《拯救》（*Imfiraji*）、《愤怒的豪萨人》（*Bahaushe mai ban haushi*）、《北方共和制或君主制》（*Arewa jamhuriya ko mulukiya*）等佳作。但不同于此前的宗教化书写，这一时期的豪萨语文学创作开始转向政治、民族、国家等世俗化主题。除诗歌外，阿贾米字体书写还被广泛用于小说、故事、新闻等世俗性故事及报道的写作。尼日利亚《真理报》(*Gaskiya ta fi kwabo*)、《黎明报》(*Alfijir*)等部分报纸,都曾先后使用阿贾米文字。

三、多样化的文学书写——拉丁化豪萨语书面文学

从19世纪至今,伴随着西方传教士文学的兴起、两次文学竞赛的实施、印刷成本的下降等因素,豪萨语文学经历了拉丁化书面文学的兴起,文学经典化作品的确立,文学风格的改变,市场文学及网络文学的发展。豪萨语文学中的诗歌、小说、戏剧、散文等形式进入全面发展时期。

1. 传教士文学——拉丁化豪萨语书面文学的兴起

18世纪末至20世纪初,伴随着西方探险家、传教士等对豪萨地区探险、传教的兴起,由于起初不了解阿拉伯语及阿贾米化的书写方式,因此他们只能用更加熟悉的拉丁化方式记录豪萨语。在语言记录及研究过程中,探险家、传教士、殖民官员通过翻译《圣经》、记录口头文学等方式,推动了拉丁化书面文学的发展。德国詹姆斯·弗雷德里克·肖恩(Jamus Frederic Schön)、鲁道夫·普里策(Rudolf Prietze)、亚当·米施利希(Adamu Mischlich),英国传教士查尔斯·亨利·鲁滨逊(Charles Henry Robinson)、赫曼·冈德特·哈里斯(Herrmann Gundert Harris)、罗纳德·弗莱彻(Ronald Fletcher)等,先后出版了《豪萨语会话》(*Magana Hausa*)、《豪萨语文学作品》(*Specimens of Hausa Literature*)、《豪萨语谚语》(*Sprichwörter der Hausa*)、《豪萨语童话》(*Haussa-Märchen*)、《豪萨语寓言童话》(*Tiermärchen der Haussa*)、《豪萨语故事及谜语》(*Hausa Stories and Riddles*)、《豪萨语口头传说》(*Litafi na Tatsuniyoyi na Hausa*)、《豪萨语谚

语民俗及新词词汇》(*Hausa Sayings and Folklore with Vocabulary of New Words*)、《豪萨歌手》(*Haussa-Sänger*)、《豪萨学生旅行之歌》(*Lieder fahrender Haussa-Schüler*)、《豪萨语农业歌曲》(*Landwirtschaftliche Haussa-Lieder*)、《的黎波里之路:1902 年的历史》(*Turbar Tarabulus: Labarin* 1902)、《豪萨商人穆罕默德·阿吉吉的沙漠之旅:在拉特的会谈》(*Wüstenreise des Haussa-Händlers Mohammed Agīgi: Gespräche in Rhat*)等书面文学创作。

大量口头文学的收集、记录,促进了拉丁化豪萨语书面文学的兴起。但由于欧洲各国传教士在不同区域开展文学记录的过程中,缺乏统一的正字法,致使这一时期的拉丁化书面豪萨语文学书写呈现出多样化特征。

2. 殖民时期文学竞赛——北尼日利亚拉丁化经典作品的确立

伴随着殖民主义在豪萨地区的兴起,殖民主义语言、文学政策催生了豪萨语文学的国家边界,豪萨语文字书写、文学创作开始进一步呈现出分化的态势。时至今日,散落在撒哈拉商路上的苏丹等使用阿拉伯语的国家及地区,其豪萨语书面文学依旧保持着阿贾米字体的书写传统。当地的文学创作也融合了苏丹等地的本土文化,形成了独特的文学风格。在尼日尔、喀麦隆等法属殖民地,由于殖民者助推法语书写及文学创作,打破了原有的阿贾米化文字传统,当地的豪萨语被塑造为口头用语,其书写系统几乎被完全边缘化,书面文学主要以法文为主,仅有的几部豪萨语文学作品,也只是对口头文学的收集、记录。而在北尼日利亚,英国殖民当局则通过对豪萨语文字进行改造并大规模推广拉丁化的书写方式,促成了豪萨文由阿贾米书写方式向拉丁化书写的改变(Alidou),并形成了独树一帜的文学风格。

在北尼日利亚，英国殖民总督弗雷德里克·卢加德（Frederick Lugard）通过语言政策的制定，鼓励当地豪萨人接受拉丁化豪萨语书写；殖民教育官员汉斯·维舍（Hans Vischer）则设计了拉丁化正字法，并通过现代学校的建立，促进拉丁化语言教育的实施；殖民官员鲁伯特·伊斯特（Rupert East）则通过培训早期豪萨社会精英开展西式写作，鼓励本土社会精英参与到文学竞赛中，推广西式写作，塑造大众思想（Philips）。除开展文学竞赛外，殖民当局还在北尼日利亚相继开设了翻译局、文学局、《真理报》（后改名为北方出版集团），旨在通过文学创作或翻译文学的滋养，扩大拉丁化豪萨语书面文学创作，解决殖民当局面临的教材短缺等难题。大量的东西方经典文学作品，如《威尼斯商人》（*Matsolon attajiri*）、《十二夜》（*Daren sha biyu*）、《动物庄园》（*Gandun dabbobi*）、《一千零一夜》（*Dare dubu da na daya*）、《豪萨民族与周边民族的故事》（*Labarun Hausawa da makwabtansu*）等小说、戏剧开始被译为拉丁化豪萨文。

然而，虽然通过文学翻译及创作等活动，北尼日利亚豪萨地区民众接受了拉丁化文字书写，但豪萨语文学之中的思想性及文学伦理却并未因此而改变。1933 年豪萨地区文学竞赛中五部获奖作品《一潭圣水》（*Ruwan Bagaja*）、《身体会告诉你》（*Jiki Magayi*）、《谢胡·乌玛尔》（*Shaihu Umar*）、《提问者的眼睛》（*Idon matambayi*）、《历险记》（*Gandoki*）被殖民当局塑造成为现代豪萨文学之中的经典之作，并将其运用于拉丁化本土语言教育之中（Caron）。尽管五部作品与阿贾米文学、传教士文学在写作风格、叙事技巧上有明显不同，加入了大量西方小说的创作元素，但其叙事伦理却仍旧保留了浓厚的伊斯兰文化元素。因此，部分学者用文学作品中的杂糅或马赛克现象来诠释这些作品，认为这些作品既非欧洲文学作品的豪萨语译介，也非伊斯兰文学的拉丁化书写，而是通过呈现世俗化的情感问题、社会矛盾、伦理道德，将幻想和现实主义结合起来，开创了拉丁化豪萨语书面文学的新传统。然而，这些作品虽增加了跌宕起伏的故事情节，但由于根植于豪萨地区，因此，依旧保持了阿贾米字体文学创作中的说教意味，符合豪萨地区作家、读者的伊斯兰身份。此外，被誉为豪萨语版的《一千零一夜》——《语言及财富》（*Magana jari ce*）也于该时期出版，该作品中的内容融合了亚洲、欧洲及非洲本土的民间故事，其叙事风格符合豪萨语口头文学传统。因此，该作品被确立为豪萨语文学之中的经典之作。

3. 后殖民时期文学竞赛——北尼日利亚拉丁化书面文学风格的改变

20 世纪 40—60 年代，伴随着豪萨地区民族主义的兴起及尼日利亚联邦共和国的成立，豪萨语文学作品开始呈现出多样化的发展，医疗、科普、游记、冒险等小说、戏剧、诗歌等佳作开始不断涌现。主要作品有《流星》（*Tauraruwa mai wutsiya*）、《一夜》（*Dare daya*）、《夜贩子》（*Da'u fataken dare*）、《长舌妇》（*Uwar Gulma*）、《人皆好善》（*Nagari na kowa*）、《沙漠之星》（*Tauraruwar Hamada*）、《巴拉和巴比亚》（*Bala da Babiya*）、《马拉发的故事》（Wasan Marafa）、《大力士伊利亚》（*Iliya dan mai karfi*）、《豪萨之歌》（*Wakokin Hausa*）等。

而 20 世纪 60—80 年代，伴随着北尼日利亚文学局扫盲计划及尼日利亚联邦政府民族语文振兴等举措的实施，豪萨语文学开始进入快速发展时期。随着大量现实题材作品的出版，大部分豪萨语作家开始从过去的民间幻想中摆脱出来，利用小说、诗歌、戏剧等文学创作的形式，表达自己对国家政治、经济、发展等方面的看法。1979—1980年，两次文学竞赛得以举办，大量优秀作品从竞赛中脱颖而出。1979年，由北尼日利亚出版公司举办的文学竞赛中，有三部获奖作品胜出，分别为《占据我心》（*Mallakin zuciyata*）、《爱是人间天堂》（*So aljannar duniya*）、《阿玛先生的阿马迪》（*Amadi na malam Amah*）；而1980年，由尼日利亚联邦文化部举办的文学竞赛，五部获奖作品分别为《强人》（*Turmin danya*）、《遗弃的残渣》（*Karshen alewar ƙasa*）、《选择你的》（*Zaɓi naka*）、《驾驶鞭》（*Tsumangiyar kan hanya*）、《极限的边缘》（*Tura ta kai bango*）。

此外，同一时期出版的《幻象》（*Kitsen rogo*）等关于尼日利亚政治、社会的书写也获得了读者的青睐。除了小说外，部分诗人、歌者也利用口头文学中的诗歌形式，对豪萨地区的青年问题、社会问题、伦理问题进行了批判。诗人、口头歌者马曼·沙塔（Maman Shata）、丹·马拉亚·乔斯（Dan Marayar Jos）等创作了大量的歌曲，而类似的歌曲创作，融合了豪萨语口头文学的传播方式及阿贾米文学之中的劝诫方式，带给受众的不仅是一种娱乐化的听觉体验，更是对信息传播、社会道德的塑造。

4. 印刷成本的下降——卡诺市场文学的兴起

20世纪70年代，伴随着尼日利亚经济的腾飞，北尼日利亚出版公司（NNPC）、胡达胡达出版集团（Hudahuda Publishing Company）、胜利出版集团（Triumph Publishing Company）等出版机构推出了大量的豪萨语文学作品。牛津大学出版集团（Oxford University Press）等海外出版公司也开始加入豪萨语文学作品的出版项目。然而80年代，伴随着尼日利亚等非洲国家陷入经济倒退的10年，只有朗曼尼日利亚有限公司（Longman Nigeria Company Limited）仍继续进军豪萨文学出版市场，推出了“话友”（Abokin hira）系列图书，大部分出版集团开始放缓民族语文系列图书的出版计划。进入90年代，印刷成本下降，越来越多的作者不再需要官方的出版资助，开始选择独立出版。伴随着独立出版的不断激增，大众文学开始在尼日利亚北部豪萨地区兴起。巴拉拉巴·拉玛特·雅库布（Balaraba Ramat Yakubu）、阿多·艾哈迈德·吉丹·达比诺（Ado Ahmad Gidan Dabino）、优素福·穆罕默德·阿达姆（Yusuf Muhammad Adamu）、易卜拉辛·谢米（Ibrahim Sheme）、比尔基苏·阿赫迈德·丰图瓦（Bilkisu Ahmed Funtuwa）等大批作家涌现出来，他们先后发表了《年轻的心》（*Budurwar zuciya*）、《罪恶会伴随你》（*Alhaki kwikwiyo ne...*）、《我心的灵魂》（*Da so da ƙauna*）、《疯狂的爱》（*Idan so cuta ne*）、《玩偶》（*'Yar tsana*）、《无知》（*Kifin rijiya*）、《知识在于脚下》（*Ilmi mabuɗin tafiya*）、《我的另一半》（*Rabin raina*）、《大海捞针》（*Allura cikin ruwa*）、《谁人知明天》（*Wa ya san gobe*）等作品。大量豪萨语小说的出版，也带动了民众对于文学的热情。在北尼日利亚豪萨地区卡诺（Kano）、索科托（Sokoto）、卡杜纳（Kaduna）、包齐（Bauchi）等各州，大批文学团体相继成立，主要包括尼日利亚作家协会卡诺分会（ANA Kano）、豪萨作家学者联合会（Ƙungiyar marubuta da manazarta）、青年作家协会（Ƙungiyar matasa marubuta）、豪萨学者团体（Ƙungiyar nazarin Hausa）、智慧社（Hikima Kulob）、争鸣社（Kukan kurciya）等。在文学团体活动中，作家、读者和文学研究者们经常就爱情、婚姻、教育、道德等主题的文学创作，开展文学研讨及文学批评（Furniss）。除了内部的讨论外，伴随着公众对豪萨语小说创作热情的高涨，易卜拉欣·马隆法什（Ibrahim Malumfashi）、阿卜杜拉·奥巴·阿达姆（Abdalla Uba Adamu）、优素福·阿达姆（Yusuf Adamu）等作家、学者、文学评论家还受邀在报刊上就20世纪末出现的浪漫小说（Littattafan soyayya）展开公开辩论。

印刷成本的下降，大众文学创作的兴起，不仅促进了豪萨地区市场文学的发展，更催生了市场文学、浪漫文学的形成并在20世纪末达到了顶峰。豪萨语文学已不仅是精英阶层的传声工具，更成为大众阶层的展示平台。大规模的文学创作也引起了尼日利亚国内外的广泛关注，部分豪萨文小说甚至被译为英文，在尼日利亚及海外进行传播。

5. 新媒体技术的发展——网络化文学的兴起

21世纪以来，豪萨语文学之中的媒介化、女性意识、道德审查等议题开始引起学界的广泛关注。

随着广播、视频、网络等新媒体技术快速发展，越来越多的文学创作开始利用音视频等媒介进行传播。部分作家开始利用广播、电视、网站等媒介，进行文本朗读、作品发布、宣传推广等。部分小说、戏剧还被改编成剧本，搬上了“卡莱坞”（Kanowood）影视剧的荧幕。

除了媒介化的发展，大量的女性题材文学创作使得部分学者也将21世纪的豪萨语文学定义为女性的“浪漫主义”的书写时代。对此，乌姆等学者却提出了不同的看法。不同于20世纪末的浪漫文学，她们认为在新世纪的豪萨语文学中，隐藏在通俗爱情故事背后的是女性作家们的无声反抗。作品中更加聚焦反映女性现实的主题，童婚、强迫婚姻、一夫多妻、奇博克（Chibok）女孩被绑架等现实题材的书写，开始成为21世纪女性文学的一个转向。

而伴随着大众文学时代的到来，大量的图书、音像出版物开始涌入豪萨地区。另一个值得关注的就是，文学作品的审查问题。一些不符合豪萨文学道德的低俗化（batsa）作品也开始出现在公众视野中。对此，2001 年，卡诺州成立了卡诺审查委员会（Kano State Censorship Board），通过地方政府及行业协会加大对图书、影视的审查力度。部分文学及影视创作中的低俗现象就此得到遏制。2007 年，卡诺州政府进一步开展了"焚书行动"等举措，数百本不符合豪萨地区道德标准的图书被公开烧毁，部分作家及影视从业人员被逮捕、审讯。

尽管审查制度不断升级，但豪萨语文学及影视的发展并未就此一蹶不振。来自部分黎巴嫩、印度、中国等第三世界国家题材的书籍、影视作品开始为豪萨地区的文学创作及影视之作带来了勃勃生机。20 世纪 70 年代，伴随着黎巴嫩、印度等国移民来到豪萨地区，这些国家的图书、影视作品、文化开始进入豪萨地区，而豪萨地区的图书、影视作品中，也开始呈现出这些第三世界国家的外来形象。虽然相比于欧美国家，这些亚洲、中东等东方国家的文学、文化进入豪萨地区较晚，但部分学者认为，相同保守性和相似的文化，使得部分国家的图书、影视作品更易于豪萨地区受众接受，并为读者、观众呈现了一种不同于西方的"平行现代化"。而这样的文化交流与融合，打破了殖民与被殖民，传统与现代，外国与本土之间的桎梏，也更加易于豪萨地区受众接受，并为其提供了一种不同的文学现代性呈现。而这样的现代性的思考，也使得部分学者开始重新反思，西方的理论、审美标准是否适合豪萨地区的文学发展，豪萨语文学中应建立怎样的文学批评体系（Adamu）。

21 世纪豪萨语文学是多元文明交融的结果，充满着流动性、多样性、包容性，并非一成不变。对此，豪萨语文学评论家阿卜杜拉·奥巴·阿达姆（Abdallah Uba Adamu）曾表示："当代豪萨语文学中的很多题材都是交叉的，用单一的标准去定义文学特点并不准确。但从文学伦理角度考察，真理（gaskiya）、诚信(amana)、慷慨(karimci)、容忍(haƙuri)、思想(hankali)、荣辱(kunya)、道德(ladabi)、仁义(mutunci)、智慧(hikima)、公平(adalci)、交流(mu' amala)仍是当代豪萨文学创作的主旋律。部分看似题材、风格不同的创作,却仍向读者传递着保持善良、容忍、克制等豪萨人中善者的形象。文学作品启迪人的方式有很多,一些看似不符合传统文学形象的塑造,但从另一个角度来看,亦是在以另一种方式引发读者对当今社会的思考。"

四、豪萨语中不同文学之间的传承与改变

文学是社会生活的真实写照。走在北尼日利亚的公路上,名牌汽车和传统的马车平行驶过;西装革履的青年和穿着传统服装的老人从你的身边擦肩而过;拉丁化豪萨文小说与阿贾米(Ajami)文字书写的诗歌,摆放在相隔不远的书摊前。除了全球化及外来文化对豪萨语文学带来的影响外,当代"现代化"豪萨文学书写并非和过去的文学传统彻底分离,而是如同口头文学和书面文学中的"互文性"一样,像两条交织的平行线,共同推动着豪萨文学向前发展。当代书面文学中小说的创作,离不开神话、寓言故事的影响;当代口头文学及书面诗歌的创作,从民歌、民谣、民乐中汲取了大量的滋养;而大量的文本中,通过直接引用、拼接语码、间接翻译等形式,从豪萨语的习语、谚语、隐喻、讽刺等智慧型话语中,继承了大量的言语智慧,被运用于现当代创作之中。而这样的传承也超越了文字书写、殖民统治、媒介技术对豪萨语文学带来的改变,这是现当代北尼日利亚豪萨地区的部分文学、电影、电视剧在尼日尔依然受欢迎,而20世纪尼日尔创作的部分法语文学作品,如《朋友,海岸的呼唤》(*Abboki, ou l'appel de la cote*)、《女王》(*Sarraounia*),

虽然全文用法语书写，但从题目、正文、思想上来看，文本之中法文与豪萨语混合的克里奥尔现象，[①]大量豪萨语谚语的使用及豪萨地区人物、社会的刻画，使得小说依旧保留着豪萨语文学之中的口头性及思想性特征。

除了自身文学传统的影响，多种宗教、多样书写、多元文化等在时间、空间上的共存，也形成了豪萨作家对外部世界的多元书写趋势。而这样的文化交流与融合，也使得豪萨语文学超越了口头与书面，传统与现代、东方与西方的二元界限，随着社会的不断发展，呈现出一种动态化的文学表达。如同豪萨语文学中不同时期的经典化作品一样，它承载了作家对情感、愿望、理想的表达。不同主题、不同形式、不同风格，相互借鉴，相互影响，改变了豪萨语文学的边界、视域及发展方向，呈现出一种多样化的文学景观。

因此，尽管豪萨语自身文学传统及外来文化会影响豪萨语文学作品的流变，但不同时期的豪萨语文学却并非呈现出泾渭分明的分类、流派划分，而是呈现出一种相互融合的特征。与西方文学相比，豪萨语文学中更多地体现了史诗性、教育性，与自身的文学传统联结得更加紧密。

结语

文学不仅是语言艺术的表达，更是文化、文明、历史的传承。月光下口头文学传递的不仅是故事，更有助于孩子们了解社会的历史和民俗，并在成长中促进彼此的理解及尊重。阿贾米书面文字的记录及普及，不仅关乎改变西方学界对非洲文

① 指欧洲语与殖民地语的混合化。

明的看法，更能重新书写非洲本土的历史。而拉丁化书面文学的记录，则不仅是豪萨地区现当代文学作品的记录，更是非洲文学、世界文学之中的一个重要组成部分。

在部分非洲国家的作家们抛弃母语写作之时，在豪萨地区，大量作家仍然坚持本土语言创作，并意识到语言文学记录、出版行业管理、增加儿童文学创作等问题对本土文学的影响。随着数字化民间文学记录的兴起、阿贾米化文本整理的深入、豪萨语文学奖项的不断扩大，豪萨语文学的记录及研究必将呈现出新的发展。

南非"多语制"语言政策及语言现状

一、概述

语言是人们最重要的交流工具和文化载体,同时也是民族认同的标志,是民族政治诉求中的重要内容。在南非殖民统治和种族隔离时期,统治者利用各种手段打压非洲本土语言,以达到破坏非洲传统文化和信仰、瓦解非洲人民的民族认同感和自豪感的目的。自 1994 年南非共和国成立以来,新民主政府颁布了"多语制"语言政策,试图从文化和思想意识上摆脱殖民统治,促进民族构建和民族团结。

近年来,语言政策和语言规划一直是南非政府及学术界关注与研究的焦点之一。政府先后组建了国语服务局、泛南非语言委员会和语言规划专职小组等机构从事语言立法及推广工作。在学术界也有很多学者从事语言政策与规划的研究。由于语言在社会政治和民族构建中的特殊作用,南非的语言政策从殖民统治以来一直深受西方学者的关注,但西方学者的研究也多从西方视角出发探讨南非的语言政策,致使其研究存在很大偏颇。目前国内也有学者关注南非语言政策,但对其论述不尽详细,对南非语言现状的描述也还很粗略。

随着中国与南非关系的日益发展,特别是"一带一路"倡议在非洲的实施,中南两国之间不但在经济和政治上的交往日益增强,文化和教育领域的交流也越来越频繁。同时,南非作为金砖国家之一,与中国在政治、经济、文化和教育方面的合作越来越密切。南非是一个“多语制”国家,11种官方语言之间以及所代表民族之间的关系错综复杂。对南非语言政策和语言现状的深入了解,有助于更好地促进中南交流与合作的顺利进行。因此,本文将系统论述南非语言现状、“多语制”语言政策及其所取得的成就和面临的问题。

二、南非各语言的使用情况

南非是一个民族众多文化深厚的国家,同时又被西方殖民统治了很长一段时期,这造成了南非复杂的语言现状。自1652年到1994年间,荷兰殖民、英国殖民和种族隔离政府利用各种手段提高阿非利卡语和英语在南非社会政治、经济、教育及文化中的地位与作用,打压和破坏非洲本土语言和传统文化。随着1994年种族隔离统治的结束,新民主政府于1996年颁布了新《宪法》,其中规定南非有11种官方语言,包括9种非洲本土语言,分别是祖鲁语、科萨语、南恩德贝莱语、北索托语、南索托语、斯威士语、聪加语、茨瓦纳语和文达语,另外还有英语和阿非利卡语。除了这11种官方语言以外,南非还有本土的科伊语、纳玛语、桑语,以及外来的德语、古吉拉特语、印地语等。这些语言的使用人口不等,但没有一种语言占绝对的主导地位,使用人口最多的祖鲁语也只占总人口的不到24%。11种官方语言在南非的具体使用情况如下表所示。

表1　南非官方语言使用人口统计(2011年)

语言	使用人口	比例
祖鲁语	10,677,305	23.8%
科萨语	7,907,153	17.6%
阿非利卡语	5,983,426	13.4%
北索托语	4,208,980	9.4%
英语	3,673,203	8.2%
茨瓦纳语	3,677,016	8.2%
南索托语	3,555,186	7.9%
聪加语	1,999,207	4.4%
斯威士语	1,194,430	2.7%
文达语	1,021,757	2.3%
南恩德贝莱语	1,090,223	2.1%

图1　南非官方语言使用地图

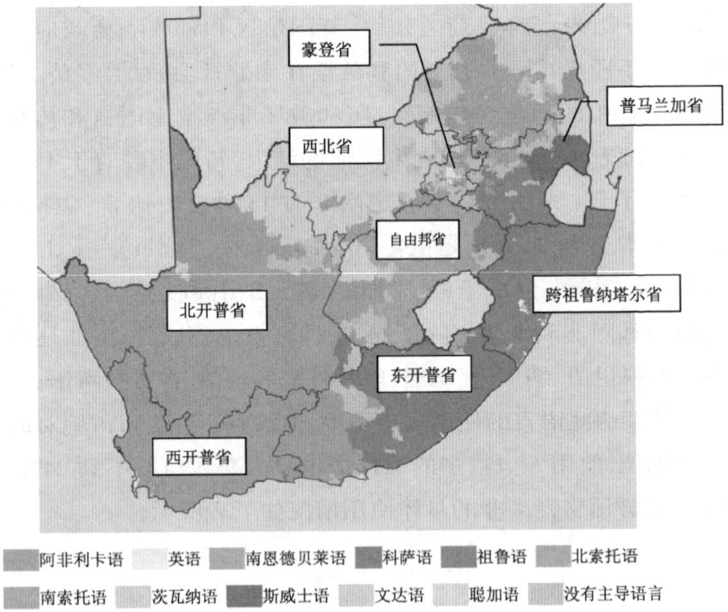

三、南非“多语制”语言政策

1994 年,在曼德拉的领导下南非结束了种族隔离统治,建立了新的民主共和国。1996 年,政府颁布了新《宪法》。《宪法》第一章第六节明确规定了 11 种官方语言和其平等地位,具体内容如下:

《宪法》第一章第六节:

第一条:南非官方语言共有 11 种,分别是北索托语、南索托语、茨瓦纳语、斯威士语、文达语、聪加语、阿非利卡语、英语、南恩德贝莱语、科萨语和祖鲁语。

第二条:认识南非本土语言在历史上所受到的压迫,国家须采取积极可行的措施提高南非本土语言的地位和使用。

第三条:(a)国家和省级政府在行政过程中可以根据具体的情况选择使用任何官方语言,但是必须使用至少两种;(b)各市级政府必须根据所在地居民的语言使用情况决定采用何种官方语言作为行政语言。

第四条:国家和省级政府必须规范及监督本部门官方语言的使用情况,平等对待和尊重所有官方语言。

第五条:根据国家法律,建立泛南非语言委员会(Pan South African Language Board)。泛南非语言委员会的职责是:(a)改善和创造条件发展所有官方语言、科伊语(the Khoi language)、纳玛语(the Nama language)、桑语(the San language)和手语;(b)发展和尊重在南非社会使用的所有语言,包括德语、希腊语、古吉拉特语、印地语、葡萄牙语、泰米尔语、泰卢固语、乌尔都语,以及因宗教目的而使用的阿拉伯语、希伯来语和梵语等。

新《宪法》的颁布标志着殖民统治和种族隔离时期不平等的语言政策的结束。政府根据《宪法》的规定，先后成立了民族语言服务局（National Language Service）和泛南非语言委员会等机构，从事改变非洲本土语言长期受压迫的现状和促进非洲本土语言发展的工作。

2011 年，随着南非各族人民的需求和语言发展的需要，政府颁布了《南非语言法案》（*South Africa Language Bill*），以落实 1996 年《宪法》里规定的“多语制”语言政策。《语言法案》声明政府要采取符合南非实际状况的积极措施，促进非洲本土语言的发展；政府部门、社会公共部门以及大型企业单位须提供民众所需要不同语言的信息和服务，并对具体的措施做出较为详细的规定。

四、“多语制”语言政策的意义及成就

“多语制”语言政策的出台和实施在南非历史上具有划时代的意义。“多语制”语言政策从法律上消除了殖民统治和种族隔离时期不平等的语言政策，明确规定 9 种非洲本土语言与英语、阿非利卡语具有同等的官方语言地位。这从法律上消除了长期以来对非洲本土语言的歧视，促使南非各族人民对自己语言态度的改变，逐渐意识到自己语言的重要性，提高了对自己部族语言的自信心和自豪感，开始争取使用自己语言的权利。这促进了南非各民族内部的民族认同和民族构建。

“多语制”语言政策是南非共和国新民主政府政治主张的重要体现，是建立各民族平等团结的“彩虹国家”（Rainbow

Nation）的途径和措施之一。在南非这样一个有着复杂历史背景和不同民族、不同文化的国家里，要实现各民族团结融合和国家繁荣富强，语言与文化的平等是最基本的要素之一。

在教育上，“多语制”语言政策彻底打破了种族隔离时期的“教育隔离”体制和“母语教育”政策。种族隔离政府1953年颁布的《班图教育法案》规定，非洲本土民族1—8年级的基础教育必须使用各族自己的民族语，从9年级开始使用英语或阿非利卡语授课。《班图教育法案》使南非本土民族的学生在1—8年级的基础教育中无法掌握英语或阿非利卡语。8年级以后，大部分黑人学生由于受到英语或者阿非利卡语水平的限制而辍学，从而无法继续接受高等教育，这就导致非洲本土民族由于教育程度的限制而无法从事社会管理和接触社会权利。新时期的“多语制”语言政策实现了所有学校，包括公立和私立学校的非种族化。新民主政府通过法律法规的形式规定，所有学校必须对不同肤色的学生开放；同时，学校有权根据学生的情况选择使用任何一种或者几种官方语言作为教学语言。9种非洲本土官方语言均被列为学校的教学科目和大学入学考试科目。从1998年开始，英语不再是学生大学入学考试的必修科目。这提高了南非本土民族的教育水平，促进各本土语言的发展，同时也提高了各族人民对自己民族语言的自信心和自豪感。

2000年，泛南非语言委员会对2160名覆盖南非各族的16岁以上的人口就其语言使用和对“多语制”语言政策的态度进行了抽样调查，调查结果显示，86%的被调查者对“多语制”语言政策持正面积极的态度。

表2　南非民众对“多语制”语言政策的态度(2000年)

满意现行语言政策对本民族语言的做法	57%
虽然在具体的实行中存在困难,但满意现行语言政策对本民族语言的做法	29%
不太满意现行语言政策对本民族语言的做法	9%
不满意现行语言政策对本民族语言的做法	5%

(2000年,泛南非语言委员会调查报告)

表2中的数据表明,86%的南非人对“多语制”语言政策表示满意,这充分说明这一语言政策适应了南非各族人民的要求。

“多语制”语言政策适应了南非复杂的语言文化环境,满足了各族人民争取独立自主和实现民族认同的需求。“多语制”语言政策是从文化和思想意识上摆脱西方殖民统治及种族隔离的重要手段与标志,是南非成为一个民主、公平、民族团结的国家的重要标志和保证之一。同时,也是对早期欧洲“一种语言,一个民族”政策强有力的反驳。

在非洲,很多国家有着与南非相似的殖民历史,语言文化也同样遭受了西方殖民语言文化的摧残蹂躏。但目前很多国家仍然将殖民时期的英语或法语视为唯一的官方语言。比如,在博茨瓦纳,英语被规定为政府的官方语言,但只有不到5%的人口以英语为母语,78%以上的博茨瓦纳人以茨瓦纳语为母语。在纳米比亚,根据2011年的统计,只有3.4%的人口以英语为母语,与博茨瓦纳一样,英语也是纳米比亚的唯一官方语言。南非的“多语制”语言政策对像博茨瓦纳和纳米比亚这样的非洲国家的语言政策具有积极的借鉴意义。

五、"多语制"语言政策面临的挑战及原因

"多语制"语言政策自实施以来取得了颇丰的成果,但也面临着很多问题和挑战。目前在南非,英语在社会生活、政治、经济和教育文化中仍占绝对优势地位。例如,1994 年,在南非议会演讲中,87% 的人用英语,5% 用阿非利加语,8% 用非洲本土语言。在社会生活中,根据 Kamwangamalu 的统计,1998 年 5 月在南非国家电视台(South African Broadcasting Corporation)的节目中,91.5% 是英语节目,5.66% 是阿非利加语,祖鲁语只有 1.01%。目前,南非官方网站、政府文件绝大部分仍然只有英文版,南非国家电视台的节目还是以英语为主导,网站基本全是英语。

非洲本土语言在教育上的地位也很薄弱。根据我们在 2011 年的调查,在富莱罗山(Mont Frere)偏远农村的小学,教师在课堂上都尽量使用英语作为教学语言。但这些老师的英语水平十分有限,因此严重影响到教学质量。在我们的采访中,学生和家长都认为教师的英语水平代表了教师的素质和教学质量,希望课堂以英语为教学语言。在南非的高等教育中,英语的优势更加明显。大学基本上都是以英语或者阿非利卡语作为教学媒介语,非洲本土语言,包括使用人口最多的祖鲁语和科萨语,只是作为课程出现在教学大纲里。

目前对非洲各本土语言的研究也相当薄弱,关于这些语言的教材和词典非常有限。很多学校和教师仍在使用 19 世纪末西方传教士编纂的语法书和词典。近年来虽然出版了一些教授这些语言为目的的书籍和资料,但质量较差,缺乏系统连续性。以南非本土语言为媒介语的其他学科的教科书就更少了,绝大部分南非本土语言没有各个学科的专业术语,这严重

阻碍了这些语言作为教学语言的可能性。

造成以上这些问题的原因有很多,有现实的因素,也有历史上遗留下来的因素。第一,平等地发展 11 种语言,这本身就是一件艰巨的任务,需要大量的人力物力。目前,南非政府对各语言发展的投入还远远不够。

第二,不管是在南非国内还是在国际上,对南非诸本土语言的研究还处于起步阶段,学术基础薄弱,而且严重缺乏师资。与之相反,英语有成熟的专业术语、系统的教科书和雄厚的师资。

第三,作为全球化进程中的媒介语,英语的竞争力远远大于南非本土语言,在竞争中占绝对的主导地位。虽然《宪法》中规定了 11 种官方语言在法律上具有平等的地位,每个公民都有权利接受任何一门语言的教育,但从学生到家长都希望学校能提高英语教育比重,认为一个人的英语水平代表着教育程度和社会地位的高低。

第四,由于殖民统治和种族隔离时期的语言政策造成了人们心理上对英语的崇拜,英语代表着权力。与此同时,《班图教育方案》和其他种族隔离政策给人们灌输了非洲本土语是低等的落后的语言,不能用于高等教育和高级工作的想法。这种对自己民族语言和文化的自卑心理并没有随着种族制度的结束而彻底消失。很多南非本土民族的人在公共场所都倾向于使用英语进行交流。

第五,"多语制"语言政策对非洲本土语的界定沿用了殖民统治和种族隔离时期对语言的分类。比如,斯佩迪语(北索托语)和塞索托语(南索托语),祖鲁语和恩德贝莱语分别被视为两种不同的语言,但不管是从语言本身还是从所代表的民族的亲属关系上说,这两组语言其实是方言与方言的关系。这样一来,种族隔离政府的语言分化政策继续存在,并发挥作用。

另外值得注意的是，种族隔离统治结束后，作为官方语言之一的阿非利卡语继续在社会政治、经济、文化和教育中发挥着作用。大部分以阿非利卡语为媒介语的学校一如既往地正常运行着，阿非利卡语的教职工及学校的精神并没有发生明显的变化。但近年来随着“反后殖民主义”运动的发展，越来越多的非洲本土民族人民对阿非利卡语持敌视态度。其中，有一部分极端的语言民族主义者主张消灭阿非利卡语。2016年在以阿非利卡语为主要媒介语的斯坦陵布什大学、西北省大学和比勒陀利亚大学，黑人学生发起了“打倒阿非利卡语（Afrikaans Must Fall）”的示威游行。

在种族隔离时期，阿非利卡语被统治阶级用来压迫其他民族的语言和文化，维护种族隔离制度，被阿非利卡民族主义者视为其民族的重要标记和核心价值。阿非利卡语是统治阶级的语言，但同时也是被统治阶级的语言。被压迫的有色人种大多以阿非利卡语为母语。而且阿非利卡人热爱并坚持使用他们的民族语言，这本身并不带有种族隔离的政治色彩。粗暴地将阿非利卡语消灭掉，有悖于“多语制”语言政策的宗旨。

结论

南非现行的“多语制”语言政策适应了南非错综复杂的语言状况，消除了殖民统治和种族隔离时期对非洲本土语言的压迫和歧视，对发展非洲本土语言具有重大意义，同时也提高了非洲各族人民的民族认同感和自豪感。“多语制”语言政策自实施以来卓有成效，对南非社会产生了深远影响，但目前还存在很多问题与挑战。要彻底落实“多语制”语言政策，实现南非各语言的真正平等，还需要政府和社会各界的不懈努力。

非洲葡萄牙语文学发展史

一、葡萄牙语的主体性:从爱恨交加到化为己有

自福柯等将话语与权力和主体性之间的关系纳入学术讨论以来,任何关于前殖民地文学的讨论都无法回避如何对待殖民语言的问题。来自安哥拉、佛得角、莫桑比克、几内亚比绍、圣多美和普林西比五国的人民,对葡萄牙语的感情可谓爱恨交织。一方面,葡语作为殖民者的强加物,在历史上被用来对抗和镇压非洲本地语言。从20世纪20年代开始,葡萄牙在非洲开始实行"同化"(assimilação)政策。依照规定,学会葡语的非洲人在理论上可以成为黑色人种的葡萄牙人,但这项政策的本质依然是帝国主义和家长制的,且成为"同化者"在很大程度上意味着与非洲传统的割裂。安哥拉诗人马里奥·安东尼奥(Mário António,1934—1987)在《反英雄史诗》(*Anti-heróica*)中给出的自我描述,表面上都是褒义词,"谈吐文雅、学识渊博、衣着考究",但他的语气是讽刺的,是自我贬低的,他的内心每时每刻都在焦虑,因为学习葡语必然造成非洲精神的损失。另一方面,由于这些新独立国家中并没有一种土著语言使用者能占到多数,因此在统一和重建这些非洲国家的国民性方面,葡语实际上起到了重要作用。正因如此,几内亚比绍和佛得角独立运动的领导人卡布拉尔(Amílcar Cabral,

1924—1973）表示，葡萄牙人给非洲留下的最有价值的东西就是他们的语言。以肯尼亚人提昂戈（Ngugi Wa Thiong'o）为代表的一批非洲后殖民作家，担忧用殖民语言写作会造成非洲语言和精神贫瘠化，[①] 但这一观点在非洲葡语国家中未造成较大反响。在独立前后，葡语国家的文学活动者更多是在响应塞内加尔"黑人性"运动领袖桑戈尔（Léopold Sédar Senghor）的呼吁，即非洲人应当将殖民者的语言作为工具，反过来对抗殖民者。安哥拉作家罗安蒂诺（Luandino Vieira，1935— ）和佛得角作家维加（Manuel Veiga，1948— ）则更近一步。前者将葡语视作独立战争的战利品，因为独立之后学会葡语的安哥拉人，在数量上大大超过了葡萄牙数百年殖民期间的成果；而后者则明确表示，葡萄牙语不单单属于欧洲人，非洲人也对葡语拥有"共同产权"。[②] 在创作层面上，在葡萄牙"四·二五"革命（又称康乃馨革命）之后，对于获得独立的这些非洲国家而言，它们的文学已经摆脱了之前作为"葡萄牙海外文学"的身份，一方面可以更自由地关注本地化、民族化的议题；另一方面也为探索更加普世的主题开辟了新的视野。

在民族文学大行其道、后殖民研究蓬勃发展的今天，对于试图统合多个前殖民地国家文学的研究，从出发点上就有被指责具有帝国主义视角的风险。毋庸置疑，作为本书研究对象的五个国家，从被殖民经验到各自民族文学的发展，都有着时间、程度和焦点的差异。佛得角拥有众多说克里奥尔语的人口，几内亚比绍缺少城市文学中心，安哥拉和莫桑比克独立后长

① Wa Thiong' o Ngugi, Decolonising the Mind: The Politics of Language in African Literature, London: J. Currey, 2011.

② Russell Hamilton, "Lusofonia, Africa, and Matters of Languages and Letters", In Hispania, 74.3（1991）, pp. 610-613.

期内战，这些仅仅是影响各自民族文学发展的众多历史条件中的一小部分。然而，从宏观上看，非洲葡语国家与其他非洲国家在文学上确有不同，而唯有全景式的研究方能突破民族文学单一化的桎梏，唯有透过多个国家、多位作者的声音方能从个性中提炼出共性，从共性中更好地理解个性。

二、非洲葡语文学的发展历程：殖民文学、民族文学及超越

从19世纪中叶到20世纪前30年，在非洲葡语文学中，殖民文学和用葡语表述的非洲文学两条传统并行发展。面对殖民文学对非洲异域风情的描写，珍视自己非洲性的作家们逐渐感受到，只有拥抱本地传统才能颠覆殖民主义。以科尔德罗（Cordeiro da Matta）、小安东尼奥（António de Assis Júnior）等人的风俗研究和本土语言词典编纂为开端，非洲葡语国家的文学从业者逐渐开辟出自己的道路。然而，这几十年内的文学作品虽然开始关注非洲本土，但并没有形成真正意义上的理论框架。非洲的历史、社会、人物仍然大多作为客体出现，依旧摆脱不了对接受葡萄牙父权的渴望。因此，这一时期的作家通常被视为民族文学的先驱，而非真正意义上的参与者。

1936年，具有里程碑意义的《光明》（*Claridade*）杂志在佛得角创刊，代表了具有成熟纲领的本地化文学运动的开端。按照部分学者的看法，其他四国的国家文学开端分别为：1. 圣多美和普林西比：1943年滕雷洛（Francisco José Tenreiro，1921—1963）的诗集《圣名之岛》（*Ilha de Nome Santo*）；2. 安哥拉：1951年创刊的文学杂志《启示》（*Mensagem*）；3. 莫桑比克：1952年创刊的文学杂志《穆萨霍节》（*Msaho*）；4. 几内亚

比绍：1977 年出版的选集《为了奋斗的人坚持！》（*Mantenhas para quem luta!*）。这些民族文学的萌芽试图通过对本地主题的探讨，寻找民族的精神特质，比如在《光明》杂志里，文学主题就主要与岛国的隔绝性、人民的流放和异化、移民、怀念与渴望相关。在这些作品中，白人殖民者从主角降为配角，角色从正面沦为反面，乃至完全自场景中消失。白人作者越发感觉到需要在肉体肤色和精神肤色之间达成和解，比如安哥拉白人诗人雅辛托（António Jacinto，1924—1991）就曾写下“我的诗歌 / 是白人的我 / 骑在黑人的我身上 / 走过人生”。[①] 从 19 世纪黑人感到的自卑情结，到 20 世纪《启示》杂志后白人对于自己没有黑皮肤的愧疚，反转的趋势中不变的是对继承欧 / 非双重遗产的现实与幻想。

由于没有明确提出民族自治乃至独立的纲领，《光明》杂志被部分作家指责逃避现实。[②] 而到了 20 世纪 60 年代，安哥拉、莫桑比克和几内亚比绍三地分别爆发争取独立的战争之后，文学政治化的倾向越发明显。比如，莫桑比克最伟大的诗人卡拉维尼亚（José Craveirinha，1922—2003），在这一时期的创作中，写出的便多为“我是一块煤！ / 我必须要发热 / 用我燃烧的火焰将一切都焚化”[③] 一类的诗句。从 60 年代到独立前非殖民主义的非洲葡语文学，主要有三个文学情景：游击战、贫民窟、移民与离散。安哥拉作家佩佩特拉（Pepetela，1941—　）的《马永贝森林》（*Mayombe*，1980）是游击战文学的杰出代表，因为书中除了表达独立的理想之外，对领导反抗殖民统治的

---

① António Jacinto, Poemas, Lisboa: Casa dos Estudantes do Império, 1961, p.38.

② Ellen Sapega, “Notes on the Historical Context of ‘Claridade’”, in Portuguese Literary and Cultural Studies 8（2003）, p.160.

③ José Craveirinha, “Grito Negro”, in Xigubo, 1964, Lisboa: Edições 70, 1980, p.13.

安哥拉人民解放运动(MPLA)内部的问题也做了揭露和抨击。佩佩特拉敏锐地察觉到,在葡萄牙人之外,安哥拉内部的部落主义、对妇女的压迫、腐败等问题都会是新生国家的敌人。而在反映城市中的贫民窟现实方面,罗安蒂诺·维埃拉是当之无愧的领头人。安哥拉克里奥尔化的金邦杜语被葡人贬称为"黑葡语"(pretoguês),这位鞋匠的儿子却将它升格为文学语言,并且拒绝提供词汇表,因为"他就是写给会这种语言的人看的,不熟悉贫民窟语言是葡萄牙殖民者的问题,不是他的"。[①]而处理"离散"主题首推佛得角作家阿玛里利斯(Orlanda Amarílis,1924—2014),她借助自己曾在当时的葡属印度和葡萄牙首都里斯本求学多年的经历,深入探讨了岛民留在家乡没有未来,到国外后又面临文化不相容的两难。

1974年葡萄牙发生"四·二五"革命,民主化后的政府决定同意诸殖民地独立。以出乎意料的方式结束独立战争之后,安哥拉等国却很快被其他问题所困扰:经年累月的内战、触目惊心的贫困、国际资本主义以新殖民主义方式的进入,等等。20世纪80年代末,先前建立的社会主义政权又纷纷向多党制转变,这些历史演变决定了文学的形式和内容都随之变化。非洲葡语诗歌的主体,从20世纪六七十年代的"我们"变为更人性、更诗意的"我",而对象则从外部斗争转向内在,探讨了诸如情欲、爱、友谊、宗教、元诗学、通过记忆改造过去等多元化的主题。

这一时期,女性文学获得了前所未有的发展,如保利娜·齐泽安(Paulina Chiziane,1955—)就成为第一位在莫桑比克发表长篇小说的女作家。在她的名作《风中的情歌》

① 见《罗安达》的英译者 Tamara Bender 的前言。Luaanda. London: Heinemann, 1980, vii.

（*Balada de amor ao vento*，1990）当中，女主角萨诺从乡村来到首都马普托，迎来的却是个人的堕落和健康状况的恶化。承继非洲本土女性和土地的传统联系，萨诺的身体病症成为国家衰败的象征。与齐泽安处于同时代的女性代表作家还有她的莫桑比克同胞莉莉亚·孟普莱（Lília Momplé，1935—　）和几内亚比绍作家菲洛梅娜·恩巴洛（Filomena Embaló，1956—　）等人，她们将更私密化的性爱、母爱等行为穿插到权力关系中，也展现了暴力和私人生活的多重交叉。

20世纪末到21世纪初，历史小说飞速发展，诸多名家如米亚·科托（Mia Couto，1955—　）、阿瓜卢萨（José Eduardo Agualusa，1960—　）、热尔玛诺·阿尔梅达（Germano Almeida，1945—　）和昂古拉尼·巴·卡·科萨（Ungulani Ba Ka Khosa，1957—　）等人均参与其中。这种文体原本被认为带有特定时期（18—19世纪）、特定地域（欧洲）和特定概念（文化差异、性别化的主体性、目的论时间等）的印记，现在却在后殖民时期的非洲获得重构。文学和历史不再仅仅是对方的资料来源，两者可以合力的关键是"文学为表现个人历史与集体历史交融的时刻提供了可能"。[①] 如果说在争取独立时期的作品中，关注的多为前殖民时期，将欧洲人到来之前的历史视为非洲的幼儿状态，认为那时非洲更加圆满完整；在新时期的历史小说里，聚焦的则是殖民时期本国甚至外国的历史，其贡献在于将非洲视角的历史主张加入对殖民历史的讨论当中。

① Margarida Calafate Ribeiro, "A Literature Waiting in the Wings for History: A Tribute to Patrick Chabal", Portuguese Studies, 30.2（2014）, p.228.

三、非洲葡语文学的特点

在梳理了非洲葡语文学的发展历程之后,可以尝试总结其区别于其他文学的特点。非洲葡语文学的共同渊源,除了都使用葡萄牙语作为表达工具以外,还表现在独立前如何面对葡萄牙的殖民政策,如何应对巴西社会学家弗雷雷(Gilberto Freyre,1900—1987)影响深远的"葡国热带主义"(Luso-tropicalismo);[①] 独立后如何在"断裂和分享"葡萄牙的遗产过程中取得"(不)一致性",[②] 或者用安哥拉诗人鲁伊·杜阿尔特(Ruy Duarte de Carvalho,1941—2010)的话说,如何"锻造、恢复和再创造"[③] 新的记忆。在长期寻找、更新国民性的过程中,非洲葡语文学展现了自己独特的面貌。

1. 文学杂志对非洲葡语作家的重要性

从19世纪中叶葡属非洲出现印刷厂以来(佛得角:1842;安哥拉:1845;莫桑比克:1854;圣多美和普林西比:1857;几内亚比绍:1879),各类文学杂志在推动非洲葡语文学、文化运动方面长期占据着中心位置。在非洲葡语国家,大多数作家都是通过在文学期刊发表文章走上写作之路。因此,非洲葡语文学的发展脉络,很大程度上能在文学杂志的沿袭和革新中找到答案。

从安哥拉1856年的《曙光》(*A Aurora*)到1886年的《守夜》(*O Serão*),这一阶段的文学期刊无论是从内容还是从形式上

---

① 该理论认为,相较其他帝国主义殖民者来说,葡萄牙更适应热带的气候,殖民政策更温和,更愿意和土著通婚,因而更为人道、更为成功。

② Ana Mafalda Leite, Literaturas africanas e formulações pós-coloniais, Lisboa: Collibri, 2013, p.35.

③ Ruy Duarte de Carvalho, "Tradições orais, experiência poética e dados de existência." In Laura Padilha, ed., Repensando a Africanidade, Niterói: Imprensa Universitária da Universidade Federal Fluminense, 1995, p.74.

大都是欧式的。而在 1891 年佛得角的首本文学期刊《葡非年鉴》(*Almanach luso-africano*)中,已经提出了“鼓励良好教育,让天才的非洲精神翱翔”① 这样的目标。第一次世界大战后,欧洲中心主义的刊物逐渐让位给更加扎根非洲本土的杂志,直到前文所述的《光明》杂志 1936 年在佛得角创刊,在改变国人观念方面起到了突出的作用。其后陆续涌现的刊物政治性越发凸显。1951 年,《使命》(*Mensagem*)杂志于安哥拉创刊。对于围绕其周围的作家来说,写作成为反抗不公、压迫和异化的一项责任重大的工作,而在莫桑比克 1961 年创建的《九月二十五》(*25 de Setembro*)当中,诗歌极少署名,因为这些创作通常被看作群体财产而不属于个人。到了 20 世纪 80 年代,搬开殖民主义大山之后新问题不断涌现,很多人经历了如阿皮亚所述“后乐观主义”② 一般的幻灭与失望。如佛得角的《绿叶》(*Folhas Verdes*,1983)、安哥拉的《火炬》(*Archote*,1985)、莫桑比克的《油灯》(*Xiphefo* ,1987)等新一批杂志,带着与老一辈不同、更具差异化的立场和关注点出现在文学舞台上。以《油灯》群体为例,他们的理想是“同时成为区域主义和普世主义者”。③ 文学的战斗性不再是唯一的考量,如《火炬》中的文本虽然大多仍然有意识形态介入,但方式上更加精练,也更碎片化、隐喻化。诗人个体有了更多艺术表达的自由,而文学刊物也反映了这样的转变,选文纲领开始强调多样性带来的文本意义的丰富。

---

① “Carta de apresentação.” Editorial. Almanach luso-africano. 1899: xi.

② Kwame Anthony Appiah, “Is the Post——in Postmodernism——the Post in Postcolonial?” Critical Inquiry 17(1991): pp. 353-354.

③ Carmen Lúcia Tindó Secco, “Postcolonial Poetry in Cape Verde, Angola, and Mozambique: Some Contemporary Considerations”, in Research in African Literatures 38.1(2007), p.127.

2. “葡萄牙特色的殖民主义”之后

与英、法、比、意等国相比，葡萄牙在非洲的殖民历史自有独特之处。一方面，尽管弗雷雷宣扬葡国混血政策成功的“葡国热带主义”有其片面性，却不可否认，在独立之前，安哥拉和莫桑比克的知识分子阶层具有由少见的多种族构成。另一方面，虽然葡萄牙在非洲的殖民时间较长，但本国长期在欧洲政治经济方面处于边缘地位。葡萄牙学者桑托斯曾一针见血地指出，葡萄牙的殖民主义是半中心或者说是“次一级”（subaltern）殖民主义，葡萄牙的文化是边缘文化，没有同质性的、区别于他国文化的内容。[①] 殖民母国文化弱势造成的直接后果就是，在 1974 年葡萄牙康乃馨革命前，非洲葡语文学对于葡萄牙本土文学的思潮仅仅是有选择性地接受。例如，20 世纪 20 年代在葡萄牙蓬勃发展的现代主义，在非洲却只在佛得角一地获得了一些反响。相比较而言，于 40 年代达到高潮的葡国新现实主义运动，却以其对集体意识的探究和对社会问题的关注，在更加关注区域主义的非洲殖民地赢得了不少拥趸，如前文提到的佛得角作家滕雷洛就是其中的代表。在独立前的二三十年，除了新现实主义之外，在非洲葡语地区盛行的还有来自欧美国家的意识形态影响，来自非洲邻国及加勒比海及拉丁美洲的运动（如泛非洲主义和“黑人性”运动），等等。整个四五十年代，独立前非洲国家的文学民族性与泛非洲的大陆主义处于竞争状态，新现实主义和“黑人性”运动则在持续对话，这样错综复杂的文化角力才第一次让种族、阶级、殖民势

① Boaventura de Sousa Santos, “Between Prospero and Caliban: Colonialism, Postcolonialism, and Inter-Identity”, Luso-Brazilian Review, 39. 2 (2002), pp. 9-10.

力等议题公开进入可以探讨的范畴。[①]

按照阿什克劳福特等人的看法，后殖民写作要达成“抢占中心的语言，重新将其放入完全适应被殖民地的论述当中”的目标，首先要“废除殖民语言的优越性”，然后再“挪用和重建中心的语言”。[②] 在非洲葡语国家的情境中，作家群体的多种族来源减弱了语言和肤色的逻辑关联，而葡萄牙语相对的弱势地位更降低了“废除”和“挪用”的难度，这一点由本文前述维加等人提出的对葡语的“共同主权”一说即可略见端倪。而“挪用”的难度降低，从根本上说又给“挪用”方式的多样化拉开了空间。葡国学者雷特将独立前后的非洲葡语作家按照写作语言风格分为三类：1. 大体沿袭标准葡语用法，代表人物有安哥拉作家佩佩特拉和莫桑比克作家洪瓦纳（Luís Honwana，1942—　）；2. 以多样化的方式将葡语口语化，代表作家有安哥拉的曼努埃尔·鲁伊（Manuel Rui，1941—　）及莫桑比克的昂古拉尼·巴·卡·科萨等人；3. 将葡语与其他语言、方言杂交、交叉，这方面的探索者有莫桑比克的米亚·科托、齐泽安和安哥拉的希图（Uanhenga Xitu，1924—2014）等。[③] 上述作家以自己的方式继承、运用、创新葡萄牙语从而丰富了文学表达，在非洲各国和葡萄牙境内都取得了不俗的反响，也代表了新兴国家文学对“葡萄牙特色殖民主义”遗产的多样化反思。

3. 文学体裁的不平衡发展

由于历史原因，诗歌、小说、戏剧等文体在非洲葡语文学中的发展并不均衡。以戏剧为例，由于葡萄牙当局担心戏剧表

---

① Pires Laranjeira, “Questões da formação das literaturas africanas de língua portuguesa.” Colóquio-Letras, 110.11 (1989), p.69.

② Bill Aschroft, Gareth Griffiths, and Helen Tiffin. The Empire Writes Back: Theory and practice in post-colonial literatures, London & NY: Routledge, 1989, p.38.

③ Ana Mafalda Leite, Literaturas africanas e formulações pós-coloniais, pp.21-22.

演可能向不识字的人群传递颠覆性思想,在积极查禁之下,诸殖民地内极少有戏剧写作和演出,唯一的例外是反映非洲传统风俗显得无害的剧作。而在独立后,随着电视、电影等新兴视觉艺术的普及,戏剧在葡语非洲始终未能获得腾飞。

相比之下,诗歌作为民族文学最初和最基础的形式,在独立前的非洲五国占据着首要地位。在寻找民族性和呼唤独立斗争的阶段,面对大部分国民不识字的现实,社会号召力首屈一指的诗歌成为民族斗士的首选也就不足为奇。安哥拉诗人总统内图(Agostinho Neto,1922—1979)在狱中写下的《我们会回来》(*Havemos de voltar*),后来更是成为安哥拉民族决心的象征。还有一点不可否认,由于这一时期很多作家都或明或暗地投身于反殖民斗争当中,短小精悍的诗歌需要写作的时间相对较少,也是造成诗歌一家独大的原因。而在康乃馨革命后,如前文所述,诗歌的个人化倾向一方面丰富了表达,一方面也损失了部分大众感染力,为受众群体的扩大带来了困难。

在小说这一大类下,和其他非洲国家一样,非洲葡语文学面临着在短篇(故事)和长篇小说之间的取舍。学者罗斯科曾经提出,非洲缺乏长篇小说的传统,非洲的孩童天然倾向于短篇(故事)。[1] 非洲葡语文学最先在葡语之外获得反响,也是通过短篇小说的形式。比如,在英语圈富有盛名的海涅曼(Heinemann)非洲作家系列中,首本入选的非洲葡语作品便是洪瓦纳的短篇小说集《我们杀死了癞皮狗》(*Nós matamos o cão-tinhoso*,1964)。非洲葡语作家甚至试图将短篇小说这个文体本地化,比如以短篇小说闻名的罗安蒂诺就喜欢将自己

① Adrian Roscoe, Mother is Gold, Cambridge: Cambridge U P, 1971, p.76.

写作的文体称为“estória”，而不是葡萄牙通用的“conto”，因为前者是葡萄牙语中最接近金邦杜语中“musoso”（意为寓言、道德叙事）的对应词，并且曾被15世纪葡萄牙伟大的史学家洛佩斯（Fernão Lopes）、20世纪巴西文学的语言革新者罗萨（João Guimarães Rosa，1908—1967）所用。该词多元互通的属性更贴近罗安蒂诺创造的混合交融、具有安哥拉特色的文学形式与语言尝试，并于其后被诸多佛得角、莫桑比克作家所沿用。[①]

然而，口头文学在非洲盛行是由物质和历史条件所决定，而不是因为非洲的“天性”，因此，将文字等同于欧洲、口头等同于非洲的两分法并不科学。事实上，恰恰是长篇小说在非洲葡语国家的晚近发展，让它与国家的形成紧密相连，起到了与欧洲史诗同等的作用。即便是独立后的文学，比如在米亚·科托的杰作《梦游之地》（*Terra Sonâmbula*，1992）中，也能找到很多《奥德赛》的影子：故事套故事的多重叙事，家庭分离和重聚的主题，社会政治层面有序／无序的分野，等等。原本大多数非洲葡语作家并不愿意局限于长篇小说一种文体，比如在安哥拉，佩佩特拉几乎是唯一以长篇小说作为主要表达方式的作家，但随着文学主题和内容的多元化、复杂化，能够承载更多思辨的长篇小说已经成为近年来的主流。

综合上文对非洲葡语诸国民族文学发展的梳理及对文学杂志、葡萄牙殖民主义、文体不均衡等非洲葡语文学特征的探讨，面对非洲葡语国家的文学研究，中文学界既不能将前殖民地与前宗主国的创作混为一谈，也不能模糊非洲葡语国家与其他非洲国家的差异性。另外，由于非洲葡语文学是一个活跃

① Top of Form Top of Form Oyekan Owomoyela, Ed., A History of Twentieth-Century African Literatures, Lincoln: U of Nebraska P, 1993, p.264. Bottom of Form.Bottom of Form.

的写作场域，处于激烈的变化发展之中，中文学术界应持续关注在非洲葡语国家中葡萄牙语地位的变迁及其与土著语言的融合态势，继续坚持跨国文学的比较研究。

非洲法语文学发展史

从20世纪20年代诞生至今,非洲法语文学即将迎来它的百年诞辰纪念日。它产生于黑暗的殖民年代,通过文字讲述了非洲如何从充满陷阱和阻碍的世纪穿越到现代。撒哈拉以南非洲法语文学产量极为可观,这些作品中所体现的复杂多样的情感也使整个非洲大陆的法语文学一直处于极为活跃的状态。

一、非洲法语文学研究综述

除少数地区有自己的民族语言文学作品外,非洲文学主要分为传统的口述文学和采用西方语言创作的文学。撒哈拉以南非洲法语文学主要是指来自撒哈拉以南非洲国家的作家采用法语创作的文学。非洲人用西方语言创作文学的历史只不过近百年,非洲法语文学也不例外。外界对它的关注和研究最早可追溯至非洲独立运动时期。从国内来看,20世纪六七十年代中国有少量关于非洲文学的译介工作,但受意识形态的影响,主要以翻译历史和民族研究类作品为主,还谈不上真正意义上的文学翻译和研究。进入80年代,中国对非洲法语文学的译介与研究工作才真正开始起步,国内逐渐出现对非洲文学和文学史类作品的翻译,以及对相关优秀作家和作品的研究。这一时期具有代表性的作品如《非洲现代文学》（刘宗次、赵陵生译，1980），《桑戈尔诗选》（曹松豪、吴奈译，1983），《20世纪非洲文学》（李永彩译，1991）等，这些成果代表了我国对非洲文学翻译和研究的新开端，但主要以非洲英语文学为主。

进入21世纪以来，非洲法语文学得到了国内学者更多的关注。有学者开始对其进行动态跟踪，如余中先在《外国文学动态》上先后发表了多篇《法语文学创作概貌》；又如高文惠发表了《撒哈拉以南非洲民族主义文学思潮的地缘特征》（2007）；部分高校也开始出现了以撒哈拉以南非洲法语文学作家或作品个案研究为主题的学位论文，如《尼格罗德和黑灵魂》（高巍，北京外国语大学，2005）；近些年还有《阿玛杜·库鲁马：非洲的伏尔泰》（邱华栋，2010）、《论托戈·格尼尼先生》《非洲法语文学在国内的翻译》（汪林，2015）、《论去殖民化时期撒哈拉以南非洲文学的发展》（焦旸，2015）等学术论文成果。这些研究成果一定程度上丰富了非洲法语文学知识。

近几年，在相关科研基金项目的资助下，又有一些学者从种族、创作语言、后殖民主义和翻译等视角对非洲文学进行研究或梳理，如学者夏艳从“种族”和“泛非”文学视角先后发表了多篇论文；颜治强从“语言选择”和“东方文学”角度研究非洲英语文学；黄晖在2016年发表的《非洲文学研究在中国》一文对中国的非洲文学研究起源、发展、现状以及存在问题进行了全面系统的梳理。但这些新近的研究成果仍然以非洲英语文学为主。因此，从整体上看，中国关于撒哈拉以南非洲法语文学的研究主要是在“泛非”或者“世界法语文学”框架下出现，内容、篇幅和深度均有限，区域文学研究还有待进一步增强。

国外关于非洲法语文学的研究起步则相对较早，其持续性和系统性也较强。但相对于西方文学研究，非洲文学以及非洲国别文学研究仍然处于相对边缘的地位。实际上，非洲法语文学研究的主力军依然是非洲裔学者。这些非洲裔学者在法国、比利时、加拿大或美国等西方国家接受教育，并在硕士或博士阶段即选择本国文学作为研究对象，在他们毕业之后继续从事法语文学研究。从国别来看，法国的非洲法语文学研究相对独树一帜。非洲法语文学自诞生以来一直被法国学者有规律地跟踪研究，并多从文学史、文学与社会、女性文学、儿童文学等角度切入研究。此外，也有从创作手法进行研究，如传统与叙事等。在文学体裁上，诗歌和小说成为主要研究对象。从研究专题上看，学者研究从殖民主义时期的"黑人精神"[①]非洲文学逐渐转向"民族身份"问题、"移民文化"问题、女性主义、全球化问题等非洲及非洲裔文学现象。当下，新生代非洲及非洲裔文学作家受到重点关注；"文学与身份""非洲文学与全球化"成为当代非洲文学研究学者的关注重点。由此也可以看出，后殖民主义、女性主义、社会学等是国外学者非洲文学研究的惯用视角。

当今，非洲法语文学无疑是我们所处时代的当代文学的一个重要分支。加强对非洲法语文学的研究能让我们更好地了解撒哈拉以南非洲的社会百态和人文价值观：透过文学看非洲历史、社会和文化思潮的走向。

① "黑人精神"（Négritude）又译"黑人品格"，是指发生在两次世界大战之间，一批留学于西方的非洲精英发起的对殖民主义的质疑、对黑人价值的肯定和颂扬的一场政治和文化运动，体现在文学领域主要是诗歌创作方面的成就。中国文学批评家聂珍钊认为黑人文化运动实际上是一场伦理学运动，并推荐译为"黑人品格"。

二、撒哈拉以南非洲法语文学诞生的三个基本条件

殖民文学的诞生与发展、殖民者在非洲开办教育、“黑人精神”及文化运动是撒哈拉以南非洲法语文学诞生的三个基本条件。

1. 殖民文学的诞生与发展

撒哈拉以南非洲法语文学是殖民文学的衍生品。撒哈拉以南非洲法语文学与法国殖民文学既不可分又相互对立，有了这个共识才能更好地理解现当代非洲文学的创作。

殖民文学主要是指1880—1960年间由殖民时代的探险家、殖民官员、军人、旅行家等所创作的文学作品。德国语言与文学批评家亚诺什·里斯认为：“殖民文学是一个由异质多样的文学体裁构成的一个严密整体，它包含探险叙事、殖民者或殖民官员回忆录、宣传性文本、诗歌、戏剧以及小说等。”[①] 殖民文学有三个特征：在主题上，殖民文学倾向于一种更加纪实、真实的文本题材；在意识形态上，殖民文学有一种意识形态的宣传使命；在社会学方面，殖民文学是属于殖民者这个社会群体的文学，这同时区分开了普通的旅行游记。[②] 殖民文学的数量极为丰富，最早的一批可以追溯至中世纪的十字军东征时期。19世纪末20世纪初因西方殖民者在非洲实行殖民主义而使殖民文学达到顶峰。其中，勒内·卡耶的《中部非洲廷巴克图与杰内游记》(1830)、皮埃尔·洛蒂的《一个北非骑兵的小说》

---

① Janós Riesz, De la littérature coloniale à la littérature africaine-Prétextes-Contextes-Intertextes. Paris : Karthala, 2007, p.43.

② Jean-Marc Moura , Littérature coloniale et exotisme : examen d' une opposition de la théorie littéraire coloniale, dans Regards sur les littératures coloniales. Tome 1 : Afrique francophone : Découvertes, Paris, L' Harmattan, 1999, pp. 21-39.

（1881）、安德烈·德迈松的《迪亚托，因三个妻子而亡的黑色男人的小说》（1924），这三部作品分别代表了三个不同时代的杰作。[1] 法国学者贝尔纳·穆拉力斯在他的《文学与发展》一文中指出："在殖民文学领域，殖民文学最早被称为'非洲文学'，随后又改称为'亲黑人文学'或'奴隶文学''异国风情文学'，最后才取名'殖民文学'。"[2] 早期的殖民文学与法国的对外殖民政策和异国风情文学是紧密联系在一起的。因为非洲大陆在 19 世纪末 20 世纪初的文学领域，仍是异国风情的代名词。作家们汲取非洲的美丽风光和地方色彩以吸引读者，但并不在乎地方文化是否真实。[3] 因此有法国科幻小说家儒勒·凡尔纳、[4] 旅行文学家皮埃尔·洛蒂等以滑稽可笑的漫画等方式将非洲形象呈现在他们的小说中。他们作品中所描写的发生在非洲的异域风情探险被视为对非洲的一种神往。这些作品在一定程度上是为当时的殖民主义做宣传，非洲也只是作家们自我创造和想象的一片大陆。这种文学是一个时代的象征，它极大地丰富了殖民文化，成为法国殖民者企图统一世界的思想轴心。

殖民文学内部有两个分支：第一个分支是部分鼓吹与西方文化和解的作家，这些作家往往被视为"被西方文化同化

---

① René Caillié, Journal d' un voyage à Tombouctou et à Djenné dans l' Afrique centrale, Paris : Impr. Royale,1830 ; André Demaison, Diato, roman de l' homme noir qui eut trois femmes et en mourut, Paris : Albin Michel,1922 ; Pierre Loti, Le roman d' un spahi , Paris : Calmann-Lévy,1881.

② Bernard Mouralis, Littérature et développement : essai sur le statut, la fonction et la représentation de la littérature négro-africaine d' expression française, Paris : Silex édition, 1984 ,p.309.

③ 异国风情文学与殖民文学有一定区别，异国风情文学出现在殖民文学之前，具有较强的虚构性和趣味性。而殖民文学是殖民者的亲历见闻，为殖民者提供了殖民地的常识。

④ 儒勒·凡尔纳（Jules Verne，1828—1905）被视为"法国科幻小说之父"，著有《气球上的五星期》（1863）等近百部科幻小说。

者”，且西方作家居多。在这第一个分支中，又可以分为两类作家。第一类是为殖民事业辩护的作家。重要代表有法国作家安德烈·纪德。比如，他在《刚果之行》中记录了当地土著的劳役生活和悲惨境地，但并没有质疑殖民体系，只是记录了殖民者的剥削、暴力和非人性的手段。[①]他的这部作品同时也引起了法国国会对殖民的争论。又如，亨利·波尔多、塔罗兄弟以及让·雷诺将军等，这几位作家将自己的非洲见闻和经历写进了他们的文学作品中，因此也被称为“旅行作家”。[②]而另一批殖民作家，如米歇尔·雷里斯[③]则通过他充满人文主义精神的文学作品质疑殖民体系；阿尔伯特·伦敦以记者兼作家的身份采用纪实文学的方式在《乌木大地（黑奴贸易）》中揭露了殖民苦役，指出这是另一种形式的奴隶制度在法国殖民地的延续；[④]另外还有法国文学作家路易·费迪南·塞利纳的作品《茫茫黑夜漫游》，也是记录了他在喀麦隆的见闻。[⑤]

殖民文学的第二个分支则与殖民者在非洲开办教育紧密相连，以非洲作家为代表。

---

① André Gide,Voyage au Congo, Carnets de route suivi deLe Retour du Tchad, Paris : Gallimard, 1927.p.512.

② 亨利·波尔多（Henry Bordeaux，1870—1963）法国小说家，法兰西学院院士，著有《摩洛哥的奇迹，非洲大地》（1934）等作品；塔罗兄弟（Jérôme et Jean Tharaud：1874—1953 / 1877—1952）：兄弟俩五十多年间自始至终合作写书，也先后被选为法兰西学院院士，这两位兄弟作家对摩洛哥情有独钟，写了近10部关于摩洛哥的作品；让·雷诺（Jean Renaud,1880—1952）军人、法国殖民文学作家、记者，曾在1931年获殖民文学大奖，其文学作品主要与摩洛哥和老挝有关。

③ 米歇尔·雷里斯（Michel Leiris，1901—1990），法国作家、诗人、民族学家及艺术批评家，公开反对殖民主义，著有《非洲幽灵》（1934）等作品。

④ Albert Londres, Terre d' ébène（la Traite des noirs）, Paris : Impr. établissements Busson ; Albin Michel, éditeur, 1929.

⑤ Louis-Ferdinand Céline，Voyage au bout de la nuit，Paris : éditions Denoël et Steele, 1932,p.624.

2. 殖民者在非洲开办教育

撒哈拉以南非洲法语文学的产生与殖民者在非洲开办法语学校密不可分。在殖民者到来之前，广大撒哈拉以南非洲国家还处于口述历史与故事的状态，只有极少数国家拥有古老的文字和历史记载。法国殖民者通过行政和教育推广法语，使广大没有文字的撒哈拉以南非洲国家的青年接受了初等教育，越来越多的普通民众也开始能够阅读并日常使用法语，部分精英还开始尝试采用法语写作，创作法语文学。其中1903年法国在塞内加尔圣·路易岛设立的威廉·蓬帝师范学校最具影响力，这所学校共计培养出2000多名政界与文艺界人士。学员首先在学校课堂上接受戏剧教学法，内容多为法国古典文学作品，然后模仿创作。至1938年，法属西非的法国殖民学校共计招录7.1万名学员。非洲早期的以法语进行创作的文学作品即成为这一制度推广的成果。① 因为非洲第一批文学家即产生于殖民学校的首批学员中，文学批评家把这种新产生的文学称作“小学教员文学”。② 这一时期的非洲法语文学创作语言是完全按照规范法语进行创作的，文学体例和故事情节也与法国19世纪古典文学极为相似。因此，一定程度上，非洲法语文学的先锋首先是法国殖民教育的产品。其中以

---

① 法国在非洲历史上第一位正式的教员是让·达尔（Jean Dard，1789—1833），1817年3月7日在塞内加尔·圣路易岛开办了第一所学校。他首先自己编写了一本教材在这个学校给当地人教沃洛夫语，这一举动获得了殖民当局和法国中央政府的赞许。但1830年开始，法国开始对法属西非殖民地和法属赤道非洲殖民地均采取殖民同化政策，因此在法国创办的学校里教学语言变成了法语，教学内容也以颂扬法国和殖民事业为主。至1898年，法国在法属西非一共设立了9所学校，其中8所均由传教士主办。而这其中唯一的一所“公立”学校由法国殖民当局创办于1861年，主要面向当地少数贵族阶层子女，采取法国文化同化政策，为法国殖民当局培养当地人才。至1938年，在法属西非共计1400万人口中，有7.1万名学员。

② 小学教员文学：“La littérature d’ instituteurs”。参见 Trithankar Chanda, Littérature africaine: de la négritude à l “écritude” avec Alain Mabanckou: http://www.rfi.fr/afrique/20160316-litterature-africaine-negritude-mabanckou-college-france 2018.7.25。

蒙戈·贝蒂、卡马拉·拉耶、贝尔纳·达迪耶、费迪南·瓦尤诺、谢克·阿米杜·卡纳、桑贝纳·乌斯曼等作家为主要代表，这些作家通过文笔记录了非洲社会内部生活的心理、种族和历史性场景。①

法国在非洲开办教育的另一个结果是：部分优秀的非洲学生有机会获得去法国留学的机会，从而开辟了20世纪二三十年代由黑人青年引领的反映非洲文化价值意识觉醒的"黑人精神"文化运动。这个"意外"的成果也促成了殖民文学的第二个分支，即出现在30年代，致力于突出非洲文明，与"黑人精神"运动密不可分的"决裂分子"，代表人物如列奥波尔德·塞达·桑戈尔等。②

3. "黑人精神"运动

黑人意识之风来自1918—1920年间的美洲之风以及发源于两次世界大战之间的美国黑人"哈莱姆文艺复兴"运动。③1903年，美国诗人威廉·爱得华·伯格哈特·杜波依斯发表了《黑人之魂》，被视为"黑人精神"运动之父。④1905—1907年，另有一批来自巴黎的画家和艺术家，对西方艺术深

---

① Mongo Beti（1932—2001），Camara Laye（1928—1980），Bernard Dadier（1916—2019），Ferdinand Oyono（1929—2010），Cheik Hamidou Kane（1928— ），Sembene Ousmane（1923—2007）。

② 列奥波尔德·塞达·桑戈尔（Léopold Sédar Senghor, 1906—2001）：塞内加尔诗人、作家，是20世纪二三十年代"黑人精神"运动的主要引领人物，为法兰西学院首位非裔院士，也是塞内加尔首任国家总统（1960—1980）。下文简称"列奥波尔德·塞达·桑戈尔"为"桑戈尔"。

③ 哈莱姆文艺复兴运动（La Renaissance de Harlem）：又称"黑人文艺复兴"运动，早在20世纪两次世界大战之间，美洲的黑人在一个种族隔离的环境中争取积极地融入，以兰斯顿·休斯（Langston Hughes，1902—1967）、康德·卡伦（Countee Cullen，1903—1946）、克劳德·麦凯（Claude McKay，1889—1948）为代表的知识分子在美国纽约的黑人街倡导了一场"黑人文艺复兴"运动，并诞生了首批黑人文学家，如弗雷德里克·道格拉斯（Frederick Douglass, 1818—1895），威廉·爱得华·伯格哈特·杜波依斯（W. E. B. Du Bois，1868—1963），布克·华盛顿（Booker T. Washington，1856—1915）。

④ W.E.B. Du Bois, The Souls of Black Folk, A. C. McClurg & Co., Chicago, 1903.

感疲倦,首次发现了非洲的雕刻和面具艺术。1921年,法国作家布莱兹·桑德拉尔出版了第一部黑人诗集,1928年,他在这个诗集后面又附上了《送给白人小孩的黑人小童话》。[①]这些欧美艺术家对非洲的重新审视让留学于巴黎的黑人青年突然意识到了非洲文化的价值。"黑人精神"的全面提升是在20世纪三四十年代,以留学巴黎的非洲及加勒比海地区青年学生桑戈尔、艾梅·塞泽尔、莱昂·达马斯等为代表,兴起了一场"黑人精神"运动。[②]圭亚那裔法国籍作家勒内·马郎创作的小说《巴杜亚拉,真正的黑人小说》(1921)[③]和美国小说家克洛德·麦凯创作的小说《班卓琴》(1929)[④]被留学于巴黎的黑人青年学生奉为楷模,正是这两部小说让这些非洲青年精英发现了黑人的价值所在,并对黑人所处的不利境地进行反思。随后,这些非洲青年学生还创办了一些青年刊物,并在这些刊物上发表诗歌。这类刊物有《黑人世界杂志》(1931)、《马丁尼克学生会会刊》(1932)、《黑人学生》(1935)、《正当防卫》(1935)、《非洲存在》(1946)等。[⑤]其中,《非洲存在》由塞内

① Blaise Cendrars, Les petits Contes nègres pour les enfants des Blancs, Paris: Les éditions des portiques, 1921.

② 艾梅·塞泽尔(Aimé Césaire,1913—2008),马提尼克人,作家、诗人、政治家,"黑人精神"(Négritude)一词的创造者,"黑人精神"运动领袖之一,著有《还乡记》(1939)、《关于殖民主义的演讲》(1950)等作品。莱昂-贡特朗·达马斯(Léon-Gontran Damas,1912—1978),圭亚那诗人、作家、政治家,"黑人精神"运动领袖之一。

③ René Maran, Batouala,véritable roman nègre, Paris: Albin Michel, 1921. 勒内·马郎(René Maran 1887—1960),作者的童年和青少年时期均在法国度过。

④ Claude McKay, Banjo, Harcourt, Brace, Jovanovich, 1929, p.326.

⑤ 《黑人世界杂志》(*Revue du monde noir*,1931):英法双语,主要谈论黑人问题,先后一共出了6期;《马丁尼克学生会会刊》(*Journal de l'association des étudiants Martiniquais*,1932):1935年改为《黑人学生》;《黑人学生》(*L'étudiant noir*,1935):是《马丁尼克学生会会刊》的延续,只发行了唯一一期,相对偏向于对非洲文化的宣传;《正当防卫》(*Légitime Défense*,1935):同样体现了黑人学生的意识形态问题,但更加激进,偏向于政治问题;《非洲存在》(*Présence africaine*,1946)。

加尔阿利乌·迪奥普创办。[1]1949 年,他用同一名称创建了出版社,目的在于给非洲知识分子提供更多的创作平台,以促进非洲的现代化进程。这些刊物紧密围绕黑人的历史、传统和语言做文章,给法国黑人学生的思想解放带来了直接的影响。依托《非洲存在》出版社和刊物,这些青年学生先后分别于 1956 年在巴黎、1959 年在罗马举办了两届“撒哈拉以南非洲文艺大会”。“黑人精神”运动是一场政治与文化运动,它体现了黑人青年学生对自己身份的重新反思,对黑人身份的一种探寻,为长期以来笼罩的殖民奴役身份正名。

“黑人精神”运动预示了撒哈拉以南非洲文学的诞生,因为它颂扬黑人之美,颂扬非洲的文明遗产,从而进一步推进了黑人文化民族意识的觉醒。在文学创作方面,这一时期最大的特点是以诗歌为主要文学体裁。[2] 比较重要的诗集有桑戈尔的《影子之歌》(1945),塞泽尔的《还乡记》(1947),莱昂－贡特朗·达马斯的《颜料》(1937),比拉戈·迪奥普的《诱饵与光线》。[3] 他们的诗歌展现了黑人的一种民族反抗意识,以推翻西方几百年来在殖民过程中建立起来的森严的等级制度。

20 世纪 30 年代的黑人精神诗歌创作具有划时代的意义,它预示着黑人意识的觉醒。这种意识不仅是非洲意识,同时也是一种世界意识,尤其体现在法语非洲。这些早期的“黑人精神”运动诗人同时也是非洲文学的先驱。遗憾的是,这类诗歌随着非洲国家获得独立而失去了它的适宜性。

---

① 阿利乌·迪奥普(Alioune Diop,1910—1980),塞内加尔知识分子,非洲存在出版社和杂志创始人。

② 以诗歌体裁介入政治和社会问题是法国文学的传统,撒哈拉以南非洲作家也选择诗歌作为介入社会政治的主要工具,更好地反映他们的反抗精神。

③ Léopold Sédar, Chants d›ombre. Paris : Éditions du Seuil, 1945; Aimé Césaire, Cahier d' un retour au pays natal, Présence africaine, 1947; Léon-Gontran Damas, Pigments, Paris : G.L.M. , 1937; Birago Diop, Leurres et lueurs, Présence Africaine,1960.

三、从“希望”到“幻灭”的撒哈拉以南非洲法语文学

1. 第一代非洲法语文学：反殖民主义（1921—1965）

上文所提勒内·马郎因《巴杜亚拉，真正的黑人小说》于1921年获得法国的龚古尔文学奖。这部作品被看作撒哈拉以南非洲法语文学的开端。文学批评界称之为“殖民主义表达的乡土小说”，同时也被视为第一部“黑人精神”作品。[①] 桑戈尔也承认勒内·马郎是第一个用黑人的方法采用法语来表达黑人灵魂的人。

20世纪五六十年代开始，非洲迎来了独立运动。这一时期的文学作品反映出殖民社会中非洲作家们对殖民者的一种暧昧和依赖的矛盾心理。同时，在文学体裁上文学创作发生了转变：撒哈拉以南非洲作家开始转向最为盛行的小说，致力于通过小说描绘和分析殖民主义必然崩塌的新景象。学校教育、宗教与种族隔离歧视、对古老的非洲传统价值的颂扬等成为这一时期的小说主要创作主题。

首先，1935—1960年间，反殖民依然是中心主题，并且影响着作者的创作痕迹。这一代作者也正是“小学教员文学家”。比如，喀麦隆作家费迪南·欧瓦尤诺通过作品《老黑人与奖牌》（1946）讲述了法国的忘恩负义——原著居民把所有的东西即土地和人力都奉献给了欧洲抗战，但最后只有一枚奖牌作为回报，[②] 从而描绘了一种荒诞和充满悲剧色彩的人生遭遇。另有塞内加尔作家桑贝纳·欧斯曼纳被誉为非洲的左拉，他创作

---

① Roman régionaliste d' expression coloniale, voir Jacques Chevrier, La littérature africaine, Paris, Librio, 2008, p.14.

② Ferdinand OYONO, Le vieux Nègre et la médaille,Julliard, 1946.

的《神之木》(1960)深受马克思主义的影响,在作品中他描述了达喀尔－尼日尔铁路工人在1947—1948年罢工的故事,揭露了殖民的畸形发展:从日常的工头贪污到粗暴的命令,以及女性罢工者的长期抗争的勇气。[①] 喀麦隆作家蒙戈·贝蒂的作品《蓬巴的可怜耶稣徒》(1956)则是对福音传教的控诉。[②]

其次,作家们通过对受教育经历或宗教问题的叙述,一方面表达心中的怀旧情感;另一方面又对社会政治进行质疑。这类作品大多数呈现散文体式小说体裁,读者在阅读的过程中不难发现在殖民统治下的非洲老百姓所经历的文化碰撞,以及充满自传色彩的小说叙事风格。其中,教育题材的代表作家及其作品有塞内加尔作家谢克·阿马杜·卡纳[③]的《模棱境遇》(1961),他叙述了一名被殖民者在本土文化、伊斯兰文化以及法国文化之间的纠结境地;另有科特迪瓦作家贝尔纳·达迪耶的自传性作品《克兰比耶》(1956)描写了法语的文化适应问题以及法语学习道路上伴随着最让人感到耻辱的惩罚。[④] 另外,宗教和种族歧视题材有费迪南·欧瓦尤诺的《男仆的一生》(1956),这部小说描述了殖民者与被殖民者的充满歧视与不公的统治与被统治的关系。[⑤]

最后,应指出,早期的非洲作家并非都积极介入与西方针锋相对的态势,也有作家将目光转向非洲文化传统本身。比如卡马拉·莱依的《黑人小孩》(1953)。[⑥] 他的作品主要反映了非洲社会的古老价值,揭露了非洲神秘传统的一面。这部作品

---

① Sembène Ousmane, Les bouts de bois de Dieu, roman, Le Livre Comptemporain, 1960.

② Mongo Beti, Le pauvre Christ de Bomba, Robert Laffont,1956.

③ Cheikh Hamidou Kane, L' Aventure Ambiguë,Jelliard, 1961.

④ Bernard Dadier,Climbié,Seghers, 1956.

⑤ Ferdinand OYONO, Une vie de boy, Paris : Julliard, 1956.

⑥ Camara Laye, L' Enfant noir, Paris :Plon,1953.

被视为非洲当代文学的奠基作品之一,1955 年该小说还被改编成同名电影。[①] 然而,由于这些独立运动时期诞生的作家同时也背负着革新和现代性的新希望,因此,他们并不是对所有的传统价值盲目颂扬。相反,他们当中也有对传统价值进行批判或描述代际价值冲突的优秀作品,如赛杜·巴迪昂的《在暴风雨下》(1957)。[②] 该作品通过代际冲突的描绘谈论了非洲人如何面对传统与现代化的态度问题。纪尧姆·欧瓦尤纳·恩比亚《姆乌特西的连载小说》,以及蒙戈·贝蒂的抨击性文论《撒哈拉以南非洲,玫瑰文学》也为抨击传统文化价值代言。[③]

诗歌方面,这一时期的诗作仍然沿袭了"黑人精神"运动的反殖民自由诗的主要体裁。桑戈尔仍然是主要的诗人代表,其诗集《黑人的牺牲》(1948)呈现强烈的反殖民主义倾向。[④]

但与小说逐渐兴起的势头相反,非洲采用法语创作的戏剧反而相对较少。其中一大原因便是缺乏西方舞台效果所要求的专业物质道具。然而,正由于缺乏基础设施,非洲戏剧很多时候采取的是更加贴近民生的形式,即通常没有剧本文字,戏剧内容有着更多临场发挥的因素。除此以外,戏剧在非洲国家独立之后才真正取得它的正统地位,一些剧团由国家资助产生,以凸显本民族国家的文化特色。但随着对新生政权腐败专制的失望,另一些私有剧团也由此产生,并与国有剧团保持一定的距离。所幸的是,当地一些传统的表演如传统礼仪、节日、庆典等一定程度上又使得非洲戏剧得到某种程度的发展,

---

① Alain Mabanckou, Préface, dans Camara Laye, L' enfant noir, Paris : Plon, 2006. p.IX.

② Seydou Badian : Sous l' orage suivi de La Mort de chaka, Les Presses Universelles, 1957.

③ Guillaume Oyono Mbia : Chroniques de Mvoutessi, Editions Clé, 1971; Mongo Beti, «Afrique noire, littérature rose», in : Présence africaine, n°1-2, avril-juillet 1955, p p.133-140.

④ Léopold Sédar Senghor,Hosties noires,Paris : Seuil, 1948.

尤其是在达喀尔和阿比让。其中,科特迪瓦的贝尔纳·达迪耶在 1936 年将其戏剧作品《城市》搬上舞台,成为法语非洲第一部本土戏剧。另有喀麦隆剧作家纪尧姆·欧瓦尤纳·恩比亚的《三个求婚者,一个丈夫》(1964)。[①] 后者的戏剧作品多体现日常生活主题,如婚姻、女性角色、乡村生活、学习生活等,他以一种大众娱乐的方式体现非洲智慧。总体上,非洲民众是非洲戏剧的主要受众。

综上,第一代非洲文学家的小说、诗歌、戏剧均获得了一定的发展,但总体上这一时期的小说和诗歌成就远高于戏剧。由于受法国 19 世纪现实主义文学的影响,这些非洲文学家的作品也具有现实主义色彩。但他们的创作比殖民官员的创作更加真实,因为他们身临其境,既是当事人,又是见证者,所以更进一步提升了作品描述的真实性。"真实"及采用吟唱诗人的叙事方式成为他们最大的创作特点。独立时期的文学反映了他们的自由思想,体现了作家们对民族主义、泛非主义、社会主义和马克思主义的信奉。

2. 第二代非洲作家:幻灭时代(1970—1990)

1970 年前后至 20 世纪 90 年代采用法语进行创作的非洲作家也被视为第二代非洲法语文学家。从创作的社会大背景来看,非洲独立幻想与幻灭紧密交织,因为刚刚迎来新希望的非洲作家们进入 60 年代末后很快即捕捉到了一种幻灭的气息。这一时代的大部分非洲小说家和诗人对殖民后的新生政权的破产进行了描绘。而 70 年代多数非洲国家的首领都是通过军事政变获得政权,从而进入独裁统治的时代,并且这些非洲国家领导人普遍缺乏治国理政经验,或者缺乏强有力的政

① Guillaume Oyônô Mbia, Trois prétendants, un mari, Yaoundé (Cameroun): Édition C.L.E., 1969.

权保障机制，使得社会暴力横行，贪腐滋生、紧张对立的局势最终常常以悲剧收尾。敏感的作家们深感希望的幻灭，尤其是对后殖民主义政体下的理想的幻灭。法国巴黎第十大学学者佛伦朗斯·帕拉维[①]表示："非洲作家的写作角度主要都是从社会和政治角度切入。因为这些作家深信文学能够改变社会的功能。这也一定程度上说明了为什么在非洲文学中始终没有出现伟大的爱情小说……至今非洲文学主要关注的问题仍然是广泛意义上的社会问题。"[②]与20世纪四五十年代高唱黑人价值身份的笔调截然相反，这一时期的作家们与政治保持一定距离，不再直接积极介入，而是将主题转向对后殖民主义时代的虚假繁荣和权贵庇护者进行有力的批判。在这之后，非洲文学创作尽管社会背景或主题有所不同，但作家这种积极隐晦介入的态度始终没有改变。

从主题上看，这个时代文学作品的一大特点是作家们扎根于带着迷失身份的寻根思潮，不再颂扬传统价值，反而揭发在某些传统部落中仍然延续奴役制度的事实，或者对独立后国家的贪腐、专制、以权谋私等现状进行猛烈的批判，对独裁、性泛滥、迷信、虚伪、童子军等也加以批判。同时，对20世纪70年代邻国之间的争端，自然灾害环境中老百姓的悲惨境地有深刻的揭露。这一时期最重要的作品有两部：马里作家杨波·欧乌罗庚的《暴力之责》（1968）和科特迪瓦作家阿马杜·库

① 佛伦朗斯·帕拉维（Florence Paravy），法国巴黎第十大学副教授，研究方向是20世纪法语文学，以非洲和加勒比海地区法语文学为主要研究方向。

② 笔者译文。参见 Tirthankar Chanda,Littérature africaine: de la négritude à l'«écritude» avec AlainMabanckouhttp://www.rfi.fr/afrique/20160316-litterature-africaine-negritude-mabanckou-college-france，访问日期：2019年3月22日。

鲁马的《独立的太阳》（1968/1970）。[①] 前者以非洲作家的身份揭发了在殖民者到来以前非洲就已经存在的固有的暴力和奴隶制度；后者则从一个马林克[②] 小商贩的衰败人生轨迹影射当局的独裁与理想的幻灭。这两部作品同时也影响了未来10年内整个撒哈拉以南非洲大陆的创作风格和主题。在语言风格上，这一时期的非洲作家开始逐渐放弃优雅的文学语言和规范法语进行创作，表现出一种具有颠覆性和创新性的行为。与第一代小学教员文学家相反，这些新作家与标准规范法语保持一定的距离，并积极致力于将文学创作语言“去殖民化”。比如，上述提及的《独立的太阳》就是将法语与作者同一民族的马林克语言融合。在阿马杜·库鲁马的笔下，仿佛法语是从外面嫁接过来的语言，马林克语才是母语。

同一时代的其他相关优秀代表作还有几位来自几内亚和刚果（布）的作家。如阿利乌姆·方图雷的《热带圈》（1972），他通过塑造一个农民工进城的各种遭遇影射了一个非理性的独裁者的残暴统治；[③] 威廉·萨西纳则通过《圣人巴里先生》（1973）叙述了一个小学教师因遭到外国教员挤压而在退休前丢失工作，最后他决定自己创办小学，但道路充满艰辛；[④] 另一位几内亚作家帝耶诺·莫内能博在他的《非洲大蟾蜍》（1979）中描述了一个在欧洲学成归国的热血青年从开始充满建设祖国的雄心壮志，逐渐被腐朽的体制腐蚀，成为后殖民时代腐败

---

① Yambo Ooulogueem : Le Devoir de violence,Paris : Editions du Seuil,1968; Ahmadou Kourouma : Les soleils des indépendances, Presses de l' Université de Montréal, 1968, (Seuil,1970).

② 马林克（Les Malinkés）：是指主要居住在西非的几内亚、马里、科特迪瓦及其周边国家的跨国民族，主要信仰伊斯兰教和本土宗教，人数超过400万，有自己的语言，称“马林克语”。

③ Alioum Fantouré, Le Cercle des Tropiques, Paris : Présense africaine, 1972.

④ Williams Sassine, Saint Monsieur Baly, Paris : Présense africaine, 1973.

政治体制中的一分子。[①] 刚果(布)作家索尼·拉布·唐西在《一生半》(1979)[②] 中虚构了一个由暴君统治的充满魔幻的非洲国度，在这个国度里活者生不如死，死者则死灰复燃起死回生，通过一个将自己灵魂附体在其女儿身上的鬼魂主人公展示了这个虚拟国度的悲惨境地；另一名刚果(布)作家埃玛纽埃尔·东嘎拉的短篇小说集《爵士乐与棕榈酒》(1982)主要反映了非洲实施的社会主义体制与非洲传统的文化冲突。[③]

20世纪70年代的幻灭风随着撒哈拉以南非洲女性作家的兴起而进一步延续。1975年开始，非洲女性作家的作品发表日益频繁，并且出现了真正意义上的女性职业作家。[④] 但实际上，在这之前，已经有如塞内加尔安妮特·姆贝依·德尔纳维尔出版了《非洲诗歌》(1965)，[⑤] 以及喀麦隆两位女性小说家玛丽－克莱尔·马蹄普发表了《贡多》(1958)，[⑥] 泰雷兹·阔－木库里发表了《重点邂逅》(1969)。[⑦] 首部从女人的视角写非洲女人的女性作品是以马里作家阿乌阿·凯伊塔的《非洲女人》(1975)，这部带有自传色彩的小说讲述了女人作为接生婆与殖民者及当地传统势力斗争的故事。[⑧] 同年，塞内加尔作家娜菲萨图·迪亚出版了叙述自己成长史的自传性作品：《从蒂

---

① Tierno Monénembo, Les Crapauds-brousse, Editions du Seuil ,1979.

② Sony Labou Tansi, La vie et demie, Editions du Seuil ,1979.

③ Emmanuel Dongala : Jazz et vin de palme, Hatier, 1982.

④ 20世纪20年代，非洲仅有极少数教会学校对女童开放，且仅局限于混血女童，并且教育是为了培育新信徒或好的家庭主妇，而不是女文人。历史上首个向女性开放的师范学校是建立于1939年的塞内加尔师范学校。女性有序地接受中等和高等教育是在第二次世界大战之后。

⑤ Annette Mbaye d' Erneville : Poèmes africains,Dakar : Centre national d' art français, 1965, p.20.

⑥ Marie-Claire Matip, Ngondo, Paris: Bibliothèque du Jeune Africain, 1958, p.50.

⑦ Thérèse Kuoh-Moukouri, Rencontres essentielles, Edgar 1969, p.125.

⑧ Aoua Keïta,Femmes d' Afrique : Ou la vie d' Aoua Kéita racontée par elle-même, présence africaine, 1975.

莱恩到普拉图》，[1]80年代初她又陆续发表了三部小说：《被强烈诅咒者》（1980）、《小商贩阿娃》（1981）、《迪亚里的王妃》（1987）。[2]这些小说将故事置于历史背景或塞内加尔现状中，通过人物间的爱情关系提出一系列诸如信仰、宗教冲突、社会不公、女性教育、外来文化等相关问题。

除此之外，非洲割礼、一夫多妻制、女性生育、代际冲突、色情交易等也成为非洲女性文学的重要题材，如来自塞内加尔的三位女作家的作品：阿娃·提亚姆《给女黑人的寄语》（1978）；[3]玛莉亚玛·巴《一封如此长的信》（1979）；[4]阿米娜塔·叟·弗《乞讨者的大罢工》（1979）、《竞技场的呼唤》（1982）、《民族前国父》（1987）、《族长的枣树》（1993）、《返乡的柔情》（1998）等。[5]其中阿米娜塔·叟·弗的作品同样汲取了传统口述文学的养分，通过作品警示她的同胞们应警惕文化同化影响，但同时也有必要适应现代化的要求。喀麦隆女作家卡利斯特·贝亚拉《是太阳灼烧了我》（1987）、《你将名叫唐噶》（1998）[6]、肯·布谷儿《疯了的猴面包树》（1982）[7]等作品则从不同的角度刻画了来自底层社会的非洲女人的不幸遭遇、命

---

① Nafissatou Niang Diallo, De Tilène au Plateau, une enfance dakaroise Nouvelles editions africaines du Sénégal,1975, p.133.

② Nafissatou Niang Diallo（1941-1982）: Le Fort maudit, Paris, Hatier, 1980, 125 p. ; Awa la petite marchande, Paris, Nouvelles éditions africaines, EDICEF, 1981, p.143; La Princesse de Tiali, Dakar, Nouvelles éditions africaines, 1987, p.191.

③ Awa Thiam : La parole aux négresse, Denoël, 1978, p.208.

④ Mariama Bâ : Une si longue lettre, Abidjan, Nouvelles éditions africaines, 1979, p.164.

⑤ Aminata Sow Fall（1941- ）: La Grève des bàttu. Dakar: Les Nouvelles Editions Africaines, 1979. 131p.. L' Appel des arènes. Dakar: Les Nouvelles Editions Africaines, 1982,144p. ; Ex-Père de la nation. Paris: L›Harmattan, 1987,p.189; Le Jujubier du Patriarche. Dakar: Editions Khoudia, 1993,146p. ; Douceurs du bercail. Dakar/Abidjan: Editions Khoudia/NEI, 1998, p.224.

⑥ Calixthe Beyala : C' est le soleil qui m' a brûlée. Paris: Stock, 1987, p.174; Tu t' appelleras Tanga. Paris: Stock, 1988, p.202.

⑦ Ken Bugul, Le Baobab fou. Dakar: Les Nouvelles Editions Africaines, 1982, p.183.

运抗争与身份探寻。除了在小说方面的成就外，也有部分女性作家采用诗歌体裁来抨击社会的暴力与不公，如科特迪瓦作家维罗妮克·塔娇的诗歌《红土》（1984）。[①] 从总体上看，取得较大成功的女性作家大部分来源于西非的塞内加尔、科特迪瓦和中部非洲喀麦隆。

进入 20 世纪 80 年代，非洲作家普遍弥漫着一股悲观主义思潮，介入文学作家们多采取讽刺性批评手段，针砭时弊。然而在 80 年代，除了主流作家们幻灭主调的延续和女性文学的崛起，另一个新发展是出现了新的文学体裁——侦探小说和非洲儿童文学并获得了很大的发展。侦探小说代表作家有阿希尔·恩高耶，他成为非洲大陆第一位在法国加利玛出版社"黑色幽默"丛书系列出版侦探小说的非洲作家。他参与合著的侦探小说选集《无辜者阵线侦探小说集》获威廉斯萨辛文学大奖。[②]

儿童文学方面，20 世纪 50 年代桑戈尔被视为儿童文学先驱，他编著了《乐可兔子的美丽故事》（1953）等系列儿童文学作品。[③]70 年代非洲儿童文学正式诞生，90 年代达到高潮。非洲儿童文学形式、风格、主题均十分多样。知名的非洲儿童文学家及其作品有：塞内加尔安妮特·姆贝依·德尔纳维尔的《铜银戒指》（1983），[④] 法图·恩迪耶·叟的《非洲故事：内那·斯拉之女》（1997），[⑤] 科特迪瓦米歇丽娜·库利巴利的《狗，猫和老

---

① Véronique Tadjo,Latérite. Paris: Hatier, 1984, p.96.

② Sami Tchak, Achille Ngoye, Kangni Alem, Lye Mudaba Yoka, Ousmane Diarra, Le camp des innoncents, Belgique : Lansman, CEC, 2006.

③ Léopold Sédar Senghor, Abdoulaye Sadji, Georges Lorofi, La belle histoire de Leuk-le-lièvre, Paris : Hachette, 1953.

④ Annette M' baye d' Erneville, La Bague de cuivre et d' argent,Dakar: Les Nouvelles Editions Africaines, 1983.

⑤ Fatou Ndiaye Sow,Récit d' Afrique : La fille de Neene Sira. Versailles: Les Classiques Africains , 1997, p.80.

虎》(1988),[①] 以及其他代表作家马里的雅库巴·迪娅拉、贝宁的埃内斯提娜·邦弗[②] 等,这些作家被视为第一代撒哈拉以南非洲地区法语儿童文学作家,他们当中以女性作家为主,大部分至今仍然笔耕不辍。

如果说小说主要面对受过教育的精英阶层,那么戏剧的重要使命则是面向更为广泛的普通非洲大众。如亚历山大·库玛·恩顿博及其代表作《卡夫拉–比亚唐嘎:非洲悲剧》(1973),[③] 但他的戏剧更加接近蒙戈·贝蒂的作品,其作品针砭时弊,批判政治和媒体的腐败等。

因此,从整体上可以说,20 世纪 60 年代末至 80 年代末的非洲文学首先具有后殖民文学的特点,是后殖民主义文学的重要组成部分,它主要揭露了非洲新生政权的各种弊病,以及这些政权逐渐向独裁和内战偏移的航向。

四、第三代非洲作家:从战争主题到移民文学(1991 年至今)

当代撒哈拉以南非洲法语文学以 1990 年为起点,可以分为两个阶段:第一个阶段是 1991—2000 年的第一个十年,这个十年以战争和内乱为主题;第二个阶段则是以 2000 年以来的非洲移民文学的崛起为特点。

在战争题材文学方面,20 世纪 90 年代的文学最为突出

---

① Micheline Coulibaly,Le Chien, le Chat et le Tigre, Édition CEDA,1988.

② Annette M' baye d' Erneville et Fatou Ndiaye Sow (Sénégal), Micheline Coulibaly (Côte-d' Ivoire),Yacouba Diarra (Mali), Ernestine Gbonfou (Bénin)等,这些作家被视为撒哈拉以南非洲第一代儿童文学作家。

③ Alexandre Kum' a N' Dumbe III, Kafra-Biatanga, tragédie de l' Afrique, Paris : P.J. Oswald, 1973.

的表现是大量以战争、大屠杀、童子军等为创作题材。1990—2000 年的十年间，文学创作主调仍然是幻灭的继续。但同时随着柏林墙的倒塌，非洲精英们开始质疑马克思主义，转而学习西式民主。大量的作品是以非洲国家的内乱为社会背景，如阿马杜·库鲁马的《人间的事，安拉也会出错》（2000）[①] 是以塞拉利昂 1990—2000 年内战为背景描绘了主人公童子军的故事；帝耶诺·莫内能博的《孤儿们的老大》（2000）[②] 则直接以卢旺达大屠杀为社会背景刻画主人公目睹双亲被屠杀的故事；埃玛纽埃尔·东嘎拉的《疯狗强尼》以刚果（金）90 年代末南北内战为背景，描述了平民百姓为躲避战乱的悲惨境遇，并尤其突出弱势群体——对女性的强奸等暴力罪行。[③] 与此同时，90 年代的撒哈拉以南非洲儿童文学和女性文学持续升温，其中儿童文学达到高潮。当代儿童文学家中，比较知名的有三位科特迪瓦作家，即法图·凯伊塔、维罗妮克·塔娇、米莉艾尔·迪亚洛；一位贝宁女作家——贝亚特丽斯·巴多；三位马里作家：穆萨·科纳特、乌斯曼那·迪亚拉、伊思玛依拉·桑巴·特拉奥雷以及喀麦隆的基迪·贝柏 [④] 等。

进入 21 世纪之后，黑人移民文学获得重大的发展。据相关数据显示，当今四分之三的非洲法语文学均由生活在非洲大陆之外的移民作家所写。[⑤] 实际上，非洲移民文学出现已久。它最早可以追溯至科特迪瓦作家贝尔纳·达迪耶的作品《一个

---

① Ahmadou Kourouma : Allah n' est pas obligé, Paris : Editions du Seuil, 2000.

② Tierno Monénémbo : L' Aîné des orphelins, Paris : Editions du Seuil, 2000, p.160.

③ Emmanuel Dongala, Johnny chien méchant, Le Serpent à Plumes, 2007.

④ Fatou Keïta, Véronique Tadjo, Muriel Diallo et Tanella Boni（Côte-d' Ivoire）, Béatrice Gbado（Bénin）, Moussa Konaté, Ousmane Diarra et Ismaïla Samba Traoré（Mali）, Kidi Bebey（Cameroun），这些作家被视为撒哈拉以南非洲当代儿童文学家。

⑤ Odile Cazenave, Afrique sur Seine, une nouvelle générale de romanciers africains à Paris, Paris : L' Harmattan, 2003.

黑人在巴黎》,[①] 但它与今天的移民文学有所区别。前者是一本完全虚构的小说,且作者并没有长期在西方生活的经历。怀着对历史上首次黑人意识觉醒的思恋,当今黑人移民文学被冠于新词“Migritude”,即由“移民(migration)”+“黑人精神(négritude)”各取部分组合而成,可以视为“新移民黑人精神”。这种文学代表着非洲大陆以外的黑人的文学。这个词首次由法国文学批评家雅克·谢弗里耶[②] 提出,他指出新时代的非洲移民文学既体现了“移民”主题处于当代非洲作家文学创作的中心地位,同时也突出了作者作为侨居海外的移民的身份特征。[③] 这个文学运动具有三个共同点:第一,共同的移民生活经历;第二,作品扎根于他们来源国的文化;第三,对作家身份的诉求——不带有“黑人”等任何修饰语。当代非洲移民文学立足于他们想象中的高要求的“自由”:对身份的追寻、对生存的焦虑、对写作形式的探寻等。第三代非洲法语作家最负盛名的有:阿兰·马邦古、帝耶诺·莫内能博、科西·艾福依、科菲·库瓦余乐、法图·迪尤姆、阿布杜拉姆纳·瓦波利、萨米·查克等。[④]

---

① Bernard Dadier, Un nègre à Paris, présence africaine, 1959.

② 雅克·谢弗里耶(Jacques Chevrier, 1934—),法国巴黎索邦大学(现巴黎第四大学)退休教授,现为法语作家协会会长,一生致力于推广法语文学,著有《黑非洲法语文学》《黑人文学》等多本专著。

③ Tirthankar Chanda et Séverine Kodjo-Grandvaux, L' Afrique déplumée, https://www.jeuneafrique.com/203649/culture/l-afrique-d-plum-e/.

④ Alain Mabanckou (1966—)作家,诗人,大学教师,具有法国和刚果(金)双重国籍,曾获雷诺多文学奖骑士勋章,是当前最具影响力的非裔文学奖之一;Tierno Monenembo (1947—)几内亚作家,曾获 2008 年雷诺多文学奖,2017 年法语文学大奖,代表作为《黑人恐怖分子》(2012)等;Kossi Efoui (1962—)多哥法语作家,被视为当前最有创新力的非洲作家之一,曾获撒哈拉以南非洲文学大奖等多个文学奖项;Koffi Kwahule (1956—)科特迪瓦戏剧家和小说家,代表作《娃娃脸》(2006),曾获阿马杜·库鲁马文学大奖; Fatou Diome (1968—)塞内加尔—法国双重国籍女作家,其作品多数围绕法国移民问题以及法国与非洲大陆关系为主题,代表作为《大西洋的腹部》(2003);Abdourahmane Waberi (1965—)吉布提作家,曾获撒哈拉以南非洲文学大奖等多个奖项,代表作为《过境》(2003)。Nimrod (1959—)原名 Nimrod Bena Djangrang, 乍得诗人,小说家,散文家,曾获阿马杜·库鲁马文学大奖等奖项;Sami Tchak (1960—)多哥作家,曾获撒哈拉以南非洲文学大奖等多个奖项。

他们的写作风格更加讲究，作品往往具有碎片化和梦幻化的特点，与第一代作家的朴素和古典有着巨大的区别。新一代移民的文学作品普遍反映了生活在欧洲的非洲移民后代对“黑人”和“白人”关系的重新审视。一方面是对欧洲生活，尤其是对巴黎生活的幻景和憧憬的描绘，如阿兰·马邦古《蓝，白，红》（1998）；[①] 另一方面是对非洲移民寄人篱下流离失所的艰难生活的揭露，如萨米·查克《节日广场》（2000）；[②] 也有对身份和种族歧视的反映，如蓓索拉《53 厘米》（1999），[③] 法图·迪尤姆《国民倾向》（2000）。[④] 其中，法图·迪尤姆是重要的移民文学作家，她在移民文学作品中同时提及了非洲和法国，甚至有时候也会提及美洲，以及在欧洲的外国人的生存境况。此外，还有以市郊移民生活为题材的作品也获得关注：拉希德·杰达尼《我的神经》（2004），[⑤] 托特·利亚姆《黑色的郊区》，[⑥] 印萨·萨内《萨塞勒-达喀尔》，[⑦] 非扎·盖纳《一样的明天》；[⑧] 最后，一些撒哈拉以南非洲现代小说以非洲古代神话传说或者《圣经》为参照，创作宗教题材的小说，如蓓索拉的《石油》等。[⑨]

与此同时，非洲移民作家的诗歌也获得一定的发展。新时代的非洲诗人们试图通过诗歌创作呼吁争取更多的尊严和自由，如索尼·拉布·唐西的诗集《呼吸的行为》（2005），[⑩] 巴巴

---

① Alain Mabanckou, Bleu Blanc Rouge,Présence africaine,2010,p.222.

② Samy Tchak : Place des Fêtes, Paris : Gallimard, 2001, p.304.

③ Bessora,53cm, J›ai lu, 2001,p.184.

④ Fatou Diome : La préférence nationale, Paris : Présence africaine, 2001, p.96.

⑤ Rachid Djaïdani, Mon nerf, Paris, Editions du Seuil, 2004, p.168.

⑥ Thomté Ryam,Banlieue noire, Paris : Présence africaine, 2006, p.171.

⑦ Insa Sané, Sarcelles-Dakar, Editions Sarbacane, 2009, p.164.

⑧ Faïza Guène, Kiffe Kiffe demain, Paris: Fayard, 2004.

⑨ Bessora, Pétroleum, Editions Denoël, 2004, p.334.

⑩ Sony Labou Tansi, L’ acte de respirer, Editions Revue Noire, 2005.

卡尔·萨勒诗集《丘陵之血》(1998)。①

而在戏剧方面，非洲剧团物质匮乏的问题一直存在。至今非洲大多数国家仍然缺乏表演场地，从而导致剧团不能长久维持。国家剧团主要推出具有民俗特色的节目，私有剧团则更加体现它富有创造性和活力的一面。当代戏剧中相对比较突出的国家有科特迪瓦、塞内加尔、刚果、多哥和喀麦隆。专业的戏剧则越来越趋向于几个戏剧中心和知名作家，如喀麦隆知名女性剧作家维尔维尔-丽琴，② 主要在科特迪瓦阿比让从事多种艺术职业，她的戏剧主要与非洲仪式主题相关。

结语

总体上，现当代非洲文学仍然是小说盛行的时代。非洲诗歌、散文、戏剧等虽然有一定的发展，但影响力仍然远不及小说的成就。非洲法语文学作品数量丰富，文学题材多样。这种文学近百年来字里行间所记载的千年传统以及现当代为争取自由和身份的斗争，也进一步丰富了法语这种语言的想象力和丰富性。但它至今尚未夺得诺贝尔文学奖桂冠，终其原因，一方面，有来自非洲法语作家文学喜欢杂糅非洲地方语言创作，他们作品的复杂性加深了读者理解和译者翻译的难度；③ 另一方面，早期的作家多数身兼数职，全身心投入文学创作的作家有限，而当今从事专业写作的移民作家还处于创作积累

① Babacar Sall : Le sang des collines : poèmes pour les Grands Lacs, Paris : L'Harmattan, 1998, p.68.

② Werewere-Liking, 生于 1950 年，喀麦隆作家、画家，目前定居于科特迪瓦。

③ Ruth Bush, Claire Ducournau« La littérature africaine de langue française, à quel (s) prix ? Histoire d'une instance de légitimation littéraire méconnue (1924-2012),Cahiers d'études africaines 2015/3 (N°219), p. 535-568.

阶段。另外，它在东西方文学中长期被边缘化，优秀文学批评家常受限于西方中心主义的视角；再有，作品中常常充斥着暴力、血腥与悲惨，对于希望通过阅读陶冶情操的读者而言阅读的享受舒适度和美感有限。但不可否认，今天非洲法语文学已经成为世界文学中最为活跃的文学之一，获得世界级文学大奖势必指日可待。

西非阿拉伯语文学的思想与文学特征

阿拉伯语除通行于西亚、北非的20余个国家外，更是伊斯兰教的宗教语言。世界各国的穆斯林用阿拉伯语进行宗教活动，促进了阿拉伯语在世界范围内的传播。

公元639年，哈里发欧麦尔派遣将军阿穆尔领兵由巴勒斯坦进入埃及，伊斯兰教自此传入非洲，掀开了非洲历史上新的一页。随着伊斯兰教在非洲地区不断扩张，阿拉伯语作为文字载体也随之传播开来，用阿拉伯语进行的文学创作逐渐兴起。其中，以西非为代表的阿拉伯语非通用语地区的阿拉伯语创作值得关注。

阿拉伯语文学创作在西非的历史非常悠久，在伊斯兰教与非洲传统文化的长期碰撞与融合中发展成为特色鲜明的文学种类。国内对这种文学的研究尚属空白，国外的研究也较为零散。《剑桥非洲及加勒比地区文学史》一书中有《非洲的阿拉伯语文学》一章，其中虽然主要关注北非的文学创作，但对撒哈拉以南地区有一定涉及。一些研究著作重点关注某一地区的某些作品，如《阿拉伯文学期刊》上刊载的《文本研究和西非阿拉伯语诗歌：19—20世纪尼日利亚诗歌阅读》[1]和《西非

① Abdul-Samad Abdullah, "Intertextuality and West African Arabic Poetry: Reading Nigerian Arabic Poetry of the 19th and 20th Centuries", Journal of Arabic Literature, Vol. 40, 2009, pp. 335-361.

阿拉伯语诗歌：简述19世纪和20世纪塞内加尔、尼日利亚的颂歌和挽歌》；[①]《非洲文学研究》上刊载的《本地文化和全球文化之间的阿拉伯语书写：约鲁巴地区的学者和诗人》。[②]约翰·胡维克对撒哈拉以南的非洲文学关注较多，著有《非洲中苏丹地区写作》[③]《尼日利亚阿拉伯文学传统》和《东非穆斯林的写作》等。

值得一提的是《非洲阿拉伯文献》[④]系列丛书。该书由约翰·胡维克编辑，荷兰莱登非洲研究中心出版。这套书籍已经出版6卷，对目前发现的非洲阿拉伯语文献进行分类，详细列出文献作者简介、内容提要和藏书地等信息，是研究这一主题迄今为止最权威的读物。但是该书的语言是英语，未附阿拉伯语原文。

综上所述，国外对西非的阿拉伯语文学作品有所研究，但并不系统，对这类文学从文学性角度进行的研究较少，更多的是和伊斯兰教的历史相结合。本文试图从思想内容和写作特点两方面入手，介绍西非的阿拉伯语文学传统，分析这种文学从产生到发展的特征。

---

① Abdul-Samad Abdullah and Abdul-Sawad Abdullah, "Arabic Poetry in West Africa: An Assessment of the Panegyric and Elegy Genres in Arabic Poetry of the 19th and 20th Centuries in Senegal and Nigeria", Journal of Arabic Literature, Vol. 35, No. 3 (2004), pp. 368-390.

② Abubakre, Razaq D., and Stephen Reichmuth. "Arabic Writing between Local and Global Culture: Scholars and Poets in Yorubaland." Research in African Literatures1997, 28.3: pp.183-209.

③ Hunwick, John. "The Writings of Central Sudanic Africa." Arabic Literature of Africa, vol Ⅱ. 1995. Leiden: Brill.

④ Hunwick, John ed. Arabic Literature of Africa, African Studies Center, Leiden.

一、伊斯兰教在西非的传播与变异

很多人将伊斯兰教等同于阿拉伯世界,这种思维定式显然是错误的。阿拉伯世界只是伊斯兰世界的一个组成部分。西非仅尼日利亚就有 7800 万名穆斯林,撒哈拉以南非洲是世界穆斯林人口增长最快的地区,年增长率最少为 3%。[①] 这说明,在撒哈拉以南非洲,伊斯兰教具有相当旺盛的生命力。

撒哈拉以南非洲分为西非、东非、中非和南非,这些现代概念是随着欧洲人的探险活动和殖民入侵而产生的。从整体观察撒哈拉以南非洲的伊斯兰教分布,大的趋势是自北向南,伊斯兰化程度呈现逐渐递减的带状分布。

西非和东非是撒哈拉以南非洲受伊斯兰教影响最广的区域,其中西非距离阿拉伯 - 伊斯兰世界更远,不像东非有印度洋作为传播媒介,撒哈拉沙漠阻隔伊斯兰教由北向南的扩张。而柏柏尔人的定居、跨撒哈拉沙漠的商路以及柏柏尔人和西南部邻居的广泛交往使得伊斯兰教在西非地区广泛传播。

西非伊斯兰教的传播经历了四个历史阶段:在公元 9—13 世纪是前体制化时期,此时穆斯林学者和商人以和平方式在西苏丹和中苏丹[②] 传播伊斯兰教,过程缓慢;14—16 世纪,穆斯

---

① Pew Research Center, Mapping the Global Muslim Population: A Report on the Size and Distribution of the World' s Muslim Population, Oct, 2009.

② 这里的苏丹并非当代的苏丹共和国,而是古代阿拉伯人对撒哈拉以南干旱半干旱地区的称呼,古代阿拉伯人将撒哈拉以南黑人居住的地区称为"نادوسلا دالب",即"黑人的土地"。这里的苏丹指西起大西洋,东至非洲之角的干旱、半干旱概念。在学术研究领域多用"苏丹"这一概念,特别是在非洲历史和非洲伊斯兰教史的研究领域。因为在非洲历史与文化背景下,苏丹除了地理概念外,更包含着阿拉伯人与非洲人、北非与撒哈拉以南非洲、伊斯兰教与非洲传统宗教等诸多层面的历史文化含义。为了更加具体地指称苏丹这一区域,阿拉伯人又将苏丹自西向东分为西苏丹、中苏丹与东苏丹。其中,西苏丹和中苏丹属于我们现在研究的撒哈拉以南非洲,而东苏丹涵盖的苏丹共和国和南苏丹共和国则划入阿拉伯非洲的范围(李维建:《西部非洲伊斯兰教历史研究》,社会科学文献出版社 2011 年版,第 9-10 页)。

林学者建立起伊斯兰教育中心，进行专职传教，伊斯兰教育机构与政治体制相结合，极大地推动伊斯兰教发展；17—18 世纪是前“吉哈德”时期，西非伊斯兰教受到桑海国洗劫伊斯兰学术中心廷巴图克的影响而陷入困境，本土宗教卷土重来，混合主义大行其道；而在 19 世纪则是“吉哈德”运动时期，混合主义被清除，正统的伊斯兰城邦得以建立。[①]

伊斯兰教在撒哈拉以南的非洲广泛传播的同时也发生了变异，这一点西非比东非更加明显。西非穆斯林有选择性地接受了伊斯兰教中与传统宗教不冲突的部分，同时保留对传统宗教的信仰，所以他们信仰的伊斯兰教是一种“混合”的宗教。摩洛哥旅行家伊本·白图泰造访西苏丹时，正值当地伊斯兰教的高峰期，他的游记中有幸记录下当地的宗教信仰状况和“混合”伊斯兰教的特色，譬如当地妇女并不注意遮蔽身体、男女关系开放、饮食不遵照教法要求等。他提供的一些记录也证明了当地伊斯兰信仰内部的派系复杂，譬如他途经的某个村庄的居民既有信仰逊尼派一支马立克学派的穆斯林，也有信仰“伊巴兑耶”（即哈瓦利吉派支派伊巴德派）的穆斯林，这些穆斯林和平共处。从伊本·白图泰的叙述中我们可以发现，在伊斯兰教的外衣下，传统文化仍在顽强生存，与教法相比，伊斯兰教的礼仪性内容显然在当地具有更重要的意义。而在西非的苏菲派（伊斯兰教神秘主义派别）中原始宗教的成分尤为明显。

西非和东非对待伊斯兰信仰具有差异性，这是因为早期的东非多是阿拉伯、波斯地区侨民，他们真正遵守伊斯兰教法，且东非是海洋性文明，对外来文化接受程度高，对本土文化依恋程度较小。东非当地形成的斯瓦希里文明最大限度地吸收

① ［摩洛哥］伊本·白图泰口述，朱甾笔录：《异境奇观——伊本·白图泰游记》（全译本），李光斌译，海洋出版社 2008 年版，第 609 页。

与接纳外来的阿拉伯伊斯兰文化，最终将其与本地文明相融合成为非洲本土文化。所以，伊斯兰教在传入东非后虽然做出了一些适应性调整，在宗教仪式、教法解释等方面都带有地方性特点，但总体而言并没有西非本土化程度高。西苏丹和中苏丹地区属于内陆地区，本土文明根深蒂固，伊斯兰教若想在西非生存，则不得不对西非本土宗教和传统风俗做出妥协，吸收当地传统，或者允许本土宗教与伊斯兰教并存。17 世纪后，伊斯兰教力量逐渐强大，虔信的穆斯林以武力的方式清除了当地伊斯兰教中的“异教”传统，但是“异教”色彩已经深入当地社会生活的方方面面，也包括文学作品之中。

二、伊斯兰教与西非阿拉伯语文学

阿拉伯语作为伊斯兰教的宗教语言，随伊斯兰教的发展传入西非。伊斯兰教是撒哈拉以南非洲阿拉伯语文学作品的绝对主题，很多文学作品的创作有着明确的宗教目的和政治企图。

西非阿拉伯语文学创作的几次高潮都与伊斯兰教的宗教运动有关。譬如，旨在改变以穆斯林为主体的社会中不严格遵守伊斯兰教法的现象而发起的穆特拉比运动，以及旨在建立纯粹的穆斯林国度的吉哈德运动等。伴随这些运动而来的是穆斯林学者将大量的宗教书籍带入西非。穆特拉比运动更是开启西非本土穆斯林用阿拉伯语写作新时代的典范。在这些运动的推动下，当地穆斯林学者系统学习阿拉伯语文献、提高阿拉伯语水平，也催生了一批阿拉伯语作家。

苏非主义在撒哈拉以南非洲的阿拉伯语学术和文学发展过程中起到了重要作用。该地区用阿拉伯语写作的主要学者都属于苏菲派，他们的作品涉及伊斯兰教义学、教法学、经注学、圣训学和神学。他们的诗歌也存在明显的宗教色彩和道学隐喻。

13 世纪开始，今天的尼日利亚境内已经出现了阿拉伯语学者。其中最有名的是诗人、语法学家阿布·伊沙克·易卜拉欣（Abu Ishaq Ibrahim）。但直到 18 世纪末，尼日利亚的阿拉伯语文学创作仍然局限在宗教题材上，直到 19 世纪初，阿拉伯语创作在富拉尼族（Fulani）学者的领导下受到了伊斯兰复兴运动的影响，其中最重要的作家是谢赫·奥斯曼·伊本·穆罕默德·富迪奥（Shaykh' Uthmanibn Ibn Muhammad Fudi）、其兄阿卜杜拉（Abdullah Ibn Muhammad Fudi）及其子穆罕默德·贝洛（Muhammad Bello），三人创作了大量的阿拉伯语散文、诗歌作品、经训学著作以及苏菲圣徒传。他们试图使用标准的阿拉伯语，摒弃其中的土语成分。谢赫·奥斯曼·伊本·穆罕默德·富迪奥是西非“吉哈德”运动的精神导师，他在追寻伊斯兰影响的道路上屡屡碰壁，最终号召信徒采取武力手段，建立了纯粹的伊斯兰国度索科托穆斯林联邦。虽然他自称是“时代的革新者”，但他拒不承认自己是最后的革新者“马赫迪”，为了剖白自己，在其最著名的诗歌《马赫迪》中，他说道：“不要再为我而撒谎，不要再将我视作马赫迪。”[①] 作为撒哈拉以南非洲最伟大的伊斯兰学者，他自认为是被真主选中领导西苏丹的伊斯兰教革新，对即将到来的大变革有着清醒的洞见。而他最伟大之处在于不仅洞见了变革，更领导了变革，虽然他知道自己对豪萨的改革只是权宜之计，但仍然担负了神圣的职责。文学作品就是他宣传的媒介与手段，他的阿拉伯语文学作品甚至成为

① 转引自 Hiskett, Mervyn. The Sword of Truth: the Life and Times of the Shehu Usumandan Fodio. Oxford University Press, 1973, p.123。

豪萨的吉哈德运动的思想纲领与行动指南。

塞内加尔是撒哈拉以南非洲的阿拉伯语文学创作的重镇，苏菲教团是这些创作的重要推动力量。著名学者谢赫·阿玛杜·邦巴（Shaykh Ahmadou Bamba，1853—1927）曾经是卡迪里教团（Qadiriyya）的成员，后来发展了独立的穆里德教团（Muridiyya，寻求神圣知识的志愿者）。穆里德教团总部位于图巴（Toupa），这一地区后来取代麦加清真寺成为该教团最重要的宗教圣地。① 该教团重视经训，尊重苏菲传统。阿玛杜·邦巴本人也是一位著名的阿拉伯语诗人、学者和宫廷精神导师。他的主要文学作品是阿拉伯语诗歌：政治上，他的作品中蕴含着反对法国殖民主义者的强烈感情；宗教上，他在诗歌中经常以“真主的仆人”自居，强调要模仿先知穆罕默德的行为。他的诗歌作品用标准阿拉伯语写成，激励并影响了一批塞内加尔的沃洛夫语（Wolof）诗人。在著作《天堂之路》（مسالك الجنان）中，他解释了自己用阿拉伯语进行写作的原因：“阿拉伯语是接近苏菲修行至高点的途径，是和真主与先知交流的方式。”② 提加尼教团（Tijaniyya）也在塞内加尔阿拉伯语文学的发展中扮演了重要角色。该教团的大学者易卜拉欣·尼亚斯（Ibrahim Niasse，1900—1975）著有多部阿拉伯语书籍和诗歌，作为“圣人”，他在豪萨七邦之一的卡诺（Kano）有一批追随者，在他的鼓励下，当地的本土语言文学开始出现。

在西非的阿拉伯语文学创作中，女性也占据了重要的地位。这与当地的苏菲教团，特别是卡迪里教团重视妇女的教育

---

① 李维建：《西部非洲伊斯兰教历史研究》，社会科学文献出版社 2011 年版，第 207-208 页。

② Allen F. and Mary Nooter Roberts, A Saint in the City: Sufi Arts of Urban Senegal. Los Angeles, 2003, pp.45-67.

有直接关系。很多大家族，如上文提到的谢赫·奥斯曼·伊本·穆罕默德·富迪奥，他所在的奥斯曼家族就有教育妇女的传统。在奥斯曼家族中，尽管“妇女的生活不似豪萨妇女一样快乐，但是她们被赋予了学习的机会，这是豪萨妇女所缺少的。她们通过学习受益匪浅，很多人成为与男子一样博学、虔诚的学者或苏菲主义者，在伊斯兰世界这是不多见的”。[①] 这些妇女中最杰出的就是娜娜·阿斯玛（Nana Asma'u，1893—1965）。她是谢赫·奥斯曼·伊本·穆罕默德·富迪奥的女儿，在西非的吉哈德运动中扮演了重要的角色。除了社会活动家的身份外，她还是一名诗人和学者。其父所在的卡迪里教团坚持走精英与学术路线，将学术视为一切事物的根基，所以她从小生活在伊斯兰苏菲主义的知识传统中。

娜娜的作品丰富，除了少数散文外，几乎全部是诗歌，就内容而言包括劝诫诗、传记诗、教育诗、史诗、颂诗、解经诗和苏菲仪式祷文等。在接受阿拉伯语教育的过程中，她主要学习阿拉伯诗歌的写作方法，学会了其中的大量语言技巧。她可以用阿拉伯语、富尔贝语和豪萨语三种语言进行写作，会根据读者选择不同的语言，《贝洛挽歌》《〈古兰经〉之歌》《先知之药》《哀悼阿伊莎》等均是用阿拉伯语撰写的。[②] 初看之下，她的很多作品似乎有强烈的感情色彩，有很多颂诗和挽歌。但要注意，她赞颂或哀悼的对象是执政的贝洛和阿卜杜拉，而写作背景是豪萨人伊斯兰信仰开始淡漠，本土信仰卷土重来。所以，她的创作中很少有手足之情的考虑，更多的是宗教和政治原因。

① Hiskett, Mervyn. The Sword of Truth: the Life and Times of the Shehu Usumandan Fodio. Oxford University Press, 1973, p.26.

② Asma' u, Nana. And Boyd, Jean. And B. Mack, Beverly.,Collected Works of Nana Asma' u, Daughter of Usman Dan Fodio（1793-1864）, Michigan State University Press, 1997.

她不是为情感而写作，是为宗教和政治写作。娜娜的作品是观察当时豪萨社会伊斯兰教的窗口，这些作品奠定了她在西非阿拉伯语文学史上的地位，也让她在尼日利亚文学史上留下了浓墨重彩的一笔。

三、西非阿语文学的体裁与写作特点

西非的阿语文学体裁总体而言沿袭了阿拉伯的古典文学传统，包括诗歌、故事、编年史和游记。

诗歌的种类很多，包括赞颂真主和先知穆罕默德的颂诗、悼念亲友的悼亡诗以及讽刺诗、劝诫诗等。这些都是阿拉伯古典诗歌常见的题材。由于创作者多为苏菲教团成员，他们在谈论真主、存在和人的时候，通常借助象征、隐喻和韵律等艺术形式。他们创作的很多诗歌作品通过和情人交往的隐喻，表达了对神性的追求和与真主沟通的渴望。西非的阿拉伯语诗歌严格遵守阿拉伯古诗“盖西达”的体例，并采纳阿拉伯的诗歌韵律。这是因为创作者接受的是正统的阿拉伯－伊斯兰文化教育，他们也希望借用严格的体例来推广阿拉伯－伊斯兰文化，表达自己虔诚而坚定的信仰。

非洲本土语言素有口头诗歌传统，但西非阿语文学并没有。归根结底是因为写作者是一个规模不大的学者阶层，他们虽然精通阿拉伯语，但是其作品对缺少书面文化、不以阿拉伯语为通用语的主体人口影响不大。口头诗歌传播的土壤较小，因此不成气候，但是也存在一些非洲诗歌传统与阿拉伯语诗歌互相影响的例子。在尼日利亚西南的约鲁巴土地上，爱洛林（Ilorin）成为伊斯兰教中心，当地学者用阿拉伯语创作了大量的宗教诗歌和散文。事实上，约鲁巴族有自己的语言约鲁巴语，也有丰厚的诗歌传统。作家创作的阿拉伯语颂歌直接影响到了约鲁巴语诗歌的创作，很多约鲁巴语传统诗歌也被翻译为阿拉伯语，为阿拉伯语文学创作注入了本土的元素。[①] 约鲁巴人也素有讲故事的传统，一些约鲁巴地区的阿语写作者借鉴了约鲁巴族的动物寓言故事，将其翻译成阿拉伯语或进行改写，在其中加入宗教含义与道德说教。阿拉伯地区也有讲故事的传统，从贾希利叶时期“阿拉伯人的日子”到集大成之作《一千零一夜》都是这种传统的发展与延续。我们甚至可以做出假设，即《一千零一夜》之中的一些来自埃及的故事，有可能受到撒哈拉以南非洲地区——特别是西非约鲁巴地区故事的影响。不过这有待从故事形态学和故事演变的角度进行考证。

撒哈拉以南非洲地区——特别是西非和东非接受了伊斯兰教的诗歌编年体。原因在于西非和东非小城邦林立，每个小城邦都需要记录本地王朝的历史，如《卡诺编年史》《巴高达之歌》等。口头历史可以根据社会和政治需要进行修正，而文字记载的历史相对稳定。有些地区的早期编年史是用阿拉伯语写作的，具有一定的史料价值，但其中不乏夸张成分。因为采用诗体进行创作，所以每一篇编年史都可以看作一部歌颂国王丰功伟绩、赞美城邦繁荣兴旺的长诗。

西非阿拉伯语文学类型中值得注意的一类是游记文学。游记文学的发展与作为伊斯兰教“五功”之一的朝觐密不可分。一些阿语作家会在朝觐途中或归来后记录沿途的所见所闻，这些作品多采用散文体，是我们了解西非伊斯兰教和朝觐沿途风土人情的重要窗口。重要的游记作家有索宁克人马赫

① Abubakre, Razaq D., and Stephen Reichmuth., “Arabic Writing between Local and Global Culture: Scholars and Poets in Yorubaland.” Research in African Literatures. 1997, 28.3: pp.183–209.

穆德·卡提,他的作品《探索者史》(*Tarikh al-Fattash*, خيرات شلاتفلل)是研究西苏丹重要的历史记录。[①]

西非阿拉伯语与阿拉伯地区阿拉伯语在发音、词汇和语法层面都存在差异。但是大多使用阿语进行文学创作的学者都会自觉采用标准阿拉伯语。很多非洲本土语言如豪萨语、富尔贝语等在与阿拉伯语的长期接触中逐渐迈入文字时代——“阿贾米语”时代,即用阿拉伯字母拼写相应的语言。在阿贾米语定型的过程中出现了一批方言诗歌,这些作品混合了阿拉伯语和当地土语,更易于被说本土语言的人所理解。这种诗歌作为伊斯兰文化扩张的一部分迅速传播。对这些作品到底属于阿拉伯语还是本土语言很难界定,但其中确实可见明显的阿拉伯文学痕迹,它们从中世纪末的伊斯兰末世学、历史学和纯文学作品及其他阿拉伯语作品中汲取思想、意象和内容。这种文学将伊斯兰教从精通阿拉伯语的学者的私产转变为人人可学的自由知识,可以看作西非阿语文学向本土语言文学的过渡。

结语

综上所述,伊斯兰教是西非阿拉伯语文学的绝对主题,而有影响力的作家几乎都是苏菲教团的成员。这主要有两点原因:其一,与阿拉伯地区不同,阿拉伯语在西非并非通用语,掌握阿拉伯语的人都是在经堂接受过正统伊斯兰教育的人。西非的阿拉伯语作家首先具有宗教属性,其次才具有文学属性,

① Abubakre, Razaq D., and Stephen Reichmuth., “Arabic Writing between Local and Global Culture: Scholars and Poets in Yorubaland.” Research in African Literatures. 1997, 28.3: pp.183-209.

他们的文学创作归根结底是为自己的宗教观点服务的。而在宗教与政治紧密结合的情况下，他们的作品也会为政治服务。其二，苏菲派崇敬知识，有尊师重教的传统，教团成员的文化水平比其他人要高。苏菲派热衷于写作，是因为他们认为诗歌写作是表达修行奥秘的首要方式，“将诗歌语言视为认知的首要途径”。[①] 与伊斯兰正统教派的观念不同，苏菲派认为真主在万物中永无止境地显现，强调人对宗教的内心体验，希望通过功修达到“人神合一”的境界。苏菲派赋予“神”以人性，同时又追求人的内心升华，旨在抵达神的境界，最终消弭人、神的分化。[②] 阿拉伯语作为宗教语言存在，苏菲派以阿拉伯语为媒介，最终希望达成与真主和先知的精神交流。但是西非的伊斯兰运动并未导致阿拉伯语的大面积传播，阿拉伯语始终只被少数受教育的阶层所接受。某些西非本土语言借用部分阿拉伯语词汇，满足了宗教、商业和姓名等方面的需要，但这些本土语言创作的文学作品显然不能归入阿语文学。

西非本地的阿拉伯语文献出自少数的伊斯兰教精英，局限于社会上层，始终未能在当地普遍推广。这是因为伊斯兰化仍局限于社会上层，伊斯兰教的价值观虽然在缓慢地走向民间，但是整个伊斯兰化过程的作用十分缓慢。当地的学者恪守古板的伊斯兰教法，在文学创作的过程中并没有求新、求变，所以与宗教相结合的阿拉伯语文学未能获得更深层次的发展。

但是无论如何，我们都不能忽视西非的阿拉伯语文学创作，它是非阿拉伯地区阿语文学的代表地区，是世界范围内阿语文学的有机组成部分，在阿语文学史上占有一席之地。这些

---

① [叙利亚]阿多尼斯：《在意义天际的写作——阿多尼斯文选》，薛庆国、尤梅译，外语教学与研究出版社2012年版，第148页。

② خالد بلقاسم، أدونيس والخطاب الصوفي، دار توبقال للنشر، الدار البيضاء، ٢٠٠٠.

作品中蕴含的大量历史、宗教和政治信息可以为我们了解西非伊斯兰教、伊斯兰教的传播以及西非地区的社会生活提供帮助。

附录　西非阿拉伯语诗歌试译

国内尚无西非阿拉伯语诗歌的译介，谨在此试译三首，求教方家。

默罕默德·朱纳伊德·默罕默德·布哈尔·艾哈迈德·奥斯曼（Mohammad Junayd b. Moḥammad al-Bukhārī b. Aḥmad b.），尼日利亚诗人和散文家。[①]

能否以我的名义向阿格达斯传达特殊的问候？
一个散发着麝香或皮革香味的问候。
ألا أبلغن عني الأغدس تحية
تفوح بعرف المسك أو عرف صندل
请做到这一点：派人去给她一个居民送去祝福；
这香气蔓延宇宙经纬，灌入其纵横沟壑。
وبلغ أهاليها السلام مباركا
يعم شذاها من تحتي ومن عل
也为她广袤的土地送去祝福，那里的鹿儿在不断探索；
通过森林禁区，透过南风北风。
وفيحاءها حيث الظباء ترود في
خمائل تأتي من جنوب وشمأل
她拥有美丽的树荫！毫无疑问

① Moḥammad Junayd b. Moḥammad al-Bukhārī（al-Wazīr），Dīwān al-wazīr Junayd b.Moḥammad al-Bukhārī（约翰·胡维克 1987 年编手稿），pp. 16-17.

它有绿色的草场,源自雨的馈赠。

امنإف لالظلا كيتامب نسحأو

لبسمب اهيف ثيغلا داج حراسم

她的财产是富庶的城市、肥沃和繁荣的土地,

她为挑剔的观察者提供安乐窝。

قضيرأ ضرأو تاضيرع دالب

لمأتملا رظانلا نيع مزانم

她定期妆点自己,并准备

皇冠椰枣的供应。

تنّيزت تاعساو حاطب امنمو

للكملا ليخنلل مود ماجاتب

她有巨大的山脉,磅礴雄伟,

赤脚和穿鞋的人有不同的路径。

امنيزت تاخماش لابج امنمو

لعنمو فاح راثآ نم قئارط

放开视线,记住你曾在提法迪克徘徊三十日,

你曾漫步在,婆娑树影之间。

هتيضق كدافت يف موي ركذ دعأ

للظملا كارألا نيب هب لوجت

多少个夜晚,当风吹在她的平原,

沿着挤挤挨挨的沙丘之中的凹谷。

ابصلا هب بهت اهيداوب ليلو

لقنقعلا بيثكلا طسو ىئطاش ىلع

不要忘记,她肥沃的淤泥

和涌出的不竭泉水。

يذلا اهئاثيمب امامح سنت الو

لهنم دنع انخاس ءام قفدي

请记住，晚上在她的沙子上行走的男人是谁，
像妇女拍掌一样有序地踏着自己的舞步。
ةيشع لام يف لاجر صقرو
لمأب ءاسنلا قيفصتب افوفص
请记得你在多产的母驼背上的族裔，
在营地庭院粗糙的地面上。
ةبيجن بيثكلا ثعو يف كضكرو
لزنم ةحاس فانكأ يف قونلا نم
马儿在互相赛跑，就像
一头险些被熟练的猎人抓住的鸵鸟。
امنأك تاقباسلا لامجلا يرجو
لبنتم صناق نم تجن ماعن
很多时候，一首诗的一行会提醒我她营帐的位置，
在“达库里”和“豪马里”沙漠之间的边缘。
امايخ رعش تيب ينتركذ مكو
لموحف لوخدلا نيب ىوللا طقسب
我欢喜聆听鸽子的歌吟，
“停下来和我一起哀叹我的故居与爱的回忆”。
امامح ءانغ اهيف ينبرطأو
لزنمو بيبح ىركذ نم كبن افق
在她的平坦土地，我只好伤心饮泣，
“痛哭又怎能抹去印记？”
امتاصرع ىلع امتغم تلوعو
لوعم نم سراد مسر دنع لهو
朋友们站在一边安慰哭泣的我，
“保持勇敢不要悲恸。”
مهيعم اوماقو يبحص ينربصو

لمجتو ىسأ كلمت ال نولوقي

不久我得到了她，并安慰道

“从你身上轻轻剥去我的衣服，它会飘走。”

ايسأت تلق مث امنع تيلسف

لسنت كبايث نم يبايث يلسف

愿我温馨的问候可以传达到她的土地和居民，

“像这带来了丁香树的气味的晨风。”

املهأو عاقبلا كلت ىلع مالس

لفنرقلا ايرب تءاج ابصلا ميسن

穆罕默德·贝洛·伊本·谢赫·奥斯曼·伊本·富迪奥（Muhammad Bello Ibn Shaykh Othmān Ibn Fodiye）是尼日利亚北部索科托穆斯林联邦创始人谢赫·奥斯曼·伊本·穆罕默德·富迪奥的儿子，尼日利亚杰出的阿拉伯语诗人和作家。[①]

哦！萨尔玛的精舍位于“加维”或“希非米娜”。

她如此空寂，仿佛之前从未有过的住客。

ىنم فيخب وأ وقب ىملس راد اي

انطو امل تراص نكت مل نأك توق أ

她的人已经挖掘了所有可能的裂缝，

至少搜索了“兹加尔”残部的所有屋舍。

امتنقأ عمج نع امبعش امب تطخ

انقأ امل راق يذبً اراد نوغبي

她空空如也，白天只有鸵鸟在这里聚集。

有时也有魁梧的骆驼，淬火解渴，天亮择地而栖。

---

① Moḥammad Junayd b. Moḥammad al-Bukharī（al-Wazīr）Ifadatu al-Tālibīn fī dhikr daʿdqasāʾid amīr al-Muʾminīn（Manuscript: Sokoto（SHB），（3/6/129），pp. 70-71.

ىحض ماعنلا طيخ امب نأك تلخ
انطع ىحضلا يف تتأو تورت موك
在她常去的地方我没有找到一个熟悉的朋友，
我骑着骏马四处游荡。
امدهاعم يف افلإ فلْأ مل نيحو
انرأ ىدج نإ بعصب يسفن تيلس
她是勇敢的、优雅的、启迪的、牢固的、灵活的，
像一个马达船注定要赶上小舟。
فقث نموع قينأ لحبس لحف
انفسلا مب اومأ براق منأك
我在“兹加尔”和她的邻村游荡，
就像是在焦急寻找母驴的瘦驴。
امترادو لاض يذب يلحر نأك
انتأ يغتبي عزجب بقأ ىلع
他(瘦屁股)被打伤，孑然一身，
周围的山狗趁机报复。
دحو سنأتسم عراف حجسم
انجض يف بالكلا مرواعت امم
他被留在孤独中，
屁股上伤痕累累，悻悻离开。
هفلاوي ال ىحضأف مودرفأف
انزم اذل امهبلا لحسم الو نيع

谢赫·阿卜杜拉·伊本·富迪耶(富迪奥)(Shaykh Abdullah Ibn Fodiye)是尼日利亚北部索克托穆斯林联邦的谢赫·奥斯曼·伊本·富迪奥的弟弟和助手，他才华横溢且学富五车，因为杰出的阿拉伯语造诣被冠以“苏丹的阿拉伯人”称号，其作品

涉及伊斯兰教的不同领域。[①]

我的欢乐瞬间变成悲伤，当我看到那些不祥鸟飞翔。
但是后来阴天下雨的景象又让我欢喜。
طربت فأشجاني الطيور الكواحل
وفرحني منها الغيوث الروائح
然而那些狼的毒眼却让我胆寒。
我很快就解除了鹿的危机。
وخوفني منها ذياب بوارح
وأمنني منها الظباء السوانح
先知有言，乌玛之间的特殊群体
应继续紧密联结，直到审判日的真相来临。
لقول النبي لا تزال جماعة
على الحق منا أو يجيء المقارح

① Abdullah b. Fodiye, Tazyīn al-waraqāt bi jamʿi baʿḍ mā lī min al-Abyāt (Manuscript: Sokoto (SHB), 2/2/6, 2/12//54, 2/44//174) p. 18.

非洲科幻文学

一、“非洲科幻文学”定义小谈

谈论非洲科幻文学之前,我们首先应该对非洲文学和科幻文学分别做一下界定。

迄今为止,针对非洲文学的范畴之争从未停息。广义而言,非洲文学指在非洲土地上创作的文学作品,但这个定义太过宽泛,甚至一些课程将诸如《黑暗的心》和《走出非洲》都纳入了非洲文学的范畴。狭义而言,非洲文学指在非洲土地上的非洲人民创作的文学作品,这个定义接近我们的日常研究范畴,但本身也值得商榷。

非洲是一个很大的概念。不同于很多人的刻板印象中的黑暗大陆形象,真实的非洲大地的东、西、南、北、中都呈现出不同的风貌,这些不同也体现在文学之中。综观整个大陆,北非和撒哈拉沙漠以南的非洲就存在巨大的差异,阿拉伯－伊斯兰文化、欧洲－基督文化与本土文化交织,以多种多样的方式显现出来。不仅是地区之间,区域之中亦各不相同。受到殖民主义、后殖民主义和新殖民主义的影响,在原住民和殖民者的文化之间常常可以看到极大的文化撕裂。

科幻文学的定义相对而言固定得多,这种起源于近代西方的文学体裁,一般被定义为在尊重科学结论的基础上进行合理设想(而非妄想)而创作出的作品。

优秀的科幻小说一般被认为需要具备“逻辑自洽”“科学元素”和“人文思考”三要素,但在非洲文学的语境下,我们可能无法要求太多。面对一个文明驳杂的非洲,我们应该保持一种开放的态度,意识到“非洲科幻文学”本身就是一个不存在唯一解的命题,从而去拥抱它的多样性。综合上述的界定,本文介绍的非洲科幻文学,总体而言是指在非洲土地上由非洲人民创作的含有科学元素的文学作品。

非洲科幻文学的创作语言呈现出多元化的倾向,英语之外,不乏法语和葡萄牙语作品,此外,以非洲本土语言如阿拉伯语、斯瓦希里语、约鲁巴语等创作的作品也并不罕见。从某种角度而言,以本土语言创作的科幻文学更让人惊喜,那些融合了非洲本土文化的想象力喷薄欲出,让人能够真正感受到这片土地的勃勃生机。

二、非洲科幻文学代表作

从分类来看,软科幻占据了非洲科幻小说的绝大多数,这与科技发展水平和社会文化传统有关。

1913 年,来自约翰内斯堡的浸信会牧师约瑟夫·J. 多克(Joseph J. Doke)出版了小说《秘密的城市:南非高原上的浪漫故事》,可以被视作非洲科幻文学的开山之作。这部小说讲述了有关消失民族的故事:保罗在营救被绑架的妻子时,目睹了古埃及军事基地奈费尔特的毁灭,他将这一切记录在自己的日志中,后来被孙子贾斯汀无意中发现,并公之于众。1916 年约瑟夫·J. 多克又创作了这个故事的前传《来自秘密城市的皇后》,仍然是以孙子贾斯汀的视角,讲述了保罗妻子的前世邪恶王后兰希尔的故事。

如果说上一部作品停留在单纯的奇幻冒险之中,那么1923年,阿奇博尔德·拉蒙特的小说《战争中的南非》则第一次展开想象的翅膀。虽然只是借用了火星作为背景,但是作者还是大胆地提出了一个拯救南非的星际计划。作品中还出现了主人公在异世界遇到一批已故伟人的神曲式桥段,这种类型的情节在后来的非洲文学中偶有出现。

尼日利亚豪萨语作家穆罕默德·拜罗·卡加拉(Malam Bello Kagara)在1934年创作的小说《历险记》,以处在动荡时期的西非作为背景。作者在小说中创造了一个由精灵和其他神秘生物组成的奇幻世界,当地人都参与到了反对英国殖民主义的斗争当中。

亚瑟·凯博－琼斯(Arthur Keppel-Jones)的小说《烟尘散尽:1952—2010年的南非往事》2015年首次出版,故事中的南非在赶走盎格鲁·萨克逊殖民者之后又迎来了一个本地白人统治的法西斯未来。这本小说科学性较弱,但是充满了对未来的想象。

1950年,夏班·罗伯特(Shaaban Robert)的《可信国》出版,书中描写了六位使者出访东南西北上下六个国家的旅程,对六个国家都有详细的介绍。这本书作为乌托邦小说,并无太多科幻企图,但是对旅程的描写中带有对未来的美好想象。他的另一本小说《想象国》仍然是乌托邦题材,但科技感更弱。

埃及作家慕斯法塔·穆罕默德(Moustafa Mahmoud)的《从棺材上升》(*The Rising from the Coffin*)出版于1965年,书中一位埃及考古学家访问印度梵天,然后穿越到法老时代,引发了科学和精神的世界观的大碰撞。

摩洛哥作家穆罕默德·阿齐兹·拉巴比(Muhammad Aziz

Lahbabi）在 1974 年出版了小说《长生不老药》（*The Elixir of Life*），故事围绕着一种可以使人永生的不老药展开，但这一重大发现不仅没有给社会带来希望和欢乐，反而引起了阶级分化、骚乱和暴动，社会结构也因此瓦解。

刚果作家索尼·拉伯·谭希（Sony Labou Tansi）的《一生，半生》（*Life and a Half*）将故事设定在虚构的卡塔玛拉纳西亚共和国，讲述了一群疯狂的人抵抗凶残独裁者并谋求代替他的故事，其中描述了一场末世之战，构想了大量奇特的武器。

1991 年，尼日利亚本·奥克瑞（Ben Okri）的魔幻现实主义经典《饥饿之路》（*The Famished Road*）出版。小说以尼日利亚约鲁巴文化中关于“阿库比”的神话传说作为核心意象，来展开其独特的故事结构和叙事，是通过阿扎罗的遭遇和他的视线变化，来审视和呈现尼日利亚的当代历史、现实政治和传统文化的。

加纳作家科乔·莱因（Kojo Laing）的很多小说糅合了科幻、奇幻以及现实主义要素。2006 年出版的《大主教罗克和祭坛歹徒》（*Big Bishop Roko and the Altar Gangsters*）一书包含非常多的科幻元素，最惊艳的设定是基因工程使得富裕国家同贫穷国家分化越发严重。

肯尼亚作家恩古吉·瓦·提昂戈（Ngũgĩ wa Thiong'o）的《乌鸦的巫术》于 2006 年出版，用滑稽的口吻严厉指责了某个虚构国家的严重腐败。其中，一位政府部长为争夺权位而计划建造世界上最高的建筑，高到该国人民必须发展太空事业用火箭把总统送到顶端。

2008 年，埃及作家艾哈迈德·哈立德·陶菲克（Ahmed Khaled Towfik）创作了充满赛博朋克元素（cyberpunk）的科幻小说《乌托邦》（*Utopia*）。小说的时间设定在 2023 年，国家面临着巨大的危机，经济崩溃，社会动荡，整个埃及社会都浓缩到了一个封闭式的社区里。这本书常常被视作对“阿拉伯之春”的预想。

而在“阿拉伯之春”过后的埃及，小说家巴斯玛·阿卜杜勒·阿齐兹（Basma Abdel Aziz）于2016年出版了小说《列队》（*The Queue*），讲述了在残暴的独裁统治之下，无助的公民们奋起反抗、最终起义失败的故事。阿齐兹通过描绘一个卡夫卡风格的世界，映射出了革命浪潮最终走向“阿拉伯之冬”的结局。

硬科幻虽然不是非洲科幻小说的主流，但是也不可小觑。其中一些作品在国际科幻界都占有一席之地。

1972年，加纳作家维克多·沙巴（Victor Sabah）创作了《月球假想之旅》，这篇小说篇幅不长，内容朴拙，但被先后收录在《1972年最佳科幻小说》（1973）和《企鹅世界科幻小说精选》（1986）中。英国杂志《科幻冒险》中曾经收录南非作家克劳德·努（Claude Nunes）的短篇小说《继承地球》（1963）。这些作品包含了大量美国科幻的元素：世界末日、末世之战、机器人、基因突变、超能力、脑控和星际旅行等，非洲背景并不清晰。

拉维·泰德哈尔编辑的《世界科幻小说精选》第2本和第3本书中收录了来自冈比亚、马拉维、尼日利亚、南非和津巴布韦的作品。艾弗·哈特曼（Ivor Hartmann）主编的《非洲式科幻：非洲作家科幻小说选集》（*AfroSf: Science Fiction by African Writers Anthology*, 2012）中有22篇来自南非、冈比亚、尼日利亚和津巴布韦的当代短篇科幻小说。这个选集中的作品为我们展现了非洲文化传统和美国科幻文化之间多样而复杂的关系。

尼日利亚作家瓦伦丁·阿里里（Valentine Alily）的《眼镜蛇的标记》（1980）是一篇007风格的罪案小说，书中的反派拥有一种毁灭性的太阳能武器。《眼中的野兽》（1969）是一部由反种族隔离的南非流亡作家彼得·德雷尔(Peter Dreyer)创作的近未来恐怖小说,书中南非民主联盟揭露了一个试图从页岩油所在的地区引爆核炸弹的阴谋。

三、新时代非洲科幻创作方向

上文对非洲科幻小说的短暂梳理可以从侧面证明,非洲科幻小说可能隐藏在一些看上去毫无关系的书籍中,这些书籍从来不曾想象使用"科幻小说"这个术语,转而采用去科幻化的乌托邦或反乌托邦话语,把任意非真实的虚构标上某种后殖民魔幻现实主义或后现代主义的标签。杰拉尔德·盖拉德(Gerald Gaylard)的《殖民主义之后:非洲的后现代主义和魔幻现实主义》(2005)对此有详细解读。由于与传统的西方主导的科幻定义存在差别,近年来,更多人也开始用AFRICAFANTASTIKA(非洲幻想)来称呼非洲科幻作品。

最近几年,非洲科幻类作品持续升温。2016年,恩奈迪·奥克拉芙(Nnedi Okorafor)的中篇小说《女儿》(*Binti*)赢得了世界科幻小说界的最高奖项雨果奖。而第一本非洲科幻杂志《奥麦纳纳》(*Omenana*)在短短三年内出版了九期。2017年11月举办的尼日利亚阿凯艺术与图书节上,非洲科幻小说协会首次颁发非洲最佳幻想小说奖项。

2017年3月,卢克索非洲电影节收录了两部科幻电影。乌干达最重要的科幻作家迪尔曼·迪拉的作品《她破碎的影子》(*Her Broken Shadow*)参与短片单元。让·皮埃尔·贝克洛的电影《赤裸的现实》也脱颖而出。在他的非洲赛博朋克电影《出血》(*Les Saignantes*)上映十年后,他的新电影用黑白胶片展现了一场时间旅行的实验。

新媒体对于非洲科幻界的作用也越来越明显。整个2017年，迪拉坚持每个月在YouTube上更新一部科幻短片，而乔夫·莱曼则坚持着自己的频道《100名非洲科幻作家访谈》的制作。

对非洲科幻的学院派解读也在持续进行。传统的文学评论在面对驳杂的非洲科幻作品时已显露出理论的单薄，简单的后殖民理论也无法用来嵌套进更多作品之中。有些解读援引旧式理论框架，忽视更有用的批评工具。一些文学评论家因为对语言和文化的陌生而误读了作品：发端于惊情小说的作品耸人听闻，发端于犯罪小说的作品夸夸其谈，发端于民间故事的小说猎奇浅薄……这些标签化的误读让更多人忽略了非洲科幻的包容与开放。

走过近一个世纪的发展历程，在非洲的科幻小说中，我们应该读出的东西有很多：非洲传统的神话故事与民间传说、非洲大地的涓涓源流与磅礴历史、非洲人民的民间智慧与生存哲学、非洲近代的殖民苦难与生死存亡、非洲独立的勃勃生机与社会问题……更重要的是，从科幻角度而言，非洲科幻展现出了非洲人民对于人类命运的思索，这种思考，无论是向前还是向后，都应该是人类进步大潮中难得的思想财富。

撒哈拉以南文学批评的现代主义梳理

现代非洲文学巨擘钦努阿·阿契贝(Chinua Achebe, 1930—2013)在其代表作《瓦解》(*Things Fall Apart*, 1958)的书名和题词部分,援引了爱尔兰诗人 W.B. 叶芝(William Butler Yeats, 1865—1939)的现代主义诗歌《基督重临》(*The Second Coming*, 1920)。继《瓦解》之后,阿契贝发表第二部长篇小说《动荡》(*No Longer at Ease*, 1960),其书名同样取自一首西方现代主义诗歌,即艾略特(Thomas Steams Eliot, 1888—1965)的《麦琪之旅》(*Journey of the Magi*, 1927)。批评家们对这两处引用各持己见,但可以肯定的是,这是阿契贝对现代主义书写的尝试。

在现代非洲文学界,阿契贝并非个例。批评家奥托·奎伊森(Ato Quayson)曾指出,"在阿伊·克韦·阿尔马赫(Ayi Kwei Armah)、J.M. 库切(J.M.Coetzee)、阿西娅·吉巴尔(Assia Djebar)、塔耶卜·萨利赫(Tayeb Salih)、扬博·乌洛格(Yambo Ouologuem)的小说,沃莱·索因卡(Wole Soyinka)、阿索尔·富加德(Athol Fugard)、穆罕默德·本·阿卜达拉(Mohammed Ben Abdallah)、费米·奥索菲桑(Femi Osofisan)的戏剧,克里斯托弗·奥基博(Christopher Okigbo)等的诗歌中,我们看到非洲现代主义的形成”。[①]可以说，非洲的现代主义文学有着坚实稳固的创作群体。

非洲文坛的现代主义文学作品不断涌现之际，文学批评界关于现代主义的讨论也从未停止。在重点阐释非洲文学批评有关现代主义的论述前，有必要对现代主义在西方语境下的起源和发展做简要梳理，为后续讨论提供历史参照。

在西方，现代主义指的是与现代性相关的审美、艺术和表现手法。从更狭义但也更常见的含义来看，现代主义指的是大约 1880 年至 1940 年之间欧美国家艺术实验的伟大时期。[②]具体到文学领域，西方现代主义文学源起自 19 世纪末法国的象征主义文学运动，主要形成和发展于 20 世纪的欧美各国。一方面，西方现代主义文学是“20 世纪西方现代工业社会的产物，又是 20 世纪欧美社会剧烈变化的艺术表达”。[③]随着西方资本主义国家工业化、城市化进程的加快，科学技术的快速发展，“人的自由度反而降低，异化程度加深，西方人在精神上的惶惑不安加剧”。物质进步与精神空虚的巨大撕裂在 1914 年爆发的第一次世界大战期间达到顶峰。战争极大地破坏了西方传统的理性主义根基，知识分子对资本主义的价值体系和伦理体系日渐滋生反叛情绪。另一方面，西方现代主义文学也是“西方现代非理性哲学与现代心理学相结合的产物”，[④]其中，“叔本华的唯意志论、尼采的超人哲学、弗洛伊德的精神分析学、柏格森的直觉主义等，为西方现代主义文学从美学思潮

① Quayson, A. (2004). Modernism and Postmodernism in African Literature. In: Irele, F. A. & Gikandi, S. (Eds.). (2004). The Cambridge History of African and Caribbean Literature. Cambridge: Cambridge University Press, 824-852.

② Salah, M. H. (2010). African Modernism: Beyond Alternative Modernities Discourse. South Atlantic Quarterly, 109 (3), 451–473.

③ 徐曙玉编:《20 世纪西方现代主义文学》，百花文艺出版社 2001 年版，第 1-9 页。

④ 郑克鲁编:《外国文学史》，高等教育出版社 1999 年版，第 100 页。

到创作方法上提供了理论依据,使其染上了非理性主义和悲观主义的浓重色彩"。[1]在这样的社会背景下,强调真实再现客观世界的现实主义文学已经"致使文学自身的表现功能相对萎缩,主观内在因素一定程度上受到排挤",[2]注重挖掘人物深层、潜在的意识世界和心理感受,表现社会生活对人性之压抑和扭曲的现代主义文学应运而生。

然而,无论是社会历史进程,还是文学文化传统,非洲大陆都与西方世界的情况大相径庭。20世纪50年代至70年代,正值非洲的前殖民地国家民族意识觉醒,通过反殖民斗争接连获得国家独立的时期。几十年间,非洲知识分子关注的核心议题自然是去殖民化。虽然爱德华·沃第尔·萨义德(Edward Wadie Said)提出的东方主义通过"揭露西方关于东方的话语中或隐或显的对东方的歧视及其运行机制",[3]对西方中心主义进行批判性诊断,并构成"20世纪80年代末90年代初英语学术界后殖民研究的基本姿态",但关于西方中心主义的探讨早在20世纪60年代至70年代便在非洲文学领域产生,这尤其体现在众多非洲文学批评家涉及现代主义的第一场重大辩论当中,这也是本文要重点梳理的对象。

一、查尔斯·拉森与钦努阿·阿契贝:最初的辩论

非洲文学批评界涉及现代主义的第一场大规模文学辩论源自美国学者查尔斯·雷蒙德·拉森(Charles Raymond Larson,1938—2021)于1972年出版的书籍《非洲小说的出现》(*The*

① 郑克鲁编:《外国文学史》,高等教育出版社1999年版,第100页。
② 郑克鲁编:《外国文学史》,高等教育出版社1999年版,第100页。
③ 李勇:《他者的反叛——林语堂与萨义德对超越西方中心主义不同途径的选择》,《广东社会科学》2009年第1期,第143-148页。

Emergence of African Fiction)。这部作品共分为十个章节，查尔斯·拉森在不同章节分别集中讨论了非洲独特的文学现象，如尼日利亚的奥尼查市场文学（Onitsha Market Literature）；代表性文学作品，如钦努阿·阿契贝的《瓦解》、阿莫斯·图图欧拉的《棕榈酒鬼》（*The Palm-Wine Drinkard*, Amos Tutuola）、卡马拉·雷耶的《国王的光辉》（*Le regard du roi*, Camara Laye）、伦里·彼得斯的《第二回合》（*The Second Round*, Lenrie Peters）；以及代表性作家，如恩古吉·瓦·提安哥、彼得·阿伯拉罕姆斯（Peter Abrahams）、阿伊·克韦·阿尔马赫、沃莱·索因卡，范围涉及尼日利亚、肯尼亚、南非、几内亚、冈比亚、加纳等多个非洲国家。

这部作品被许多批评家评价为极具"挑衅性"，甫一刊印发行，便可谓一石激起千层浪，引发了非洲文学批评界的激烈讨论。约翰·波维（John Povey）对《非洲小说的出现》持基本认可的态度。虽然波维在拉森提出的"新非洲美学"是否有意义等问题上持保留态度，但总体评价这部作品"始终充满智慧"，[①] 比早期的研究更加深入和细致，推动非洲小说的批评标准达成统一。

持中立态度的批评家们认为拉森的论述有许多可取之处，但不认可他部分武断的立场和观点。例如，所罗门·伊亚塞雷（Solomon Iyasere）认为，虽然许多批评家都反对以社会人类学方法进入非洲小说，提倡基于某种"非洲美学"概念的"文化导向"[②] 方法，但在《非洲小说的出现》付梓之前，没有任何人

① Povey, J. F.（1976）. [Review of The Emergence of African Fiction, by C. R. Larson]. ASA Review of Books, 2, 62–65.

② Iyasere, S. O.（1974）. [Review of The Emergence of African Fiction, by C. R. Larson]. The Journal of Modern African Studies, 12（1）, 160–163.

试图厘清对“非洲美学”的定义，或从文学的角度解释和捍卫非洲小说与西方文学传统的相异之处，例如缺乏人物刻画，频繁的说教式结尾，等等。伊亚塞雷认为，拉森“对非洲文学的总体看法具有启发性，重要的是，他将非洲小说视为艺术”。不过，拉森设定的批评标准过于笼统，选取的批评文本数量少且选择性过强，无法证明这些标准具有普适性。批评家埃贝勒·奥布姆塞卢（Ebele Obumselu）对拉森得出阿契贝依据欧洲范式进行文学创作的结论表示认同，但与此同时，他认为这种分析并不适用于《棕榈酒鬼》。尽管拉森试图将《棕榈酒鬼》与欧洲的探险故事相联系，但图图欧拉的创作实际上并不遵循任何欧洲书写范式。基于拉森多次将非洲小说与西方文学书写范式进行对比，奥布姆塞卢评价拉森对非洲小说的描述是“基于与西方传统的隐性比较”。[①]

此外，还有部分批评家对《非洲小说的出现》持批驳立场。戴维·莫汉·布朗（David Maughan Brown）反对拉森对《国王的光辉》的解读，认为拉森依旧在以西方的流派概念作为衡量非洲小说的标准。针对麦克米伦出版社（Macmillan）刊发的《非洲小说的出现》1978 年修订版，布朗批评其再版后仍旧以詹姆斯·恩古吉（James Ngugi）指称恩古吉·瓦·提安哥，尽管作家早已在 1970 年改名。在布朗看来，改名是“一种象征性姿态，肯定了非洲历史的尊严”，[②] 延续恩古吉之前的英文名字对全书造成破坏性影响，这“证明西方人对非洲文学的态度是如此僵化和麻木，致使（他）难以认真对待拉森对恩古吉或其他任何

---

① Obumselu, E. (1973). [Review of The Emergence of African Fiction, by C. R. Larson]. Research in African Literatures, 4 (2), 248–252.

② Brown, D. M. (1979). [Review of The Emergence of African Fiction, by C. R. Larson]. English in Africa, 6 (1), 91–96.

非洲作家的评价”。

综合上述批评不难发现，许多批评家的书评都隐约或明确地指向拉森在这部作品持有的西方中心主义立场。事实上，这一立场在《非洲小说的出现》里多次被显性地表达。例如，拉森在第十章“结论”部分表示：

> （非洲社会）在短短数年内从无文字到有文字，从大部分地区为农村到越发城市化，从社群性社会到个体性社会，小说本身也以其自身的模式反映了这些演变。情境式情节正在被专注于人物个性的作品所取代，对时间和空间的描述与处理也变成更加典型的西式处理，目前的实验倾向于以西方技巧取代传统的有意识或下意识地将口头文学材料纳入文本的做法，甚至很难判断一些小说的作者是否是非洲人。[1]

批评家尼尔·拉扎勒斯（Neil Lazarus）对拉森在《非洲小说的出现》中传达的西方中心主义立场做出总结性的评论：“拉森提出，随着非洲社会的不断‘发展’或‘现代化’，‘新兴’非洲文学的主体部分将变得越来越‘西方化’。拉森的文化至上主义论断是由‘现代性就是西方化’的鲜明决定论支撑的。”[2]作为文学辩论的中心议题，对西方中心主义的探讨不可避免地牵涉到与现代性、现代主义相关的讨论。

钦努阿·阿契贝本人也参与了这场辩论。1975 年，阿契贝

---

① Larson, C. R. (1972). The Emergence of African Fiction. Rev. ed. Bloomington: Indiana University Press, 279.

② Lazarus, N. (2012). Modernism and African Literature. In: Wollaeger, M., & Eatough, M. (Eds.). (2012). The Oxford Handbook of Global Modernisms. New York: Oxford University Press.

发表文章《殖民主义的批评》，回应彼时为批评界激烈讨论的以西方中心主义自居的批评立场。阿契贝以“殖民主义的批评”指称与殖民主义本质相同的一些文学批评。他表示：“处理某些似是而非的批评所提出的一些基本问题是有必要的。这些批评在当今非洲文学界大行其道，其基本态度和假设与殖民主义本身相同，所以值得‘殖民主义’的称谓。”① 阿契贝在文章中举了与西方中心主义者打交道的亲身经历、文学界西方中心主义立场鲜明的批评和批评家等大量例子，拉森及其《非洲小说的出现》被直接点名。拉森在专门讨论伦里·彼得斯小说《第二回合》的章节里谈及普遍性问题：

> 小说以非洲为背景似乎是偶然的，因为除了开头的几句评论，彼得斯的故事可能会很轻易地就发生在美国南部，或者法国、意大利的南部。如果改变一些人物和地点的名字，人们确实会觉得这是一部美国小说。简而言之，彼得斯的故事是普遍的。②

拉森认为，彼得斯创作的故事也适用于西方国家，对非洲本身的关注有限。然而，拉森继而又以自我怀疑式口吻表示：“或者我认为这部作品具有普遍性是在自欺欺人。也许我真正的意思是，《第二回合》在很大程度上就是西方的，几乎不属于非洲。”针对这一所谓的普遍性论断，阿契贝明确表示批判：

---

① Achebe, C. (1975). Colonialist Criticism. In: Achebe, C. (1975). Morning Yet on Creation Day. London: Heinemann, 3-18.

② Larson, C. R. (1972). The Emergence of African Fiction. Rev. ed. Bloomington: Indiana University Press, 230.

> （西方人）不会怀疑自身文学的普遍性。就事物的本质而言，西方作家的作品会自动获取普遍性的信息，只有其他人必须努力去够着它的份。“某某的作品是有普遍性的：他真的做到了！”仿佛普遍性是某个遥远的弯道，如果你往欧洲或美国的方向走得足够远，如果你和你的家乡之间拉开足够的距离，你就可以走这个弯道。我希望看到在讨论非洲文学时完全禁止使用普遍性这个词，直到人们不再把它作为欧洲狭隘的、自私的本位主义的同义词，直到他们的视野扩展到包容整个世界。

除了阿契贝外，欧莫拉拉·奥古德佩·莱斯利（Omolara Ogundipe Leslie）、阿伊·克韦·阿尔马赫等非洲知识分子也对拉森提出尖锐的批评。莱斯利批评拉森在许多问题上经常出现错误的概括性立场。首先，拉森提出伊博族的谚语比非洲其他地区的谚语重要得多，彼得·阿伯拉罕姆斯的文化背景能够代表整个撒哈拉以南非洲等武断的结论。其次，非洲小说已经存在很长时间，哪怕是拉森所界定的以欧洲语言创作的非洲小说，也并非他所指的第二次世界大战之后才出现的。因为早在19世纪末，就已经有非洲作家以葡萄牙语创作小说。这暴露了拉森将非英语文学排除在考虑范围之外的意识或潜意识。最后，拉森表面上在客观论述关于非洲小说的观点，实际上，其本人的西方中心主义立场贯穿始终。例如，拉森在讨论奥尼查市场文学时不断引用西方作家和书籍，甚至在该章标题将奥尼查市场文学定性为“非洲的帕梅拉”，[①] 这里指代的便是英国作家塞缪尔·理查森（Samuel Richardson）于1740年出版的书信体小

① Leslie, O.（1974）. [Review of The Emergence of African Fiction, by C. R. Larson]. Black World, 8（1）, 91–96.

说《帕梅拉》(*Pamela: Virtue Rewarded*)。而阿伊·克韦·阿尔马赫甚至创造了"拉森式"(Larsony)一词来指代所有与拉森一样持有顽固的西方中心主义立场的学界人士。

拉扎勒斯认为,虽然这些批评家都在集中讨论西方中心主义和阿契贝提出的"殖民主义的批评",但根据意识形态的差异,可以把这些批评家主要分为两派。一派是钦努阿·阿契贝和欧莫拉拉·奥古德佩·莱斯利,二者观点相近,主要针对西方中心主义提出批驳;另一派是梅塞尔·钦韦祖(Chinweizu)、奥乌切克瓦·吉米(Onwuchekwa Jemie)、伊赫丘克·马杜布依克(Ihechukwu Madubuike)和阿伊·克韦·阿尔马赫,这一方则有落入非洲中心主义之窠臼,直接表达对西方的敌意之嫌。

总而言之,这些讨论是在20世纪50年代至70年代非洲国家独立前后,非洲知识分子和进步的非洲主义学者关注、关切并积极介入去殖民化进程的大背景下展开的。批评家们对现代非洲文学领域与西方中心主义相关的论述进行纠正性批判,是"非洲文学"开始并越发受到西方学术界关注的体现,亦是排除外界干扰,在非洲语境下理解现代主义的前提。这场辩论的中心议题虽然并不集中于非洲的现代主义本身,但对西方中心主义的探讨和厘清却成为后续辩论的坚实基础。

二、梅塞尔·钦韦祖与沃莱·索因卡:激烈的交锋

20世纪70年代中期,钦韦祖、奥乌切克瓦·吉米、伊赫丘克·马杜布依克三人与沃莱·索因卡之间爆发的文学论战是非洲文学批评界关于现代主义的另一场重大的文学辩论,其核心议题围绕现代非洲诗学的定义、内涵和特征展开。

这场辩论的导火索是钦韦祖于1973年发表的文章《浪子,

回家吧》。他开篇便提出四个问题，将讨论的视野引导至非洲的现代主义：

> 我们是应该有非洲现代艺术，还是现代非洲艺术？非洲现代诗，还是现代非洲诗？我们应该将现代性引入非洲，还是创造非洲的现代性？我们应该致力于非洲现代文化的崛起，还是非洲文化的现代化？①

钦韦祖表示，如果只是把辨析这些词语的含义理解为语义上的练习，则没有意识到文化奴性伪装成文化发展的广泛危险。接着，钦韦祖以拜尔、摩尔编纂的诗集《来自非洲的现代诗》（*Modern Poetry from Africa*）作为"非洲的现代诗"（Modern Poems from Africa）的例子，以奥考特·庇代克的阿科利语和英语版《拉文诺之诗》（*Song of Lawino*）等作为"现代非洲诗"（Modern African Poems）的例子，表示前者虽然由非洲人创作，但"决定了（诗歌）内容处理方式的形式、情感和态度，很大程度上外在于非洲传统"，这些诗歌"受制于欧洲的情感结构"。现代非洲诗则与之相反，它们由非洲人创作，即便用欧洲语言写成，其"源自非洲传统的情感（仍然）占主体地位"。

为了排除语言差异和不同诗人的才华差异造成的干扰，钦韦祖将比较范围锁定在同一位诗人以英文创作的诗歌的前期与后期比对。他认为，诗人克里斯托弗·奥基博从自组诗《一路雷霆》开始，摈弃了孱弱的现代性，创作由"非洲的现代诗"转变为"现代非洲诗"，这是因为奥基博从非洲传统汲取养料。

---

① 梅塞尔·钦韦祖：《浪子，回家吧》，袁明清译，姚峰校，载于［尼日利亚］泰居莫拉·奥拉尼央，［加纳］阿托·奎森编《非洲文学批评史稿》，姚峰、孙晓萌、汪琳等译，华东师范大学出版社 2020 年版，第 280–288 页。

例如,组诗《一路雷霆》中的《木鼓哀歌》(*Elegy for Slit-drum*)便借鉴了本土"挽歌"的哀悼韵律。钦韦祖表示,诸如奥基博后期创作的诗歌等部分非洲文本,带有"爆发性的新诗学力量",核心便在于沿袭非洲传统:

> (奥基博)接受了一个有着自己动植物群落的非洲诗学风景,一个有大象、乞丐、葫芦、巨蛇、南瓜、编织筐、夜巡人、铁铃、木鼓、铁面具、野兔、蛇、松鼠的风景;这样的风景不再是充当背景的异国情调,不再是点缀于孱弱形象中的异域指涉,而是在他的诗中被移至戏剧中心的风景,是飞机表现为铁鸟的本土视角下的风景,是动物的行为举止如同非洲民间故事一般的风景,是通过非洲本土人的眼睛呈现的动物风景。"本土"不再是贬义词![①]

至此,钦韦祖得出结论:"诗歌是与非洲本土文化的诗学传统相延续,还是断裂,这决定了现代非洲诗和非洲现代诗的区别,而这本身也是区别'非洲现代性'(African Modernity)和'非洲的现代性'(Modernity in Africa)——如在非洲的西方资产阶级现代性——的范式。"[②] 他认为,非洲现代性的建构必须倚赖非洲传统在意识中的支配地位,否则只能诉诸西方资产阶级的话语。

钦韦祖接着以伊切罗(Echeruo)的文章《尼日利亚诗歌中的传统和借用元素》(*Traditional and Borrowed Elements in Nigerian Poetry*)举例。他讽刺伊切罗提议尼日利亚作家"抑

---

①② 梅塞尔·钦韦祖:《浪子,回家吧》,袁明清译,姚峰校,载于[尼日利亚]泰居莫拉·奥拉尼央,[加纳]阿托·奎森编《非洲文学批评史稿》,姚峰、孙晓萌、汪琳等译,华东师范大学出版社 2020 年版,第 280-288 页。

制传统反省诗中过于鲜明的特点，并鼓励对叙述、反思和决断等因素作更加微妙复杂的处理”的做法，警醒“任何试图放弃本土传统、去写现代欧洲诗的尼日利亚作家”，背弃传统已经导致“尼日利亚模仿的延展性和依赖性问题十分突出”。

最后，钦韦祖对阿玛·阿塔·艾朵（Ama Ata Aidoo）评论沃莱·索因卡的文章《伊丹理诗篇及其他》（*Idanre*）表示赞同。在钦韦祖看来，索因卡无疑是西方现代主义的追随者，他出于对“叙述、反思和决断作微妙的复杂化处理”等信条的追随，给诗歌强加晦涩，而这种晦涩正是“西方现代主义的徽章”。钦韦祖在文末对他定义的以索因卡为代表的“西方的现代主义者”发出呼告：虽然现在回家为时已晚，但倘若浪子们卸下伪装，停止错误，非洲不会拒绝他们的回归。

综上，钦韦祖对传统主义的倡导显而易见。这种倾向在他与奥乌切克瓦·吉米、伊赫丘克·马杜布依克合写的论文《走向非洲文学的去殖民化》（*Towards the Decolonization of African Literature*）中同样得到体现。在这篇文章中，钦韦祖、吉米、马杜布依克三人从诗人、批评家以及牵涉主题、语言、文化延续等内容的具体议题三个方面，论述非洲文学（主要是非洲诗歌）的现状，以及如何推动非洲文学的去殖民化进程。

钦韦祖三人对以 J.P. 克拉克（J.P. Clark）、沃莱·索因卡、克里斯托弗·奥基博为代表的一批诗人进行了公开的鞭挞。在钦韦祖等三位批评家看来，从语言来看，这些诗人的“语言是陈旧的：似乎是按照 19 世纪，甚至 16 世纪英国作家的语言模式创作”。[①] 例如，J.P. 克拉克的诗歌《伊比》（*Ivbie*）“充满了陈词滥调和莎士比亚式的语言”，沃莱·索因卡则“语法和语言结

① Chinweizu, M. & Jemie, O. & Madubuike, I.（1975）. Towards the Decolonization of African Literature. Transition, No. 48, pp. 29-37、54、56-57.

构都是莎士比亚式的”，其诗歌《黎明》（*Dawn*）“不仅表意不够直接（让人不得不去理解它），而且读起来也并不朗朗上口、令人愉悦。相反，它是沉重的、绕口的、佶屈聱牙的，而且不能保持听众的注意力”；从意象来看，这些诗人“坚持从异域环境引进意象，有时还耻于为之道歉”；从表述方式来看，他们“把一切都拖进蒙昧主义泥沼：外国形象、外国态度和形式以及各种举止”。三位批评家从各个角度谴责这些诗人对西方现代主义的无效模仿，认为这是“自愿的文化奴役，更糟糕的是，是奴役于别人已逝的过去。这是对（他们）自己文化有效性的否定”。

面对如此严重的“指控”，索因卡并没有默默承受，而是在1975年发表文章《新泰山主义：伪传统的诗学》，以甚或更加犀利的言辞回敬钦韦祖等的几篇批评文章。

索因卡为钦韦祖、吉米、马杜布依克取了一个颇为讽刺的称呼——“三巨头”，[①] 开篇便直指其错误。其一，如果三巨头矢志于构建非洲诗学，“必须深入剖析传统艺术中诗之为诗的要义，或者正视自身的局限，知道自己对此想象力活动的理解还停留于肤浅的层次”，而钦韦祖三人明显没有达到这一基本要求，甚至对传统诗歌的范围界定有误。其二，针对钦韦祖对非洲诗学风景便是由动植物构成的本土景观的论断，索因卡表示：“我的非洲世界略显复杂，包括了精密机械、石油钻塔、水利电气、我的打字机、铁轨火车（不是钢铁蛇！）、机关枪、青铜雕塑等。”非洲世界并不是钦韦祖所说的那些本土景观一般简单，索因卡理解的非洲世界和那个包含了南瓜和铁铃铛等土著景观的世界存在一种本体论意义上的关系。索因卡认为，这

① ［尼日利亚］沃莱·索因卡：《新泰山主义：伪传统的诗学》，孙晓萌、张旸译，姚峰校，载于［尼日利亚］泰居莫拉·奥拉尼央，［加纳］阿托·奎森编《非洲文学批评史稿》，姚峰、孙晓萌、汪琳等译，华东师范大学出版社2020年版，第289-299页。

些批评家的问题不只是言过其实，而且是论断错误。在这个过程中遭受诋毁的不仅是非洲人的现代诗歌，传统诗歌也受到毒害。

接着，索因卡以伊法的诗歌 *Irete Meji* 具体举例。首先，从复杂性来看，索因卡认为虽然这首诗歌直白如"格言警句"，但因为它"充满了明喻"，"不需要太多思虑技巧"，必定会赢得三巨头的支持。其次，从音乐性来看，索因卡不认同这首诗符合三巨头口中的理想传统诗歌那般"读起来朗朗上口"或"令人愉悦"，他怀疑这首诗才是"沉重的、饶舌的、佶屈聱牙的"。谈及音乐性，索因卡指出自己的两点看法：一方面，约鲁巴人诗歌吟诵的音乐性并非三巨头倡导的那种"平淡流畅的单调韵律"，相反，他们经常有意采用断音；另一方面，诗人也"决不能用刻板、线性和简单的译文，掩盖传统诗歌的丰富性"，例如用典、婉约、多文本杂陈等特质。三巨头试图将流畅的音乐性作为现代非洲诗的评判标准，但往往判断失误，这源自他们"缺乏音乐教育而导致的感知偏差"。

索因卡继而以马克维（Markwei）受到三巨头批评家盛赞的诗歌作为反例，认为这首诗是"平庸、乏味、做作、幼稚的糊涂话，就连（他）七岁的女儿都耻于书写"。三巨头批评及认为罗曼纽斯·埃古杜（Romanus Egudu）的诗歌《一年之中的第一个番薯》"自私而贫乏"，"试图唤起怀旧的复古主义，却颇为吃力、毫无生机"，索因卡却指出这首诗歌"所用语言颇为大胆新奇，真正反映了这一经验的神圣本质、新番薯的社会象征意义和形而上的语境"，条分缕析地提出与三巨头批评家针锋相对的观点。

文末，索因卡的论述主要针对批评家展开。他指出，以阿诺斯（Anozie）为代表的批评家们对结构主义风潮过分沉溺，连正确理解诗歌都无法做到，遑论其批评有参考价值；以钦韦祖韦为代表的批评流派并未遵循挑战想象力的原则，他们丢弃了诗歌的功能之一，亦不可取。索因卡呼吁批评家和社会评论家“停止对非洲传统艺术形式的诋毁和误解”，停止将自以为是的论断强加于人，呼吁他们尊重这些“为了履行其社会责任而起早贪黑”的艺术家，相信他们作为创造者，具有兼收并蓄的能力。最后，索因卡回扣主题，表示“桑戈（Sango）是今天的电神，并非白人的魔幻之光；奥贡（Ogun）是今天的精密技术、石油钻塔和太空火箭之神，不是什么无知愚昧的乡巴佬，见了‘钢铁之鸟’就瑟瑟发抖”，重申约鲁巴文化的审美矩阵根植本土，亦适用于今，是其创作灵感不断的源泉。

在这场激烈的交锋中，钦韦祖等批评家强调传统主义是现代非洲文学的核心，认为与非洲本土文化的诗学传统相延续是评判一首诗歌是否为“现代非洲诗”的标准。此外，他对许多非洲诗人提出批评，认为其诗歌创作的诸多特征证明他们不过是西方现代主义的追随者。沃莱·索因卡作为被批判对象，则从具体诗歌的细节分析入手，对钦韦祖等进行回击，同时对批评界过分追求传统主义的现象提出警醒。事实上，这场辩论同样是后殖民语境下，本土文化传统与西方殖民遗存的隐性较量。

结语

钦努阿·阿契贝、阿伊·克韦·阿尔马赫等作家、批评家积极参与第一场文学辩论，志在肃清西方中心主义对非洲文学武断的批评论断，为在非洲语境下理解和发展现代主义铺平道路。钦韦祖、沃莱·索因卡等围绕非洲诗学的第二场文学辩论，则为非洲现代主义与传统主义的界限做出一定划分。总而言之，这些讨论对非洲文学界发出及时的警醒，非洲文学批评应避免西方中心主义的过度干扰，亦谨防落入传统主义和本质主义的陷阱，这对非洲文学去殖民化的整体进程无疑大有裨益。

下篇　撒哈拉以南非洲作家作品专题研究

传统作为介入现实的方式：理解非洲现代书写与艺术实践中的“复魅”

在尼日利亚国家电力局办公大楼的门口，竖立着一座约鲁巴神话中的雷神尚国（Sango）的雕像。尚国是神话中16世纪欧尤（Oyo）王国的英勇统治者，对于独立初期刚刚执政的尼日利亚政治精英来说，神灵尚国代表着一种历史与文化遗产，一种本土传统所赋予的“权威”。在南非前总统曼德拉、姆贝基和祖玛的宣誓就职仪式上，都引入了传统的说书人和唱诵诗人；2019年6月刚刚举行的南非现总统拉马福萨当选后的第一次国情咨文演讲，也由部族的唱诵诗人开场。当代的非洲社会中，神话传说、历史叙事和公共话语之间似乎有着一种模糊不清的界限。传统与现实的交汇体现在社会文化进程的方方面面，或是表现为一种传统仪式的现代化，或是表现为现代机制中传统元素的不断重现。非洲政治与历史学者帕特里克·查巴尔（Patrick Chabal）在《非洲的危机》一文中将这些政治和社会生活中的现象称为非洲的“重新传统化”（“re-traditionalisation” of Africa）。[①] 这种传统化倾向也体现在普通人的日常生活中：在非洲最大城市拉各斯，已逝世界黑人流行音乐巨星费拉·库蒂的表演场所“非洲圣地”（African Shrine）中

① Patrick Chabal,The African Crisis: Context and Interpretation, in Postcolonial Identities in Africa, edited by Richard Werbner and Terence Ranger, London: Zed Books, p. 32.

常年供奉着包括非洲独立运动领袖夸梅·恩克鲁玛、黑人民权运动领袖马尔克姆·X等多位逝去祖先的肖像；不管是费拉·库蒂还是他音乐的继承者其子费米，都会不时在他们的表演过程中停下来，祭拜已逝祖先的灵魂。在20世纪八九十年代开始出现，至今已风靡整个非洲和全球非裔社群的诺莱坞电影（Nollywood）产业中，各种情节片、犯罪片、动作片里都弥漫着传统的巫术、占卜情节和超自然力量，而极其贴近人民大众生活的"迷信"主题，也成为诺莱坞电影备受追捧的原因。

不管是社会公共事务还是大众文化领域，学界已经开始关注非洲社会近几十年来出现的这种复归传统的倾向。这种倾向极易被粗略地概括为"神秘化"或者"迷信"思想进行批判，从而遮蔽了这一现象背后更加复杂的问题。比如，应该如何理解非洲社会的这种传统化倾向？这种思想倾向所产生的深层社会文化机制是什么？在国家机构、知识分子和普罗大众中间，对于传统的引用和讨论有何差异？

这种传统化倾向在文学和艺术实践领域的表现也十分鲜明。事实上，现实与精神世界边界的消失，很大程度上是通过书写行为和文学艺术实践本身来实现的。按照非洲文学批评家阿比奥拉·伊莱勒（Abiola Irele）的说法，非洲书面文化具有一种"审美上的传统主义"（aesthetic traditionalism）色彩。[①] 虽然常被批评家粗暴地划归入"现实主义"流派，非洲书面文学中出现了大量的超自然元素和传统信仰的成分。伊莱勒等人提出的非洲文学审美上的传统主义倾向，可以说涉及一般意义上非洲现当代文学史的各个分期——19世纪末到20世纪60年代初的反殖民与后独立（de-colonisation and post-inde-

① F. Abiola Irele, The African Imagination: Literature in Africa and the Black Diaspora. New York: Oxford University Press, 2001, p. 58.

pendence)时期、20世纪60年代末到80年代初的后殖民幻灭(post-colonial disillusionment)时期,以及从80年代末开始的后民族主义实验(post-nationalist experimentation)时期。[①] 本文将选取不同的文本,来观察非洲作家与批评家如何在其文艺实践中复归传统。

西非现代文学中最为典型的例子之一,是非洲第一位诺贝尔文学奖获得者尼日利亚作家沃莱·索因卡。他将约鲁巴传统信仰中的奥贡之神看作其创作的缪斯,并将非洲现代悲剧的美学根源归结于约鲁巴神话。他的作品《森林之舞》(*A Dance of the Forests*, 1960)、《路》(*The Road*, 1965)、《死亡与国王的马夫》(*Death and the King's Horseman*, 1975)等,都无一例外地采用了约鲁巴的仪式传统框架。在我们更加熟悉的其他尼日利亚作家的创作中,如阿莫斯·图图奥拉(Amos Tutuola)的《棕榈酒鬼》(*The Palm-Wine Drinkard*, 1952),钦努阿·阿契贝的《瓦解》、《神箭》(*Arrow of God*, 1964)等,都突出前现代的主题、风俗和传统。戏剧家费米·奥索菲桑(Femi Osofisan)、奥拉·罗蒂米(Ola Rotimi)等的创作,传统以及代表传统的超自然元素也都是作品中的重要部分。加纳独立后最为重要的作家之一阿依·夸·阿马(Ayi Kwei Armah)的代表作《疗愈者》(*The Healer*, 1979),围绕传统的"巫医"讲述了阿散蒂王国的没落,体现了口头叙事空间和历史意识的交叠。在西非的法语文学中,乌斯曼·塞姆班(Ousmane Sembene)的代表性作品《黑人女孩》(*La Noire de…*, 1966)和《夏拉》(*Xala*, 1975)中,都以象征部落文化的传统元素(如面具和咒语)为作

① 更多非洲文学史分期标准的讨论,参考 Ato Quayson, Modern African Literary History: Nation-and-Narration, Orality, and Diaspora, Journal of the African Literature Association 13.1 (2019): 131-152.

品的核心母题。

在东非，肯尼亚作家恩古吉（Ngugi wa Thiong'o）多次在其写作中回归到乡土中的传统空间，他的作品如《大河两岸》（*The River Between*，1965）、《一粒麦种》（*A Grain of Wheat*，1967）、《血色花瓣》（*Petals of Blood*，1977）等描写传统的族群生活、文化习俗、宗教仪式，阐释传统信仰和世界观与现代生活方式的纠葛。类似的写作主题也出现在其他肯尼亚作家的写作中，例如，格力斯·奥高（Grace Ogot）的《希望的田野》（*The Promised Land*，1966）和《无雷之地》（*Land without Thunder*，1968）、亨利· 奥雷·库赖（Henry ole Kulet）的《马赛女儿》（*Daughter of Maa*，1987）等，分别描写和回溯了罗族和马塞族的传统生活哲学。

超自然力量在南非文学的经典文本中也是一种显性存在，比如黑人作家托马斯·莫福洛（Thomas Mofolo）的《查卡》（*Chaka*，1939）、埃斯基亚·姆帕哈莱莱（*Es'kia Mphahlele*）《沿着第二大街》（*Down Second Avenue*，1959）以及法茨瓦尼·姆佩（Phaswane Mpe's）的《欢迎来到我们的希尔布罗》（*Welcome to Our Hillbrow*，2001）等。在分析这些作品时，文学批评家皮尔特斯（Annel Pieterse）指出，社群巫术正是体现了大众社群如何通过一种想象的文化语境，来理解和阐释南非社会现实的复杂性，更具体地说，这些作品中的政治讨论成为一种潜藏于日常背后的、令人捉摸不定的"重影"，从而造就了作品一种类似于传统主义的审美特色。①

综观非洲文学史，对于传统的再现，在那些有着强烈现实关怀的作品中，往往更加突出。非洲现代书写对于传统的再现，

① Annel Pieterse, The Danger Inside: Witchcraft and Community in South African Literature, English in Africa 41.3（2014）: 27-55.

不仅仅是主题上的，也是审美和形式层面的。如果对这些作品进行简单的总结，不难发现在非洲文学史上，现代性与文学文本之间的关系，一方面体现为对于现实危机的焦虑；另一方面体现为对于传统的回溯。清楚地梳理非洲文学与艺术实践中的“传统主义”倾向及其与深层社会结构之间的联系，将有助于我们理解非洲人如何处理现代性与传统生活方式间的关系，把握传统、民族主义和现代身份建构之间的关系。重新回归到非洲文本自身，不再给非洲作家的作品简单地带上“现实主义”“神秘主义”或者“现代主义”的标签，也能帮助我们在非洲文学及其批评方法与视域的问题上摆脱既有的后殖民主义批评框架的限定。

梳理非洲文学批评界过去几十年来对非洲文艺实践中传统主义审美取向的研究，不难发现，目前主要存在以下几种较为主流的阐释路径：

直至20世纪90年代中期，笼罩非洲文学批评的关键词之一便是口头性。对本土口头传统的引用被看作非洲文学区别于其他地区文学传统的重要特征。这其实是一种建构在英联邦文学批评传统内部的批评路径，这种批评传统一直主导前殖民地区的文学研究，直到20世纪90年代早期，后殖民研究开始打破这种现状并成为非洲文学批评的主流。[①] 就口头性这一问题而言，非洲学者也出版了一系列有代表性的研究著述，如艾琳·朱利安（Eileen Julien）的《非洲小说与口头性的问题》（*African Novels and the Question of Orality*，1992），奎森（Ato Quayson）的《尼日利亚写作的策略性转变》（*Strategic*

① Ato Quayson,Introduction: Postcolonial Literature in a Changing Historical Frame, The Cambridge History of Postcolonial Literature, Vol. 1, Cambridge: Cambridge University Press, 2012, pp. 1–29.

Transformations in Nigerian Writing,1997)以及阿比奥拉·伊莱勒的《非洲文学想象》(*The African Literary Imagination*,2001)等。在其著作中,伊莱勒曾断言,“口头性是非洲创作模式最重要的话语参照”。[①]

在去殖民运动和民族主义兴起的背景下,对于“口头性”的理论阐释主要有两个方面:一方面,被看作一种“本土性”或者“本真性”的体现,将“口头性”及与之相关的本土文化特征看作建构身份认同的方式,这种对于非洲文化“本真性”的追求,实际上体现了部分本土精英面对殖民文化的一种文化焦虑。另一方面,在后殖民批评框架下,这种口头性经常被理解成一种“反抗策略”,尤其体现在用英语、法语等欧洲语言书写的非洲文学批评中。口头传统、本土语言与欧洲语言的“混杂”,被后殖民批评家解读为一种对帝国语言的改写,那些处于“边缘地带”的非洲文学家对于帝国中心书写的“反写”。[②]

但是,用口头性来概括非洲文学无疑是危险的。口头性一词的广泛使用,某种程度上遮蔽了与口头传统相关的日常生活面向和仪式语境,这一术语无法凸显非洲文学文本对口头表演传统及其复杂语境是如何激活的。“口头性”被完全概括理解为“书面性”的反面,强调口头与书面的简单对立,容易将非洲文学解读为一种稚嫩的、童真的文学书写,或者为欧洲语言注入活力的“装饰物”。[③]

与传统主义审美相关的第二种典型的批评路径,是将对

① F. Abiola Irele, The African Imagination. Research in African Literatures 21.1(1990):49-67.

② Bill Ashcroft, Gareth Griffiths, and Helen Tiffin, The Empire Writes Back: Theory and Practice in Post-colonial literatures, London: Routledge, 1989.

③ 比如,西方批评界对于阿莫斯·图图奥拉(Amos Tutuola)的作品存在较大的争议,许多批评家认为这是一种用“拙劣的”“天真的”英语完成的作品。并且,在后殖民批评框架之下,大量本土语言书写的非洲文学文本被忽略,或者被边缘化。

传统的回溯看作独立初期"民族主义"思潮的文学再现。这种相对概念化和统一化的批评路径体现了西方批评界对第三世界文学的一种典型的批评和解读方式。[①] 这一批评路径多聚焦于早期的非洲现代书写，认为这些作品，尤其是20世纪中叶的创作多是部族文化的"现实主义"再现，在奥迪安布（Tom Odhiambo）等批评家笔下，我们熟悉的阿契贝、恩古吉、塞姆班、马哈福兹、努鲁丁·法拉、艾玛·艾塔·艾杜等非洲文学大家的作品通常被看作一种"民族志"式的书写，或被称为"人类学小说"。批评家认为这些书写的主要目的，是反对西方对非洲进行的扭曲的、简单化的和刻板印象式的描摹，因而在《瓦解》这类文本中，我们能看到作者对前殖民时代传统秩序和价值的重新阐释与确立。这类现代书写也常被归结为一种"教导性的文本"，[②] 即教育民众重新认识和确立本土文化的主体性。正如格鲁巴等人所指出的，在现代化的背景下，如果说政治家的任务是促使国民成为现代国家的"臣民"，那么作家们肩负起的任务，则是让人民成为非洲文学与文化的"主体"。[③]

这一时期在非洲文学文本的批评上出现了一种"方法论

---

① 可参考[美]弗雷德里克·杰姆逊著:《处于跨国资本主义时代中的第三世界文学》，张京媛译，载于《当代电影》1989年第6期，第47-59页。

② 可参见阿契贝的两篇文章：Chinua Achebe, The Novelist as Teacher, in African Writers and Writing, edited by G.D. Killara, London: Heinemann, 1973, 以及 Chinua Achebe, An Image of Africa: Racism in Conrad' s Heart of Darkness. The Massachusetts Review 57.1（2016）: 14-27。

③ Harry Garuba, Teacherly Texts：Imagining Futures in Nuruddin Farah' s Past Imperfect Trilogy. Boundary 2 44.2（2017）: 15-30. 奥索菲桑也曾经指出，后殖民理论只能将我们带回到"黑人性"（Négritude）的时代，然而当代非洲我们的认同危机完全是另外一回事。主要有两个迫切的问题：第一，如何在不同民族群体中建立民族国家认同这一悖伦；第二，如何在公民群体中塑造富有坚定的责任心、同情心、爱国心的独立个体。参见 Femi Osofisan, Theater and the Rites of "Post Negritude" Remembering. Research in African Literatures 30.1（1999）: 1-11。

民族主义”，[①] 把民族/国家的概念天然地解读为阐释政治、文化和社会现象的钥匙。在文学上，将传统等同于“非洲性”，也就是说，以“传统”来标榜文学上的非洲特殊论。这既是一种不平衡的外部批评结构的产物，也是内部民族主义思潮建构的需求。这种“传统—民族主义—去殖民”的理解模式固然有效，但往往在具体的批评操作上是欠缺复杂性和层次性的。不管是口头性、非洲文化特殊论还是方法论民族主义，都强调了非洲社会与西方现代社会的对立，突出这些文本与马克斯·韦伯所谓的西方现代性“祛魅”格格不入的地方，对不同的经验论和世界观暗含了一种地域化与等级化的区分。这种民族主义框架下对民族文化特性的想象和解读，难免在反抗西方的同时，复制西方中心的逻辑。正如酒井直树指出的，“民族主义否认殖民地人民低人一等的说法；它还断言，一个落后的民族能够使自己‘现代化’，而同时又保留其在文化上的特性。因此它制造出一种话语，在这种话语中，甚至当它向殖民地的统治权提出挑战时，它也还是接受了这些‘现代性’的智识前提，而殖民主义的统治就是建立在这些前提之上的”。[②] 笔者认为，非洲文学文本中的传统化倾向，对于传统和现代性关系的理解显然要比二元对立的模式更为复杂。

第三种批评路径，则是主要由非洲学者提出的，应该对这种审美上的“传统主义”倾向进行更加本土化的、语境化的阅读，试图跳脱出西方的批评术语体系以及民族主义话语中的内在矛盾，挖掘非洲的思想资源和认识论来阐释非洲的文学

① Andreas Wimmer, and Nina Glick Schiller, Methodological Nationalism and beyond: Nation-state Building, Migration and the Social Sciences. Global Networks 2.4 (2002): 301-334.

② [日]酒井直树:《主题和/或者主体和文化差异的烙印》，贺雷译，载于贺照田主编《学术思想评论》第七辑，吉林人民出版社 2012 年版，第 283-285 页。

与艺术再现。这种路径最有代表性的声音是尼日利亚作家沃莱·索因卡和文学与文化批评家哈利·格鲁巴(Harry Garuba)。

非洲的多数神灵有一种属性,可以称之为哲学上的适应性,这种属性在神灵的内在系统中否定"不纯粹性"或者"外来"事物的存在。通过神灵的能动性吸收部族认知以外的事件,并将其转化为另一种生存斗争的社会武器,进入部族的传说之中。这种原则为社会创造了一种非教条的模式,拒绝任何祭司的垄断,以及特定宗教对绝密知识的宣称。在《神话、文学与非洲世界》一书中,索因卡将这种当代尼日利亚乃至非洲许多地方社会生活实践的传统主义倾向称为神灵模式(Deistic approach)。神灵模式指的是非洲社会的一种源于本土的、不断演变的世界观。[①]

索因卡强调这种世界观反映的是部族智慧不断演进的特点,能够"接受知识本身的流动属性,反思复杂现实的生成过程"。[②]反映在文学表达上表现为一种阈限性(liminality),即灵魂世界与人类世界的边界不断模糊。索因卡被许多人看作"传统主义者",但是他本人反对学界存在的一种对非洲文学口头性以及非洲传统的狭隘理解,他用自己的创作实践试图说明,这种对于传统的"引用"不是目的论的,不在于对本土传统做出一种价值判断,而是一种全面的内化和反思,体现在作品的结构、语言、主题、美学经验、悲剧精神,以及认知外来文化的方式等各个层面。索因卡的创作和批评实践,并不强调使用本土传统来"对抗"西方,而是将传统资源看作处理与西方文化间

① Wole Soyinka, Myth, Literature and the African World, Cambridge: Cambridge University Press, 1976, pp. 53–54.

② Wole Soyinka, Myth, Literature and the African World, Cambridge: Cambridge University Press, 1976, p. 53.

张力的一种多义性空间，正是在这一空间之中，我们才能更好地理解后殖民时代非洲文本的产生与接受。

另一种影响较为深远的观点，由尼日利亚批评家哈利·格鲁巴提出。在其发表于2003年的文章《泛灵唯物主义初探》[①]中，格鲁巴提出了“泛灵无意识”（animist uncouscious）/“泛灵唯物论”（animist materialism）的概念，来指涉非洲书写、思想、信仰、政治和文化实践方面持续不断的复魅倾向。格鲁巴对“复魅”概念的使用，针对的是马克斯·韦伯提出的伴随现代性和资本主义上升而来现代社会的“祛魅”；他认为，在非洲社会，韦伯所指出的“思想中的魔幻成分”并未被取代，也并未沦为一种“残余文化”［雷蒙·威廉斯（Raymond Williams）］，反而不断地重新被激活用来阐释科学、技术，以及持续变化的世界。

格鲁巴这一术语的提出，同时也受到雷蒙·威廉斯“文化唯物论”（cultural materialism）和弗雷德里克·詹姆逊“政治无意识”（political unconscious）概念的影响。万物有灵论/泛灵论通常被理解为一种对物的信仰。受威廉斯的影响，格鲁巴认为应该将这种万物有灵论看作一种具象的唯物论实践，一种由特定的机制不断重复生产的社会文化现象。尽管这些话语看似产生在神秘化的基础上，但他们依旧能够产生效用，并且通过权力的规范化对主体和文化发生深远的影响。这种复魅倾向不是一种反抗性的“原始主义”，而是一种通过动员传统与现代性的工具干预当下的策略。也就是说，格鲁巴的“泛灵唯物论”概念强调的是文化生产的物质性与公共性。

对比前面两种批评路径，“泛灵唯物论”/“泛灵现实主义”体现的是一种“非洲中心”的方法。即不把非洲的知识放在与

① Harry Garuba, Explorations in Animist Materialism: Notes on Reading/Writing African Literature, Culture, and Society. Public Culture 15.2（2003）: 261–285.

欧洲话语的关系中来看待。在下文的具体分析中,我们将看到这一思路既区别于“口头性”和“民族主义”的批评路径,也与后殖民批评理论框架中的“混杂性”概念截然不同。强调本土书写和西方形式“混杂性”的惯用批评方法,无法彰显非洲文学再现中出现的现实世界、祖先和神灵世界、未来世界之间无限的互动与交融,也简化和遮蔽了传统和现代性间复杂的辩证关系。格鲁巴等试图提供一种以本土的价值观来阐释、同化外来元素与外来思想的方式,提供一种认识与解读非洲文学、文化和现代社会的维度。

一、作为历史观和认识论的传统:沃莱·索因卡的仪式戏剧

在万物有灵论的世界观下,物质世界的再现呈现出精神化的特征,反映在文学实践中,是将抽象的、形而上的层面不断物质化、实体化的一个过程。有别于霍布斯鲍姆(Eric Hobsbawm)所说的“传统的发明”,这是一种在文学上试图利用本土传统来处理历史问题以及外来文化的方式,既区别于民族主义背景下政治精英对传统的动员,也与后殖民研究试图将非西方思维“物神化”的做法截然不同。从这一角度来看,尼日利亚作家沃莱·索因卡的文学作品提供了典型的例子。他的写作与批评实践中饱含传统神话与仪式元素,阐释了约鲁巴神话诗学与戏剧构作的深层根源。他的创作和文论不仅是非洲艺术审美理论的代表,也为解读当代非洲的文化实践与文化现象提供了一种参照。

索因卡代表性的戏剧作品,如《森林之舞》(*A Dance of the Forests*,1960)、《路》(*The Road*,1965)、《强种》(*The Strong*

Breed, 1964）、《疯子与专家》（*Madmen and Specialists*, 1970）等向来以艰深晦涩著称，由于运用了大量的仪式元素和口头传统（如约鲁巴语的颂歌、挽歌以及特定的仪式舞蹈等），其剧本的排演难度也很大。同时，作为一个重要的批评家，他的理论文章大多不遵循学术文章的程式，其艰深程度也令许多文学评论家丧失方向，被学者称为学界的"百慕大三角"。解读其文学创作和诗学文章，需要深厚的约鲁巴信仰和宗教知识。

理解索因卡戏剧创作及其意图的关键，在于剖析戏剧所采用的以约鲁巴神话为核心的深层悲剧精神。读者和观众需要厘清的不仅是其中的仪式元素，而是仪式如何作为一种主导型的叙事框架和结构而存在。比如，《路》《死亡与国王的侍从》和《森林之舞》这些作品，都从不同层面涉及约鲁巴传统信仰体系中三个相互关联的平行世界——亡者世界、生者世界与未生者世界（the dead, the living and the unborn）、奥贡之神的牺牲与悲剧精神、艺术家的社会角色和价值等问题。

索因卡成立的面具剧团于 1960 年首演了索因卡最重要的作品之一——《森林之舞》。这部戏本是应尼日利亚政府官员之邀，为庆祝尼日利亚独立日而创作，然而它却出乎意料地从历史的维度出发，借用死亡仪式和部族的聚会对前殖民史和独立初期的后殖民政治景况进行了深入的批判。该作品中涉及的人物十分复杂，生者、逝者、祖先、神灵，会集到森林之中举行一场庆典仪式。而在这场森林的聚会中，又嵌入了其他的仪式场景——奥贡节日庆典、古代法庭的审判、传统的故事说书等。

在《神话、文学和非洲世界》这本批评论著中，索因卡指出，"作为体验的形式再现：欧洲和非洲戏剧的差别不仅在于风格或形式，也不只局限于戏剧文类。戏剧体现的是两种世界观的差异,一种文化中,艺术作品就是对复杂事实进行连贯理解的证据,而在另一种文化中,创作的激情来自时间的辩证法”。① 索因卡认为戏剧是“体验的形式再现”。考虑到《森林之舞》的创作背景,这部作品的时空结构里就嵌入了作家对从殖民时期到独立初期尼日利亚时空与社会的理解。在戏剧的开头,这段以受森林之首委派的神灵阿若尼(Aroni)的视角进行的介绍中,观众便感受到了这部戏中交互叠加的时间观:

> 这是他们(我们森林附近的人类社群)的盛宴,部族的聚会……他们向我们询问和请求备受尊敬的祖先的出席……我就给他们派去了两位死不瞑目的逝者[剧本中的男死者(Dead Man)与女死者(Dead Woman)]……在更加古老的前世[卡里布(Mata Kharibu)]中这对夫妇与几个现世的生者[戏剧中现世的社群人物德莫凯(Demoke),罗拉(Rola),阿德奈比(Adenebi),阿伯雷考(Agboreko)]有一段血腥暴力的过往……为了这次聚会,部族也决议雕刻一个神灵的圣像。老人的儿子德莫凯被选为雕刻圣像的木匠……木匠学徒开始工作,德莫凯伸出手将他拽了下来……所有的联结至此都完成了,舞蹈可以开始了。②

也就是说,这部戏中至少存在以下几个并行的时空结构:第一,当下的社群村落,包括因为嫉妒而杀死学徒的雕刻神像

---

① Wole Soyinka, Myth, Literature, and the African World, Cambridge: Cambridge UP, 1976, p. 38.

② Wole Soyinka, A Dance of the Forests, in Collected Plays, Oxford: Oxford University Press, 1973, pp. 5-6.

的木匠德莫凯，造成两位恋人消失的妓女罗拉，因为收受贿赂而导致 65 人死亡交通事故的政府官员阿德奈比，占卜者阿伯雷考这几个现世人物。第二，森林中的神灵世界和祖先世界，奥班基（Obaneji）是森林之神的化身，此外还有为德莫凯的学徒报仇的神灵艾苏奥罗（Eshuoro），以及为德莫凯辩护的神灵奥贡。第三，更加遥远的 8 世纪以前的卡里布王朝，前面提到的几个现世角色都是该古代王朝的庭审员，现世的贪官阿德奈比是卡里布王朝的史官，妓女罗拉则是该王朝的王后。开头出现的男死者和女死者，正是该朝因拒绝出战而被审判、含冤而死的士兵及其妻子。第四，在戏剧的最后一幕卡里布王朝的审判环节中，出现了这些不同世界的交叠。森林最终被聚会的人们放火烧掉，德莫凯被艾舒奥罗之神诱惑而爬上图腾的顶端，最终被烧死，加入了已逝祖先的行列。这一幕以士兵的妻子——怀孕的女死者及其腹中未生者（the unborn）的出现而告终，由观众自己决定该人物的结局。

《森林之舞》被看作索因卡最难理解的一部作品，将近 60 年的时间过去，对于其中人物和意象的阐释仍存有争议，其中一个原因，就是这些并行的时空体系在剧本中似乎没有一个明确的界限，而各种具有宗教意义和神话诗学意涵的符号、意象与神灵更是错综复杂。在审判的这一幕中，出现了一个难以捉摸的角色，那就是女死者腹中永恒孕育并不断折磨母体的半孩（half-child）。许多人将此进行了詹姆逊式的"民族寓言"式的解读，将半孩看作新独立的尼日利亚民族国家的希望。然而，索因卡却并未对半孩的命运给出一个确定的结尾。戏剧中的不同人物给予了半孩不同的阐释，半孩又不断受到艾舒（Eshu）和奥贡等神灵的掌控。如批评家拜尔顿·杰依夫（Biodun Jeyifo）所说：这部戏剧似乎是将观众引领向一系列重复和密集的仪式和意象中，用其中迷宫般的交叠和复杂性“将观众从对过去的遗忘和当下的麻痹中警醒过来”。[1]剧本中的角色被困于不同的时空体系中，剧本在一个过去的故事中戛然而止，指向一个观众们已经开始经历的“未来”。而“半孩”这一符号的出现与存在，集中代表着一种充满重复性和不完满性的过渡时间观，与现实社会语境中被官方话语不断塑造的时间观形成一种对照。

在《“尼日利亚历史的终结”：索因卡与约鲁巴历史观》一文中，批评家格伦·欧多姆（Glen Odom）指出，后独立时代尼日利亚的政治话语出现了一种时间观上的矛盾——要求不断“进步变化”的话语与统治意识形态中的“永恒有效性”话语之间的矛盾。[2]1960年也是独立后的尼日利亚首次进行公选的一年，分析参加竞选的主要政党的政治宣言文件，欧多姆发现统治话语中有关过去、当下和未来的概念以及历史知识经常被随意地挪用来确保民族国家和政治权力合法化。这些挪用与索因卡在《森林之舞》中所表达的观点恰恰相悖，在这部作品中，剧作家并未试图解决并行时空体系之间看似混乱的悖论，而是证明了这种时间悖论的有效性。整个作品中表现了一种循环往复的时间观，戏剧家试图表明，控制和挪用历史话语的国家行为往往是一种徒劳。

索因卡在不同的戏剧作品中所展现的非线性的时间观，对应的正是一种西方现代性演进逻辑之外的另类史观。这与知名尼日利亚历史学家皮尔（J.D.Y. Peel）对非洲本土历史观

---

① Biodun Jeyifo, Wole Soyinka: Politics, Poetics and Postcolonialism, Cambridge: Cambridge University Press, 2004, p.137.

② Glenn A. Odom. “The End of Nigerian History”: Wole Soyinka and Yorùbá Historiography, comparative Drama 42.2（2008）, p. 205-229.

的认知是一致的。他认为，必须分析非洲本土的时间观和历史观，如果只从民族志的当下视角去关注这些概念，那么必将丧失本土传统中的“创造历史”的辩证意识，这些历史不仅仅是社会文化语境的产物，也是历史连贯性的组成部分。①

这也从一个侧面说明，在独立初期的非洲国家，作家与知识分子阶层在民族国家问题的认识上与统治阶层具有一定的差异。以索因卡为代表的现代作家，并不赞同以民族主义的方式来理解文学艺术实践中对于“传统文化”的引用。如索因卡所言，对时间概念的任意篡改，将导致“尼日利亚历史的终结”。② 现代作家们通过回归传统，把现代性的概念历史化、复杂化，重建自身历史和价值框架的连续性。在《神话、文学与非洲世界》一书的导言中，索因卡曾谨慎地将自己的思想与所谓的“黑人性”理念分离开来：这些文章并不是为了表明非洲世界拥有复杂的独一无二性。然而，人类生存的世界由神话、历史以及道德习俗综合作用而成，在这样的大背景下，非洲世界便和其他“世界”一样，都有自己的独特性，并且也具有与其他文化相通的互相借鉴和互补能力。③

作家对于传统的回溯，不管是形式上的还是主题上的，既是反抗西方世界观和去殖民的需要，同时也是在挑战国家强权对民族国家认同的塑造。

除《森林之舞》外，索因卡的许多作品都可以归结为“仪式戏剧”。仪式戏剧彰显了非洲传统表演美学与西方现代戏剧和美学思想的一些差异，在其代表性文论《第四阶段：从奥

---

① J. D. Y. Peel, “Making History: The Past in the Iljesha Present,” Man 19.1 (1984), p. 114.

② Wole Soyinka, “The Last Despot and the End of Nigerian History?” in An Embarrassment of Tyrannies, ed. W. L. Webb and Rose Bell, London: Gollancz, 1997, p. 239.

③ Wole Soyinka, Myth, Literature, and the African World, Cambridge: Cambridge UP, 1976, p. xii.

贡神话到约鲁巴悲剧的起源》(*The Fourth Stage: Through the Mysteries of Ogun to the Origin of Yoruba Tragedy*)中,索因卡集中归纳了这些差异。他的戏剧作品不是单纯地对传统仪式进行形而上的阐释,也处理传统仪式在现代化语境下的命运。《死亡与国王的侍从》便涉及这一问题。这部作品以1946年约鲁巴人与英国殖民者发生冲突的史实为基础,探讨了约鲁巴民族的宗教死亡仪式及其内涵。剧本的大致情节如下:国王去世,依照非洲约鲁巴族的传统,国王死后三十天,侍从首领必须在仪式中自杀献祭,护送国王走向彼岸世界。自杀之前,侍从首领艾勒辛爱上了一位姑娘,市场大妈(Mother of the Market)及其他市场女性为他们举行了隆重的婚礼,继而二人孕育生命的种子,艾勒辛也对尘世产生了眷恋。与此同时,殖民行政长官皮尔金斯也想阻止这一"野蛮"的传统仪式,便在艾勒辛的踌躇中阻止他殉葬并将其关押起来。艾勒辛的长子欧朗弟,之前被殖民地政府送往英国的医学院就读,这时赶回故乡,为维护约鲁巴的传统,子代父职在仪式中就死。死去的儿子被送到父亲面前,艾勒辛在牢房中用铁链绞死了自己。

使用约鲁巴神话仪式的框架来对照这部经典作品,才能真正理解这部作品中艾勒辛这个角色所体现的悲剧精神:剧本中的这一献祭仪式过程,对应着"第四阶段"(The Fourth Stage)的概念——连接上文提到的三个世界(逝者、生者、未生者)的"通道"(passage)和过渡阶段,是获得宇宙完整性与统一性的关键环节;换言之,第四阶段(或者过渡的深渊)的"断裂"将导致宇宙秩序失衡,人类将失去精神深处的安宁。而这一阶段的第一位挑战者和征服者,就是奥贡,也就是约鲁巴悲剧精神的原型:奥贡是创作与毁灭之神兼路神,开辟过渡的深渊、维系三界平衡是他的任务,他"不得不第一个去经验它……让自己完全浸没于其中，理解它的特性，然后通过意志来挽救和重新整合自身。”[1] 在这里，国王的侍从作为奥贡精神的化身，也是第四空间、过渡深渊的征服者，他需要通过仪式来完成三个世界的过渡，让国王平安通过。只有这样，宇宙的力量和秩序才能维持。对于剧本的高潮部分、欧朗第的自杀牺牲，只能从形而上的角度进行理解——“在当时条件下，受过教育的知识分子是否还会选择自我牺牲”——这个问题存在于形而上层面，而非现实层面，即便对此问题的争论并未在剧中真正发生，但它会在心理、潜意识、精神层面引发思考。[2] 从这个角度来看，这部戏归根结底是一个现代社会语境（包括外来元素的作用）下的过渡和牺牲的仪式。

索因卡本人，曾旗帜鲜明地反对将这部戏看作一个表现西方与非洲“文化冲突”的戏剧作品，认为这样的理解过于片面，是对约鲁巴悲剧精神的误读。他将其书写和批评实践深深植入约鲁巴的宗教信仰和传统知识，似乎是一种有意为之，这种“面具化”的文学以及批评话语，是他与历史和外部世界进行的一场富有深意的对话。只有搞清楚这一点，我们才能理解以索因卡为代表的非洲现代作家对待本土传统以及现代化的一种认知——他们的写作，不是为了对传统文化进行一种价值判断。传统既非精华，也非糟粕，传统为非洲人提供了一种应对外来文化和生活方式的途径，复杂的知识体系和哲学观念也为其提供了一种“另类”现代性的精神源泉，来对抗民族主义话语中的内部矛盾。例如，索因卡在《新人猿主义：类传统

① Wole Soyinka, Myth, Literature, and the African World, Cambridge: Cambridge University Press, 1976, p. 34.

② Brian W. Last, “Death and the King’s Horseman: A Note,” World Literature Written in English 21.1 (1982): 37–42.

的诗学》结尾中所言，对于约鲁巴人来说，“尚国就是今天的电力之神，奥贡就是今日的太空、油田与精准科技之神。”[①]

二、复魅的语言与异化的现实：本·奥克瑞的“泛灵”小说

从西非出版第一本英语小说阿莫斯·图图奥拉的《棕榈酒鬼》（1952）开始，读者就不难发现非洲现代书写与“现实主义”标签格格不入的地方。这部小说改编自约鲁巴民间故事和约鲁巴小说家的创作，讲述了主人公棕榈酒鬼在为他酿酒的取酒师坠树身亡后，去“死亡之镇”寻找已逝取酒师的奇幻之旅。这种文学作品中复归传统的审美倾向深刻地影响着非洲作家的写作语言和形式，同时又与“魔幻现实主义”小说有所区别。[②] 这类写作在本土传统信仰体系的基础上建构叙事策略和话语体系逐渐成为一种文学传统，布克奖获奖作家尼日利亚作家本·奥克瑞便是这种传统的集大成者。他的短篇小说集《圣地事件》（*Incidents at the Shrine*，1986）、《宵禁之星》（*Stars of the New Curfew*，1988），以及长篇小说《饥饿之路》（*The Famished Road*，1991）、《迷魂之歌》（*Songs of Enchantment*，1993）、《危险

---

① Wole Soyinka,Neo-Tarzanism: The Poetics of Pseudo-Tradition, Transition 48（1975）: 38-44.

② “魔幻现实主义”常被用来指称包括非洲文学在内的第三世界文学，许多批评家认为这类文学流派出现在后殖民的特定社会语境中，在这些社会中新与旧、现代与古代、科学与魔幻并存。参见 Brenda Cooper, Magical Realism in West African Fiction, London: Routledge, 2012, p. 216。但已经有不少学者指出，将非洲小说与“魔幻现实主义”标签等同，是对后殖民时代第三世界文学的一种简单化的误解。考奈尔（Liam Connell）认为，将魔幻现实主义与特定地域和特定经验论挂钩的做法与对“传统文化”不假思索地引用都是问题化的，是一种文化精英主义的做法，是在科学与神话、西方与非西方之间进行等级化的价值判断。参见 Liam Connell, Discarding Magic Realism: Modernism, Anthropology, and Critical Practice. ARIEL: A Review of International English Literature 29.2（1998）: 95-110。

的爱》(*Dangerous Love*, 1996)、《星书》(*Starbook*, 2007)等作品，都体现了一种"复魅"的传统。

奥克瑞的长篇小说《饥饿之路》的核心意象是一个"阿比库"——也是约鲁巴口头传统中游戏时空秩序、不断循环往生的灵童，这个意向涉及信仰中的宿命、轮回等多重概念。"阿比库"的字面意思为"那些出生后又死亡的"。"阿比库"带有预谋地来到人间，不断转生、死去又重新回到人间，折磨人间的父母。在伊博族文化中也有类似的现象，伊博语把这类孩子叫作奥班杰(ogbanje)。据不完全统计，至少有 30 余部西非文学作品中出现了这类"灵童"的形象。在我们最为熟悉的非洲文学文本——阿契贝的《瓦解》中也塑造了一个"灵童"的形象，就是悲剧主人公奥贡喀沃的女儿埃金玛。

《饥饿之路》以灵童阿扎罗为第一人称展开叙事，由一个冥界孩童的视角来观察和描述人世间的故事以及人间与冥界的空间交叠。故事的开始，阿扎罗投身于一个尼日利亚的穷苦家庭。尽管他的父母对他充满爱意，但其他的阿比库经常来纠缠他，不断要求他离开人世。他一面受到冥界的诱惑和催促，一面在动荡不安的现实生活之中挣扎，目睹现实中的苦难、混乱、腐败和暴政。就这样，他经历了多次冥界与人世间的穿行。我们前面提到的复魅文学中的阈限性在这里表现得十分突出。小说的开头是这么说的：

> 起先是一条河，河变成了路。路向四面八方延伸，连通了整个世界。因为曾经是河，路一直没能摆脱饥饿。在万物起始的土地上，幽灵们和尚未投生的同伴们杂居。我们可以变成千姿万态的形状。我们的许多同伴是鸟。我们齐聚在旷无边际的原野上，日复一日地宴饮、嬉闹、

哀伤……[1]

阿加罗的自述，赋予这部小说一个神话般的开头。阿加罗第一人称的叙述方式就像一个口头传统中的故事说书人。“灵童”的意象本身就代表了一种阈限性，超自然空间与现实空间的转换在其叙述中显得十分自如且不可预测，尤其是当人类与神灵或祖先发生交集的时候。例如，在小说中，阿加罗遇到的疯子，就被认为是与冥界有亲缘关系的一类人。阿加罗总是身处一个不断变换的时空概念之中，这种变换的空间感和图图奥拉的小说以及索因卡戏剧中体现的“过渡”时空观十分类似：物质、自然环境、人类、祖先和灵魂，共同参与着环境的建构。

这部作品中的另外一个重要的意象是“路”。在口头传统中颇具神话意义的“路”，也指向吞噬行者的现实世界本身。题目中“路”的意象来自索因卡的诗歌《黎明死神》（*Death in the Dawn*）：

> 行者，你必须出发
> 在黎明……
> 右脚象征快乐，左脚代表恐惧
> 母亲祈祷，孩子
> 希望你永远不会走上一条
> 饥饿等待着的路[2]

这部小说本身也让人想到索因卡的代表性戏剧作品

① ［尼日利亚］本·奥克瑞著：《饥饿的路》，王维东译，译林出版社 2013 年版，第 3 页。
② Soyinka, Wole. “Death in the Dawn.” Présence Africaine 57（1966）: 297-298.

《路》。《路》描绘了一群公路司机所经历的荒诞的一天。其中的核心角色是一名从频发的公路事故中探寻死亡奥义的“教授”（Professor），他是一间名叫“事故商店”（The Aksident[①] Store）的修车铺的主人。随着剧情的进展，观众逐渐得知，教授是其中一些死亡事件的罪魁祸首——他通过移走路牌而刻意制造交通事故和人员伤亡。这部戏剧同样以现实世界与灵魂世界的交融为突出的风格特征。剧中人物除了教授所带领的一帮司机外，还有收受贿赂的警察、为谋取选票和政治利益而招揽街头帮派的政府官员等角色。在教授修车铺的对面，路的另一侧是一间教堂，而教授曾是教堂的讲经者。故事发生的 24 小时中，穿插着一个重要的情节，是路口纪念奥贡的传统社群仪式。从这个意义上说，这部作品为我们解读《饥饿之路》提供了一种互文性的参考，也从某种程度上表现了尼日利亚文学的两代作家之间在对现实的“复魅”问题上存在一定的承继关系，即现实主义写作规范中的理性主义无法满足再现现实的需求。批评家杰依夫曾经指出，这在某种程度上可以看作非洲小说写作的一种脉络，除了阿契贝的《人民公仆》（*A Man of the People*，1966）、索因卡的《阐释者》（*The Interpreters*，1965）、加纳作家阿依·夸·阿马的《碎片》（*Fragments*，1970）、肯尼亚作家恩古吉的《血色花瓣》（*Petals of Blood*，1977）以及津巴布韦作家马勒切拉（Dambudzo Marechera）的《饥饿的房子》（*The House of Hunger*，1978）都体现出类似的特征：在这些作品中，尽管写作技巧不尽相同，却在材料的组织、叙事风格上存在一种“问题化”的共性。这一共性表明，现实充满了异化、污秽、混乱、波动，过去小说的形式不足以呈现一个与社会历史现

① 原文采用尼日利亚皮钦英语而非标准英语拼写。

实相匹配的虚构“现实”。读者需要特别注意的是，这些小说的审美特征，并非是在写作主题上刻意挖掘社会弊病，而是通过书写的形式和结构本身，暗示出非洲社会的一种巨大的断裂。①

奥克瑞的小说中，对于传统的回溯体现为一种“复魅”的语言风格和叙事结构，这种“复魅”叙事的特征根植于一种强烈的现实指向意识。和早期现代作家的一些以乡村或者森林等传统社群空间为主要场所的作品不同，奥科瑞的小说重心逐渐转移到城市空间，比如短篇小说集《圣地事件》和《新宵禁之星》中的作品，多以拉各斯等城市空间为主。他先后创作了小说《内部的风景》（*The Landscapes Within*，1981）和《危险的爱》（*Dangerous Love*，1996），讲述了在拉各斯贫民窟中生活的艺术家奥摩罗的故事。贫民窟中混乱不安的生活场景充斥于在奥摩罗的绘画作品中。小说中讲述了他与贫民窟中一位被家暴的女性伊费依娃（Ifeyiwa）相恋，但随后恋人在逃离其丈夫后死亡，剩下奥摩罗一人挣扎、受难、绘画，并不断地产生幻觉。如下这段就是其中一个幻觉的场景：

> 这一瞬间变得沉重了。他身体内的一个什么东西，一个无形的反叛精灵，一种与他的身体同样形状的能量，竭力拉扯着他身体的边界，就好像要冲出来摧毁他的一切感知，化成火焰，剧烈地燃烧……在他的体内，人群涌出，同时讲话、大喊、争吵，但却没有说出任何词藻……试图听见他们、被他们听见，试图用流畅的语言说话与沟通的欲望在他的体内不断地咆哮。此时出现了一个声音：

---

① Biodun Jeyifo. “The Voice of a Lost Generation: The Novels of Ben Okri”, The Guardian (Lagos) 12 July, 1986.

"你需要一种新的语言。"[1]

在《危险的爱》这部小说中,奥克瑞试图展现常被主流话语遮蔽的拉各斯贫民窟的生活空间,探索后殖民时代暴力和腐败的尼日利亚社会现实对底层人生存与心理经验所产生的深远影响。而引文中所提到的"新的语言",既是指主人公奥摩罗的艺术表达语言,也可以理解为后殖民时代文学,如以奥克瑞为代表的非洲作家试图理解社会现实的创作实践中进行的一种形式实验。奥克瑞认为:"要描写尼日利亚,就离不开一种写作上的'暴力感'。安静地写作是一种谎言。尼日利亚的关系,充满野蛮的暴力特征……在这种环境之下,艺术需要干预,需要比现实更加混乱和暴力。"[2] 非洲文学批评家奎森(Ato Quayson)将这种介入现实的方式称为"破碎的话语"[3]——就像混乱暴力的时空总是在不断入侵他的精神世界,致使艺术家奥摩罗根本无法在外部世界中找到一种客观的关联线索来组织他的艺术感知。小说的语言也因此蒙上了传统神话和仪式的过渡性、阈限性色彩,反映着个体内部世界与外部力量的原型斗争。换句话说,写作或者艺术本身,成为一种仪式性的表演,不断挖掘与再现神话经验中丰富的审美、结构和政治意涵,处理和回应错综变幻的现实世界。而从这个角度来看,小说中的艺术家主人公,也为奥克瑞等非洲作家的"复魅"写作,提供了一个具有隐喻意义的原型,点明了西非复魅文学生产所根植的传统与现实机制。

---

① Ben Okri, Dangerous Love, London: Phoenix, 1996, pp. 338–339.

② Jane Wilkinson, Talking with African Writers, London: James Currey, 1992, p. 81.

③ Ato Quayson, Strategic Transformations in Nigerian Writing: Orality and History in the Works of Rev. Samuel Johnson, Amos Tutuola, Wole Soyinka & Ben Okri. Bloomington: Indiana UP, 1997, p. 111.

三、传统与非洲文学艺术实践的现代性

在对非洲作家进行代际划分的时候，有些研究者认为年轻一代非洲作家的书写正在逐渐偏离“仪式中心”，不断扩展到更加广阔的城市空间和流散人群。然而，应该注意到的是，即便写作的空间和群体发生了一定的转移，作为写作策略的传统依然在场，比如，年轻一代的非洲作家克里斯·阿巴尼（Chris Abani）的《暗夜之歌》（*Song for the Night*，2007）、奥奇·迪比（Okey Ndibe）的《外来神灵公司》（*Foreign Gods*. Inc，2014）、阿约巴米·阿德巴约（Ayobami Adebayo）的《伴随我》（*Stay with Me*，2017）以及非洲未来主义的科幻代表作奈迪·奥克拉法（Nnedi Okorafor）的《彬媞》（*Binti*，2015，2017，2018）系列作品等，都充满了浓厚的“复魅”底蕴。在笔者过去几年里持续调研的非洲当代戏剧艺术实践中，这种倾向也十分突出。

2015年10月，笔者在拉各斯已废弃的政府印刷厂里参加了一场主题为“非洲未来”的艺术实践活动。来自拉各斯巴里加贫民窟的青年皇冠剧团[①]和他们的剧团负责人赛贡·阿德费拉（Segun Adefila）带来了一个叫作“未来面具仪式”的作品，表达了对未来非洲的戏剧形式的设想。这个试图讨论未来艺术形式演变的作品，几乎完全建立在约鲁巴传

① 该剧团成立于1996年。皇冠剧团的年轻人就生活在拉各斯的城市“边缘”——尼日利亚内陆最大的贫民窟之一巴里加（Bariga）。剧团一直保持25人左右的演员阵容，在开创阶段，绝大部分演员都和塞贡·阿德费拉一样，来自巴里加贫民窟。后来，剧团的名气逐渐扩大，吸引了周边地区的年轻人加入。剧团基于现实的原因采用“轮换制”的人员组织方式，即剧团与演员没有合同约定，来去自由。剧团的成员平均4—5年轮换一次。剧团中演员的平均年龄介于20—25岁之间，有些演员跟随剧团长达10年，也有演员只参加过一年的训练和演出就离开剧团另谋出路。

统的死亡仪式表演埃贡贡仪式（Egungun Masquerade）[①]的基础上，却又在面具和装束上做了“现代”的创新：阿德费拉和其他几位艺术家将一件西装改造成仪式表演的服装，并将约鲁巴传统神灵的面具与名字涂在背上。他们在表演中使用了传统约鲁巴语的口头诗歌，同时加入了融合拉各斯当代生活场景的英文台词。他的手中还紧紧握着一台自动刷卡机——在过去的埃贡贡仪式表演中，参与的人群会向表演者撒钱表示敬意，而在阿德费拉的设想中，未来的仪式表演可以直接刷卡。

值得注意的是，这些青年人在当代先锋艺术实践中表现出来的深层态度，并不是一种对所谓全球现代性的拥抱，反而体现出一种对于传统的回溯，借助传统来找到他们与新的语境对话的方式。整个表演以当代生活为语境，借用了传统死亡仪式的模式，保留了传统仪式中面具的“权威”作为他们与观众交流的方式。说起传统仪式对当代普通人的影响，阿德费拉经常引用这样一个故事：在他小学时候，因为对面具表演仪式的兴趣，会偷偷逃学去参加镇上的埃贡贡仪式表演。他的奶奶看到面具表演的队伍，即便认出了他，也会在街上跪下来朝其跪拜行礼，表示对祖先的尊敬。待阿德费拉脱下面具、结束表演回家后，奶奶会因其逃学把他痛打一顿。这个故事从一个侧面充分体现了本土仪式传统在当地社群的一种绝对权威性。在当代艺术实践中，这种权威性被不断地当作一种抗争策略而反复地引用，体现了一种当代艺术形式中传统和现代性的复杂交汇。

---

① 约鲁巴族的埃贡贡仪式属于祖先崇拜仪式。仪式上的舞者在神圣性上有层级划分和相应的社会禁忌。表演佩戴面具，需要将包括面部在内的全身都用装饰繁复的布料遮盖起来。当面具佩戴者开始唱歌、舞蹈、表演与精神或世俗世界相关的种种问题时，面具佩戴者就成了他所召唤的“神”或“祖先”，获得并保持着某种权力，在传统社群中，对破坏社群的行为拥有一定的惩戒作用和震慑力。

这并非皇冠剧团的青年戏剧家们第一次在文化实践中引用“面具”的传统，在2012年因政府取消石油补贴引发的“占领尼日利亚”抗议运动中，他们以埃贡贡面具仪式的形式“复活”了文章开头提到的已逝的尼日利亚流行文化意见领袖费拉·库蒂，走上街头与抗议的人群互动。在这一表演实践中，青年戏剧家们试图召唤和利用仪式中已逝祖先的形象，对尼日利亚的当权者进行警戒，提醒他们如若滥用职权，忽视民生，必将遭受惩罚。他们的艺术和社会实践，并非将主体的诉求诉诸超自然的“怪力乱神”，而是利用仪式传统与表演的能动性，发挥传统作为协调机制的社会功能。

这无法不让人回想到索因卡在1960年为尼日利亚独立日而写作的《森林之舞》——通过在舞台上召回祖先的灵魂来拷问主流政治话语。和曾对他们产生影响深远的现代作家们一样，年轻的艺术家群体对社会现状的不满，不是通过正式的现代社会民主体制进行宣泄，而是在表达方式上更多诉诸可见的传统审美形式。他们对传统的理解实际上超越了精英阶层文化“寻根”的范畴，成为一种理解公民政治身份的工具。传统不仅干预和“瓦解”现实叙事，更是为创造新的现实提供一种可能。

正如格鲁巴的“泛灵唯物主义”/“泛灵现实主义”理论所提示的那样，作为规范化的社会实践的一部分，“复魅”的传统不是一种简单和愚昧的“迷信”行为，也不是对于现代性的规避。在民族独立初期和后殖民时代的非洲，现代性被解读为社会危机的缘由与症状，文学与艺术则成为阐释与处理现代性悖论和社会危机的工具。在文学和艺术实践中对传统的引用和回溯，进一步影响了人们对物质文化及其符号意义的解读方式，逐渐成为日常生活实践的一部分。传统与现代性之间的勾连，不断协调着主体、文化民族主义和剧烈的社会变迁之间的关系。

结语

本文分析了一些现当代艺术实践与批评的文本，目的在于分析非洲文化对于现实主义的理解，以及非洲书写如何试图提供一种另类的指向现实的可能性。这些例子表明，在非洲，传统化已经成为现代语境下（例如，现代的戏剧舞台和政治场域中）一种重要的话语实践。更重要的是，对于传统的"复魅"并非只是一种知识分子的"话语论调"，而是现代"人伦日用"的一部分，弥合着"文化"与"政治"之间的分裂。现实中的非洲文学艺术表达、社会文化实践与政治行动，都带上了一层"复魅"的面具，在这层面具之下，传统作为一种确立合法性与权威的方式而存在。但与此同时，后殖民时代的非洲社会传统和现代性问题从未完全分离，传统化不是回到过去、复归原始的"迷信"思潮，也不是对于传统的机械再现。反之，传统在遭遇现代性的过程中持续不断地演变，提供反思与适应现实的动力和契机。

过去我们习惯于追随西方文学批评的步伐，将非洲文学审美中的"复魅"现象和泛灵主义简单定义为一种"前现代的""部族的"信仰系统，或者精英知识分子用来反抗欧洲现代话语的工具，其实是遮蔽了本土意义和本土知识生产的复杂性，忽略了多元的创造思想文化价值的途径和生产文化知识的方法。在中国的现代书写和艺术实践中，传统也早已成为问题本身和激烈论争的主题。对他者文化如何处理传统问题的讨论，对于我们如何反诸自身、重建历史的连续性，具有一定的参照意义。

文化冲突与政治关怀：论费米·奥索菲桑戏剧创作的文化品格

20 世纪以来，非洲大陆依次涌现出四位诺贝尔文学奖得主，他们依次是沃莱·索因卡（1986）、纳吉布·马哈福兹（1988）、纳丁·戈迪默（1991）和 J.M. 库切（2003），非洲文学的迅速崛起成为世界文学创作中一道“风景”，吸引着世人的注意。

20 世纪 90 年代以来，随着和平和发展成为时代的两大主题，发展中国家之间的合作也提上了国际交流议程。2000 年 10 月，随着第一次中非合作论坛的成功举办，推动中非关系长期稳定发展、互利合作也迈上了新的台阶。而对于非洲的社会现状，以及非洲作家的文学创作，我们的文学研究都涉猎太少。

对于非洲文学的介绍，我国学术界的目光主要放在荣膺诺贝尔文学奖的作家身上，就文学研究而言，要数对沃莱·索因卡的研究最为丰富。而随着历史的更迭和变换，西非世界已与我们曾经从索因卡的创作中所获得的景象大为不同。

历史的轨道勇往直前，一个时代有一个时代之文学，了解当代非洲，需关注活跃在当代文坛上的非洲作家及其创作，无论是作品的包容度、复杂性，还是其在国内和国际的巨大影响力来看，费米·奥索菲桑（Femi Osofisan）都是不二人选。

费米·奥索菲桑 1946 年 6 月出生于尼日利亚西部的传统

村落，身兼剧作家、导演、文学批评家以及多所世界名牌大学的客座教授等多“职”。他将本土的表演模式和政治批判的视角相结合，创造了一个广受欢迎的剧场。如今在尼日利亚演出最多、最为人们熟知的戏剧作品也都出自这位活跃的戏剧家之手。

本文以费米·奥索菲桑戏剧创作中的文化品格为切入点，结合其具体作品，从共时和历时两个层面对其创作中本土与西方、继承与创新的文化冲突进行分析；并结合作家的历史观，对其剧本中展现的强烈的政治关怀和现实干预精神等方面进行深入剖析，开创国内奥索菲桑研究之始，填补研究空白。

本研究的理论和实践意义在于，通过对尼日利亚第二代戏剧家奥索菲桑的戏剧创作的介绍和研究，向国内读者打开一扇认识当代非洲、感悟非洲文化的窗口。

在本文的撰写过程中，笔者主要运用文献研究法，在翻译作家著作的前提下，对文本进行深层次研究，着力进行文化剖析。在具体的写作过程中，做好介绍作家作品、对文本进行文本分析，以及挖掘其背后的文化品格三位一体，力求全面而又精致地展现作家创作。

一、奥索菲桑及其历史文化身份

（一）历史角色：尼日利亚第二代戏剧家

费米·奥索菲桑是尼日利亚第二代戏剧家的主要代表，他被认为是继诺贝尔文学奖获得者沃莱·索因卡之后，尼日利亚最重要的戏剧家。

谈及非洲文学，抑或撒哈拉以南非洲文学，都与“殖民”二字脱不了干系。15 世纪起，来自葡萄牙、西班牙、荷兰、英国、法国等地的欧洲人相继进入非洲，从事奴隶贸易，自此开始，传统的非洲文化遭到西方文化的入侵。西方的现代文明和非洲本土传统交叉、互渗，并成为非洲作家作品中的一贯主题。

从1950年开始，以索因卡为代表的尼日利亚第一代戏剧家，面对驳倒种族歧视者的历史必要性，索因卡提出了“神话整体主义概念”，并力图恢复被殖民主义歪曲的本土文化传统。在创作中，索因卡融合了本土与西方两种异质文化，并努力突出本土文化的地位。“索因卡是一个开放的、包容性很强的文化型作家。他是一个既保持了民族文化传统，又站在时代前沿的作家；既是一个开放性的世界性作家，又是一个具有鲜明民族性、地区性特色的作家。”[①] 对于第一代戏剧家而言，民族独立是他们的目标，是重建非洲尊严的前提，他们的戏剧语言依旧遵循西方的理解范式，作为一种为合法性之战的武器。[②]

殖民入侵后的尼日利亚在获取民族解放之后，存在殖民遗产、传统政治之间的不可调和的矛盾，加之混乱的社会状态，面临着新的历史议题。20世纪60年代末70年代初，第二代戏剧家开始创作，他们的地平线和他们的前辈从本质上存在着不同。如果说，刚刚独立的尼日利亚，给第一代戏剧家带来的是民族独立的欢欣鼓舞，那么，民族独立20年之后，第二代戏剧家面对独立后的满目疮痍望洋兴叹，社会发展中的各种问题和矛盾日渐尖锐：殖民时期遗留下来的西方式政府愈见腐败，连续发生两次政变和内战，以及对人力和物力资源无处不在的巨大损耗，为尼日利亚锻造一个能够记录社会反常状

---

① 元华、王向远：《论渥莱·索因卡创作的文化构成》，载于《北京师范大学学报》1993年第5期。

② Sandra L. Richards. Nigerian Independence Onstage: Responses From “Second Generation” Playwrights [J].Theatre Journal, 215–227.

态，并能提供健康视野的剧场的历史任务，降落到这一个特殊群体的身上。

显然，历史的更迭变化，赋予不同时代的文学家不同的历史使命，而体现在具体的作家创作中的，则是其历史观与神话观的巨大差异。

表1　尼日利亚两代戏剧家历史观与神话观的比较

		第一代戏剧家	第二代戏剧家
代表		沃莱·索因卡	费米·奥索菲桑
历史环境		面对驳倒种族歧视者的历史必要性，力图恢复被殖民主义歪曲的本土文化传统，民族独立是他们的目标	在非洲社会政治改变和转换的背景下，提出新方向和目标，对社会和政治重新定线，成为人类命运整形的方法
历史观	对待历史的态度	历史是悲观的循环往复，人的命运无法改变，没有什么是会发生变化的①	历史是在一个特定时期内，人们对于大事件的重新解读
	作品中的历史	遵从历史的本来面貌，并使之神秘化	通过对历史进行重新解读，介绍原始事件中可能导致不同结果的因素，鼓励人们通过自己的双手改变命运，提出社会问题"疗法"
神话观	对待神话的态度	继承	革新
	作品中的神话	把神话看作真理、真实的事物或者完全的信仰，通过把历史、习惯、过去的英雄和传统提高至神圣的地位和神化，而使之神秘化	揭去环绕在"准则和价值"周围的装饰和镶嵌，而重新解读神话，控制和修正现在，以求未来的进步

（二）多重身份：身兼数"职"的创作者

在非洲文坛乃至世界的戏剧家中，费米·奥索菲桑都可以称作其中最独树一帜的一位，剧作家、导演、戏剧研究者、文

① "All is futility and nothing is changed or altered", Soyinka. A Dance of the Forests, 1960:82.

学批评家及尼日利亚作协主席的多重身份融为一体，成为费米·奥索菲桑最为耀眼的身份符号。这位精力充沛、身兼数“职”的创作者，对非洲戏剧的成长和发展产生着持久的影响力。

1. 剧作家 / 戏剧表演家 / 教授

费米·奥索菲桑一生创作过 50 多部戏剧，如今在尼日利亚演出最多、最为人们熟知的戏剧作品也都出自这位活跃的戏剧家之手。

除此之外，费米·奥索菲桑也从事戏剧研究工作，如 1985 年起担任尼日利亚伊巴丹大学的戏剧教授，近年来又成为尼日利亚国家剧院的主要负责人；1992 年任美国康奈尔大学非洲研究中心访问学者，美国黑人文化节和埃默里大学特邀戏剧家，英国阿尔弗雷德国王学院戏剧教授；1993 年任美国西北大学客座教授，俄亥俄州立大学非洲中心教授；1996 年任英国利兹大学访问学者；2004 年担任英国奇平诺顿学院特邀剧作家，剧作《奥约州的妇女》(*Women of Owu*)在此首演。

2. 文学批评家

费米·奥索菲桑非常关心非洲戏剧的命运，对当代出现的重要思想文化现象非常关注并予以探讨，如他的博士学位论文《西非戏剧的传统：戏剧从传统形式到现代英法剧场的发展研究》[①] 探讨了西非戏剧的起源与发展问题；《非洲戏剧会走向死亡吗？从尼日利亚戏剧谈起》对非洲戏剧的生命力进行思考；[②] 又如《翻译的挑战：非洲文学中的语言问题》[③] 中，对非洲

---

① The Origins of Drama in West Africa: A Study of the Development of Drama from the Traditional Forms to the Modern Theatre in English and French.

② Stirbt das Theatre in Afrika? Uberllegungen aus nigerianischer Perspektive, Is the Theatre dying in Africa? Reflections from a Nigerian Perspective.

③ The Challenge of Translation – Or Some Notes on the Language Factor in African Literatures.

文学中涌现的驳杂语种使用现象进行探讨，触及了当代非洲文学翻译中的致命问题，在批评界有着深远的影响。

对非洲戏剧中重要思想文化现象的关注和思考，既影响着费米·奥索菲桑的戏剧创作，也使其作品中展现出强烈的社会改造意识。

3. 行政身份

费米·奥索菲桑 1988 年被选为尼日利亚作协主席；1991 年当选为泛非洲作家协会副主席；1993 年，担任亚特兰大奥运会组委会首席顾问；1995—1997 年，和理查德（Alain Richard）一起创立加纳戏剧写作工作坊 AFRICREATION。[①]

（三）创作分类：从实验戏剧到政治史诗

费米·奥索菲桑一生创作过 50 多部戏剧，作品内容丰富，主题鲜明，根据奥德亚、奥巴费米等学者的分类，[②] 主要归为以下四种类型：

1. 实验戏剧（experimental plays）

这类作品主要是受到西方戏剧中激进和先锋派传统的启发而创作的戏剧，如《另一个木筏》（*Another Raft*）和《蚂蚱的追星族》（*The Oriki of a Grasshopper*）。

2. 寓言（parables）

被归类为寓言的作品，主要因为它们以非洲说书人的讲故事传统为基础，如《曾经的四个强盗》（*Once Upon Four Robbers*）、《告别食人风尚》（*Farewell to a Cannibal Rage*）、《艾苏和流浪歌手》（*Esu and the Vagabond Minstrels*）等。这一类剧作

---

① Playwriting workshops for AFRICREATION, in Lome, Togo and Accra, Ghana (until 1997). 戏剧写作工作坊 AFRICREATION，是影响力强大的民间作家组织。

② Femi Osofisan, Playing Dangerously: Drama at the Frontier of Terror in a "Postcolonial" state [J].Nigeria: University of Ibadan, 1997:30-36.

是作家的兴趣喜好所在。

3. 冒险戏剧(adventurous plays)

沿袭流行一自然主义者的传统,费米·奥索菲桑创作了一些少量的冒险戏剧,如《生日不是为了死亡》(*Birthdays Are Not For Dying*)、《奥尔廷的愤怒》(*Altine's Wrath*)等。

4. 政治史诗(political epics)

这类作品以涉及宏大的主题和显赫的历史人物为特色,如《迪布瓦的南丁格尔》(*A Nightingale for Dr Dubois*)。

二、奥索菲桑戏剧创作及其文化品格

(一)文化冲突

1. 共时:本土传统 VS 西方结构

在奥索菲桑的戏剧创作中,经常借助西方现代艺术的熟练技巧,加上对本土表演的再解释,练就出一个稍微超越布莱希特几步的又极致又开放的完美戏剧作法[①]。此处的戏剧作法,具体而言,是指奥索菲桑的戏剧创作中的"观众互动式表演"与"开放式剧场"——它作为非洲和欧洲两种文化融合的产物,既非单纯地继承非洲戏剧的传统表演方式,也不是纯粹地借鉴西方布莱希特的戏剧理念,而是源自二者却又有所超越的新型戏剧结构范式。

(1)巧遇:戏剧结构的异质融合与殊途同归

①非洲戏剧的传统表演方式

15 世纪开始,西方殖民者的入侵,不仅把强兵利刃、奴隶贸易、种族歧视带到了非洲,相随而来的还有西方的现代文化。

---

① Tejumola Olaniyan, Femi Osofisan: The Form of Uncommon Sense [J].Research in African Literatures, 1999:74-91.

19 世纪末 20 世纪初，撒哈拉以南非洲出现了自己的书面文学，而在此之前，撒哈拉以南非洲自身孕育、产生并葆有着独成一体的传统文化——原始的宗教文化、万物有灵的信仰、循环往复的轮回时间观念。

在撒哈拉以南非洲，传统的戏剧演出中观众和演员没有明显的界线，比如，适逢重要节日之时，人们载歌载舞，并且要把死去的亡灵请来一道庆祝，由活人戴假面具装扮亡灵[1]——这实则也可以作为非洲戏剧的一种原始形态来解释——在戏剧演出的过程中，观众可以随意走动，可以走上舞台参与其中充当演员，也可以静坐而观。观众既是演员，也是观众，观众不是把戏剧单纯当作一种上演的“故事”，而是怀着一种信仰参与其中，从而获得审美的愉悦和快感。而这点，正与西方表现主义戏剧大师布莱希特的“打破第四堵墙”不谋而合。

②布莱希特：开放式剧场

出生于 20 世纪初期的德国剧作家、戏剧理论家布莱希特，是奥索菲桑最为推崇的西方戏剧理论家。布莱希特认为戏剧作为服务于人们精神生活的一种生产劳动，其作用是使人们受到科学精神到来时的愉快，而当时西方戏剧界的剧场现状却让他忧心忡忡，他曾经这样写道：

> 让我们走进这样一座剧院，观察一下它对观众所产生的影响。只要我们向四周一望，就会发现处于一种奇怪状态中的颇为无动于衷的形象：观众似乎处在一种强烈紧张的状态中，所有的肌肉都绷得紧紧的，虽极度疲惫，亦毫不松弛。他们互相之间几乎毫无交往，像一群睡

① 元华、王向远：《论渥莱·索因卡创作的文化构成》，载于《北京师范大学学报》1993 年第 5 期。

> 眠的人相聚在一起，而且是些心神不安的做梦的人，像民间对做噩梦的人说的那样，因为他们仰卧着。当然他们睁着眼睛，他们在瞪着，却并没有看见，他们在听着，却并没有听见。他们呆呆地望着舞台，从中世纪——女巫和教士的时代——以来，一直就是这样一副神情。看和听都是活动，并且是娱乐活动，但这些人似乎脱离了一切活动，像中了邪一般。①

布莱希特表达了他对“静止的观众”的不满，实则是在社会学层面上表达他对当时法西斯“一言堂”的反叛，他创立了以“间离效果”为核心的美学体系：将角色、演员、观众三者分离开来，要求打破作为观众的“第四堵墙”，强调演员要“表现角色”但是要“高于角色”，并且有意识地在演员和观众之间制造出一种距离，使演员既是角色的表演者，又是它的“观看者”；使观众脱离对戏剧思想单纯的“接受”，而是要求其最大限度地发挥主观能动性，探讨、批判甚至“参与”到戏剧演出中来。

③异质融合与殊途同归：观众互动表演与开放式结尾

不同的时空，却在同一艺术表现形式上一拍即合，而费米·奥索菲桑则是把这二者合为一体的践行者。立足于对本土表演方式的再解释，加上对西方现代戏剧技巧的借鉴，奥索菲桑利用传统美学结构，通过创造一个激发观众思考的开放式剧场，其实传递着他力图打破传达“单一”观念的“接受剧场”的信念，激发观众观看戏剧之时多样思想迸发的可能性，而不是被动地接受剧作家或者统治者赐予的“正确”思想，从而清

① [德]布莱希特:《布莱希特论戏剧》，丁扬忠译，中国戏剧出版社1990版，第15页。

楚地表达着他希望为社会赢得公正,使世界日趋健全的抱负和理想。

在这个过程中,"观众互动表演"成为一种"催化剂",刺激观众主动从表演中得到自己的结论,而非充当被动的消费者;"开放式结尾"则成为一个"导火线",使观众面对错综复杂的社会挑战做出最机智的回答,而批判公认的真理。

戏剧结构的设置服务于作者的文学理念,"观众互动式表演"和"开放式结尾"则服务于奥索菲桑"文学改变社会"的文学理想。奥索菲桑在戏剧创作中有意识地创造角色和环境——通过他们表现社会问题的原因,建议可能的疗法。此时,戏剧不仅仅作为社会批判,而是扎根到社会问题的深处曝光其产生的根源,并引导人们想方法解决它。

《莫朗托顿》中,作者将观众互动表演的效用发挥到淋漓尽致。《莫朗托顿》的创作缘起于奥索菲桑受托写一个庆祝妇女节的戏剧,而在创作过程中,他把这个戏剧设计成了一个可以检测妇女政治积极性的活动。他将1968—1969年尼日利亚阿格贝科亚的农民起义作为背景展开创作,戏剧以一群演员在舞台上准备表演作为开始,接着,剧场大厅被一群要求取消表演的女商人侵入,究其原因,是将要表演的戏剧内容赞美穷人、讽刺富人。尖锐的社会问题被搬上舞台,同时在富人围攻舞台之时,观众伴随着"侵入感",自身也参与剧情当中,不自觉地选择自己拥护的一方。作家巧夺天工的剧情设计,使观众脱离"消费者"的身份,而成为整个事件的目睹者和参与者,并从中得出自己的结论。

在戏剧的末尾,莫里米和蒂塔比面对面坐着,观众看到了神话是如何被重新解释来和当代对话,没有设置结尾的故事使观众的心里回旋着一种争论,具有最高的实践和思考价值。

（2）冲突：多元文化的取舍和制衡

但是，我们也应该看到，“非洲戏剧的传统表演方式”，“布莱希特的‘开放式剧场’”，虽然都是致力于达到“观众与戏剧对话”效果的戏剧文化，但他们在产生的地平线上就存在本质的不同：撒哈拉以南非洲戏剧的传统表演方式深深扎根于撒哈拉以南非洲的传统文化，契合其非理性主义文化，追求参与的愉悦性和审美体验；而布莱希特的开放式剧场，则是在20世纪二三十年代与资产阶级“为艺术而艺术”的思潮作抗争的过程中逐步成型的，具有其鲜明的历史必然性和时代特色。

在奥索菲桑的戏剧创作中，融合了撒哈拉以南非洲戏剧的传统表演方式，符合非洲观众的审美习惯，使观众“喜闻乐见”；同时也借用了布莱希特戏剧技巧，通过打造“观众和演员互动”以及“开放式”的现代剧场，渴望戏剧能够给观众带来思想上的冲击和启发，使戏剧能够作为推动社会进步与变革的武器。

（3）立场：和后现代主义划清界限

古代和现代，非洲与欧洲，原始与文明都能够在奥索菲桑的创作中找到影子，于是其作品中涉及元素的驳杂性，以及艺术结构的“先锋性”呈现出来的魅惑都和“后现代主义”如出一辙，这是不是就是说，按照西方艺术流派的划分，奥索菲桑就应该被归为“后现代”主义创作流派？

当然不是。奥索菲桑本人明确拒绝把自己的创作归入“西方后现代主义”创作流派：“如一些学者所说，我所用的一些艺术方法可以归入‘后现代主义’流派的思想，但是对我而言，它（使用的艺术方法）的意义在于能够达到的艺术效果，而非其他。”[①] 诚然，非洲现代艺术的发展不可避免会受到西方的一些熏染，但是非洲本土的艺术发展并没有像西方那样，存在一个从新古典主义、浪漫主义、现实主义、现代主义、后现代主义不断更迭流变的过程，它从一开始就是独立的。在奥索菲桑的创作中，确实存在对于西方戏剧艺术技巧的借鉴，但更应该注意的是它立足于本土传统文化的天然传承精神与革新意识，这与奥索菲桑的历史观有着密切的联系。

2. 对传统文化的继承和创新

（1）奥索菲桑的历史观

历史观是指人们对社会历史的根本观点、总的看法，是作家世界观的重要组成部分，决定和影响着作家在创作中对于历史的态度及在创作中的倾向。

奥索菲桑戏剧创作中的历史观倾向于遵照英国文化研究先驱雷蒙·威廉斯对于革命推动力的总结。威廉斯认为，人类的历史、神话，并不仅仅作为记录人类过去的历史（如：人类创造自己）而存在。在记录历史的过程中，人类通过制造、重塑历史事件和价值体系，来实现历史的改革，达到历史的连续性。每个历史时期都是以描绘它的特定事件和变革为标志，而随着社会规范、价值观念以及社会制度的改变，历史不断地被重塑以符合特定历史时期人们的特殊需求。反过来说，社会状况发生改变，人们的价值观念也会随之改变，相应地，他们对于历史事件和重大问题的解释也会随之改变。

因此，历史不是静止不变的，而是一个展现人类“进化”的

① Femi Osofisan. Playing Dangerously: Drama at the Frontier of Terror in a “Postcolonial” state [J].Nigeria: University of Ibadan, 1997:30-36. “I do draw my limits from the camp of post—modernism. I know that, as critics have pointed out, some of the methods I use have been claimed also by a school of post-modernist thought. But the meaning, not meaningless-ness is what, ,for me, is vital to the purpose of art .”

连续、动态的过程，基于此，影响社会发展的历史状况和传统可以经过解释、再解释、改变以及操纵，以适应新的社会理想以及社会组织。这也是奥索菲桑试图在他的戏剧创作中传达的终极信息：历史和社会是一直变化的，不仅社会状况决定了人类的意识，而是人类也决定了这些社会状况。[①]

（2）传统元素的继承及其创新

奥索菲桑的戏剧创作深深地植根于撒哈拉以南非洲的本土文化，与本土的传统元素有着天然的继承关系；在其历史观的指导下，奥索菲桑对于传统元素中的神话、历史、歌谣并非止于单纯地着迷和照搬，而是带有实用主义的求知欲和革新精神，对其进行拆解、重塑，以促进社会觉醒，推动社会变革。

①神话——重塑

约鲁巴神话的影子在奥索菲桑的剧本中随处可见，但已不是其原初面貌。奥索菲桑通过重塑，既有效地引用了神话，又通过创造性的改革以适应思想进步，促进社会重塑。

在《莫朗托顿》中，奥索菲桑将神话中传奇女王莫里米的形象进行重塑，而使之成为蒂塔比。阿格贝科亚爆发农民起义，阿格贝科亚王室的女儿蒂塔比作为贵族阶层的代表镇压农民起义。以莫里米为精神信仰的蒂塔比，原本打算镇压农民起义以使君主制度得到稳定。但是，不同于维护贵族阶层的莫里米，蒂塔比起身为农民阶层而奋斗，和自己所属的贵族阶层展开斗争。在戏剧的发展过程中，奥索菲桑很巧妙地使两个不同时空的英雄女性出现于同一舞台之上——蒂塔比看到了自己曾经的精神先驱莫里米在舞台上出现，但是她宣布自己已经不是莫里米：她要消灭自身的莫里米精神——因为莫里米为富人

① Tess Akaeke Onwueme, Visions of Myth in Nigerian Drama: Femi Osofisan versus Wole Soyinka Author（s）[J].Canadian Journal of African Studies，1991:58-69.

而战斗,从此刻开始她决定自己要为穷人而战斗。

奥索菲桑以传奇女王莫里米为原型,对她进行重塑而铸造了蒂塔比。微妙的是,蒂塔比背叛了她的阶级——它的准则、价值,蒂塔比的变化展示着尼日利亚发展至今面临的"新的时代需求",暗示着社会可能发生的转变。

②历史——再解读

在相当长的时期内,人类的历史记载都停留在对于君王、将军抑或"个别人"功绩的记载上。从地缘上来看,近至中国的三皇五帝,远及西方的拿破仑、亚历山大,不外如此。但是,仅仅基于特定的历史事件和个别人物来看待历史是远远不够的,历史是由人民创造的,应该关注的是人民,而并非个别人。

在《喋喋不休》中,奥索菲桑将1899年奥约州的历史进行了重新解读。这个剧本围绕阿拉菲和拉特伊之间的冲突展开,在真实的历史中,拉特伊的起义被阿拉菲镇压,拉特伊也失去了生命。但是在戏剧中,拉特伊动员警卫去征战阿拉菲的武装力量并取得胜利。作者按照"可能性"重塑历史,这部戏剧意欲表达的核心精神是:普通人的命运掌握在自己的手中,人民应该对在特定历史阶段起到决定作用和影响的大事件怀有质疑态度与反思精神,应该一反过去的认知潮流,重塑一个合理的社会状态。

③歌谣——刷新血液

奥索菲桑把传统文学中的艺术结晶吸收到自己的戏剧中:约鲁巴歌谣、谜语、谚语,以及经过重塑的寓言故事。对于观众而言,在戏剧情节中设置他们熟悉的表演方式,可以减少观众对于戏剧的抵制,从而将整个观赏过程变得既有亲和力,同时又充满新鲜感。

《艾苏和流浪歌手》中,既有约鲁巴众神中的神灵出现,也有丰富的令人愉快的歌谣，这都使这部戏剧焕发着迷人的色彩。据统计，整个戏剧共出现了11处歌舞配合的场景。直到戏剧末尾，也是以歌曲的形式来进行总结。戏剧家借助约鲁巴歌谣的形式，结合剧情和思想，让传统艺术在当代剧本中焕发出新的生机和活力。

（二）政治关怀

1. 文学的功用之争

无论是“文以载道”还是“文以言志”，从古至今都是贯穿中国文学作品创作中的两大主题。 而放在世界文学史的大背景下来看，则涉及“文学的功用之争”。

早在几千年前的古希腊，崇尚理性和“哲人王”的柏拉图就要求将诗人驱逐出理想国；18世纪，法国的思想家卢梭认为“科学和艺术是点缀在枷锁上的花冠”；19世纪，德国的革命理论家马克思提出“艺术家和哲学家不仅要解释世界，而且要改变世界”；20世纪，法国的哲学家、戏剧家萨特认为文学应该是“刺激剂”而不是“镇静剂”，应该是激发人们改变他们居住的世界、改变自身的催化剂。文学作为本体，还是成为工具？不同的文学观念，决定着作家创作的不同倾向。

（1）奥索菲桑的文学观

作为尼日利亚第二代戏剧家，奥索菲桑登上文坛之时面临的是一幅满目疮痍的社会景象：殖民时期留下来的西方式政府愈见腐败，而本土的传统政府还未能健康发展，政府机制的不健全无法确保社会的稳定，连续发生的两次政变和内战使奥索菲桑忧心忡忡。奥索菲桑认为，人们表面上对于改变社会状况的无力源于缺乏改变陈旧传统的意识，这种挑战旧信仰的决心，使奥索菲桑的戏剧在内容上和形式上都产生了一次彻底改变。[1] 在整个国家的社会状况逐渐衰退的情况下，艺术家重新定义自己的角色，将文学作为一种为社会合法性而战的武器，通过对历史和神话进行再解读和重新解释，以及在戏剧结构上追求"观众和戏剧对话"的效果等模式，肩负起改变社会方向、促进社会重建的历史责任。

（2）作家身份定位：革新者

区分"神话时代的戏剧家"（泛指尼日利亚第一代戏剧家）和"革新戏剧家"的关键标准是：他们对待非洲传统文化遗产的不同方法和态度。此点在本文的第一部分已经有详细分析，在此不加赘述。

在非洲传统社会，国王被认为是神和人的中间力量，他的权威不可挑战。当君主制度走上神坛而被神秘化之后，便成为既得利益阶层维护自己利益的武器。所以，阻碍社会进步的一个基本原因，就是人们对于神圣权力以及被神化的国王权力的敬畏。更糟糕的是，因为人们的默许，传统社会机构的规章制度一直作为阻止人们挑战"制度上的权威"的保障而把人们的反抗意识消灭于萌芽状态。

称奥索菲桑为"革新者"，不仅因为他对神话的拆解欲望和重塑实践，更在于他将戏剧作为社会批判，激发人们用自己的双手改变命运，关注个体对于促进社会变革的努力。在《阿林金丁和守夜人》中，奥索菲桑对于腐败的统治者加以讽刺；在《莫朗托顿》中，他鼓励农民起义，并把主角塑造成既得利益阶层的反叛者、农民阶层的拥护者。

2. 政治指涉

奥索菲桑的戏剧，大多具有很强的现实干预性和政治关

① Tess Akaeke Onwueme, Visions of Myth in Nigerian Drama: Femi Osofisan versus Wole Soyinka Author（s）[J].Canadian Journal of African Studies，1991:58-69.

怀气质，这也是我们理解和把握奥索菲桑戏剧的一个重要维度。

> 在我焦虑不安的那个年纪所写作的戏剧，经过仔细考虑，我通过暗示性的隐喻，拒绝安慰使我们国家处于反常状态的“制造者”，与此同时，也把我们的人民从被动和逃避中唤醒。——费米·奥索菲桑《危险的表演》①

奥索菲桑拥护托马斯曼提出的“在我们的时代，一个人的命运展示了他的政治意义”，② 其戏剧创作也充分地印证了这个观念。以下笔者主要以两部具体作品——《艾苏和流浪歌手》《阿林金丁和守夜人》为例，对奥索菲桑戏剧作品中的政治指涉和道德关怀加以分析。

（1）道德重建:《艾苏和流浪歌手》

《艾苏和流浪歌手》是一部道德教化剧。政府动荡之时，社会各界人士在欢庆一年一度的节日——工人团体、军队兵营、流浪歌手以及乞丐等各种社会组织和成员聚集在广场上，勾画出一幅尼日利亚世界的众生相。节日的主要内容是准备下周的戏剧比赛。在欢庆节日的广场上，《艾苏和流浪歌手》作为节目之一正在彩排，从而也成为这部戏的“同名戏中戏”。戏中戏的主要内容是：五个流浪歌手因为政局变动，失业数天，无从饱食。当此之际，他们在奥米莱特的带领下来到了艾苏——尼日利亚约鲁巴信仰中恶作剧之神的属地，艾苏赐予这五个流浪歌手用歌声和舞蹈缓解人们痛苦的奇特能力，他们

① Tejumola Olaniyan, Femi Osofisan: The Form of Uncommon Sense Research in African Literatures. Drama and Performance.1999:74-91.

② Femi Osofisan. Formal strategy and social commentary in the play[M] // Biodun Jeyifo: Modern African Drama. New York: W.W. Norton & Company Inc, 2002:615. “in our times, the destiny of man presents its meaning in political terms.”

可以使用这种能力并获得报酬。于是，五个流浪歌手依次上演了六场救助病痛的舞剧。最后，除了奥米莱特因为救助麻风病人而身患麻风病，其他歌手都在患者那里收入颇丰。期限结束之时，艾苏出现，原来这一切只是他设计戏耍这些歌手的一场闹剧，正当他准备惩罚这些歌手之时，约鲁巴神话中的大牧师和河神出现，他们联手天花之神，与艾苏展开了一场游戏。最后，奥米莱特的麻风病被祛除，艾苏的诡计被揭穿。戏中戏结束后，回到一开始团体聚会的场面，全体演员一起和观众演唱《艾苏是不存在的》，整部戏剧在这首歌中谢幕。

了解完这部剧的情节就可以发现，作者的创作动机很明显是为了提高社会道德水平。但是剧情的组织并非那么容易。

首先，作者设计了一个“戏中戏”的结构，试图在让观众观看这部戏之时，与整部戏中的“演员”角色发生微妙的合并，于是造成“观众和演员”对话的格局，引发观众参与其中，并进行思考。

其次，他用普遍的社会心理结构来反衬自己的戏剧实践，饥寒交迫的奥米莱特得到神奇技能之时，首先不是满足自己的欲望——填饱肚子、摆脱贫困，而是奋不顾身牺牲自己的健康为麻风病人治病，并最终走向自我毁灭。一般读者看到这里，会觉得很不可思议，奥米莱特的德行是如此之好！恰恰相反，在现实生活中，奥米莱特这样的人是极其罕见的。

作者在此恰恰是对日常生活中的“常识”——善意是有局限的，人们身处困窘之时，相对于他人的危难，最先考虑的是自己。作者巧妙地对日常生活中公认的“常识”进行批判，并设置了道德重建的典范导向，促使观众或者读者进行思考。

“戏中戏”的故事结构，以及充满魅惑的戏剧结尾，都激发了观众参与戏剧演出、充分发挥主观能动性的可能性和有效性；约鲁巴民谣的运用和改造，本土神灵的出现，又使这部戏充满了浓郁的本土气息和亲和力；直击现代政治的主题，以及对于社会道德的关怀，又使《艾苏和流浪歌手》既达到了讽刺时政的效果，又完成了对社会道德的批判与重建。可以说，这是奥索菲桑所创作的相当杰出的剧作之一。

（2）讽喻时弊:《阿林金丁和守夜人》

《阿林金丁和守夜人》是奥索菲桑讽喻时政的代表之作，他所渗透的核心思想是拥有三个领袖的人民，却没有选择，无家可归。“武装强盗”成为威胁阿林金丁所在小镇的一大隐患，但是迟钝的警察局并不能为民排忧，于是捉拿强盗的责任就落在小镇上的三个领袖身上：

巴利，代表土生土长的酋长秩序，他仍然受到人们的喜爱，但是已经非常脆弱。饱受批评的巴利没有参与政策制定和执行的权力，无法实质性地为人民做事，人们把希望都寄托在凯西洛和阿林金丁身上。

凯西洛是议员，代表从西方进口但还未成功转型的选举体系。他把巴利视为非洲旧时代的“遗留物”，否认巴利会带来有价值的意见，并声称非洲的现代与它的过去一点关系也没有，也不依靠过去而建立。他的浅薄使阿林金丁的诡计乘虚而入，被利用而不自知，等他察觉到的时候，本性的贪婪使他让步——允许阿林金丁成为自己统治中的“二把手”，并从中渔利。

阿林金丁是退伍军人。他在凯西洛的支持下，组成了一个治安队，成为守夜人，代表军事管制。他用阴谋使自己一跃成为当地仅次于凯西洛之下的最高统帅。

戏剧从容不迫地往前发展，人们的问题似乎永远也不能得到解决，那是因为小镇上的强盗其实就是阿林金丁。

作者设置的三类领导结构实则是非洲大陆现存政治体制

的一个缩影。尼日利亚独立之后,曾经被殖民政策取代的非洲本土政治秩序并未顺利恢复,相反,依旧没有实权;而殖民政策遗留的“进口政府”则武断割裂现代非洲与其历史文化的关系,它既不信赖非洲的本土秩序,也没有及时完成适应社会发展的自身转型,这导致它所标榜的“选举民主”只是个幌子。本土领导的实权被剥夺,“军事独裁”集团借助“进口政府”的昏庸,略施诡计,一方面扮演着危害当地治安的强盗;另一方面“贼喊捉贼”打着“治安队”的旗号搜刮钱财。戏剧充分反映了非洲在脱离殖民统治之后,社会危机不但没有得到改善,反而在声名狼藉的现代政治统治中不断加深。奥索菲桑巧妙地以历时层面的三种统治者——“本土秩序”“进口政府”“军事投机者”三者并立为线索,勾画出一个摇摇欲坠的现代政府,讽喻时政,抨击腐败的统治,呼吁人民用自己的双手为尼日利亚锻造一个健康的政府而奋斗。

三、《艾苏和流浪歌手》——道德重建与文化混血

作为费米·奥索菲桑的代表剧作之一,《艾苏和流浪歌手》无论就剧本思想来说,抑或结构艺术而言,都堪称奥索菲桑戏剧创作思想的浓缩和典范。在这个剧本中,奥索菲桑通过设置巧妙的戏剧情节,犀利地抨击着尼日利亚当代政治、经济等方面存在的社会问题;同时也深刻地体察人性,并借此塑造了自己理想中的道德楷模与社会重建的标兵——奥米莱特。

(一)道德重建:思想内容的三个层次

现实虽然倾颓,梦想纵然遥远,但是作者却未曾放弃希望。置身于当代尼日利亚的大背景中,奥索菲桑有怀疑、有批判,同时依然乐观。在《艾苏和流浪歌手》中,作者着力打造了

三个层级的社会批判，从而展现出思想内容的三个层次：

1. 理想之丰腴，现实之凋敝

笔者在翻译《艾苏和流浪歌手》的过程中，一个无法回避的问题不断地闪回在脑海中：故事中的主角只是不想再过流浪的生活，而这个单纯的愿望实现起来却如此之难！他们曾经受到过职业训练，拥有过自己的职业生涯，如今却沦落到无家可归、食不果腹的境地。他们曾经遭遇过什么样的过去？又将会面对怎样的未来？戏剧在第一部分就交代了五个流浪歌手的生活和表演的大背景：首都政府变革，社会政治动荡，人们生活飘摇。而这五个流浪歌手既作为现实生活中失业人员的代言人，又作为戏剧中的主角走进我们的视野。

在《艾苏和流浪歌手》的戏中戏中，作者设置了六个小品。这六个小品分别从道德关怀和政治批判两大方面结构剧情，渗透着作家对社会现状的深切忧虑。同时，随着故事情节的发展，作者对社会变革的深切期盼也在潜滋暗长。

首先，与流浪歌手奥米莱特有关的两个小品——“帮助怀孕妇女”“救助麻风病人”是作者呼吁“道德关怀”的两大力笔，奥米莱特则成为道德楷模的化身。拿着艾苏赐予的魔法，奥米莱特完成对“小我”的超越，成为关怀人类生存的殉道者。他不嫌贫爱富，第一次他对一无所有的怀孕妇女伸出援手，他深切知道自己摆脱流浪、坐拥财富的机会可能就此破灭，却义无反顾，不曾懊悔；他深爱他人、不计较个人得失，第二次他冒着被惩罚的危险，力排众议帮助两个麻风病人，他明知自己会因此染疾，却毫不退却且无怨无悔。在人生贫困潦倒之际，手握一丝希望的奥米莱特并没有把实现一己私欲放在首位，而是满怀善意，他一次次地帮助别人，同时一次次地把自己推向人生绝境。道德在奥米莱特身上幻化出绚丽的翅膀，扇动着作者对于社会道德现状的慎重忧虑，以及乐观的重建梦想。

其次，在与另外三位歌手（埃普·奥伊博除外）有关的小品中，作者分别选择了与三种社会恶习密切相关的故事，看似在考验流浪歌手的善意，实则描绘了一幅“社会病态图景”。一个是通过非法途径赚钱的商人；一个是不遵循企业道德的经理；一个是因反抗传统迷信而被追杀的王子。经济领域的非法暴利，国家企业的道德败坏，以及传统社会的迷信枷锁都成为作者的心头之痛，亟待解决。其中，因反抗传统迷信而被追杀的王子成为浓缩作者意志的重点片段：它传达出作者力图反抗传统制度，促进社会革新的决心。现实生活中难以实现的梦想，却在戏剧中借助一个简短的歌舞就成真了，这是一种多么辛酸的反讽与冷酷的自嘲，同时却又渗透着含泪的希望与不懈努力的决心！

2. 拜金之风尚，道德之困乏

不同的人怀揣着各种各样的人生理想原本无可厚非，而当全民把谋求物质财富——而且是“不劳而获”——树立为社会风尚之时，形势就岌岌可危。对于金钱的渴求，对于暴富的梦想，泯灭了人性中的精神追求，将道德推向深渊。

《艾苏和流浪歌手》中一共有五位生活困窘的流浪者，除了奥米莱特，另外四位失去善恶之观的流浪歌手，对金钱趋之若鹜，缺乏最起码的是非观念。因为对财富的垂涎，辛辛帮助一位不法商人；因为对利益的崇拜，雷德欧帮助三位寻找经营许可证的企业职员；因为对荣华的爱慕，吉金对一位落魄王子伸出援助之手。但他们对亟待援助的怀孕妇女和麻风病人都熟视无睹，只因为后两者不能提供可观的物质回报，抑或会威胁到自己的生命。

对人们的选择进行简单的道德层面的判断与指责并非作

者的根本意图,我们需要关注的是导致这几个歌手为钱疯狂的社会原因——失业的歌手无家可归,饥肠辘辘。在他们生活的社会中,缺乏最起码的温饱,也没有能促使他们自食其力的社会机制,所以人们选择了堕落。人性冷漠的背后,实则想表现的是作者精心打造的病态社会。

3. 奇幻之破灭,梦想之可追

在剧本的尾声部分,作者把之前塑造的奇幻之景打破:"对于生命中的灾难,并没有如此奇迹般的答案","艾苏是不存在的","无论我们是谁,都只是一个寓言中的隐喻"。

神灵退场,魔力并不存在,而现实中的人们又将何去何从呢?答案并不难找,它就在剧本里"让我们重建社会,因为我们可以"。没有喧哗而暧昧的字眼,而是斩钉截铁地鼓励人民通过自己的双手改变命运,这就是奥索菲桑的戏剧品格:文学作为一种为社会合法性而战的武器,要激励人们用双手重建一个健康而稳定的社会!

理想的丰满和现实的凋敝成为作者铺写的基本点,而深藏其中的则是社会动荡所导致的人们对于金钱的崇拜,以及自身道德感的缺乏所导致的整个社会道德的困顿。胸怀中的理想被现实打击得一败涂地,作者心痛地抨击,毫不留情地批判,但是未来并没有那么茫然,不是吗?只要人们把命运紧握在自己手中,担负起重建社会的使命和理想,梦想就并非遥不可及!

(二)文化混血:艺术特色的三大亮点

1. 本土与西方元素共现的剧本结构

直言拒绝把自己归入"后现代主义"创作流派的奥索菲桑,在戏剧创作中呈现出来的戏剧结构极具魅惑:它继承着非洲本土传统的艺术表演方式,又在艺术效果的追寻上,与布莱希特的戏剧理念不谋而合，且洋溢着先锋派戏剧创作的特点。但是，归入某门某流派并非研究戏剧家创作中需要首要关注的问题，相反，想要达到什么样的戏剧效果才是解剖剧本结构的意义所在。

（1）戏中戏结构

《艾苏和流浪歌手》共有四幕：管弦乐队、序曲、鸦片、残留。其中第二幕、第三幕和第四幕的前半部分为同名戏中戏《艾苏和流浪歌手》，第一幕和第四幕的后半部分是戏剧的大框架。如果这不方便理解，或许我们可以这样说，整部戏的主要内容是《艾苏和流浪歌手》这部戏的彩排，而戏中戏是彩排本身，其余则是大背景。

场景：festival scene——“Open day”

政治背景　政府变革

人物　很多社团聚集在广场上欢庆节日

情节　戏剧演出比赛

线索　《艾苏和流浪歌手》彩排

戏中戏“艾苏和流浪歌手”

场景　政局动荡，歌手失业，五个饥饿的流浪歌手来到神灵艾苏的领地上寻求人们献给艾苏的祭品，以填满肚子。

情节　艾苏设局，赋予这五个流浪歌手以超能力，许诺他们用自己的歌声和舞蹈可以救助在困境中的人。于是，上演了六个由歌手演出的小品。最后“末日审判”，歌手各得其果。

回归大背景　所有演员大合唱《艾苏并不存在》，回到欢庆节日的大场景，戏中戏和戏剧本身一同谢幕。

故事发生的大背景通过上文已经很明显，这里就不再赘述。戏中戏的结构我们并不陌生，国内的戏剧如赖声川的《暗恋桃花源》就是此种结构。而奥索菲桑透过戏中戏追求的戏剧效果是什么？答案很明显，作者力图打造一个观众可以参与其中的剧场，在戏剧演出的过程中，打破观众和演员的界限，使观众设身处地地成为戏剧演出中的一个有机组成部分。

（2）观众参与式剧场

在戏剧的第四幕，奥米莱特和两个麻风病人因为“是否要归还麻风病”争执不下之时，艾苏情急之下，求助于现场的观众：“我现在把这个问题抛向观众，然后由观众自己做决定！（对观众说）你们不要只是坐在那儿，来主持正义吧！”一个辩论在观众之中展开了。

剧情发展到高潮之时，坐在台下的观众也很焦急地等待着审判的结果。而此时，作者把裁决权交给观众。一个“情景设置”现在就形成了：观众不自觉地加入戏剧演出之中，此时他们不仅仅作为观众存在，而是拥有了相当大的权力——决定戏剧将往哪个方向发展。奥索菲桑如此大胆的举动，无非是想和观众展开一次对人物命运的思考和探索，而戏剧的教育意义和引导思维此时发挥到了极致——没有什么比观众设身处地地对人物即将面临的选择进行思考更有实践意义和指导价值了。

（3）开放式结尾

戏剧行将结束之时，我们发现，作者并没有给它以固定结尾，而是全体演员一起演唱《艾苏是不存在的》。我们观赏的这部戏中戏在即将到来的比赛中会赢得冠军吗？政府的紧急状态何时能得到有效的解决？这些答案都无从寻找。而这些恰恰给观众带来一种戏后思考的余地和积极性，作为观众参与戏剧表演的一种方式，使这部戏剧在干涉现实上更具力量。

2. 血肉丰满的人物形象塑造

为了满足一己私欲而无视社会道德，不仅辛辛、吉金、雷德欧、埃普·奥伊博这四个流浪歌手如此，就连整个游戏规则的制定者艾苏也是如此；相反，奥米莱特、奥伦米莱、奥孙、奥巴拉耶则作为正义的一方出现在剧场上，他们是正义、道德、善良、同情的化身。

如此南辕北辙的人物形象塑造，在读者阅读剧本或者观众观看表演的过程中，都形成了巨大的对比和反差。一方是为了一己私欲而拜金的反面角色，一方是为了他人利益不惜牺牲自己的正面角色。截然的对比，达到了两种戏剧效果：首先，观众参与式的结构设计，使观众在思忖人物命运之时，会不自觉地把自己对应其中，选择自己的阵营；其次，奥米莱特的“极度光辉性”人格也让人满腹狐疑，在自身难保的情况下，奥米莱特毅然舍弃了自我拯救的机会去帮助素不相识的人，一个人在自我毁灭的时候怎么会如此坦然？那么，在此前他的人生中，他的“极度光辉性”人格足以让他牺牲过成百上千次，为什么单单此时才爆发？而他的队友们的性格却与他如此不同！

经过夸大后，人性的无私给观众带来的震撼实则促进了一种思考：社会上如奥米莱特般的道德典范还有多少？而我们在社会道德体系中身处何级？那些突破我们道德底线的流浪歌手是不是应该受到惩罚？

在这一系列追问后，奥索菲桑“文学为社会服务”的理念也就实现了。

3. 杂糅的语言景观

了解非洲的发展历史，我们就会发现：这是一片语言杂糅的土地。本土语言、殖民宗主国语言，甚至不同部落的语言交织，使人们处于不同语言交织的迷宫之中。《艾苏与流浪歌手》也是如此，作者在创作的过程中，将古代与现代、本土与外来的语言并置一堂，给读者制造了一场语言的盛宴：英语为剧本的主要使用语言，其间夹杂着经过改造的本土约鲁巴民谣，间或还会出现经过非洲化的法语。可以说，阅读奥索菲桑的作品，抑或非洲作家的作品，面临着语言的挑战与磨炼。而透过此种复杂的语言景观，我们看到的是非洲历史演变的缩影。

除此之外，幽默也是奥索菲桑语言的一大特点。虽然《艾苏和流浪歌手》描写的主题是严肃的社会批判，但是奥索菲桑似乎很懂得如何打造一个有思想深度，又深受观众喜爱的剧场。在阅读剧本的过程中，随处可见作者的幽默，使得戏剧的演出不受主题的影响变得枯燥，而是充满乐趣。

结语

文学和政治的结合，是当代撒哈拉以南非洲文学的一大特色。一方面，民族独立后，撒哈拉以南非洲本土先进的知识分子开始反观自身，努力地从本土传统中汲取营养，积极地进行创作，并从中寻找民族身份认同和自豪感；另一方面，脱离殖民统治后，本土统治遗产、进口选举制度及其军队制度之间的矛盾没有得到及时解决，社会建设在曲折的摸索中呈现出来的弊病让知识分子深感痛心，这促使作家拿起自己手中的武器——文学为促进理想社会的建设奔走呼号。

作为尼日利亚第二代戏剧家的重要代表，戏剧创作于费米·奥索菲桑而言，就如手中的一把利刃。它直指脱离殖民地后不久的尼日利亚现状，彰显着尼日利亚独立后知识分子在促进社会变革方面的强烈意志。强烈的社会责任感，使知识分子以促进社会的健康发展为己任，而将政治批判与戏剧这一观众喜闻乐见的文学样式相结合，成为作家引导观众进行社会思考的一种有效手段，在当代撒哈拉以南非洲的社会发展中扮演着不可忽视的力量。

广而言之，“驳杂的文学元素”，是第三世界作家作品创作中的一大共性，20 世纪 30 年代活跃在上海的新感觉派就是一个代表。一般而言，他们钟情于本民族的传统文化，渴望通过继承和发扬传统文化获得身份认同感和民族自豪感；而被殖民的生活经验，使他们不可避免地受到西方文化的熏陶，西方文化也成为他们创作中的一个有机组成部分。在西非世界，沃莱·索因卡、费米·奥索菲桑的文学创作都呈现出本土文化、西方文化交织的混杂元素生态。

在世界文学的视野下，奥索菲桑的戏剧既是民族的，又是世界的。奥索菲桑的戏剧创作有效地继承了非洲传统文化中的节日仪式、传统舞蹈等表演范式，深深扎根于撒哈拉以南非洲本土文化；与此同时，奥索菲桑有选择性地借鉴了西方戏剧艺术的理论思维及实践经验，是符合全世界观众的审美经验的。

富加德《岛》的“封闭空间”和“开放空间”

《岛》是一部具有强烈“环境意识”的戏剧,这里的环境既指南非种族隔离制度盛行的环境,也指戏剧发生的场所。“环境”元素,对剧本结构、剧情发展有着重要意义。本文以剧本文本为基础,结合戏剧演出影像资料,探讨戏剧表演空间设置在强化戏剧主题表现上的艺术、方法与意义。

一、阿索尔·富加德与《岛》

(一)富加德及其戏剧创作

1967年,阿索尔·富加德和约翰·卡尼(John Kani)、温斯顿·纳特舒纳(Winston Ntshona)一起开始创作实验戏剧,将源自东欧的“质朴戏剧”理念应用到反映南非种族隔离制度下的社会现实中来,创造出一种新型戏剧范式,至今对南非戏剧界有着重要的影响:从戏剧主题来说,他的剧作取材于南非当代社会,也包含着对人类普遍生存困境的思考;从戏剧理念上来说,他勇于质疑传统戏剧创作经验,不断进行艺术实验和冒险,为世界戏剧艺术创作尝试注入新的血液。

阿索尔·富加德在世界剧坛有着重要的地位和影响,《新闻周刊》发表署名文章,称“世界戏剧界再也找不到一个比南非的阿索尔·富加德更为形式所需、更为不可或缺的剧作家”。[1]《时代》的署名文章则认为阿索尔·富加德是“英语世界里最伟大最活跃的剧作家”。[2]

1957 年，阿索尔·富加德在凯普组建实验剧团，从此踏入剧坛。1958 年，富加德在约翰内斯堡土著专员法庭参与审理违反“通行证法”案件，被非洲人的不幸处境深深触动，遂以此为基础创作了《无用的星期五》（*No-good Friday*，1958 年演出，1974 年发表）和《诺戈戈》（*Nogogo*，1958 年演出，1974 年发表），两部剧均以讲述黑人的不幸遭遇和生存困境为主题。

1960 年之后，富加德创作出“伊丽莎白港剧作”，包括：《血结》（*The Blood Knot*，1961 年演出，1963 年发表），《哈喽，再见》（*Hellow and Goodbye*，1965 年演出，1966 年发表），《博斯曼与列娜》（*Boesman and Lena*，1969 年演出并发表）。这些剧作使他蜚声剧坛，获得国际戏剧界的认可。这批剧本有着一个共同点：剧中人物角色很少，两三个人在紧张而痛苦的时刻面面相对，剧本表现了不可能被反人性的种族主义环境所完全灭绝的人道精神。[3] 因这三部剧都以家庭为框架，探讨亲人之间的紧张关系，揭示南非人民的生存困境，所以又被称为“家庭三部曲”。

1967 年，富加德和他的合作演员在波兰实验戏剧导演杰齐·格洛托夫斯基（Jerzy Grotowski，1933—　）的影响下开始创作即兴戏剧，这是富加德戏剧生涯的转折点。《西兹韦·班西死了》（*Sizwe Bansi Is Dead*，1972 年演出），《岛》（*The Island*，1973 年演出）和《根据不道德法案逮捕后的供述》（*Statements after an Arrest Under the Immorality Act*）是这一阶段的代表作。

① Newsweek, 29th March, 1982.

② Time, 18th April ,1988,p.81.

③ 李永彩：《南非文学史》，上海外语教育出版社 2009 年版，第 365 页。

1974 年，这三部剧本结集《供述：三个剧本》（*Statements: Three Plays*，1974），由牛津大学出版社正式出版。因这三部剧本直面社会政治生态，对南非种族隔离制度进行毫不留情的批判，所以又被称为“政治三部曲”。

20 世纪 80 年代后，富加德创作的主要剧作是《芦荟的教训》（*A Lesson from Aloes*，1981），《哈罗德少爷……和仆人》（*"Master" Harold...and the Boys*，1982），《通向麦加》（*The Road to Mecca*，1984）和《我的孩子们！我的非洲！》（*My Children！My Africa*! 1989 年首演）。这些戏剧分别对种族主题、沙佩维尔惨案加以探讨，依次在美国演出并荣获不同奖项，颇受业界好评。在这一时期，富加德的戏剧创作日趋走向成熟。

（二）班图斯坦、罗本岛与《岛》

南非在民族党执政（1948 年）之后，采取将有色人种与白人分开的政策。其实，早在 1913 年到 1936 年间，南非在土地政策方面就已经形成了所谓的“种族隔离”歧视，规定黑人农夫拥有的土地比例不能超过 13%。[①] 自 20 世纪 40 年代开始，白人统治集团开始改变统治方式，以便永远霸占黑人保留区以外的土地，逐步实现白人与黑人的政治分离。于是，南非政府于 1951 年至 1971 年先后制定了班图权利法、班图自治法、班图斯坦国籍权利法和班图斯坦宪法条例，并根据这些法令对黑人实行按部落分治，由白人政府任命部落酋长。南非政府共计在近 300 个保留地建立 632 个部落自治机构，拼凑成班图斯坦自治区，改称“班图斯坦”。除此之外，所有居住在白人地区的南非黑人都必须从属于一个“班图斯坦”，作为其国籍。

“班图斯坦”制度取消了所有南非黑人的南非国籍，使他

① 廖炳惠编著：《关键词 200：文学与批评研究的通用词汇编》，江苏教育出版社 2006 年版，第 12 页。

们失去了在南非的一切权利；同时，白人却达到了永远占有87% 以上国土的目的，由他们操纵"班图斯坦"的政治、经济。"班图斯坦"制度的实施加深了南非的种族矛盾和阶级矛盾，遭到了南非黑人的坚决反对，加剧了南非的政治危机。许多人因反对种族歧视而爆发了大规模的抗议活动，作为关押反种族隔离的黑人监狱的罗本岛（Robben Island）就走进了历史。

罗本岛是南非西开普省桌湾中的岛屿，面积约 13 平方公里。1960 年以前，罗本岛曾经是关押英国犯人和麻风病人的流放地与隔离所，被称为"死亡岛"。此后，南非政府在岛上修建秘密监狱，关押了 3000 多名黑人运动领袖和积极分子，并对黑人政治犯实行非人待遇。一个约 40 平方米的牢房最多关押过 150 名囚犯，每个囚房的所有物品是三条毯子，他们大部分都睡在地上。①

罗本岛最著名的囚犯是纳尔逊·罗利赫拉赫拉·曼德拉（Nelson Rolihlahla Mandela，1918—2013），他被囚禁在罗本岛上达 20 年之久。1993 年，曼德拉荣获诺贝尔和平奖。1994 年 11 月，新南非诞生，曼德拉当选为南非第一位黑人总统，一生致力于推翻种族隔离政策。因为这段历史，罗本岛被视为南非黑人反对种族隔离、争取民族自由解放的象征，同时象征着反对者的革命决心。1996 年，罗本岛被政府宣布成为国家博物馆，1999 年被联合国教科文组织列为世界文化遗产。

《岛》是一部反映罗本岛监狱真实生活的实验戏剧。创作之初，阿索尔·富加德大量收集关于罗本岛监狱的笔记，将它们授权给演员约翰·卡尼和温斯顿·纳特舒那，开始了导演和演员的即兴创作。有趣的是，两位主演均使用自己的真实姓名，作

① ［英］安东尼·辛普森著：《曼德拉传》，陈子博、卫昱译，长江文艺出版社 2013 年版，第 12 页。

为剧中角色的名字。1973 年 7 月 2 日,《岛》首演并获得极大的轰动。1975 年,《岛》获得美国话剧、音乐剧最高奖“托尼奖”,在世界范围为更多人所熟知。

《岛》是一部简单的四幕剧,中译本不到 30 页,却承载着两位黑人主角看似不同却同样悲凉的命运,演绎着古希腊悲剧和当代南非悲剧的共振。我们不禁追问同样的悲剧为何在人类的历史中不断上演。

与中世纪之后盛行的以剧本为中心的呈现形式不同,富加德认为戏剧的纯粹性在于演员用语言、声音和动作充实沉默的剧场。[①] 由此,富加德、约翰和温斯顿三位主创人员在《岛》中选择了一种独特的方式来进行戏剧实践:在形式上选择即兴创作的方式,在没有既成剧本的情况下,两位主演和导演一起通过排练的方式,在探索中寻求对内容的表达;在舞台布置上,没有繁杂的道具、服装、灯光、布景等,甚至没有多余的角色,完全通过演员的语言、声音和动作充实沉默的剧场。这是富加德对传统戏剧创作模式的质疑和反叛,也是对其质朴戏剧理念的重申。

戏剧的第一幕中,以采石场开场,对黑人政治犯在狱中所从事的繁重劳动和遭受的非人道待遇进行铺垫。接下来,“戏剧比赛”成为剧情的主要线索,约翰希望室友温斯顿能同他一起在狱中演出《安提戈涅》。第二幕讲述了在《安提戈涅》彩排过程中的戏剧性转折。首先是被安排出演安提戈涅的温斯顿,因无法接受女性角色、服装与约翰发生争执;其次是约翰被告知他的减刑要求已经被批准,可以在三个月之后出狱,这对被判终身监禁的温斯顿无疑是巨大的打击。第三幕上演了“希

① Athol Fugard. Introduction to Statements, Modern Africa Drama, W. W.NORTON&COMPANY·New York·London, 2002, pp.523-547.

望地狱”和“绝望地狱”的冲突。减刑给约翰的生活带来希望，他开始计算还需多久就可出狱；温斯顿对自己漫漫无期的牢狱生涯感到绝望，辗转难眠的他，开始为约翰描述他出狱后会迎来的新生活，但不可否认的是距离出狱依然遥遥无期，这一事实折磨着两位主人公。虽然他们分别面临着希望和绝望，却同处于等待的地狱之中。第四幕中，戏中戏《安提戈涅》的上演把剧情推向高潮。温斯顿扮演的安提戈涅惟妙惟肖，他富于感情的演讲不仅再现了安提戈涅与国王克瑞翁的对峙，也为自己的同胞代言，发出了数以万计的南非黑人反抗种族隔离制度的呐喊。

二、《岛》的双重“封闭空间”

“封闭空间”最初是小说批评的词汇，常见于16世纪中叶西班牙文坛盛行的“流浪汉体”小说之中。这些小说一般采用自传体的形式，以主人公的流浪为线索，将主人公的生活经历和广阔的社会环境描写交织在一起，侧重反映城市下层人民的生活，具有一定的现实主义色彩。美国著名文学批评家、普林斯顿大学比较文学教授约瑟夫·弗兰克于1945年第一次系统地提出了小说“空间形式”理论。他认为：所谓“空间形式”就是“与造型艺术里所出现的发展相对应的……文学补充物。二者都试图克服包含在其结构中的时间因素”。[①]

与小说不同，空间在戏剧中的作用远比小说更明显、直接，戏剧演出本身就在一个封闭空间之中——在剧院中搭建舞台，并让观众在剧院中观看、欣赏。因此，将“封闭空间”作为

① [美]约瑟夫·弗兰克等著：《现代小说中的空间形式》，秦林芳编译，北京大学出版社1991年版，第2页。

戏剧批判维度在文学批评史上并不多见。但在《岛》中,故事发生的空间“岛”和“监狱”构成两层封闭空间,观众直面的是一个三层嵌入式的空间,而多层封闭空间对戏剧冲突和叙事艺术提出了更高的要求。

(一)“封闭空间”对生存困境的塑造

《岛》的素材来自罗本岛监狱犯人的日记,属于反对南非种族隔离制度的现实主义题材作品。在这一创作时期,富加德接触到了波兰实验戏剧导演格洛托夫斯基的“质朴戏剧”理念,并深受其影响,成为自己戏剧生涯的转折点。此后,他的创作都紧紧围绕着“质朴戏剧”理念进行,《岛》就是一部主创主演即兴完成的典范之作。

首先,从地理空间上来说,现实中的罗本岛和南非大陆被一湾海峡隔离开来。历史上,罗本岛一直承载着特殊的“隔离”职能,凡是不被南非主流社会接纳的下等公民都被流放至此。殖民时期的罗本岛就有“死亡岛”之称,被用来流放英国犯人、隔离麻风病人;南非政府接管政权后,延续了罗本岛的旧有职能,在岛上修建秘密监狱,专门关押黑人政治犯,那些为黑人人权奔走呼号的仁人志士,被当作南非社会的蛀虫,纷纷被押解至此,其中一些人甚至面临着终身隔离的命运。

其次,从环境特质上来说,不同于丰富灵动的现实世界,罗本岛中的意象群极其陌生化,如“牢房”“壕沟”“采石场”的场景设置,构成一个陌生化的“异度空间”。这个隔绝于大陆之外的异度空间,有着自己独特的运作方式和游戏规则。在全剧中,黑人政治犯所从事的活动非常单调,他们或在狱警的督促下跑步,或在采石场里从事类似挖沙子这样永无止境的体力劳动。“陌生化”“荒诞化”是封闭空间的最大特点。

此外,封闭空间具有强烈的情感特性,“禁锢的窒息”和

"绝望的痛苦"是剧情的主要感情色彩。在第一幕中,温斯顿难以忍受白人狱警洪道斯对狱卒的蹂躏和虐待,发出了"我是被判给了生活的兄弟,而不是血腥的死亡"的愤慨。封闭空间也由一系列消极的形容词来修饰,第一幕中就出现了"刺耳的汽笛声""愤慨""痛苦""麻烦""沉默""恐惧""崩溃""超负荷"等负面词汇,象征着主角备受压抑的精神困境。

(二)"封闭空间"的象征意义与作用

1. 身份的失去——存在的荒诞和无意义

早在被扔进冰冷的囚牢之前,罗本岛中的黑人政治犯在南非的生存权利就已经被剥夺。如前文所说,班图斯坦政策剥夺了黑人的人权,也加深了南非的种族矛盾和阶级矛盾。如果班图斯坦政策让黑人失去了其作为普通公民的身份、尊严和自由,那么在罗本岛监狱中,黑人政治犯则彻底丢失了存在的意义。

剧本《岛》从两个方面阐释了存在的荒诞性和无意义。

一是对黑人政治犯在监狱里毫无意义的机械劳动的描述,如第一幕开场白的场景所说的那样,"这看上去像极了一幅使人产生十足疲惫感和荒诞感的劳工图像"——约翰和温斯顿不停地挖掘沙子,将独轮车装满再倒到另外一个工人面前,所以那一堆沙子从未减少。这狱中的劳动毫无现实意义,既无法对黑人政治犯的人生成长有所帮助,甚至无法为外部世界提供经济价值。这幕戏是富加德受法国存在主义影响的写照,他描绘的这幅图景和加缪所刻画的西西弗有着惊人的相似之处。西西弗永无止境的苦役一直被视为人类生存最荒诞的象征,但更为荒诞的是它第一次走出了神话,真真切切地发生在南非的现实社会里。

二是对在监狱制度下失去自我的老哈里的形象的塑造。

综观以前的文学作品，“岛”一直与“困境”“突破”联系在一起，如《鲁滨逊漂流记》中主人公孤岛求生，随之萌生突破的渴望，“监狱”也是如此。“岛”和“监狱”具有明确的“困局”与“突破”的象征色彩。在封闭困境里，有人有机会走出困局，比如获得缓刑的约翰；有人则无奈地忍受着绝望带来的折磨，比如温斯顿；还有人已经失去了自我以及存在的意义，比如老哈里。

温斯顿：约翰，你知道今天早上在采石场，我最后在哪里吗？在老哈里旁边。约翰，你知道老哈里吗？

约翰：知道。

温斯顿：知道什么？伙计，你说。

约翰：老哈里，23 号牢房，70 岁，还有一条命。

温斯顿：我不是说这个。明天早上你去采石场的时候，好好地看看老哈里。约翰，看看他的眼睛，他的手。他们已经把他改变了。他们把他变成一块石头。他用凿子和铁锤工作，每天凿出 20 块漂亮的石头。没人能够像他那样喜欢石头。这就是他们对哈里很友好的原因。他已经忘记自己，忘记了一切……忘记了他在这里的原因，他从哪里来。约翰，我也是这样。我已经忘了为什么我会在这里。

2. 剧情的推进——不同人种间的不断冲突

封闭空间是不同冲突集中上演的场所。

首先，是发生在白人狱警洪道斯和约翰、温斯顿之间的冲突。这是囚犯和狱警之间的冲突，也是南非社会白人和黑人矛盾冲突的缩影。罗本岛是南非种族隔离制度留给黑人最伤痛的印记与表达，如约翰在第一幕中说，“黑人统治者正在被白人统治者追赶,他们跑掉了自己的鞋子,脚底一片伤疤。”

其次,是发生在两位黑人政治犯约翰和温斯顿之间更为深刻的冲突。这里不再一味地对白人进行批判,更多的是转向黑人自身对命运的反思。约翰和温斯顿的冲突主要发生在三个层面上:第一,从剧情发展上来看,希望排演《安提戈涅》的约翰和拒绝出演安提戈涅的温斯顿两次因为戏剧剧情发展和角色扮演产生冲突。温斯顿并不理解约翰对《安提戈涅》的热情,他拒绝对安提戈涅的形象进行反串,是推动戏剧情节发展的直接线索。第二,两位主人公展现出不同的精神状态。和被监狱生活折磨得精疲力竭的温斯顿相比,约翰清醒而执着。不同于温斯顿对《安提戈涅》的一无所知,约翰对《安提戈涅》的思想和内涵有着深刻的了解和认识。从拒绝学习剧本到心甘情愿地自觉上台演出,温斯顿经历了和约翰发生争执、收到约翰缓刑的消息、回忆来岛始末等跌宕起伏的变化,对他产生潜移默化的影响,成为他自我觉醒的基础。第三,两位主人公未来的生活形成鲜明的对比。约翰收到缓刑通知后,两人之间的气氛开始变得微妙和紧张:约翰还有三个月就可以出狱,面临终身监禁的温斯顿则痛苦万分。

通过将洪道斯和约翰、温斯顿的冲突和约翰、温斯顿之间的冲突交织上演,戏剧主创人员所进行的反思变得更加彻底:南非黑人如今的生存困境,是白人对黑人不公平待遇的产物;而如何走出这个困境,却是黑人自己需要去努力的课题。

(三)封闭空间中的艺术手法

1.“封闭空间”对时间的表现

在戏剧剧本中,对空间浓墨重彩的诠释消弭了对时间发展的重视,观众对戏剧时间的把握从而变得模糊。

《岛》一共分为四幕,集中讲述了发生在6天之内,三个时间段的故事。其中,以第四幕的时间为标尺,第一幕发生在6天前的一个晚上,第二幕、第三幕发生在5天之前的一个夜晚。四幕的主要剧情分别是:学习《安提戈涅》、彩排《安提戈涅》、畅想出狱生活、表演《安提戈涅》。

从情节上来看,第二幕的部分剧情发生在过去,两位主人公在戏剧排演之余,对各自的来岛经过进行了回忆,时间在这里发生了倒退;第三幕戏剧的剧情发生在未来,两位主人公对三个月后即将发生的情景进行了畅想,时间又在这里发生了快进。这两幕的共同之处在于,它们的发生都独立于主流时间之外,没有像一般戏剧那样使用真实的布景和演出来呈现,而是通过主人公的对话,借助观众的想象力得以实现。

2. "封闭空间"中的非洲本土元素

撒哈拉以南非洲有漫长的口承文学传统,文学样式丰富,从神话、史诗、民间歌谣到寓言不一而足。在西非的许多部族中,还出现了以保存和讲述传统文化遗产为职业的"格里奥"文化现象。据统计,非洲大陆至少有一千多种语言,与之相对应而产生若干文化类型。北京大学教授宁骚如是说,"非洲有多少黑人部族就有多少个传统社会,每个传统社会都有自己的传统文化,"① 这在一定程度上阻碍了撒哈拉以南非洲内部文化统一性的形成,而使其形成星罗棋布的文化景观。

作为一部南非当代戏剧,《岛》在剧情发展上带有部分非洲本土元素,主要表现为对非洲本土语言的使用。基于这部分戏剧元素较为微弱,笔者在这里作简要阐述。

(1)对非洲本土语言的使用情况

《岛》是一部用英文创作、英语演出的戏剧,加上对希腊经

① 宁骚:《非洲黑人文化》,浙江人民出版社1993年版,第3页。

典的改编,使它从内容到形式上都更像是一部反映西方文化的作品。南非本土黑人用殖民地宗族国的语言,对他们在政治、文化领域受到的不公正待遇进行抗议,本身就充满了文化戏谑色彩。唯有戏剧中随处可见的"阿非利卡语"和"科萨语"(共计出现 49 次)昭示着两位主演在戏剧和现实中的真实文化身份,而这些词语多为简单的应答词,比如"是的""知道",或者为感叹语词"土地的儿子"等。

卡琳·巴伯在《非洲语言文学和后殖民批评》一书中曾指出:后殖民主义经常把"写作"和"现代性"与"英文书写"等同起来。也就是说,她主张的文学批评流派认为,为了更好地处理非洲独立后的现代问题,创作者个体经常选择用英文进行写作。① 前殖民地在获得独立之后,采取何种语言进行日常交流抑或是文艺创作一直是后殖民批评所关注的重要议题,殖民地一旦使用其宗主国的语言,本土语言必然完全贬值,语言的让渡代表着被殖民的历史经验和遗产。

一般而言,对于宗主国的语言入侵,殖民地一般会有如下连续反应:首先,在被取代后自我摒弃;其次,自我觉醒后,对帝国殖民者文化的彻底反抗;最后,达到对现存价值观的批判接受。在母语为英语的非洲国家,用英文书写的文学在各种书写形式的文学中居于特权地位,与非洲口承文学和用本土语言书写的其他文学相比,非洲的英语文学无疑受到了学者和批评家更多的关注。虽然非洲文学在世界文学中仍处于边缘位置,但非洲英语文学在这个集体中受到的关注和回应都最多。

阿尔及利亚黑人运动领袖弗朗兹·法农在其著作《黑皮肤,白面具》的第一章中就说:"我们对语言现象极其重视。所

① Karin Barber. African-Language Literature and Postcolonial Criticism, volume 26, issue number 3 of Research in African Literatures.

以我们认为这一探讨很有必要,它能够给我们提供有色人种的'为他人'方面的理解因素之一。"[①] 作为精神病医师和作家的法农,对语言的使用有着敏锐的认识——"被殖民者尤其是因为把宗主国的文化价值变为自己的而更要逃离他的穷乡僻壤了,他越是抛弃自己的黑肤色、自己的穷乡僻壤,便越是白人,"[②] 他认为能够使用宗主国语言对黑人而言意味着一种文化上的优越感,从而持有摒弃自身文化的心态。

悖论就在于此,在这部戏中,本土语言的使用只是只言片语。大段的英文对白,导演的白人身份,都让黑人对自身价值的追问在气势上大打折扣,也使读者和观众对南非黑人在争取自身权益和民族平等上使用的方式、方法发生困惑。

(2)对南非本土口承戏剧传统的继承与发展

很久之前,布须曼人、科伊科伊人和说班图语的各族人民在南非生息与繁衍,南非是他们的故土,他们是南非的原住民。[③] 在各民族长期的发展过程中,南非形成了独特的口头文学传统,以紧密结合社会现实为内容特点,在讲故事和朗诵诗的场合,舞蹈、乐器也融入其中,使观众成为口承文学的参与者和享受者。殖民时期之前的南非,口头文学样式丰富,主要包括神话、传说、故事、口头诗歌和模仿剧,在19世纪中期以前是南非文学的主流。

在《岛》这部作品中,对非洲口承戏剧的运用虽然不多,所运用之处都比较典型。富加德对恩古尼－索托口承文明的痴迷导致他创作出《岛》这部戏剧,也是对纳尔逊·曼德拉时代的

① [法]弗朗兹·法农著:《黑皮肤,白面具》,万冰译,译林出版社,2005年版,第8页。
② [法]弗朗兹·法农著:《黑皮肤,白面具》,万冰译,译林出版社,2005年版,第9页。
③ 李永彩:《南非文学史》,上海外语教育出版社2009年版,第2页。

致敬。[1]

首先,这部即兴创作的戏剧,其形式就与非洲口承传统不谋而合,没有事先写好的剧本作为参考,导演和演员在讨论和探索中一起充实戏剧内容,修正剧情的发展。曼德拉是南非社会政治和文化的象征,与这部戏的主题有着直接的联系,对黑人运动领袖曼德拉形象的借鉴也给这部戏赋予了浓重的南非特色。在《安提戈涅》戏中戏演出的末尾,温斯顿抛开安提戈涅本身的戏剧角色,发出了曼德拉式的呐喊:

> 温斯顿:(温斯顿摘掉假发面对观众,这时他已经不再是安提戈涅了。)列祖的神啊!我的土地!我的家!

其次,在《岛》的剧本和舞台演出中,我们可以看到导演对戏剧布景、舞台调度的简化,对演员对白的高度重视将语言这一口头艺术发挥到极致。除此之外,还有对演员肢体动作和戏剧声音的突出呈现:如在第一幕采石场的演出中,通过对两位主演奴隶般工作状态的象征性演出,我们能看到主创人员对肢体动作、声音这两种元素的重视,给我们传递出强烈的非洲本土戏剧观感。

三、《岛》的开放空间

与"岛"和"监狱"构成的双重实体封闭空间相对,《岛》共有5个开放空间,它们不受戏剧演出空间的束缚,而是通过剧作家巧妙的构想,借助道具艺术和台词艺术呈现出有别于

① Christopher Heywood. Theatre: Fugard to Mda, A history of South African Literature, Cambridge University Press, 2004, p.184.

戏剧舞台场景的异度空间。

开放空间的设置，一方面，丰富和完整了原有的戏剧情节，给原来的封闭空间表演中加入多种不同的表现景观；另一方面，通过想象，为读者和观众对现实世界进行复原和重构。

（一）“开放空间”对现实世界的重构

《岛》共有五个开放空间，依次是：第一幕中温斯顿通过回忆唤醒的乔治海滩、约翰通过打电话接通的伊丽莎白港；第二幕温斯顿回忆二人来到罗本岛的全过程；第三幕温斯顿想象约翰出狱时的景象；第四幕《安提戈涅》的演出。

在《岛》中，开放空间作为剧情的组成部分，扮演着非常重要的角色——它对整部戏剧的基调、格局和思想起到提升作用。但这些空间只通过演员高超的对话技巧来进行呈现，舞台上没有蒙太奇式的转接或者插叙式的演出，读者和观众必须借助想象才能予以把握，开放空间具有以下特点：

首先，穿越的时空是开放空间的特征。《岛》的剧本时间跨度为6天，剧本的封闭空间中除第四幕没有明显的时间提示外，其余均发生在晚上，但开放空间的时空发展均不受这些限制。两位主演借助回忆、想象等方式，自由地穿梭在过去、现在和未来三种时空之中。

表1　开放空间中的时空分布

场景	时间	空间
乔治海滩	过去	乔治海滩
伊丽莎白港	现在	南非大陆新布莱顿
来罗本岛的全过程	过去	从南非大陆到罗本岛
约翰出狱景象	未来	从罗本岛到伊丽莎白港
安提戈涅的演出	古希腊	古希腊审判法庭

其次，与封闭空间中破败的道具和沉重的气氛形成对比，频繁出现的美好意象是开放空间的第二特征。第一幕中，白天在岛上挖沙子的情节触发了温斯顿关于乔治海滩的美好记忆，我们看到并听到了关于城堡、圣诞和野生蜜茶的美好叙述；在第二幕中，约翰和温斯顿因为《安提戈涅》的情节发生了争执，于是自己将马克杯充作电话接听器，接通了他和温斯顿曾经生活过的伊丽莎白港的电话，我们可以看到“兴奋地扭动着身体”“笑声”“凑热闹”“享受”“漂亮”等词汇；在温斯顿想象约翰出狱情景的第三幕中，码头、渡轮、葡萄园、橘子、维 C、玩游戏、吃小吃、爬梯子、美妙的清晨、卡其色衬衫、卡其色长裤、褐色的鞋、手表、包裹、国王、蛋糕、甜点、冷饮、蓝天、啤酒等一系列美好意象集中出现，仿佛已经带领主人公穿越到三个月后获释的那一天，跨越罗本岛和南非之间的海峡，回到那个令主人公日夜向往的自由世界中去。

最后，封闭空间中仅有两位主角演绎剧情，但是开放空间中的人物不仅数量众多，而且形象丰富。据统计，全剧按时间顺序有 20 个角色依次出场：温斯顿、约翰、洪道斯、蒙德、安提戈涅、囚犯 42 号、克瑞翁、厄特俄克勒斯、乔治、依莱、囚犯 14 号、斯皮洪、西蒙、格伦福特、斯克特、曼吉、雨丝、温斯顿妻、约翰的双胞胎小孩、约翰的父母、普林斯、塔图·彼得、老哈里……他们中有白人法官或狱警，有同在狱中的黑人政治犯，也有约翰和温斯顿的亲友，这些在两位主人公人生中扮演重要角色的人物虽然从未出场，但对推动剧情的发展却起着重要的作用，而且极大地丰富了剧本的人物形象。

（二）“开放空间”对剧情发展的意义

1.“互换命运”——约翰和温斯顿的视角

戏剧的第三个开放空间和第四个开放空间分别围绕“回

忆来到罗本岛的过程”和“展望约翰出狱后的场景”这两个主题进行。在听到约翰缓刑的消息后，两位主人公面临着截然不同的命运，各怀心事。但是，导演并没有让演员们各自揣摩自己的命运，而是转而思考对方的处境，形成强大的戏剧张力。

在第三个开放空间中，即将出狱的约翰将目光转向过去的苦难。他想到的是和家人的告别、运送犯人极其拥挤的车厢以及尿湿全身等并不愉快的情节。在第四个开放空间中，面临终身监禁的温斯顿发觉约翰在即将出狱的日子，便选择展望约翰三个月后出狱的情景。

即将拥有自由的人选择回忆苦不堪言的过去，面对终身监禁的人反而畅想属于别人的美好未来，这样的情节看似十分吊诡却别具匠心。试想，如果两人思绪互换，除了约翰为自己即将迎来的自由欢欣鼓舞，温斯顿为自己悲剧性的命运黯然神伤，我们还能看到什么？

2. 历史的重复与曙光——穿越时空的“安提戈涅”

在第四幕中，温斯顿和约翰分别扮作克瑞翁和安提戈涅，在狱中上演了一场黑人版的《安提戈涅》，古希腊式的人权悲剧和南非黑人的生存困境在舞台上同时上演。时代不同，人种不同，但人类面临的困境竟惊人地相似。

古希腊戏剧家索福克勒斯创作的《安提戈涅》诞生于公元前442年，讲述了俄狄浦斯的女儿安提戈涅不顾忒拜城国王克瑞翁的命令，将被判定犯有“反城邦罪”的兄长波吕尼刻斯安葬，最后被处死的悲剧故事。安提戈涅在剧中被塑造成一位因维护自然法，誓不向世俗权力屈服的女英雄形象，对国王克瑞翁的独裁统治进行批判，对人权、法律和专制的关系进行反思。

作为《安提戈涅》在非洲大陆的第一部改编本，《岛》和其他欧美改编策略相同——以反对专制权威为主题，但在剧情上只选取“安提戈涅的审判”这一片段进行阐释，海伦·P. 福莱在《古希腊悲剧的现代改编和演出》[1]中指出，古希腊悲剧允许对不能解决的极端情景做出政治回应，而富加德选择安提戈涅作为《岛》中的灵魂人物，是对南非特殊的政治风气的抗议。

据笔者统计，《岛》和《安提戈涅》存在如下异同：

表2 《安提戈涅》和《岛》在剧情上的异同

	《安提戈涅》	《岛》
政治自由	国王的权力和上帝的权力之分	种族隔离制度
人权	为死者举行葬礼的权利	南非黑人的权利
女性的地位和身份	反对者为女性	/
反独裁和极权主题	反对国王独裁，质疑国王权力	反对南非的种族隔离制度

故事从对安提戈涅的审判开始，最后到其在洞穴中被处死结束。这部分中，约翰和温斯顿将剧中的精华展现得淋漓尽致，约翰扮演的克瑞翁，极权而又伪善，他声称自己是人民的奴仆，要为法律的效用辩护，却剥夺兄妹之间的亲情。温斯顿扮演的安提戈涅对克瑞翁有非常精彩的四重追问：

温斯顿：制定法律埋葬我哥哥的人是谁？

约翰：国家。

温斯顿：国家是谁？

约翰：我作为国王代表的国家。

温斯顿：所以是你制定的法律？

约翰：是的，为了国家。

温斯顿：你是上帝吗？

① Helene P. Foley. Modern performance and Adaptation of Greek Tragedy, Transactions of the American Philological Association（1974– ）, Vol.129（1999）, pp.1–12.

这是安提戈涅对克瑞翁的追问，也是南非黑人对白人的追问。两位演员的台词在忠实于原著的基础上，增加了对罗本岛统治者的影射，将古希腊戏剧中的悲剧情节和南非现实生活中的真实事件巧妙地统一起来。如温斯顿在演讲中说道："他那躺在战场上等待苍蝇(洪道斯)吞噬的尸体只属于上帝。"暗示白人狱警包括白人统治者对黑人权利的剥夺是对人权的藐视和践踏，是对自然法的违背。这和《安提戈涅》原著中的一段台词相似："天神制定的不成文律条永恒不变，它的存在不限于今日和昨日，而是永久的，也没有人知道它是什么时候出现的……我并不认为你的命令是如此强大有力，以至于你，一个凡人，竟敢僭越诸神不成文的且永恒不衰的法。不是今天，也非昨天，它们永远存在，没有人知道它们在时间上的起源！"[1]

两个宣言都以天神之法(自然之法)反抗国家之法，追问人本身所具有的神圣权利。与《安提戈涅》原著中女主人公最后在洞穴中被处死相同，约翰扮演的克瑞翁颁布命令——将温斯顿扮演的安提戈涅扔进牢房处死——"把她带到岛上！将她放进牢房里处死，这样我们就不会被她血液的污浊之气所污染"，在此处牢房和洞穴同为封闭空间。而这个将温斯顿处死的牢房，既剥夺了他个人的行动自由，也扼杀了他充满正义不畏强权的思想，最终连他的生命也要一起带走。

在戏剧的最后，温斯顿扯掉假发，以囚犯的身份面对观众，他说："所有这片土地上的兄弟姐妹！这是我人生的最后一段旅程。我将与白昼永别，岛上的陌生和严寒也会随着死亡的到来而消失。至于我的坟墓，那囚禁我的监狱，我活着的时候谴责它，然后孤独死去。"

① 罗念生:《罗念生全集》(第二卷)，上海人民出版社2004年版，第307-308页。

这已不再是《安提戈涅》的剧情，而是温斯顿对自身命运的感慨和呐喊。他渴望这不公的命运得到关注，希求在将来某日这个体系会破碎瓦解。

而后，他们互握双手戴上手铐，左右脚踝放在一起戴上脚铐，开始奔跑……这是他们狱中生活的再现，汽笛声响起，约翰含糊地祈祷着，温斯顿为他们蹩脚的奔跑打着节拍，和第一幕开始的场景形成呼应，告诉观众戏中戏已经结束，一切又回到烦闷压抑的监狱生活中去。

3. 融入非洲文化“异质性”的乐观元素

但值得注意的是，《安提戈涅》是古希腊戏剧家索福克勒斯创作的悲剧经典之一，在对《安提戈涅》的改编中，我们能看到剧本《岛》对戏剧基调进行的微调，它并没有延续原著的悲剧情绪，而是转而向更积极的方向靠近——也许这是西方文化和非洲本土文化本身的“异质”性导致的。为避免戏剧本身沉溺于悲伤的基调中，主创人员选择对悲剧本身进行探讨和质疑，在这其中有一种坚韧的自信和乐观主义精神，这是黑人对未来的期待，显示了他们对能够赢得基本人权的笃定信心。

（三）开放空间中的艺术手法

1. “政治高压”与“质朴戏剧”

在戏剧过程中，《岛》的舞台调度近乎朴素：所有开放空间的故事情节都在封闭空间——约翰和温斯顿的牢房中进行，有限的舞台空间蕴含着无限的故事发展潜能，这与富加德所推崇的“质朴戏剧”（Poor Theatre）理念和南非当局的政治高压政策都息息相关。

“质朴戏剧”的戏剧创作与表演理论由波兰导演杰齐·格洛托夫斯基（Jerzy Grotowski，1933—　）在 20 世纪 60 年代首次提出，它强调戏剧的核心是演员，力图利用废除舞台上的其他表现样式，挪开一切障碍来消弥演员和观众的距离，强调训练演员、发挥演员自己的创造性来表演戏剧的精髓。联系到文学，格洛托夫斯基认为作者的剧本是一种手术刀，能够使我们解剖自己，超越自己，发现我们内心隐藏的东西，做出与别人对峙的行动。换句话说，就是超越我们的隔绝状态。[①] 承认戏剧的质朴，剥去戏剧的非本质的一切东西，不仅向我们揭示出艺术手段的主要力量，也决定了这一戏剧样式"去娱乐性"的本质属性。

"质朴戏剧"受到富加德的青睐，与南非当局的"政治高压"密切相关。20 世纪六七十年代的南非，种族隔离制度尚处于方兴未艾之时。据统计，从 1911 年到 1974 年，南非共颁布 21 条与种族隔离制度相关的法律，涉及公民生活的方方面面。处于"种族隔离制度"的阴影笼罩之下，森严的种族隔离制度规定不同种族不能在同一环境中活动，对多种族戏剧艺术创作更是严加禁止。[②]

于是，1967 年，富加德和蛇剧团开始尝试实验剧场。他认为自己在成品戏剧[③] 这条路上已经走得够远，此时他决定创造一个和观众关系上更加直接和即刻联系的剧场。[④] 在政治高压下，录像制品会被审查，但是想法和主意不能被遏制，因为南非黑人影院的创作很少以文字的形式记录下来，所以得以逃离专制国家的关注；既然不能在戏剧排演前就有成熟的手写剧本，那么就采取导演、演员即兴创作的形式；没有合法的大场

① [波兰] 耶日·格洛托夫斯基著：《迈向质朴戏剧》，魏时译，中国戏剧出版社 1984 年版，第 12 页。

② Brian Crow with Chris Banfield. An introduction to post-colonial theatre, Cambridge university press,1996, p.100.

③ 成品戏剧指传统意义上先有剧本、后有舞台演出的戏剧创作方式。

④ Robert L.Berber. Athol Fugard and the theatre of Improvisation, Book Aboard, Vol.50, No.1 (Winter, 1976), pp.82-83.

地来排演，没有充足的道具来充实舞台，就将演员自身的表演潜能发掘到极致；加上南非具有悠久的口头戏剧传统，“质朴戏剧”创作理念非常适合当时南非种族隔离制度下严苛的文化政策，给热爱戏剧创作并渴望以之为武器为黑人权益进行抗争的艺术家们提供了完美的理论支撑和艺术指导。可以说，种族隔离制度刺激了以“质朴戏剧”为理念的即兴创作戏剧在南非的繁荣和成功。

2.“质朴”的表现样式

《岛》是由导演和主演即兴创作的戏剧，在戏剧成熟后才形成真正意义上的文学文本，所以在探讨戏剧理念上，对戏剧舞台表演的分析非常必要。

在“质朴戏剧”的理念中，演员是戏剧的核心。格洛托夫斯基在《迈向质朴戏剧》一书中提出：“电影和电视不能从戏剧那里抢走的，只有一个元素：接近活生生的人。所以，利用废除舞台，挪开一切障碍，来消灭演员和观众间的距离是必要的。”[①]

在戏剧的演出过程中，其舞台调度非常简单，没有过多的道具、华丽的布景、复杂的舞台灯光和背景音乐，就连演员的服装衣着都非常的简单。这部戏中戏的故事情节都依靠演员自身高超的表演技能和卓越的创造性来推进。除了第一幕开始时在采石场的劳动场景用幕布进行表现之外，整部戏几乎没有再更换过舞台布景。

没有其他元素的干扰，演员本身成为一切——对话和表演重新成为戏剧的核心，演员在对话中解剖自身、超越自身。戏剧的娱乐功能消失，对现实的关怀和批判功能重新居于首要地位。

---

① [波兰]耶日·格洛托夫斯基著：《迈向质朴戏剧》，魏时译，中国戏剧出版社1984年版，第31页。

3. 对西方戏剧文化的态度

《岛》是一部白人剧作家和黑人演员共同创造的实验戏剧，通过对黑人的生存困境的书写和表达，旨在对南非当时存在的种族隔离制度进行反思和批判，抨击当局白人统治下不公平的社会现象。

但吊诡的是，本剧对西方戏剧文化呈现出高度认同。如富加德在创作形式上吸取了西方的戏剧理论——“质朴戏剧”和“间离表演”两种戏剧创作理念；在创作内容上，全剧以《安提戈涅》的排演为线索，第四幕《安提戈涅》戏中戏的演出则是将经典戏剧植入现代戏剧的杰出手笔——用古代希腊来影射现代南非。这样来看，《岛》像是一部彻头彻尾的西方戏剧，它拥有西方戏剧的理念和西方文化的内核，这种文化现象及其背后的深刻原因值得我们深思。

结语

“讲述黑人的不幸遭遇和生存困境”为富加德戏剧创作的一贯主题，他对南非种族隔离制度下的黑人生存状况有着深刻的认识。富加德和南非著名的两位黑人主演约翰和温斯顿一起，打破传统意义上“先有剧本，再有排练”的惯例，他和演员们通过即兴创作讨论完成。从写作语言和故事选材角度来看，《岛》具有非洲现代英语文学的后殖民属性。作为《安提戈涅》的非洲改编本，《岛》从古希腊经典中汲取营养，并表现出对政治自由和人权之间的关系一如既往的关注——安提戈涅这一人物形象具有很强的政治寓言性，富加德选取她作为戏剧的灵魂人物，意在抗议南非特殊的政治风气。从环境设置来看，《岛》是一部极具“环境意识”的政治寓言，导演和演员在“质朴戏剧”理念的指导下，通过高超的台词对话艺术构造戏剧的“封闭空间”和“开放空间”双重格局。三尺见方的简陋舞台是演员活动的场所，也作为罗本岛的缩影存在，具有极强的象征意蕴。这个剧本带给读者和观众们的其实正如弗兰克在《追寻生命的意义》中所说的，“即使在集中营这样极端的环境中，每个人仍然有选择自己心态的权利，这是人最后的自由”。[①]

① ［奥］维克多·E. 弗兰克尔著：《追寻生命的意义》，何忠强、杨凤池译，新华出版社 2003 年版，第 4 页。

《不安状态》中混杂文化身份的语言选择与文化认同

津巴布韦女作家齐齐·丹噶莱姆布噶(Tsitsi Dangarembga)的小说《不安状态》(*Nervous Conditions*)一经出版就备受关注。现有的学术论文多关注小说反映的性别、种族与殖民主题,对小说语言的使用研究不多。这部小说中借用、混合并挪用了一些绍那语的词汇,这种绍那语和英文的语言混用在作品中频繁出现,给读者留下了深刻的印象,也是该小说的一大特色,作者的深意值得深入研究。

一、角色的选择:《不安状态》中语言选择的文学意义

(一)不同角色的语言选择

《不安状态》中,塔布(Tambu)是主要角色。小说以她的哥哥恩哈莫(Nhamo)死亡的消息作为开篇。塔布对哥哥的死并不伤心,因为恩哈莫在离家很远的教会学校就读,住在叔叔巴巴姆库鲁(Babamukuru)家。塔布唯一的愿望就是去上学,但是她的家境很差,没有钱供她读书。塔布的叔叔巴巴姆库鲁带着全家回老家省亲。因为他取得了成功,所以每次来访都备受人们的尊敬。在这次来访期间,巴巴姆库鲁建议塔布应该接替恩哈莫的位置,在他家旁边的教会学校就读。塔布对这个建

议十分兴奋。在来到叔叔家之后,她和表姐尼娅莎(Nyasha)很快亲近起来,并完全专注于自己的学习。在此期间,她也接触到了完全不同的生活方式。她经常质疑尼娅莎的行为。一次校园舞会后,尼娅莎和巴巴姆库鲁开始了激烈的争吵,争吵很快升级为父女之间的对打。塔布对此十分震惊。打架之后,尼娅莎开始疏远他人,只专心于自己的学习和考试。考试假期间,巴巴姆库鲁想带众人回老家。塔布并不愿意回去,因为她觉得住在城里十分舒适。巴巴姆库鲁的妻子玛伊古鲁(Maiguru)也不想回去,因为回去需要给整个家族煮饭、做家务。回家之后,家族又生事端。巴巴姆库鲁总结家族出现问题的原因是塔布父母的婚姻并不合法,他认为二人需要尽快按规定举行婚礼。塔布不同意巴巴姆库鲁让自己父母"二次结婚"的决定,并且拒不参加婚礼,因而遭到了他的惩罚。很快,玛伊古鲁在一次关于自己遭到不公正待遇的争吵后也离开了巴巴姆库鲁,但是她不久之后又回来了。

在学期末,塔布的学校组织了一场考试,选拔优秀的同学并提供机会去往知名的教会学校。塔布在考试中表现出色,得到了这所名校的奖学金。巴巴姆库鲁对是否让她去犹豫不决,但是他随后意识到这是一个让她求学的良机,最终同意了。塔布离开时,尼娅莎心烦意乱,因为她不想让塔布离开。在新学校,塔布接触到了更多的文化变革,但是她并没有全盘接受。她仍然专心于自己的学业。当塔布回到巴巴姆库鲁家时,她发现尼娅莎因为厌食症变得病态的消瘦。巴巴姆库鲁最终决定带尼娅莎去看心理医生,让她慢慢康复。玛伊古鲁对小儿子奇多(Chido)非常失望,因为他交了一个白人女朋友。这些发生在自己家庭的不幸事件,塔布开始恐惧,害怕自己会像尼娅莎一样受到负面的影响。最终,塔布也开始警惕自己的日常饮食,对周围的状态感到万分紧张。

在书中,塔布一家的语言选择千差万别:塔布最开始说绍那语,后来在教会学校学习英语,但是回家仍然说绍那语。恩哈莫则选择在家也说英语。塔布的父亲说不流利的英语和绍那语,而母亲坚持说绍那语。巴巴姆库鲁一家因为有英国生活的背景,所以全家都可以说流利的英语。但是,巴巴姆库鲁和妻子玛伊古鲁在回到村庄之后说绍那语,他们的子女只说英语。

(二)英语:自发或被迫的选择

小说中恩哈莫、尼娅莎等人都选择说英语,但是说英语的人中有自发和被迫两种情况。

小说中对塔布的哥哥恩哈莫的描写并不多,只有前三章有关于他家庭生活、求学和死亡的描述。但是,恩哈莫又是小说中具有代表性的一个人物,他身上崇洋媚外、男尊女卑等思想非常符号化,所以他的语言选择也具有重要意义。

在村庄中,恩哈莫的语言始终是绍那语。但是,在跟随巴巴姆库鲁生活到教会学校后,他再回家就"忘记"了如何说绍那语:

He has forgotten how to speak Shona. A few words escaped haltingly, ungrammatically and strangely accented when he spoke to my mother, but he did not speak to her very often anymore.

在和其他家人对话的时候,恩哈莫更是不愿意再说绍那语:

The rest of us spoke to Nhamo in Shona, to which, when he did answer, he answered in English, making a point of speaking slowly, deliberately, enunciating each syllable clearly so that we could understand.

小说中，恩哈莫不厌其烦、事无巨细地对塔布描述巴巴姆库鲁家西化的生活方式、衣食住行。从中可以看出恩哈莫对西方生活的崇尚，而这种崇尚在我们看来也表现在语言中。他坚持说英语，甚至“自我殖民”一般向家庭引入英语。他认为语言是迈向西方生活，或者说他想象中的“上等生活”的第一步。他的这一行为得到了父亲的支持：

He talked most fluently with my father, which Nhamo broke into small, irregular syllables and which my father chopped into smaller and even rougher phonemes. Father was pleased with Nhamo’s command on the English language. He said it was the first step in the family’s emancipation since we could all improve our language by practicing on Nhamo.

自此我们可以看出，在“说英语”的人中，恩哈莫和父亲杰瑞米（Jeremiah）是重要的一类，即在津巴布韦本地受教育，渴望通过英语作为进入上层社会的“敲门砖”。

而尼娅莎和奇多又是另一类，他们自小在英国长大，由于长期没有语言环境，所以慢慢不会讲绍那语。在欢迎他们一家回家省亲的舞会上，当塔布试图邀请尼娅莎时，婶子玛伊古鲁说：

They don’t understand Shona very well anymore. They have been speaking nothing but English for so long that most of their Shona has gone.

玛伊古鲁和子女交流也用英语，一方面为了方便，一方面也隔绝了家族其他成员偷听他们家庭的对话。从这里可以看出，尼娅莎和奇多实际上是受到环境的影响被迫选择英语的。但是说英语这件事本身抬高了他们的“地位”，让他们自觉比说本土语言者高一等。所以，他们欣然接受了母语的丧失，甘心讲英语。而二人的英文非常标准,不像恩哈莫的父亲杰瑞米一样说“Broken English”。

虽然说英语的两类人存在接受层面的差别,但二者的最大共同之处在于将英文视为高等级语言。以恩哈莫为代表的较低阶级在英语使用中试图无限地接近标准英语规范,在语言水平的提高中满足于身份上升的假象。

(三)捍卫绍那语传统的玛辛噶伊(Ma' Shingayi)

玛辛噶伊是塔布的母亲,也是绍那传统的捍卫者。她是家族里唯一一个不为巴巴姆库鲁的现代化生活所动的成员。因为她认为巴巴姆库鲁用教会学校抢走了自己的儿子和女儿,儿子恩哈莫又死在了巴巴姆库鲁所代表的“城里”。

这样一位传统的母亲对绍那语的执着也是坚定的,她意识到和巴巴姆库鲁一家共处的时间越长,她的儿子就越不愿意说绍那语:

My mother was alarmed. She knew that the mission was a Christian place. Nevertheless she maintained that the people there were ordinary people. She thought someone on the mission was bewitching her son and was all for making an appointment with the medium.

所以,在儿子死后,她在控诉巴巴姆库鲁时说:

You pretend. You are a pretender, you. First you took his tongue so that he could not speak to me and now you have taken everything. You bewitched him and now he is dead!

作为传统文化的代表,玛辛噶伊在很多其他问题上也有传统的想法,譬如在和女儿塔布聊到女性受到的压制时,她曾说:This business of womanhood is a heavy burden. 而她也认为生为黑人注定是“二等公民”:My mother said being black was a burden because it made you poor.

从这里可以看出，玛辛噶伊虽然认为黑人生来意味着贫穷，但她并不觉得说英语可以改变贫穷的面貌，她认为应该坚守属于本民族的语言。

二、作者的选择：《不安状态》中的语言混用

（一）小说中的语言混用

语言是指人们用于交际的任何符号系统，可以是一种语言，也可以是一种方言语体或语域。“语言混用”是指发话者在一个话段或语篇中同时使用两种或更多语言的现象，是语言接触的结果。广义上，语言混用是指两种、多种语言或方言成分的并置，但研究者对此存在不同观点。有的研究者用语言混用来指称语句间的混用，即认为语言混用发生在句子分界处。与此相对，他们将句子内部的语言混用，称为语言混用（code-mixing）。[①] 研究者在研究语言混用时还区分了借用或借词（borrowing），借用意味着事先并没有掌握被借用的语言，而典型的混用却意味着已经掌握了被借用的语言。[②] 由于以上三个术语本质区别并不大，本文统一用“语言混用”来指同一言语交际中分属两个不同语法体系或子体系的言语交替现象。可以将语言混用理解为随着话语的进行，说话人使用不同的语言变体的情景。

一些当代后殖民文学作者倾向于在自己的作品中进行

① 李经纬、陈立平：《多维视角下的语言混用研究》，载于《外语教学与研究》2004 年版，第 337-334 页。

② Mesthrie, R.（ed.）Concise Encyclopedia of Sociolinguistics, Oxford: Elservier Science Ltd, 2001.

"语言混用",他们混用合适的语言挑战标准英语的权威。在《帝国反写》中,阿希克罗特(Bill Ashcroft)等后殖民理论家归纳了五种后殖民文学语言混用策略,其中包括注解(glossing)、未翻译文字(untranslated words)、中介语(inter-language)、句法融合(syntactic fusion)和方言转录(invernacular transcription)。[①]

本书中出现了大量的绍那语和英语语言混用的现象。经常出现的包括非洲文化中无法在英语中找出对应单词的事物,如有关非洲饮食、音乐、职业、宗教和节日等词汇,如mehewu、mukoma、matamba和nhengeni等。这些进入小说的具有浓郁非洲特色的未翻译文字并不影响阅读,不仅凸显了非洲本土语言的丰富性和不可代替性,而且对标准英语也是极大的冲击。

小说中还运用了注解和借译的方法,从语言策略上来说,"注解"指对叙事中借用的外来词进行注释。[②] 如"Thank you、muerabonga"。虽然两个词语构成指代性的密切关系,但也凸显出二者的文化差距。又如玛伊古鲁称呼巴巴姆库鲁"baba waChido",实际上是"孩子他爹"的意思,在这里绍那语作为一种文化符号保留下来,被吸收进前殖民地英语变体中,并成为文本中绍那文化的转喻。注解暗示了本土文化和英语文化之间距离的存在,因此可以帮助后殖民作家建构本民族文化身份及其独特性。借译是未受目标语同化的借词之外的语言混用策略,《不安状态》中也充满了这种从绍那语混入英语句式中的例子。譬如:You know how it is, bwana to bwana. 其

① Ashcroft, Bill, etal. The Empire WritesBack: Theory and Practicein Post-colonial Literatures. London and New York: Routledge, 2002.

② Ashcroft, Bill, etal. The Empire WritesBack: Theory and Practicein Post-colonial Literatures. London and New York: Routledge, 2002.。

中 bwana 是先生、男人的意思，而作者将这个词带入英文句式“man to man”中。这里语言之间的界限变得模糊而无法界定。

（二）作者选择语言混用的原因

书中不同的人物选择了不同的语言。有些是纯英语，也有绍那语、英语混用的情况出现，笔者认为有三个方面的原因：

首先，不同人物语言混用是根据情节进行语言选择的结果。小说中出现的两个主要地点分别是塔布的农村老家和巴巴姆库鲁居住的城市。从背景设定来看，塔布在农村老家从小说的就是绍那语，而巴巴姆库鲁一家因为有英国生活的背景，所以说流利的英语。于是“农村—绍那语”“城市—英语”的背景就此设定。而塔布和恩哈莫从农村去往城市，实现的就是语言上从绍那语到英语的变化。在这里，语言混用是语言选择的结果。不同人物、不同的语言选择发生在语言结构的各个层次上，也体现在不同语言或语言变体之间的选择上。一个具体的人物就是一个语言混用者，他们在交际中对某种语言或语言变体进行选择，最终的目的在于顺应。也正是“顺应”这个巨大的推动力驱使他们进行语言选择，所以在这里语言混用是交际者顺应语境因素的具体体现。

其次，不同的语言选择可以用来展示不同主人公的交际能力。对于巴巴姆库鲁而言，作者安排他在老家说绍那语，是为了体现他的权威性。在老家，绍那语是交际用语。巴巴姆库鲁在绍那语和英语之间进行策略性的混用，以实现自己的交际目的，从而加强自己的权威。在某些语境下交际者就是期望通过语言混用来达到特定的交际目的。而在跨文化背景下，语言混用也表现了一个种族或文化群体的交际风格。小说中，有些语言或风格的混用可能会给交际的顺利开展带来一些问题，譬如在欢迎巴巴姆库鲁一家回家省亲的舞会上，塔布试图和尼娅莎用绍那语交流,但对方并不明白。成功的交际者需要适应这些问题以实现相互理解。换言之,在交际中交际者不仅要对语言做出选择,而且必须顺应他人所做的选择。[①]

另外,语言混用是表明说话者的社会身份和地位的一种方式。语言的选择和混用往往取决于社会背景和说话人的意图,即人们根据语言领域的变化和不同的目的进行语言的选择与混用。由于不同的语言代表不同的社会地位,在交际过程中交际者对某种语言做出选择,蕴含了其建立社会身份和地位的心理因素,反映了交际者的心理状态。如果说作者安排尼娅莎和奇多只说英语不说绍那语是因为二人的海外成长背景,那么安排恩哈莫回家也说英语就是为了体现他崇洋媚外的心理。

基于以上几点语言学原因,作者选择在行文过程中不断进行语言转码,创造出性格迥异的人物。

(三) 从塔布看作者的语言观

由于本书的半自传体小说性质,所以女主人公塔布在成长过程中对语言的看法一定程度上是作者语言观的体现。

塔布从小在村中只说绍那语。上学后开始学习英语,但因为很快辍学,所以水平很低。在最初为了筹学费上街卖木薯粉的时候,她只能叫卖几个词。从那时她认识到学习英语是重要的,所以向老师保证只要回到学校就认真学习英语。她对尼娅莎和奇多不参与乡村活动,不说绍那语有些不解,对恩哈莫只说英语不愿意说绍那语的做派十分看不上。刚到巴巴姆库鲁家时她和尼娅莎交流有障碍。两个人吵嘴时尼娅莎用英语,她用绍那语。但是,经过刻苦学习,她的英文水平不断提高,并

① Verscheuren, J. Understanding Pragmatics.London Arnold, 1999.

且在考试中取得了很好的成绩。此时她已经较少回家，但是在回家时和母亲的交流中并不刻意回避使用绍那语。另外，让她感到奇怪的是，在教会学校，很多传教士喜欢说绍那语胜过英语。在和他们交流的过程中使用英语问问题往往会听到绍那语回答。

通过以上种种我们可以看出，塔布学习英语的目的更多的是出于能够和人进行无障碍的交流和沟通，她对本土语言并没有任何偏见，只是出于方便才更多地说英语。而因为英语水平提高，她被动地进入更高的社会等级，同时为新的现象感到困惑。

塔布的语言观就是作者的语言观。在丹噶莱姆布噶看来，非洲本土语言是非洲特有的文化表征方式，是建构自己非洲身份的重要因素之一。但标准英语与非洲本土语言之间的鸿沟并不是不可逾越的；相反，两种语言元素如化学元素般可以彼此借用、混合和混用，形成的非洲英语更具有地方特色。在她笔下，曾经被殖民者用来教化前殖民地愚民的“国王英语”成为拆解和叠加的对象，非洲本部语言却登堂入室，融进英语词汇和句法中。也许可以说，曾经不可一世的标准英语在混合和混用中被重构与驯服。

结语

我们可以说，跨越标准英语与非洲本土语言的语言混用策略不仅废除了标准英语的权威，而且是非洲被欧洲殖民者杂交后的文化的最好诠释。结合社会语言学的语言理论来分析后殖民文学作品中的语言挪用和废除，可以展示这些作家跨越本土语言和标准英语界限、废除标准英语的文化霸权、凸显殖民地英语变体的独特性。丹噶莱姆布噶是一位复杂的混杂文化身份的承载者，她虽然出生在罗德西亚（津巴布韦），但是童年很长时间是在英国度过的。她在津巴布韦接受了教育，随后进入剑桥大学学习药学，但是不久之后返回津巴布韦。在津巴布韦学习、工作数年，进行一系列创作后，她去往柏林学习电影导演，制作了数部影片。

从她的个人经历中可以看出，她很早就感受到了文化置换导致的边缘人身份。由此可见，个人的成长经历和混杂的文化身份使得作者具有独特的双重视角：第一重视角是基于民族之根的非洲视角；第二重视角是受成长经历所影响而形成的欧洲视角，双重视角造就了丹噶莱姆布噶的独特思维。

丹噶莱姆布噶在小说中描述的种种语言上的选择，或许可以看作在去殖民化道路上徘徊的津巴布韦民族文化身份认同的隐喻。塔布、恩哈莫、尼娅莎等新一辈对绍那文化不同的认识和态度，反映的是面对欧洲残余的影响和传统文化之间的抉择。

阿拉伯-伊斯兰文明对夏班·罗伯特寓言小说的影响

夏班·罗伯特(1909—1962)是坦噶尼喀著名的斯瓦希里语诗人、小说家和散文家,在东非享有盛誉。他于1909年出生于坦噶尼喀东部坦噶市附近的尧族村落,和父辈一样虔信伊斯兰教。他的父亲是一名乡村医生,在乡间行医过程中听到了很多民间故事和奇闻轶事,这些天马行空的故事对幼年的作家影响深远。1922年,夏班·罗伯特离开坦噶到首都达累斯萨拉姆求学,但囿于殖民政府对穆斯林的文化控制,他只上到五年级就被迫中断学业。此后他先后在海关、野生动物保护局、坦噶市行政公署和测绘局等政府部门任职,1960年退休,时任坦噶市政委员会参议员,1962年因病辞世,享年53岁。作为斯瓦希里文学的拓荒者,他在斯瓦希里现代文学史上享有崇高的地位,被誉为"东非的莎士比亚"。[①]

夏班·罗伯特25岁开始斯瓦希里语诗歌创作,作为一名多产的作家,他一生中的20多部小说、诗歌和散文都是以业余作家的身份创作的。为促进斯语文学的创作,他曾经试图创办自己的出版社,无奈以失败告终。虽然是在业余时间从事创作,但夏班·罗伯特的创作水平却得到了广泛的认可。1932年他

① 冯玉培编:《斯瓦希里语文学作品选读》,外语教学与研究出版社2002年版,第4页。

摘取“诗人”桂冠，[1]1948年被选为东非语言委员会委员并兼任东非斯瓦希里语委员会编辑，后被吸收为该委员会委员，历任坦噶尼喀语言学会、东非斯瓦希里语协会和东非文学家协会成员。夏班·罗伯特的主要作品有诗歌和散文《独立战争史诗》（1939）、《非洲人在歌唱》（1946）、《诗歌艺术》（1946）、《理想的归宿》（1949）、《夏班·罗伯特诗集》（1950）、《仁爱为贵》（1958），中短篇小说有《可信国》（1944）、《想象国》（1946）、《阿迪力和他的两个哥哥》（1951）、《萨迪女儿希蒂传》（1958）、《全体劳动者的日子》（1960）、《农民乌吐波拉》（1961），自传体小说《我的一生和五十年后》（1946）等。[2]他的大部分作品因为遭到英国殖民政府的阻挠直到去世后才正式出版。他的很多作品在东非风行一时，并被西方文学界广泛关注。

夏班·罗伯特虽然用斯瓦希里语从事诗歌创作，但他并不排斥西方文明，而是通过他的作品放眼非洲乃至全世界。他引入随笔的新的文体形式，继承并发扬了斯瓦希里语诗歌的传统。他主张广泛吸取西方现代文明和东方古老文明的智慧，来推动坦噶尼喀的社会变革，通过宣传教育和顽强斗争反对愚昧落后、因循守旧和野蛮专制，争取社会进步。他的作品虽然带有启蒙主义的说教特色，但在艺术手法上却生动活泼，引人入胜。他为斯瓦希里语现代文学的兴起与发展作出了巨大贡献：一方面将斯瓦希里语文学从殖民主义造成的没落困境中拯救出来；另一方面要把现代思想和大众寓言引进书面文学，发挥斯瓦希里语作为东非人民通用语和粘合剂的潜在能力。他的创作实践也在一定程度上促使斯瓦希里语在今天的坦桑尼亚取得国语地位。

① “诗人”桂冠是东非地区为奖掖诗歌创作评选的文学类奖项。

② 裴善勤：《坦桑尼亚》，社会科学文献出版社2008年版，第465页。

夏班·罗伯特在坦噶尼喀摆脱英国殖民统治获得独立一年后因病辞世，他一生中的绝大部分时间是在英国的殖民统治下度过的。作为一个有着强烈民族意识的非洲本土作家，虽然囿于时局无法在作品中直抒胸臆，只能采用影射或是说教的形式，但他的作品仍然为广大读者所喜爱，并得到评论界的高度评价。这是因为夏班·罗伯特是坦噶尼喀土生土长的本土作家，他与自己生活的土地息息相通，也了解人民的疾苦与需求。在他的作品里，伊斯兰教的传统观念与西方的现代化思想被统一起来。他坚持使用斯瓦希里语进行写作，以激发人民群众的民族自尊心与爱国热情。他的很多作品表达了坦噶尼喀人民群众追求自由平等的渴望，以及对殖民者压迫的抗议。作为一位纯粹的理想主义者，他相信善良和仁爱最终会取得胜利。

一、伊斯兰教与阿拉伯哲学

（一）伊斯兰教与斯瓦希里文化中的阿拉伯 - 伊斯兰元素

中古时期在阿拉伯哈里发帝国及其后继者的统治区域内，由当地各民族共同创造的精神产品和物质产品被统称为阿拉伯 - 伊斯兰文化。繁荣的阿拉伯 - 伊斯兰文化是东方文明的重要组成部分，也是令西方古典文明和现代文明得以接续的纽带。中古时期，随着阿拉伯哈里发帝国的不断强盛和强力扩张，伊斯兰教及其文化传入东非，也影响到当地社会的方方面面。

伊斯兰教在东非的传入与发展历史，最早甚至可追溯到先知穆罕默德时代。在 7 世纪末期的倭马亚王朝，来自阿曼的一批伊斯兰教什叶派穆斯林迁居东非的拉木群岛。8 世纪时，一批什叶派宰德派穆斯林迁入东非，他们中的大部分定居在今天的摩加迪沙和蒙巴萨地区。7 世纪末到 10 世纪，一些部落自阿曼移民桑给巴尔岛。695 年，阿曼酋长苏莱曼和赛义德在内战中败北，率部逃至东非海岸并长居此地。8 世纪末，来自也门的数个部族也迁入并定居摩加迪沙和蒙巴萨一带。约在 915 年，波斯的设拉子素丹和他的第六子率领家族举家迁至东非。9 世纪的前半期，在东非沿海的基尔瓦港建立之前几年，已经有很多阿拉伯人和波斯人在摩加迪沙定居。10 世纪时，东非沿海自南到北已经建立了一些商业中心，这些港口城市或城邦成为伊斯兰教的宗教中心和贸易的据点。在其后的若干世纪中，这些据点不断地得到巩固与加强，后来更是成为穆斯林在东北非进行扩张的基地。10 世纪以后，随着东非社会经济的发展和商业繁荣，迁居此地的穆斯林移民越来越多。[①]

学者和商人为伊斯兰教的传播与发展贡献良多。东非的穆斯林学者分赴北非、沙姆地区和阿拉伯半岛游学，精研阿拉伯语和伊斯兰教教法，学成后回到城邦担任法官和阿訇，形成可观的学者群。这批学者在当地大力兴办伊斯兰文化教育事业，在穆斯林聚居区建造清真寺，进行经堂教育，加速了伊斯兰文明的普及。商人将阿拉伯地区——甚至更远的印度、中国和东南亚的纺织品、首饰、瓷器等产品与当地诸如黄金、木材、皮革和香料等物产进行交易。在商业贸易的频繁往来过程中，穆斯林商人与本土居民之间产生了深层次的交流与沟通，大量穆斯林商人自北向南占据沿海中心城市摩加迪沙、马林迪、蒙巴萨、基尔瓦、马普托、索法拉等，伊斯兰教的影响日益增强。[②]正是这些来自阿拉伯、波斯的穆斯林，同当地原住民的持续交

---

① 裴善勤:《坦桑尼亚》，社会科学文献出版社 2008 年版，第 77-81 页。

② Nehemia Levtzion, “Islam in Africa to 1800, Merchants, Chiefs, and Saints”, The Oxford History of Islam, ed. John L. Esposito, Oxford University Press, 1999, pp. 502-507.

往、不断融合，原本混血的斯瓦希里人逐渐扩充为一个族体，斯瓦希里语也逐渐成熟，日趋丰富，成为沿海各地实用的交流工具。这一切最终推动了具有伊斯兰特色的斯瓦希里文化的形成。

13世纪到17世纪是伊斯兰教完善而飞速发展的"英雄时代"：一方面，伊斯兰教的价值取向推动阿拉伯帝国形成并不断扩张；另一方面，随着阿拉伯人的扩张，这种价值取向开始向外发散。这一时期，伊斯兰教成为横跨亚非欧的宗教，一方面与本地既存的文化相互影响；另一方面又在当地社会发挥着不同形式的政治整合功能。与伊斯兰范式能够契合的社会都具有"家庭—社会型"和"宗教—伦理型"的基本特点。[①]这种特点符合伊斯兰精神，所以伊斯兰教与这些地区的政治、经济、文化模式可以相互补充、相互作用。东非就是具备这种精神的土地，在伊斯兰教到来之前，东非的各部落已经形成了自己完善的部落规范。于统治阶级而言，伊斯兰教具有规范与整合社会的功能；对于群众有信仰与文化认同的意义，其中深层次原因源于它适用于家庭与社会的经济文化生活。所以，伊斯兰教是一种前现代社会的文化形态。[②]

阿拉伯－伊斯兰文化的传播对东非斯瓦希里社会的影响深远，这些影响反映在政治、经济和社会文化生活等各个方面。

政治方面，阿拉伯－伊斯兰文化推动东非沿岸的商业城邦和统一多民族国家的形成。7世纪前，除极少数封建国家外，东非居民均以部落为单位。在伊斯兰文化的影响下，东非先后

① Ira M. Lapidus, A History of Islamic Societies, Cambridge University Press, 2002, pp. 54-56.

② Ira M. Lapidus, A History of Islamic Societies, Cambridge University Press, 2002, pp. 54-56.

建立了统一的多民族君主制国家。很多坦噶尼喀部落中的集体协商原则、公议原则、平等原则也来自阿拉伯－伊斯兰传统，其中包含着初级的民主思想。譬如，部落首领接受平民的问责，即部落民可通过投票终止其首领职位，因此，酋长与其他部落民是平等的，并非纯粹的统治者，而是经常充当部落内外纠纷矛盾的调解者；另外，谁冲撞酋长，谁就会丧失名誉，这是奇耻大辱。[①] 以上种种，首先是因为伊斯兰教一神论的信仰体系否认过去的偶像或祖先崇拜，统一的阿拉伯帝国主张哈里发的神权统治。伊斯兰教“天下穆斯林皆兄弟”的观念促进了部族间的融合。而教法为城邦或者封建王国的统治者提供了法律规范，从而取代了各部族的习惯法。东非国家政体开始改变，民主政治的萌芽逐渐产生。

阿拉伯－伊斯兰文化对斯瓦希里地区经济方面的影响更为显著。在伊斯兰教未传入之前，东非居民以农耕为主，辅之采集、渔猎和小规模的商业活动，一些土著部落仍处于原始状态。而阿拉伯－伊斯兰文化传入后，阿拉伯移民与当地人杂居，拓展海上贸易，同时进行大规模农业生产，引入新的作物种类，逐渐形成东非城邦文明。中世纪的欧洲停滞不前，以地中海为枢纽的东方贸易因此衰落，而中国、印度、阿拉伯国家对象牙、黄金等东非产品仍有需求。阿拉伯帝国的迅速发展使得以波斯湾、红海和阿拉伯半岛为北缘，以南亚、东南亚和东非海岸为两翼的印度洋经济贸易圈兴起，东非商业城邦的地位随之提高。15 世纪末，东非沿岸已有 37 个商业城邦，它们和同时代的中国、东南亚和阿拉伯的商人贸易往来不断。沿海城市商业也带动了东非内陆经济的交流和发展。伊斯兰教传入后东非

① Mashengele, Jean. Historiaya Tanzania: Tangu 1880 hadi 1980. Dar es Salaam: Nyanza Publications Agency, 1988, p. 27.

的经济体制发生重大变革，不合理的税收制度被废除。国家规定教徒必须向政府缴纳一定数额的天课，[1]然后由素丹或部落酋长将收缴来的财物分发给穷人。伊斯兰教禁止利用高利贷及其他任何形式的剥削，这对东非的商业和手工业的发展起了重要的促进作用。

伊斯兰教带来的阿拉伯文化与非洲本土文化融合，使本土文化得以向更高层次发展。这种影响首先表现为斯瓦希里语的产生。早在伊斯兰教传入东非之前，作为商业语言的阿拉伯语已在东非居民中广为使用。而在伊斯兰教传入后，由于规定穆斯林在传授《古兰经》和礼拜时必须使用阿拉伯语，这也促使当地教徒学习阿拉伯语，以便更好地领悟教义、完成宗教功课。随着时间的推移，阿拉伯语和当地语言相互影响、相互吸收各自的词汇和表达方式，最终于 10 世纪前后形成了斯瓦希里语，而直到 19 世纪初，斯瓦希里语的书写才由阿拉伯字母变为拉丁字母。现在，斯瓦希里语已成为坦桑尼亚和肯尼亚的国语，通行于包括乌干达、卢旺达、布隆迪等国在内的“大东非”地区，使用人口超过 4000 万。斯语的语法结构主体属于班图语族，但其词汇吸收了约占总量 30% 的阿拉伯语词汇，主要集中在贸易、宗教、教育等方面的词汇。斯瓦希里语是非洲化的阿拉伯产物，其起源于东非，但也明显带有阿拉伯语特点。[2]

文字文明时代的到来促进了文学艺术的繁荣。早期的斯瓦希里文学体裁和内容证实了这一点。大量斯瓦希里语诗歌套用了典型的阿拉伯诗歌体裁，如矜夸、讽刺、颂扬和悼亡等，

① 宗教术语，是伊斯兰五大宗教信条“念、礼、斋、课、朝”之一。伊斯兰教教法规定，凡有合法收入的穆斯林，须从家庭年度纯收入中抽取部分用于济贫或救助他人。

② Alamin M. Mazrui, “The Swahili literary tradition: An Intercultural Heritage”, The Cambridge History of African and Caribbean Literature, Cambridge Histories Online, Cambridge University Press, 2008, p. 220.

内容上更是出现了对与东非沿海风物毫不相关的大漠、骆驼等意象的描写，采用阿拉伯素材进行民族文学创作的作家作品屡见不鲜。在阿拉伯文化的影响下，东非城邦史学也得到发展，流传至今的很多东非城邦的编年史使用了阿拉伯文或用阿拉伯语字母拼写的斯瓦希里语。

除了政治、经济和文化外，阿拉伯－伊斯兰文明还渗透到斯瓦希里人的日常生活中，推动了斯瓦希里文明在7世纪最终形成，促使东非逐步进入封建社会。

阿拉伯－伊斯兰文化在东非的传播多通过商业贸易、移民等方式。当时东非的贸易主要通向地中海、红海和印度洋三个方向，阿拉伯－伊斯兰文化随着商业贸易先在东非沿海传播，进而影响内陆地区。随着阿拉伯帝国的扩张，大量阿拉伯人或因部落移民，或因王朝更迭的内乱和教派冲突而移民东非，同时带入了较为先进的文化。而朝觐者的往返和学者的访学也促进了文化的交流与传播。从整体上看，阿拉伯－伊斯兰文化在东非的传播是通过平和渐进的方式进行的。

斯瓦希里文明最大的历史价值就表现在其对外来的阿拉伯－伊斯兰文化的吸收与接纳，最终将其与本地文明相融合并成为非洲本土文化的组成部分。阿拉伯－伊斯兰文化改变了班图黑人文化的基本结构，推动统一的斯瓦希里文明的形成。而伊斯兰教在传入东非后也做出了一些适应性的调整，在宗教仪式、教法解释等方面都带有地方性特点。

斯瓦希里文明是在多元文化并存基础上的吸收与融合，它充分汲取东非本地文化及其他民族文化，特别是阿拉伯－伊斯兰文化的精华，形成了迥异于非洲其他文明的兼容并蓄的海洋性特质。但是，因其根植于非洲本土，其语言、文化和核心价值观也使得其自发端以来就与非洲文明息息相关。历史上，斯瓦希里文明在东非形成了文化向心力，即便是在今天，斯瓦希里文明仍然是推动东非国家和民族一体化的主要力量。[①]

（二）作家笔下的伊斯兰哲学

夏班·罗伯特的作品深受阿拉伯－伊斯兰文化的影响。其寓言小说中虽然虚构了背景，但故事都发生在伊斯兰教国度。作品的字里行间也透露出作家对伊斯兰哲学的理解。

1. 方位的哲学：南北东西

各民族都有自己对于空间的独特理解。正因如此，空间同时间的概念一样，可以体现出一个民族认知世界的基本观念，反映其生存形式。空间观点首先表现在一个民族对于方位的理解与认识上。这与各民族生活的自然地理环境、生存方式、宗教信仰和风俗习惯等密切相关。

《想象国》和《可信国》甫一开篇，夏班·罗伯特就写道：

> 想象国……北与安乐国接壤，南同考验国相连，东临成功海，西靠奋斗山。[②]
>
> 可信国……北与北天国接壤，南与南天国毗邻，东与马特莱交界，西与雾国相望。[③]

中国人惯常的方向排序是东、南、西、北，而夏班·罗伯特惯用的却是北、南、东、西。这种排序看似随意，却体现了受到阿拉伯－伊斯兰文化影响的空间哲学观念，其中存在深层的文

---

① 阎鼓润：《阿拉伯－伊斯兰文化对斯瓦希里文明的影响》，载于《中国穆斯林》2013年第2期，第56页。

② ［坦桑尼亚］夏班·罗伯特：《想象国》，葛公尚译，外国文学出版社1980年版，第2页。

③ ［坦桑尼亚］夏班·罗伯特：《想象国》，葛公尚译，外国文学出版社1980年版，第50页。

化痕迹：阿拉伯人的生存环境酷热难耐，信仰真主而不崇拜太阳，所以东升西落的太阳并非判定方位的坐标；相反，因为商队依赖南北向的季风，并且伊斯兰教创教初期的宗教活动多集中于麦加和其正北方的麦地那，所以阿拉伯人尊崇南北向。另外，作为一个南北长、东西短的半岛，与红海平行的南北向沿海人口稠密、贸易繁荣。因此，历史上阿拉伯半岛的政治、经济及宗教活动主要集中在南北向，而东西向因为自然条件恶劣，交通不便，故较少横向的活动。这使得阿拉伯文化重视南北，受其文化的影响，在语言和随之产生的文学作品中也体现了这种偏好。

阿拉伯－伊斯兰文化中以南、北作为基本方向的参照系，从语言中也可以看出对南北向的尊崇。以合成方位中的الجنوب الشرقي（东南）和الشمال الغربي（西北）为例，其中“الشرقي”（东）和“الغربي”（西）分别作为形容词修饰“الجنوب”（南）和“الشمال”（北），意指“东方的南”和“西方的北”，“南”“北”是主体。[①] 在很多文学作品中也可以看出阿拉伯人对南北向潜意识里的推崇：

> هذه الناحية من الخلاء امتداد لحينا، ولو ذهبنا شمالا أو جنوبا، فأغلب الظن أن لن نعود.
>
> 这荒原一直伸展到我们区，朝北或朝南恐怕都没有边。[②]

---

① 《布哈里圣训实录》中提道：“圣人（指伊斯兰教创始人穆罕默德——笔者注）曾说，‘你们在解便时，不要朝着克尔白，也不要背着克尔白’，你们可面向东方和西方。”（坎斯坦勒拉尼注释，[埃及]穆斯塔法·本·穆罕默德艾玛热编：《布哈里圣训实录精华》，穆萨·宝文安哈吉、买买提·赛来哈吉译，中国社会科学出版社2012年版，第23页。）

② [埃及]纳吉布·马哈福兹：《我们街区的孩子们》，李琛译，上海文艺出版社2009年版，第57页。

يقول بعضكم: "ان الريح الشمالية دون غيرها قد حاكت الثياب التي تلبسا." أنا أقول لكم: "نعم إن الريح الشمالية قد فعلت ذلك، ولكن عارا كان نولها، ودونة العضلات كانت خيطها."

你们中有人说:“那纺织衣服给我们穿的是北风。”我也说,对,是北风,但它的机杼是可羞的,那使筋肌软弱的是它的纱线。①

以上例子有助于我们更好地理解阿拉伯-伊斯兰文化重视南北,并在方向排序中以南北为主的文化特质。当我们再次回到文本,我们可以发现,在夏班·罗伯特的想象之国,虽然无论从时间还是空间都已经远离了这种文化特质的发端,但依然留存着这种影响的余音。

2. 创世的历程:尊贵的“七”

夏班·罗伯特对“七”这个数字非常推崇,在其寓言小说中有很多刻意的设置。

《想象国》中的“七”:国王和王后治疗不育总共花费了七年,在最后一年得以治愈;他们的孩子——聪明的王子——在七岁就掌握了成人的学识,有了早熟的智慧;而乌吐布撒拉自被判决血祭到绝处逢生花费了七天。

《可信国》中的“七”:世界上共有可信国、北天国、南天国、马特莱、雾国、天国和地邦七个国家;卡拉马从申诉到结束申诉总共花费七天时间。

《阿迪力和他的两个哥哥》中的“七”:阿迪力的两个哥哥第一次出海遭遇海难,于第七天获救;石头城中很多建筑都与

① [黎巴嫩]纪伯伦:《纪伯伦全集》第三卷,冰心、绿原、吴岩译,人民文学出版社2000年版,第107页。

七相关。

作家的寓言小说对“七”的尊崇受到了阿拉伯－伊斯兰文化的影响。数字凝结了人类的智慧，在不同民族就出现了对于不同数字的崇拜。“‘数’字语义场蕴含着丰富的文化信息，由数字、文字学的视点，折射出无比广阔深厚的文化学视野。”①从伊斯兰教的宗教经典《古兰经》中，我们就可以看到对于“七”的推崇：

“الله الذي خلق سبع سماوات ومن الأرض مثلهن يتنزل الأمر بينهن لتعلموا أن الله على كل شيء قدير وأن الله قد أحاط بكل.“②

真主创造了七层天和同样层数的大地，真主的命令通过七层天而下降，以便你们知道，真主对于万事是全能的，真主是周知万物的。

“ولقد آتيناك سبعا من المثاني والقرآن العظيم.”③

我确已赏赐你常常反复诵读的七节经文和伟大的《古兰经》。

在民间文学集大成之作《一千零一夜》中，“七”的意象也反复出现：

فهم السبع طبقات فقال لم بلوقيا لعل جهنم أهون عذابًا

① 国少华：《阿拉伯－伊斯兰文化研究——文化语言学视角》，时事出版社 2009 年版，第 261 页。
② 《古兰经》，马坚译，中国社会科学出版社 2003 年版。
③ 《古兰经》，马坚译，中国社会科学出版社 2003 年版。

من الجميع لأنها هي الطبقة الفوقانية، قال الملك صخر نعم هي
أهون الجميع عذاباً ومع ذلك فيها ألف جبل من النار وفي كل جبل
سبعون ألف واد من النار وفي كل واد سبعون ألف مدينة من النار
وفي كل مدينة سبعون ألف قلعة من النار وفي كل قلعة سبعون
ألف بيت من النار وفي كل بيت سبعون ألف تخت من النار
وفي كل تخت سبعون ألف نوع من العذاب.

（地狱共分七层：）……那里有一千座火山，每座火山中有七万道火谷，每道火谷里有七万座火城，每座火城里有七万座火城堡，每座火城堡里有七万座火屋，每座火屋中有七万把火椅，每把火椅上有七万种苦刑。[①]

对“七”的推崇主要还是源于宗教。亚伯拉罕系的犹太、基督和伊斯兰三大宗教中都提到了神（耶和华、上帝或真主）七日创世的故事。《圣经·创世纪》提道：“天地万物都造齐了，到第七日，神造物的工已经完毕，就在第七日歇了他一切的工，安息了。”[②] 从中我们可以看出，“七”是造物的周期，象征着一种极限。“‘七’是数字中全数的象征，尤其当它与神联系在一起时，如七重天、七层地、创世纪完成的七天、天堂和地狱的七道门等。这些都是界限，是包蕴所能达到的界限。”[③]

如此看来，作者小说中“七”的出现，就有了圆满和完成的含义。《想象国》的国王利用七年治好了不育症，既有“时间之极”的象征意义，又使得皇子诞生一事有了“吉祥”的感情色彩。

① 《一千零一夜》，李唯中译，花山文艺出版社 1998 年版，第 9 页。

② 《圣经》，中国基督教协会出版 1998 年版，第 2 页。

③ 国少华：《阿拉伯－伊斯兰文化研究——文化语言学视角》，时事出版社 2009 年版，第 267 页。

王子七岁延师并智力超群，是因为“七是成与全的极”，[①] 所以作为一个小周期的极限，“七”代表了一个终结。而乌吐布撒拉和阿迪力的兄弟七日内死里逃生，就更有了创世的意味：前者更是因为自己的努力，使得整个想象国因为得到一个英明的宰相而摆脱了愚昧的统治，重获新生。乌吐布撒拉在七天内创造了一个新的世代。而《可信国》中七国的设定是一个稳定的地球构造，可信国居于七国的中央，可以视为一个立方体的中心点，有集大成的含义。

3. 颜色的品格：杀戮的红

夏班·罗伯特的寓言小说中“红色”的意象出现过多次，其语境都是杀戮，如在《想象国》第二章《医生》中，对魔鬼医生治病的描述：

> 他们宰杀了全国的牧畜，猎获了大量的野兽，动物的血流入河流，注入了“成功海”，在海上航行的外国船员可以看到一片红色。[②]

第五章《祭供》中，当有人问及血祭的血能否作为肥料时，农民议员抗议称血液会使土地干旱：

> 农民最害怕鲜红的人血，岂有拿它做肥料之理。[③]

---

① 国少华：《阿拉伯－伊斯兰文化研究——文化语言学视角》，时事出版社2009年版，转引自穆斯塔法·马哈穆德：《伊斯兰教是什么？》，埃及知识出版社1991年版，第49页。

② ［坦桑尼亚］夏班·罗伯特：《想象国》，葛公尚译，外国文学出版社1980年版，第11页。

③ ［坦桑尼亚］夏班·罗伯特：《想象国》，葛公尚译，外国文学出版社1980年版，第35页。

学者们则认为：

> 由于杀戮，历史上充满了混乱和不安。有关的记载往往使读者感到自己好像在人的血海中吃力地游动。这些血来自战乱，来自相互仇视，来自祭神，来自宗教上的虔诚。由于残暴地杀戮，许多书籍记载的历史都是一片人血的大海，每行字就是一条人血的河流，每个字都浸透着人血。①

《可信国》一书中，出使地邦的使者阿米尼认为地邦人民喝的水是可信国人民流的血，地邦人民辩解说：血才是红的，而水是白的。

书中对红色的种种解读都将红色和“血”“流血”“干旱”等联系起来，这种贬义的理解在阿拉伯世界也存在，在非洲本土文化中却不常见。在很多不信仰伊斯兰教的班图人看来，红色所代表的恰是作为食物的动物血液和肉类，它还代表丰足的年景。马赛人就酷爱红色，其服装和房屋多以红色为主色调。而同为班图人的斯瓦希里人却对红色怀有恐惧，这就是受到了阿拉伯－伊斯兰文化的影响。在阿拉伯文学作品中有很多针对红色的例子，譬如词汇 الموت الأحمر，直译为“红色的死亡”，代指因为被杀流血而死；سنة حمراء（红年）则意指灾年；而 احمر آفاق السماء（天红透了），意指大旱。马哈福兹的小说《续天方夜谭》中也有类似的例子：

> تمطي السخط في ذاته مشعشعا بالجنون الأحمر.

---

① ［坦桑尼亚］夏班·罗伯特：《想象国》，葛公尚译，外国文学出版社 1980 年版，第 34 页。

他怒火中烧，简直要癫狂（红色的疯狂）了。[①]

“红色”一词在阿拉伯－伊斯兰文化中象征流血、战争、恐怖、愤怒、危险等，也有着深刻的文化根源。在伊斯兰教传说中，魔鬼伊布里斯通常都是以“红色”出现；炎热的生存环境使得阿拉伯人设想地狱就是红色的火海。由于阿拉伯人的祖先是游牧部落，红色总能引起杀戮的联想。在阿拉伯不受欢迎的红色，在坦桑尼亚作家的笔下也变成了杀戮和干旱的代指。红色杀戮和暴烈品格从阿拉伯半岛一路漂洋过海，凝固于夏班·罗伯特笔下，依然反射着骇人的光芒。

二、阿拉伯－伊斯兰古典文学的故事原型

夏班·罗伯特的寓言小说中经常出现阿拉伯民间故事的母题，行文过程中无论是人物的刻画还是格言、谚语、韵文的大量使用，都状似阿拉伯传统文学作品，其中蕴含着丰富的阿拉伯－伊斯兰哲学思想。

（一）基于预言的王子历险记

《想象国》中预言的线索贯穿全文。最初，国王是靠“预卜医生”的预言得子的，乌吐布撒拉装扮的医生曾经预言，国王和王后将会在预言后的九个月或十个月得到孩子，因为他们的年龄都不到五十岁。这个周三出生的男孩将会很有学问，但年满十岁时将会大病一场，届时必须用一个聪明人和一个蠢人的血作祭，才能保证孩子安然无恙并继承王位。而事情正如预言所说一般发展，王子由于不好的教学方法染病，议会决定

① ［埃及］纳吉布·马哈福兹：《续天方夜谭》，谢秩荣等译，中国文联出版公司 1991 年版，第 50 页。

通过人血祭供的法案。乌吐布撒拉又假扮成农民，被当作蠢人逮捕入狱，后来经过解释，才撤销了血祭的法令。他后来自己解释道：

> 我是混到预卜医生离去的……我想利用给他治病的机会把我所知道的事情告诉他……新生的事物如果没有被实践证明是正确的，人们是不会一下子接受的……如果我不讲人血祭供的事，而去宣传新事物，就是对牛弹琴。①

预言作为线索引出了《想象国》的整个故事，神秘的预言正是阿拉伯民间故事的一个母题。阿拉伯的民间习俗中，真主会向凡人发出各种指令，即神谕。按照神的方式及途径划分，神谕故事可归类为占卜式、梦兆式、物兆式、神灵或精怪言告式，每类故事母题都在宗教、伦理、心理等不同层面，暗示着预言的现实功能。②但事实上，故事中的神谕实际是人自己编造的，即人谕，神谕的落实和兑现，体现的是人类命运的异化。

《一千零一夜》中有则故事《埃及王子历险记》，其中第二章《星象家的预言》讲的是埃及太子百日之时，国王召集著名的星相家为太子预卜一生的吉凶祸福。其中一位白发长者占卜后预料太子成年之后，将要流浪国外，吃尽千辛万苦，经历种种折磨，甚至会有生命危险。其后太子茁壮成长，年满五岁便可入学读书写字；年满十岁便开始练习武艺；年满十五岁时，已精通骑术剑法，成为无人可以匹敌的勇武骑士。但长者的话随

---

① [坦桑尼亚]夏班·罗伯特：《想象国》，葛公尚译，外国文学出版社1980年版，第48页。

② [美]斯蒂·汤普森：《世界民间故事分类学》，上海文艺出版社1991年版，第164页。

即应验，太子为寻找巴比伦公主屡冒奇险，最终越过重重阻碍，抱得美人归。[1]

这个故事的预言部分与《想象国》如出一辙，而除了预言的母题外，在这里我们可以看出，少年磨难的母题也很明显。"想象国"的太子与埃及太子的出生同样曲折，同样少年成才，都应占卜所言在成长过程中遇到挫折，最终也都战胜困难各得其所。可以说，磨难母题可以有多种演化，两位王子经历了疾病和冒险等不同的磨难，但磨难是塑造正面形象必须的过程，这也正是因为英雄之所以为英雄的所在。

（二）辛巴达式航海

夏班·罗伯特的寓言小说中多次出现了航海故事和航海故事的变异形式，这些故事的结构、框架和情节都与《一千零一夜》中的《辛巴达航海奇遇记》十分类似。《辛巴达航海奇遇记》是航海故事的代表，其中的主线故事是辛巴达为经商踏上航海之路，途中落水，先后流落到神鹰岛、钻石谷、猴子城和宝石河，屡次获救又屡次脱险，最终获得大量财富。[2] 在《阿迪力和他的两个哥哥》和《可信国》中都有类似的情节甚至细节出现。

在《阿迪力和他的两个哥哥》中，阿迪力的哥哥们出海进行贸易，头三天的航行非常顺利，但是第四天海上便开始波涛汹涌，巨浪滔天，于是商船破损下沉。两个人靠几块坏了的船板，花了六天六夜的时间飘过了大海。第七天有外国商船经过，二人方才得救。他们随船航行，在船上做苦力。每当他们下船来到一个港口，都会去要饭，就这样回到国内。而阿迪力听从哥哥的教唆，随着他们一起出海从商。在旅途中帮助了妖精公

① 《一千零一夜》第六册，纳训译，人民文学出版社 1984 年版，第 29-35 页

② 《一千零一夜》第四册，纳训译，人民文学出版社 1984 年版，第 1-58 页。

主胡莉亚，为了找水进入石头城，结识了国王的女儿莫莱开妩。阿迪力的哥哥们见色起意，将阿迪力丢入水中，阿迪力又为报恩的胡莉亚所救，进入妖精国，最终携带财富回到船上，成为巨富。

这两本小说的故事情节中“经商”“出海”“遇难”“得救”和“获得财富”几个重要节点与辛巴达的故事完全一致。

《可信国》的故事和辛巴达的航海故事略有出入。首先，航海主题被扩大至陆上的旅行；其次，出行的动机由经商变成出使求得新知；最后，出行的主人公从一人发展至六人。虽然有以上出入，但是故事中“历险”的成分并未变化：出使马特莱的法赛里坐船航行经历了无数险阻；出使南天国的卡布里路过“赳赳国”和“哈色拉国”，在前者遭遇战争，在后者遭遇被捕，但最终都因当地人的自取灭亡而侥幸逃生；出使西方的阿乌尼掉入了湍急的马刚米给·马吐米给河，因为水库截流保住性命；而出使地邦的阿米尼则采用了和辛巴达逃离神鹰岛一样的方式，将自己绑在芒盖拉鸟的腿上出入地邦。以上种种细节都可以在辛巴达的故事中找到对应的原型。

夏班·罗伯特自己从未经历过远洋航行，他对航海的印象都来自往来不息的商贾和想象瑰丽的民间故事。可以肯定地说，以《辛巴达航海奇遇记》为代表的阿拉伯航海故事早已随着《一千零一夜》的传播影响到了东非人民，而夏班·罗伯特在创作有关冒险的小说时也以这些故事为原型，根据创作目的采纳或化用了这些故事。

（三）坏哥哥与好弟弟

“坏哥哥与好弟弟”的人物设置经常出现于阿拉伯民间故事中，也被夏班·罗伯特在《阿迪力和他的两个哥哥》中加以利用。这种对人物的扁平刻画是阿拉伯民间文学的一大特点。

英国小说家摩根·福斯特在1927年发表的《小说面面观》中系统而全面地阐述了他的小说理论,其中较为重要的就是"扁型人物"和"圆型人物"概念的提出。福斯特从分析英国及许多欧洲小说出发,将小说中的人物分为"扁型"和"圆型"两种性格。"扁型人物……是性质最最纯粹的人物,是作者围绕着一个单独的概念或者素质创造出来的。如果他们的言行表现出一个以上的概念或者素质的话,他们就会让人发现,其形象正处在朝圆形发展的那条曲线的起点。"[①] 扁型人物是可以用一句话概括性格的人物,作品中他们的性格特质始终保持不变,较为脸谱化。

阿拉伯民间故事以扁型人物为多,以《一千零一夜》为例,很多人物都可以用寥寥几笔总结性格。这是因为很多作品篇幅较短,为了突出主要人物的主要性格,所以舍弃了其他的特点,重点刻画某一个特征。扁型人物并未将平常人心中那些深邃和复杂的内涵如实地一一表现出来;为了文学写作的目的,作家选择了一个男人或者女人性格中的两三个方面——选择的通常都是最引人注目的那几个方面,因此也就是构成性格的"有用的"成分——而不及其余的。[②] 扁型人物的好处在于易于辨认,他们出场即会被读者发现。读者在阅读时会在人物身上投入更多的感性认识,进而忽略其作为真实人物的意义。而这种漫画式的人物形象又容易被读者所记住,因为他们的性格较为固定,不随故事情节或是环境的变化而改变,如果情节深入,其实更能凸显他们固定的性格特质。在小说的故事情节为时间湮灭后,有些人物形象仍然继续存活在读者的脑海中。

① [英]福斯特:《小说面面观》,冯涛译,人民文学出版社2009年版,第57页。
② 转引自《大学文学读本》,王光东主编,广西师范大学出版社2007年版,第97页。

《一千零一夜》中有很多“坏哥哥和好弟弟”的故事。

《朱德尔和水下宝藏》的故事就酷似阿迪力的故事：古代埃及有一个渔夫叫朱德尔，因为帮助一个摩洛哥人从哥伦湖里打起了两尾红鱼，因而获得了一份神奇的宝藏。这个朱德尔并非世代打渔为生的渔夫，他的富商父亲临终前将财产分为四份，三个儿子和老板各得一份。两个贪心的哥哥硬说父亲偏袒朱德尔，拉着朱德尔去打官司，最终把父亲留下的遗产都花光了，三个人的钱都落在了贪官污吏手中。两个哥哥又霸占母亲的财产，还把母亲赶出了祖传的老屋。朱德尔收留了母亲，买了一张鱼网、一只鱼篓，开始了他的渔夫生涯。在朱德尔帮助摩洛哥人获得宝藏之后，两个哥哥又费尽心机地想要霸占他的财产，将其卖给奴隶贩子之后因为作恶多端被国王抓获，得到了惩罚。而朱德尔历尽千辛万苦回到埃及，娶得公主，过上了幸福的生活。[1]

《两只猎犬》的故事几乎可以看作阿迪力故事的原版：巴格达城里有一个名叫哈什的商人，店铺里终日卧着两只黑色猎犬。如果哈什要外出，那两只猎犬就紧随其后，始终不离哈什左右，原来这两只猎犬是哈什的哥哥变的。哈什原有兄弟三人，父亲死后，给他们留下三千金币的遗产，每人各一千。哈什拿它做本钱，开了一个杂货铺，兢兢业业地经营。两个哥哥不愿意终日守着店铺过活，就相约出外经商。一年之后哥哥们狼狈而归，哈什拿出店铺利润帮助他们，二人却在挥霍一空之后拉上哈什出海经商。在经商途中哈什帮助了一名仙女，两个哥哥觊觎仙女的美貌，将哈什投入大海。哈什承蒙仙女相救，回到家中。仙女将哈什的两个坏哥哥变成猎狗，和哈什一起过上

① 《一千零一夜》第四册，纳训译，人民文学出版社 1984 年版，第 147–195 页。

了幸福美满的生活。[①]

除此之外，我们熟悉的《阿里巴巴和四十大盗》的故事也是典型的“坏哥哥与好弟弟”式的故事。这些故事的共同之处在于贪心的哥哥们都因为自己的贪心受到惩罚，而勤劳善良的弟弟虽然历经坎坷，最后都能过上幸福的生活。阿迪力的故事无疑是对哈什和朱德尔故事的借鉴。但夏班·罗伯特并未单纯地照搬故事，而是将好弟弟和坏哥哥放在了坦噶尼喀的背景下，并且为他们安排了完满的团圆结局。

三、隐形的说书人与连环穿插式的故事结构

阿拉伯古代素有说书传统。早在贾希利叶时期，各个部落的诗人及其拉维（即传诵者）就可以被视作最早的说书人。他们通过诗歌来歌颂祖先的事迹，赞美英雄的行为，讽刺敌人的丑态，部落民通过他们的诗歌缅怀历史，牢记当下，展望未来。伊斯兰教创立之后，阿拉伯帝国繁荣发展，社会稳定，经济发展。大城市中商贾云集，贸易空前繁荣。经贸的繁荣促进了城市的发展以及城市中商人和市民阶层的兴起，他们对文化生活的需要推动了市井文学、文艺的产生和发展，民间说唱艺术以及咖啡馆娱乐随之兴起，职业说书人应运而生。[②]

斯瓦希里海岸在15世纪迎来商业贸易的大繁荣，城邦的崛起带来的是市民阶层的出现，新阶层和来自阿拉伯地区的新居民对文化生活的要求也将说书这种艺术形式引入东非，结合东非本地素来的口传文学传统，焕发出新的生机。而身处20世纪的夏班·罗伯特继承了说书人的传统，将“说书”的形

① 《一千零一夜》第六册，纳训译，人民文学出版社1984年版，第298-350页。
② 郅溥浩、丁淑红：《阿拉伯民间文学》，宁夏人民出版社2010年版，第114页。

式借鉴到自己的寓言小说创作中。但是，在作家的作品中，说书人的身份被隐藏，作家本人承担了说书人的身份。

"说书人"是一个故事或一篇小说的叙述者，具有如下三个特点：第一，说书人既是咖啡馆说书台上的具体个人，也是小说中起到程式化作用的抽象叙述者；在小说中，作者是在模拟说书的语境中与读者进行交流的，在小说中发表见解，对事件发展进行分析，对人物行为做出道德评价。他虽然不介入故事情节，但却是在用隐藏的第一人称进行叙事。第二，说书人的视角是全知的，他通晓人物的心思，而且可以预知事情发展的因果，是全知全能的上帝视角。从这个角度出发，说书人又是第三人称的叙述者。第三，说书人在书中出现时必然具有一整套的叙述程式。"第一人称全知叙事"是违背西方叙述学原则的，却盛行于东方的文学中。[①] 下面我们从三个方面分析夏班·罗伯特寓言小说中的说书人。

（一）说书人的叙述人称

夏班·罗伯特在寓言小说中首先是以第一人称的说书人形象存在的。小说《可信国》和《想象国》都是以前言作为开场，我们可以将其看作古代书场或者咖啡馆中每本书开讲之前的定场词。《可信国》和《想象国》的前言写道：

> 可信国实际上是没有的，但它存在于人们的想象之中。它位于六面交界的正中央，北与北天国接壤，南与南天国毗邻，东与马特莱交界，西与雾国相望。可信国似云霞飘在空中，除四面之外，还有上下两面分别同天国、地邦相连。可信国的妇女都生双胞胎。这是很奇怪的事情，

① 刘禾：《语际书写——现代思想史写作批判纲要》，上海三联书店 1999 年版，第 226 页。

人们做梦也难于想象。说书的人从来没有提到过这个国家，画家也没有给它绘个图画。正因为有关可信国的事情无人所知，所以我写的有关它的故事可能不少人相信。[①]

想象国是世界上的一个大国，北与安乐国接壤，南同考验国相连，东临成功海，西靠奋斗山。我们无从在地图上找到她，因为无法用笔描绘，只能想象。去想象国的路步行无法走，也只有靠想象。想象国的居民众多，生育能力极强，一个家庭有八个到十六个孩子是平常的事。它的人口总数约占世界人口的一半。她是世界上最大的封建王国。想象国的生活像天堂一样安逸快活，不同的是这里有病有死，天堂里却可以长生不老。想象国由一个很大的家族统治，国王世袭，一个接着一个。不幸的是，最后一个国王迟迟不生孩子，无人继位。本书所讲的就是这个国王的故事。[②]

以上两段前言具有说书传统中定场词的特点：首先阐明下文故事的背景，交代时间、地点和人物；其次介绍一些有趣的事情，吸引听众的注意力，如可信国的双胞胎和想象国的多人口；再次交代作者的自身定位，“所以我写的有关它的故事可能不少人相信”和“本书所讲的就是这个国王的故事”，将作者本人直接定位为叙述者，所以下文的故事成为作者第一人称的叙事。

说书人作为叙述者的功能和第一人称叙述者的功能存在

① ［坦桑尼亚］夏班·罗伯特：《想象国》，葛公尚译，外国文学出版社 1980 年版，第 50 页。

② ［坦桑尼亚］夏班·罗伯特：《想象国》，葛公尚译，外国文学出版社 1980 年版，第 2 页。

区别。在小说中,夏班·罗伯特不是事件的主人公,只是一个故事的叙述者。在小说中他不断地重复“我们的故事将要讲到这一点”[①] 或者“所以,你自己去想象……”[②] 但是,其中说书人却有两重身份:站在台上直面听众的具体说书人和信息来源不明的抽象的全知视角。因为这样的双重身份,所以夏班·罗伯特通过一系列的叙述程式将自己的形象轮廓保留在小说中,形成了总的说书人叙述者形象和说书人传统。因此,我们可以将说书人看作第三人称和第一人称的两栖叙述者。一个最好的例子是《可信国》。《可信国》是非常复杂的说书人叙述,它的叙述者是一个集体,包括夏班·罗伯特、卡拉马、六个使者和国王等,是全知全能的视角;同时,整个内部叙述又由卡拉马一人完成,从逻辑上讲是见证人叙述或者主人公叙述。卡拉马在小说的主体叙述中多次现身,阐述自己的法学理念,负责介绍每次出使的背景及使者的遭遇,最后负责评述。所以,卡拉马可以视作夏班·罗伯特在小说中的化身。

夏班·罗伯特在他的寓言小说中是楔子式的全知叙述者。他在自己的小说前言部分以第一人称出现,这时他的视角是限制的;当主体故事开始时他隐身,并通过全知视角来干涉和影响故事发展的进程。全知视角主要体现在几个方面:洞悉人物心理,预知事件因果,进行道德评论。

《可信国》中,作者对宰相马基伍劳和国王的心理活动都着墨不少,譬如国王听到人们对于审判卡拉马的议论后思忖:

---

① [坦桑尼亚]夏班·罗伯特:《想象国》,葛公尚译,外国文学出版社 1980 年版,第 51 页。

② [坦桑尼亚]夏班·罗伯特:《阿迪力和他的两个哥哥》,李坤若楠译,载于《世界文学》2013 年第 7 期,第 118 页。

"你没有睡过这张床,就不会知道这张床上的臭虫。"① 又如目空一切的宰相,"自认为他的一个小拇指的智慧胜于可信国全体臣民头脑的总和"。② 而在提到卡拉马这个人时,作者又写道:"他身上有三个不平常的洞悉,一般人远不能及:他的头脑充满聪明才智;他的胸中有一颗英勇无畏的心;他还有特别雄辩的舌头。"③ 在《阿迪力和他的两个哥哥》中,对国王拉伊从查明牲口税未能缴清到派出伊科巴里赴贾尼布调查税收一事的过程有细致和详尽的心理描写;对阿迪力的两个哥哥每次陷害阿迪力时的坏念头也都直接写出。大量的"他认为""他想"之类的行文都是非上帝视角不能完成的。

夏班·罗伯特的寓言小说中时刻出现的一点是对人物行为的道德说教。"踏实肯干受到赞扬,空谈吹牛遭到禁止"④"法律面前人人平等"⑤"在烈日下工作才能在树荫下吃饭",⑥ 这些都是针对前文做出的道德评论。有些时候这些评论是由作者这个说书人给出的,一些时候则是借文中角色说出,这使得他的小说中甚至包括儿童说话的语气都很不自然,满口大道理。这类对话很多都不是通常意义上的对话,而是借用对话叙述道理。夏班·罗伯特"作品的大部分是枯燥无味的说教,没有

---

① [坦桑尼亚]夏班·罗伯特:《想象国》,葛公尚译,外国文学出版社1980年版,第57页。

② [坦桑尼亚]夏班·罗伯特:《想象国》,葛公尚译,外国文学出版社1980年版,第56页。

③ [坦桑尼亚]夏班·罗伯特:《想象国》,葛公尚译,外国文学出版社1980年版,第57页。

④ [坦桑尼亚]夏班·罗伯特:《想象国》,葛公尚译,外国文学出版社1980年版,第16页。

⑤ [坦桑尼亚]夏班·罗伯特:《想象国》,葛公尚译,外国文学出版社1980年版,第30页。

⑥ [坦桑尼亚]夏班·罗伯特:《阿迪力和他的两个哥哥》,李坤若楠译,载于《世界文学》2013年第7期,第129页。

什么可供辨识的情节，使得阅读起来非常无聊”。[①]

另外，值得一提的是，夏班·罗伯特在寓言小说中对环境的描写十分详细而立体，富有自然主义的特点。例如，《想象国》开篇对景物的描写：“四周鲜花万紫千红”“鸟儿在树上歌唱”“一轮明月出现在东方”[②] 等。又如国王对自己国家物产的罗列：“无穷的财富”“富饶的宝库”和“森林湖泊”[③] 等。再如描述前五种医生对国家造成的毁灭：“茂密的森林变荒原”“禽兽死尽而国家沉寂”“饥荒蔓延”“国家上空乌云滚滚”[④] 等。这些细致的罗列和描写有些过于冗长，但广泛存在于大量的阿拉伯民间故事中。《一千零一夜》《安塔拉传奇》中穿插了大量的环境描写。从文化的角度看，有两个方面的原因：其一是说书人在讲故事的过程中要尽量为听众还原故事背景，而还原的方法就是通过自己尽可能详细的描写让听众自行想象；其二是阿拉伯传统游牧民族的生活习惯，因为游牧生活较为枯燥，缺少变化，所以阿拉伯人善于观察生活，对生存环境的细节掌握可谓面面俱到。以上两点又逐渐渗入阿拉伯人的文学创作中，在文化辐射的过程中对斯瓦希里文学产生影响，进而又反映到我们所阅读的夏班·罗伯特的作品中。

（二）说书人的程式叙述与连环穿插式叙事结构

连环穿插式叙事结构的主要特征在于其大故事套小故事的环环相扣的连锁式特点，即把所有的故事组织在一个大框架之中，形成了大故事套小故事的结构。连环穿插式叙事结

① Mulokozi, M. M., “Two Utopias: A Comparative Examination of William Morris's News from Nowhere and Shaaban Robert's Siku ya Watenzi wote”, Umma, 1975, Vol. 5, p. 173.

② [坦桑尼亚] 夏班·罗伯特:《想象国》，葛公尚译，外国文学出版社 1980 年版，第 3 页。

③ [坦桑尼亚] 夏班·罗伯特:《想象国》，葛公尚译，外国文学出版社 1980 年版，第 4 页。

④ [坦桑尼亚] 夏班·罗伯特:《想象国》，葛公尚译，外国文学出版社 1980 年版，第 10–11 页。

构具有无限的包容性,能够通过故事主要情节的筛选将合适的故事分别穿插在不同的叙述层里。季羡林先生曾经对这种结构有着贴切的形容:好像是一个大树干,然后把很多大故事一一插进来,就好像是大树干上的粗枝,这些大故事中又套上许多中小故事,这好像是大树粗枝上的细枝条。就这样,大故事套中故事,中故事又套小故事,错综复杂,镶嵌穿插,形成了一个像迷楼似的结构。[①]

我们先来看一下夏班·罗伯特的三部寓言小说的主要叙事结构:

《可信国》:马基伍劳的故事—卡拉马的故事—六个使者的故事—卡拉马的故事;

《阿迪力和他的两个哥哥》:国王拉伊的故事—阿迪力的故事—国王的故事;

《想象国》:国王的故事—乌吐布撒拉的预言—预言成真。

在每一个层级的故事中,讲故事的人各自拥有自己故事的全能视角。

框架式的叙事结构也打破了传统的单个故事表现力不足的缺陷,形成了大故事套小故事,小故事里又有故事的"连环套"叙述结构,从而使故事不断积累,构成故事群,扩大了故事的内容量,延长了故事的讲述时间。而在故事叙述的过程中,一个故事往往又可以引发同类型的其他故事,这样能够反复阐明中心故事的主题,又能够设置层层悬念,具有很强的艺术感染力。《阿迪力和他的两个哥哥》中,拉伊追问阿迪力狒狒的来历,形成了引人入胜的精美布局,而阿迪力的故事则贯穿了过去、现在和未来,发展脉络丝丝入扣。《可信国》的故事中

① 《五卷书》,季羡林译,人民文学出版社 2001 年版,第 398 页。

卡拉马讲述了六个使者的故事，几个平行的故事层层递进，不断深入地阐释了法学的主题。框架式结果使得夏班·罗伯特的寓言小说呈现出独特的包容性和丰富性。

从故事的内容可以看出，阿迪力和卡拉马都是需要通过讲故事来避免可能的责罚：国王拉伊警告阿迪力必须说真话，否则就将他以虐待动物的罪名法办；国王给卡拉马六天时间为自己申辩，期限一满将立即做出裁决。这和《一千零一夜》中山鲁佐德为了保住自己的性命每天讲故事的初衷是一样的。“所有讲故事的人都在死亡的阴影下讲话。他们的叙述是与死亡达成协议的一个途径，同时也是构成驱除死亡的一种方式。讲故事的人只有不停地讲述不同的故事或是同一故事的不同版本，才能保持自己和听众的生命。”① 在作家的安排下，阿迪力和卡拉马成为小说中第二层级的故事叙述者。而作为叙述者而言，他的基本职能是叙述，而第二个职能是指明“作品如何划分篇章，如何衔接，以及相互间的关系，总之指明其内在的结构，这也叫作叙述者的管理职能”。② 此时的叙述者也就变为作者的化身，成为小说内在结构的组织者和解说员。这种组织和解说是根据程式化的套路进行的。

一般的叙事中，说书人的程式叙述体现在几个方面：首先，每一章都有如入话、楔子、情节相对完整的结构；其次是每一章节的开头或结尾大致相同的套话以及通常引用的诗词典故，等等，这也是说书人作为讲述者最明显的标志，譬如中国古代章回小说中的“且听下回分解”；而在章与章之间则以连贯的线性时间作为叙述时序。

---

① 倪浓水：《小说叙事研究》，群言出版社 2008 年版，第 301 页。

② [法]热拉尔·热奈特：《叙事话语·新叙事话语》，王文融译，中国社会科学出版社 1990 年版，第 180–181 页。

在《可信国》中，出使六国的各章都是典型的程式化描述：

《出使北方》：允许申诉的第一天到来了。可信国的首府——可信城有六分之一的居民也闻讯前来旁听……“布卢哈尼受到了责难，有人说他给国家带来了毫无用处的邪说，更有甚者，竟判了他无期徒刑，囚禁起来！看到布卢哈尼的遭遇，谁的心不为他感到悲伤呢！”①

《出使东方》：第二天，国王和大臣们出庭了，可信城有三分之一的居民也纷纷到场……“法赛里受到凌辱，关进监狱，太不应该了！有谁不为朝廷做出这样的事情感到害臊。”②

《出使南方》：申辩的第三天，除国王和一些大人物之外，可信城有一半居民前来旁听卡拉马一案的审理……“卡布里所做的一切却得到了令人伤心的报应：宝石被剥夺，人被关进监牢，夜里还要服劳役！想想看，有谁不为这种结局而伤心落泪！”③

《出使西方》：申辩的第四天，国王和可信城全体居民的三分之二都来了……“同前几位使者一样，他被抛进了黑暗的牢房。想想看，可信国何时才会感激这些大慈大悲的好人呢！”④

《出使天国》：申辩的第五天，可信国全国大约有六分

① ［坦桑尼亚］夏班·罗伯特：《想象国》，葛公尚译，外国文学出版社1980年版，第60-64页。

② ［坦桑尼亚］夏班·罗伯特：《想象国》，葛公尚译，外国文学出版社1980年版，第65-69页。

③ ［坦桑尼亚］夏班·罗伯特：《想象国》，葛公尚译，外国文学出版社1980年版，第70-74页。

④ ［坦桑尼亚］夏班·罗伯特：《想象国》，葛公尚译，外国文学出版社1980年版，第75-81页。

之五的人参加了这桩案件的审理……“利扎被指控散布谎言、扰乱人心,被投进了狱中。”[①]

《出使地邦》:申辩的第六天,所有人都参加了卡拉马案的审理……“不幸的是,他的努力并没有得到可信国的感激,可信国指控他没有很好地完成使命,审判他,剥夺他的财产,把他终生关进牢房。”[②]

这种程式化体现在参与审判人数的规律递增、使者的选拔、出使路上的经历和使者的遭遇上。抛开出使的国度,每个使者的故事都是对上一个的复制。这三个十分简单的句型,在整部故事集中被反复、多次、大量地运用,形成了一个较为固定的故事讲述表达模式,我们可以称作卡拉马或者夏班·罗伯特的口头程式。口头程式理论的精髓,是三个结构性单元的概念,他们构成了帕里—洛德学说体系的基本骨架。这三个概念分别是程式、主题或典型场景,以及故事型式或故事类型。[③]

在《阿迪力和他的两个哥哥》中,阿迪力应国王要求如实讲述两只狒狒的来历:

绅士是从不说谎的。他会将事情一五一十地讲出来,那两只狒狒可以作证。如果他说的是假话,它们可以发出声音来反驳,但是如果说的是事实,它们就要用手掌捂

① [坦桑尼亚]夏班·罗伯特:《想象国》,葛公尚译,外国文学出版社 1980 年版,第 82-87 页。

② [坦桑尼亚]夏班·罗伯特:《想象国》,葛公尚译,外国文学出版社 1980 年版,第 88-95 页。

③ [美]约翰·迈尔斯·弗里:《口头诗学:帕里—洛德理论》,朝戈金译,社会科学文献出版社 2000 年版,第 15 页。

住脸来证明此事为真。[1]

在讲述他的两个哥哥变成狒狒的经历过程中,每段故事结尾都是一样的:"阿迪力转向那两只狒狒,问它们他所说的是否属实。两只狒狒羞愧地用手掌捂住了脸。"

《想象国》的程式化则体现在通过预言及预言实现的反复印证上。乌吐布撒拉在为国王治病之前的预言一一实现,故事前后完美呼应。而小说中也不断出现"有诗为证""诗曰"之类的赞颂,也是说书人程式化的表达方式。

"最稳定的程式是诗中表现最常见意义的程式。这些程式表示角色的名字、主要的行为、时间、地点。"[2] 对于一个故事来说,其最稳定的程式的使用,有利于叙述者在故事开始前向听众介绍清楚该故事发生的背景和主要情况,先让听众对该故事有个整体上的把握,之后再娓娓道来,慢慢将听众带入故事的情节之中。《可信国》中卡拉马的程式化叙事中均介绍了故事发生的时间、地点、人物以及行为。这也是一般故事讲述中最常见的意义的程式,这样的程式句型向听众传达了一个故事将要发生的基本信息,同时也让听众在短时间内掌握这个故事的基本要素。《可信国》中六个使者的开端程式句也并非千篇一律,卡拉马将新的词语放入旧的程式中,将程式句中的关键词进行时间、地点、人物或是行为的一项或是多项的替换,就构建出新的程式句,而新的程式便由此产生了。

夏班·罗伯特笔下寓言小说高度程式化的特点和近乎苛

① [坦桑尼亚]夏班·罗伯特:《阿迪力和他的两个哥哥》,李坤若楠译,载于《世界文学》2013年第7期,第126页。

② [美]阿尔伯特·贝茨·洛德:《故事的歌手》,尹虎彬译,中华书局2004年版,第46页。

求的细节设定隐含着明确的意识形态表征要求，程式化使话语和意义掌控趋向简便易行，作为“有意味的形式”，程式在这些寓言小说中的最大功能特点是方便道德伦理等教条的灌注，达到体用的最佳契合。夏班·罗伯特使陈杂与紊乱的自然形象条理化、单纯化、理想化，但是他的方法却是通过说书的方式极其经济地运用一个概括的单元，有节奏地铺陈形象，渲染气氛，给简单的文本赋予了不一样的神韵。

结语

通过分析夏班·罗伯特的寓言小说，我们可以清晰辨析阿拉伯－伊斯兰文化和西方文化对其创作的影响，如果将他的作品看作一棵枝繁叶茂的大树，那么这棵大树根植的土壤是非洲大陆，但树的灵魂却是阿拉伯－伊斯兰文明，树冠在西方文明的浸润下不断伸展，最终的目的在于用启蒙主义启迪更多的坦噶尼喀人民。夏班·罗伯特对阿拉伯语和波斯语的掌握程度不可考证，但他曾经阅读过大量的阿拉伯语诗歌，并翻译过波斯语诗集《鲁拜集》的事实，反映了他与作为母语的斯瓦希里语、英语、阿拉伯语和波斯语之间复杂的互动关系，也可以看出作家在接纳异质文化和语言过程中所经历的主体分裂和文化震撼，作者把自己对这种文化相斥相容的思考融入其寓言小说创作中。

贝尔纳·达迪耶《托戈-格尼尼先生》的戏剧风格

贝尔纳·达迪耶（Bernard Dadié，1916—2019）是科特迪瓦文学的奠基人，在非洲法语文学乃至整个非洲文学史上留下了不可磨灭的痕迹。达迪耶的文学创作丰富而多样，涵盖了从诗歌到故事、从小说到见闻录等多种文体，两获“黑非洲文学奖”（Grand prix littéraire d'afrique noire）。[①]《托戈-格尼尼先生》（*Monsieur Thôgô-gnini*）是达迪耶在科特迪瓦独立后创作的第一部剧作，他在作品中塑造了贪婪腐化、滥用权力、压榨同胞的殖民者的代言人托戈-格尼尼，再现了资本主义殖民政策从“赤裸裸的奴隶贸易”转向商品贸易时期，西方殖民者勾结当地统治者、新兴资产阶级，对殖民地进行经济掠夺、施行文化同化政策的殖民扩张史。

在一部作品中，外部时间[②]的设置往往界定一个时间段，

① “黑非洲文学奖”始于1960年，由法语作家协会（L'association des écrivains de langue française, l' ADELF）设立，每年评选一次，对象为当年以法语创作的撒哈拉以南非洲文学作品，许多优秀的非洲法语作家都曾获此殊荣，如比拉戈·迪奥普（1964）、阿马杜·库忽玛（1969）、玛利亚玛·巴（1982）。达迪耶分别于1965年（Patron de New York）和1968年（La ville où nulle ne meurt）获得该奖。

② 金健人在《小说结构美学》（浙江文艺出版社1987年版，第77页）中将时间的概念分为以下两种：外部时间和内部时间。所谓“外部时间”，系指“作者于情节之外专门记录的时间，它像气候或大气层一样包围着情节，使情节得以产生、发展，并构成未来与现实生活之间的通道和桥梁。它不直接进入情节，却是情节的土壤。它不直诉读者，读者却要据其检验作品与经验世界的向背。它往往简化为几个数字加上年月日在作品中出现，作者却要依此安排时代背景与情节距离，它以物理时间为基础”。所谓“内部时间”，指的是作品中情节运动的顺序与连贯性，它以心理时间为基础。

这个时间段包括当时的政治、经济、文化、风俗等，框定了具体的年月，就是界定了一定的时代内涵和社会背景。本文从外部时间的角度，考察达迪耶在戏剧作品中表现外部时间、传递时间信息的技巧和方法，分析达迪耶将外部时间设定在特定时代的原因，探讨《托戈－格尼尼先生》的戏剧风格。

一、《托戈－格尼尼先生》的外部时间设置及其表现

《托戈－格尼尼先生》的主要戏剧情节发生在从19世纪40年代到70年代的三十年间，这是达迪耶精心设置的外部时间，它限定了《托戈－格尼尼先生》的时代和社会背景。《托戈－格尼尼先生》的外部时间对应着自由资本主义向垄断资本主义过渡的历史时期，这也是西方国家殖民政策发生转折的时代。随着英国于1840年前后率先完成工业革命，原始积累时期的奴隶贩卖等殖民手段失去了价值和魅力，自由贸易政策成为新的殖民侵略手段。

外部时间对戏剧情节的发展和戏剧人物的行动起着决定性作用，但是不同于小说等文学形式，戏剧首先是一种表演艺术，它难以借助文字的方式将外部时间的信息直接传递给观众。在《托戈－格尼尼先生》中，达迪耶借助服饰道具、舞台布景和音乐舞蹈等形式，将文本信息转化为视觉符号和听觉符号来表现外部时间，将时间信息更为准确地传达给观众。

（一）人物服饰

达迪耶在《托戈－格尼尼先生》中对主人公托戈－格尼尼服饰的描写多达七八次，服饰描写烘托了人物的性格特征，反映了人物活动的时代背景，侧面指出了情节发展的外部时间。

在第一幕中，托戈-格尼尼作为国王(部落酋长)的执杖官(porte-canne)，身着民族服饰，参与殖民贸易的缔约仪式。这时候的托戈-格尼尼是作为部落酋长的代言人出现的，他身上的民族服饰表明了托戈-格尼尼的身份，这与舞台提示中所指出的时间“1840年”以及托戈-格尼尼的身份设定相吻合。

第二幕中的托戈-格尼尼“腆着肚子、戴着巴拿马帽、穿着短裤、吸着雪茄，身穿西式服装”[①]出现在棕榈种植园中，西式服装取代了民族服饰。这说明托戈-格尼尼自身从思想到身份的变化，他不再为酋长代言，成为殖民者的代理人，并且开始从事棕榈种植园的经营管理，表明了背景时代的经济特征——种植园经济的大规模发展。

在第四幕中，托戈-格尼尼“头戴巴拿马帽，身穿长裤和长及膝盖的外套，戴着单片眼镜”，[②]手里拿着手杖，一副资本家的派头。到了第五幕，托戈-格尼尼身穿睡袍、头戴睡帽，喝着来自中国的茶。托戈-格尼尼在这两幕中的服饰表明他完全被西方文化所同化，靠着充当殖民者代理人而发家，成为新的买办资本家；而种植园的规模经营和种植园中的强制劳动让托戈-格尼尼成为新兴的本土农业资本家。他的生活方式受到了西方的影响，西方的服饰和做派更是被他全盘接纳，来自中国的茶叶表明资本主义在全世界范围内的殖民扩张时代已经到来了。

从民族服饰到西式服装，从棕榈园中的短裤装扮到咖啡馆(酒吧)中的长裤外套和单片眼镜，托戈-格尼尼的服饰前后变化显著。托戈-格尼尼服饰的变化与殖民者殖民扩张的步伐相呼应，达迪耶借托戈-格尼尼的服饰变化，指明了故事

① Dadié B.B. Monsieur Thôgô-gnini. Paris: Présence africaine, 1970. p.16.
② Monsieur Thôgô-gnini. p.21.

发生的背景时间，再现了历史的发展和时代的变革，向观众传达了明确的时间信息。

(二) 场景设置与舞台布景

在《托戈－格尼尼先生》中，场景转换与布景变化在指涉背景时间方面也起着非常重要的作用，随着幕与幕之间场景的转换，舞台布景也有明显的变化。

如在第一幕中，故事情节围绕“欢迎仪式”这个主题展开。舞台布景非常简单，只有一张吊床，酋长坐在吊床之上，身后是歌舞的群众，简单的布景展现的是殖民渗透之前的非洲社会以及传统黑人社会自然朴素、平等协商的生活状态。

《托戈－格尼尼先生》的第二幕展现的是棕榈种植园中的劳动场景，“舞台的角落里摆放着一些油桶，几个女人扛着大片的棕榈叶，男人们则滚动着棕榈油桶，一派繁忙的景象，黑人中间商和白人买家也出现在舞台上。箍桶匠在修着木桶，女人和孩子们忙着捣碎棕榈籽”。[①] “油桶”“棕榈叶”“棕榈籽”等道具及“棕榈园”布景表现的外部时间为棕榈种植兴起的 19 世纪中叶。借助舞台布景、道具等，达迪耶展现了 19 世纪中期西非沿海地区经济结构的变化：随着农业生产力的不断提高和经济作物的广泛种植，自然经济开始解体并逐渐被商品经济取代，萌芽状态的自由劳动者和农业资本家从而产生。棕榈种植园的出现在非洲经济和社会发展中有着特殊的涵义，非洲农业资本主义就是从种植园中萌芽并发展起来的，因此棕榈园的场景设置以及道具等舞台布景就被赋予了时代特征和时间特质。

第四幕的舞台空间被分割成两个不同的表演区域：咖啡

① Monsieur Thôgô-gnini. p.21.

馆(酒吧)和咖啡馆(酒吧)门前人声鼎沸的马路,马路和咖啡馆在剧中都是具有隐喻意义的空间符号,它们象征着传统社会组织形式的瓦解。随着殖民扩张的深入,本土的自然经济遭到破坏,以大家庭为基础的村社制度也濒临崩溃,失去土地的农民从农村迁入城市,报贩、侍者、乞丐甚至妓女的出现是这个时代的必然产物。咖啡馆以及马路上形形色色的人物都在彰显着时代的转折和社会的变化。例如,在传统社会中"供养家族中的残疾人是家族的荣耀",[①] 但是在新的时代中、新的社会里,这些残疾人被家族抛弃不得不靠乞讨为生。此外,被侍者称为"黑皮肤的白人"阶级崛起了,他们信奉的是"人人为自己,上帝为大家",[②] 这是资本主义价值观念对非洲传统价值体系的冲击。在非洲的传统观念中,人并非孤立的个体,人是共同体或社会中的人,人生不过是寻求个人与集体之间协调一致的过程。这种集体观念和群体意识让他们更加重视家庭、重视集体,这与西方思想中重视个人、只对自己行为负责的观念是完全不同的。新兴的资产阶级喊着"人人为自己",表明随着时代的发展和城市的出现,传统的农村的集体主义价值观与西方的城市的个人主义价值观发生了冲突,这些"城市"人背叛了传统观念,接受了西方的价值观念,因而大家庭、村社制度等传统的社会组织方式对他们而言也没有任何存在的意义了。

舞台布景和场景转换将外部时间空间化,指明了戏剧中的故事发生发展所处的时代背景,烘托并推进了情节的发展。

(三)音乐歌舞

非洲的传统音乐和传统舞蹈渗透于社会生活的各个领

① Monsieur Thôgô-gnini. p.33.

② Monsieur Thôgô-gnini. p.41.

域。歌舞表演也是非洲戏剧最重要的因素之一，传统歌舞节奏鲜明、形式自由，具有细腻的表现力和强烈的感染力，它能激发观众参与的热情，带给戏剧作品蓬勃的活力和生命力。《托戈－格尼尼先生》中穿插了大量的歌曲、舞蹈以及达姆达姆鼓声等，这些音乐歌舞的插入不仅烘托了剧情，在一些戏剧场面中还起到了提示背景时间的作用，其中最有特点的是歌曲《老人河》[①] 的插入。

《老人河》在曲调上吸收了黑人灵歌的节奏，用歌谣体写成，带有叙事歌性质和哀怨情绪，是一首诉说美国黑人痛苦与忧伤的心灵之歌。这首歌在《托戈－格尼尼先生》中共出现了两次，第一次是在第一幕的开始部分，"幕启后，国王坐在吊床上，远处传来歌曲《老人河》的歌声，"[②]《老人河》的音乐声营造了一种时空上的立体感，给予时空更广阔的外延。此外，它与背景时间相呼应：《老人河》象征着奴隶贸易与非洲黑人在美国的悲惨境遇，而《托戈－格尼尼先生》的故事背景为奴隶贸易的结束和非洲黑人从美国返回非洲的特定时代。《老人河》第二次出现在第二幕中，"达姆达姆鼓的声音忽然加强，超过了《老人河》的音乐声，表明形势逐渐发生了变化。劳动歌和达姆达姆鼓声和着《老人河》的歌声交替传来，但始终以达姆

① 老人河是对密西西比河的昵称。《老人河》是音乐剧《游览船》的主题曲，音乐剧讲述的是一段发生在密西西比河的故事，一个在押犯人几经生死从洪水中救了一名妇女，待返回监狱后却被加了十年刑期的经历。《老人河》由美国著名的男低音歌唱家保罗·罗伯逊（Paul Robeson）演唱。歌词大意：黑人劳动在密西西比河上，黑人劳动白人来享乐，黑人工作到死不得休息。从早推船直到太阳落，白人工头多凶恶，且莫乱动招灾祸，弯腰低下头，我拉起纤绳把船拖。让我快快离开白人工头，快快离开密西西比河。请你告诉我那个地方，我要渡过古老的约旦河。老人河，啊，老人河！你知道一切，但总是沉默，你滚滚奔流，你总是不停地流过。他不种番薯也不种棉花，那耕种的人早被人遗忘。但老人河啊，你总是不停地流过。我们流血又流汗，浑身酸痛受折磨，为了免得坐监牢，还要拉船扛包裹。我们这样地痛苦疲倦，既害怕死亡，又厌倦生活。但老人河啊！你总是不停地流过。

② Monsieur Thôgô-gnini. p. 1.

达姆鼓的声音和劳动歌为主,《老人河》变成遥远的背景音,仿佛是大西洋另一岸的回音”。[①] 这一幕的场景转移到了棕榈种植园,《老人河》的声音消失在“大西洋的另一岸”,隐喻着一个时代的终结,棕榈种植园大规模兴建的时代到来了。

《托戈 - 格尼尼先生》的外部时间设定重在“转”,因此剧中服饰道具、舞台布景、人物对话及音乐等在剧中的展现重在“变”,通过人物的服饰、语言以及舞台布景等的变化,突出表现殖民政策转折期这样一个特殊的时代背景。

二、外部时间与人物:个人命运的时代投影

人物与时代密不可分,人物性格是特定时代的产物,人物命运在特定时代中推进,什么样的社会就会产生什么样的人物,一个时代的人物只能生活在他们的时代当中,《托戈 - 格尼尼先生》把情节的外在时间投影于个人命运,以戏剧人物的人生轨迹指涉戏剧的外在时间。

(一)人生轨迹:浓缩的殖民史

托戈 - 格尼尼的发迹伴随着资本主义殖民扩张的进程。在以野蛮掠夺和奴隶贸易为特征的旧殖民时代,托戈 - 格尼尼被掠为奴隶,贩卖到美国;随着奴隶贸易的废止,托戈 - 格尼尼以获释黑奴的身份从美国返回非洲重获自由;商品贸易的兴起让托戈 - 格尼尼成为殖民者在非洲的代理人和中间商,并开始兴建种植园;随着时间的推移,殖民者不再满足于经济掠夺,他们将触角深入政治、社会、价值观层面,托戈 - 格尼尼赚得盆满钵满,成为新兴资本家;到了 19 世纪 70 年代,帝国主义掀起

① Monsieur Thôgô-gnini. p.21.

瓜分非洲的狂潮，在非洲划分并建立殖民地，开始了野蛮和残酷的殖民统治，资本主义商品贸易的本地代理人托戈－格尼尼同时被殖民者和本国人民抛弃，锒铛入狱。

达迪耶擅于人物形象的塑造，常常借助剧情的“突转”来表现人物性格和思想的变化。《托戈－格尼尼先生》中剧情和托戈－格尼尼的命运共发生了两次“突转”，第一次在黑人酋长与白人商人建立了贸易关系后，托戈－格尼尼从国王的执杖官变成白人的中间商，成为腰缠万贯、权倾朝野的“托戈－格尼尼先生”。第二次在最后一幕中，托戈－格尼尼的谎言被揭穿，沦为阶下囚。情节的突转增强了《托戈－格尼尼先生》的戏剧性，带来了出乎意料的戏剧效果。在第二次突转中，占压倒性优势的托戈－格尼尼先生因为同谋前后矛盾的证词而被揭穿了所有谎言，他欺上瞒下的行为触怒了国王（酋长），恩泽库身上的锁链套在了托戈－格尼尼身上，人群中“公平”“自由”的呼声此起彼伏，全剧随之达到高潮。

剧情的突转增强了戏剧效果，而人物命运的突转则展现了背景时间的脉络。从获释黑奴到国王的执杖官，从国王的代言人到殖民者的代理人，从种植园主到新兴资本家，从人人敬畏的大人物到阶下囚，托戈－格尼尼的人生伴随着资本主义殖民扩张的进程，他见证了殖民者在非洲的殖民活动，亲历了殖民主义从奴隶贸易到商品贸易，从赤裸裸的掠夺到虚伪地同化的发展过程。《托戈－格尼尼先生》是一部喜剧，但是托戈－格尼尼的人生却是一个悲剧，虽然他曾一夜暴富，曾与最高的权力无比接近，虽然他导致了恩泽库等人的悲剧，但这些并不能掩盖托戈－格尼尼个人命运的悲剧色彩。托戈－格尼尼是资本主义殖民活动的牺牲品，从奴隶贸易时期被掳往美国的奴隶到商品贸易时期白人殖民者的傀儡，托戈－格尼尼的人生轨迹就是一部浓缩的殖民史。

达迪耶把戏剧的时间进程与人物命运紧紧联系在一起，以外部时间框定人物行动，又以人物的行动举止传递了时间信息，以人物的命运起伏隐喻了时间的进程。

（二）典型人物：历史共性的个性呈现

托戈-格尼尼不仅仅是托戈-格尼尼，更是伴随着资本主义殖民扩张兴起的买办资本家的代表，他象征着殖民主义催生的新兴资产阶级，因此托戈-格尼尼这一人物形象实质上是对历史共性的个性呈现。而托戈-格尼尼作为一定的阶级和倾向的代表以及他所处时代的一定思想的代表，他行为的动机也不只是从“琐碎的个人欲望中，而正是从他所处的历史潮流中得来的”。[①]

托戈-格尼尼（thôgô-gnini）不仅是马林凯语，托戈（thôgô）的本义是名字，也可以表示荣誉、身份等，格尼尼（gnini）的意思是寻找、寻觅、追寻、尝试获得，thôgô-gnini 的含义可引申为对荣誉、声望或身份的追寻。[②]

达迪耶用 thôgô-gnini 这个词语命名戏剧的主人公，一是赋予戏剧人物典型性格；二是将个体人物群体化和类型化。达迪耶在一次演讲中谈到自己重回戏剧创作之路以及《托戈-格尼尼先生》的写作初衷时，介绍了托戈-格尼尼这个名字的来历，他说：

我在写作中，总是为作品的题目所困扰，找到一个合

① 吴玉杰：《新历史主义与历史剧的艺术建构》，中国社会科学出版社 2005 年版，第 99 页。

② Abiven O. Dictionnaire français-malinké et malinké-français: précédé d'un Abrégé de grammaire malinkée. Mission des pp. du Saint-Esprit. 1906. p.155.et p.169.

适的题目对我而言是一件很困难的事情。在我仍在为寻找一个能概括作品内容的题目而犯愁的时候，我的妹妹伊冯娜来看我，她想到了托戈－格尼尼（在马林凯语中，它表示想成为大人物的人）这个词作为主人公的名字，于是我在这个词前面加上了法语的先生一词（作为作品的题目）……这正是全剧的主旨所在。[1]

达迪耶重视作品的题目，题目就是整部作品的灵魂和主旨；达迪耶更重视戏剧人物的名字，因为名字是对戏剧人物准确的定位，它可以把戏剧人物类型化。达迪耶的作品表现的不是在一个历史时期某一个人的生活境遇，它反映的是特定年代下一类人的生存状态。达迪耶在《托戈－格尼尼先生》中塑造了托戈－格尼尼、恩泽库、雅－戈巴，甚至盲乞丐、酒吧（咖啡馆）侍者等多个人物形象，他要展现的是从 1840 年开始到 1870 年间的资本主义殖民政策转变时期，资产阶级、黑人中间商、种植园主、城市平民、无产者等群体的生存状态。

托戈－格尼尼所代表的新兴资产阶级有着相似的发家史，从代理人到中间商，从种植园主到农业资本家，这些中间商兼种植园主拥有十分可观的资本，甚至超过了酋长。同这些中间商兼种植园主一样，托戈－格尼尼的身份地位随着殖民扩张而转变，从酋长的执杖官、发言人摇身一变成为殖民者在非洲的代言人，并垄断了当地的稻米、棉花、烟草、菠萝种植和棕榈油、象牙贸易。

与托戈－格尼尼形成对比的是恩泽库的悲惨遭遇。如果说托戈－格尼尼是"合法贸易"的受益者，那么恩泽库就是"合

① Kochy B. La critique sociale dans l' oeuvre théâtrale de Bernard Dadié. Paris: l' Harmattan. 1984.p.63.

法贸易”的牺牲品。他从托戈－格尼尼的债主沦为“托戈－格尼尼先生的囚犯”，[①]以莫须有的罪名被囚禁，痛苦和灾难随之降临到恩泽库的家庭。与酒吧（咖啡馆）侍者、报贩、雅－戈巴等失去土地出卖劳动力的无产者不同，恩泽库是以有产者和托戈－格尼尼债主的身份出现在第四幕中的。面对着社会生活中的种种变化，他感到焦虑不安，觉得“整个都乱了套”。[②]他对以血缘关系为基础的传统的社会组织方式念念不忘，怀念“家庭的温暖，亲人的热情”。[③]而对托戈－格尼尼所代表的资本家，他恨得咬牙切齿，“杂种！骗子！小偷！贪得无厌！贪——得——无——厌！”[④]恩泽库的遭遇并非特例，在第六幕中，布鲁巴向法官哭诉与恩泽库一样遭到陷害锒铛入狱的还有许多人，她指出恩泽库“是无辜的，因为库瓦麦、卡布朗、艾胡雷、阿齐兹、阿布、麦爱赞、可迪吉奥、布鲁、塔诺阿、库阿斯、考费、阿布力先生一个接着一个先后被捕，他们都是托戈－格尼尼先生阴谋诡计的受害者”。[⑤]恩泽库、库瓦麦、卡布朗、艾胡雷等代表的是小种植者的利益，虽然在资本主义殖民扩张的过程中，他们侥幸保住了土地，并开始从事经济作物的种植，生活得到了一定的保障，但他们也遭受着大种植园主和中间商人的压榨和盘剥，稍有不慎就沦落到破产甚至入狱的境地。

酒吧侍者、报贩、乞丐和雅－戈巴是无产者的代表，种植园经济的大规模发展让托戈－格尼尼这样的种植园主获得了巨大的经济利益。他们利用手中的权力不断侵占或购买优质的土地，土地逐渐集中到少数权贵手中，更多的农民失去土地，

① Monsieur Thôgô-gnini. p.86.
② Monsieur Thôgô-gnini. p.33.
③ Monsieur Thôgô-gnini. p.34.
④ Monsieur Thôgô-gnini. p.38.
⑤ Monsieur Thôgô-gnini. p.100.

从农村走向城市。他们中的一些人靠出卖劳动力为生，如酒吧侍者和报贩；而雅－戈巴这样的年轻女性过早进入婚姻生活，需要养育多名子女，她们没有接受足够的教育，缺乏一技之长，只好靠出卖肉体为生。

恩泽库所代表的小种植者和酒吧侍者、报贩等代表的无产者同属于被压迫者与被统治的阶级，而托戈－格尼尼所代表的新兴资本家、国王（酋长）所代表的地方权贵和白人商人所代表的西方殖民者则属于压迫者和统治阶级。因此，恩泽库与托戈－格尼尼之间的对立，本质上是被统治阶级与统治阶级之间的对立，是被压迫者与压迫者之间的对立。

背景时间的设定为剧中人物的行动圈定了既定的路线，无论是买办资本家托戈－格尼尼，还是小资产者恩泽库，抑或是雅－戈巴、布瓦迪，他们的行动都逃不脱这个早已被界定的时代，他们的人生轨迹随着时间的推进而改变。托戈－格尼尼也好，恩泽库也罢，他们的命运与时代紧密地联系在一起，见证着历史的发展与时代的变迁。在这些戏剧人物的人生起伏背后，隐藏的是历史发展的滚滚洪流，是时代更迭的斗转星移，是时间流逝的不可逆转。达迪耶把戏剧的外部时间与人物命运紧紧联系在一起，以背景时间框定人物的行动，又以人物的命运起转隐喻了时间的进程，以人物的行动举止传递了时间信息。

三、外部时间的社会性、历史性含义

达迪耶对作品外部时间的设定极为重视，这与外部时间在《托戈－格尼尼先生》中举足轻重的作用是分不开的。《托戈－格尼尼先生》的时间设定具有深刻的历史性和社会性，时间在这里成为所有事件发生之因,剧情发展和人物行动则成了时间之果,如果抛却了这一特殊的时间,就无所谓情节的发展。对于《托戈－格尼尼先生》这样一部以特定的历史时期作为虚构事件背景的剧作而言,一切意义都在时间中得以彰显。

(一) 殖民活动对自然经济结构的瓦解

在《托戈－格尼尼先生》中,达迪耶勾勒出以"合法贸易""不等价交换""单一种植制"为基础的殖民经济活动图景,展现了殖民经济对传统经济结构的冲击和破坏。批判资本主义殖民经济活动对非洲经济社会的破坏是《托戈－格尼尼先生》的主旨,也是该剧获得成功的关键所在,因为达迪耶比其他作家更早地关注到殖民活动对非洲经济的破坏,而这种经济殖民与经济控制是其他一切殖民活动的基础。

在《托戈－格尼尼先生》中,为了与黑人酋长建立商贸关系,"并非空手而来"的白人商人向酋长献上"精心准备的礼物"——大衣和假发——毫无价值且不合当地气候,换来的是酋长回送的一罐金子;双方签订的合约更是离谱的不等价交换——破旧的生了锈的枪支弹药换得成桶的棕榈油。而在棕榈油成为"自由贸易"的主要产品后,这些殖民者为了获取更多的生产资料和原材料推行并扩大种植园经济,复杂而烦琐的棕榈油制作需要大量的劳动力,因此油棕树的种植和棕油制作都使用奴隶及其他非自由劳工在种植园中进行。为了获得足够的劳动力资源,白人殖民者建议黑人酋长用枪支去发动战争,来获得战俘和奴隶,并修建"监狱"。

托戈－格尼尼虽然不能理解白人殖民者嘴里的"监狱哲学",可是他被这些白人们的"金钱炮弹"一击即中,在看到殖民者手里的钞票后,他激动不已,"钱！钱！给我！给我！"金钱对托戈－格尼尼的诱惑极大,在白人商人发动金钱攻势之前，托戈－格尼尼热情赞颂着自己的酋长（国王）；但白人的钞票让托戈－格尼尼魂不守舍，在“钱！钱！”的呼喊声中，他从对自己国王的赞美改为对白人国王毫不吝啬的赞美和讨好。托戈－格尼尼将白人的真理——“监狱哲学”用于实践，兴建了棕榈种植园，强迫女性和儿童从事劳动，他们在白人买家和黑人中间商“快点、快点”的催促声和达姆达姆鼓急促的鼓点中忙碌着。

而棕榈种植园场景的设置丰富和深化了《托戈－格尼尼先生》的思想内涵。达迪耶认识到了种植园经济对非洲本土经济和社会结构的破坏性，它改变了传统的以物易物的交换方式，货币成为交换的中介，自然经济转向了商品经济。不仅如此，以单一经济作物种植为主要模式的种植园经济完全忽视了非洲人自己的需要，传统的农业和手工业遭到扼杀。他们被迫生产他们所不消费的产品，又不得不消费他们不生产的产品。单一种植制致使非洲经济片面畸形发展，形成依附性经济结构，这种依附性直接影响到独立后非洲经济的正常运转，让摆脱了殖民统治的非洲各国不得不继续依附前宗主国有条件的援助，殖民阴影始终笼罩在非洲大陆上空。单一种植制所引起的非洲经济结构的片面性和脆弱性是非洲独立后民族经济发展的最大障碍，直到今天也未能得到有效的解决。

达迪耶对殖民经济政策的批判是准确而深刻的，他将枪口对准种植园经济和单一种植制，揭露了资本主义殖民扩张的目的及本质所在：满足“中心国家”资本积累的需要，促进资本主义经济发展，实现自由资本主义向国家垄断资本主义的转变。达迪耶在《托戈－格尼尼先生》中通过对西方殖民者的经济活动如“自由贸易”“不等价交换”“单一种植”等一一再现，阐明殖民扩张对非洲经济结构的破坏以及其深远影响。

（二）殖民活动对非洲政治与司法体系的破坏

在《托戈－格尼尼先生》中，达迪耶并不满足于对殖民经济活动的批判，因为经济殖民与政治、文化、思想上的殖民是不能分开的，他们是相互依附的共生关系。虽然《托戈－格尼尼先生》主要批判的是资本主义殖民经济活动及其对非洲本土经济的破坏，但达迪耶并没有忽视殖民经济活动对非洲传统的政治制度和法律制度的影响。

经济掠夺与政治统治是相伴而生的。在《托戈－格尼尼先生》中，象征着经济侵略的棕榈种植园与象征着政治统治的监狱密切相关，监狱就是一座为棕榈园“储存免费劳动力的仓库”，[①] 因此，“任何人都有可能被人以国王的名义逮捕，根本不需要任何借口，随时随地，不分早晚。”[②]

在第四幕中，恩泽库被逮捕，罪名既滑稽又荒诞——“拒绝走路”罪。警察的行为举止反映了当时社会中占主流的意识形态，他们遵守着这样一条准则：弱肉强食。而这也是托戈－格尼尼拒绝还债，撕毁欠条，把债主恩泽库送进监狱的原因。恩泽库是弱肉强食社会的受害者，对权力阶层来说，进监狱也好，放出来也罢，或是减刑，或是缓刑，都不过是儿戏，不过是权力的游戏。

达迪耶在剧中展示了警察的专横与权力的滥用。相对于如恩泽库一样的平民百姓而言，警察是权力阶层，是统治阶层，但是在托戈－格尼尼面前，警察的特权黯然失色，托戈－格尼尼不但操控着监狱，甚至干涉司法的公正。在《托戈－格尼尼先生》的第五幕中，托戈－格尼尼担心罪行败露，陷害恩泽库，要把他丢进监狱，恩泽库受到多项罪名的指控：蓄意伤害他人

① Monsieur Thôgô-gnini. p.16.

② Monsieur Thôgô-gnini. p.44.

名誉，犯罪团伙的头目、偷盗、谋杀、诱拐妇女儿童。雅－戈巴、法克农、布瓦迪受到托戈－格尼尼的教唆，收买或胁迫在法庭上作伪证，然而他们编造的谎言经不起推敲，在司法公正面前说出了实话，供认了幕后主使是托戈－格尼尼先生。布瓦迪惧怕托戈－格尼尼的淫威，也出来指证好朋友恩泽库，他不在乎事实与公正，把作伪证当成一种职业，他的证词取决于法官"想让我说些什么"。[①] 布瓦迪刻意模仿法官的举止和话语，法律的威严与司法的公正在布瓦迪滑稽可笑的语言和动作中荡然无存。达迪耶在这一幕中并没有直接批判殖民统治下的司法体系，而是通过作伪证的环节侧面表现了政治和经济对司法公正的干涉与破坏。布瓦迪的荒唐举止看似令人捧腹，但是对于殖民地的司法和政治制度而言不啻当头棒喝：在殖民统治下的非洲大陆，政治和经济因素直接干涉着司法的公正，如果非洲国家不能摆脱对西方政治、经济等方面的依附，司法独立就不可能实现，所谓司法公正也终究是个笑话。

（三）殖民活动对传统社会结构和意识形态的颠覆

殖民活动对非洲社会生活的冲击是《托戈－格尼尼先生》另外一个重要的创作主题。在《托戈－格尼尼先生》中，妓女雅－戈巴、报贩、酒吧（咖啡馆）侍者就是失去土地、进城谋生、出卖劳动力的无产者；从债主变成囚犯的恩泽库则是平民或是小资产阶级的代表；而暴富的托戈－格尼尼穿起了洋装，拿起了文明棍，喝着从中国进口的茶，从负债累累的托戈－格尼尼变成了腰缠万贯的托戈－格尼尼先生，成为新兴的买办资产阶级——"新的'黑皮肤的白人'阶级兴起了"。[②] 新兴的资产阶级从外到内，从饮食起居到思想意识"全盘西化"，传统的价

① Monsieur Thôgô-gnini. p.109.

② Monsieur Thôgô-gnini. p.41.

值观为资产阶级价值观念所取代。

对金钱与权力的渴求让托戈-格尼尼卖力地替殖民者卖命，为了获取更高的利润，积累更多的财富，他不惜践踏同胞利益，贩卖民族尊严。随着财富的快速积累，托戈-格尼尼在获得更多经济利益的同时也更加独断专权，他宣称“没有我，这国家得变成什么样子！”① “那些人只认得我，只认得托戈-格尼尼先生。”② 他认为钱才是一切，“钱丰富了生活，丰富了语言……要是没有钱，哪里有犹大？”③

他主动自我同化，在第四幕中，托戈-格尼尼向两位到访的白人商人请求以自己的名字来命名欧洲的一条街道，又怕花钱太多。白人商人允诺免费满足他的要求，但冠名的对象是外省的一个小便池。托戈-格尼尼渴望成为非洲最重要的人，更渴望被西方人认识和铭记。“德·托戈-格尼尼·非法贸易·非洲·贝宁·黑豹先生，”④ 这个复杂的名字哪怕是刻在外省的小便池那绿色的大理石上，也是无所谓的，只要能得到西方人的认可。成为小便池皇帝让托戈-格尼尼兴奋不已，这意味着自己与罗马皇帝相提并论，是可以写进历史的殊荣。

在托戈-格尼尼眼里，无论是小便池还是小便池皇帝，只要是西方的，就是最好的，得到西方人的认可和接受是他最大的心愿和荣耀。他担心自己的父亲因为没有受过洗礼，没有被漂白而不能为上帝所接受，异想天开地要在西方国家给早已在非洲去世的父亲做个弥撒，借此改变自己的出身，彻底地漂白自己。托戈-格尼尼是自我同化的典型，他主动接受资本

① Monsieur Thôgô-gnini. p.51.
② Monsieur Thôgô-gnini. p.51.
③ Monsieur Thôgô-gnini. p.18.
④ Monsieur Thôgô-gnini. p.71.

主义文化和西方文明，他的愿望就是变成那些殖民者的底片，变成黑皮肤的法国人；他把“人人为自己，上帝为大家”[1] 当作人生信条，在他心目中，传统文化与黑人文明一无是处，传统的价值体系、道德观念被彻底颠覆。正如朱克伯尔所指出的，托戈－格尼尼接受的西方文化与西方价值观使他获得财富及权力，在他看来，正是这种“自觉同化”和“自我漂白”让他超越了自己的非洲同胞，对于自觉同化者而言，非洲文化是一种低级的、附属的文化，接受西方文化让他们获得了一种特殊的优越感。[2]

西方与本土文化在第五幕中激烈碰撞。在“描摹着欧洲法庭建立的非洲法庭”[3] 上，法官、书记员、执达员一应俱全，证人作证也要仿效欧洲法庭举起右手对着《圣经》发誓“所说为事实及事实之全部”，[4] 但是，非洲人显然并不适应这种转变，雅－戈巴举起右手“以六个孩子的脑袋发誓”“以父母、祖父母……的脑袋起誓”；[5] 穆斯林法克农坚持只向《古兰经》发誓且举起了左手，而布瓦迪更是离谱地举起了两条胳膊。在“西不西，非不非”的法庭中，殖民司法体系与非洲传统司法、伊斯兰－穆斯林宗教裁判激烈冲突，西方文化与传统文化相互碰撞，演出了一场令人啼笑皆非的闹剧。

---

① Monsieur Thôgô-gnini. p.41.

② Jupor B. “L’ aliénation culturelle en Afrique à travers le théâtre africain” Littéréalité. Vol.8. No.2. automne/hiver.1996.p.23.

③ Monsieur Thôgô-gnini. p.83.

④ Monsieur Thôgô-gnini. p.84.

⑤ Monsieur Thôgô-gnini. p.89.

四、历史剧：过去与现在的对话

达迪耶热衷于历史剧的创作，从《城》到《莫阿·塞勒》（*Mhoi cheul*，1979），他的戏剧创作多取材于历史。在《托戈－格尼尼先生》之后，达迪耶开始有意识地使用历史题材进行创作，并就此形成了独特的戏剧风格。这种风格贯穿其第三阶段戏剧创作：将作品置于特殊的历史背景下，借助特定的历史时期下发生的历史事件，以讽刺幽默的手法，阐明作者对现时社会的观点和看法，表达其政治思想和文化诉求。

《刚果的贝阿特丽齐》融合了三段历史时间，分别是：711年，摩尔人入侵伊比利亚半岛；1482年，迪奥戈·卡奥发现刚果河口；1704—1706年，葡萄牙人的殖民统治。《风暴岛》同样融合了三段历史时间：1642年，路易十三的统治；1776年，美国独立战争；1802年，海地革命。这种历史化的时间艺术正是从《托戈－格尼尼先生》开始形成的，并在《刚果的贝阿特丽齐》中臻于成熟，《刚果的贝阿特丽齐》的成功得益于达迪耶历史化的时间艺术。

达迪耶把目光投向历史，看似远离现实，其目的正是为了书写现实，借阐释历史来警醒当世。“每一部真正的历史都是当代的历史。”[①] 同样，每一部历史题材的戏剧作品讲述的也是当代的故事，达迪耶将目光投向历史，不仅是在和历史对话，更是在与缺席的在场——现实对话，因此取材于历史的戏剧就是过去和现在之间的对话。

《托戈－格尼尼先生》讲述的是1840年资本主义殖民政策转型时期的历史，但讲述历史显然并非达迪耶的本意。对达

① 王充闾：《沧桑无语》，东方出版中心1999年版，第294页。

迪耶而言，他选择这段历史为故事背景，用意不言自明，这段历史的独特性在于“时代转折”。《托戈－格尼尼先生》创作于非洲全面独立之后，达迪耶观察到从被殖民转向独立的几年中，非洲社会的发展状况和涌现出的各种新问题：殖民主义走了，新殖民主义来了；受到殖民主义剥削和压榨的平民百姓并没有获得真正的独立，取代殖民者的是新殖民者和非洲本土资产阶级，这种统治与被统治，压迫与被压迫的关系依然存在；对于独立后的非洲和非洲人而言，被殖民和被掠夺的遭遇并没有发生实质性的改变，新殖民主义所带来的影响与破坏甚至超越了殖民主义。

达迪耶无疑是冷静清醒的，在大多数人仍沉浸在独立的喜悦和狂欢中时，他已经将一切看得清晰而透彻。事实也的确如此，非洲独立运动轰轰烈烈，但是几乎没有一个国家在独立之初对独立后的发展有明确的规划，甚至对实行什么样的社会制度都鲜有思考，更不要说认识到资本主义的新殖民侵略的实质。达迪耶以他敏锐的目光、细致的观察、冷静的思考看清了现实，并将现实以历史的形式写入了作品中。他借历史警醒世人，目的在于引发观众的思考，思考现在，更要思考未来。

在《托戈－格尼尼先生》中，梦境中的怪物屠杀了忠诚、感恩……摧毁了一切传统的价值和传统的文化。借助隐喻性的梦境，达迪耶想要启发观众思考的是：我们想要的究竟是一个什么样的社会？一个完全西方化的社会是我们想要的吗？我们的传统社会中有哪些是值得我们继承和拯救的？“大家庭”要不要保留，它是否适应时代的发展？非洲传统的价值观念和道德准则要不要抛弃？司法公正是什么？怎样才能还司法以公正？这一系列问题最终都指向了一点，那就是非洲独立后的发展问题。

独立之初的非洲人民并没有真正思考过非洲发展之路的问题,一方面由于他们尚处于独立后的喜悦和兴奋之中;另一方面由于非洲传统时间观念中“未来”概念的缺乏,注重过去的非洲人没有“未来”的概念,自然也缺少计划性。独立之初的非洲国家一部分跟随西方国家,继续追随宗主国的脚步,一部分为了摆脱宗主国的干涉,学习苏俄走上了社会主义道路。盲目地学习西方或东方大国的发展道路并不适合非洲的实际情况,各种新问题纷纷涌现,因而如何发展,选择什么样的发展道路正是20世纪70年代的非洲人应该思考的问题。达迪耶在《托戈－格尼尼先生》中讲述的是历史,提出的问题却针对现实,因此,达迪耶的历史剧书写的并不是真正的、纯粹的过去(zamani),而是作为过去延续的现在(sasa)。

对于达迪耶而言,回归历史就是立足现在,回归历史就是展望未来。达迪耶是个乐观主义者,他深谙笑的艺术,喜剧的讽刺与幽默被他发挥得淋漓尽致,在他的作品中,嬉笑怒骂皆成文章,笑过之后又能引发观众的思考。他的乐观主义在《托戈－格尼尼先生》的结尾部分体现得更为明显,恩泽库被无罪释放,托戈－格尼尼进了监狱,喜剧性的结尾实质是对未来美好的憧憬。

结语

达迪耶在戏剧创作中常常取材于历史时间、历史人物或者是特定的历史时代,他的戏剧融合了历史、现在和未来,是立足于现实的历史对话。历史就是对漫长过去的追寻,是集体经验和群体意识得以传承的方式,更是文化身份认同的必要途径。达迪耶对历史的理解让他把目光转向历史,历史成为他戏剧创作的主要题材，在他的作品中，历史与现实重逢，过去与现在相遇。

达迪耶向历史取材并不仅仅是为了重述历史，更重要的是为了实现其戏剧教育的目的，在达迪耶看来，戏剧是审美的也是娱乐的，但戏剧更是教育的。现实的历史化、时间的陌生化的处理方法可以给舞台下的观众制造时空距离，使观众能够从戏剧幻觉中抽离出来，更为清醒地观察现实、审视当下。

试论非洲本土语言文学的书面性、当下性和国际性
——以斯瓦希里语小说《苦力》为例

研究非洲文学，必然会遇到语言问题。非洲文学有用英语、法语和葡萄牙语三种欧洲语言创作的文学，也有为数众多的本土语言文学。受殖民主义的影响，非洲国家通常采用一种欧洲语言作为官方语言，同时有为数众多的本土语言。撒哈拉以南的非洲本土作家获得世界性声誉的，无一例外都使用或使用过欧洲语言创作。目前看来，只有使用欧洲语言他们才可能获得本土以外的读者的关注。非洲作家摒弃母语，使用欧洲语言创作，这一现象被很多非洲作家和批评家反思和批评。[①] 也有作家持不同观点，被尊为"非洲文学之父"的阿契贝（1930—2013）曾经谈道："用英语或者法语写作的作家并不是只把眼光对准国外机遇的没有爱国心的精英分子。他们是非洲民族国家形成的副产品。"[②] 阿契贝认为用殖民语言写作，是很多非洲作家被迫的选择。

20世纪五六十年代至今，以英语文学为代表的用殖民语言写成的非洲文学逐渐迅速发展，形成了巨大的创作、阅读和批评群体。而非洲本土语言文学虽然作品丰富，但是对其研

① 最激烈的批评者是肯尼亚作家恩古吉（Ngũgĩ wa Thiong' o，1938— ），他的观点主要见于论文集：Decolonizing the Mind: The Politics of Language in African Literature.

② Chinua Achebe. "English and the African Writer." Transition 18（1965）: 27-30.

究还处在相对滞后的状态。以斯瓦希里语文学为例，1988 年，坦桑尼亚作家协会有 85 个成员，其中只有 5 人用英语写作。[1] 坦桑尼亚作家用斯瓦希里语创作，取得了巨大的成就，但是却不为非洲文学研究和批评界重视。为什么会出现这种现象呢？这就不得不提到和非洲英语文学创作相关的批评理论——后殖民批评对本土语言文学的漠视。20 世纪 90 年代以来，后殖民批评在非洲文学研究领域一统天下。后殖民批评建立了一个"中心—边缘"的模式，帝国作为中心，帝国的各个前殖民地作为边缘。这一批评模式夸大和简化了欧洲语言对殖民地的影响，把前殖民地国家看作一个一成不变的统一体、一个高度同质化的"后殖民的他者"。这一"他者"的经验高度取决于"他"或"她"和"中心"的联系。这样，阶级、性别和其他本土的社会和历史的压迫就被忽略了。1989 年出版的后殖民理论著作《逆写帝国：后殖民文学的理论与实践》[2] 对此策略做了比较详尽的揭示。前殖民地国家的作家接受了帝国中心的文化和语言，然后改变它、打破它、把它融入对本土的记录中，使它为前殖民地国家的人民发声。在前殖民地国家，英语不再是一种霸权的"大写的英语"（English），而是变成了众多被改写了的"小写的英语"（englishes）。这样，本土化了的"小写的英语"就成为作家发声的工具。

在后殖民理论的笼罩之下，本土语言文学没有得到平等的对待。"欧洲语言的传统总是和'全球''书面''现代'这些词汇联系在一起，非洲语言的传统总是和'本土''口头''传

① Alain Richard. "Ebrahim' s Predicament." Research in African Literatures 23.1 (1992): 175-178.

② [澳大利亚] 比尔·阿希克洛夫特、格瑞斯·格里菲斯、海伦·蒂芬著:《逆写帝国:后殖民文学的理论与实践》,任一鸣译,北京大学出版社 2014 年版。

统’这些词汇联系在一起。”[①]非洲本土语言变成了一个给欧洲语言提供语言和主题素材的“池塘”,[②]欧洲语言借此来改写自身,从而完成英语的本土化。本土语言文学的合法性被后殖民理论所消解。

夏菲·亚当姆·夏菲(Shafi Adam Shafi,1940—)是坦桑尼亚桑给巴尔斯瓦希里语文学的代表作家。他的小说《苦力》创作于1979年,背景是1948年发生在桑给巴尔岛的港口工人罢工事件。本文以《苦力》为研究个案,试图通过文本细读,并借助和相关英语文学文本相比较的方法,阐述斯瓦希里语文学的“书面性”“现代性”和“国际性”,对上述刻板印象做出一定回应,并为学界进一步了解非洲本土语言文学的意义提供一个可供研究的个案。

一、《苦力》的书面性

“书面性”是与“口头性”相对的。在研究非洲本土语言文学时,“口头性”是一些学者对它的刻板印象之一。[③]这一印象一方面是因为如前所述的后殖民批评的遮蔽;另一方面是源于非洲本土语言的书面文学整体并不发达的事实。非洲本土语言,如伊博语、约鲁巴语都是在传教士的努力之下才形成书面文字。还有很多非洲本土语言只有口头交流的功能,并没有形成文字。非洲本土语言文学确实有强大的口头传统。

---

① Sara Marzagora. “Literature in African Languages” Journal of Africa Culture studies 27.1(2015):1-6

② Karin Barber. “African-Language Literature and Postcolonial Criticism.” Research in African Literature 26.(1995):3-30.

③ Karin Barber. “African-Language Literature and Postcolonial Criticism.” Research in African Literature 26.(1995):3-30.

它们为阿契贝、索因卡等杰出的非洲英语作家提供了丰富的创作素材。非洲英语文学作家将本土语言的口头传统融入创作中,使作品走向世界,为非洲文学赢得了世界声誉。其实,非洲本土语言中也有具有悠久书面传统的文学,斯瓦希里语文学就是其中之一。作为非洲本土语言文学,斯瓦希里语书面文学的创作取得了很大的成就。本节将通过分析《苦力》中的环境描写、人物形象塑造和对口头文学的借用来看斯瓦希里语文学的书面性。

(一)生动的环境描写

《苦力》的前半部分,用了很多的语言来描绘20世纪40年代桑给巴尔岛港口贸易的情况。桑给巴尔岛是世界重要的丁香产地,是奴隶贸易时代东非主要的奴隶市场。无论是在阿拉伯人建立的桑给帝国(Zanji Empire)时代、葡萄牙殖民时代、阿曼帝国时代,还是沦为英国的海外保护国的时代,桑给巴尔一直是亚非海上贸易的重要枢纽。从作者的描绘中,我们可以见识到桑给巴尔作为亚非海上交通要冲、贸易重镇的繁荣景象:

> King'ora kimelia. Ni saa moja na nusu asubuhui. Watu wamekasirika na mamia yao wameuzonga mlango wa chuma unaowazuia wasiingie ndani ya bandari ya Mji wa Ugunja.
>
> Kilele, matusi na malalamiko; vijana, watu wazima na hata watoto, wote wakiwa wamevaa nguo chafu zillizoraruka, nyingine zikiwa zimepotea rangi yake ya awali kwa kupauka na kwa kutiwa vikara vya rangi mbali mbali.
>
> Nyuma ya mlango wa chuma amesimama Mhindi mmoja na vipande vya karatasi vya rangi buluu, anavigawa

lakini kwa wale tu walio na nguvu ya kuvinyakua kutoka mkononi mwake. Kila anapotoa Kipande kingine mwitu wa mikono unakigombania. Hapa panatumika mabavu tu, hapana huruma wala utu. Lakini pamoja na mabavu hayo pana kujuana vilevile. Anayefahamiana na yule Mhindi anayegawa vile vipande anaweza kukipata kipande kwa urahisi. Mhindi huyo anawaelewa wale wenye nguvu na walio mahodari kwa kazi za kichukuzi. Shida ni kwa wale "wageni", wale ambao wamefika hapo kwa mara ya kwanza katika vita hivyo vya kutafuta kzai.

Hii ndiyo mandhari Rashidi aliyoikuta bandarini. Hapa ndipo baba yake aliponyonywa uhai wake akafa bila chochote. Unguja bandarini– Mwaka 1948. ①

汽笛长鸣。时间正是早上七点半。成百上千个火气旺盛的人围着翁古贯岛的城里那道堵住他们通向港口的铁门。

吵闹声、诅咒声、抱怨声……年轻人、老年人甚至是小孩子,所有人都穿着又脏又破的衣服。很多人的衣服原本的颜色已经褪尽,又染上了一块块其他的颜色。

铁门背后坐着一个印度人在分发蓝色的工作条,门口的人们要从他手中抓到条子非常困难。每当他递出一些条子,像树丛一样的一只只手就会彼此碰撞争抢。这里只讲力气,不讲同情和人性。当然,在激烈的竞争中也有人情世故在。那些和那个印度人认识的人和那些把拿到的条子分出去的人会比较容易拿到条子。那个印度人知

① Adamu Shafi. Kuli.(Dar es Salaam: Longhorn Publishers 2008), p.9.

道谁有力气,谁是干搬运的好手。难的是那些"新面孔",他们是第一次来到这里,刚刚加入这场找工作的大战。

这就是拉什迪在港口看见的景象。这就是他的父亲耗尽一生,却什么也没有留下的地方。翁古贯岛的港口——1948 年。

这一段层次分明的描写,很有镜头感。开始表现的是围在铁门口的一大群焦急而喧闹的找工作的人群。"-kasirika"(愤怒),"mamia"(成百上千),"kilele"(吵闹),"matusi"(诅咒〈复数〉),"malalamiko"(抱怨〈复数〉)……作者寥寥几笔就为读者勾画了码头清晨成百上千个喧闹的工人找工作的景象。接下来,镜头转向了招工的印度人,给了他一个特写。之后描写的是工人们争抢工作条的场景。这里有两个非常生动的用法。第一个是"mwitu wa mikono"这个词。"mwitu"是树丛的意思,"mikono"是"手"的复数,表示很多手,这个词的意思就是"如同树丛一样的很多只手"。第二个是作者在原文中打了引号的"wageni"这个词,其意思原本是"客人",作者给这个词打了引号,意思是"新来者",类似于英语里面的"new face"。这个词在这里指的是和男主角拉什迪一样新来这里找工作的工人们。

Sehemu hiyo yote ilihanikiwa na kelele za matishari yaliyokuwa yakigongwa. Hewa ya hapo ilinukia harafu nzuri ya karafuu iliyotaka kwenye kiwanda kidogo cha kutengenezea mafuta ya makonyo ya karafuu kilichokwepo hapo. Lakini mara nyingi hewa hiyo nzuri iliharibiwa na harufu mbaya ya papa, nguru na samaki wengine wakavu waliokuwa wakiteremshwa pembeni ya kiwanda hicho ambapo pia palikuwa na bandari ya majahazi yaliyokuwa yakileta bidha kutoka sehemu za Somalia, Arabuni na India.[①]

驳船相互碰撞的声音回响在整个港口。空气里弥漫着岛上小工厂里生产的各种香油发出的香味。但是空气中丁香好闻的味道也常常被放在港口里的腐烂的鲨鱼、无鳔石首鱼和其他鱼发出来的臭味破坏掉。港口里也有来自索马里地区、阿拉伯地区和印度的载满货物的船只。

这一段文字给读者带来强烈的听觉、嗅觉和视觉的冲击感受,给读者如临其境的感觉。这段话介绍了桑给巴尔繁荣的丁香种植和加工工业,“hewa ya hapo ilinukia harafuu nzuri ya karafuu”(空气中弥漫着丁香的香味)强调了丁香对于桑给巴尔的重要性。丁香和可可是桑给巴尔的两大出口支柱产业,它们的出口量占 1968 年桑给巴尔出口总量的百分之九十八。[②]这些丁香主要是出口到印度和欧洲。来自索马里、阿拉伯和印度的船只表明了桑给巴尔很早就加入世界贸易。来自英国和印度的资本家活跃在桑给巴尔,岛上也有很多黑人工人。小说的主要情节——工人罢工运动就是发生在这样的背景之下。

(二)成功的人物形象塑造

小说中一个塑造得十分成功的人物是女主角阿米娜,她是一个独立自主,大胆追求爱情,为了支持拉什迪工作而做出诸多牺牲的女性形象。她和拉什迪初次相遇在音乐会上。拉

---

① Adamu Shafi. Kuli.(Dar es Salaam: Longhorn Publishers 2008), p.11.

② Zanzibar Government, The fruits of the fifith year of the Zanzibar Revolution, 1969, p.39.

什迪对阿米娜可以说是一见钟情，她在跳舞的一群女孩子中并没有想刻意表现自己，她属于"仿佛被强迫跳舞"（wakicheza kama wamelazimishwa）的婉约派中的一员，但她还是吸引了在场的所有人，令"所有人都看她"（ilimufanya mtu yeyote yule amtazame）。之后拉什迪一直在看她，直到她注意到拉什迪并和他对视了一眼。在之后的喧闹音乐会上，阿米娜一直在和拉什迪捉迷藏，偶尔拍一下拉什迪，但是还不等拉什迪说话，就消失在人群中。拉什迪"众里寻她千百度"而不得见。最后拉什迪终于找到机会和她说话。作者把少女和一个陌生男子第一次单独讲话的情态描写得非常细腻：

Amina alikuwa anazungumza kwa heshima na upole huku uso wake ameunamisha chini anachezea vidole vyake vya mikono. ①

阿米娜一边温柔而有礼貌地说话，一边低着头，玩自己的手指。

相处过几次后，当拉什迪向阿米娜求爱时，阿米娜的回答体现出她是一个独立性很强的女性：

"Ah! Nyinyi wanaume wa siku hizi hamna mwamana. Mnajidai Mnapenda kumbe hampendi chochote huwa mnataka kumharibia mtu maisha yake tu mkipata mnalolitaka mnakim-bia," Amina alisema akiwa mara hii uso hautazami chini bali

① Adamu Shafi. Kuli.（Dar es Salaam: Longhorn Publishers 2008）, p.109.

anamtazama Rashidi machuoni moja kwa moja.

"唉！现在的男孩子一点也不诚实。你们嘴上说着爱，实际上一点也不爱，这样只会破坏别人的生活，你们得到了自己想要的，然后就逃走了。"阿米娜一边回答，一边看着拉什迪的眼睛，这次她的头没有低下去。

通过以上的例子可以看出，作者通过对人物语言、动作和心理的描写，表现了人物的身份和性格。阿米娜这个角色比较典型，书中的其他角色，如两位工人领袖法拉吉（Faraji）和巴卡力（Bakari），为印度资本家服务的走狗庆多（Tindo）和英国公司的老板乔治（George），这些角色也都塑造得很成功。两位工人领袖意志坚定，为工人运动的事业不惜牺牲生命。庆多表面忠厚，摆出一副为年轻人着想的长者姿态，实际上是个自私自利的小人。他暗中给印度资本家通风报信，收资本家的钱，最终导致拉什迪第一次反抗斗争失败。乔治对工人残酷冷漠，随意殴打工人，工人受伤也不顾他们的死活。英国资本家们傲慢无礼，歧视工人的形象也令人印象深刻。

（三）对口头文学的借用

在非洲英语文学中，作家常常通过对口头文学的借用丰富作品的内涵。"口头性"是研究非洲英语文学常常提到的词汇。非洲本土语言的口头文学不仅可以为英语文学提供素材，也可以为本土书面文学提供素材。《苦力》通过适当地使用斯瓦希里语的口头文学，帮助作者更好地表现人物的心理。小说中有两个比较明显的例子。第一个是马加力瓦回家后，看见妻子玛莎乌在厨房里一边生火，一边唱儿歌，逗哄着襁褓中的拉什迪，一个非常温馨的家庭生活场景展现在读者面前。玛莎乌唱道：

Usilie, usilie,

Ukaniliza na mie,

Machozi yako yaweke,

Nikifa unililie.[1]

你不要哭泣，你不要哭泣，

如果你哭，我也会哭，

收住你的眼泪，

如果我死了，你再为我哭泣。

这首短短的摇篮曲，每一句的最后一个词都用“e”结尾，读起来朗朗上口。一首很短的摇篮曲，有一丝淡淡的悲伤气息，表现了母亲对孩子深深的爱意。后来，玛莎乌死后，拉什迪回到家中“哭得像个孩子”（Alilia kama mtoto mchanga），正和歌曲中的一句“如果我死了，你再为我哭泣”相呼应。

另外一个例子是，拉什迪酒后和萨鲁穆去阿米娜家，一路上唱着歌。其中有一首歌，表现了他想见爱人而不得，不知道阿米娜对他是什么心意的痛苦心理。拉什迪唱道：

Mapenzi yamenisibu,

Ghafula usingizini,

Nimependa kitu ghali,

Hakiuzwi madukani,

① Adamu Shafi. Kuli.（Dar es Salaam: Longhorn Publishers 2008）, p.4

Nigelipoteza mali,
Hakitia mkononi.[1]

爱让我痛苦,
爱让我眩晕,
我喜欢一件昂贵的东西,
商店里并不卖它,
我没有了财富,
我两手空空。

这一首歌,除了第一句,剩下每一句最后一词都以"i"结尾,这样的押韵效果能增加歌曲的节奏感,凸显斯语的音乐美。歌曲中的"kitu ghali"(昂贵的东西)和"mali"(财富)应该指的是阿米娜的爱情。值得一提的是,在小说中,作者还写道,拉什迪和萨鲁穆唱完这首歌的斯瓦希里语版本后,接着唱这首歌的印地语版本和阿拉伯语版本。说明这首情歌是一首在桑给巴尔广为流传的跨语种的爱情歌曲。作者将它运用到小说之中,为作品增色不少。

二、《苦力》的当下性

"当下性"一词和凯琳·巴伯(Karin Barber)文章中总结的对非洲本土语言文学的刻板印象中的"指向过去的"(post-oriented)相对应。从夏班·罗伯特开始,斯瓦希里语文学一直延续对现实问题深切关怀的传统。20世纪50年代,夏

① Adamu Shafi. Kuli.(Dar es Salaam: Longhorn Publishers 2008), p.121.

班·罗伯特创作的作品直面社会问题，例如自由、平等、女权和迫害等。[1] 夏班·罗伯特的寓言小说例如《可信国》(*Kusadikika*, 1951)、《想象国》(*Kufikirika*, 1967)，其形式是寓言的，故事发生的地点都是想象的国度，而其中反映的问题是坦噶尼喀当时的社会问题。《可信国》讽刺了权力的贪婪与滥用，为被压迫的人民发声。《想象国》探究了政府的责任问题，建议政府应该采取更加民主的模式。《农名乌土波拉》(*Utubora Mkulima*, 1968)和《全体劳动者的日子》(*Siku ya Watenzi Wote*, 1968)背景都不再是想象的国度，都基于坦噶尼喀当代的背景。前一部抨击了资本主义殖民社会及其阴暗面，批判了城市化对人良知的消解；后一部试图回答独立以后建立一个怎样的国家的问题。

坦噶尼喀和桑给巴尔相继取得独立后于 1964 年建立联合政府，坦桑尼亚联合共和国建立。斯瓦希里语作家处在国家获得独立的喜悦情绪中，创作作品反映独立斗争的历史，并追寻国家意识的根源。例如，著名的戏剧家易卜拉欣·侯赛因(Ebrahim Hussein, 1943—　)发表了《齐恩杰凯迪来》(*Kinjeketile*, 1969)，通过回顾历史，告诉人们团结的重要性——“就像我们的先辈那样，我们只有通过团结才能达到目标，只有团结我们才能保住胜利的果实。”[2] 这出戏剧反对部族主义，倡导团结，和尼雷尔总统反对部族主义的思想是一致的。

---

① ElenaBertoncini Zúbková, Mikhail D. Gromov, Said A. M. Khamis and Kyallo Wadi Wamitila. Outline of Swahili Literature. Prose Fiction and Drama Leiden&Boston: Brill: 2009, p.37.

② Farouk Topan. “Why Does a Swahili Writer Write? Euphoria, Pain, and PopularAspirations in Swahili Literature.” Research in African Literature 37.3 (2006): 103-119.

尼雷尔总统发起乌贾马运动以来，斯瓦希里语作家的创作反映了当时的现实。有学生主导创作和表演的，配合政治宣传的戏剧类型恩戈杰拉（Ngojera），也有作家创作的具有深刻批判性的作品。例如，著名作家尤福雷斯·凯齐拉哈比（Euphrase Kezilahabi，1944— ）的小说《混乱人世》（*Dunia Uwanja wa Fujo*，1975）反映了乌贾马政策给坦桑尼亚经济社会带来的方方面面的改变，也批判了这个政策中的一些问题。

20世纪八九十年代至今，随着全球化进程的发展，东非国家越来越融入这一进程。斯瓦希里语文学创作也面临新的问题，反映新的现实。最近的作品，如赛义德·A. 穆罕默德的《爷爷复活的那一天》（*Babu Alipofufuka*，2001）和凯洛·瓦迪·瓦米提拉《人类！》（*Bina-Adamu*!，2002），两部作品的人物和情节都不再局限于非洲大陆，讨论的问题也不再是某一个国家本土的问题，而是整个非洲命运的问题，以及非洲在全球化时代的困境和道路。

通过以上的回顾，我们知道，以斯瓦希里语为代表的非洲本土语言文学，不只是"指向过去的"，斯瓦希里语作家的创作也反映当下的现实，关切当下社会的经济、文化、政治各个方面。下面，将以《苦力》为例子，探讨其对桑给巴尔多元文化的背景、资本主义经济和乌贾马运动的意识形态的反映。

（一）《苦力》和多元文化的桑给巴尔

桑给巴尔是一个欧、亚、非三大洲文明相互交融碰撞的地方。《苦力》的第一个多元文化特征就是小说中出现了三种不同的语言。斯瓦希里语是小说写作的语言，也是主要人物都会说的语言。除此之外还出现了印地语和英语。拉什迪第一次要求增加工资，被庆多通风报信，后又被工友出卖。被开除之后，他的生活一下子陷入困境。玛莎乌不得已让拉什迪去典当她的金首饰，跟随拉什迪的视线，我们可以看到印度人掌控的典当行业的情况。小说中有这样一段描写：

> Rashidi alikaa juu ya pembe ya bao na mmojammoja, wale watu waliomtangulia Rashidi walipeleka vitu vyao na ku-pewa pesa kama alivyopenda Bainiani. Aliyekuwa na kanga, saa, bangili za dhahabu na vitu vinginevyo, wote waliviweka hapo juu ya meza yule Baniani. Kila aliyepokea pesa alipewa cheti kilichoandikwa kwa lugha ya Kihindi.[①]

> 拉什迪在角落的一排长椅上坐下，那些在拉什迪前面的人把典当的东西给那个印度人，如果他喜欢的话，他们就可以换到钱。典当的东西有"坎噶"布、手表、金手镯和其他的东西，所有东西都放在印度人的那张桌子上。每一个拿到钱的人都拿到一张用印地语写的收据。

印度人能够说流利的斯瓦希里语，但是他们在写收据的时候还是用印地语。桑给巴尔的印度人在借贷行业有垄断地位。在写收据时用印地语而不用斯瓦希里语或英语，这表明他们有自己的文化认同。小说中印度人对拉什迪这样的非洲人态度十分蛮横。在桑给巴尔的印度人有穆斯林，也有印度教徒，他们和其他种族是保持距离的。印度人和阿拉伯人有一定社交，和非洲人的社交很少。[②]

---

① Adamu Shafi. Kuli. Dar es Salaam: Longhorn Publishers 2008, p.54.

② Jane Campbell. "Multiracialism and Politics in Zanzibar." Political Science Quarterly 77.1 (1962): 72-87.

（二）《苦力》和桑给巴尔的经济背景

谈到桑给巴尔的经济，就不得不提到丁香。丁香原产于印度尼西亚，1770 年法国人把丁香的种子带到印度洋的法属殖民地，大约同一时候，英国人将丁香带到马来西亚槟城。桑给巴尔的丁香具体什么时间引进没有明确记载。苏丹赛义德·萨义德·伊本（Seyyid Said Ibn）是桑给巴尔丁香种植业的积极倡导者，通过他的努力，丁香种植业和奴隶贸易成为桑给巴尔的两大支柱产业之一。① 1922 年桑给巴尔的两大岛屿，奔巴岛（pemba）和翁古贾岛（Unguja）一共有约三百万棵丁香树。1920 年丁香的出口量占到桑给巴尔总出口量的 80%。桑给巴尔丁香的种植主要控制在阿拉伯人手中，少量控制在非洲人和印度人手中。② 丁香一直是桑给巴尔的支柱产业，是桑给巴尔资本主义经济发展的重要条件。这就不难理解小说开篇屡屡出现的描述桑给巴尔繁荣的丁香贸易的场面：

> Madalali wa karafuu walikuwa na kazi kubwa mbele ya meza zao kubwa. Magari yaliyotoka shamba na bidhaa ya karafuu yalikuja na kuondoka. Mamia ya magunia yaliteramshwa katika vituo mbalimbali; vituo ambapo madalili waliwanunulia mabepari wa kibaniani karafuu.
>
> Kila bepari alikuwa na dalali wake na wafanyakazi wengine kama watano au sita hivi kuzibeba karafuu hizo na kuzipeleka maghalani. ③

---

① Samuel G. Ayany. A History of Zanzibar—A Study in constitutional Development 1934-1964.（Nairobi: Kenya Literature Bureau 1970）.

② Peter J. Martin. “The Zanzibar Clove Industry.” Economic Botany 45.4（1991）450-459.

③ Adamu Shafi. Kuli.（Dar es Salaam: Longhorn Publishers 2008）, p.26.

采购丁香的经纪人在他们的大桌子面前忙着大活儿。汽车来往于丁香园和丁香市场之间,成百上千袋丁香被卸在不同的收购站。经纪人在收购站为印度资本家采购丁香。

每一个资本家都有自己的经纪人和其他五到六个负责搬运丁香的工人,他们把丁香搬运到仓库。

这两段话里出现了“Madalali”(经纪人)和“Bepari”(资本家)这两个词汇,这是两个资本主义市场经济中才会用到的词汇。丁香的种植主要控制在阿拉伯人手中,消费市场主要在印度,买家主要是印度人,所以买家是“Mabepari wa kibaniani”(印度资本家)。这段话生动地表现了桑给巴尔丁香贸易的场景。

桑给巴尔自古以来就是印度洋海上贸易的重要中转站点。欧洲殖民者进入东非的第一站就是桑给巴尔岛。在阿曼帝国控制时期,桑给巴尔因为航运获得了丰厚的收益。① 在小说中,处在英国的殖民统治之下的桑给巴尔航运贸易依然繁荣。来往于桑给巴尔码头的货物除了丁香外,还有煤炭、钢铁、糖等。航运发达,就需要为之服务的工人。作为码头搬运工的“苦力”这一劳动群体的出现,源于桑给巴尔发达的航运业。工人们在码头上搬运着来自世界各地的货物。小说开篇不久,作者就为我们真实而生动地描绘了工人搬运钢轨的场景:

Meli ilikuwa imeshafunga gati, waendashaji kreni wameshapanda juu ya kreni zao, na mara harakati za kuteremsha

① Sarah K. Croucher. Capitalism and Cloves—An Archeology of Plantation Life on Nineteenth Century Zanzibar.(New York: Springer), 2015. p.1.

vyuma zilianza.

"Lete! Lete! Lete!" Shaabani, mkuu wa kikundi cha akina Mjaliwa alikuwa anamwongoza mwendeshaji wa kreni wakati vyuma vinateremshwa.

Makuli walikaa kwa hadhari hapo chini wakikifungua chuma kimojamoja baada ya kuteremshwa.

Kila baada ya kuteremshwa chuma hicho kilichukuliwa na watu wanne na kupelekwa mpaka nje ya uwanja wa gati ambako vyuma hivyo vilipangwa.①

船已经停稳在港口，吊车驾驶员爬上他们的吊车，这时候，繁忙的卸钢轨的工作开始了。

"放！放！放！"吊车司机开始放钢轨的时候，马加力瓦所在组的组长夏巴尼开始指挥他们。

钢轨放下来后，站在下面的苦力们开始小心地把它们一个个解下来。

每放下一条钢轨，都需要四个人把它抬出港口的广场，放到堆放钢轨的地方。

卸钢轨的工作非常危险。小说开篇的时候，一个工人在卸钢轨的时候不小心砸伤了背部。马加力瓦代表工人向白人老板讨要说法，这是小说中第一次工人和白人资本家之间的冲突。白人老板粗暴地拒绝了马加力瓦提出的用公司的车将受伤的工友送到医院治疗的要求。小说围绕工人和资本家斗争的情节从这里开始。

① Adamu Shafi. Kuli.(Dar es Salaam: Longhorn Publishers 2008), pp.3-4.

三、《苦力》的国际性

凯琳·巴伯总结的对非洲本土语言文学的刻板印象中，非洲本土语言文学被认为是本土的（local），而英语、法语、葡萄牙语文学被认为是国际的（international）。实际上，作为本土语言文学的斯瓦希里语也是一种国际性的语言。从作品的阅读群体来说，斯瓦希里语文学作品能被坦桑尼亚和肯尼亚等东非国家懂斯瓦希里语的读者共同阅读。例如，坦桑尼亚最著名的斯瓦希里语戏剧家易卜拉欣·侯赛因（Ebrahim Hussein，1943— ）的作品就在肯尼亚出版和销售，还被作为斯瓦希里语考试的材料使用。侯赛因在坦桑尼亚也有很大的读者群体。① 从作品的主题和内容来说，斯瓦希里语文学不仅仅关注本土。21 世纪以来，随着全球化进程的加快，非洲越来越融入世界，斯瓦希里语作家眼光不只局限于非洲，他们关注的问题既是本土的，也是全球的。②

（一）《苦力》与非洲无产阶级文学

非洲英语文学和法语文学中都有以工人为主角的无产阶级文学作品。英语文学中著名的有南非著名作家彼得·亚伯拉罕姆斯（Peter Abrahams，1919—2017）的小说《矿工》（*Mine Boy*，1946）。非洲法语无产阶级文学最著名的作品是曾加入法国共产党的塞内加尔著名作家、工人运动家乌斯曼·桑贝纳（Ousmane Sembène，1923—2017）创作的《神的儿女》（*God's Bits of Wood*，1960）。第二次世界大战结束以后，非洲各殖民地

---

① Alain Richard. "Ebrahim's Predicament." Research in African Literatures 23.1 (1992): 175-178.

② Rémi Armand Tchokothe. "Globalectical Swahili Literature." Journal of African Cultural Studies 27.1 (2015): 30-39.

国家独立运动风起云涌。非洲黑人工人的罢工斗争是独立斗争的重要组成部分，如1946年的南非十万金矿工人大罢工，1947—1948年塞内加尔铁路工人大罢工，1948年桑给巴尔港口工人大罢工，都给殖民者造成重大打击，促进了殖民地人民的觉醒。三场罢工运动都在非洲作家的创作中有所反映(《矿工》《神的儿女》《苦力》)。研究这些无产阶级文学作品，无疑有助于我们更全面地认识非洲文学。本文所讨论的《苦力》以桑给巴尔工人罢工运动为背景创作，作者夏菲曾经参加过工会，同前两位作者一样与无产阶级有密切联系。《苦力》的特别之处在于，它是用非洲本土语言创作的无产阶级文学作品，主要情节发生在桑给巴尔，具有其特殊的政治、经济和语言文化背景，但是它的主题和思想与非洲英语无产阶级文学和非洲法语无产阶级文学是互通的。从这个意义上说，《苦力》是一部既具有本土性，也具有国际性的作品。研究这部小说，既有助于我们认识斯瓦希里语文学的国际性，也有助于我们更全面地认识非洲无产阶级文学。下面分析《苦力》对资本主义和殖民主义压迫的双重反抗，这也是非洲无产阶级文学的特点。

(二)《苦力》对资本主义和殖民主义压迫的双重反抗

作为一部描写工人运动的小说，《苦力》反抗资本主义压迫的主题是毋庸置疑的。小说以青年工人拉什迪的成长为主线，反映了1948年桑给巴尔港口工人罢工的历史事实。通过拉什迪父亲的故事，向读者展现了港口工人受资本家剥削的悲惨境遇：

> Majaliwa aliendelea na kazi ya ukuli mpaka ikamvunja kabisa na hatimaye alipatwa na ugonjwa wa kiarusi ambao

ulimlaza kitandani mpaka kufa kwake. Alifia papo hapo Mferejimaringo na makuli wengi walihudhuria maziko yake hapo Makaburimsafa.[①]

马加力瓦继续干苦力，直至浑身伤病，最后得了很重的病躺在床上，直到去世。这里有很多死去的水手和苦力被埋在一排排的坟墓里。

拉什迪长大以后去港口找工作，见识了在资本家统治之下港口的繁忙场景和各有特点的工人。在邻居庆多的帮助之下，拉什迪找了一份和父亲一样的工作。拉什迪觉得工作非常辛苦，但是得到的工资很低。他发动工友去找老板，要求加工资。这时候的拉什迪还是稚嫩的，庆多早已经给老板通风报信，拉什迪被开除。被开除后，拉什迪不得不到印度人开的当铺去当母亲的金首饰。印度人当时控制了桑给巴尔的借贷行业，作者借这个情节，向读者描述了印度资本家的情况。在遇到了工人领袖法拉吉之后，他的认识也在斗争中逐渐提升：

"Bepari ni bepari tu, akiwa Mhindi, Mzungu, au kabila lolote lile," Rashidi alijiambia mwenyewe.[②]

"资本家就是资本家，无论他是印度人、白人，还是其他什么种族的人，"拉什迪对自己说。

此后，拉什迪开始参与工人运动，通过工会组织罢工，同资本家谈判要求保障工人利益。随着拉什迪阶级意识的逐渐

① Adamu Shafi. Kuli. (Dar es Salaam: Longhorn Publishers 2008), p.8.
② Adamu Shafi. Kuli. (Dar es Salaam: Longhorn Publishers 2008), p.68.

觉醒,小说的主题也越来越明晰。

除了对资本主义压迫的反抗外,《苦力》还有对殖民主义压迫的反抗。桑给巴尔作为英国的海外保护国,处在英国的殖民统治之下。工人罢工运动的矛头也指向英国人开的公司。小说中多次出现了白人角色,他们全都是负面的形象。小说中有工人代表去公司见英国人的情节,作者用详细的笔触描写了英国老板们傲慢无礼的态度和对港口工人的歧视。白人资本家们压榨工人的劳动力,不顾工人死活,联合殖民政府镇压工人运动。小说的一个重要高潮是最后一章,拉什迪上法庭,这是一个白人殖民者组织的法庭。小说对法官的描述如下:

> Mbele ya Rashidi alikaa Mzungu mnene asiyepungua miaka sitini. Alivaa joho kubwa jeusi, nyele ndefu nyeupe za bandia na miwani aliyovaa ilikuwa inaning' inia juu ya pua yake ndefu.[①]

> 拉什迪前面坐着一个六十几岁,身材肥胖的白人法官。他穿着黑色的大袍子,戴着白色的长假发,戴着眼镜,镜片在他的长鼻子上闪闪发亮。

在这场被全岛人关注的审判中,检察官指控他挑起了骚乱,导致工人和警察冲突。拉什迪勇敢地和检察官对质,逼得对方无言以对,勃然大怒。拉什迪揭露了警察先动手殴打工人的事实。检察官还找来了一个白人作假证,他的谎言也在和拉什迪的对质中被揭穿。拉什迪在法庭上控诉了资本家剥削工

① Adamu Shafi. Kuli.(Dar es Salaam: Longhorn Publishers 2008), p.186.

人,并且勾结警察局镇压工人的事实。即便如此,拉什迪最后还是被定罪判刑两年。这场作为小说最后高潮的审判,既表现了工人对殖民压迫的反抗,也再现了他们对资本主义压迫的反抗。

结语

本文以《苦力》为具体文本,分析了斯瓦希里语文学的书面性、当下性和国际性,对学界对研究非洲本土语言文学的三个刻板印象——“口头的”“指向过去的”和“本土的”做出了回应。斯瓦希里语书面文学有悠久的历史,作家创作了大量优秀的作品,由于语言障碍和翻译的问题,斯语文学并没有获得像非洲英语文学一样的广泛阅读。通过对《苦力》生动的环境描写、成功的人物形象塑造和对口头文学的借用三方面的分析,我们能看出斯瓦希里语具有强大的书面表达能力;桑给巴尔是东非重要的海上贸易中转站,非洲人、阿拉伯人、欧洲人和印度人会聚于此,相互交融。通过阅读《苦力》,我们能感受到桑给巴尔多元文化的背景;桑给巴尔以丁香种植和航运贸易为支柱产业,《苦力》这部小说对桑给巴尔的经济背景有十分具体的展现。斯瓦希里语文学是本土语言创作的文学,其本土性是毋庸置疑的,斯语文学同时也是一种国际性的文学。从阅读群体上说,斯语文学的读者分布整个东非斯瓦希里语地区,跨越了国别的限制;从内容上说,斯语作家越来越关注整个非洲所面临的问题,乃至整个人类社会面临的问题。《苦力》作为一部描写工人运动的无产阶级文学,其思想内容同非洲其他无产阶级文学是相通的,从这个意义上说,《苦力》既是本土的,也是国际的。

研究非洲文学，无法绕开后殖民批评，其在非洲文学领域取得了巨大的成就。但不能忽视的是，后殖民批评不只是一种文艺批评理论，同时也是西方国家在前殖民地国家建立文化霸权的一种策略。欧洲帝国语言仍然作为许多后殖民国家国语的正当性，这是后殖民理论认为神圣不可侵犯的东西。[①] 在后殖民批评的框架之下，非洲本土语言文学被遮蔽、被曲解。本文通过以斯瓦希里语小说《苦力》为个案的分析，可以说明对非洲本土语言文学的很多刻板印象是不成立的。非洲作家用非洲本土语言创作已经取得了巨大成就，目前还在蓬勃发展。研究非洲本土语言文学，能够为我们研究非洲文学开辟一条不同的道路，提供一种不同的思路。

① 蒋晖：《“逆写帝国”还是“帝国逆写”》，载于《读书》2015 年第 5 期，第 132-140 页。

恩古吉的自我建构与殖民历史反写
——以《战时诸梦》为案例

自我的主体化，是恩古吉(Ngũgĩ wa Thiong'o)对殖民历史进行反写的另一个重要手段。恩古吉建构自我时的"主体化"，是指他作品中一反以往黑人在白人话语体系下之文学、历史或哲学中那样，只是作为背景、映衬、不在场的他者这种写法，而是将自我身份认同建构成黑人个体自觉能动地以有意识承担历史、反写历史的角色，将自我置身于历史前台，并成为自己、家国及整个非洲大陆的自我主宰的象征。这种身份建构的意图，在他的童年回忆录《战时诸梦》(*Dreams in a Time of War: A Childhood Memoir*)中表现得特别典型。《战时诸梦》中，恩古吉自我主体化的表现有：通过精神危机彰显自我意识；通过自我命名的行为表现自己支配自己的意图；主动而自豪地接受吉库优传统中的"成人礼"；恩古吉将自我形象同大卫王这个"诗人斗士"建构起身份联系。在自我主体化的基础之上，恩古吉又将童年时期的自我，看成是殖民主义时代白人以及殖民政府之"正史"不载、但实实在在发生的底层民众之个体历史的"接收器"。这样，在实现自我的主体化，并将自我同黑人群体建立象征性关系之后，自我所体现和代表的黑人群体也就实现了主体化。恩古吉成功地通过自我主体化，对白人中心文学展开了反写。

其实，这种黑人的主体化反写意图，在其他早期作家的作品中，比如阿契贝的《分崩离析》，也有典型表现。《分崩离析》中，白人形象的故事所占篇幅少到几乎可以忽略不计，只是在最后一节才出现。恩古吉也说，包括用欧洲语言创作的作品在内的非洲文学，就是从反对欧洲殖民主人（Master）叙述的历史开始的。[①]

1950 年，为了反对把内罗毕从“镇”（town）升格为“市”（city），[②] 内罗毕的工人们举行了大罢工。其中很多人都逃离工厂，来到郊区或乡下。在此事件中，每个人都有自己的罢工经历，或者个人化的“历史”。小恩古吉“有幸”接触了这些历史，倾听他们的罢工故事。而这些故事，在殖民势力和亲殖民主义的本地势力报道中，多被扭曲或者忽视。它们只存在于亲历者的口头述说中。正是有感于此，每次倾听这些“故事”时，恩古吉总感觉自己“成了一个接收器，欣然听着他们讲述自己那些大胆而惊险的逃亡之旅，他们取得的胜利或者遭遇的不幸”。[③] 一个幼小的心灵，主动承载了失声民众那无声的“故事”，使他多年后有机会通过笔墨将之演绎还原为一种原生态的历史。

在讲述有关自我成长的故事时，恩古吉也是习惯于采取历史化的叙事策略，将他的经历同家国或世界的历史联系起来，映衬着宏大的时代语境，娓娓而叙。

一开始，恩古吉就将自己的出生同残酷的战争历史联系起来。他说：“1938 年，在另一场战争，也就是第二次世界大战的阴影之下，父亲西昂戈·娃·恩杜储（Thiong’o wa Nducu），母

① Ngũgĩ wa Thiong'o, Globalectics: Theory and the Politics of Knowing, (New York: Columbia University Press, 2012), p. 41.

② 这意味着，生活在内罗毕的普通黑人要从内罗毕“搬迁”出去，以便保障白人优雅、纯粹的生活以及更多的空间。

③ Ngũgĩ wa Thiong’o, Dreams in a Time of War: A Childhood Memoir, p. 141.

亲万季库·娃·恩古吉（Wanjiku wa Ngũgĩ）把我带到了这个世界上。”[①] 恩古吉这里说“另外一场战争”，是为了同前文中说的战争——茅茅起义或者说肯尼亚内战，这一重大历史事实发生关系。这种写法，即是呼应回忆录之主旨——“战时”诸梦，也是为了增添恩古吉个体经历的时代性、历史性。

后来，他又将自己的一个关键经历，也是所有童年回忆录中常见的重要事件：求学生涯，同肯尼亚的时代史进行互文。1948 年底，在卡马库拉（Kamakura）刚上了一年半学的恩古吉，意外得知自己要转学了。没有人跟他解释转学的原因。为此，恩古吉感到很困惑，他“有很多疑问”，但他“当时就知道这件事情标志着我生命中一个重要阶段的结束”。[②] 至于这个阶段为何重要，要在四十多页之后补充完很多肯尼亚 20 世纪 40 年代左右的教育历史背景知识，恩古吉才总结说道：

> 因此，从卡曼杜拉（Kamandura）这个“吉罗列”（Kirore）阵营的学校，转学到芒古额，这个“卡陵阿”（Karing'a）阵营的学校，我经历了一个伟大的历史分水岭。它在我出生之前就开始了，但多年之后，在我第一部小说《中间的河》中，我依然试图去理解这个分水岭。[③]

这段话中，有关“转学”这件事情的叙述，涉及三个时间点，三个视角。第一个时间点是转学事件发生时，彼时小恩古吉对转学的理解，只是想实现自己的教育梦想，遵守自己的诺言 / 契约。此时，转学仅仅是件关乎诺言 / 人格的事情；第二

① Ngũgĩ wa Thiong' o, Dreams in a Time of War: A Childhood Memoir, p. 9.
② Ngũgĩ wa Thiong' o, Dreams in a Time of War: A Childhood Memoir, p. 70.
③ Ngũgĩ wa Thiong' o, Dreams in a Time of War: A Childhood Memoir, p. 114.

个是写作《中间的河》时，恩古吉在尝试理解转学事件的影响或者意义。彼时，恩古吉已经开始解读转学背后的内涵；第三个时间点，则是写作回忆录的时刻。从引文中我们看到，现时，恩古吉已经赋予了转学事件以明确的历史内涵：伟大的历史分水岭。通过第三个时间段的视角，恩古吉将个体的经历同民族/时代的历史联系起来，使个人成为历史的承载者和体现者。将自我的个体经历主体化为历史的承担者之意图，显而易见。

恩古吉为何孜孜于将自己同宏大的历史相联系？

是为了将自我"主体化"。那么，恩古吉渴望自我主体化的表现有哪些？

第一个，便是恩古吉在回忆录中刻意凸显的自我意识。

精神危机，不管大小，都可看作自我意识存在的标志。危机产生的原因，就是内在自我同外在世界之间的错位、矛盾。所以，童年回忆录或者其他讲述个体成长的传记类作品，大都离不开精神危机的故事。奥古斯丁《忏悔录》中的偷梨事件，卢梭《忏悔录》中的撒谎栽赃，萨特《文字生涯》中的容貌自卑，皆是如此。这些危机，或因紧随不当行为而来的道德冲击引起，或因外界标准、眼光而刺激内在情绪所赐，但都可看作人类成长过程中之必然现象，是个体探索内在自我，消化、理解、协商外在世界的表现和必然，也正是传记作者揭示、解释传记主体自我性格、身份特征之来去行踪的绝佳时机。正所谓"穷则变，变则通"，破中有立，通过危机中的蜕变，个体实现了质的飞跃和成长。

《战时诸梦》中，恩古吉的第一次精神危机是因校服引起的。事件不大，但影响深远。从回忆录中，我们可以看出，校服这个外在的修饰、体现，成了恩古吉自我意识、道德品性的"试金石”。当母亲询问他是否愿意上学时，让恩古吉无限激动和向往的，不仅仅是受教育后可能带来的社会、家庭地位之提升，还有就是能够穿上校服。（“现在，母亲拿着校服在我眼前晃来晃去，校服似乎也触手可及。”[①]）因为，一方面校服是接受“西方现代化”教育的身份标识；另一方面也因其精致、时尚的款式区别于简单、传统的服装而令小恩古吉垂涎不已。但是，由于家贫，买校服非同小可。为了最大限度地使用校服，母亲同小恩古吉定下了一条规矩：每次放学回家，他都得脱下校服，换上日常的传统服装，一件斜披在身上的大布块儿（且不穿内裤）。对此，恩古吉回忆说：

> 一开始，也没觉得怎样，可是很快我就觉得越来越尴尬。尤其是和其他毫不在意地穿着普通上衣短裤的孩子们相遇时，这种尴尬更加强烈。可是，爱惜我的校服，是当初我对母亲的承诺之一。[②]

此段话的意图之一，是讲述恩古吉如何履行自己同母亲定下的口头契约，表明恩古吉是一个守约之人，有着强烈的契约精神、坚强的执行意志；另一方面，也说明“校服”这个可以标识身份的外在形式，如何唤醒了他的自我意识。从心理机制来看，“尴尬情绪是一种在社交中产生的、与道德密切相关的自我意识情绪，是引发情境、个体人格和真实或假想的观众之间复杂交互作用的结果”。[③] 具体说，这里恩古吉感受到的尴

① Ngũgĩ wa Thiong’o, Dreams in a Time of War: A Childhood Memoir, p. 60.

② Ngũgĩ wa Thiong’o, Dreams in a Time of War: A Childhood Memoir, p. 62.

③ 王吉玉、王淑华、王海鹰：《尴尬情绪的概念及功能》，载于《社会心理科学》2012 年第 11 期，第 13 页。

尬，就是他觉得自己渴盼穿校服的强烈愿望，同其他同村 / 同族孩子的若无其事，形成了强烈的反差，因此，他为自己的"欲望"感到"尴尬"。在对比后的尴尬中，恩古吉的自我意识凸显了出来。

第二个表现，便是恩古吉自我命名的行为。

名字，在恩古吉的生命中扮演着重要的角色，往往标志着恩古吉某一生命时段和身份认同的始终。对此，恩古吉非常清楚，所以他在回忆录中两次专门提到自己名字的变迁。

第一次，是入学时：

> 那天，我穿着卡其校服，走过两英里的路程后到达卡曼杜拉时，我就飘进了柔软而迷幻的梦境之中……大眼睛库瑞阿（Isaac Kuria）正在登记新学生。他问我的姓名。我说恩古吉·娃·万季库（Ngũgĩ wa Wanjiku），因为在家里我就是通过母亲来确定自己身份的。所以，当班上的同学听到这个回答后哈哈大笑时，我有点摸不着头脑。接着，他又问我：你父亲叫什么？我说，西昂戈。恩古吉·娃·西昂戈（Ngũgĩ wa Thiong'o）就成了我在这个学校的名号。[①]

第二次，是入教时：

> 通过测试之后，就该拣选基督徒名字了。我想叫詹姆士·保罗（James Paul）。这两个都是卡哈胡的孩子们受洗时的名字。卡哈胡教士说，一个名字就够了。因此，经历过基督教的受洗仪式，我成了詹姆士·恩古吉。之后许

① Ngũgĩ wa Thiong' o, Dreams in a Time of War: A Childhood Memoir, p. 61.

多年，我都用这个名字发表了早期的文章、小说。1969 年我才改回原名恩古吉·娃·西昂戈。[1]

入学时，他不得不根据风俗和传统，把自己名字由恩古吉·娃·万季库改为恩古吉·娃·西昂戈。这标志着恩古吉将自己归属于母亲的生活和身份的结束，开始向传统和父权社会的接近、靠拢。后来，他又给自己取了个基督教教名詹姆士·恩古吉，开始了他试图进入基督教文明的生活；再后来，他又公开声称，抛弃詹姆士，改回恩古吉·娃·西昂戈。这些名字的取取改改，都有恩古吉自己的解释和理由。而这些理由和解释，正标志着恩古吉主体化自我的各种尝试和意图。

先说将名字由恩古吉·娃·万季库改为恩古吉·娃·西昂戈。根据吉库优传统，一个人的姓名由三部分组成：名+wa+"姓"。这里的 wa 是一个表示归属关系的介词。这种形式，我们可以简单地翻译为"某某家的某某"；而这里的"姓"之所以加引号，是因为它和我们概念中的"姓"不同：它其实是父亲的名字。[2] 说恩古吉将名字从恩古吉·娃·万季库改为恩古吉·娃·西昂戈，在象征的层面，意味着恩古吉将自己归属于母亲的生活和身份的结束，开始向传统和父权社会的接近、靠拢，正是因为前一个姓名的"姓"，是母亲的名字，而后者则是父亲的。但是，恩古吉入学时"无意"将自己的"姓"说成是母亲的名字，而不是父亲的，仿佛成了一个谶言，呼应着后面被父亲逐出自家门户、寄居外公屋檐的遭遇——虽然他紧接着在下文中

① Ngũgĩ wa Thiong'o, Dreams in a Time of War: A Childhood Memoir, p. 176.

② 关于吉库优人名字的更多知识，请参阅 Jomo Kenyatta, Facing Mount Kenya: The Tribal Life of the Gikuyu. New York: Vintage Books, 1965。

表示，对他来说，这两个名字“并无势不两立之处”，[①] 但我们仍可将这个细节看成具有象征内涵的细节。

再说恩古吉同“詹姆士”一名之间的曲折故事。转学到芒古额之后，恩古吉结识了学习上的竞争对手凯讷斯（Kenneth）。有一天，“不知道出于什么原因。现在想来，可能完全是跟风盲从”，[②] 两个人决定要加入罗马天主教（Roman Catholic）。不料，路上遇到凯讷斯的母亲，劝他们加入基督教。通过宗教知识考试后，受洗时需要拣选教名。恩古吉一开始想要取两个名字：詹姆士和保罗，后来得知只需要一个教名，他就选了詹姆士。在掂量这两个名字的时候，恩古吉说二者正好是卡哈胡两个儿子的名字，似乎在暗示卡哈胡对他的影响。但是，作为已经非常熟悉《圣经》内容的人，恩古吉知道詹姆士和保罗在《新约》中的身份。保罗就是在基督教形成过程中至关重要的使徒保罗。他皈依基督教后，四处奔走，献身传教。詹姆士即是《新约·雅各书》的作者。虽然，关于“雅各书”的作者詹姆士到底是耶稣的十二门徒之一还是其他詹姆士，研究者存在争议，但是雅各书的作者就是“正义者雅各”（James the Just），却并无异议。恩古吉最后选择了詹姆士而不是保罗，恐怕跟雅各（詹姆士）的称号“正义者”有关。此外，根据学界的研究，保罗和詹姆士所看重的宗教品质有所不同：保罗更强调“因信得义”，而詹姆士更强调行为的重要性，认为只有在具体、实在的行为中，教徒的救赎才能实现。

从上面恩古吉的名字变迁，我们可以明确感受到，恩古吉一直在尝试着定位自己的身份，使自我的主体得以具体化。

恩古吉要突出、前置自我的表现，可以从他渴望举行成人

① Ngũgĩ wa Thiong’o, Dreams in a Time of War: A Childhood Memoir, p. 61.

② Ngũgĩ wa Thiong’o, Dreams in a Time of War: A Childhood Memoir, p. 173.

礼看出。他说：

> 我想接受割礼。我希望这个仪式，能助我实现我孜孜以求的归属感（sense of belonging）和自我身份（self-identity）。[①]

举行一次完整的割礼，需要很多步骤，而每一个步骤 / 过程，都有着强烈而明确的意义指向。比如，割礼之前的狂欢夜，其实是一堂性启蒙和传统文化教育；割礼当天早晨的剃发、葬发，意在象征受礼人由不用担责任、没有义务的儿童，向独立自主、自我承担的主体蜕变。

既然恩古吉对"归属感和自我身份"如此渴望，我们便不得不追问一下：恩古吉"孜孜以求的归属感和自我身份"，具体有怎样的内涵？

这里的"归属感"，显然不是归属于"小"家庭，即他父亲的家，或者是外祖父的家。因为：第一，恩古吉说，家就是母亲；他被父亲逐出家门后，并没有觉得刻骨铭心，永失家园，而只是觉得有些尴尬，毕竟"被自己的父亲逐出家门，不是一件值得夸耀的事情"。[②] 而他考虑再次接纳父亲，重新融入"传统意义"上以父亲为核心的家庭，是在举行仪式之后，他前往联合高中（Alliance High School）之前才发生的事情。重熔的动机，是他想告诉父亲，他并不记恨他，相反，他已经原谅他了，他不想带着"仇恨去上学"；[③] 第二，他在外公家的"特殊地位"：吉祥鸟，也是仪式之后才结束的。举行割礼之前，或者说他渴望举行割礼的时候，他还享有特别地位。在他外公的眼里，他还是一个

① Ngũgĩ wa Thiong'o, Dreams in a Time of War: A Childhood Memoir, p. 197.
② Ngũgĩ wa Thiong'o, Dreams in a Time of War: A Childhood Memoir, p. 97.
③ Ngũgĩ wa Thiong'o, Dreams in a Time of War: A Childhood Memoir, p. 249.

受欢迎的家庭成员。对此,小恩古吉也心知肚明,欣然享受着这个"特殊身份"。最后,但却是最重要的,就是仪式本身的意义。成人礼的一个重要功能,就是标识身份、划分社会群体归属,使接受仪式的人具备血缘之外的另外一种社会属性。根据传统,通过这种仪式建立起来的社会关系,甚至要先于或重要于血缘关系。因为它横向联系起来整个社会群体,家庭、阶层都可以被超越,是整个民族集体属性的一种体现方式。由此不难看出,恩古吉"孜孜以求的归属感",指向整个族群或民族的归属。明白这一点之后,我们看到恩古吉在描写自己在学校的成功所带来的成就感时所用的词语,就不觉得奇怪了。他说:

> 看到我的课堂表现让母亲很欣慰,还给这个我新加入的群体(community)带来集体荣誉和骄傲,我也感到很开心。[①]

恩古吉没有用"家庭"(family)这个强调血缘、亲情的字眼儿,而是用了侧重地缘、价值、信仰的"群体/社区"(community)。当然,无论是family还是community,都是一个集体名词,但是二者的侧重点和隐含的意义并不相同。这说明,恩古吉更愿意将自己的经历,同族群/民族联系起来,而不仅仅是叙述一己之经历。

至此,恩古吉说自己想通过成人礼,来实现自己的归属感,我们是可以理解的。因为通过这个仪式之后,他的社会属性就有了体现和承载。那下半句中的"自我身份"如何理解呢?其实也不难,因为它正是恩古吉自我主体化的途径之一:

① Ngũgĩ wa Thiong'o, Dreams in a Time of War: A Childhood Memoir, p. 121.

自我身份集体化，将自我融入集体之中，进而通过集体的身份，实现个体的自我。

理解了恩古吉自我身份集体化的诉求，我们也就不难理解校服给小恩古吉身上带来的“尴尬”。从更深层次说，“尴尬”正是“个体的理想身份与他表现出来的身份之间差异的结果”。[①] 它不是简单的“个人式”羞耻、难堪或其他普通的心理情感，而是有着丰富、深刻的价值、道德或哲学含义。在描述校服的“尴尬”情形时，恩古吉写道：

> 自打我穿上新校服，我对周围世界的认知中所潜入的尴尬感受，现在忽然再次强烈地出现。然后，我采取了当时感觉可以挽救场面的举动。（注：以赛跑为名，和弟弟分开，让别人认为他们彼此并不相识）……这个举动，令我在接下来的时间都心绪难平。我要是把这件事情告诉了弟弟，或许这种困境还好承受些。可是，我没有说，因此它也无法排遣，挥之不去。我意识到，问题不在我弟弟，也不在其他孩子，而是在我，在我的内心。我忘掉了我的身份，我的出身……这一事件让我意识到，学校教育和行事方式，可能给人的评判带来消极影响，进而割裂人与人之间的关系。[②]

“自重”，或者说“发自内心地接纳自己”，自是以积极方式保持自尊的应有之义。对此，我们可以稍放一边，转而关注“发自内心地”接纳什么样的“自己”才算是自重、自尊。在恩古

① 王吉玉、王淑华、王海鹰:《尴尬情绪的概念及功能》，载于《社会心理科学》2012 年第 11 期，第 14 页。

② Ngũgĩ wa Thiong’o, Dreams in a Time of War: A Childhood Memoir, p. 74.

吉看来，那就是记住自己的"出身"这一自我身份标识。如果因为外在原因，比如教育的熏染，比如"校服"的美化，而忘记自己的"身份、出身"，则是消解掉了自我。而自我消解的表现，就是"割裂人与人之间的关系"。这里的"人与人之间的关系"，可以做哲学上的抽象概括，也就是说泛泛地指代所有人类之间的关系，恐怕更是指危难时刻、被西方不断扭曲、遮蔽的非洲个人与传统之间的关系，个人与族群之间的关系。恩古吉认为，自我的存在是同集体联系起来的，没有和集体的血肉联系、情感认同，再强烈的羞耻心，都是可耻的。其实，校服引起的尴尬包含个体与群体之断裂而引起的羞耻，使他明白自己理想的身份与某些时刻表现出来的实际行为之间的断裂，在他第一次将自己对校服的欲望同其他普通孩子之间的表现做对比，也可以看出来。所以，他说的"我意识到，问题不在我弟弟，也不在其他孩子，而是在我，在我的内心"，正是他意识到要努力将自己的理想自我同实际行为统一起来。

恩古吉不仅喜欢将个体的经历集体化，也喜欢将集体的经验个体化，使个体与集体的界限在"通感"和相互阐发中消融。比如：

> 也有歌手唱的是其他内容，比如吁请书写工具，也就是笔与写字板，而不是要矛与盾。我将歌词和旋律个人化了：我感觉，它们表达的就是我父亲的那些家畜的遭遇。①

运动会之后的狂欢，是一个集体活动。但是，集体活动中

① Ngũgĩ wa Thiong' o, Dreams in a Time of War: A Childhood Memoir, p. 124.

的个体，表达的却是个人的遭遇和感受。恩古吉从集体的“形式”中，看到了个人的感受，原本可能抽象、笼统的集体情绪，因为个体存在变得有血有肉、具体可感。集体/个体、民族/个人之间的这种互动、辩证关系，于恩古吉而言像集体对歌阐发的那样，“公众和个体的颠沛流离之感交织在一起。大家伙一起唱了起来。我没有料到，我的诠释捕获了彼时之情。”[1] 所谓的“我的诠释”，正是个体的特色代入，而所谓的“彼时之情”，正是一个时代中频遭坎坷的民族情绪。

在前面论述恩古吉自我集体化诉求的引文中，我们看到，恩古吉认为来自于西方的现代学校教育有“消极影响”的观点，但是这并不表示恩古吉反对现代教育。相反，他还是很赞成现代教育的。因为，这正是恩古吉想要实现自我主体化的第二个途径。在反思他渴望助其实现其“孜孜以求的……自我身份”的成人礼时，他说道：

> 虽然整个成人仪式给我留下了深刻印象，我却从中深深意识到，在我们的那个时代，教育和读书并不会在肉体上留下任何痕迹，但它们才是强大男人和女人的正途。[2]

求学梦，是童年时期恩古吉最大的梦想。《战时诸梦》，回忆、讲述了恩古吉在世界大战的阴影之下、国家内战的硝烟中的诸多梦想，比如他的火车梦、“致富梦”、土地梦、健康梦、作家梦等。其中最重要的一个，就是求学梦了。通过学习证明自己，是他和母亲间的一个神圣契约。在入学之前，恩古吉和母亲之

① Ngũgĩ wa Thiong’o, Dreams in a Time of War: A Childhood Memoir, p. 124.
② Ngũgĩ wa Thiong’o, Dreams in a Time of War: A Childhood Memoir, p. 203.

间进行了一场对话，母亲对恩古吉进行了学前教育：

"要知道，我们很穷。"

"嗯。"

"（上学时）你很可能大部分时间都吃不上午饭。"

"知道了，母亲。"

"你得保证，不能因为饥饿或其他困难而不去上课。这会让我觉得羞耻。"

"好的，一定不那样！"

"还有，你会始终全力以赴？"

那种情形下，什么要求我都会答应的。可是，当我看着她，说我会的，我从心里知道，她和我定下了一个契约：不管遇到什么苦难，什么障碍，我都要全力以赴。[①]

从此，专心学业的恩古吉时时鞭策自己，并自觉培养自己成为一个勇敢、坚强的现代书生。他在接受成人礼之割礼环节的"考验"时，不断提醒自己说："我能不能经受住切肤之痛，勇敢地完成这个仪式呢？我知道人们都很关心这件事情。判定受礼人是不是胆小鬼的标准很简单：哪怕我只是眨下眼，或皱下眉，或有其他任何动静，我的家人、族人就将蒙受耻辱，我一辈子都要带着'懦夫'这个污点生活。人们都认为，学生是被书本和现代教育给弱化了的人。他们无法经受疼痛。我知道，好奇的眼睛都在看着我。"[②] 有了这样的动机，也就是说要证明读书或者西方式 / 现代式的书本教育，同传统美德之间并不矛盾，恩古吉才在仪式结束之后，受礼人"可以随便表达肉体上

① Ngũgĩ wa Thiong' o, Dreams in a Time of War: A Childhood Memoir, p. 60.

② Ngũgĩ wa Thiong' o, Dreams in a Time of War: A Childhood Memoir, p. 199.

的痛楚，哪怕抹眼泪都没问题”的时候，依然“抖擞精神、自作潇洒”。因为他决不允许自己助长他“所拒绝的观点：读书令人软弱”。[①] 这一决心，一方面证明了恩古吉自己的坚毅，另一方面也正好呼应了之前提到的“学校教育有其消极作用”的地方。换句话说，外来的西方教育，除了可能割裂个人与群体、民族和传统的联系、递承，还会让人变得敏感、脆弱，尤其是承受肉体磨难的能力下降。

那么，如何弥补从西方引进的学校教育这种现代式的教育呢？恩古吉给出了自己的思考结果：积极抗争。

《战时诸梦》，是忆旧之作，但绝不是简单地沉醉于梦想之美妙的忆梦之作，而是面对战争威胁，梦想随时可能破灭而不得不始终奋斗不止的个人抗争史。回忆录中所体现出的恩古吉的身份诉求，同“个人抗争史”这一内容正好一致。

大卫王，这个“诗人斗士”，“一直是”恩古吉“精神世界的典范”。评价《圣经》时，恩古吉说到了其中的一些人物故事，但是“很多都让他觉得恐怖”，或者难以理解，如同“奇中之奇”（magic within magic）：比如恩古吉始终无法理解该隐杀死自己的弟弟亚伯的故事。[②] 而能让他钦佩、崇拜的，只有大卫王。关于大卫王的形象，他如此描述道：

> 但是，竖琴师大卫，诗人大卫，歌者大卫，还是一个斗士，能用弹弓把歌利亚打败。他，这个战胜巨人的人，就像万嘉瑞讲的故事里面的机灵鬼兔子，总能智取比自己强壮的野蛮人。后来，我学会用 Y 字形的树枝做弹弓的时候，我总是会想起来大卫王的那个弹弓，虽然我从来没

① Ngũgĩ wa Thiong'o, Dreams in a Time of War: A Childhood Memoir, p. 201.

② Ngũgĩ wa Thiong'o, Dreams in a Time of War: A Childhood Memoir, p. 65.

有遇到同我战斗的歌利亚。大卫王,诗人斗士,一直是我精神世界的典范。[①]

大卫王是《圣经》中和以色列民族历史上非常重要的一个形象。和其他圣经人物比,大卫王对年纪相仿的恩古吉更有吸引力:因为他们都是儿童。大卫王小小年纪就成为扫罗王钟爱的竖琴师,用音乐给扫罗王祛魅,并战胜歌利亚,取得赫赫战功。尤其是,在大卫王的统治下,以色列民族真正实现了强大的君主统一制。文治武功,前无来者。但是,在犹太传统中(尤其是在以色列人结束巴比伦囚的身份,重新回到耶路撒冷之后)、基督教文学中,他更常见的形象是被用来同扫罗王对比,以证明虔诚信仰、尊奉唯一神才能建立丰功伟绩,是一个"虔敬、无往而不胜"的宗教说教形象,也就是"犹太民族文化中被不断复制的一个符号,承载了去国怀乡的犹太人无数的梦想……在基督教文学中,从中世纪以降,英雄人物的叙事同'信仰与得胜'的母题常常水乳交融在一起,将英雄的辉煌功绩与上帝的荣耀合而为一"。[②]但恩古吉主要突出和赞扬了大卫王"无往不胜"的斗士一面。大卫王的另一个说教意义——信仰得救则没有被指出,更不要说《圣经·旧约》中讲述的大卫王的昏聩、残暴以及他的丰功伟绩中的种种"荒诞"之处了。

恩古吉不光是口头上表示自己要做一名反抗不公的"斗士",而且在实际行动中也贯彻这一理想。他在理论和实践中都坚持"斗士"这一身份,并不断从抗争中总结经验。恩古吉讲了两个典型的成功反抗事件。第一个是他如何战胜比自己

① Ngũgĩ wa Thiong'o, Dreams in a Time of War: A Childhood Memoir, p. 66.
② 王立新:《历史叙述、人物塑造与话语权力:文化诗学观照下的扫罗与大卫王形象》,载于《外国文学研究》2008年第5期,第68页。

强壮的恐吓者：

> 他向我走过来，我又怒又气，突然向他冲去。未曾防备，他倒在地上。我骑了上去。他很快回过神来，挣扎着要占上风，想把我压在底下。我一点都不怀疑他有这么大的力气，可是我绝不认输。我弟弟跑开后又跑了回来，我俩一起把他摁住在地……后来，我们跑开了，他在后面追着，发誓要还以颜色，不过口气越来越弱。从中，我学到了反抗品质的第一个教益：正义和公道可以强大弱者。[①]

恩古吉说，自己从来没能遇见过自己的歌利亚，好让他一展身手。这不是“实情”，因为这次打架事件中的凯讷斯，无论从体型上，还是从行为的性质上，都可以算是恩古吉遇到的歌利亚：体型比他大，力气比他大，做的事情也不是什么好事。但是同大卫王以信仰、机智（后者是恩古吉总结的原因）战胜歌利亚不同，恩古吉是凭借正义和公道的力量战胜这个歌利亚的。从此之后，恩古吉明白了，反抗才是取得真正平等的途径。

作为一个一生都在反抗且善于反抗不公的人，恩古吉还讲述了另外一次反抗心得。虽然这是一个让反抗者感觉有些伤心的心得，但是也是有志于反抗不公的人必须发现和理解并最终接受的一个心得。这次反抗，起因于“偷李事件”。个别在领主卡哈胡（Lord Kahahu）的农场打零工的孩子因为饥渴难耐，翻过栅栏摘了他家的李子吃。根据当地传统，当一个人出于身体需要而采摘别人家少量果实充饥时，即使没有告知主人，这个行为也是被允许的。但是，卡哈胡的妻子莉莉安

① Ngũgĩ wa Thiong'o, Dreams in a Time of War: A Childhood Memoir, p. 173.

（Lillian）却将这件事情看成性质恶劣的偷盗事件，非要追查出“元凶”，并用没收工资的形式惩罚他们。让莉莉安生气的是，“元凶”没有主动自首也没有其他人告发。于是，莉莉安决定扣发所有人的工资。面对莉莉安这一举动：

> 没有一个人，包括我们中间的大人，做出反抗。这种处理方式的不公，刀子一样切痛了我的内心。我迈步向前，高声说道——所有人都转向了我！——这不公平，我忍不住跟她说……你还认为你自己是个基督徒吗？我质疑道。所有的人都张大了嘴巴。莉莉安，领主斯坦利·卡哈胡教士的妻子，这片农庄的经理，还从来没有任何工人敢顶撞过……你信的基督没有任何意义，说完我就离开了那里。愤怒和失望的泪水流淌而下。[1]

与奥古斯丁的“偷梨事件”是出于恶作剧不同，恩古吉讲述的“偷李事件”并不是自己做的“恶”，他反思的是此事件的政治意义而不是宗教意义。这一叙述中，有两处尤其值得注意：一是恩古吉对不公现象的敏感和痛恨，二是此次反抗难度之大：反抗对象极具威胁，莉莉安作为农庄的执行经理，从来没有人——更不要说小孩子——敢反抗她了，而且反抗后果很严重：独独自己的工资被扣发，还被人批评顶撞尊长；母亲受到骚扰；也就是说恩古吉在经济、道德、精神上都蒙受了损失。但是，面对这些阻力，恩古吉仍然“忍不住”走出队伍，坚决反抗不公。因为他知道，只有反抗了才会改变现实。也只有这样，自我才具有存在意义。

① Ngũgĩ wa Thiong’o, Dreams in a Time of War: A Childhood Memoir, p. 175.

在一个战火纷飞、危机四伏的年代,人们怎样才能坚持梦想、实现梦想呢?恩古吉没有明确回答,但显而易见的是,具备坚强的反抗精神,必不可少。否则,哪怕受再多教育、明白再多事理,也不过是纸上谈兵或镜花水月。甚至,可能适得其反,走向美好梦想的反面。恩古吉把"诗人斗士"大卫,当成自己的"精神典范",时时渴望遇见自己的歌利亚,以便让自己的"斗士"身份一展身手,自是情理之中了。在回忆录的结尾,恩古吉描写坐在前往联合高中校车的小恩古吉的内心活动时写道:

> 我听到了母亲的问话:你全力以赴了么?我全神贯注地对她说道:是的,母亲。其实,我知道她真正想要的是重续我们的那个契约:也就是哪怕是在战火纷飞的年代,我们也要坚持自己的梦想。①

在《秘密生活及其他故事》(Secret Lives and Other Stories)这部短篇小说集的前言中,恩古吉说:"某种意义上说,这个集子中的故事,可看成我艺术化的自传(creative autobiography),触及过去十二年内影响我的诸多想法和情绪。我的写作,实际上就是一种理解自我和我所处的社会、历史情状之尝试。我写作的时候,总是想起在我父亲房檐下时打闹的那些夜晚;想起我母亲为了让我们有饭吃、有衣穿、有学上而同土地斗智斗勇的劳作;想起我的哥哥瓦莱斯·芒琦(Wallace Mwangi),他为了安全和庇护不得不逃向山林……又从山林给我捎来口信儿,嘱咐我无论如何都要继续学业;想起我侥幸逃过绞索……的表兄季希尼(Gichini);想起我的叔伯娘舅以及其他因为宣誓(和茅

① Ngũgĩ wa Thiong'o, Dreams in a Time of War: A Childhood Memoir, p.256.

茅游击队员站在一起）而被谋害的村民；想起那些令人动容的有勇气的普通男女，或者说是肯尼亚那些和前辈一样站起来反抗英国殖民主义的普通人。我还想起了我那些替白人开枪、做黑人灾星的亲戚、同村的村民；我想起了那些恐惧、背叛和蕾齐尔（Rachael）的眼泪，想起了抗争中的那些绝望、爱恋以及亲情。我想用我的笔，找寻全部这些内容的意义。”①

① Ngũgĩ Wa Thiong'o, "Foreword", in Secret Lives and Other Stories,（New York: L. Hill, 1975）.

惩罚与救赎：《身体会告诉你》中的身体叙事动力研究

20世纪80年代以来，“身体研究”在西方学界广泛流行。布莱恩·特纳的《身体与社会》系统且广泛地将身体发展成为社会研究理论的一部分，他认为：“身体是一个多维度、多层次的现象，其意义随民族和性别的不同而不同，随历史与境遇的变化而变化。”[①] 自此，有关“身体”的研究也进入了文学领域，使得身体作为一种符号建构出了叙事文本的深层含义。丹尼尔·潘代在其著作《叙事身体：建构身体叙事学》中将叙事学与身体理论结合起来并应用于文学批评，他指出：“其中一个核心问题便是，思考身体以某种方式如何形塑故事情节、人物性格、背景空间以及叙事的其他方面。”[②] 约翰·奥尼尔的《身体五态——重塑关系形貌》中，则从身体形态学角度，将身体实践与社会文化实践之间的复杂逻辑关系进行分类描述，归纳出世界身体、社会身体、政治身体、消费身体与医学身体五种身体形态。[③] 身体是人存在的物质与精神基础，既包含着自然的生

① [英]布莱恩·特纳：《身体与社会》，马海良、赵国新译，春风文艺出版社2000年版，第1页。

② Daniel Punday, Narrative Bodies: Toward a Corporeal Narratology (New York: Palgrave Macmillan Press, 2003), p. 7.

③ [加]约翰·奥尼尔：《身体五态——重塑关系形貌》，李康译，北京大学出版社2010年版，第10页。

物本能，也是文化和社会的产物。身体理论的兴起为文学理论和文学批评提供了新的角度，身体研究与经典叙事学相结合便形成了身体叙事学，经典叙事学的叙事是作为意识主体的人行为活动的主张，而身体叙事学则主要研究身体的叙事影响与作用。在彼得·布鲁克斯的《身体活：现代叙述中的欲望对象》中，他将身体所表达出的欲望理解为小说叙事动力的来源，身体对于欲望的探索形成一种对自我和他人的认知欲，从而推动叙事发展。身体在欲望驱动下作为现代小说的叙事动力，叙事过程便是身体符号化（semioticization）的过程，与之相对的是故事的躯体化（somatization）。[①] 因此，身体的意义在故事中创造出来，被标记的身体由此进入创作的世界。

在人种学的语境中，西方一直以来存在对非洲人身体的污名化。阿契贝认为，主流英语小说对非洲的描述大部分都情节简单，有着善良的白人和邪恶的野蛮人。在后殖民的视角下，康拉德的《黑暗之心》也一直作为是“非人化”非洲人的帝国视角写作——将非洲人的身体当作动物性的，没有理性意识的对象。非洲传统的口头文学创作以及近现代以来一批批优秀的小说、诗歌、戏剧作品，呈现出了丰富的对身体形象的描写，其中不乏作为对抗西方刻板印象的优秀作品。本文以尼日利亚作家约翰·塔非达（John Tafida）用豪萨语创作的小说《身体会告诉你》（*Jiki Magayi*）为研究对象，来分析在这本小说中作者对身体的认知，在尼日利亚传统故事语境中身体的形象和身体作为叙事动力如何推动情节的发展，其中如何体现出尼日利亚人的身体观念和生活观念。

① ［美］彼得·布鲁克斯：《身体活：现代叙述中的欲望对象》，朱生坚译，新星出版社2005年版，第2页。

一、小说简介

（一）创作背景

20 世纪初，英国在尼日利亚的殖民政府成立的翻译局、文学局，为了推广以拉丁文字书写的豪萨语，举办了第一次文学竞赛，用来弥补学校教育资料的不足。骆布特·伊斯特作为竞赛的主办人，邀请学者们（malams）以西方小说框架书写豪萨语小说。[①] 对当地人来说，虚构文学就是女性或者长辈在家里说给孩子们听，并一代代流传的童话故事，因此从这次文学竞赛脱颖而出的作品仍然蕴含丰富的尼日利亚传统故事内容。《身体会告诉你》就是其中获奖的一部作品。

（二）故事内容

书名《身体会告诉你》其实是一句豪萨谚语，它告诫人们，人做错了事，受到体罚，之后身体的疼痛会告诉你做错事的结果是什么，从而提醒人们做事不要忘了因果报应。

书中描述了一位富人谢胡一直没有儿子，巫师为他解梦之后，谢胡了解了获得子嗣的方法——迎娶奥杜先生的女儿扎伊娜布。扎伊娜布与名叫阿布巴卡尔的男孩互通情谊，使得谢胡无法插足。他又找到巫师，获得一种药。谢胡运用巧计，让扎伊娜布把药当作防晒抹在脸上并让她回心转意，顺利跟她结婚。阿布巴卡尔知道这个消息之后，悲愤欲绝，发誓要复仇。他遇到一位名叫"仁慈者"的大巫师，并帮助大巫师找到父亲。这位长者（大巫师的父亲）告诉他要去"迷暗森林"中找羊蹄甲树胶。阿布巴卡尔一路上忍受饥渴，历经千辛万苦，终于在森林中获得了羊蹄甲树胶。"仁慈者"用羊蹄甲树胶给他配了

① Joanna Sullivan, "From Poetry to Prose: The Modern Hausa Novel", Comparative Literature Studies46, 2 (2009), pp. 311–337.

魔药，并告诉他使用方法。阿布巴卡尔顺利报了仇，他的施害对象是扎伊娜布诞下的儿子，名叫天赐。天赐从小乖巧可爱，礼貌恭敬。可是诅咒生效，天赐变得邪恶，无法管教。天赐做了许多坏事，锒铛入狱，遇到了另一个惯犯小偷，结成同伙，成了有名的大盗团体。谢胡和扎伊娜布受不了闲言碎语，改名换姓，搬往另一个城市居住。天赐与同伙作案的地点正好是谢胡家里，天赐失手将父亲杀死。扎伊娜布与儿子相认后，真相大白，天赐悲痛万分，想向阿布巴卡尔复仇。阿布巴卡尔早已病入膏肓，看到天赐后知晓命运终结而亡。天赐将父亲积累的财富都分发给老师们、乞丐们，自己什么都没留下，离开了家。

二、被标记的身体

（一）巫术的标记——他人的欲望

巫师交给谢胡一种能让扎伊娜布扭转心意的药物，这种"药和麝猫香拌在一起，往她鼻子上抹一点，就能使她同意婚事"，[①] 而这种药就成为扎伊娜布身体上的标记，她的身体被刻上谢胡的烙印，从而成为谢胡的妻子，并为谢胡生下儿子，这成为故事情节的动力源。谢胡对传宗接代的欲望将扎伊娜布的身体打上标记，这时，扎伊娜布的身体不再仅仅是生理的、物质的对象，更是一种象征上的标志，作为婚姻的隐喻、生育的隐喻。没有这样的标记，故事情节就无法进展。

"仁慈者"给阿布巴卡尔配的魔药，书中是如此描述的："你见到他的时候要想办法剪掉他的一点头发，把头发和这个药

① 孙晓萌选编：《身体会告诉你》，李春光等译，华东师范大学出版社 2021 年版，第 71 页。

和在一起,然后把头发和药埋在土里,愿望就能实现。”[1]阿布巴卡尔在睡梦中剪掉天赐的头发,给天赐的身体打上标记,进入故事情节。阿布巴卡尔在寻找复仇方法的途中,被当作小偷,锒铛入狱。天赐在受到诅咒后也开始偷钱,与同伙结伴偷钱。阿布巴卡尔将自己复仇的欲望通过“剪掉的头发”加诸天赐身上,将自己的邪恶转移到天赐的命运中,从此天赐就成为书中邪恶的象征。之后,故事用了大量篇幅来描写天赐变坏的过程,他偷父亲的钱,不上学,不尊重长者,离家出走,拿别人的钱袋,面对法官说谎。天赐的小偷形象,是阿布巴卡尔对谢胡拥有的财富所产生的嫉妒和仇恨情感的投射,同时,天赐所做的坏事,最后都会让谢胡买单,阿布巴卡尔对天赐的标记突破物质的距离,呈现为情感的映射;每次谢胡想带儿子回家,天赐都用各种方式逃离家庭,打破谢胡想拥有子嗣的欲望。这种惩罚链的延展,不仅蕴含了他者的欲望,也推动了情节的发展。

以上分析的两种巫术标记身体的方式,都是他者的欲望加诸人身上所产生的叙事动力。谢胡对子嗣的欲望,阿布巴卡尔对复仇的欲望,从根本看来都是人性中的自私,使他人变成受害者,而这种受害者的身份又反过来给施害者伤害,形成循环因果报应。

(二)疼痛的标记——自我的欲望

谢胡的身体进入故事情节的方式是通过疼痛开始的。他在梦里用高昂的价钱从别人手上夺来一匹爱马。在他骑着马兜风的时候,马突然失控逃走,“他摔在地上疼得要命”。[2]谢胡从梦中惊醒之后,就找到巫师来解梦。因此,引出如何获得

---

① 孙晓萌选编:《身体会告诉你》,李春光等译,华东师范大学出版社 2021 年版,第 110 页。

② 孙晓萌选编:《身体会告诉你》,李春光等译,华东师范大学出版社 2021 年版,第 66 页。

子嗣的方式——需要抢夺别人妻子——的叙事线当中。巫师警告谢胡别插手这件事，要顺其自然，否则会后悔，可是谢胡摆脱疼痛的欲望过于强烈，从而引发了更深层次的疼痛——身体的消亡。谢胡摔下马的疼痛与最终死在儿子手中的身体的消亡相对应，由疼痛展现出身体消亡的预知梦，并呼应故事主题，身体的疼痛隐喻苦难的发生。同时身体的疼痛也与精神的疼痛结合在一起，意味着谢胡本身对子嗣传承强烈的愿望。这也反映出豪萨人因传统习俗和宗教信仰对子嗣血统的重视。对豪萨人来说，男性气质（masculinity）体现在有足够的金钱来供养家庭，行使一夫多妻制的能力和权力，子孙满堂的自然生殖能力和祖先保佑中。谢胡拥有足够的金钱和四个老婆（伊斯兰教规定一个男子同时只能拥有最多四个妻子），可是就是没有儿子。这种身体疼痛的隐喻又与生殖疾病的隐喻联系在一起。苏珊·桑塔格在《疾病的隐喻》一书中解释道，文学赋予疾病隐喻性。[①] 疾病不仅代表着生理上的疼痛，也在社会和政治中作为一种符号存在，疾病已经成为一种文化现象。疼痛给谢胡的身体做上标记，打上疾病的隐喻，身体上的痛苦转化成精神上的“无能”（impotence）的痛苦，从而推动故事情节向深层发展。

阿布巴卡尔在复仇之路上也经历了万般的痛苦。这些痛苦标记在他的身体上，推动复仇的情节发展。首先，他在休息时遇到强盗，掠夺他的行李，让他脱光衣服，还“挥手一个大巴掌把他扇倒，接着拔出刀来割掉了他的半个耳朵”。[②] 这被割掉的耳朵，作为疼痛的隐喻，凸显了复仇之路的危险；被掠夺的衣物，则象征着阿布巴卡尔内心作为宽容善良的人的品质的丢失；衣服、行李、身体部位的缺失导致疼痛，意味着将阿布巴

① ［美］苏珊·桑塔格：《疾病的隐喻》，程巍译，上海译文出版社 2003 年版，第 49 页。
② 孙晓萌选编：《身体会告诉你》，李春光等译，华东师范大学出版社 2021 年版，第 91 页。

卡尔的身体不再是作为完整的人的身体，而是一个丢失了宽容善心的、只为复仇而存在的工具。后来，在路上，他遇到了一些善良的人给予他帮助，可是他却不能回心转意，仍然要去复仇。被鞭打的五十下“反而让他的心变得更加坚定，现在他一心想的就是复仇”。[①] 疼痛不仅没能让他意识到“身体”的抗诉和人性的扭曲，反而把他逼上了自我毁灭的终点。疼痛的隐喻，从身体部位的丧失，深入人性的丧失，再到作为社会规劝的法庭对阿布巴卡尔身体的鞭打，使肉体更加空洞，精神更加执拗。然后，他遇到了劝他要迷途知返的猎人。猎人在尼日利亚的文化中是森林的探索者，也是森林的守护者，他们保护着森林的秘密。他们除了能从森林中获得社群必需的食物之外，还会学习森林中草药的知识，作为治愈者的形象和充满智慧的长者的形象存在于尼日利亚的传统文化中。[②] 可是，阿布巴卡尔却说：“既然我已经下定决心了，那么不管你说什么都没办法让我改变主意。”[③] 智者仍然不能让阿布巴卡尔放弃自己罪恶的复仇之旅。最终，他到达了“迷魂森林”。在森林里，他摔断了好几颗牙，扭伤了腰——森林两次发出的危险信号都没能让他放弃复仇的念头。保管羊蹄甲树胶的眼镜蛇神将东西送给他，说道：“要知道邪恶就是我根本的性情，谁要想干坏事，他就是我的朋友。”[④] 之后，阿布巴卡尔就昏过去了。“迷魂森林”终究是让阿布巴卡尔的人性消失殆尽，从此他的被痛苦覆盖的身体只作为邪恶的象征存在于故事情节中。

阿布巴卡尔痛苦的身体在之后也展现成身体的变形。“变

---

① 孙晓萌选编：《身体会告诉你》，李春光等译，华东师范大学出版社 2021 年版，第 93 页。

② Ayo Adeduntan, What the forest told me Yoruba hunter, culture and narrative performance（African Humanities Program, 2019）, p. 4.

③ 孙晓萌选编：《身体会告诉你》，李春光等译，华东师范大学出版社 2021 年版，第 95 页。

④ 孙晓萌选编：《身体会告诉你》，李春光等译，华东师范大学出版社 2021 年版，第 98 页。

形”代表着身体失去自主机能，代表着丧失生命存在价值，代表着自我和命运的双重惩罚，使他变成了复仇的机器、充满邪恶力量的肉体。在故事情节中，“变形”的隐喻作为叙事动力出现了三次。第一次是在阿布巴卡尔拿到羊蹄甲树胶回到“仁慈者”父亲的家里，长者没有认出他来：“阿布巴卡尔是个英俊的青年，完美无缺。而你长得又丑又黑，没有牙齿，头发又脏又长，好像小偷。”[①] 阿布巴卡尔的身体已经从善良美好的象征变成邪恶可鄙的对象。长者继续问他：“受了这么多的苦，你的心都没有变软一点吗？你仍然不愿宽恕自己的仇人吗？”[②] 阿布巴卡尔无法理解宽恕的真意，而是将自己受的罪都算在谢胡的身上。第二次是“仁慈者”没有认出阿布巴卡尔。“我看你整个样子都变了，看来你受过伤？”[③] “仁慈者”的疑问也展现出痛苦使身体扭曲变形，给身体打上无法磨灭的印记。第三次是回到家中，亲人包括母亲和弟弟都无法识别阿布巴卡尔身体所代表的身份。从外人的无法识别到亲人的无法识别，这种“变形”程度的加深预示着悲剧结局无法阻挡的命运之轮。

天赐在明白真相后，后悔万分。“他一出城就碰上了狂风暴雨，雨点直打在他身上。但他毫不在意，一心向前走，毫不停留，头也不回地往前，好似一条疯狗。他为他所做的事感到痛苦。”[④] 狂风暴雨施加在天赐身上的痛苦直接影射在他痛苦的心灵上。天赐因错误的决定而生，因上一代的恩怨拥有错误的生活方式，因弑父得到错误的命运指引。他肉体的疼痛让他终

---

① 孙晓萌选编：《身体会告诉你》，李春光等译，华东师范大学出版社2021年版，第99页。

② 孙晓萌选编：《身体会告诉你》，李春光等译，华东师范大学出版社2021年版，第99页。

③ 孙晓萌选编：《身体会告诉你》，李春光等译，华东师范大学出版社2021年版，第100页。

④ 孙晓萌选编：《身体会告诉你》，李春光等译，华东师范大学出版社2021年版，第129页。

于成为一个真正拥有自己命运的人。而这之前的生活都是被他人的欲望所控制的，现在疼痛唤醒了他体内错误的复仇欲望，他的人生又一次驶向岔路口，这一次他要自己选择自己的命运。

疼痛的标记在这三位角色身上的隐喻是不同的，一个代表着身体的消亡，一个代表着身体的变形，还有一个代表着身体的复活，命运的转机。而这些标记都拥有一个共性就是，代表着自我的欲望。疼痛让谢胡加深了自己对子嗣的欲望，让阿布巴卡尔走入无尽的复仇欲望的循环（这个欲望超越对真正的人生的渴望，他宁愿死也不愿意让天赐心满意足），让天赐获得了掌控自我生命的欲望。这些欲望相互交织，推动了情节的发展，展现出了故事的主题——身体会告诉你如何真正地活着。

（三）清洁的标记——命运的改变

当谢胡获得给扎伊娜布身体做标记的药物后，便邀请她来见面。扎伊娜布一面说着自己绝不会嫁给他，一面“回家洗了个澡，收拾准备了一番”，[①] 然后去见谢胡。这里的“洗澡”，作为清洁身体的方式，蕴含着命运转变的内涵。身体的“清洁”意味着扎伊娜布对待谢胡的态度即将改变，面对阿布巴卡尔的态度即将改变，面对改变自己一生的婚姻态度即将改变。阿布巴卡尔在这本小说中作为浪漫的、充满勇气的爱情的象征，而谢胡则是作为供养家庭、付出金钱换取子嗣的传统婚姻的象征，也表达出作品中豪萨人对待婚姻的态度—— 一方面是对传统婚姻观念的认可；另一方面也是对浪漫爱情的赞美和欣赏。最终，因为扎伊娜布婚姻态度的改变，她嫁给了谢胡，落得情人自毁身亡、儿子弑父的下场。

① 孙晓萌选编：《身体会告诉你》，李春光等译，华东师范大学出版社 2021 年版，第 72 页。

阿布巴卡尔死后，天赐“在一棵树底下坐下，恢复了理智。他为他从小时起做的种种坏事，为他杀了自己的父亲感到深深的后悔，他感觉这一切就好像是一场噩梦。然后他站起身来，去溪水里洗了个澡，接着进城理了发，买了件衣服穿上，之后来到他父亲家。”[①] 天赐清洁了自己的身体就好像重获了新生。他从无限轮回的因果报应中摆脱出来，从对自己的宽恕开始。他细数自己小时候做过的种种坏事，对他人做出的无法挽回的伤害，同时也对自己给家庭造成名誉上的损害而深感后悔，但是他将家中所有的钱财都分发给德高望重的教师们，希望他们多为父亲和母亲祈祷，同时也分发给乞丐们，帮助他们获得更好的生活，通过这样的方式，他完成了对自己的救赎。其次，他也宽恕了他的父亲和母亲。谢胡和扎伊娜布错误的结合，导致了他错误的前半生，家庭关系的扭曲和家人之间的互相伤害，这种错误的命运在他误杀自己的父亲和将母亲安顿在老家之后消失殆尽。最后，他也宽恕了将他拉进无限深渊的阿布巴卡尔。阿布巴卡尔因自己复仇的选择而重病身亡，天赐亲眼看到阿布巴卡尔身体的消散，因果轮回终结在此，恩怨烟消云散。每个人都拥有了自己的结局。天赐得以再次踏上旅程。这次的旅程不是作为“小偷的罪恶的身体”的旅程，而是作为真正掌握自己命运，并且寻找赎罪方式的新生活。天赐唯一没有逃脱的是对真主的责任，他说：“我要去寻找能让我赎罪的方法，希望真主能宽恕我。”[②] 豪萨民族大多信仰伊斯兰教，天赐作为一位穆斯林，终于抛开过往踏上了朝圣的路途。

---

① 孙晓萌选编：《身体会告诉你》，李春光等译，华东师范大学出版社 2021 年版，第 132 页。

② 孙晓萌选编：《身体会告诉你》，李春光等译，华东师范大学出版社 2021 年版，第 143 页。

本节通过巫术、痛苦、清洁三种加诸身体上标记，分析了《身体会告诉你》这本小说的情节发展，下文将从身体的惩罚与救赎角度来理解小说想要传达的深刻内涵。

三、惩罚与救赎

（一）受难的身体

彼得·布鲁克斯揭示了身体在叙事中的指意过程："记号在身体上留下烙印，使它成为一个指意过程中的一部分。给身体标上记号，这意味着它进入了写作，成了文学性的身体，一般说来，也就是叙述性的身体，因为记号的刻录有赖于一个故事，又推演出这个故事。"[①] 这本小说中对身体的惩罚包括：身体部位的缺失、生活环境物质的缺失和社会道德的缺失。这种惩罚给予身体指意上的标记，将物质的身体和主题道德之间联系在一起，身体的残缺和物质的残缺意味着道德主体的消解及置换。通过这种对受难的身体的描写，以暴易暴、以恶抗恶的暴力复仇的叙事，不仅是对美好德行与人格感召的道德主体的颠倒和消解，同时也传达出小说的主题——如果身体的痛苦不能让人获得精神上的改变和预知，就会最终达到受难的身体的结局。暴力、复仇、邪恶使得受难的身体在小说中各个叙事主体间传递，从谢胡到阿布巴卡尔再到天赐，复仇欲望主体的改变，代表着邪恶轮回的无限性和加深程度。作为唯一女性主角的扎伊娜布，在这种暴力的轮回中，也无法控制自己的身体，而是间接被动地接受这个受难的身体，也体现出了女性在传统父权制的豪萨民族中被动的生存地位。

---

① ［美］彼得·布鲁克斯：《身体活：现代叙述中的欲望对象》，朱生坚译，新星出版社2005年版，第3页。

（二）救赎的力量

小说中出现的“仁慈者”、“仁慈者”的父亲、猎人等形象作为智者的存在指出宽恕他人的力量。故事结尾，天赐终于从受难的身体中跳脱出来，感知到宽恕的必要性，从此获得新生。这也是小说最重要的主题——豪萨民族宽恕仇人的社会道德宣传。宽恕和仇恨相结合丰富了人物形象，同时仇恨和宽恕之间的转换也突破了一种善恶二元对立的叙事方法，形成一种亦善亦恶的人物形象和对他者的看法，体现出叙事发展的流动性和灵活性。受难的身体从一种物质实体被救赎的力量感化，从而延伸到精神领域，再通过精神的升华重新让身体变得清洁，净化身体，最终获得内外流动和内外同一。

豪萨人认为人体分为内部和外部，由于没有解剖学的知识，传统医学中只有巫师才能了解人的内部世界。身体的外层不仅是疾病和伤害的场所，也是所有社会互动的场所。内在的特征是“实体”（solid），位于“内部”。生命也在那里。死亡时，体内的固体会液化并倒出。衰老时外层逐渐变干，老年人慢慢变成“固体”，几乎不能移动。年轻人则被认为是“液体”，充满流动性（mobility）。[①] 这种观点也体现在精神领域的内外流动之中，救赎的力量使得身体上的净化与精神上的净化相互转换，并完成情节最终的发展。

结语

骆布特·伊斯特作为这本小说的编辑，曾表示：这份初稿

---

① Murray Last, “The Presentation of sickness in a community of non-Muslim Hausa”, Social Anthropology and Medicine, ed. J.B.（Loudon: Academic Press London, 1976）, pp. 104-149.

缺乏“西方意义上的完整故事结构”,因此大部分内容都不得不作废,他和他的同事一起重写了它。“最终的结果与原稿相去甚远,我觉得以他作为唯一作者的名义发表这篇文章不太诚实。”① 最终这本小说是以塔非达和伊斯特两个人的名义发表的。在这种殖民的环境中,英语小说写作模式对豪萨语小说的创作产生深刻的影响,这篇小说的弑父情节就是其表现。可是从另一方面,豪萨语小说将本民族的传统故事发展成为现代小说形式,也为自身的传统传承提供了积极的意义。

小说中的身体作为指意的标记推动了故事情节的发展,这种身体叙事也渗透出小说所要表达的对传统故事加以创新的可能性,通过受难的身体和精神的救赎表达出作品对豪萨民族的道德意识和生活意义的探索。

① Neil Skinner, “From Hausa to English: A Study in Paraphrase”, Research in African Literatures4, 2 (Indiana University Press, 1973), pp. 154–164.

“单一故事的危险性”：奇玛曼达·阿迪契写作策略探析

“单一的故事产生许多刻板印象。那些刻板印象的问题不在于它们都是错误的，而在于它们是不全面的。它们让一个故事成为唯一的故事。”① 这句话出自尼日利亚作家奇玛曼达·阿迪契（Chimamanda Adichie）在美国媒体平台 TED 中的演讲（TED 是 Technology, Entertainment, Design 三个词汇的缩写，即技术、娱乐、设计。这一网上会议媒介旨在传播有价值的思想）。在这个播放量近三千万的著名演讲中，阿迪契结合自己在尼日利亚和美国的生活经历，强调每个故事的背后都有很多面值得我们关注。如果只看到故事的一个版本，那么会导致各种歧视和刻板印象。正如阿迪契在演讲中所说的那样，她注重在作品中讲述故事的多面性，既关注尼日利亚的历史和民族文化，也注重描写多元文化背景中个体的生存状态、内心的挣扎，人与人之间关系的改变。从宏阔的历史境遇到微观的内心体验，从集体命运到个体情感，阿迪契的作品展现出当今非洲文学丰富的内涵。

---

① 原文：“The single story creates stereotypes. And the problem with stereotypes is not that they are untrue, but that they are incomplete. They make one story become the only story.” Chimamanda Adichie, “The Danger of a Singular Story”, TED. https://www.ted.com/talks/chimamanda_ngozi_adichie_the_danger_of_a_single_story. July 2009. 参阅时间：2021 年 12 月 14 日。

奇玛曼达·阿迪契无疑是当今非洲文坛最受关注的作家之一。阿迪契生于1977年,在尼日利亚东南部恩苏卡大学城的一个知识分子家庭长大。她的父亲詹姆斯·阿迪契(James Adichie)曾赴美国学习,回国后成为恩苏卡大学的一名统计学教授并担任该校副校长。母亲格蕾丝·伊菲奥姆(Grace Ifeoma)为恩苏卡大学历史上第一位女性教务主任。19岁时,阿迪契在恩苏卡大学学习医学一年后,赴美国费城的德雷克塞尔大学学习传播学和政治学,后转入东康涅狄格州立大学。2001年,阿迪契进入约翰·霍普金斯大学学习写作,接受正式的文学创作训练,逐渐开启她的文学生涯。从2003年至今,阿迪契已经出版七部作品,包括三部小说:《紫木槿》(*Purple Hibiscus*,2003)、《半轮黄日》(*Half of a Yellow Sun*,2006)和《美国佬》(*Americanah*,2013);一部故事集:《绕颈之物》(*The Thing Around Your Neck*,2009);三部非虚构作品《我们都应该是女权主义者》(*We Should All Be Feminists*,2015)、《亲爱的安吉维拉:或一份包含15条建议的女权主义宣言》(*Dear Ijeawele, or a Feminist Manifesto in Fifteen Suggestions*,2017)和《悲伤札记》(*Notes On Grief*,2021)。

近年来,阿迪契斩获众多国际奖项,其作品社会影响广泛。第一部小说《紫木槿》获得英联邦作家奖;第二部小说《半轮黄日》摘得柑橘奖;第三部小说《美国佬》入选美国国际书籍评论行业奖,被评为《纽约时报》2013年度十佳图书和英国广播公司(BBC)最佳图书。2010年,《纽约客》(*New Yorker*)杂志评选阿迪契为全球四十岁以下最有影响力的作家之一。2013年,阿迪契因"抵抗两大洲的刻板印象所做的突出贡献",入选"外交政策"成员,荣登"2013全球顶尖思想家"榜单。阿迪契于2015年被美国《时代周刊》评为全球最有影响力人物,

2017年当选《财富杂志》世界50位最伟大领导人。她还同时是美国艺术文学院和美国艺术科学院成员。

根据阿迪契个人官方主页,她的作品迄今已被翻译超过三十种语言。阿迪契的作品是当今国际学术界研究非洲文学的热点,相关研究著作及评论不一而足。在国内,阿迪契的作品也受到越来越多的关注。除了2021年最新出版的《悲伤札记》,她的其他六部作品均已被翻译成中文在国内相继出版。小说《半轮黄日》由译林出版社于2010年出版。短篇故事集《绕颈之物》由上海文艺出版社在2013年出版。《紫木槿》《美国佬》《我们都应该是女权主义者》(被译为:《女性权力》)和《亲爱的安吉维拉:或一份包含15条建议的女权主义宣言》四部作品由人民文学出版社在2017年至2019年之间出版发行。国内目前学界主要关注她的三部小说,聚焦后殖民主义、身份认同、移民等方面,尚未对她的所有作品进行综合研究。

研究阿迪契的作品无法绕过钦努阿·阿契贝。阿迪契的第一部小说《紫木槿》开篇的第一句话——"我的哥哥加加没有参加圣餐仪式,父亲大为恼火,他生气地将他厚重的弥撒书用力甩到墙角,打碎了架子上的小雕像,从此,家里的东西开始瓦解了。"[①]——直接指涉阿契贝的第一部小说《瓦解》(*Things Fall Apart*)。阿迪契的第二部小说《半轮黄日》(2006)和阿契贝的短篇故事集《战争中的女孩和其他故事》(*Girls at War and Other Stories*,1972)一样,也关注了尼日利亚内战——比夫拉战争。在阿迪契随后出版的故事集《绕颈之物》中,故事"顽固的历史学家"主要讲的是女主人公奥比丽卡把唯一的儿子送到传教士创办的机构学习,但儿子却拒绝承认伊博文化

① Chimamanda Adichie, Purple Hibiscus(New York: Algonquin Books, 2012), p.3.

传统。与她的儿子不同，奥比丽卡的孙女不仅和祖母亲近，她也对伊博文化有亲近之情。故事“顽固的历史学家”和阿契贝的小说《瓦解》和《神箭》在历史背景和故事情节方面存在互文关联。学者苏珊·瓦赞腾（Susan Vanzanten）在《“顽固的历史学家”：以〈瓦解〉来写作》（“*The Headstrong Historian: Writing with Things Fall Apart*”）一文中指出，阿迪契深化并延续了阿契贝的写作传统，将原本处于边缘的女性角色重设于故事的中心。[①] 与阿契贝一样，阿迪契也来自尼日利亚伊博族，而她本人也在多个场合提及阿契贝的生活经历及其作品对她的影响。阿迪契说，自己在阿契贝曾经住过的房子里长大。她还回忆道，第一次阅读阿契贝的《瓦解》时，震撼不已，《瓦解》对她来说是“宏伟而惊喜的发现。作品中人物有伊博的名字，吃着木薯，他们和我生活的世界如此相像”。[②] 阿迪契称阿契贝的作品“启迪她写自己的故事”。[③] 阿契贝本人对阿迪契也是赞誉有加。在阿迪契的第二部小说《半轮黄日》出版后，阿契贝称赞她“富有古代说书人的灵气”。[④]

关于阿迪契和阿契贝两人之间的联系，不得不谈及二者的创作动机。丑陋的面目、模糊的群像以及神秘的幻影是西方殖民者对非洲刻板印象的集中体现。阿契贝抨击英国作家约瑟夫·康拉德（Joseph Conrad）是种族主义者，批判《黑暗之心》“把非洲写成一个‘他者’，欧洲和欧洲文明的对立面”。[⑤] 阿契

① Susan VanZanten, “‘The Headstrong Historian’: Writing with Things Fall Apart”, Research in African Literatures 46.2（2015）, p. 86、90.

② Chimamanda Adichie, “African ‘Authenticity’ and the Biafran Experience”, Transition No.99（2008）, p. 42.

③ Chimamanda Adichie, “African ‘Authenticity’ and the Biafran Experience”, p. 42.

④ 见评论专栏首页 Chimamanda Adichie, Half of a Yellow Sun（London: Fourth Estate, 2009）。

⑤ Chinua Achebe, “An Image of Africa”, Research in African Literatures 9.1（1978）, p. 3.

贝也指责英国作家乔伊斯·卡里(Joyce Cary)笔下对非洲人充满了歧视。阿契贝说:"如果我的小说能让读者明白他们的过去——即便有它的不完美之处——并不是第一批欧洲人以上帝的名义所认为的一部关于漫漫长夜的野蛮史,我就很满足了。"[①] 在他的一篇题为"帝国反写"的文章中,阿契贝提及他的第一部小说《瓦解》的创作初衷就是为了驳斥康拉德和卡里对非洲充满偏见的描写。[②] 阿契贝希望通过他的写作"帮助他的社会重新找回自信,摆脱多年因殖民政策导致的自卑和自我诽谤的心理"。[③] 这些例子表明,阿契贝视文学为介入社会和政治的重要工具。类似地,阿迪契也希望用她的作品让更多人了解不一样的非洲。在阿迪契看来,文学不仅承载特定的文化意蕴,也有强烈的社会批判功能。阿迪契说:"偏见绑架了我们认识复杂事物的能力。"[④] 她表示:"我强烈认同文学是对抗偏见的最好途径,我也认为文学就是人类学。"[⑤] 阿迪契希望通过文学抵抗刻板印象,呈现非洲不同的故事。

虽然阿契贝和阿迪契都反对殖民立场,二者的作品中均包含丰富的伊博文化元素,但是如果简单地将后者看作前者的传承或者延续,是不恰当的。阿契贝的第一部小说《瓦解》于 1958 年发表时,阿迪契尚未出生,她既没有在殖民时期的尼日利亚生活过,也未曾经历独立后的内战,而她所处的社会文

---

① Chinua Achebe, Hopes and Impediments: Selected Essays (New York: Doubleday, 1989), p.45.

② Chinua Achebe, "The Empire Fights Back", in Home and Exile. (Oxford/New York: Oxford University Press, 2000), p.37–72.

③ Chinua Achebe, "The Novelist as Teacher", (First published in the New Statesman, London, January 29,1965; subsequently in Morning Yet on Creation Day (Doubleday Anchor Books, 1975), p.44. http://mrhuman.weebly.com/uploads/2/1/5/1/21516316/thenovelistasteacher.

④ Chimamanda Adichie, "African 'Authenticity' and the Biafran Experience", Transition No.99 (2008), p. 43.

⑤ Chimamanda Adichie, "African 'Authenticity' and the Biafran Experience", p.46.

化语境与前者也存在很大的区别。阿迪契说：

> 阿契贝的作品中所提及的伊博风俗已经发生改变了，过去人们已经做的事情，但现在已经不再做了。这些改变提醒我们，人类历史就是一系列的故事所交汇而成的，是在人们不断和外界的互动中形成的。文化也是一直处于动态变化之中逐渐生成的。甚至在传教士到来之前，伊博文化已经不断发生改变了。即便是殖民前的非洲人，也绝对不是单一文化或历史的产物。①

阿迪契强调文化是不断变化的，因此不能用单一的视角审视过去的历史。对于阿契贝在他的回忆录《曾经有个国家——比夫拉个人历史叙事》（*There Was a Country: A Personal History of Biafra*）中把现在尼日利亚落后的局面归咎为这个国家无法重新整合伊博族的观点，阿迪契回应道，“我认为即便我们重新整合伊博族，尼日利亚也照样落后。体制和领导力方面的缺陷在不同种族中都同样存在”。② 阿迪契强调她和阿契贝对于尼日利亚内战不同的见解，她直言不讳地说：“我们的记忆是不一样的……我们从记忆里继承，我们因此和阿契贝经历

① Chimamanda Adichie, “African ‘Authenticity’ and the Biafran Experience”, p.48.

② 原 文：“we remember differently… We inherited memory. And we have the privilege of distance that Achebe does not have.” Chimamanda Adichie, “Chinua Achebe at 82: “We Remember Differently”, Premium Times” https://www.premiumtimesng.com/entertainment/108378-chinua-achebe-at-82-we-remember-differently-by-chimamanda-ngozi-adichie.html. November 23, 2012. 参阅时间：2022 年 2 月 7 日。

的历史保持着一段宝贵的距离。”①如果说,阿契贝是从他个人经历的视角讲述尼日利亚和他所在的伊博族的故事,那么阿迪契则侧重从不同维度介入过去的历史。学者达瑞亚·图卡(Daria Tunca)指出,正如把阿契贝视为“非洲现代小说之父”相当于否定了阿契贝开始他的写作生涯之前的非洲众多小说家、诗人、剧作家和记者等不同创作者的写作,将阿迪契视为阿契贝文学的女儿,也忽视了阿迪契与她的前辈不同的创作特质。从阿迪契的作品中寻找阿契贝的影子无疑简化了前者的内涵,不仅限制了我们的想象力,而且有可能把阿迪契的作品看成另一个“单一故事”。②

那么,作为年轻一代的非洲作家,阿迪契如何讲述不同故事的多面性?本文将围绕这个问题,从白人形象、受害者和施暴者的人物塑造以及网络写作与现实批判三个方面分析阿迪契试图突破单一故事叙述的写作策略。

一、多元化的白人形象

从《紫木槿》中后殖民时期的贝尼迪克特教父(Father Benedict)、亲切的无名修女,到《半轮黄日》中尼日利亚内战时期——比夫拉战争中的白人记者理查德,再到现代全球化语境中的《美国佬》里的白人“富二代”克特,阿迪契刻画了不同类

---

① 原 文:“we remember differently… We inherited memory. And we have the privilege of distance that Achebe does not have.” Chimamanda Adichie, “Chinua Achebe at 82: “We Remember Differently”, Premium Times” https://www.premiumtimesng.com/entertainment/108378-chinua-achebe-at-82-we-remember-differently-by-chimamanda-ngozi-adichie.html. November 23, 2012. 参阅时间:2022 年 2 月 7 日。

② Daria Tunca, “Chimamanda Ngozi Adichie as Chinua Achebe’s (Unruly) Literary Daughter: The Past, Present, and Future of ‘Adichebean’ Criticism”, Research in African Literatures 49.4 (2018), p. 109、115.

型的白人形象。与以往传统叙事中白人殖民者的形象不同，阿迪契笔下的白人不仅仅是格格不入的殖民者，还是护士、内战的知情者、伊博族女孩的恋人。

阿迪契的第一部小说《紫木槿》讲的是后殖民时期一个尼日利亚天主教家庭的故事，以十五岁的少女康碧丽·阿奇柯（Kambili Achike）的视角展开。康碧丽的父亲尤金是一个"双面人"。在公共场合，尤金是热衷慈善事业的企业家；在家，他却是毒打妻子儿女的暴君。他极力宣扬天主教，鄙视伊博信仰为异教。康碧丽的家中令人压抑的氛围与动荡的社会局面相互交织。康碧丽的母亲比阿特丽斯不堪虐待，下毒杀死自己的丈夫尤金，康碧丽的哥哥加加代母入狱服刑。小说的最后，以紫木槿的意象预示全家将迎来新的生活。这一家庭悲剧的背后是殖民遗留的问题，与贝尼迪克特教父为代表的殖民传教士在非洲的传教活动不无关系。小说着力刻画了贝尼迪克特教父的白皮肤——"他的肤色，如同炼乳一般，又如切开的番荔枝那样白。七年里，灼热的哈麦丹风并没有把他吹黑"。[①] 正如他小心保护他那鲜白如初的白皮肤，他对自己的"白色信仰"也是坚决捍卫，同时极力排斥当地的伊博信仰，否定伊博传统。比如，"他坚持基督信条和慈悲经只能以拉丁语吟诵；不允许使用伊博语……他提及'本土'歌曲时，他的唇线会向两旁移动为U型。"[②] 尼日利亚历史学家阿迪雷·阿菲格博（Adiele Afigbo）认为："在殖民地，一些有权势的个人和利益集团认为伊博语言应当消亡，以便更好地广泛传播英语。"[③] 贝尼迪克特

① Chimamanda Adichie, Purple Hibiscus (New York: Algonquin Books, 2012), p.4.

② Chimamanda Adichie, Purple Hibiscus, p.4.

③ Adiele Eberechukwu Afigbo, Ropes of Sand: Studies in Igbo History and Culture (Ann Arbor: U of Michigan Library, 2002), p.384.

教父形象正是阿迪契对伊博人共同经历的那段“失声”的历史所作的回应。阿迪契通过这一形象揭示了殖民统治对伊博传统和文化残酷而深远的影响。

贝尼迪克特教父不是作品中唯一的传教士形象。一位会说伊博语的无名修女与贝尼迪克特教父形成鲜明对比。当康碧丽被父亲尤金家暴身负重伤被送往医院接受治疗时，一位修女耐心地照顾她。小说写道：“‘Keekaime?’我惊呆了。我从来没有听过一个白人能讲伊博语，而且讲得那么好。”[①] 通过康碧丽惊诧的反应，小说表现了白人传教士并非都是武断地否定伊博文化传统。修女能流利地使用伊博语暗示了她愿意和伊博人交流，接纳和尊重当地文化。如果说，贝尼迪克特传教士的形象反映了殖民者对于伊博文化的压迫，那么，会说伊博语的无名修女表现了传教士并非都是残暴冷酷的，也有可能尊重当地文化传统。在采访中阿迪契说：“我对殖民时期的宗教很感兴趣。我想了解那些像我一样的人，我想知道他们如何敬重本土的文化信仰，与此同时，又能够虔诚地信仰与之对立的宗教。”[②] 虽然小说对会说伊博语的白人修女着墨不多，但是这一形象表现了当地黑人和白人传教士并非都处于一种敌对的关系，表达了不同文化和信仰共存的可能。

第二部小说《半轮黄日》背景是尼日利亚历史上惨绝人寰的比夫拉内战（1967—1970）。小说通过当地富商的女儿奥兰娜、童仆乌古和英国人理查德三个不同叙述者和战争亲历者

---

① Chimamanda Adichie, Purple Hibiscus (New York: Algonquin Books, 2012), p.215.

② Ikechukwu Anya, “In the Footsteps of Achebe: Enter Chimamanda Ngozi Adichie, Nigeria’ s Newest Literary Voice.” This Dayonline, 19 October, 2003. Web.http://www.Nigeriansinamerica.com/articles/347/1/In-the-footsteps-of-Achebe-%3A-Enter-Chimamanda-Ngozi-Adichie%2C-Nigeria%92s-Newest-Literary-Voice>. 参阅时间 2013 年 12 月 9 日。

的视角展开叙述。其中,理查德的视角尤为特殊。理查德原是伦敦一家报纸小专栏的记者,因为对《殖民杂志》上的“套绳青铜罐”魂牵梦绕,只身前往非洲。理查德不如在尼日利亚从商的白人们那般富裕,对赚钱也不感兴趣。理查德喜欢与他的仆人练习伊博语,乐于与当地百姓用伊博语交谈。他与恩苏卡的当地人交往甚密,频繁地拜访当地知识分子,积极参与他们的讨论。他还在非洲找到了他感情的归属——奥兰娜的双胞胎妹妹凯内内。那个“神秘又忧郁”的伊博女孩,让他体会到了“眩晕的幸福”。[①] 他如同一个虔诚的教徒,对伊博文化怀着极大的热情。比如,与他熟悉的西餐相比,他更喜欢当地食品,享受辣椒汤“美味的焦灼感”。[②] 他也很快精通当地风俗,以至于书中一个叫阿德巴约的小姐称赞道:“理查德前世一定是个非洲人。”[③]

理查德不仅想要融入非洲的世界,热衷学习非洲语言,而且也是比夫拉内战的知情人。作为记者和作家,理查德亲历、记录了战争,成为连接尼日利亚和西方世界的桥梁。在《时代周刊》刊发的一篇文章中,作者误读了尼日利亚卡车的标语,把“whack”理解为“砍”,指责尼日利亚人天生有暴力倾向。理查德专门写信给《时代周刊》驳斥西方媒体的不公正报道,强调“whack”在尼日利亚英语语境中指的是“吃”的意思,而不是它的字面意思“砍”。[④] 理查德自称是比夫拉人,当哈科特港遭遇战争的威胁时,理查德想要保护这座城市,觉得只要他在那,哈科特港就不会遭遇不测。通过理查德这一外部视角,

① Chimamanda Adichie, Half of a Yellow Sun (London: Fourth Estate, 2009), pp.65-66.

② Chimamanda Adichie, Half of a Yellow Sun (London: Fourth Estate, 2009), p. 108.

③ Chimamanda Adichie, Half of a Yellow Sun (London: Fourth Estate, 2009), p. 108.

④ Chimamanda Adichie, Half of a Yellow Sun (London: Fourth Estate, 2009), p. 166.

小说把比夫拉战争置于更广泛的国际视野，暗示内战并非西方媒体所述的由尼日利亚国内的种族矛盾引起的，而是西方殖民者分而治之的政策导致的。

虽然理查德为战争提供了重要的外部视角，但是他却无法真正融入当地社会。通过理查德对于非洲的热爱源于《殖民杂志》上的“套绳青铜器”，小说暗示了他对于尼日利亚的感情源于异域的想象。比如，在一次吊唁拜访中，他原本应该带上一些饮品，他通晓当地的风俗，“他知道事情应该怎么做”。[①]但是，他并没有这么做。他明白当地人对部落的酋长有别于西方的称呼，然而，他却幼稚地提问关于“国王”的问题。[②]这些不经意的错误看似反映了他对尼日利亚的了解浮于表面，实际上暴露了他作为白人的自我优越感。这也决定了他最终无法完成那本关于比夫拉战争的小说。值得一提的是，阿迪契通过否定理查德的叙述互文性地回应了阿契贝的《瓦解》中白人行政长官笔下的非洲。在小说《瓦解》文末，白人行政长官以其非洲游记《平息尼日河低处野蛮部落史》将主人公奥康科的自杀最终缩略为一段。他是如此描绘：“他的死可以用一个章节来概述。或许，不用一章，只要一段就好了。”[③]这一细节充分暴露了西方殖民者粗暴地简化非洲历史。童仆乌古——作为书写比夫拉历史的作者——跨越时空地驳斥了西方殖民者居高临下的傲慢姿态及其对于非洲充满偏见的想象和歧视，同时肯定了非洲人民书写自我历史的能力。

但是，理查德不仅仅为尼日利亚内战提供一个外部视角，

---

① Chimamanda Adichie, Half of a Yellow Sun (London: Fourth Estate, 2009), p. 166.

② Chimamanda Adichie, Half of a Yellow Sun (London: Fourth Estate, 2009), p. 71.

③ Chinua Achebe, Things Fall Apart (London: Heinemann Educational Books Ltd., 1958), pp.147-148.

抑或为读者了解殖民历史提供一扇窗，也揭示了人性普遍的情感需求。在英国，理查德是一个孤儿。他的父母在他九岁时就去世了。作为家中的独子，理查德在他的父母去世之前，并没有感受到家庭的温暖。他的父母“早先并没有打算要他，生养他也是事后才有的想法”。[①] 后来，他和他在伦敦的姑妈一起生活，但他没有找到归属感，而是“常常想要逃离”。[②] 这些细节说明了理查德在英国是一个孤独者，而他到尼日利亚则是为了寻求情感认同。理查德的这一形象特征一方面呼应了伊博民族在尼日利亚所处的边缘位置；另一方面理查德想要成为比夫拉人的情感表达了跨越阶层、种族和国籍的共通情感。小说将理查德的见证与当地人乌古和奥兰娜并置，也说明了人们对于和平的渴望是相通的。阿迪契在采访中说：“或许我们的文化、种族和阶级不同，但我们作为人类都有相似的需求和愿望。”[③] 与《紫木槿》中的修女形象一样，《半轮黄日》中的理查德也拥有普通人的情感，表达了人性层面的普遍需求。

与《紫木槿》和《半轮黄日》不同，阿迪契的第三部小说《美国佬》关注的是全球化语境中美国社会的种族主义问题。《美国佬》围绕女主人公伊菲梅璐到美国求学的经历展开。从在求职市场四处碰壁，到几经波折，最终逐渐实现经济独立，伊菲梅璐在美国的经历折射了美国社会无处不在的种族歧视。在美国生活十几年后，伊菲梅璐放弃在美国的事业，选择回到尼日利亚。伊菲梅璐和白人克特的恋情是整部小说的重要组成部分。伊菲梅璐在一个白人家庭做保姆时认识克特。克特是

---

① Chimamanda Adichie, Half of a Yellow Sun (London: Fourth Estate, 2009), p.115.

② Chimamanda Adichie, Half of a Yellow Sun (London: Fourth Estate, 2009), p. 61.

③ Chimamanda Adichie, “Chimamanda N. Adichie Interview with Marita Golden”, in The Word: Black Writers Talk About the Transformative Power of Reading and Writing, ed. Marita Golden (Broadway Paperbacks, 2011), p. 175.

处于上层社会的白人，家财万贯，家族掌管数个酒店。克特被伊菲梅璐爽朗的笑声深深地吸引，无可自拔地爱上了她。跨越种族的爱情似乎表明种族之间的壁垒已经不复存在。但是，两人的恋情并没有走到婚姻。伊菲梅璐最终背叛了克特，为两人的恋情画上句号。小说通过两个人相处的种种细节为最终分手的结局埋下伏笔。比如，克特可以随心所欲地到世界各地旅行，而伊菲梅璐不得不面临她的签证问题；在餐馆就餐时，服务员礼貌地问候克特，却刻意地忽视伊菲梅璐；克特的妈妈总是带着一种"冷漠的优雅"。[①] 作为伊菲梅璐的男友，克特却无法感知她遭遇的歧视，也难以理解她的困境。透过克特所在的由白人主导的美国上层社会，小说揭示了种族歧视在全球化的语境中依然盛行及其与殖民遗产的密切关联。

小说以爱情的名义探讨种族主义问题有深刻的内涵。伊菲梅璐和克特相爱的过程呼应了《半轮黄日》中凯内内和理查德的关系。然而，两对恋人却不能终成眷属。凯内内与理查德最终没能结合；无独有偶，克特和伊菲梅璐也以分手告终。在两段跨种族的恋情中，伊博女孩占主导地位，而她们的白人男友却缺乏主体性。克特时常不安，他的身上有着"婴孩般的品质"。[②] 在伊菲梅璐看来，克特"需要常常被安抚，被打磨，被擦亮"，[③] 总是希望得到别人的认可。另外，克特与女网友的调情以及他的前任女友来自委内瑞拉和日本等细节暗示了克特喜欢伊菲梅璐与他的猎奇心态不无关系。克特曾赞美伊菲梅璐

① Chimamanda Adichie, "Chimamanda N. Adichie Interview with Marita Golden", p. 200.

② Chimamanda Adichie, "Chimamanda N. Adichie Interview with Marita Golden", p. 198.

③ Chimamanda Adichie, "Chimamanda N. Adichie Interview with Marita Golden", p. 209.

"完美的胸部"和"完美的臀部"。[①] 正如理查德因为《殖民杂志》的文物而爱上非洲，克特对伊菲梅璐所谓的爱也似乎停留在身体的层面。与克特相仿，理查德缺乏主体性，他的感情也不坚定。理查德不喜欢苏珊，却答应与之同居。他被奥兰娜利用，成了她报复奥登尼博的工具。在感情世界之中，他只能依附他人。虽然理查德宣称热爱比夫拉，却缺乏实际行动，也不知道如何保护他所爱的人。凯内内失踪后，他仿佛失去了主心骨，眼前的生活对他来说，"一半阴暗，一半模糊"。[②] 与两位白人相反，伊博女孩凯内内和伊菲梅璐则果敢自信。比夫拉战争爆发后，凯内内多次穿越封锁线运送物资，小说写道，"凯内内不像一个儿子，而是顶两个儿子"。[③] 伊菲梅璐坚持保留自己的伊博口音，不愿接受克特的经济资助，选择通过自己的努力实现经济独立。这些情节强化伊博女孩和白人男友的差异，凸显伊博族女孩的主体性特征，颠覆了西方殖民话语中关于黑人和白人的等级。

虽然《紫木槿》《半轮黄日》和《美国佬》背景完全不同，但伊博人的故事是主基调。与此同时，阿迪契并没有一味"抹黑"白人。她笔下的白人有多副面孔，他们并没有生活在一个固化的西方世界，既与殖民主义有千丝万缕的联系，也有超越种族和国家的人文情怀。纵观三部作品的结局，白人并没有切断与非洲的联系。《紫木槿》中贝尼迪克特教父顽固抵抗伊博文化，传教士修女却善良、慈爱，他们最终都没有离开尼日利亚。理查德热衷于学习伊博文化和传统，最后决定在尼日利亚

① Chimamanda Adichie, "Chimamanda N. Adichie Interview with Marita Golden", p. 197.

② Chimamanda Adichie, Half of a Yellow Sun (London: Fourth Estate, 2009), p.430.

③ Chimamanda Adichie, Half of a Yellow Sun (London: Fourth Estate, 2009), p.31.

建立非洲研究中心。虽然克特的亲友带着种族主义的有色眼镜，克特却想要娶伊菲梅璐为妻，还承诺到尼日利亚看望伊菲梅璐，而且他很可能是伊菲梅璐博客的匿名赞助者。多面的、复杂的白人形象超越殖民者和被殖民者二元对立的话语，反映人性层面的共同情感，表达多元文化共存的可能。

二、模糊施暴者和受害者的界限

正如阿迪契所说的，"人类历史就是一系列的故事所交汇而成的，"[①] 她关注复杂语境中个体的生存境遇，从不同小人物的视角审视殖民主义历史及其持续性的影响。在小说《紫木槿》和《半轮黄日》中，阿迪契通过模糊施暴者和受害者的界限，引导读者思考处在极端情境中的个体如何从过去的创伤中走出以及如何重建自我与他人之间的联系。

《紫木槿》中康碧丽一家的悲剧源于尤金的家暴。尤金深受贝尼迪克特教父这一殖民政策的影响。尤金的妹妹伊菲奥玛称其为"被漂白"的"殖民产物"。[②] 尤金为自己的黑皮肤和伊博出身感到自卑与焦虑，极力切断他与伊博的所有联系。康碧丽说："爸爸用英式口音说话时，他的口音都变了，就像他和教父贝尼迪克特说话时一样。他仿佛变得优雅了，他那么急于取悦，就像他对待白人宗教的态度一样。"[③] 尤金排斥一切和伊博族相关的事物，视笃信本土宗教的亲生父亲为异教徒。他说："我的父亲花时间崇拜那些木头、石头雕刻的东西为神灵，要不

---

① Chimamanda Adichie, "African 'Authenticity' and the Biafran Experience", Transition No.99 (2008), p. 48.

② Chimamanda Adichie, Purple Hibiscus (New York: Algonquin Books, 2012), p.13.

③ Chimamanda Adichie, Purple Hibiscus (New York: Algonquin Books, 2012), p.46.

是教父和修女们，我将一无是处。”[①] 尤金不仅否定伊博文化，还想要变成白人。尤金的家暴外化了他的身份认同危机。尤金既是施暴者，也是受害者。尤金在传教士的教育中长大。他对于自己黑皮肤的焦虑始于传教士所灌输的关于黑人是劣等人的思想。例如，在尤金看来，他用开水烫伤他的女儿康碧丽是帮助她摆脱罪恶，正如白人传教士也曾用类似暴力对待他一样。尤金的暴力不仅映射了殖民时期传教士对于当地信仰的压迫，也指涉了后殖民时期的尼日利亚军政府的暴行。尤金作为施暴者和受害者的形象，生动地展现了由殖民主义政策激化的尼日利亚社会矛盾给个体造成持续而深远的伤害。

尤金的妻子比阿特丽斯不堪暴力选择毒害自己的丈夫，将尼日利亚社会相互交织的暴力对个体的残害推向高潮。令人深思的是，比阿特丽斯并不是一时冲动想要置尤金于死地，而是在他的食物中下药慢慢将他毒死。比阿特丽斯所采取的极端的暴力手段影射了在后殖民语境中理性的表达是难以实现的。这种对抗暴力的方式不能简单地被解释成某种胜利或者解放。毕竟，尤金的死并没有真正终结这个家庭的创伤。相反，比阿特丽斯成了寡妇，同时不得不永远背负着杀害自己丈夫的无形枷锁，而两个孩子不仅永远失去了父亲，也失去了一位完整的母亲。因此，当暴力成为解决她以及两个孩子的困境的唯一途径时，小说呈现了复杂社会语境中个体的挣扎。作为受害者和施暴者的比阿特丽斯，她以暴力对抗暴力的方式暴露出了殖民主义和后殖民时期混乱的军政府双重压迫之下个体遭受的深层次的精神创伤。

《半轮黄日》中的乌古既是施暴者，也是受害者。乌古被

① Chimamanda Adichie, Purple Hibiscus (New York: Algonquin Books, 2012), p.47.

征加入比夫拉军队后，在众人的怂恿下，为了证明自己的男性气质，强奸了一名伊博女孩。乌古既是战争的受害者，也是一个为满足私欲，欺负比自己更弱势群体的施暴人。这种矛盾的双重身份说明了战争如何抹杀了人性，让个体失去理智的判断。乌古后来发现他的亲妹妹也被军人强奸折磨而死。小说写道，每当乌古想到他的妹妹，那个受害的女孩的形象总是不断萦绕在乌古脑海中。小说将那个不知名的伊博女孩和乌古惨死的妹妹相联系，暗示了乌古不得不生活在自己犯下罪行的阴影之中。通过乌古的脑海中不断闪现那个被强奸的伊博女孩的眼神，小说影射了乌古的自我谴责和内疚。学者哈蒂吉·玛利克·恩迪亚耶（El Hadji Malick Ndiaye）从身体的角度解读内在的精神创伤，他说："通过阅读身体这一活生生的档案（a living archive），读者可以看到那些经历过暴力和曾经抵抗暴力的受害者们潜藏于精神深层次的创伤。"[①]《半轮黄日》中那个伊博女孩的眼神不仅呈现了女孩作为受害者的创伤，也外化了乌古作为施暴者和受害者遭受的精神创伤。乌古脑海中那个受害女孩的眼神说明了乌古对自己曾经犯下的罪行难以释怀。这种难以消解的内疚和自责是比外界施加的刑罚更为深重的自我惩罚。因此，乌古书写的关于比夫拉战争的书《当我们死去时，世界沉默不语》不仅仅是对比夫拉战争的记录，还是伊博族集体命运的写照，也是乌古作为个体的自我救赎和忏悔的体现。由此，小说一方面揭示了殖民主义是内战爆发的根源；另一方面侧重表现人性层面的自我救赎和良知。

① El Hadji Malick Ndiaye, "Introduction. The Body in Francophone Literature: Historical, Thematic and Aesthetic Perspectives", in The Body in Francophone Literature: Historical, Thematic and Aesthetic Perspectives, ed. El Hadji Malick Ndiaye and Moussa Sow (McFarland&Company, 2016), p. 11.

乌古的忏悔和救赎离不开他的阅读经历。在乌古阅读的书目中,小说提及《弗雷德里克·道格拉斯自传》。这部自传讲的是道格拉斯从一个文盲,到慢慢学会识字,到逃出奴隶主的控制,以及最后成为反对奴隶制的编辑,用文字号召被奴役的同胞们团结起来争取权利的故事。和道格拉斯一样,乌古最初也是文盲,他从阅读中获得自我审视的力量,进而认识到自我与他人的联系。文学评论家契罗佐那·埃泽(Chielozona Eze)曾说:“文学,某种程度上,与战争截然相反。文学让我们看到他人的面孔并促使我们做出回应。我们与他人的关系映射了我们与世界的关系。”[①] 类似地,阿迪契也说:“文学是让我们能够接近共同人性的最佳途径之一,能够让我们知道一些情况下我们有可能是善良的,另一些情况下也可能是不善良的。但是我们都可以让自己变得善良和不善良。”[②] 尤金、比阿特丽斯和乌古并非是单纯的受害者。通过文字,乌古学会自省,变得有良知。如果战争切断了人与人之间的联系,那么阿迪契通过乌古的转变证明了文学能够帮助人们看到自我与他人的联系,而只有真正认识到,并且重拾这一联系,才有可能真正地走出过去的创伤,也才能重新修复被战争摧残的家园。

一个个并不完美的人物形象模糊了受害者和施暴者的界限,让小说不是单纯地呈现伊博族作为受害者的形象,也不再仅仅反映尼日利亚社会境况,而是指向不同社会群体的共同经验。学者苏珊娜·希尔曼(Susanne Hillaman)指出,比阿特丽斯毒害了她的丈夫尤金却免予遭受刑罚,同时乌古也没有接

---

① Chielozona Eze, “African Postcolonial Imagination and the Moral Challenges of Our Times”, in The Critical Imagination in African Literature: Essays in Honor of Michael J.C. Echeruo, ed. Echeruo, Michael J. C., et al(Syracuse University Press, 2015), p.120.

② Chimamanda Adichie, “African ‘Authenticity’ and the Biafran Experience”, Transition No.99(2008), p. 46.

受惩罚，这样的情节安排挑战了读者的道德观。也就是说，阿迪契把审判的权力交给读者，让人物的命运不止于小说构筑的情境之中，而是延展到小说之外的现实生活中。希尔曼分析阿迪契把施害者和受害者二者的界限模糊，有力挑战了“后殖民创伤语境中的内疚、耻辱、救赎等相互交织的概念”。[①]通过展现乌古最后处于一种对自我怀疑的状态以及比阿特丽斯对未来的不确定性，小说激发读者思考极端情境如何扭曲人性，以及个人应该对自己犯下的罪行承担怎样的责任。

这种模糊受害者和施暴者界限的表现手法在小说的结尾进一步升华。阿迪契用开放式的结局进一步强化同理心和社会责任感的意义，引导读者从一种共性的人类社会经验出发进行阅读和思考。《半轮黄日》中，凯内内失踪了，奥兰娜和理查德还将继续寻找凯内内。其他幸存的人都将重新面对战后满目疮痍的尼日利亚。学者苏珊·斯特雷勒（Susan Strehle）指出：“奥兰娜的妹妹（凯内内）的失踪和理查德失去家园的经历呼应。凯内内的失踪笼罩在小说的结尾：它指向在战争中失去的东西，那些可能已经逝去的生命，以及无法愈合的伤痛。”[②]这样的结尾正如小说题目“半轮黄日”的意象，表达一种含混的意味。半轮黄日，昭示日落，象征一个终结，也预示日出，召唤一个起点。黑暗和光明的交融，既指希望，也表示不确定的状态，为解读人物未来的命运打开更多阐释空间。类似地，《紫木槿》的结尾再次提及“紫木槿”，呼应了小说前面所述的一段话：“我现在看来，加加的反抗就像伊菲奥玛姑妈栽下的紫木槿

---

① Susanne Hillman, “The Language of Bodies: Violence and the Refusal of Judgment in Chimamanda Ngozi Adichie’s Purple Hibiscus and Half of a Yellow Sun”, Research in African Literatures 50.1 (spring 2019), pp. 107、196.

② Susan Strehle, “Producing Exile: Diasporic Vision in Adichie’s Half of a Yellow Sun”, Modern Fiction Studies 57. 4 (2011), p. 666.

一样：稀少的，发散出浓郁的自由气息，与政变之后政府广场上人群中挥舞的绿色叶子是不一样的。它是可以选择成为怎样的人、做怎样的事的一种自由。”[①] 摇曳着“自由”气息的紫木槿既是表示告别过去的桎梏，也指向了充满未知的明天。“自由”的寓意不仅仅指后殖民尼日利亚的社会语境，也引发读者思考，遭受不同形式压迫的个体如何争取自由，以及如何选择未来的道路。类似地，《半轮黄日》开放式的结尾暗示了受伤的个体要走出创伤需要一个自我修复的漫漫旅程，映照了去殖民化过程中个体持续的挣扎。

三、并置网络空间与现实批判

全球化的互联网时代让文学创作和传播的媒介发生重大变化。网络在阿迪契的创作中发挥着重要作用。在《美国佬》中，阿迪契通过女主人公伊菲梅璐的博客开辟了一个与现实平行的空间。在阿迪契的三部非虚构创作中，网络和现实的关系更为密切，将文字背后的现实批判置于一个更为广阔的空间来透视。

伊菲梅璐的博客“种族主义或者一个非美国黑人对美国黑人（那些之前被看作黑奴的人）的观察”（Raceteenth or Various Observations About American Blacks [Those Formerly Known as Negroes] by a Non-American Black）批判美国社会存在的种族主义现象。伊菲梅璐用“部落”（tribalism）一词讽刺美国存在的种族主义。[②] 一方面，“部落”影射了西方对于非洲种族歧视性的称呼；另一方面，批判了美国社会存在森严的等级，而非

① Chimamanda Adichie, Purple Hibiscus (New York: Algonquin Books, 2012), p.16.
② Chimamanda Adichie, Americanah (Toronto: Knopf Canada, 2013), p.352.

裔美国人则位于社会的最底层。博客的内容直言不讳地暴露了美国所充斥的种族歧视。伊菲梅璐写道："从美国建国起，白人往往能找到工作，因为他们是白人。即使有相同的资质，假设他们的皮肤是黑色的，他们就找不到工作。但人们在公开场合一般不这么说。"[①]这句话说明了种族主义歧视已经嵌入日常生活，但人们不轻易谈及这个话题。而这恰恰是种族问题难以消除的症结。

博客成为平行于伊菲梅璐现实生活的另一个空间。伊菲梅璐在博客中所表达的内容是她在现实生活中无法表达的。伊菲梅璐不仅仅写她个人对种族主义的观察，还与网友进行交流互动，而网友的留言也构成了博客的组成部分。大部分与伊菲梅璐有类似经历的网友的参与说明了她所批判的种族歧视问题并不仅限于她作为个体的经历。也就是说，博客并不局限于伊菲梅璐的一个声音，而是包含了遭受不同形式种族歧视的其他个体的声音。伊菲梅璐的博客受欢迎的程度折射了种族歧视广泛地存在于美国社会。然而，博客中呈现的不同声音远远超出女主人的想象，既有正面积极的回应，也有辱骂和人身攻击，这让伊菲梅璐不得不关闭留言功能。即便在网络空间，伊菲梅璐也难以真正自由地表达，这从侧面印证了现实生活中根深蒂固的种族歧视。

伊菲梅璐最后选择离开美国回到尼日利亚也与她经历的种族主义歧视有关。伊菲梅璐回到尼日利亚后感慨道："我下了飞机，踏上拉各斯的土地后，我就不再是黑人了。"[②]回到尼日利亚后，伊菲梅璐决定继续在博客上写作，但不再关注种族主义。这一细节暗示了种族主义是美国社会特定的产物。正

① Chimamanda Adichie, Americanah (Toronto: Knopf Canada, 2013), p. 363.
② Chimamanda Adichie, Americanah (Toronto: Knopf Canada, 2013), p. 475.

如她博客的名字所示，“拉各斯生活的小拯救”（The Small Redemptions of Lagos），伊菲梅璐表示她将关注尼日利亚生活。“Redemptions”意为“拯救、救赎”，说明了尼日利亚可以治愈她在美国的创伤。从伊菲梅璐博客内容的变化，小说表示伊菲梅璐从对抗外界的偏见到回归自我。小说写道：“她终于回归平静了：在家，写她的博客，重新发现拉各斯。她最终可以完全地重塑自己。”[①]“完全地”这个词暗示了伊菲梅璐之前在美国十三年的生活是有缺失的，强调种族主义如何侵蚀个体。

值得一提的是，伊菲梅璐回到尼日利亚并非她选择守护本地文化和传统的结果，而是表明她准备拥抱一个和世界多元文化互动的尼日利亚。互联网展现了一个现代化的、与世界接轨的尼日利亚，它充满商业气息，迸发生机，令伊菲梅璐心动。小说一开始如此描绘伊菲梅璐回到尼日利亚的初衷：

> 她搜索尼日利亚网页，尼日利亚在脸书（Facebook）上的简介，尼日利亚的博客。每次点击鼠标，屏幕总是弹出一个又一个关于从英国或者美国留学毕业后回到尼日利亚的年轻人的故事，他们在尼日利亚创立投资公司，开设音乐制作工作坊，创办时尚品牌、杂志、快餐连锁公司等。她看着照片上这些男男女女，沉重的失落感向她袭来，好像那些人掰开她的手，抢走了她的东西。他们过着她想要的生活。尼日利亚是她应该待的地方，唯一一个她可以安心地把双脚放进去，无需时常着急想把它们拿出来抖掉脚上灰土的地方。[②]

① Chimamanda Adichie, Americanah（Toronto: Knopf Canada, 2013）, p.475.

② Chimamanda Adichie, Americanah（Toronto: Knopf Canada, 2013）, p.8.

这意味着伊菲梅璐即便离开美国，并不影响她想要追求的生活，也不代表她将切断与美国和世界其他地方的联系。网络为伊菲梅璐提供了透视尼日利亚社会的一扇窗户，从中伊菲梅璐看到尼日利亚的未来，也看到她的未来。但这不代表尼日利亚越来越像西方发达国家，抑或她希冀尼日利亚像西方国家一样。伊菲梅璐表达了她理想中的尼日利亚与西方国家不同。伊菲梅璐写道：

> 拉各斯从来不是，将来也不会，或者想要成为纽约，或者其他任何一个地方；一群从海外回来的年轻人每周相聚时都会抱怨拉各斯不像纽约，好像拉各斯曾经和纽约很像一样；（尼日利亚）是这样的一个国家，在这里人们在一个碗里吃牛肉、鸡肉、牛皮、内脏和鱼干，这就叫混杂。所以，你就学会适应吧，并且学会明白这里的生活也一样是混杂的。[1]

伊菲梅璐把自己定义成一个与那些从西方国家回到尼日利亚的年轻人不同的局外人，她表示愿意接纳尼日利亚不如那些发达国家的所谓的“落后之处”。这种认识呼应了小说提及的伊菲梅璐如何坚持她的伊博口音，拒绝被美式英语同化。另外，伊菲梅璐之所以回到尼日利亚离不开网络所传递的信息——尼日利亚是一个经济正在崛起、与世界接轨的现代化国家。这样的尼日利亚既寄托了伊菲梅璐某种理想主义和恋旧情怀，也承载了她希望看到的一个正在发生日新月异变化的、蕴含无限希望和潜能的家园，而不再是刻板叙述中的那个贫

① Chimamanda Adichie, Americanah（Toronto: Knopf Canada, 2013）, p.423.

穷、落后的国家。这种变化让伊菲梅璐坚信，即使它有各种问题，也一定有光明的未来。

伊菲梅璐对尼日利亚的未来抱有希望不代表她对尼日利亚政府的暴行视而不见。伊菲梅璐用博客记录下了尼日利亚政府把平民的住所夷为平地的残酷事实。小说写道："早晨。一辆拖车，一辆政府的拖车，停在一栋办公高楼旁，靠近小贩们的住所，车里的人跑了出来，他们肆意破坏，推平，踩踏。他们拆了那些平房，那些房子变成了一堆木头残片。"[①] 这个片段说明了伊菲梅璐所记录的内容不仅仅是关于她个人的体验，而是辐射了底层人们的生活境况，反映了尼日利亚政府的蹂躏之下处于社会底层人们的生活状态。从个人到广泛的社会层面，博客"拉各斯生活的小拯救"似乎是连接她作为中产阶级和底层人们的纽带。伊菲梅璐的博客不仅呈现了广阔的尼日利亚社会图景，也承载了强烈的社会批判性。但是，伊菲梅璐所在的精英阶层和她所描绘的底层人们始终存在一定距离。另外，伊菲梅璐所描绘的那些失去住所的小贩们靠兜售零食维持生计，他们当中很多人并不能接触到网络。也就是说，博客网络媒介发声渠道所能到达的社会层面是有限的。所以，她在博客中记载的内容多大程度上能够广泛动员社会力量，以达到社会变革的目的？这个问题是值得商榷的。

如果说《美国佬》以嵌入博客的表现方式旨在抵达更多的受众群体，那么阿迪契之后出版的三部非虚构作品进一步充分借助网络渠道，表现了她在更广泛空间发声的写作意图。2012 年，阿迪契在网络平台 TEDxEuston（与 TED 平台类似，TEDxEuston 是由一群非洲知识分子组织的、关注非洲的年度

① Chimamanda Adichie, Americanah (Toronto: Knopf Canada, 2013), p.476.

会议)的演讲“我们都应该是女权主义者”(We Should All be Feminists)播放量达到七百多万。次年,这个演讲作为图书出版发行。与之前的几部作品不同,这部作品主要是从阿迪契自身经历出发,讲述了她从小到大在生活中所看到的以及亲身经历的男女不平等的问题。虽然阿迪契讲述的是包括她在内的女性经历,但是并没有停留在女性权益本身。阿迪契说,我们对于男子气概的定义过于狭隘,让男孩们不能展示自己的胆怯和脆弱,导致他们不得不把真实的自己掩盖起来。阿迪契强调的女权主义旨在建设“一个更加公平的世界。这个世界的男人和女人都能因为更加真实地面对自己而变得更加快乐”。[①] 阿迪契认为要实现男女平等需要两性的共同努力,她说:“我们,男人和女人,都应该要做得更好。”[②]故事背景虽然发生在尼日利亚,但是她所批判的不平等现象并不止于尼日利亚社会,其传递的理念指向更为广泛的社会层面。

在《我们都应该是女权主义者》发表不久后,阿迪契于2017年出版的《亲爱的安吉维拉,或一份包含15条建议的女权主义者宣言》可以视为是前者的延续。这本书是以书信的形式展开,主要内容是阿迪契回复她的朋友安吉维拉应该怎样把一个女孩培养成女权主义者。书中以阿迪契作家本人视角讨论如何打破传统狭隘的性别观念,提出树立关于性别平等的教育理念和策略。该书的核心是我们不应该以性别为理

---

① 原文:“A fairer world. A world of happier men and happier women who are truer to themselves.” Chimamanda Adichie, We Should All be Feminists. (London, Fourth Estate, 2014),p.11/21; Chimamanda Adichie, “We Should All be Feminists” Youtube https://www.youtube.com/watch?v=hg3umXU_qWc Apr 12, 2013, 11:03. 参阅时间:2021 年 5 月 8 日。

② 原文:“All of us, women and men, must do better.” Chimamanda Adichie, We Should All be Feminists. (London, Fourth Estate, 2014),p.17/21; 原话:“We must do better.” Chimamanda Adichie, “We Should All be Feminists” Youtube https://www.youtube.com/watch?v=hg3umXU_qWc Apr 12, 2013, 29:47. 参阅时间:2021 年 5 月 8 日。

由将女性限制在家庭范畴中，也不应该限制她们选择的权利。虽然这本书并未明确提及网络，但整部作品延续了阿迪契在网络的演讲以及同名书籍《我们都应该是女权主义者》。而且，书中的内容涵盖了尼日利亚社交媒体对于性别的讨论。比如，书中回应了尼日利亚社交媒体关于作为妻子的女性应该给丈夫做饭这一话题的讨论，认为将是否会做饭和女性是否适合结婚相提并论是滑稽的。[①]书中列举的15条建议强调无论在社会生活还是家庭中，男性和女性都应该共同参与，还提出了解决的方案在于教孩子“我是重要的，我一样重要”，教男孩和女孩“成为一个完整的人”。[②]

在《亲爱的安吉维拉，或一份包含15条建议的女权主义者宣言》和《我们都应该是女权主义者》中，阿迪契强调文化传承的重要性，但否定全盘接受伊博文化，提议改变那些落后的、束缚女性权益的习俗和规范。她在书中写道：“让她长大时能为自己是伊博女人而自豪。但是你必须有选择性地教她伊博文化中好的部分，同时拒绝那些不好的部分。”[③]与阿迪契之前出版的虚构小说不同，她在《亲爱的安吉维拉，或一份包含15条建议的女权主义者宣言》和《我们都应该是女权主义者》中在肯定伊博文化的积极价值和作用之余，也强调改良传统文化不足之处的必要性。她说：“社会规范是由人类创造的，因此所有社会规范都是可以改变的。”[④]如果说阿迪契在她的

① Chimamanda Adichie, Dear Ijeawele, or A Feminist Manifesto in Fifteen Suggestions（New York and Toronto: Alfred A, Knopf, 2017）, pp.14-15.

② Chimamanda Adichie, Dear Ijeawele, or A Feminist Manifesto in Fifteen Suggestions（New York and Toronto: Alfred A, Knopf, 2017）, pp.6-7.

③ Chimamanda Adichie, Dear Ijeawele, or A Feminist Manifesto in Fifteen Suggestions（New York and Toronto: Alfred A, Knopf, 2017）, pp.39、49.

④ Chimamanda Adichie, Dear Ijeawele, or A Feminist Manifesto in Fifteen Suggestions（New York and Toronto: Alfred A, Knopf, 2017）, p. 51.

虚构作品中通过白人的视角着力让伊博文化不再限于尼日利亚，那么她在非虚构作品中侧重对于伊博文化的批判性反思。这种反思旨在打破伊博文化自身的限制，表达更为普世的价值理念。

2021 年，阿迪契出版的《悲伤札记》延续了前两部非虚构叙述的风格，也是围绕她本人的生活经历。但与两部关于性别问题的关注不同，《悲伤札记》主要讲述了阿迪契追忆她父亲的生前往事，讲述她对逝去的父亲的无尽思念。开篇引出了全家从英国、美国和尼日利亚各地通过网络会议 Zoom 会面，以及阿迪契父亲出人意料地在 2020 年 6 月 10 日突然去世的事实。小说写道："我四岁的女儿说我吓着了她。她跪下来向我演示，她的小手攥起拳头往上升，然后落下。从她模仿的动作中，我看到了自己：完全失控，尖叫，在地上跺脚。"① 用女儿的眼中的自己，阿迪契表现了她如何难以接受父亲逝去的事实。从震惊，到愧疚，到悲愤，再到回忆与怀念，阿迪契详述了父亲的逝去对她而言是难以释怀的"悲伤"。她说："悲伤是一门残酷的教育。"② 在新冠肺炎疫情下，葬礼不得不被一而再、再而三地推迟，让逝去亲人的悲伤无以复加。阿迪契表达了尼日利亚机场因为疫情关闭，无法回家的痛楚，她写道："我多么希望尼日利亚机场能够重新开放，这样我可以飞回拉各斯，然后到阿巴萨，再开车回到家乡，亲眼看我的父亲。"③ 虽然阿迪契无法确定她的父亲是否死于新冠肺炎，但是她父亲去世的语境是在新冠疫情流行的国际大背景中。这部作品发表后引起强烈的关注。学者弘普·瓦布克(Hope Wabuke)评论道："《悲伤

① Chimamanda Adichie, Notes on Grief(London: 4th Estate, 2021), p.3.
② Chimamanda Adichie, Notes on Grief(London: 4th Estate, 2021), p.5.
③ Chimamanda Adichie, Notes on Grief(London: 4th Estate, 2021), p.20.

札记》所表现的内容远远超出它短小的篇幅，表达了逝去至亲的普遍情感，尤其在疫情期间，世界各地关闭的机场和保持社交距离的要求让许多葬礼不得不一再推迟，哀悼逝去的亲人变成了一种挣扎。”[①] 阿迪契用这部作品将她本人在悲伤中的挣扎与数百万个家庭类似的经历建立了联系。由此，阿迪契对父亲逝去的讲述不再停留在她个人的单一故事，而是和不同的故事产生了共鸣。值得一提的是，与《我们都是女权主义者》类似，《悲伤札记》也是先在网络发表（前者是通过 TED 演讲；后者是通过网络杂志）并于 2020 年 9 月 10 日在《纽约客》网站发表，获得大量关注，次年在英国出版社正式发表。

从创作类型来说，从《我们都是女权主义者》，到《亲爱的安吉维拉，或一份包含 15 条建议的女权主义者宣言》，再到《悲伤札记》都是非虚构纪实叙述。与阿迪契前期的虚构文学写作相比，这三部纪实叙述更为直接介入现实。从篇幅来看，三部作品每本仅仅数十页，却都凭借阿迪契的超高人气获得广泛关注。近年来，阿迪契成了西方许多国际畅销书作家榜单的常驻作家，已然是名副其实的“明星”作家。尽管收获了无数赞誉，阿迪契也受到不少学者的批评。比如，阿迪契所有作品都是首发于英美国家，而她本人也频频出现在各种商业活动现场。正如《美国佬》中伊菲梅璐通过在博客写作获取经济效益并最终立足美国社会，有学者批评阿迪契的创作以西方市场需求为导向，通过给西方人讲述非洲人的故事，获取经济利益。评论家米瑞安·帕尔（Miriam Pahl）指出，阿迪契本人常年活跃在社交媒体，在全球最大的视频网站油管（YouTube）发表

---

① Hope Wabuke, “‘Note On Grief’ Makes Visceral The Experience of Death And Grieving.” https://www.npr.org/2021/05/11/995744328/notes-on-grief-makes-visceral-the-experience-of-death-and-grieving. May 11, 2021. 参阅时间：2022 年 2 月 4 日。

演讲，照片登上美国著名时尚杂志（*Vogue*）封面，她的声音还出现在美国著名歌手碧昂丝（Beyoncé Knowles）的歌曲中。帕尔质疑阿迪契参与的一系列商业活动的动机，认为阿迪契通过“强调她本人的非洲特征增强她作品的商业价值”。[①] 在帕尔看来，阿迪契呈现的非洲似乎变成了另一个关于非洲故事的单一叙述。

结语

作为尼日利亚的中产阶级，阿迪契讲述的是她个人经历的非洲故事，但不代表，也不可能是非洲故事的全部。她笔下的尼日利亚和非洲的故事和人们想象的关于贫穷、落后的非洲并不相同，恰恰说明了关于非洲的故事不止一面。正如阿契贝在小说《神箭》中所说的：“这个世界是个舞动的面具，你要想看个究竟不能老站在一个地方。”[②] 阿迪契所讲述的不同于以往刻板印象的非洲故事提醒我们，应该用多维视角看待过去的历史和现实的联系，审视个体如何在极端情境中挣扎，思考人性层面的普世情感，以及多元文化中的非洲及其和世界的关系。尽管阿迪契后期的创作和商业关联似乎越来越明显，但是关于她正在塑造关于非洲的另一个单一故事的论断还为时尚早。或许，她后续的作品会给出答案。

---

① Miriam Pahl, “Afropolitanism as Critical Consciousness: Chimamanda Ngozi Adichie’ s and Teju Cole’ s Internet Presence”, Journal of African Cultural Studies 28. 1（2016）, p. 79.

② Chinua Achebe, Arrow of God（London: Heinemann Educational Publishers, 1964）, p. 46.

孩童参与下政治权威的消解
——解读曼努埃尔·鲁伊的小说《我多想成为 一朵浪花》

曼努埃尔·鲁伊(Manuel Rui,1946—　)是安哥拉现当代知名的作家,也是非洲葡语文学的重要代表,其创作涉及小说、诗歌、戏剧等多种文学体裁。其中,《我多想成为一朵浪花》是他于1982年创作出版的短篇小说,因其"使人们关注到他们正日渐失去最深的真实性"[①]而获得阿戈斯蒂纽·内图国家文学奖。[②]

《我多想成为一朵浪花》创作于20世纪80年代初,正值安哥拉1974年脱离葡萄牙的殖民统治,次年正式宣布独立后的内战时期。彼时的安哥拉,战火由70年代集中爆发的东南部向其他地区不断扩散、蔓延,在南非、苏联等多方势力的介入下纷争不休。鲁伊的文字映射着现实,小说虽然避开对战争的直接刻画,却仍旧营造了安哥拉独立初期充满监察和举报,带有浓重怀疑色彩的政治氛围。

故事以父亲迪奥戈违反居民委员会的规定在家中养猪开

---

① 引文摘自infopédia词典网站,见https://www.infopedia.pt/$quem-me-dera-ser-onda?uri=lingua-portuguesa。

② 由于阿戈斯蒂纽·内图国家文学奖(Prémio Nacional Agostinho Neto)在中文领域的相关信息较少,暂未发现前人的中文译法,其中文译名由作者本人翻译。

场，围绕一家人与一只猪的命运展开叙写。家中的两个孩子泽卡和鲁萨因其对动物亲近和友爱的天性，对小猪照料有加，给它取名为“狂欢节”。在孩子们成功赶跑前来家中搜查小猪的监察员后，又给它改名为“胜利狂欢节”。随着时间的流逝，家中餐食的匮乏与单调让迪奥戈的杀猪之心越发强烈，终于把猪的死期讽刺地定在下一个狂欢节。全文以鲁萨“我多想成为一朵浪花”的喃喃稚语作结，不受束缚的浪花雀跃于大海之上，禁锢家中的小猪却难逃其死命一劫。大人们在楼上同流合污、大快朵颐，将律法规定和监察职责抛诸九霄云外，孩子们却依旧怀揣救赎小猪的微茫希望，在楼梯间里默默等待。

孩子们每一次天真的行动都是对当时体制强有力的讽刺，看似严肃的政治权威其实早已漏洞百出，看似紧张的政治氛围也不过形同虚设，二者最终在小说结尾处被彻底粉碎，化为泡影，将其中折射的安哥拉社会现实托出水面。

一、孩童对神秘化、空洞化政治词汇的批驳

赫莲娜·廖佐娃（Helena Riaúzova）曾经指出：“20 世纪 70 年代至 80 年代初的安哥拉小说都服从于一个共同的目标：反映独立后安哥拉社会主义建设实践的各个方面。”[①] 曼努埃尔·鲁伊的书写亦是如此。他以讽刺的笔法和戏谑的口吻揭露了安哥拉独立初期社会建设的诸多不适，政治词汇的神秘化和空洞化即为其一。

① Helena Riaúzova, Dez anos de literatura angolana: ensaio sobre a moderna literatura angolana, 1975-1985（Lisboa: Edições 70, 1986）, p. 35.

“神秘化”（mistificação）[①] 意指将某事物神秘化的行为或结果。“空洞化”（esvaziamento）[②] 意指某事物失去其重要性或意义。“神秘化”与“空洞化”的含义具体到文本层面，即书中描绘的罗安达社会政治词汇泛滥，普通民众能够信手拈来看似艰深的政治口号，实则不知所指；政府官员满口充斥着看似神秘的政治词汇，实则不知其意。本意为人民生活带来积极改变的政治词汇就这样变得空洞无物，徒留毫无实际意义的神秘感。在这样的大背景下，孩子们的社会参与有其特殊性和重要意义：他们无意成为监察制度的逆反者，却用充满童真的话语，一针见血地揭其弊病，数次完成对其最有力的批驳，使政治词汇“反神秘化”（desmistificação）。[①]

（一）质疑手写公告

这部分极具代表性的情节是孩子们对政治干部的手写公告提出质疑。

迪奥戈一家养猪不多时，身为同楼邻居的居民委员会负责人纳扎里奥和人民顾问福斯蒂诺便在大楼入口处张贴了不准养猪的告示：

> 鉴于有必要解决本楼中人民的问题，禁止在楼内养猪。
>
> 出品，监察，纪律
>
> 纳扎里奥和福斯蒂诺
>
> 打倒反动
>
> 继续斗争

---

① 词意来源见 https://www.infopedia.pt/dicionarios/lingua-portuguesa/mistifica%C3%A7%C3%A3o。

② 词意来源见 https://www.infopedia.pt/dicionarios/lingua-portuguesa/esvaziamento。

① “反神秘化”与“神秘化”含义相反，意指某事物神秘性的丧失或消散。词意来源见 https://www.infopedia.pt/dicionarios/lingua-portuguesa/desmistifica%C3%A7%C3%A3o。

必胜！[①]

泽卡随即提出质疑："不好意思，纳扎里奥同志。但'猪'字是这样写的，'纪律'两字应该放在'监察'之前，'继续斗争'前面得加上'为了人民的权利'，而且末尾要有人民大会和党的最高会议的创始日期。"不留情面地指出纳扎里奥的错误。

作为居民楼的领导者，纳扎里奥和福斯蒂诺代表着政治权威。一方面，修正公告的行为是孩子们革命性的体现，他们敢于质疑权威、反对权威；另一方面，出自权威之手的一篇简单公告却错误连篇，做不到最基本的格式规范，也暴露出革命斗争的思想基础是空洞化的，已经丧失了其实际意义。

接着，纳扎里奥自知有错却不愿承认，举起巴掌对泽卡以长者姿态相威胁："倘若不是我们，你们没有独立，甚至都没学可上。"但泽卡又以纳扎里奥根本没有参与过任何一场实质性的独立战争将他自我标榜的政治权威消解无疑。无忌童言揭示了令人痛心的社会现实：当下律法的制定者、权力的操控者，竟和过去革命性极低、不愿为国家和集体做出任何贡献的群体是同一批人。

鲁萨随后建议道："纳扎里奥同志，你最好再写张新的。"这里不仅意指告示需要重新书写，更隐喻了当权者和广大人民群众之间的关系需要得到改变。然而，文末已经没有多余的位置填写人民大会和党的最高会议的创始日期，顺序错误的单词落笔后也无法再进行更改，这说明在一张错误连篇的告示上拆东墙补西墙式地小做修改是无用的，有必要重新书写整张告示。同样，只是浮于表面地简单改动一些规则也是无用

① 文中所引译文均由作者本人翻译，底本为里斯本 Cotovia Limitada 出版社 1991 年版本。

的，有必要重新调整独立后安哥拉的社会关系。只有这样，才能让重建后的政治体制为人民带来切实的利益。

事实上，政治干部从一开始便按照自己的想法撰写告示，将个人的主观意愿凌驾于集体意志之上。作为人民公告，它对食物短缺三缄其口，对社会核心的民生问题避而不谈，关注点却放在干部们个人关心的“猪”，而非广大人民群众关心的“人”身上。对他们而言，“为了人民的权利”是被排除在个人认知之外的，律法和规则也不过是为个人谋利行方便的工具。与现实类比，“为了人民的权利”也是被排除在法律法规的制定之外的。因此，人民为自己做主的权利才习惯性地被当权者忽视。此外，纳扎里奥和福斯蒂诺将此规则的施行范围限定于特定的地理空间“本楼”，针对小范围的特殊规定亦是对制定规则所需要的集体参与的漠视。

面对大楼中的强权人物，孩子们是唯一敢于说出自己真实想法的人。他们对公告提出的质疑使得看似神秘的政治词汇反神秘化，看似为人民着想的政治口号暴露其空洞化，也揭示了律法的脆弱性。代表着经验与智慧的年长者比孩子们的知识储备还单薄，更强化了小说的讽刺意味。

干部们面对孩子们的质疑毫无反驳之力，暴露出自己无能和无序的丑态。这是集体主义的失败，是对罗安达社会现状的讽刺，更是对大而无当的政治权威的消解。从更广义的层面看，亦象征着安哥拉乌托邦式的革命理想前途渺茫。

（二）反思父亲权威

正如作者曼努埃尔·鲁伊在接受采访时所述：“这部小说与某些观念有关，这些观念导致人们在不知道自己为什么要这样做的情况下，将一切都官僚化。这些人物是马克思主义者，却不知道这意味着什么。在这个意义上，政治术语的使用没有获得其语义价值。好比迪奥戈认为自己是一名革命者，却不了解这个词的真正含义。”[①] 作为小说塑造的典型人物，迪奥戈经常在不甚理解政治术语含义的情况下就使用它们，代表了与政府官员相对应的一类普通民众。如果说泽卡和鲁萨与两位政治干部的交锋只是偶发事件，那么他们在家中与父亲迪奥戈的碰撞则是惯常现象。

有一次，当妻子质疑迪奥戈对福斯蒂诺的敌对情绪是在以部落主义[②]行事时，他回应道：

> 部落主义！别管那些主义了，女人，这填不饱肚子。主义就是炸鱼主义，[③] 蘑菇主义，其他和咱们肚子相关的主义。而部落主义者，就是那些和人民肚子相关的主义作对的人，好比这个福斯蒂诺。这就是为什么一切都没有进展，我才应该是那个在电台里发言的人，而不是这些什么贝伦盖斯·西蒙尼斯科斯（berenguéis simonescos）。[④] 我会在那些足球报道的中间谈论食物，谈论肚子相关的主义。

迪奥戈的回应在某种程度上影射了安哥拉的现实局势。当时，从官方话语体系传达至底层人民群众的各类“主义”层

① Marta de Oliveira, Na（rra）ção satírica e humorística, uma leitura da obra narrativa de Manuel Rui（http://www.africanos.eu, Centro de Estudos Africanos da Universidade do Porto, 2018）, p. 20.

② “部落主义”（tribalismo），意指安哥拉的不同民族因各自不同的历史、理想和共同利益而划分为不同的部落社会组织，各个部族对其所属群体抱有相当的归属感和忠诚度。

③ “炸鱼主义”（peixefritismo），在小说中为迪奥戈创造的词汇。意指罗安达肉类短缺，食物中鱼类却相应十分富足的情况。

④ “贝伦盖斯·西蒙尼斯科斯”（berenguéis simonescos），在小说中为迪奥戈创造的词汇。意指曼努埃尔·贝伦格（Manuel Berenguel）和弗朗西斯科·西蒙（Francisco Simon），两位都是安哥拉官方电台（Rádio Official）的知名播音员。

出不穷：社会主义、共产主义、马克思主义、部落主义、民族主义、种族主义、理想主义、资本主义，等等，关于社会主义和资本主义的辩论也在持续进行。然而，迪奥戈却对这个现象作出严厉批评：知识分子的这种辩论并没有“填饱肚子”，换句话说，它并没有回应社会的主要矛盾和民众的主要需求。当这些“主义”成为仅仅停留在意识形态层面的口号，就只能沦为“空谈”，成为绝大多数人在食物长期短缺的困境下“食之无味，弃之可惜”的“炸鱼”。

作者借迪奥戈之口，有意使用“炸鱼主义”这种表述，让意识形态受到语言的挑战的同时，也反映了政治口号在政府官方层面的表述与其在人民日常生活中的表述是脱节的。这些“空洞化”的政治口号所象征的政治权威也是空洞的，并没有坚实的群众基础。

这种政治词汇空洞化、神秘化的现象渗透到人民生活的方方面面，迪奥戈的信口开河不过是诸多人物群像的缩影。泽卡和鲁萨受到家庭乃至整个社会氛围的耳濡目染，同样熟稔政治词汇的使用。例如，鲁萨在学校作文比赛的文章中就曾表示爸爸是个反动分子，而“胜利狂欢节”是革命者。然而，与老一辈截然不同的是，他们对这些词汇进行了超乎年龄的深刻反思。

“胜利狂欢节”原本刚住进高楼时，常常嚎叫不已。迪奥戈一家必须将家用收音机的声音外放至最大音量，才能盖过猪的叫声，以免让邻居起疑。后来，一家人发现小猪只要一听音乐便会安静下来，便给它耳朵粘上听筒，让它每日收听电台。小猪在孩子们对它饮食起居事无巨细的悉心照料下变得越发通人性。然而，迪奥戈却逐渐耗尽了对“胜利狂欢节”的耐心，小猪的各种行为都被他扣上“资产阶级化”的帽子。他时常揪住这个点大肆咒骂小猪、恐吓孩子，正如文中所述：

> 迪奥戈爸爸用无用的方式评判小猪。对他来说，这全是肉，沉甸甸的肉，是家庭预算里的一笔账。当他吃炸鱼感到不适，双眼便直逼小猪来获得平衡："你在资产阶级化，但你一定会看到什么在等着你。"他把手放在脖子上，做出割喉的动作给孩子们看，"刀！这就是所有资产阶级的下场！"

迪奥戈斥责享用美食的特权阶级，自诩反对权威。但实际上，他却打骂孩子、威胁杀猪、言行不一，将自身权威又压制到孩子和小猪身上。鲁萨虽然年幼，但对父亲权威的话语并非全盘接受，而是反思父亲把对生活的一切不满都归咎于猪的行为。正如他对兄弟所说的，"泽卡，爸爸才是那个把猪带来，我们才是要把它养在七楼，还给它听音乐、喂特洛皮古酒店的食物的人，小猪本身不应该承担变成资产阶级的过错。"鲁萨的反思与政治词汇的空洞化相契合，父亲并没有对这些政治词汇进行过深入思考，甚至还不明白"资产阶级化"的含义便给猪扣上"资产阶级化"的帽子。而孩子们虽然对政治没有深刻的洞见，却能从本质出发去反思父亲的做法。

如果说满口充斥着政治术语的父亲在某种意义上代表着政治权威，那么孩子们对父亲行为的深刻反思，以及直到最后一刻也没有放弃救赎小猪的希望，则是对消解这一权威的尝试。

二、孩童对安哥拉后殖民时期社会问题的揭露

鲁伊深谙"文以载道"之术，从表面看，这部小说只是一篇让人忍俊不禁的高楼养猪记，实际上却折射出安哥拉独立初期社会主义建设过程中方方面面的问题，在笑声中讥讽地揭

露社会的阴暗面。看似幽默的文字背后，是鲁伊对母国深沉的忧心：安哥拉表面本就伤痕累累，内部更是溃烂成疾。民生多艰的残酷现实之上，有多少百姓怀揣着独立后生活能够改善的微茫希望，食不果腹地托举起达官权贵们的横流物欲。而孩子们作为“胜利狂欢节”命运由始至终的见证者，深度参与整个叙事的同时，成为这些隐藏的社会问题的揭露者。

（一）食物短缺阶级化、政治腐败严重

对战时安哥拉而言，人民的吃饭问题是首当其冲需要解决的问题，当食物短缺成为社会的主要矛盾，受贿者自然大多收受食物方面的贿赂。因此，本小节将食物短缺与政治腐败并置讨论。

食物短缺是安哥拉彼时的重大问题，但更令人痛心的是，食物短缺的程度还有阶级之分。一方面，首都内部不同阶级食物短缺的程度不一。在政治体制内部，安哥拉本国的公职人员与外国官员的待遇有所差异，但与政治体制外部的普通群众相比，体制内的公职人员甚至动物的待遇又已经是令普通群众望尘莫及的。由上至下的巨大差距揭开了不同阶级生活水平相去甚远的疮痂，也撕开了社会权力体系下政治腐败、官僚主义盛行的虚伪面具。

在书中，特洛皮古酒店是罗安达的一家高档酒店。泽卡和鲁萨偕父亲与酒店有工作联系的便利，经常到酒店后厨为“胜利狂欢节”收集剩余的食物。小猪自此便能“吃一等酒店的食物，这些剩菜里有面包屑、混合沙拉、小虾、蛋黄酱、龙虾、英式面包，还有其他不断变换的食物”。而罗安达食物相当短缺的情况下，酒店的食物能如此丰盛，却是因为这家酒店“是专门招待外国大使”的。孩子们给小猪找到的只是一些剩菜，外国官员实际餐食的奢侈程度是令人无法想象的。从这里，我

们不难看出罗安达社会阶层之间的等级高低分明。哪怕不与外国官员比较，体制内公职人员的待遇已经是普通人无法企及的了。例如，纳扎里奥曾经来到迪奥戈家中，想要探察是否有小猪，迪奥戈成功将他拒之门外之后，发生了这样一幕：

> 迪奥戈对猪做了个夸张的动作，好像跟它对话似的，开心地继续说："全是因为你。他们不费神去管人的生活，却为猪的生活烦扰。都是些干肥差事的，就像这位搭了革命便车的来访者，现在是个法官了。我至少没有搭任何革命的便车。在他家里，鸡蛋、油棕、肉络绎不绝……"

迪奥戈在这里对纳扎里奥作出了贪污受贿的指控。如果说这仅代表迪奥戈的个人观点，空口无凭，那么泽卡和鲁萨的亲身经历则是事实侧证。除了知晓福斯蒂诺在首都啤酒紧缺的情况下滥用职权，非法兜售酒精饮料，孩子们轻而易举地伪造公文亦是佐证。正当父亲威胁杀猪的言论高涨、而泽卡和鲁萨却一筹莫展之际，他们有次偶然看见一位同志通过一张公文纸就为警犬要去一大袋牛肉杂碎。他们便借口去福斯蒂诺家讨水喝，偷偷拿走了一些他们家的公文纸，效仿这位同志的做法。

下午放学后，当他们到达"胜利狂欢节"食物的收集处，鲁萨靠近门卫，递上这张纸：

> 罗安达区法院——第二分院
> 我需要生肉杂碎给法院监狱的警犬食用。
> 再给我少许油脂。是国家公犬需要每日食用。
> 致以革命的敬意

福斯蒂诺

（法官）

门卫走到走廊深处，打了个电话之后回来了。

“请稍等。”

还没过十分钟，泽卡和鲁萨就有了一袋牛肉杂碎。

泽卡和鲁萨仅凭一张公文纸就在短时间内取到一大袋肉，不禁令人唏嘘：警犬餐餐饱食进口牛肉，无数百姓却日夜忍饥挨饿，至多以鱼为食；此外，这也从侧面证实了公职人员借职权牟取利益、收受贿赂之便利。迪奥戈在文中对公职人员贪污受贿的多次指控向我们传达了一个信息：罗安达社会存在特权阶级，即存在那些逃脱了“炸鱼主义”的人，好比福斯蒂诺就因其人民顾问的身份而受到优待。反观福斯蒂诺，他只是身居罗安达一栋居民楼的权力中心，是整个权力体系的冰山一角，整个安哥拉社会存在一个怎样普遍腐败的局面可想而知。

另外，首都与外省食物短缺的程度更加悬殊。小说主要描述的是安哥拉首都罗安达的社会境况，首都在这里不仅是地理空间，更是代表权力和利益中心的社会空间。迪奥戈一家居住的大楼坐落于首都，其住户多为生活条件较好的公职人员，换句话说，他们其实是相对高层的受过教育的首都人。然而，真正贫苦的外省地区的农村人，生活条件则是更加无法与之相提并论的。

接着上文提及的情节，孩子们用伪造公文的办法让迪奥戈吃到肉，他并不关心肉是哪儿来的，第一反应却是“只需要换个部长，排队就能取到肉了”。就这样，迪奥戈每天都能吃到牛肉，但一段时间过后，他仍旧不满足，又叫嚣着要吃猪肉。在他杀猪的威胁下，孩子们拜托母亲寻觅愿意用牛肉交换猪肉的人，整整找了三天，终于“一整袋剔除脂肪的牛肉杂碎，换来一小块满是肥肉的猪肉”。这次，迪奥戈的反应也不出所料：

> “猪肉！我说了吧？是部长大人在改变事情，他调集了外省的流浪猪。如果所有政府都这样，啤酒就不缺了。”
>
> “爸爸”，鲁萨打断他，“但老师同志说当务之急是给外省人民更多的玉米和木薯，那里的草丛甚至连啤酒都没有。”
>
> “你跟老师说，这是农民阶级的矛盾，而我是城市革命者。”

相比于外省人民甚至连素食都短缺的窘境，迪奥戈在有肉吃之余，还贪得无厌地抱怨没有啤酒，这充分体现了他作为一个城市居民极度自私的利己心。若泽·卡洛斯·维南西奥（José Carlos Venâncio）[①]曾经提出“罗安达中心主义综合征”。作为安哥拉后殖民时期的特征之一，它意指首都罗安达的一些居民对安哥拉其余领土及其居民的傲慢与轻视。迪奥戈显然患有这种综合征。从批判的视角看，以迪奥戈为代表的综合征群体，虽然不可避免地受到城市化、现代化进程中物质主义和个人主义崛起的负面影响，但时时耳闻目睹特权阶级、新兴资产阶级的腐败行径和利己主义或许才是其最大的催化剂。

伊诺森西娅·玛塔（Inocência Mata）[②]对小说进行过这样一

---

① José Carlos Venâncio, Jaime Bunda versus Sem Medo – Nacionalismo e estado pós-colonial em Angola no registo de um dos seus escritores (Convilhã: CES-UBI, 2004).

② Inocência Mata, “A natureza e o núcleo simbólico da Nação na literatura angolana”, in Nacionalismo e regionalismo nas literaturas lusófonas, ed. Fernando Cristóvão (Lisboa: Edições Cosmos, 1997), pp. 303-307.

番解读:"《我多想成为一朵浪花》中的讽刺是激进的、论战的。它试图摧毁一种现状、一种思想和一种文化:那种充满了任人唯亲的心态,充满滥用职权的'关系户'的社会文化,以及正在恶性循环的一切(官僚主义是过度的,而为了避免腐败和裙带关系,又产生了为避免官僚主义的新的'关系户')。"食物短缺终究是问题的表面,它悄然隐匿了潜伏于安哥拉的更巨大的危机。

政治权威本是维持社会稳定的重要因素,而今孩子们却轻易拿到数百万饥饿的安哥拉人民梦寐以求的肉,将安哥拉政治权力体系下贪污腐败、官僚主义和裙带关系盛行的普遍事实暴露无遗,所谓权威也随之消解一空。

(二)教育体制官僚化、教学观念落后

小说建构了大楼和学校这两个地理空间,作为孩子们活动的主要场所。大楼和学校发生的事情构成两条并行的叙事主线,前者隐晦地暗示了社会的政治经济问题,而后者则揭示了当地教育体制的病症。

一方面,教育体制高度官僚化,十分封闭。

教育部在征集文章和画作以举办展览的一场比赛中,要求孩子们以社会现实为主题进行创作。鲁萨以"胜利狂欢节"为题的文章受到老师赞赏,代表学校被推选至教育部。除了鲁萨外,班上其他的同学受到两兄弟把"胜利狂欢节"带来学校的鼓舞,都不约而同地选择以"猪"作为他们书写现实世界的代表元素。此外,绘画部的负责人还在学校提交的画作中翻出了"胜利狂欢节"的同名画,同样以"猪"为主体,一只猪几乎占满整张画纸。这在教育部引发了激烈的讨论,在教学研究中心主任表达了不予认可的态度后,绝大多数部门负责人也纷纷表示不认可这种做法,只有数学部负责人提出异议:

“抱歉打扰了，不过我们在这儿浪费这么多时间是很可笑的。我们还有很多文章和画没有看，这样下去，我们就没法选出展览的作品了。不过，我对艺术或者文学一窍不通，我只是觉得孩子应该自由地创造。”

“一下就看出来你是搞数学的。我们应该深入地分析问题，此外，孩子也必须有人引导。不然我们的职责是什么？”

“这点，我同意主任同志。”

“我也是。”

“我也觉得是。”

“我收回我的话。我觉得主任同志有道理，把事情看得很清楚。”数学部的负责人点燃一根香烟，总结说：“我明白我们得跟进这些作品。”

同事们接二连三地附和主任之后，数学部的负责人作为为数不多说出自己真实想法、敢于提出异议的人，也知难而退，迅速倒向多数派。安哥拉殖民时期的学校以葡萄牙语授课，讲授和葡萄牙相关的知识。孩子们学到的历史不属于他们本国，记忆也不属于这片土地。安哥拉独立后，建国者们却依旧沿用殖民者的范式开办学校，对教学内容的限制并没有促进言论自由。因此，当孩子们想要用自己的方式书写社会现实时，以猪作为文本载体才如此不被接受。数学部负责人甚至未加思考地倒戈表明，哪怕是在教育部门，官僚主义做派仍旧存在。负责人不敢提出不符合领导期待的观点，只会懦弱违心地点头附和。他们没能成为独立后新安哥拉教育系统的革新者，反而沦为见机行事的“老滑头”“墙头草”，在这种教育体制下成长起来的孩子也不禁令人担忧。

另一方面，教育观念落后，受意识形态牵制。

除了认可孩子们作文的女教师，教育部门绝大多数的负责人都认为将“猪”譬喻为“人”是不可理喻的行为。主任表达了疑惑：“这说不通。如果在公函里，老师们被指示要鼓励孩子们书写人民的问题，歌颂意识形态价值，等等，一个老师怎么会在这种级别的比赛里，选出关于一只猪的作文呢？”主任对文章的评价让人不难发现意识形态对独立后的安哥拉人民产生的深刻影响。这一影响甚至深入人们对各类事情作出判断的思维方式中：倘若不书写人民的问题、不歌颂意识形态价值，这部作品就是难登大雅之堂的庸作。令人无奈的是，文学部的负责人毫无反驳，还跟着附议：

> 它本身的语言水平和语义都与现实背离，这不是孩子们的特征。孩子们一直被鼓励去复刻日常生活，简而言之即人民的生活，以及革命。所以才得询问文章的起源，还有让如此具有小资产阶级特征的内容成型的学校本身。让老师把所有作文都给我们带来也不是没有道理的。因为出现了一个问题：首先，为什么文章关于一只猪？

对这些教育部官员而言，孩子们不需要富于创造性，循规蹈矩地全盘接受才是最好的。安哥拉国家和民族获得独立，上层建筑却依然沿用欧洲殖民者习惯性“打压”的老一套，教育观念的陈腐落后可见一斑。

然而，女老师作为全书为数不多的和孩子们站在同一阵营的角色，回答主任的问话时并没有考虑暴露自己真实想法有可能带来的后果和伤害。哪怕不合时宜，她还是一五一十地说出自己对孩子、对学校、对教育的看法，认为“我们理应爱动物”。哪怕负责人们营造的质询氛围异常凝重，主任的问话也充满了攻击性，女老师也未曾有一刻改变自己的原初看法。她的坚持让教育部的官员们咋舌，主任把老师打发走之后说：“我们应该在她接触到一些家长之前，就提议让她去宽多－库班戈。”[①] 这一决定再现了统治阶级的霸道，他们逃避现实，拒绝接受不同的观念，只会通过暴力把异己者和颠覆者送往内陆来摆脱他们。

学校本是孩子们接受知识和教育最前沿的阵地，教育部官员却用政治权威压抑他们的创造性思维，限制他们自由表达的权利。在鲁萨的笔下，“老师同志非常好，因为她让我们写自己想写的作文，甚至把她的表兄弟菲利普带到教室，给我们弹吉他。”而到了教育部官员那里，老师却是很可能得了“精神病”的患者，整个教育体制可以说是荒唐至极。

政府干部们终日坐在办公室里纸上谈兵，不了解实际的教育状况。女老师作为一线的教育工作者，才是真真切切每日与孩子们打交道的人。可以说老师对孩子们从始至终的理解与支持，是他们抵抗压抑其创造性思维的政治权威的利器。孩子们并未受到教育系统陈腐规定的任何影响，反而实现了对政治权威的反思、反抗乃至消解。

结语

安哥拉经由独立结束了百余年的殖民压迫，但不多时便爆发内战，一直持续到2002年。长达数十载的战争对国家人民的生存现状、心理情感、前途命运等各方面都产生了难以磨

① “宽多－库班戈”（Cuando-Cubango），安哥拉东南部内陆省份。

灭的影响。人们怀揣着对独立后美好生活的无限憧憬苦熬过殖民时期,迎来的却是独立后不尽如人意的现实境况。

曼努埃尔·鲁伊笔下的孩子们以自己的方式感知到独立后国家与社会的分裂,对社会组织和权力机构提出质疑,在新的社会背景下表现出对压迫性政治权威的逆反心态。同时,他们又被塑造成国家未来的隐喻,他们年轻、充满活力,代表着重建历史的信心,因此符合乌托邦主义的幻想,成为“胜利狂欢节”坚定不移的救赎者。在某种意义上,孩子们比当权者更贴近过去为安哥拉独立而奋战到底的先辈。小说以鲁萨不断重复着“我多想成为一朵浪花”的祈祷作结,或许,这也是鲁伊本人的祈祷:就像破碎的浪花将在片刻之后重生,安哥拉的重生也将交由这些孩子们来完成。

本·奥克瑞小说中的森林意象

本·奥克瑞是一位尼日利亚的作家，出生于1959年，现有小说11部，其中以获得布克奖的《饥饿之路》（*The Famished Road*）为代表的三部曲——另两部为《迷魂之歌》（*Songs of Enchantment*）、《无限的财富》（*Infinite Riches*）最为读者熟知。除此之外，还有短篇小说集4本，散文集3本，以及诗歌、电影、在线小说、儿童小说等。本·奥克瑞的作品因其丰富的奇幻世界描写和在叙事方式上的魔幻特征，并且将小说叙述线与民族命运发展结合在一起，常常被赋予"魔幻现实主义"（magical realism）的标签，[①] 也有学者将其称为"精神现实主义"（spiritual realism）。[②] 在对《饥饿之路》的评价中，安东尼·阿皮亚（Anthony Appiah）认为："神灵的世界不是隐喻的或想象的，而是比日常生活更真实的存在。"这意味着，一些读者看来是魔幻的或神奇的事物，在约鲁巴民族的世界观中是再真实不过的存在。这种"魔幻"或者是精神领域的认知或许只是读者作为外来者，对约鲁巴民族日常生活和世界观的误解。本·奥克瑞本身也表示对这种分类标准的质疑，他认为每个人都有每个人的现实，因此没有绝对的现实。

---

① 瞿世镜：《尼日利亚的"后殖民小说"》，载于《社会科学》1997年第8期，第36页。

② Anthony K. Appiah, "Spiritual Realism." Review of The Famished Road, by Ben Okri. The Nation, 3–10 August 1992, 146–148.

约鲁巴人的信仰体系中本身就有神灵、巫师、魔法和与去世的故人沟通的方式。本·奥克瑞小说中许多的魔幻现象就是对于这种世界观的真实体现。小说中出现的许多角色都不是凭空的艺术创造，而是约鲁巴信仰体系中存在于森林里的神。从这个角度来看，拥有这样的世界观的人读本·奥克瑞的小说，其实就是在读他们眼中的真实。这种真实，不是西方能够定义的虚幻，或者所谓的魔幻。Hemminger 就详细描述了这种信仰的真实性和合理性。[①] 这种“真实”就是约鲁巴人从生活中总结出的世界观，可能无法被外人理解，但是这是他们生活的总结、生活的经验，是他们理解世界万物的方式。

森林在人类的文化中，有着丰富的隐喻和象征意义。在西方一些相关研究中，森林在中世纪代表着恐怖、堕落，在浪漫主义时期又代表着陌生、拯救，在生态隐喻中更体现为一种人与自然和谐共处的栖居之所。西方有关森林的想象建立在善恶二元性之上。[②] 约鲁巴民族从前殖民时代到 21 世纪都保留着在森林中狩猎的传统，“森林”“猎人”和森林中许多的生灵以及神灵都在尼日利亚的艺术创作中占据了很重要的地位。法衮瓦(Fagunwa)、图图奥拉、索因卡等作家的多部作品，都有对森林细致且丰富的描写。对约鲁巴民族来说，森林不仅仅是动植物的栖息地，也是神灵(spirits) ——包括信仰的神灵、受人敬重的祖先、去世的故人——的家园。这些神灵拥有森林中的生物，不能被轻易掠夺，所以猎人在狩猎前通常会进行祭祀，通过奉献贡品来交换猎物的丰收。艾普特(Apter)认为森

---

① Hemminger, B. 2001. The way of the spirit. Research in African Literatures 32 (1): 66–82.

② 曹聪:《米歇尔·图尼埃作品中的森林意象》，载于《湖北文理学院学报》2021 年第 9 期，第 63–67 页。

林是未驯化的、危险的——侵犯农田并且需要被砍伐。森林代表了一种虚无,未知,是人类社会生活的另外一面——代表了死亡、疏远、没有秩序的、无法预测的混乱。[1] 本文将通过分析本·奥克瑞小说作品中出现的森林形象,试图理解约鲁巴人对森林的态度、对自然的态度及其生活哲学。

一、无限的空间

首先,森林是动物、植物、河流、石头、泥沙等物质存在的领域。有蝴蝶、猫、狗、蜥蜴、羚羊,还有伊罗科树(Iroko)、阿巴西树(obeche)、桃花心树(mahogany),等等。猎人在森林中获得草药和食物作为生存必需品。其次,森林是神奇的生物们、神灵们、祖先的灵魂、面具们、过世的古人等生活的领域。这是在本·奥克瑞的小说中最常见的森林领域。

(一)重叠的空间

小说中,森林的空间体现出一种重叠性。小说中总会出现这样的语句:"我踏入了另一个现实,一个奇异的世界","我不觉来到了又一个世界","有时走了很长的路,却发现又回到了原地","从树顶上我看到了一个与过去完全不同的世界。我看到了一个不同的现实。透过面具向这个新的幽灵世界看去。"[2] 阿扎罗在同一个地方,会看到不同的场景:路面,车辆,工人在工作,修了一半的路,尚未刷漆的教堂,粉刷过的清真寺,树木被焚烧,长着毛茸茸的人腿的鸟,戴着高贵的铜制面具的人,一个老头长着白胡须,一张因狂喜而扭曲的笑脸面具,等等。这种重叠体现在现实场景、森林场景、幽灵世界场景三者的相互

① Apter, A. 1992. Black critics and kings. New York: University of Chicago Press.
② Ben Okri. The Famished Road. Anchor Books, 1992, 229-238.

重合之中，同时在一个空间内部场景也会不停切换，即使是幽灵的领域，空间也在不断地变化。有的时候，阿扎罗能与场景中的事件互动，有时候只是单纯的旁观者。这些仿佛不合理的变换，在本·奥克瑞的笔下都是“另一个真实”。更准确来说，是平行的现实。在小说中，阿扎罗的爸爸做了这样一个梦，在美丽充满明媚色彩的树林里，一个高个子男人走来问爸爸记不记得他，爸爸说不记得，之后许多人冒了出来，见树就砍，世界变得越来越黑暗。那个高个子男人第二次又过来问他，爸爸还是记不得这个人的身份，周围所有美丽色彩都不见了，大树变成了树桩，流血不止，死去的树木变成了冤魂。大个子男人说，世界都是被爸爸这样的人所毁掉的。[①]人们逐渐忘却传统，导致世界的黑暗。森林的命运此时与人类社会的命运平行，象征着传统的消失带来的可怕后果。“对我们而言，森林变得越来越陌生了，一片片‘有待开发’的新地盘令我们恐惧万分，我们这些当地人惶惶不可终日。”[②]人们对森林的陌生，其实就是对殖民地变化的陌生，森林所发出的怒号和哭泣，其实就是在那段苦难的历史中，人民心中的愤懑和恐惧。

空间的重叠也体现在物质生命与无生命，物质与非物质的重叠中。在森林里，人可以变换成动物，动物可以变换成人类，可以出现半人半动物、半人半神，石头等“死物”也会拥有生命和神力。《迷魂之歌》中描写道：“我听见自己的心在岩石里面咚咚跳动，我吓得大叫一声，猛地向后一跳。等我回过神

① ［尼日利亚］本·奥克瑞著：《迷魂之歌》，常文祺译，浙江文艺出版社 2011 年版，第 280 页。

② ［尼日利亚］本·奥克瑞著：《迷魂之歌》，常文祺译，浙江文艺出版社 2011 年版，第 72 页。

来，我才明白岩石是活的。”[①] 物质界限的模糊体现出约鲁巴人对待万物的平等包容尊重的态度。“从今以后，我们必须用尊重的态度对待一切生灵。如果你想让蜥蜴出去，只要命令它走，它就会走。我们必须明智地使用我们的权能。我们绝不能成为暴君。”在惯常的刻板印象中，非洲的“物神”信仰被冠上一种愚昧落后的形象，但其实“物神”信仰中包含的生命观就是万物有灵，万物平等，甚至将物品的价值置于人之上。

（二）扩大的空间

同时，森林的空间也是在无限扩大的。在《饥饿之路》中，一开始森林的形象便是“没有方向的”。[②] 阿扎罗总是在森林中迷路，“我们无法摆脱森林的纠缠，这里已经变成了一座充满秘密和梦境的迷宫”。[③] 从《饥饿之路》到《迷魂之歌》，再到《无限的财富》，阿扎罗进入幽灵之地的途径越来越多，一开始都发生在森林里，后来这种空间的重叠丰富展现在蔻图太太的酒馆里，最后阿扎罗在家里、街道上也经常踏入幽灵之地。森林在慢慢消失，可是这种重叠空间的特性慢慢延展开来，无限扩张到各个空间内，仿佛森林的象征在这些空间中延续，与现实世界的界限越来越模糊。有一句俗话，“人不能两次踏入同一条河流”。普遍观念中会认为，河流在不停流动，不停变化，所以看似同一条河流其实已经完全不同。在三部曲中，阿扎罗也与父亲讨论过这个话题，而对于这个问题的理解是，在父亲渡河时，河流本身存在的空间不同，被阿扎罗敏锐地捕捉到，所以才说不是同一条河流。这种空间的重叠和扩张不如说是对生

① ［尼日利亚］本·奥克瑞著：《迷魂之歌》，常文祺译，浙江文艺出版社 2011 年版，第 247 页。

② Ben Okri. The Famished Road. Anchor Books, 1992, 13.

③ ［尼日利亚］本·奥克瑞著：《迷魂之歌》，常文祺译，浙江文艺出版社 2011 年版，第 25 页。

活经验的另一种解读。

这种“无限的领域”混淆现实与虚幻,人类区域和神灵领地,有生命和无生命,物质的和意识的。这也是一种对于生灵更包容的看待方式,而不是将有神智的、有生命的、有理性的存在(人类)与无生命的、不合理的东西完全对立起来。人类不是一种比万物更高级的存在,而是同时存在的、平等的。索因卡的剧本《森林之舞》(*A Dance of the Forest*)中也体现了这种反人类中心论的意识,甚至这种意识是将森林——神灵的世界置于人类世界之上的。有生命和无生命的界限是模糊的,树木可以产生敌意,旋风可以把人刮走,是有目的性的、能动性的。在小说中,阿扎罗的父亲能看见金色的豹子,这只豹子会在家里出现,会在森林里等他,“看见”与“看不见”之间形成张力,豹子成为森林的外向延伸物,展现出森林领域的无限扩张。

二、变化的时间

(一)现实的时间

森林的时间首先是跟随现实的。本·奥克瑞的小说中出现森林的白天、傍晚、夜晚的不同时间描写。其中关于夜晚的森林的描述最为丰富和细致。小说中描写到,下午的时候森林并不可怕;傍晚的时候,太阳是深橘红色的,森林会吹来凉风。[①] 到了夜晚,黑暗笼罩森林,一切就变得不一样了,黑暗是一个神,[②] 会将森林的声音唤醒。“森林现在比天空还暗”——本·奥克瑞如此描写天空的黑暗,这种黑暗不是阳光消失的黑暗,而是黑暗本身成为一种物质,一种“神”,与森林产生互

① Ben Okri. The Famished Road. Anchor Books, 1992, 141.

② Ben Okri. The Famished Road. Anchor Books, 1992, 49.

动，才能形成比夜晚的天空还暗的黑暗。在本·奥克瑞的描写下，黑暗成为森林的一种时间特性，让森林变得更加非物质化（spiritual），从非物质化的角度来理解世界，比物质的现实更加复杂、包容、灵活，这样黑暗的森林才是更加真实（more real）的森林。

（二）跳跃的时间

森林的时间是跳跃的，在这里，可以回望过去，看到现在，还能预知未来。森林中时间的发展不是线性的，而是不断变化的。阿扎罗能看到世界从古至今的变迁历程："在我们奔跑的过程中，文明兴起，衰落，又消失，与此同时，伟大领袖一个接一个地被暗杀。"[①] 许多预言宣告的场景，都发生在森林中。草药师在森林中呐喊："到处都是懦夫！自私正把世界吞噬。它们正在毁灭非洲！它们正在毁灭世界，毁灭家园和圣坛还有神灵！它们也在毁灭爱！"阿扎罗的父亲在森林中对他教导说道："天空就在我们心中，大地就在我们心中。森林中的树、树丛中的动物、乌龟、鸟和花洞悉我们的未来。"女性在约鲁巴人的心中总与预言的形象分割不开。"森林里的那些女人都是先知，她们精通变形之术，能把自己变成白色的羚羊。还有人说，女人们发现了药草和树皮，还有土地和黑夜的秘密。有传言说，那些'森林之女'各个都能洞悉未来。"[②]

（三）梦与时间

森林也与梦之地相连接，超越"时间"的坐标。阿扎罗曾从蔻图太太的梦境中漫游到瞎老头的梦境，又从死去的木匠

---

① ［尼日利亚］本·奥克瑞著：《迷魂之歌》，常文祺译，浙江文艺出版社 2011 年版，第 25 页。

② ［尼日利亚］本·奥克瑞著：《迷魂之歌》，常文祺译，浙江文艺出版社 2011 年版，第 83 页。

的梦境中转换到埃德的梦境。小说中说道:“森林曾经代表着梦的开始,我们眼前的社区的边界,灵魂的梦之地,神秘的居所,以及无数在人类不同思想中转世的古老故事。”[①] 梦的时间维度跳跃到过去、现在、未来之外。本·奥克瑞说:“夜间的黑暗是我们想象中所有实验的熔炉。”如果说黑暗让森林变成想象的熔炉,那么森林这个精神的丰富家园,就让梦也变成了想象的熔炉。这片美梦和噩梦的森林,与人们正在经历的痛苦的现实一同,正在被改变。森林的消失和重现,就是梦的消失和重现。

空间与时间交织和扭曲,形成了森林中景象的梦幻效果。通过这种方式展现出了人们真实的梦想:“森林里的老妇人继续编织着我们真正的秘密历史,这是一段可怕而奇妙、血腥而滑稽、迷宫般循环的历史,总是在转动,总是令人惊讶,事件变成了迹象,迹象变成了现实。她记录了关于非洲时间和空间的相对性,时间如何既有限又无限,时间如何弯曲,时间如何舞动,空间如何消亡,空间为何总是有人居住,空间为何是隐形生物的家园以及死亡的真正目的地。”[②]

三、拯救和放逐的力量

森林是富有力量的。这种力量会带来拯救和保护。在小说中,阿扎罗的妈妈进入森林获取能够治愈身体的水,为了让身为鬼孩的阿扎罗留在人世间。[③] 故事中,有各式各样的角色想来抓住阿扎罗,说阿扎罗是带来厄运的、邪恶的、被诅咒的,

① Ben Okri. Infinite Riches. Vintage Books London, 2010, 68.
② Ben Okri. Infinite Riches. Vintage Books London, 2010, 98.
③ Ben Okri. The Famished Road. Anchor Books, 1992, 31.

而阿扎罗的第一反应也是往森林中跑。[①]阿扎罗在本·奥克瑞的三部曲中有着与森林不同寻常的关系，森林作为他灵魂的故乡和与灵魂之地的连接处，让他天生就对森林充满着好奇和喜爱。森林也是知识的教导之地。小说中，父亲在森林中跟阿扎罗说要像顽强的花朵一样生长，不屈服于任何力量地生长。[②]在约鲁巴人的狩猎传统中，猎人在森林中获得食物，草药师在森林中得到草药的知识。森林不是被动地等待被探索和掌控的，它本身就是具有能动性的。它赋予一切存在在森林中的事物以神奇的力量。

森林一方面也是驱逐和惩戒之地，寇图太太跟阿扎罗说，如果做错了事，就会被吞噬。[③]在三部曲中，埃德的命运最能体现森林的惩戒意义。埃德因精神崩溃拿刀刺向蔻图太太，被疯狂开车驱赶人群的司机撞死了。埃德死后，魂归森林，他"一遍又一遍地喊叫着自己的名字，回声响彻森林"，"空气乃至森林会永远记得埃德的故事"，[④]后来，司机因神奇的力量也被车碾死了。埃德的父亲替孩子报仇不成功，被暴徒用刀刺死。这时"来自森林的风吹走了黑暗，吹向了开阔地带，紧接着……传来了一阵紧似一阵的哭号声。顷刻间，世界上似乎只剩下了怒不可遏的幽灵"。[⑤]父亲因为受灵魂嘱托埋葬了木匠，却被警察利用，当作挑衅当局的凶手，抓进了警察局。后来母亲带领女同胞们表示抗议，最终把父亲解救了出来。而刺死木匠的两个真正的凶手疯了，在森林中呐喊自己的杀死木匠的罪行，祈

---

① Ben Okri. The Famished Road. Anchor Books, 1992, 111.

② Ben Okri. The Famished Road. Anchor Books, 1992, 39.

③ Ben Okri. The Famished Road. Anchor Books, 1992, 211.

④ [尼日利亚]本·奥克瑞著:《迷魂之歌》，常文祺译，浙江文艺出版社2011年版，第212页。

⑤ [尼日利亚]本·奥克瑞著:《迷魂之歌》，常文祺译，浙江文艺出版社2011年版，第224页。

求得到惩罚。[①] 森林的神秘力量纠正了世间的公平和正义，惩罚了罪恶。

森林的驱逐和保护是相对的。小说中，富人党驱逐不被人类社会所需要的乞丐们。乞丐们发泄饥饿的怒火，破坏摊位，被富人党毒打，只能住在森林边缘没建好的房子里。不被人类社会需要的他们被森林所包容。森林的惩戒和保护是同时存在的，这种观念打破了善恶二元对立的分割方式。在约鲁巴传统中，猎人会与森林产生同盟关系，通过祭祀与森林中的神灵沟通，来换取猎物。但也会因猎物归属问题，与其产生矛盾，所以与森林的关系也不仅局限于战胜、对抗、失败中。在本·奥克瑞的小说中，一方面森林是令人恐惧的，或者更准确地说是被敬畏着的，充满了未知和危险；另一方面森林作为人类社会生活的另一面，与人类生活并行，并给予人类知识和丰富的自然资源；森林里的祖先灵魂和神灵也会庇护这片大地上的人民。森林和人类社会之间有对抗、有合作、有融合，这种超越了二元对立的世界观，在本·奥克瑞的小说中体现得淋漓尽致。

四、未知的秘密

在约鲁巴民族传统中，一直都存在对森林的探索，但是这种探索，并不妨碍人们把森林当作一种未知和神圣的领域。“猎人对丛林很熟悉，是丛林充满无限奇妙可能性的见证者，但是在传统道德中，猎人是不能完全充分讲述自己的经历的。”[②] 也就是说，在猎人的传统中，在约鲁巴人的观念里，对森林进行探

① Ben Okri. Infinite Riches. Vintage Books London, 2010, 52.

② Adeduntan, Ayo. What the forest told me Yoruba hunter, culture and narrative performance. African Humanities Program, 2019, 7.

索，是以守护“秘密的力量”为底线的。有些现实是不可以被展现出来的，森林的“秘密”是要被守护的，这种秘密，或者说是“守护秘密”本身就是一种力量。在《失落的奥克若使》这部电影中，城市和现代化驱逐了这种“守护秘密”“信仰传统”的力量，从而使得神灵失去神力。森林也是如此，森林的现实被暴露在机器的干预中，神奇就消失了——“神奇的事情和神灵在很久之前是存在的，但是现在消失了，神奇不再了。机器把他们都驱逐了。”[①] 在小说中，当阿扎罗向父亲问到一些不能理解的事情的时候，父亲说：“生活中充满了只有死人才能解答的谜团。”[②]

《圣地事件》这本小说集当中的两则故事更体现了“秘密”带来的巨大能量。《聚合的城市》中主角阿高迪的小木棚被人偷走，他悲痛欲绝。失踪了整整一个月，他回来之后声称，自己在城内的森林里开了光，见到了上帝。他说他现在已是真正的先知了。这里森林作为神秘的令人畏惧的形象让人信服，同时也是一种转变运气的渠道。《圣地事件》中的主角安德森，一直运气不好。几年来第一次上班迟到就碰到主管临时检查，直接被解雇。出门买肉突然有火燃烧起来，在火中他听到了原来村庄中人的名字。他的大腿不知道为什么被两根生锈的铁钉戳破，病倒了。他回到村庄，被雕像师接待，在森林中的圣屋里接受洗礼。雕像师给安德森草药，并告诉他这样回到之前工作的地方就能把欠的钱要回来，也能重新找到工作。雕像师说，他之前在工厂工作胳膊受了伤，在森林里迷了路，天天向祖先祈祷，在奇迹般地发现了神秘雕像后，突然伤口就不疼了，也找

① Adeduntan, Ayo. What the forest told me Yoruba hunter, culture and narrative performance. African Humanities Program, 2019, 14.

② Ben Okri. The Famished Road. Anchor Books, 1992, 41.

到了回家的路。这个故事意味着传统信仰的秘密力量抚平现代城市带来的创伤。这比转运更推进一步，体现了一种理解困难，如何解决困难的方式——回归原初的自我，复兴传统，复兴"守护秘密"的力量。

在小说《使上帝惊奇》中，本·奥克瑞写出了许多富有哲理的句子："他们是他们自己。如果他们是有意义的，那么他们就削弱了本身。你看见的一切都是你自己的财富和天堂。"[①] "理解通常会导致无知，尤其是理解来得太快的时候。当你认为某事是有道理的，它就会消失。是秘密让事情存在。"[②] "这个地方理解好事情应该是看得见的，但是最好的事情应当是被隐藏的。"[③] "因为你不再去想他们，不再以某种重要的形式与他们生活在一起，他们才会消失和灭亡。"[④] 作者这些思考详细地展现出约鲁巴人的世界观。秘密的隐藏和守护、消失和存在的悖论、二元对立的突破、包容和灵活的认知习惯，是本·奥克瑞小说中森林的形象展现的"真实"。

---

① Ben Okri. Astonishing the Gods. Headofzeus , 2014, 11.

② Ben Okri. Astonishing the Gods. Headofzeus , 2014, 30.

③ Ben Okri. Astonishing the Gods. Headofzeus , 2014, 65.

④ Ben Okri. Astonishing the Gods. Headofzeus , 2014, 104.

附录

撒哈拉以南非洲文学研究在中国

本文试图从中国国内主要的外国文学研究期刊、非洲研究刊物以及30年来出版发表的有关撒哈拉以南非洲文学[①]专著论文入手，对1979年至2009年间国内相关领域研究状况作出综合性评述，试图勾勒撒哈拉以南非洲文学在国内译介和研究的发展脉络和变化趋势。本文尽量选择具有学术代表性的文献，由点及面加以叙述，叙述的过程中既注意到作家文学研究发展的脉络，也试图把握撒哈拉以南非洲民间文学的研究动态。

1979—1989年间，国内对撒哈拉以南非洲文学研究处于起步阶段，学者们的工作重点是译介非洲的作家文学和民间文学作品，批评对象和批评方法都明显受到革命意识形态的较大影响。1990—1999年间，受到西方主要文学奖项的影响，个别有世界影响力的著名作家及其代表作成为国内研究的热点，随着后殖民主义理论的引入，国内学者也逐步采用新的理论开展研究；在民间文学领域，非洲的神话受到大量关注。在2000—2009年间，国内对撒哈拉以南非洲文学研究显示出更高的自由度，对有关作家作品的研究形成焦点集群，凸显出非洲研究的区域性；非洲的史诗成为新世纪国内学者的研究重点。

① 旧称“黑非洲”，在本文中统一表述为“撒哈拉以南非洲”。

结合不同阶段的特征，本文采取重点区域和重点作家相结合的方式对30年间撒哈拉以南非洲文学研究状况加以立体性的叙述。

一、1979—1989年间

1979—1989年间的国内研究成果主要体现为对非洲作家作品和西方学界相关研究的翻译和介绍；针对非洲文学具体作家作品的研究成果并不丰富，且研究范围集中于极个别国家，视野并不广阔。

在译介领域，外国文学出版社陆续出版了一套“非洲文学丛书”，这套丛书包括《非洲戏剧选》，高长荣编选，1983年版；《非洲当代中短篇小说选》，高长荣编选，1983年版；[塞内加尔]列奥波尔德·塞达·桑戈尔：《桑戈尔诗选》，曹松豪、吴奈译，1983年版；[肯尼亚]詹姆士·恩古吉：《一粒麦种》，杨明秋、泗水、刘波林译，1984年版；[肯尼亚]詹姆士·恩古吉：《孩子，你别哭》，蔡临祥译，1984年版；[喀麦隆]费迪南·奥约诺：《僮仆的一生》，李爽秋译，1985年版；[南非]理查德·里夫：《紧急状态》，侯焕良等译，1985年版；[阿尔及利亚]穆鲁德·玛梅利：《鸦片与大棒》，涂丽芳、丁世中译，1985年版；[肯尼亚]詹姆士·恩古吉：《大河两岸》，蔡临祥译，1986年版；[尼日利亚]沃莱·索因卡：《痴心与浊水》，沈静、石羽山译，1987年版；《非洲童话集》，尧雨等译，1988年版；[尼日利亚]钦努阿·阿契贝：《人民公仆》，尧雨译，1988年版。这批书涵盖了非洲大陆上多位经典作家的代表作，涉及多种文学体裁，对国内开阔视野、了解非洲文学起到了十分巨大的作用。

改革开放的头十年间，国内学者对非洲文学作品中体现出的民族性、革命性和战斗性表现出特别的关注。简短有力的诗歌,也成为学者们研究的热点。早在20世纪60年代,随着中国援助非洲建设工程的开展,国内相应推进了斯瓦希里语的教学和有关文学研究,当时就开始出现若干非洲人民战斗诗篇的零星翻译。这种研究倾向延续到了改革开放初期,相关的论文有陈挺的《索马里民族英雄哈桑和他的反帝战歌》、[①]彭端智的《东方文艺复兴的曙光——关于亚非现代民族革命文学的几个问题》、[②]李淑廉和翁怡兰的《战斗的诗篇》,[③]等等。这些文章反映了当时我国学界对于非洲现代文学尤其是诗歌研究的普遍状况的了解,也体现出阶级斗争的意识形态对撒哈拉以南非洲文学研究的巨大干预。例如,彭端智在文中号召要加强同民族革命文学这支伟大的同盟军的团结,为反帝反殖,为反对霸权主义斗争服务,为东方文艺复兴作出贡献。在诗歌的译介方面,还有曹松豪、吴奈译的《桑戈尔诗选》、[④]吴岩、黄杲炘等译的《战旗——津巴布韦诗选》,[⑤]等等。周国勇的《非洲诗一束》[⑥]以拼盘的形式,译介了一大批非洲诗人的代表作,丰富了国内对于非洲现代诗歌的认知。周国勇、张鹤编译的《非洲诗选》[⑦]收录了撒哈拉以南非洲21个国家60位诗人的一百多首诗,主要译自英文、斯瓦希里语。诗歌的体裁和风格多样化并附有诗人与作品索引。傅边在《有声有色的画卷》[⑧]一文中指出,撒哈拉以南非洲现代诗歌的发展与各民族

---

① 《外国文学研究》1979年第1期。
② 《外国文学研究》1979年第2期。
③ 《外国文学研究》1980年第3期。
④ 外国文学出版社1983年版。
⑤ 上海译文出版社1984年版。
⑥ 《外国文学》1985年第6期。
⑦ 四川人民出版社1986年版。
⑧ 《外国文学》1987年第5期。

的命运紧密地联系在一起。

在非洲诗歌中集中展现的“黑人性”主题，也得到了国内学者的高度关注。李宝源的《黑人传统精神之争——〈行动的诗歌〉一书节录》[1]注重对黑人传统精神的解读。庄慧君的《非洲杰出的学者和民族主义领导人——列奥波尔德·桑戈尔》一文从理论探索、文学创作、政治生涯三方面介绍了桑戈尔的生平。[2]张宏明的两篇论文《桑戈尔思想的理论与实践》[3]《弗罗贝纽斯的非洲学观点及其对桑戈尔黑人精神学说的影响》[4]认为德国人类学家莱奥·弗罗贝纽斯非洲学理论的主要思想观点深刻地影响了黑人精神运动的倡导者，并成为桑戈尔黑人精神学说的重要理论来源之一，同时指出桑戈尔理论实践的指导思想都是其“黑人传统精神”学说。陈融的《论“黑人性”》[5]一文探讨了“黑人性”对非洲文学的推动作用。

与中国关系紧密的坦桑尼亚的文学作品在20世纪80年代也被大量引进，涉及小说题材，具体包括有“东非莎士比亚”之称的夏班·罗伯特的《想象国》《可信国》，葛公尚译，外国文学出版社1980年版；《农民乌土波拉》，葛公尚译，外语教学与研究出版社1980年版。埃·凯齐拉哈比的三部作品：《混乱人世》《白痴》，葛公尚译，云南人民出版社1982年版；《未开的玫瑰花》，蔡临祥译，上海译文出版社1988年版。穆罕默德·塞·穆罕默德的两部作品：《渴》，鲁川、么建国译，湖南人民出版社1983年版；《渴》，冯玉培、章培智、饶少平译，外语教学与研究出版社1985年版。此外还有艾迪·姆·斯·干泽尔的《狂

① 《西亚非洲》1980年第2期。
② 《西亚非洲》1984年第1期。
③ 《世界经济与政治》1988年第11期。
④ 《西亚非洲》2005年第5期。
⑤ 《江西师范大学学报》1988年第4期。

人之梦》，唐尚杨、蔡宝梅译，广西人民出版社1983年版；穆西巴：《阴谋——一起轰动世界的奇案侦破》，蔡临祥译，军事科学技术出版社1989年版；法·卡塔拉姆希拉：《匿名电话》，蔡临祥译，内蒙古人民出版社1981年版；姆库亚：《沉沦》，蔡临祥译，黑龙江人民出版社1989年版。一些戏剧作品也得以出版，如夏班·罗伯特：《未开的玫瑰花》，蔡临祥译，上海译文出版社1988年版，此书还收录包括帕尼娜·穆汉多的现代剧《我的尊严》、赛姆扎巴的历史剧《脚力》和易卜拉欣·侯赛因的历史剧《金吉克蒂勒》等作品。童星的《东非斯瓦希里文学简介——兼评〈混乱人世〉与中国读者见面》[①] 介绍了东非斯瓦希里文学的一系列重要作家，包括夏班·罗伯特，以及评述了当年新出版的埃·凯齐拉哈比的名作《混乱人世》。还有学者关注南非文学的发展，如刘新粦的《南非英语文学初探》，[②] 董鼎山的《正义的南非女作家》[③] 介绍了南非著名女作家戈迪默。

多位研究者都注意到塞内加尔文学发展状况，王双泉的《塞内加尔小说发展管窥》[④] 对该国近年来小说创作发展概况进行了综合性的考察；庄慧君的《非洲杰出的学者和民族主义领导人——列奥波尔德·桑戈尔》[⑤] 介绍了塞内加尔的总统、诗人桑戈尔，分别从桑戈尔创作的理论建构、文学创作和政治主张等不同领域入手，全方位展示了这位深受非洲人民热爱的领导人和诗人的创作。撒哈拉以南非洲的女性作家及其作品中的女性形象也成为国内学者关注的焦点。展舒、聘如的《非洲

① 《西亚非洲》1983年第5期。
② 《暨南学报》（哲学社会科学）1989年第4期。
③ 《读书》1987年第8期。
④ 《西亚非洲》1984年第3期。
⑤ 《西亚非洲》1984年第1期。

文坛的女星和〈乞丐的示威〉》[①]以及邓世隆的《〈乞丐罢乞〉简析》[②]都对塞内加尔女作家阿米纳塔·索·法尔的中篇小说《乞丐罢乞》加以介绍和研究。展舒、聘如的《玛丽亚玛〈一封如此长的信〉》介绍了另外一位新锐女作家玛丽亚玛·巴的创作。[③]鲁翠岚在《黑非洲妇女的觉醒——读桑贝内·乌斯曼〈神的儿女〉》一文中探讨了塞内加尔著名作家桑贝内·乌斯曼的创作，认为其运用现实主义的创作方法和高超的艺术技巧讴歌了非洲妇女的觉醒。[④]

20世纪80年代，国内学者开始注意到后来被誉为非洲现代文学之父的尼日利亚作家阿契贝，[⑤]对其进行了若干介绍。例如，王佐良的《澳洲盛节当场观》[⑥]中提到阿契贝参加澳洲艺术节并对阿契贝及其作品进行了简要的介绍。朱莉、裴文惠《现代非洲文坛上的一枝新秀——尼日利亚作家齐奴阿·阿奇拜》[⑦]一文认为阿契贝实质上是一个典型的民族主义的批判现实主义作家，政治上还不够成熟，认识上的局限性也是历史的局限性，但作者也肯定阿契贝作品积极的现实作用和历史意义。

特别值得注意的是，由于尼日利亚作家沃莱·索因卡获得1986年度的诺贝尔文学奖，国内学界也及时跟进，开始译介和研究他的作品。80年代后期，索因卡激发了国内非洲文学研究者的极大热情，至今未曾减退。对索因卡及其作品进行综合介绍的文章主要有朱世达的《“我是非洲文学的一部分”——

---

① 《读书》1981年第7期。
② 《贵州大学学报》(社会科学版)1985年第3期。
③ 《读书》1982年第7期。
④ 《贵州师范大学学报》(社会科学版)1986年第3期。
⑤ 也译为钦努阿·阿契贝。
⑥ 《外国文学》1980年第4期。
⑦ 《西亚非洲》1980年第3期。

记沃莱·索因卡》、[1]邵殿生的《诺贝尔文学奖获得者W.索因卡》、[2]朱旗的《索英卡与诺贝尔文学奖》,[3]等等,这些介绍文章结合索因卡获得1986年度诺贝尔文学奖的消息,介绍了索因卡在戏剧创作上的创新与作品中饱含的非洲文化传统。相应的研究论文还有,岳生的《浅谈沃莱·索因卡及其剧作》,[4]该文指出索因卡把西方戏剧艺术与非洲民族民间戏剧渊源结合起来的创作,表达了对非洲现实的强烈关注;非洲作家与拉丁美洲作家一样,将西方创作技巧与本民族文化传统相结合,因此非洲也发生了"文学爆炸"。钟国岭的《〈森林舞蹈〉浅析》、[5]刘合生的《传统与背叛——沃尔·索因卡〈痴心与浊水〉主题初探》[6]等论文分别讨论了索因卡《森林舞蹈》和《痴心与浊水》两部作品的创作技巧与作品主题。李文俊、马高明翻译的《一九八六年诺贝尔文学奖获得者沃·索英卡诗选》在《诗刊》杂志刊发,收入七首索因卡诗歌译作,[7]介绍了其在诗歌创作上的卓越成就。王三槐译介的《奥因·奥贡巴〈变革运动〉》[8]一文介绍了美国学者奥贡巴对索因卡的研究成果,指出索因卡的创作不是对古老传统的缅怀,而是对当前现实问题的清醒认识,以求走向一个正义和平等的社会;索因卡的戏剧被界定为一种"变革运动"。

与此同时,国内学者也积极引进西方左派学者对于非洲文学的研究成果。例如,白锡堃、关山两位学者分别译介了西

---

① 《读书》1987年第1期。
② 《国外社会科学》1987年第6期。
③ 《上海外国语学院学报》1987年第6期。
④ 《四川师范大学学报》(社会科学版)1987年第4期。
⑤ 《外国文学》1987年第7期。
⑥ 《辽宁教育学院学报》(社会科学版)1989年第4期。
⑦ 《诗刊》1987年第5期。
⑧ 《读书》1987年第1期。

德文学杂志的评论。白锡堃编译的《关于“第三世界”文学》[①]以非洲和拉丁美洲的黑人文学为例讨论“第三世界”文学，文中指出“第一世界”和“第二世界”同“第三世界”，即工业化“发达的”北方同不发达的南方之间的经济对立，在文学上也有了相应的表现，这就是“第三世界”文学。“第三世界”文学固然具有不同地区和国家的特点，但也有共性。关山编译的《非洲文学现状》[②]一文，原题为《反对今日的独裁者》，集中介绍多名主要的非洲作家，包括肯尼亚作家恩古吉·瓦·松戈、[③]尼日利亚作家沃莱·索因卡等，并指出今日非洲作家描写的主要不是非洲的传统，而是殖民主义时代结束后的社会问题。

20 世纪 80 年代，国内尚未出现研究撒哈拉以南非洲口头文学的论文或专著，但出现了涵盖非洲神话、史诗、民间歌谣、民间故事、谚语等多种口头文学形式的大量译介。其中，对民间故事的译介最多，主要是从西方语言翻译而来的故事集，包括郭悦群等翻译的《非洲民间故事》，[④]杨永、陆卯君等译《黄金的土地》（《世界民间故事丛书》非洲篇），[⑤]高秋福、戴惠坤编译的《东非民间故事选》，[⑥]以及宋万国、周长志根据马里作家博卡尔·恩迪亚耶的《马里夜话》和伊萨·特拉奥雷的《民间故事》选译的《马里民间故事选》，[⑦]王荣久根据苏联的《非洲民间故事选》[⑧]编译的《非洲民间故事选》，[⑨]曾维纲翻译的《非洲

---

① 《外国文学研究》1984 年第 1 期。
② 《外国文学研究》1981 年第 1 期。
③ 也译为恩古吉·瓦·提安哥。
④ 人民文学出版社 1981 年版。
⑤ 少年儿童出版社 1982 年版
⑥ 中国民间文学出版社 1984 年版
⑦ 世界知识出版社 1985 年版。
⑧ 苏联国家文学出版社列宁格勒分社 1959 年版。
⑨ 江西少年儿童出版社 1986 年版。

民间故事》,[①] 等等。同时,也有从非洲本土语言直译的民间故事集。例如,黄泽全翻译汇编的《非洲童话》[②]《非洲夜谈》(上、下),[③] 都是直接译自豪萨语。黄泽全和李百华还从豪萨语翻译了《非洲风俗故事》[④] 一书。

童话方面有董天琦翻译的《非洲童话》,[⑤] 尧雨等翻译的《非洲童话集》,[⑥] 等等。在神话的译介方面,国内学者对凯思特·阿诺特整理的英文版"牛津神话故事丛书"(多卷本)中"非洲神话与传说"部分进行了编译,出版了朱洪国翻译的《非洲神话与传说》、[⑦] 张大军、陈湘汶翻译的《非洲童话选》、[⑧] 唐文青翻译的《非洲神话传说》[⑨] 三个译本。该书有助于国内学界了解撒哈拉以南非洲的神话。在史诗方面,李震环和丁世中翻译了几内亚作家吉·塔·尼亚奈整理出版的西非史诗代表作《松迪亚塔》。[⑩]

20 世纪 80 年代,众多学者都提出应当把非洲文学纳入东方文学的范畴之内。例如,季羡林先生在《正确评价和深入研究东方文学》一文中提出"东方文学"这个概念既有地理因素,又有政治因素,是亚洲和非洲文学的总称。[⑪] 还有学者指出:"现代撒哈拉以南非洲文学的发展与亚非其他国家和地区的文学不同,它在 20 世纪五六十年代随着民族解放、国家独立

① 湖南少年儿童出版社 1989 年版。
② 北京出版社 1985 年版。
③ 世界知识出版社 1985 年版。
④ 北京语言学院出版社 1987 年版。
⑤ 上海文艺出版社 1987 年版。
⑥ 外国文学出版社 1988 年版。
⑦ 四川少年儿童出版社 1981 年版。
⑧ 湖南人民出版社 1981 年版。
⑨ 新疆人民出版社 1982 年版。
⑩ 上海译文出版社 1983 年版。
⑪ 《外国文学研究》1982 年第 4 期。

开始了蓬勃发展的新纪元，是世界文学中的新兴文学，因此我们另辟一章作综合的评价。”[①] 在此背景下，国内学者开始进行东方文学史的写作实践。1983 年 2 月，朱维之、雷石榆、梁立基主编的《外国文学简编（亚非部分）》[②] 是国内相关东方文学史著述系列中的最早尝试。此后 30 年间，国内涌现出了多达十数部的各类东方文学史专著。包括《东方文学简史》，陶德臻主编，北京出版社 1985 年版（1990 年修订版）；《东方文学简编》，张效之主编，山东教育出版社 1985 年版；《简明东方文学史》，季羡林主编，北京大学出版社 1987 年版；《外国文学史（亚非部分）》，朱维之主编，南开大学出版社 1988 年版（1998 年修订版）；《新东方文学史（上古·中古部分）》，梁潮、麦永雄、卢铁澎合编，广西师范大学出版社 1990 年版；《亚非文学简史》，张朝柯著，辽宁大学出版社 1991 年版；《东方现代文学史》，高慧勤、栾文华等合编，海峡文艺出版社 1994 年版；《东方文学史通论》，王向远著，上海文艺出版社 1994 年版（宁夏人民出版社 2007 年版，高等教育出版社 2013 年增订版）；《东方文学史》，郁龙余、孟昭毅主编，陕西人民出版社 1994 年版（北京大学出版社 2001 年修订版）；《东方文学史》，季羡林主编，吉林教育出版社 1995 年版；《东方文学史》，邢化祥著，中国档案出版社 2001 年版；《简明东方文学史》，孟昭毅、黎跃进合编，北京大学出版社 2005 年版（2012 年修订版）；《新编简明东方文学》，何乃英著，中国人民大学出版社 2007 年版；《外国文学史（东方卷）》，王立新、黎跃进合编，高等教育出版社 2013 年版。但令人遗憾的是，绝大多数文学史中普遍缺失撒哈拉以南非洲现

① 《外国文学简编（亚非部分）前言》，中国人民大学出版社 1983 年版。

② 朱维之、雷石榆、梁立基：《外国文学简编（亚非部分）》，中国人民大学出版社 1983 年 2 月初版（1998 年 1 月修订版，2004 年 10 月第三版，2010 年 4 月第四版）。

当代之前的文学评介。间或有对撒哈拉以南的非洲作家作品进行专章论述,但入选作家作品被专节论述的学理性和合理性并不明晰。单节论述的作家作品在一定程度上构成了撒哈拉以南非洲文学经典作品的谱系。这种经典化是依靠西方的文学奖项来实现的。这种局面值得学者们深入反思和讨论。

二、1990—1999年间

1990—1999年间,随着中非交往不断增多,撒哈拉以南非洲文学作品越来越多地被介绍到中国,国内对有关作品的研究也不断深入。继尼日利亚作家索因卡获得1986年诺贝尔文学奖之后,南非女作家戈迪默1991年度又获诺贝尔文学奖。五年间撒哈拉以南非洲作家两次获奖,引发了轰动效应,国内学界对于撒哈拉以南非洲文学研究的热情也随之出现了新的高峰。自20世纪80年代开始,中国知识界掀起了一阵积极引进西方各种文艺理论的高潮。这些理论在中国学界经过了落地、消化、发展的过程。80年代末被引入中国的后殖民主义理论,到90年代中后期趋向成熟,研究视域也由中国文学转向世界文学,开始逐渐成为国内撒哈拉以南非洲文学研究者最重要的理论工具。

对撒哈拉以南非洲两位诺贝尔文学奖得主的研究,以及一系列西方文学理论工具在中国的落地,堪称20世纪末十年里国内撒哈拉以南非洲文学研究的两大热点。此外,从整体来看,该时期的研究水平相比前十年有所提高,研究论述显著增多,研究题材也更加广泛。

自从尼日利亚作家索因卡在1986年获得诺贝尔文学奖以后,关于其创作的研究在国内不断升温。1990—1999年间,国内不乏对索因卡创作的讨论。例如，亓华和王向远的《论渥莱·索因卡创作的文化构成》[①]一文认为索因卡的创作受到了崇尚反理性主义哲学的西方现代派作家的影响。萧四新的《从传统走向现代——非欧文化碰撞中的索因卡》[②]旨在分析索因卡创作中非洲传统文化与西方现代文化、新与旧等复杂的文化构成以及不同文化碰撞带来的独特魅力。王燕的《略论索因卡剧作中的延续性意象》[③]一文，指出索因卡的作品，几乎都能在行文之间撷取出某种(或某些)既可统领渗透于统一主旨，又与其本人的自我人生经验甚或非洲黑人的文化传统密切关联的赓续性意象。宋志明的《尼日利亚戏剧与宗教神话》[④]一文将尼日利亚两代剧作家索因卡和奥索菲桑[⑤]的创作成果加以对比研究，结合传统宗教仪式讨论了戏剧创作的时代差异。与上一个十年相比，90年代国内对于索因卡创作的研究在数量上日趋丰富，也不再局限于对作品的技巧和主题的分析，出现了对索因卡创作的文化内核深入探究的论文。汪剑钊在《世界诗库第8卷 西亚 中亚·非洲》非洲诗歌部分的导言中简述了索因卡诗歌的基本特点，认为"他的诗歌题材广泛，渗透着强烈的使命感。许多基调不同的作品证明，他不愧为大师级的非洲作家……他既表现忧郁、悲伤、沮丧，也善于用讽刺的笔墨进行调侃、揶揄，更擅长以抒情的反思来亲切地追忆似水年华"。[⑥]

国内作者在关注索因卡的同时，也关注着作为非洲文学

---

① 《北京师范大学学报》1993年第5期。
② 《黄冈师专学报》1997年第2期。
③ 《国外文学》1998年第3期。
④ 《外国文学评论》1999年第1期。
⑤ 也译作奥索菲桑。
⑥ 花城出版社1994年版。

大国的尼日利亚文坛动态。例如，邹海仑缩写了该国新崛起的实力作家本·奥克瑞的代表作《饥饿之路》，[①] 并推介其新作《无尽的财富》。[②] 还有学者对尼日利亚著名作家阿契贝持续关注，相关论文有张湘东的《阿契贝及其小说〈瓦解〉》[③] 等。

南非女作家纳丁·戈迪默获得1991年度的诺贝尔文学奖的消息引发学界的极大轰动，她不仅是非洲第一位女性诺贝尔文学奖获得者，同时她作为五年之内第二位撒哈拉以南非洲的作家获奖，代表着撒哈拉以南非洲文学得到世界文坛的再次肯定。由此，中国学界又掀起了一阵积极引进和介绍戈迪默的热潮。相关译介有王家湘选译的《伯格的女儿》、[④] 钟志清的《纳丁·戈迪默的新作〈没人陪伴我〉》、[⑤] 林丽翻译的《爱犬》、[⑥] 徐晓雯译《穿越时空》、[⑦] 王晓珏《激情之罪：戈迪默的新作〈护家之枪〉》[⑧] 等。对戈迪默本人进行综合性评介的文章有胡德奖的《纳丁·戈迪默获1991年度诺贝尔文学奖》、[⑨] 李文彦的《访纳丁·戈迪默》、[⑩] 冯亦代的《诺贝尔文学奖得者戈迪默》，[⑪] 等等。李永彩在《纳丁·戈迪默的文学轨迹》[⑫] 一文中梳理了戈迪默的创作，结合其生平对戈迪默的文学轨迹加以梳理。朱达的《文笔精湛，情操高尚——我所认识的纳丁·戈迪

① 《外国文学动态》1995年第1期。
② 《外国文学动态》1998年第6期。
③ 《世界文化》1999年第6期。
④ 《外国文学》1992年第1期。
⑤ 《外国文学动态》1994年第6期。
⑥ 《外国文学》1997年第6期。
⑦ 《外国文学》1997年第6期。
⑧ 《外国文学动态》1998年第2期。
⑨ 《外国文学研究》1991年第4期。
⑩ 《外国文学》1992年第1期。
⑪ 《读书》1992年第3期。
⑫ 《外国文学评论》1992年第1期。

默》[①]从学者本人与戈迪默的交往出发，对戈迪默的人格和创作都进行了高度的评价。瞿世镜的《新南非之母戈迪默》[②]回顾了戈迪默的创作生涯并对其重要作品逐一加以评述。

多数国内学者都注意到戈迪默的创作中饱含对南非种族隔离制度的反抗。重要的文章有车成安《反种族主义的文艺斗士——谈戈迪默其人及其创作》、[③]文楚安《戈迪默谈文学、社会和政治》。[④]付鸿军和刘敏合译的《娜汀·戈迪默：我的写作动机并非源于政治》[⑤]一文，通过美国学者对戈迪默本人的访谈，解读了戈迪默创作中的若干倾向。张中载在《纳丁·戈迪默与〈自然变异〉——虚构与非虚构，界限何在？》[⑥]一文中，以小说《自然变异》为具体的讨论对象探讨了戈迪默创作中现实与艺术创作之间的关系。

国内学者在关注南非文坛巨擘戈迪默创作的同时，对南非新一代的作家动态也有一定的追踪。例如徐程的《南非作家史密斯及其〈太阳鸟〉》、[⑦]邹海仑的《南非 1999 年布克奖揭晓科特基[⑧]再次折桂》，[⑨]等等。此文可能是国内最早关于南非作家库切的评介。20 世纪 90 年代后期开始有学者试图对南非一国的文学创作进行整体上的概述。这方面的努力有王培根的《南非文学说略》[⑩]和刘炳范的《20 世纪南非文学简论》。[⑪]

① 《外国文学研究》1992 年第 3 期。
② 《社会科学》1998 年第 7 期。
③ 《吉林大学社会科学学报》1993 年第 6 期。
④ 《译林》1992 年第 3 期。
⑤ 《外国文学动态》1997 年第 5 期。
⑥ 《外国文学》1993 年第 1 期。
⑦ 《书城》1994 年第 9 期。
⑧ 也译为 J. M. 库切。
⑨ 《外国文学动态》1999 年第 6 期。
⑩ 《外国文学》1997 年第 6 期。
⑪ 《国外文学》1999 年第 1 期。

高秋福翻译了南非诗人布鲁特斯[①]的《行吟集》。[②]

此外,国内学者在20世纪90年代还零星发表了若干对于其他作家作品的讨论并展开对撒哈拉以南非洲文学整体特征的研究。例如俞灏东的《被"同化"还是保持了"黑人性"?》[③]一文讨论了塞内加尔诗人桑戈尔的诗歌创作的复杂时代和历史背景。段汉武的《现代斯瓦希里语文学的创作背景及其特点》[④]一文概述斯瓦希里语和东非地区的历史、并总结现代斯语文学具有口头文学与书面文学同时存在、现代题材和神话故事结合在一起、反帝反殖斗争为其基本内容、作者注重利用民族文化遗产等四种特征。张荣建的《黑非洲英语文学变体》[⑤]一文对于非洲文学创作中的语言问题加以探究,对后来学者的启发很大。

20世纪90年代,刘鸿武的《论黑非文化特征与黑非文化史研究》[⑥]揭开了对撒哈拉以南非洲文化研究的序幕。李保平的《论黑非洲传统文化的基本特征》[⑦]论述了撒哈拉以南非洲传统文化的特征和撒哈拉以南非洲口传文化的特点。宁骚的专著《非洲黑人文化》[⑧]用专章介绍非洲口传文化。他强调应重视作为口头文学创作者、保存者和讲述人的民间歌手对非洲口头文学做出的巨大贡献。作者将非洲口述故事进行分类,也按生成途径对非洲谚语进行分类讨论。在研究非洲神话方

---

① 也译作布鲁塔斯。
② 外国文学出版社1990年版。
③ 《宁夏大学学报》(社会科学版)1990年第4期。
④ 《许昌师专学报》(社会科学版)1995年第1期。
⑤ 《重庆师院学报》(哲学社会科学版)1995年第3期。
⑥ 《世界历史》1993年第1期。
⑦ 《北京大学学报》(哲学社会科学版)1993年第6期。
⑧ 浙江人民出版社1993年版。

面，李永彩的《非洲神话：透视与思考》[①] 一文被收入薛克翘、张玉安、唐孟生等主编的《东方神话传说》（第三卷）一书，他还主编了《非洲神话传说》[②] 并写了前言，李永彩的著述某种意义上填补了国内非洲神话研究的空白。李保平的《非洲神话与黑人精神世界——试析非洲神话的类型和功能》[③] 和《非洲谚语体现的文化传统论析》[④] 两篇论文，具有一定学术参考价值，后被收入专著《非洲传统文化与现代化》[⑤] 一书中。

瞿世镜的《尼日利亚的"后殖民小说"》[⑥] 一文，是国内学者首篇运用后殖民主义理论对撒哈拉以南非洲文学加以分析的论文。该文从尼日利亚英语文学创作入手，将尼日利亚的著名作家如图图奥拉、阿契贝、索因卡、奥克瑞等都放置于后殖民小说家的视域下加以研读，深入讨论尼日利亚英语文学创作的特点，思考后殖民小说家如何处理多元文化冲突与多元文化融合的辩证关系。该文对于后来的撒哈拉以南非洲文学研究具有极大的启发。

三、2000—2009 年间

2000—2009 年间，与上一个十年相比，国内学者的研究视野明显拓展，研究对象也明显增多并突破一国范围，逐渐展开对东非地区、南非地区、西非地区等区域文学的研究。2003 年南非作家库切获得诺贝尔文学奖的消息，又为国内撒哈拉以

---

① 《民俗研究》1994 年第 4 期。
② 北京大学出版社 1998 年版。
③ 《西亚非洲》1997 年第 2 期。
④ 《西亚非洲》1996 年第 5 期。
⑤ 北京大学出版社 1997 年版。
⑥ 《社会科学》1997 年第 8 期。

南非洲文学研究者注入一针“兴奋剂”,一时间涌现出多篇有关库切研究的重要论文。

十年期间,国内涌现出一批有关肯尼亚著名作家恩古吉·瓦·提安哥的译介和研究成果。包括任一鸣《非洲再见》[①]《植根于非洲的作家尼·瓦·西昂戈》[②]两篇。海舟子介绍了恩古吉新作《乌鸦奇才》。[③]特别值得注意的,有陶家俊的《语言、艺术与文化政治——论古吉·塞昂哥的反殖民思想》[④]一文。该文分析恩古吉的多部作品并指出其反殖民思想的核心是对语言殖民、后殖民国家权力与艺术的对立等问题的反思批判,其理论受到马克思主义和范农[⑤]思想的双重影响。另外李春红的《佛拉赫——索马里小说之父》[⑥]一文也丰富了国内对东非地区文学研究的领域,开拓了国内学界的视野。

2003年南非作家约翰·马克斯韦尔·库切成为继戈迪默之后南非第二位诺贝尔文学奖获得者。库切本人及其作品的研究也成为21世纪初国内撒哈拉以南非洲文学研究者的热点。库切与戈迪默一道,把国内学者的关注目光引向文学重镇南非。对南非文学整体的研究,以及南非文学史的梳理都是这时期的研究热点。

对库切的介绍包括石平萍翻译的《小说在非洲》[⑦]和《新南非背景下阅读库切——他获本年度诺贝尔文学奖的背后》,[⑧]高文惠《库切——混杂文化身份的承载者》[⑨]等多篇文章。对

① 《外国文学》2002年第6期。
② 《外国文学》2002年第6期。
③ 《外国文学动态》2006年第5期。
④ 《国外文学》2006年第4期。
⑤ 也译为法农。
⑥ 《世界文化》2004年第6期。
⑦ 《外国文学》2004年第1期。
⑧ 《世界知识》2003年第22期。
⑨ 《方丛刊》2006年第2期。

库切创作的研究非常丰富，较早且具有代表性的研究有张冲和郭整风的《越界的代价——解读库切的布克奖小说〈耻〉》。[①]该文指出，从许多细节来看，小说主要人物之间屡屡超越传统、社会、种族、政治和道德规定的界限，并为各自的“越界”行为付出各种代价。这反映了小说作者的思考，也反映了作者面对新历史时期、新社会关系所产生的种种困惑，在一定程度上产生了迷惘的情绪。该文对后来学者有很重要的启发作用。还有段枫、卢丽安的《一个解构性的镶嵌混成：〈仇敌〉与笛福小说》[②]论证了库切小说与笛福小说的镶嵌混成，并指出库切对此类小说的现实性提出了质疑，传达了他对历史、叙述、语言等一系列问题的反思。蔡圣勤的《写实主义文学对文明冲突理论的呼应——细读库切的小说〈耻〉》[③]一文运用亨廷顿的文明冲突论对库切的创作进行了解读。还有赵白生的《“一切作品皆自传”——非洲作家自传个案研究》[④]对库切的自传进行个案研究，也极大地丰富了国内学界的研究视野。件从巨、范蕊的《三重主题及其完成：关于库切之〈耻〉》[⑤]是国内较早对库切创作进行主题分析的论文。特别值得一提的是，段枫的《库切研究的走向及其展望》，[⑥]该文立意较高，对国内近年来库切研究的方法论和研究成果进行综述和展望。任海燕《探索殖民语境中再现与权力的关系——库切小说〈福〉对鲁滨逊神话的改写》[⑦]一文认为库切有意识选择改写《鲁滨逊漂流记》，这是他对殖民主义最有力的一次反击，也是库切在小说创作上

① 《外国文学》2001 年第 5 期。
② 《当代外国文学》2004 年第 4 期。
③ 《外国文学研究》2004 年第 4 期。
④ 《国外文学》2008 年第 2 期。
⑤ 《当代外国文学》2006 年第 1 期。
⑥ 《外国文学评论》2007 年第 4 期。
⑦ 《外国文学》2009 年第 3 期。

一次最前卫的尝试。库切质疑鲁滨逊神话的个人主义和殖民主义，在《福》中利用瓦解和游戏的互文性艺术手法改造了鲁滨逊神话的殖民主义隐喻，塑造了一个女性话语权代表者苏珊·巴顿，以这样一个增补形象打破原有的二元对立，颠覆层级关系。高文惠的论文《库切的自传观和自传写作》，[①] 认为库切采用第三人称叙述视角、一般现在时态、非连续状态的历史场景等手法，展现了他的自传观，而其中蕴含的对自我真相的质疑，道出了库切对真实的执着追求。特别值得一提的是，高文惠之后出版了《后殖民时代语境中的库切》一书。[②] 该书从混杂性身份和边缘写作、交互作用中的主体性、对权威的对抗和当下现实中的道德选择、反话语的文学实践。这样的视角阐释了库切创作所呈现的文化多元性和文学多样性，深入分析其创作的理论自觉意识与实践自省精神。王旭峰《库切与自由主义》[③] 一文认为，库切作品里大量"弱者"形象和"强者"叙事被压抑的现象是残缺的自由主义在文学中的表现。对库切的研究还有从各种角度展开的论文，不一而足。但值得注意的是，库切的作品近年来始终是我国非洲文学研究的焦点之一，虽然有很多深入的研究性文章，但此类研究局限于单个作家的研究，并不能完全反映出对这片大陆的整体研究态势和我国非洲文学研究的进展情况。而且库切的研究者很多来自于英语文学研究队伍，并不能跟非洲文学研究和研究者的身份完全等同。

对于南非文学另一位巨擘戈迪默，在此十年间也不乏有意义的关注。如刘从中的《一种根本的姿态——读纳丁·戈

---

① 《外国文学评论》2009 年第 2 期。
② 中国社科出版社 2008 年版。
③ 《外国文学评论》2009 年第 2 期。

迪默的〈七月的人民〉》，[①] 沈艳燕的《年寄话语与青春诗学：论〈伯格的女儿〉中的文化病理学意蕴》，[②] 周乐诗的《民族化的性别和性别化的民族——论戈迪默的长篇小说〈我儿子的故事〉》。[③] 这三篇论文体现了中国学者在20世纪90年代对戈迪默的一贯关注。

另外还有李永彩的《审问沉默：南非文学面临的新可能性》[④] 与沈艳燕的《南非英语文学的发展》。[⑤] 这两篇论文从总体上梳理了南非文学发展进程中的当下面貌。李永彩在2009年出版了专著《南非文学史》，[⑥] 这是国内目前仅有的一部非洲文学研究专著，对深入了解南非文学有着特别重要的意义。该书辨证、客观地介绍和评论了南非文学的起源和发展，从五个阶段评介了南非各个种族的文学，生动地展现了南非各个历史阶段的社会画卷，有助于读者全面地了解南非文学的发展概貌。该书借助大量翔实的英语材料，全书内容丰富，不仅是国内仅有的一部撒哈拉以南非洲文学研究专著，也被认为是当今世界上颇具创新精神的一部南非文学史著作。作为撒哈拉以南非洲文学领域的开拓性著作，该著作对学界深入了解撒哈拉以南非洲文学有着特别重要的意义。蔡天新编译的《罗伯特·贝洛尔德的诗》[⑦] 和罗池翻译的《彼得·霍恩诗选》[⑧] 丰富了国内对于南非诗歌创作的认识。

进入21世纪，国内学者对索因卡的研究逐步深入，研究

---

① 《新世纪文学选刊》2009年第1期。
② 《当代外国文学》2009年第3期。
③ 《外国文学》2009年第4期。
④ 《当代外国文学》2005年第1期。
⑤ 《英语研究》2007年第4期。
⑥ 上海外语教育出版社2009年版。
⑦ 《青年文学》2006年第13期。
⑧ 河北教育出版社2003年版。

对象不限于戏剧创作，拓展到诗歌、小说等多种体裁。后殖民主义理论指导下的索因卡研究，注重发掘索因卡作品中的文化碰撞和互动。索因卡、阿契贝研究成为国内研究西非地区文学学者的关注重点。代表性论文主要有王燕《整合与超越：站立在东西方文化交融的临界点上——对于索因卡戏剧创作的若干思考》、[①] 宋志明的《文化"归航"与文化反抗——论沃勒·索因卡后殖民主义创作的文化形态》[②] 和《"奴隶叙事"与黑非洲的战神奥冈——论沃勒·索因卡诗歌创作的后殖民性》。[③] 宋志明在论文中指出索因卡的诗歌创作本质上是一部"奴隶叙事"，充满了殖民地作家的反抗精神，具有显著的后殖民性，在文化反抗的同时，也表现出浓厚的悲观主义倾向。马建军和王进的《〈死亡与国王的马夫〉中的雅西宗教文化冲突》[④] 运用了后殖民主义理论下宗教分析的方法。赫荣菊的《论索因卡〈死亡与国王的马夫〉中悲剧精神的文化意蕴》[⑤] 没有直接套用后殖民理论，而紧扣悲剧意蕴展开对索因卡戏剧的研究。赫荣菊《国内沃尔·索因卡研究综述与思考》[⑥] 一文对国内的索因卡译介及研究加以综述，并提出自己的思考与展望，其中，作者提出了索因卡的研究缺乏以体裁为主线的系统研究，并且认为应该加强其各种体裁"以文证文"的研究工作。

受到新的理论工具的影响，国内学者对尼日利亚著名作家阿契贝的研究水平也迎来了崭新的面貌。例如，黄永林和桑俊的《文化的冲突与传统民俗文化的挽歌——从民俗学视角

---

① 《外国文学研究》2001 年第 3 期。
② 《东方丛刊》(2002 年第 2 辑总第 40 辑)2002 年第 13 期。
③ 《外国文学研究》2003 年第 5 期。
④ 《外国文学研究》2005 年第 5 期。
⑤ 《外语研究》2009 年第 4 期。
⑥ 《湖州师范学院学报》2009 年第 4 期。

解读齐诺瓦·阿切比的小说〈崩溃〉》、[①] 庄宇琪的《论〈瓦解〉的内部文化冲突》、[②] 陈榕的《欧洲中心主义社会文化进步观的反话语——评阿切比〈崩溃〉中的文化相对主义》。[③] 陈榕一文深度解析了《崩溃》这部小说是如何挑战欧洲中心主义话语，解构殖民话语所倡导的欧洲文明和非洲文明之间的歧视性等级差异。颜治强发表了两篇论文《帝国反写的典范——阿契贝笔下的白人》[④] 和《从〈瓦解〉众人反观主角奥康科》，[⑤] 这两篇论文对之后的阿契贝研究起到了启发作用。

国内学界不仅集中关注阿契贝和索因卡的研究，也有部分学者对尼日利亚当前中坚力量本·奥克瑞展开研究。高文惠的论文《奥克瑞的"非洲美学"——以〈饥饿的路〉为例》[⑥] 对奥克瑞的创作中独特的叙事技巧和文化传统进行了深入的讨论。吴晓明在《从〈饥饿的路〉看后殖民时期非洲人的身份困惑》[⑦] 一文中运用后殖民文化理论解读《饥饿的路》中的小说人物，剖析了特殊文化背景下非洲人的身份困惑。颜治强的《图图奥拉——尼日利亚英语文学的先锋》[⑧] 也有助于国内学者加强对尼日利亚早期文学创作者的认识。

2000—2009 年间出现了众多关注非洲宗教、语言、文学传统以及非洲文学总体特点的论文。例如，张荣建的《非洲文学作品：语言学分析》[⑨] 指出，非洲作家在欧洲语言的"非洲化"

---

① 《外国文学研究》2006 年第 5 期。
② 《前沿》2008 年第 3 期。
③ 《外国文学研究》2008 年第 3 期。
④ 《外语研究》2007 年第 5 期。
⑤ 《湖州师范学院学报》2006 年第 5 期。
⑥ 《东方丛刊》2009 年第 4 期。
⑦ 《科教文汇》2009 年第 7 期。
⑧ 《绵阳师范学院学报》2004 年第 1 期。
⑨ 《重庆师院学报》(哲学社会科学版)2003 年第 1 期。

和利用欧洲语言作为非洲文学创作的媒介上进行了有益的尝试。颜治强也关注了非洲文学的语言问题，他的论文《关于非洲文学语言的一场争论》[①] 也有参考价值。高文惠将目光放在了撒哈拉以南非洲的民族主义文学发展上，相关论文有《黑非洲民族主义文学的历史演变》[②] 和《黑非洲民族主义文学思潮的地缘特征》。[③] 程莹的论文《试论非洲文学创作及其批评的新动向——从〈非洲文学新动向〉谈起》[④] 以《非洲文学新动向》收录的部分西方和非洲本土批评界的最新研究文章为基础，梳理了国外学界对20世纪非洲文学的批评态势和对非洲文学的展望。值得注意的还有任一鸣《后殖民时代的非洲宗教及其文学表现》和夏艳《20世纪非洲文学的四个特点》[⑤] 两篇论文。前者指出后殖民文学文本所使用的语言，通过流放的文本来考察同样处于流放状态的非洲宗教，这种视角与从宗教本身出发不同。后者总结了20世纪非洲文学的四大特点：丰富传统、借鉴西方、直面现实、身份认同。作者认为，非洲在经历了殖民时代造成的心理损伤之后，正在修复自身的文化创伤，力求恢复民族尊严，当非洲能够直面本民族的一切时，民族性便能焕发出光芒，走向世界。任一鸣在英语后殖民文学方面积累了丰富的研究成果，还发表了《"流放"与"寻根"——英语后殖民文学创作语言》，[⑥] 后来还出版了后殖民批评理论和文本分析的专著《后殖民：批评理论与文学》，[⑦] 值得学界重视。后者从非洲文学研究的起点出发，对20世纪非洲文学的特点

---

① 《湖北师范学院学报》（哲学社会科学版）2008年第3期。
② 《德州学院学报》2006年第4期。
③ 《重庆邮电大学学报》（社会科学版）2007年第3期。
④ 《东方文学研究：动态与趋势》，北岳文艺出版社2009年版。
⑤ 《世界文学评论》2009年第2期。
⑥ 《中国比较文学》2003年第2期。
⑦ 外语教学与研究出版社2008年版。

作出丰富传统、借鉴西方、直面现实、身份认同的概括。

傅浩的《20 世纪非洲英语诗抄》[①] 和汪剑钊翻译的《非洲现代诗选》(上、下)[②] 表达了新时期中国学者对非洲诗歌表达的特别关注。

新世纪的头十年,学者们对史诗表现出较大的研究兴趣。西非史诗《松迪亚塔》是学界关注焦点。李永彩翻译了新版的《松迪亚塔》,[③] 该书还收录其翻译的索宁凯人的史诗《盖西瑞的诗琴》、乌闪巴拉人的史诗《姆比盖的传说》、斯瓦希里人的史诗《李昂戈·富莫的传说》、刚果伊昂加人的史诗《姆温都史诗》等多部非洲史诗。曾梅《新奇、瑰丽、多彩的乐章——非洲史诗传统》[④] 一文对美国、法国学者对非洲史诗的研究加以梳理,尝试对国内非洲史诗的研究作有益的补充。吴清和《西非的口头文学》[⑤] 一文主要介绍了起源于马里帝国时期曼丁哥文化的西非口头文学的创作思想与表现形式。

结语

综观 30 年国内学界对撒哈拉以南非洲民间文学的研究,可以发现国内学界的主要工作仍然是收集、翻译、整理、出版非洲的口头文学作品,对非洲民间文学的研究工作也较多地集中在对撒哈拉以南非洲口传文化、神话以及史诗的宏观性概述上,缺少有深度的田野调查。和撒哈拉以南非洲作家文学研究比较,民间文学研究论文与专著的数量并不多,且多为老一

① 《诗刊》2002 年第 4 期。
② 河北教育出版社 2002 年版。
③ 译林出版社 2003 年版。
④ 《外国文学研究》2006 年第 5 期。
⑤ 《西亚非洲》2007 年第 2 期。

辈非洲研究专家的成果，青年学者的成果数量有限。尽快建设一支老中青研究者分布合理、专业素质过硬的非洲民间文学的研究队伍是我国继续展开和深入研究撒哈拉以南民间文学研究的迫切要求。

撒哈拉以南非洲文学有着十分丰富的口承文学传统，魏崴《"东方文学史"可能吗？》一文认为，"不仅有神话、史诗、故事、歌谣、寓言、谚语等多样化的文学样式，而且口承文学还伴生公共与私人空间表演的功能，与宗教信仰、社会生活、意识形态等各方面息息相关，是撒哈拉以南非洲人民在叙述中构建自我意识的重要方式。这些口承文学和口承文学的书面形式本身具有重要的研究价值，同时也给撒哈拉以南非洲作家的创作带来深刻的影响"。[①] 非洲的一些部族有被称为"格里奥特"的行吟诗人，创作和传播基于民族史实的长篇叙事诗。黎跃进在《20 世纪"黑非洲"地区文学发展及其特征》一文中写道："20 世纪一些民族知识分子对口头文学做过不少收集整理工作，先后出版一批神话传说故事集和史诗。这些口头作品具有丰富的想象、深刻的寓意、幽默的语言、生动的形象、强烈的节奏和鲜明的民族特色。"[②] 但是令人遗憾的是，至今撒哈拉以南非洲的绝大多数本地语言尚无相应的文字，只有五十来种语言有文字或正在形成文字，不及非洲本土语言总数的百分之五。口头语言是传统社会传播信息、人际交往的唯一媒介，传统文化、传统文学的遗产也主要是由人们口耳相传、口授心记而保留和继承下来的，传统的口承文化在当今的非洲仍占据重要地位。撒哈拉以南的非洲人坚持认为，口承方式比书面方式具有更大的优越性，正如尼亚奈在《松迪亚塔》前言中所

① 《国外文学》2013 年第 1 期。

② 《黑龙江社会科学》2012 年第 2 期。

介绍的："别的民族用文字记下过去的历史，可是有了这种方法以后，记忆就不再存在，他们对往事失去了知觉。因为文字缺乏人的声音的魅力……先知是不用文字的，他们的语言却更为生动。不会说话的书中的知识一文不值。"[①]

由于国内学界缺乏对撒哈拉以南非洲文学的应有研究，导致学界对这一领域缺乏认识，进而导致忽视、轻视甚至歧视撒哈拉以南非洲文学的价值。非洲大陆有着灿烂的古代文明和历史悠久的口头文学传统，虽然书面文学起步较晚，但发展迅速。尤其是20世纪60年代后，非洲国家纷纷独立。脱离殖民统治后，非洲在政治上获得解放，民族文化开始复苏和兴起，并迸发出巨大的活力。"撒哈拉以南非洲文学从传统的口头文学起步，实现了跳跃式的发展，在世界文坛异军突起，成为继'拉美文学爆炸'后又一壮观的世界文学现象。"[②]一批令人瞩目的作家群崛起，越来越多的作家陆陆续续进入当代世界文学重要作家的行列，为撒哈拉以南非洲文学赢得了世界性声誉。

1986年10月，尼日利亚作家沃莱·索因卡成为首位获得诺贝尔文学奖的非洲作家，其后，南非作家纳丁·戈迪默和约翰·库切先后于1991年、2003年获得诺贝尔文学奖，库切还是第二位两度获得布克奖的作家。1991年，尼日利亚作家本·奥克瑞凭借《饥饿的路》获得布克奖。2007年，尼日利亚作家钦努阿·阿契贝以其卓越文学成就获得了国际布克奖。除此之外，肯尼亚的恩古吉·瓦·提安哥、尼日利亚的奇玛曼达·恩戈齐·阿迪契都曾斩获国际文学奖项。"撒哈拉以南非洲作家相继获得

① [几内亚]吉·塔·尼亚奈著：《松迪亚塔》，李震环、丁世中译，上海译文出版社1983年版。

② [尼日利亚]努阿·阿契贝、C.L.英尼斯编：《非洲短篇小说选集·译序》，查明建等译，译林出版社2013年版。

国际文学大奖,以自己的文学实力充分证明撒哈拉以南的非洲文学不再是世界文学的边缘,而是有着自己独特文学品格的世界文学劲旅。"①

在愈加复杂的全球化语境中生存与发展的撒哈拉以南非洲文学,蕴含着丰富的研究对象和主体视角。"20 世纪 60 年代之前,非洲作家创作的关注点主要是缅怀非洲的过去,展现风土人情,或者诉说殖民统治下的痛苦。独立后的非洲国家并未出现如人所愿的和平与安定,而是生产力水平低下,经济落后,生活贫困,内战连绵,社会问题丛生,世风日下。作家创作的关注点,从独立前的本土居民与殖民者的矛盾,转向了后殖民时代出现的社会问题,如内战频仍给人民带来的痛苦,资本主义的发展对宗法制社会和传统道德价值观的冲击,社会上蔓延的贪腐、欺诈等现象,表达了他们对社会现状的关切和批判。在创作方法上,非洲文学与拉美文学有相似之处,将本土叙事传统与西方现代文学手法相结合,既从民间文学创作中汲取灵感,又敏于借鉴西方现代文学的优点。"②

综观人类文明的发展史,我们无法否认,撒哈拉以南非洲有着深厚而独特的文学与文化背景,其在当代所引起的关注程度远远胜过任何一个历史时期,它理应进入中国学者的研究视野并引起学界重视。

---

① [尼日利亚]努阿·阿契贝、C.L. 英尼斯编:《非洲短篇小说选集·译序》,查明建等译,译林出版社 2013 年版。

② [尼日利亚]努阿·阿契贝、C.L. 英尼斯编:《非洲短篇小说选集·译序》,查明建等译,译林出版社 2013 年版。

撒哈拉以南非洲文学的书写
——以文学史著述为个案的研究

东方文学作为区域总体文学的一种，与西方文学共同构成世界文学，是世界文学的重要组成部分。自 1958 年，为了打破西方文学一统天下的格局，国内高校开始设置东方文学学科相关课程以来，东方文学总体研究已走过近 60 年的光阴。国内东方文学史的写作实践，自 1983 年 2 月朱维之、雷石榆、梁立基主编的《外国文学简编（亚非部分）》由人民大学出版社出版算起，已有 30 年的历程。这期间出版的各类东方文学史，即便不包括各类外国文学史或世界文学史里的“东方部分”，也已有 15 部，[①] 构成了国内东方文学史著述序列。这十多部

① 具体包括：《外国文学简编（亚非部分）》，朱维之、雷石榆、梁立基主编，中国人民大学出版社 1983 年 2 月初版（1998 年 1 月修订版；2004 年 10 月第三版；2010 年 4 月第四版）；《东方文学简史》，陶德臻主编，北京出版社 1985 年 12 月初版（1990 年 6 月修订版）；《东方文学简编》，张效之主编，山东教育出版社 1985 年 12 月初版；《简明东方文学史》，季羡林主编，北京大学出版社 1987 年 12 月初版；《外国文学史（亚非部分）》，朱维之主编，南开大学出版社 1988 年 4 月初版（1998 年 10 月修订版）；《新东方文学史（上古·中古部分）》，梁潮、麦永雄、卢铁澎合编，广西师范大学出版社 1990 年 8 月初版；《亚非文学简史》，张朝柯著，辽宁大学出版社 1991 年 4 月初版；《东方现代文学史》，高慧勤、栾文华等合编，海峡文艺出版社 1994 年 1 月初版；《东方文学史通论》，王向远著，上海文艺出版社 1994 年 2 月初版（宁夏人民出版社 2007 年 10 月修订版，高等教育出版社 2013 年 4 月增订版）；《东方文学史》，郁龙余、孟昭毅主编，陕西人民出版社 1994 年 8 月初版（北京大学出版社 2001 年 8 月修订版）；《东方文学史》，季羡林主编，吉林教育出版社 1995 年 12 月初版；《东方文学史》，邢化祥著，中国档案出版社 2001 年 12 月初版；《简明东方文学史》，孟昭毅、黎跃进合编，北京大学出版社 2005 年 7 月初版（2012 年 8 月修订版）；《新编简明东方文学》，何乃英著，中国人民大学出版社 2007 年 6 月初版；《外国文学史（东方卷）》，王立新、黎跃进合编，高等教育出版社 2013 年版。

相对独立的“东方文学史”中,资料丰富鸿篇巨制的文学史有之,线索简单条目分明的文学史有之,力求全面清晰的教学指向型文学史有之,进行纵深研究的学术指向型文学史有之,在政治、经济、文化背景下受意识形态所局限者有之,在学科内各种新观点、新材料的争鸣中举棋不定者有之。

综观现有的东方文学史著作,或多或少都会涉及撒哈拉以南的非洲文学,即使是一些出版较早的著作也会提到,大部分会列专章介绍,要么会在前言、序言或概述中提及,而且有些在以后的修订与再版中内容相应会有所增加,但都改变不了一个既成的现实,即正如东方文学相较于西方文学在世界文学整体中处于弱势地位,撒哈拉以南的非洲文学在东方文学整体中相较于亚洲文学和非洲北部地区的文学处于十分边缘的地位。以国内第一部东方文学史著作《外国文学简编(亚非部分)》为例,名为“亚非文学”,但亚非文学之间比例失衡,尤其是撒哈拉以南的非洲现当代之前文学的缺失,全书仅有“大多数民族都有丰富的民间口头文学流传下来,但书面文学流传下来的却很少”[①] 一句带过。究竟是什么原因造成亚非文学之间比例的严重失衡这样一种局面,或许值得探讨。

一

谈及“东方文学”,一个首要的问题是要对其概念和内涵做出合理且清晰的界定。20 世纪 50 年代末,在北大(原)东语系开设东方文学课程之后,季羡林先生和刘振瀛先生就联合执笔发表一篇综述性文章《五四运动后四十年来中国关于

① 朱维之、雷石榆、梁立基主编:《外国文学简编(亚非部分)》(第三版),中国人民大学出版社 2004 年版。

亚非各国文学的介绍和研究》,[1] 其中就将埃塞俄比亚、尼日利亚、喀麦隆和南非联邦这些撒哈拉以南的非洲国家的文学列入其考察视野,可见作者认为亚非文学是包括亚洲和非洲的全部文学。文中虽未对为何将亚洲和非洲文学并置给予明确解释,但全文在总结中华人民共和国成立以来对亚非文学的介绍成倍数增长的原因时,强调了亚非各国受帝国主义殖民压迫的共性,使得"亚非文学"这一概念既包含了地理因素,也带有政治色彩。而且文中出现了用"东方"指代"亚非"、用"东方文学"指代"亚非文学"的情况,表明在东方文学学科建立之初,这两个概念的通用性。季羡林先生于 1982 年 7 月 29 日在教育部举办的全国高等师范院校《东方文学》教师讲习班所作的学术报告中曾说过:"'东方文学'这个名称是在解放以后逐步形成的,它由单纯的地理概念而加入了政治的内容。我们所说的'东方',指过去的殖民地、半殖民地,即我们现在所说的第三世界。文学是不能脱离政治的。'东方文学'这个概念既有地理因素,又有政治因素,是亚洲和非洲文学的总称。"[2] 但作为国内最早的东方文学史,第一版的《外国文学简编(亚非部分)》甚至都未出现"东方文学"一词。前言部分对亚非社会历史的梳理以及对其姊妹篇《外国文学简编(欧美部分)》的提及,似乎使我们觉得亚非这一概念可以与欧美概念相对。而第四版的导论中,编著者明确指出:"亚非文学(又称东方文学)是指亚洲和非洲的文学。在世界文学中,亚非文学是与欧美文学(又称西方文学)相对而言的,二者均为世界文学的组成部分。"[3]

---

① 季羡林、刘振瀛:《五四运动后四十年来中国关于亚非各国文学的介绍和研究》,载于《北京大学学报》(哲学社会科学版)1959 年第 2 期。

② 季羡林:《正确评价和深入研究东方文学》,载于《外国文学研究》1982 年第 4 期。

③ 朱维之、雷石榆、梁立基主编:《外国文学简编(亚非部分)》,中国人民大学出版社 2010 年版。

然而，撒哈拉以南的非洲文学是否应归入东方文学体系之内，学界有一些不同的看法。王向远先生在《东方、东方文化与东方文学》中阐述道："'东方'这个概念是综合地理、历史文化等各方面要素，并与西方相对而言作出的一种划分与概括。它的范围包括亚洲的全部和撒哈拉大沙漠以北的北部非洲地区（但不包括撒哈拉以南非洲地区）。"① 另外，《东方现代文学史》② 在论述中也完全回避撒哈拉以南的非洲文学。如果"'东方文学'这个名称主要是一个地理概念，是亚洲和非洲文学的总称"，③ 应该如何构建这一对象的合法性和合理性，仍需相关学界进一步探讨。

学者们对待撒哈拉以南非洲文学的态度之所以不同，主要还是基于对其特殊性的一种考量。《外国文学简编（亚非部分）》在前言中对此的解释是："现代撒哈拉以南非洲地区文学的发展与亚非其他国家和地区的文学不同，它在20世纪五六十年代随着民族解放、国家独立开始了蓬勃发展的新纪元，是世界文学中的新兴文学，因此我们另辟一章作综合的评价。"④ 王向远先生认为，"撒哈拉以南非洲文学区域在构造上有着自己的特点。如果说欧洲文学的区域性特征是呈线性结构、亚洲文学的区域性是三'块'连成一片的结构，拉丁美洲文学的区域性是网状结构，那么可以说，撒哈拉以南非洲文学的区域性则仿佛是森林根系

---

① 王向远：《东方、东方文化与东方文学》，《东方文学史通论·绪论》（增订版），高等教育出版社2013年版。

② 高慧勤、栾文华等合编：《东方现代文学史》，海峡文艺出版社1994年1月初版。

③ 季羡林：《必须加强东方文学的研究，代序》，《东方文学简史》，北京出版社1985年版。

④ 朱维之、雷石榆、梁立基主编：《外国文学简编（亚非部分）》，中国人民大学出版社1983年版，前言。

状结构:在相似的自然环境中,生长着各种乔木、灌木,树种科目虽然各有不同,外观千姿百态,大小有别,高低不等,荣枯有序,每棵树看上去都是相对孤立或独立的存在,然而它们的根系却是连在一起的,互相之间盘根错节,形成了一个相互依存的共生体”。① 非洲的作家往往能以世界性眼光审视非洲的现实,发现这块土地上的最具个性的特质,在艺术表现上既不拘泥于本民族本地区的传统,也不生吞西方文学的程式,而是去粗取精,自辟蹊径,他们以独创的精神产品丰富了当代世界的文学宝库。然而,对东方文学概念和东方文学学科体系的争议,导致一部分东方文学学者把撒哈拉以南的非洲文学排除在研究视野之外。

二

中国国内有关撒哈拉以南的非洲文学学科长期以来缺乏专门人才,新的人才培养也难以正常进行,并且掌握撒哈拉以南的非洲本土语言的学者也不多,使得国内该学科的学术研究能力受限,这是撒哈拉以南非洲文学在东方文学史书写中处于边缘位置乃至缺位的一个十分重要的原因。

文学翻译是文化传播和交流的重要途径。我国的非洲文学译介始于晚清。1890 年,著名回族学者马安礼翻译了埃及古代著名诗人补虽里的《衮衣颂》,以中阿文对照的形式出版。20 世纪上半叶,我国对非洲文学译介比较少,主要翻译出版的有张近芬、周作人合译的南非著名小说家奥丽芙·旭莱纳的短篇小说集《梦》(1923),作家李劼人翻译的法属加蓬作家赫勒·马郎的小说《霸都亚纳》(1928)和埃及著名作家塔哈·侯

① 王向远:《黑非洲文学的区域性特征简论》,载于《苏州科技学院学报》(社会科学版)2012 年第 3 期。

赛因的自传体小说《日子》节译本(1947)。

20世纪五六十年代,亚非拉文学成为我国外国文学译介的重点之一。在当时专门译介外国文学的期刊《译文》及其后改名的《世界文学》上,对非洲文学有不少译介,如南非作家彼得·亚伯拉罕姆斯的长篇小说《怒吼》《矿工》和哈利·勃洛姆的长篇小说《插曲》,塞内加尔小说家森贝内·奥斯曼的长篇小说《塞内加尔的儿子》《神的女儿》和诗人大卫·狄奥普的诗集《锤击集》,几内亚诗人吉·塔·尼亚创作的非洲民族史诗《松迪亚塔》,摩洛哥诗人穆罕默德·阿齐兹·拉巴比的诗集《苦难与光阴》,马里诗人马马杜·戈洛戈的诗集《非洲的风暴》,加纳诗人乔治·阿翁纳尔·威廉斯的诗集《黑色的鹰觉醒了》,喀麦隆作家斐迪南·奥约诺的中篇小说《老黑人和奖章》和本杰明·马迪的中篇小说《非洲,我们不了解你!》,埃塞俄比亚作家G.特克勒-哈瓦里亚特的长篇小说《阿拉亚》,莫桑比克诗人马尔塞林诺·多斯·桑托斯的《桑托斯诗集》以及《安哥拉诗集》,等等。

改革开放后,中非不仅经贸关系迅速发展,人文交流也日益频繁,我国的非洲文学译介呈现出新的气象。过去,我国对非洲文学的译介,较多关注反映殖民压迫、剥削和非洲人民反抗题材的作品;20世纪80年代后,扩大了译介选择范围,数量有了大幅度的提升,拓展了我国读者的非洲文学、文化的视野。尤其值得一提的是,外国文学出版社在80年代出版了一套"非洲文学丛书”。[1]南非文学是八九十年代我国非洲文学译介方面的一个亮点，纳丁·戈迪默、约翰·库切获得诺贝尔文学奖后，文学期刊迅速对他们进行译介，其作品很快有了中译本问世。1986年非洲第一位诺贝尔文学奖获得者沃莱·索因卡和有“非洲现代文学之父”之称的钦努阿·阿契贝的主要作品也都被译介过来。

总的来看，撒哈拉以南非洲文学的译介数量在逐年增多，但一个值得注意的现象是撒哈拉以南的大多数民族，由于长期遭受殖民统治等多种原因，没有发展出自己的书面文字，只能用殖民语言进行创作，因此这些被翻译过来的作品大部分是使用英语、法语、葡萄牙语创作的，虽然也译介了一些用非洲本土语言创作的作品，如用斯瓦希里语创作的坦桑尼亚作家夏班·罗伯特的作品，但数量极少。非洲有众多语言复杂的国度，目前国内开设的撒哈拉以南的非洲语言主要有斯瓦希里语、豪萨语、阿姆哈拉语、祖鲁语、马达加斯加语，而且学习的人数还比较少，更不用说那些甚至连名字都尚不知晓的语言了。相较于国外系统化的人才资源，国内专业语言人才的匮乏导致了对一些用非洲本土语言创作的作品的翻译只能间接地译介乃至忽略，因此所译介的范围相对狭窄，而且非常零散，无法构成一个完整的译介系统。东方文学研究者虽有心介绍撒哈

① 包括：《非洲戏剧选》，高长荣编选，1983年4月；《非洲当代中短篇小说选》，高长荣编选，1983年6月；［塞内加尔］列奥波尔德·塞达·桑戈尔：《桑戈尔诗选》，曹松豪、吴奈译，1983年11月；［肯尼亚］詹姆士·恩古吉：《一粒麦种》，杨明秋、泗水、刘波林译，1984年7月；［肯尼亚］詹姆士·恩古吉：《孩子，你别哭》，蔡临祥译，1984年10月；［喀麦隆］费迪南·奥约诺：《僮仆的一生》，李爽秋译，1985年1月；［南非］理查德·里夫：《紧急状态》，侯焕良等译，1985年5月；［阿尔及利亚］穆鲁德·玛梅利：《鸦片与大棒》，涂丽芳、丁世中译，1985年9月；［肯尼亚］詹姆斯·恩古吉：《大河两岸》，蔡临祥译，1986年9月；［尼日利亚］沃莱·索因卡：《痴心与浊水》，沈静、石羽山译，1987年9月；《非洲童话集》，尧雨等译，1988年；［尼日利亚］钦努阿·阿契贝：《人民公仆》，尧雨译，1988年2月。

拉以南的非洲文学，但客观上在选择时可接触到的资源少，必然导致书写时所占篇幅比较小。

三

由于客观上缺乏对撒哈拉以南非洲文学的研究，导致学界对这一领域缺乏认识，进而导致忽视、轻视甚至歧视撒哈拉以南非洲文学的价值判断的产生。对于一个初接触外国文学的人来说，当提及非洲文学时总是非常惊奇地会问“非洲有文学吗？”可想而知撒哈拉以南非洲文学的受众情况更是不容乐观。毫无疑问，撒哈拉以南非洲文学是东方文学乃至世界文学的重要组成部分，东方文学史如果忽略这一浓墨重彩的部分必然是一个极大的损失。国内东方文学学者也必须对撒哈拉以南的非洲文学有一个重新的价值定位，立足全球视野，与国际接轨，构建一个更加完善的东方文学史学科体系。

四

国内东方文学史秉承纯文学史观，论述的作品基本上都是书面文学作品，民间文学作品是在书面化以后才被纳入东方文学史的论述中。“作家文学是其主线，集体性创作的民间文学被视为副线。这对某一区域的现当代文学史所产生的影响恐怕并不显著，但对有着在时间上数倍长于书面文学阶段的口承文学阶段的东方文学而言，作为其有机组成部分的东方民间文学在这一观念左右下的文学史中则并未得到充分表述。”[1] 为了保证整部史论在叙述上的完整，编写者多会在对某部民间文学的作品进行背景介绍时梳理副线，以将民间文学的副线纳入东方文学史中，这实际上是压缩塞入。这一行为的背后，充满着将民间文学作品纳入作家文学的危险。因而，对于撒哈拉以南的非洲长期存在的尚未书面化的口承文学，东方文学史无法将其纳入自身体系内。

民间流传的口承文学在撒哈拉以南非洲文学中所占据的重要地位是不容忽视的，然而国内东方文学史著作的书写观念导致这一部分无法进入东方文学体系中。民间文学有其特有的语境，该种文学的文本不单是整理成文字的作品，还包括具体的表演事件，由时间、空间、传承人、受众、表演情境、社会结构、文化传统等不同因素构成。这些内容在国内的东方文学史写作中很难被囊括。此外，每部民间文学作品的发展流变都是一个复杂的过程，文学史中也无法通过对某个具体文本的论述来涵盖。以上原因导致书面文学成为撒哈拉以南非洲文学在东方文学史中的绝对“代言人”，是撒哈拉以南非洲文学在东方文学史著作书写中处于边缘位置的原因之一。

结语

很明显，我国已经出版的东方文学史著作多数属于教科书，真正研究性的文学史还比较少。所谓的“东方文学史”，不可能包容东方文学的全部内容，而作为教材所提供的阅读文本的方法，也同样不可能成为阅读丰富多样的东方文学的普遍原则。总结以上论述，多少可以管窥撒哈拉以南非洲文学在

① 魏崴：《“东方文学史”可能吗？》，载于《国外文学》2013 年第 1 期。

东方文学史书写中处于边缘位置的一些原因。针对目前国内东方文学史著作中撒哈拉以南非洲文学的研究与书写现状，有许多问题亟待解决。

加强对撒哈拉以南非洲文学的书写对于完善国内东方文学学科体系具有至关重要的意义，长期以来对于撒哈拉以南非洲文学的轻视，使得“东方文学”并不是真正的名副其实。撒哈拉以南的非洲是世界和非洲的重要组成部分，我们在写文学史的时候把占非洲土地绝大部分，占非洲人口 70% 以上的撒哈拉以南非洲的文学忽略不计，这样的文学史必然是不完整的。文学史可以算作历史之一种。一方面，历史的书写需要建立在充分的史料之上，于是书写文学史的实践或可成为对某一门文学学科研究之深度的检验；另一方面，对历史的书写则是一种行使话语权力的行为。在很大程度上，我们可以将文学史实践看作赋予某一门文学学科以合法性存在的依据。在学科发展尚不充分的情况下进行文学史教材的编著，一方面受制于相关资料的有限；另一方面又受制于对实际教学的适应，这样的文学史缺乏深层的逻辑线索。“我们在衡量评价一门学科的发展状况时，标准通常有三：一、从业队伍人员的科研能力、素养与数量；二、学术交流的平台（刊物、机构等）、获取的科研成果；三、学科在高校的普及和深入。”[①] 以这三个标准中的任何一个来看，国内撒哈拉以南非洲文学都不能算是一门学科。尤其是第三个标准可谓基础性标准，因为它承担了学科兴趣引导与人才培养的基础性工作。我国的撒哈拉以南非洲文学要获得长远的发展，必须加强这一基础性环节的建设。相较于国外，国内的撒哈拉以南非洲文学研究尚未形成一

① 蔡春华：《对东方文学学科及教学的几点思考》，载于王邦维主编《东方文学学科：建设与发展》，北岳文艺出版社 2007 年版。

个相对完整的研究体系，现有的研究力量与资源相对分散的现状无法凝聚成一个具有领军地位的学术团队，在进行东方文学史编写时没有人员进行专门的书写。因此，加强高校和科研机构中的非洲文学学科建设并将其纳入东方文学史相关著述的视野下的工作，显得十分迫切。再者，文学的发展是一个动态的过程，新作家、新作品的出现需要国内相关领域的研究者具有灵敏的学术"嗅觉"，而不能总是慢人一步。长期以来，我国的撒哈拉以南非洲文学译介主要是追随着获奖作家的脚步或国外的译介情况，但完整的文学史不应只关注那些已成为"名家"的作家和"经典"的作品，而是对作家作品群像的全面呈现，包括不断涌现的新力量。

那么，"东方文学史"于形成和发展过程中产生的模式化结构、取舍作品的模糊标准、亚洲和非洲文学比例的失调等问题该如何调整？联系到东方文学史中撒哈拉以南非洲文学编写的现状与未来，"我们必须精心制定一个新的文学史理想和使这一理想可能得以实现的新方法"。[①] 未来的东方文学史著述或可承认作家作品的重要性，从强调文学鉴赏的角度去言说，将撒哈拉以南非洲文学纳入东方文学发展脉络中加以建构，以文学的审美性和文学性为核心。具体编排上，可以不局限于地理乃至时间的限制，以神话、史诗、诗歌、戏剧、故事 / 小说、传记等文体演变过程分章，每种文体占一章。其下分节，各章第一节为概述，简单叙述这种文体在亚非文学中的发展演变过程。其后以某部作品或某位作家为题目分节，每章除概述节以外约有四节，包括一节介绍一部该文体的亚洲民间文学作品，一节介绍一部该文体的非洲民间文学作品，一节介绍一

① ［美］勒内·韦勒克、奥斯汀·沃伦：《文学理论》，刘象愚、邢培明、陈圣生、李哲明译，江苏教育出版社 2005 年版。

部该文体的(或与该文体相关的)亚洲作家文学作品,一节介绍一部该文体的(或与该文体相关的)非洲作家文学作品。作家作品节以作品解读为主,所选为单节的作品应是该文体中非常有代表性的作品。各节之间符合该文体发展的顺承关系,从文学样式的发展历程以及文学作为人类自我认知的载体这一角度去言说亚非文学。

这种编排方式可以打破之前东方文学史及东方文学作品选的拼盘式结构。在内容上的大幅度调整,使入选作品可以突破之前的亚非文学经典化作品的限制。同时,在西方入侵前,亚非文学尤其是撒哈拉以南非洲文学中的民间文学所发挥的重要作用,以及民间文学对作家文学的孕育可以随着文体的演变而自然体现出来,摆脱了目前东方文学史中民间文学不自觉地成为副线的情况。因而,目前国内东方文学史著述中亚非文学之间比例严重失衡的问题就可以得到缓解,撒哈拉以南非洲文学中丰富的口承文学传统也可以纳入东方文学史著述的视野。

《东方文化集成》已出版丛书目录

季羡林主编

书　名	作　者
《文化交流的轨迹——中华蔗糖史》	季羡林
《东西文化议论集》(上、下册)	季羡林、张光璘
《新诗格律与语言的诗化》	林　庚
《古犹太文化史》	朱维之、韩可胜
《现代伊斯兰主义》	陈嘉厚　等
《阿拉伯史纲》	郭应德
《中阿关系史》	江淳、郭应德
《当代中国伦理与道德》	魏英敏
《阿拉伯伊斯兰文化史纲》	孙承熙
《中国评书艺术论》	汪景寿、曾惠杰　等
《当代中国经济学》	宋光华
《世界四大文化与东南亚文学》	梁立基、李谋
《战后东南亚华人社会变化研究》	梁英明
《日本文学思潮史》	叶渭渠
《伊朗通史》(上、下册)	叶奕良(译)

《印度古代史纲》	林承节
《蒙古国现代文学》	史习成
《佛法与宇宙》	池田大作〔日本〕
《诸神流窜——论日本古事记》	梅原猛〔日本〕
《日本文化论》	加藤周一〔日本〕 叶渭渠　等(译)
《汉代丝绸之路的咽喉——河西路》	王宗维
《中国—朝鲜·韩国关系史》(上、下册)	杨昭全、何彤梅
《东方文学交流史》	孟昭毅
《东方戏剧美学》	孟昭毅
《同根生的民族——壮泰各族渊源与文化》	范宏贵
《中缅关系史》	余定邦
《敦煌文化》	颜廷亮
《亚洲汉文学》	王晓平
《日本天皇制及其精神结构》	王金林
《古代波斯医学与中国》	宋　岘
《印度神话》	孙士海、王镛(译)
《布哈里圣训实录全集》①②③	康有玺(译)
《现代日本政治》	王新生
《中亚五国概论》	赵常庆　等
《简明伊斯兰史》	马明良
《新兴宗教与日本近现代社会》	张大柘
《印度苏非派及其历史作用》	唐孟生

《满汉全席源流考述》	赵荣光
《印度独立后的政治经济社会发展史》	林承节
《中印文学比较研究》	薛克翘
《唐代前期军事史略论稿》	王永兴
《儒释道背景下的唐代诗歌》	陈炎、李红春
《日本文学史》(近代卷、现代卷)	叶渭渠、唐月梅
《印度尼西亚文学史》(上、下册)	梁立基
《五四文学思想主流与基督教文化》	喻天舒
《波斯文学史》	张鸿年
《泰戈尔文学作品研究》	唐仁虎　等
《中国—朝鲜·韩国文化交流史》(1—4卷)	杨昭全
《日本文学史》(古代卷上、下)	叶渭渠、唐月梅
《日本文学史》(近古卷上、下)	叶渭渠、唐月梅
《道安评传》	方广锠
《朝鲜—韩国当代文学史》	金柄珉　等
《文史探真》	汪春泓
《日本起源考》	沈仁安
《阿拉伯现代文学史》	仲跻昆
《中亚五国与中国西部大开发》	赵常庆　等
《易学哲学史》(1—4卷)	朱伯崑
《近代中国与日本——互动与影响》	王晓秋
《吐火罗人起源研究》	徐文堪
《东南亚近现代史》(上、下册)	梁英明、梁志明　等

《印度的罗摩故事与东南亚文学》	张玉安、裴晓睿
《斯里兰卡的民族宗教与文化》	王　兰
《早期道教史》	汤一介
《蒙元驿站交通研究》	党宝海
《佛教与中国文化》	薛克翘
《印象：东方戏剧叙事》	孟昭毅　等
《从唐音到宋调——以北宋前期诗歌为中心》	曾祥波
《唐五代北宋前期词之研究——以诗词互动为中心》	董希平
《汉魏两晋南北朝佛教史》（增订本）	汤用彤
《佛经文学与古代小说母题比较研究》	王　立
《日本近现代经济简史》	周启乾
《赫梯条约研究》	李　政
《“升起来吧！像太阳一样”——解析苏美尔史诗〈恩美卡与阿拉塔之王〉》	拱玉书
《希伯来语圣经——来自考古和文本资料的信息（至公元前586年）》	陈贻绎
《尼泊尔——人民和文化》	王宏纬
《中国印度诗学比较》	郁龙余　等
《阿富汗文化和社会》	张　敏
《波斯拉施特〈史集·中国史〉研究与文本翻译》	王一丹
《新时代的日本经济》	张舒英
《古代东南亚历史与文化研究》	梁志明、李谋　等

《中国知识分子的形与神》	乐黛云
《东方民间文学概论》（1—4卷）	张玉安、陈岗龙　等
《中国楹联学概论》	谷向阳
《中国印度文化交流史》	薛克翘
《陶渊明集译注及研究》	孟二冬
《日本戏剧史》	唐月梅
《梵语诗学论著汇编》(上、下册)	黄宝生
《现代汉语话语情态研究》	徐晶凝
《缅甸语与汉藏语系比较研究》	汪大年
《厨川白村文艺思想研究》	李　强
《中国建筑与城市文化》	吴良镛
《隋唐审计史略》	李锦绣
《中国新诗格律问题》	丁　鲁
《战后日本出版文化研究》	诸葛蔚东
《中国哲学大纲》(上、下卷)	张岱年
《〈聊斋志异〉——中印文学溯源比较研究》	王立、刘卫英
《中世纪印度宗教文学》(上、下卷)	薛克翘、唐孟生　等
《日本近现代佛教史》	杨曾文　等
《马来古典文学史》(上、下卷)	廖裕芳〔新加坡〕 张玉安　等(译)
《中国文学与阿拉伯文学比较研究》	林丰民　等
《海洋文化影响下的中国神话与小说》	王　青
《阿拉伯电影史》	陆孝修、陈冬云

《〈西游补〉校注》	李前程(校著)
《波斯古典诗学研究》	穆宏燕
《中国古代绘画理论要旨》	杨　铸
《东方文学史论》	黎跃进
《大帆船贸易与跨太平洋文化交流》	吴杰伟
《日本古代史》	王海燕
《日本中世史》(上、下卷)	王金林
《中日经济关系史》(上、下卷)	郭蕴静、周启乾
《东方现代民族主义思潮研究》(上、下卷)	黎跃进　等
《波斯帝国史》	张鸿年
《“同文”的现代转换——日语借词中的思想与文学》	董炳月
《中亚五国新论》	赵常庆
《中国东方文学翻译史》(上、下卷)	孟昭毅　等
《日本古代诗学汇译》(上、下卷)	王向远(译)
《华夷译语》研究	黄宗鑑
《中庸与调和——儒家和阿拉伯伊斯兰思想的比较研究》	吴旻燕
《阿拉伯古代文学史》(上、下卷)	仲跻昆
《近代中日文化交流史人物研究》	王晓秋
《世界文明起源研究——历史与现状》	拱玉书　等
《古代近东教谕文学》(上、下卷)	李　政　等
《东方文艺思潮研究》	孟昭毅

《蒙汉目连救母故事比较研究》	陈岗龙
《日本近世史》	李　卓　等
《日本近现代文论》(上、下卷)	李　强　等
《赫梯文明研究》	李　政
《占婆文化史》	刘志强
《一个蕴含史诗美丽的中国民间故事》	刘守华
《三国演义》在东方(上中下)	张玉安　陈岗龙等
《中国与东北亚文化交流志》	严绍璗　刘勃
《东方文艺创作的他者化倾向》	林丰民
《红楼求真录》	陈熙中
《中日人物文化交流研究史》	王晓秋
《日本古典诗学汇译》(上下)	王向远
《日本诗歌史》	唐月梅
《蒙古秘史》文献版本考	白·特木尔巴根
《中国古籍中有关泰国资料汇编》	余定邦　等
《印度近20年的发展历程》	林承节
《印度近现代文学》(上下)	薛克翘　唐孟生
《伊利汗中国科技珍宝书》校注	时光
《喀尔喀历史地理研究》	那顺达来
《蒙古文〈索勒哈尔奈故事〉的文化背景研究》	宝　花
《〈山海经〉在日本的传播和研究》	张西艳
《叙事学视域中的〈平家物语〉研究》	邵艳平
《宫崎市定史学方法论》	王广生

《俄国地理学会的中国边疆史地考察与研究(迄于1917年)》	张艳璐
《印度古典诗学》	黄宝生
《印度作家阿格叶耶小说创作研究》	郭童
《佛学概论》	姚卫群
《诺贝尔文学奖东方获奖作家研究》(上下)	孟昭毅
《东南亚古代史史料汇编》(上下)	李谋
《凤凰再生——伊朗现代新诗研究》	穆宏燕
《南海寄归内法传》研究	王邦维
《撒哈拉以南非洲文学》	魏丽明等

《东方文化集成》拟出版丛书目录

《东南亚古代文化：整体、多样与发展》（上下） 贺圣达

《菲律宾阿拉安人的神话、巫术与仪式》（上下） 史阳

《中国载籍中南亚史料汇编》（上下） 耿引曾等

日本文化编

主编 叶渭渠 **编委** 潘金生 王家骅 卞崇道 王新生

朝鲜、韩国、蒙古文化编

主编 陶炳蔚 **编委** 金柄珉 李昌奂 史习成

东南亚文化编

主编 梁立基 **编委** 梁英明 梁志明 李谋 裴晓睿

南亚文化编

主编 黄宝生 **编委** 王邦维 王 镛 刘曙雄 葛维均

伊朗、阿富汗文化编

主编 叶奕良 **编委** 张鸿年 张 敏

西亚、北非文化编

主编 郭应德 赵国忠 **编委** 杨灏城 孙承熙

中亚文化编

主编 赵常庆 **编委** 余太山 穆立立

古代东方文化编

主编 林志纯 **编委** 拱玉书

东方文化研究会编辑部

主任 张殿英 **副主任** 马克承 卢蔚秋 张光璘

编辑 李 强 金景一 姚秉彦 唐孟生 傅增有

《东方文化集成》书籍设计 朱 虹

丛书出版编辑监制 胡子清

日本文化编

主编 叶渭渠 **编委** 潘金生 王家烨 卞崇道 王新生

朝鲜、韩国、蒙古文化编

主编 陶炳蔚 **编委** 金柄珉 金景一 史习成 陈岗龙

东南亚文化编

主编 梁立基 **编委** 梁英明 梁志明 李 谋 裴晓睿

南亚文化编

主编 黄宝生 **编委** 王邦维 王 镛 刘曙雄 葛维均

伊朗、阿富汗文化编

主编 叶奕良 **编委** 张鸿年 张 敏

西亚、北非文化编

主编 郭应德 赵国忠 **编委** 杨灏城 孙承熙

中亚文化编

主编 赵常庆 **编委** 余太山 王小甫

古代东方文化编

主编 林志纯 **编委** 拱玉书

《东方文化集成》编辑部

主任 张殿英 **副主任** 卢蔚秋 张玉安 马克承 张光璘

编辑 李 强 姚秉彦 唐孟生 傅增有

《东方文化集成》书籍设计 朱 虹

丛书编辑出版监制 张良村

第三届
《东方文化集成》编辑委员会

名誉顾问

作者简介

魏丽明　北京大学外国语学院亚非系创始主任，教授、博士生导师；教育部人文社科重点研究基地北京大学东方文学研究中心学术委员、研究员；北京大学非洲研究中心副主任，中国外国文学学会理事，中国高等教育学会外国文学教学指导委员会监事、常务理事。曾获北京市“技术创新工程活动”“教育创新标兵”“北京大学教学成果奖校级一等奖”。著有：《“万世的旅人”泰戈尔》《男性作家的写作策略》《“理想之中国”——泰戈尔论中国》《泰戈尔学术史》等。

内容简介

本书是国内第一部关注撒哈拉以南非洲语言文学学科建设和知识共享的著作,从宏观到微观透视撒哈拉以南非洲文学的基本形态与历史进程。在梳理东方文学、亚非语言文学学科史的基础上,从学科建设与发展、撒哈拉以南非洲文学概述、撒哈拉以南作家作品专题研究、中非文学交流等维度再现撒哈拉以南非洲文学学科的学理性和必要性。